Demon Luster

Martyna Raduchowska, rocznik '87.
Wrocławianka z urodzenia i sentymentu, warszawianka z zamieszkania i zaskoczenia. Absolwentka psychologii i kryminologii (Aberystwyth University), neurobiologii poznawczej (University of York) oraz psychologii śledczej (Uniwersytet SWPS). Z zapałem zgłębia tajniki ludzkiego mózgu oraz profilowania osób zaginionych i nieznanych sprawców zbrodni.

Autorka kilku opowiadań, dwóch powieści z gatunku urban fantasy: *Szamanka od umarlaków* (2011) i *Demon Luster* (2014), oraz cyberpunkowego kryminału *Łzy Mai* (2015) wyróżnionego Nagrodą Literacką Kwazar za wartości naukowe w literaturze science fiction (2016). Obecnie popełnia kolejną powieść i pracuje jako scenarzystka w studiu CD PROJEKT RED.

Martyna Raduchowska

Demon Luster

UROBOROS

Wydanie II zmienione

Warszawa, MMXVIII

Dla Jadlika, mojej Siostry, osobistej redaktorki i pierwszej testerki każdego pomysłu, bez której Tekla nie byłaby Teklą, a niniejsza książka w ogóle by nie powstała.

Dla Beza za to, że pożyczył Kruchemu sporo powiedzonek, obdarował go własnym charakterem i nauczył elementów karate-miazgi.

A także dla rozrywkowo-fantastycznych Agu, el Browarre i Cavy, niestrudzonych łowców nielogiczności, niejasności i bzdur wszelakich oraz bezwzględnych tępicieli przymiotnikozy.

Prolog

Pokój do złudzenia przypominał prosektorium. Światło jarzeniówek, ściany w kolorze chłodnego błękitu, na podłodze płytki, szafki z dokumentami wielkie jak komory chłodnicze, stół i krzesła ze stali nierdzewnej. Brakowało tylko trupa. Ida po raz kolejny zerknęła na swoje odbicie w lustrze weneckim, a potem na kamery, wlepiające w nią ślepia obiektywów. Rejestrowały każdy jej ruch, posykując z cicha przy dostrajaniu ostrości. Szamanka splotła dłonie, by ukryć ich drżenie. Mimowolnie przypomniała sobie fragmenty jednego z artykułów, które przeczytała, przygotowując się do składania zeznań.

*Przesłuchanie należy prowadzić w warunkach jak najbardziej sprzyjających skupieniu uwagi i jak najmniej krępujących świadka. [...] Pokój przesłuchań powinien być urządzony w taki sposób, aby jego atmosfera ułatwiała nawiązanie kontaktu z przesłuchiwanym**.

Ta, jasne. Wystrój pomieszczenia sprawiał, że określenie „rozluźniona i chętna do zwierzeń" było bez wątpienia ostatnim,

---

* Z. Niezgoda, *Kryminalistyczne aspekty przesłuchiwania świadka*, „Prokuratura i Prawo" 2007, z. 2, s. 76.

jakim można by ją teraz opisać. Chyba powinna pokazać im ten artykuł, przynieść kaganek oświaty do Wydziału Wewnętrznego Firmy. Choćby po to, żeby zobaczyć miny śledczych.

Szybko zrozumiała jednak, że w takiej scenerii tkwi metoda, że jest ona częścią większego planu. Siedzący naprzeciwko Idy agent nie mógł bardziej kontrastować z otoczeniem, z jego twarzy ani na chwilę nie znikał ciepły uśmiech. Mężczyzna robił, co tylko mógł, by wydać się dziewczynie wybawcą i przyjacielem, bratnią duszą, powiernikiem największych tajemnic, światełkiem w tunelu, płomykiem pośród lodowatej ciemności. Był świetnie przygotowany do swojej roli, a mimo to szamanka nie dała się zwieść. Ona także odrobiła lekcje.

Przesłuchujący powinien posiadać odpowiednie przymioty instrumentalne, takie jak umiejętność nawiązania kontaktu, prowadzenia rozmowy, formułowania pytań, wzbudzania u świadka poczucia zaufania i bezpieczeństwa. [...] Postawa przesłuchującego powinna zawsze być nacechowana życzliwością do świadka, która wzbudza reakcje pozytywne i chęć współpracy.

Zaczęli niezobowiązująco. Ot, taka tam gadka szmatka, z pozoru niemająca nic wspólnego z prawdziwym celem ich spotkania. Można by pomyśleć, że nie znajdowali się w siedzibie Firmy, tylko w kawiarni. Ida odwzajemniała uśmiech śledczego i z niejakim trudem wytrzymywała spojrzenie mężczyzny, pełne troski, zrozumienia i uprzejmego zainteresowania. Etap swobodnej rozmowy, runda pierwsza, pomyślała. Faza, w której buduje się pozytywny stosunek świadka do przesłuchania, tworzy atmosferę sprzyjającą obszerności i szczerości zeznań. Szamanka spodziewała się czegoś takiego i pozostała czujna. Wiedziała, że największe atrakcje przewidziane są na później.

Nie pomyliła się.

– Ta część przesłuchania będzie protokołowana – oznajmił facet z Wewnętrznego. Zadziwiające, ale w jego ustach zabrzmiało to tak, jakby informacja miała dodać dziewczynie otuchy.

Dobry jest, przemknęło jej przez myśl.

– Proszę podać swoje imię i nazwisko.

– Ida Brzezińska.

– Wiek?

– W lipcu skończę dwadzieścia lat.

– Czym się pani zajmuje?

– Studiuję psychologię na Uniwersytecie Wrocławskim. Pierwszy rok. A poza tym jestem szamanką od umarlaków i od niedawna pracuję dla Firmy jako konsultantka do spraw pośmiertnych.

Pokiwał głową, wpatrzony w leżące przed nim papiery. Miał w nich niemal wszystko czarno na białym i na pewno z góry znał jej odpowiedzi, ale i tak zapytał:

– Na czym polega pani dar?

Ida przypuszczała, że będzie musiała doprecyzować. Zdaniem podkomisarza Konstantego Kruszyńskiego, pseudonim Kruchy, łowcy demonów i jej werbownika, była pierwszą w historii szamanką, która została współpracownikiem Wydziału Opętań i Nawiedzeń. Nikt w Firmie nie słyszał wcześniej o takiej profesji.

– Jestem kimś pomiędzy medium a banshee. Nawiedzają mnie wieszcze sny, widzę w nich śmierć konkretnych osób. Nie mam wpływu na to, czyj zgon przepowiem, ale z chwilą, w której doznaję wizji, staję się odpowiedzialna za duszę przyszłego zmarłego. Mam obowiązek ją chronić i zadbać, by bezpiecznie trafiła w zaświaty.

– Jak pani tego dokonuje?

– Wychodząc z ciała i przeprowadzając ducha osoby, którą się opiekuję, na drugi brzeg Rzeki.

– Wychodzi pani z ciała? – Tym razem agent nie zdołał ukryć zdziwienia.

– Tak. Czy mam zademonstrować?

– Nie, nie, to nie będzie konieczne. – Nie była pewna, ale chyba się wzdrygnął. Opuściła głowę, nie chcąc, by dostrzegł w jej oczach błysk satysfakcji. – Proszę podać aktualny adres zamieszkania – kontynuował, znów uprzejmy i opanowany, jak gdyby nigdy nic.

– Wrocław, ulica Wittiga siedemnaście.

Popatrzył na nią z uwagą, ale nic nie powiedział. Mogła iść o zakład, że zastanawiał się, po co, mając na własność willę położoną na spokojnej i malowniczej Wielkiej Wyspie, wynajęła mieszkanie w kamienicy na Gajowej. I to dokładnie nad lokalem denata Mikołaja Kwiatkowskiego. Z Gajowej było zdecydowanie bliżej na uczelnię, ale nie sądziła, by taka odpowiedź usatysfakcjonowała śledczego. Zwłaszcza że czarodziej zginął przecież z jej ręki.

– Czy kiedykolwiek była pani karana przez instytucję magiczną bądź niemagiczną za złożenie fałszywych zeznań?

– Nie.

– Czy kiedykolwiek była pani oskarżona przez instytucję magiczną bądź niemagiczną o złożenie fałszywych zeznań?

– Nie.

– Proszę określić swoją relację z Mikołajem Kwiatkowskim.

– Byłam przyjaciółką jego żony, Karoliny, oraz ich sąsiadką – odparła. – I nadal pozostaję opiekunką duszy Mikołaja. Przepowiedziałam śmierć Kwiatkowskiego, dlatego wprowadziłam się do tej samej kamienicy, w której mieszkał. Chciałam mieć go na oku.

– Do tego jeszcze wrócimy.

O, bez wątpienia. Żeby to raz.

Gdy okazywała dowód tożsamości i podpisywała oświadczenie, że została uprzedzona o odpowiedzialności karnej za składanie nieprawdziwych zeznań lub zatajanie prawdy, dłoń już jej nie drżała. Tak oto zakończyła się runda druga, czyli protokołowane przesłuchanie wstępne, i nareszcie mogli przejść do sedna.

– Co pani wiadomo w sprawie śmierci Mikołaja Kwiatkowskiego?

Z trudem powstrzymała się, by nie palnąć: „Wszystko mi wiadomo, w końcu to ja zabiłam gościa, a pan trzymasz przed nosem moje poprzednie zeznania. Po kiego mam się powtarzać? Następne pytanie proszę". Zamiast tego, żeby zebrać myśli i zyskać nieco na czasie, poprosiła o wodę i spróbowała rozsiąść się wygodniej.

Nic z tego, krzesło było twarde jak jasne nieszczęście, a przenikający przez dżinsy chłód metalu ziębił ją coraz bardziej i Ida zaczęła godzić się z myślą, że ani chybi złapie wilka.

Przyniesiono jej plastikowy kubek niewinnie bezbarwnego i bezwonnego płynu. Zawahała się na ułamek sekundy, zanim przytknęła naczynie do ust i pociągnęła łyk. Nie poczuła smaku. Kruchy twierdził, że to mało prawdopodobne, by spróbowali ją naćpać podczas przesłuchania, ale na wszelki wypadek załatwił jej medykament neutralizujący działanie serum prawdy, który zażyła w damskiej toalecie tuż przed wejściem do pokoju przesłuchań. Zatem teoretycznie nie miała się czego bać, w praktyce zaś wolałaby najpierw napoić tą wodą funkcjonariusza z Wewnętrznego. A potem zadać mu kilka niedyskretnych pytań i zobaczyć, czy obruszy się na podobne wścibstwo i przypomni, że rozmowa jest nagrywana, czy też może bez żenady podzieli się z nią pikantnymi szczegółami ze swoich przygód w sypialni.

Nieświadom targających nią rozterek agent wciąż się uśmiechał, a jego łagodne spojrzenie zachęcało do wyznania najcięższych grzechów. Ba, przez moment Ida była gotowa uwierzyć, że nawet jeśli przyzna się teraz do całej serii mordów, śledczy nie piśnie nikomu ani słowa i dołoży wszelkich starań, by nie spotkała jej żadna kara.

W życiu nie czuła się tak osaczona jak w tej chwili.

Duszkiem wypiła wodę i zgniotła plastik. Facet z Wewnętrznego wyciągnął dłoń w geście pod tytułem „daj mi to, dziecino, mamusia się tym zajmie", po czym, nie czekając na reakcję dziewczyny, delikatnie wyjął jej kubek z palców i umieścił go w koszu. Nie wyrzucił, ale umieścił właśnie, jakby nie chciał spłoszyć przesłuchiwanej hałasem czy gwałtowniejszym ruchem. A potem na powrót zajął miejsce naprzeciwko Idy i powtórzył pytanie.

„Co panu (pani) wiadomo w sprawie..." było wręcz podręcznikowym rozpoczęciem etapu spontanicznych zeznań, mającym na celu zachęcenie świadka do przedstawienia wszystkich informacji możliwie szczegółowo i obszernie. Szamanka wiedziała, że Firma, podobnie zresztą jak niemagiczna policja, nie protokołuje tej części przesłuchania. Ale i tak czuła na sobie wzrok kamer i była więcej niż pewna, że jeśli palnie teraz jakieś głupstwo, nic nie stanie na przeszkodzie Wydziałowi Wewnętrznemu, by wykorzystać je przeciwko niej.

Nieprotokołowanie sprzyja spontaniczności i swobodzie wypowiedzi, dzięki czemu świadek staje się mniej ostrożny. W takich okolicznościach stosunkowo łatwo wymykają się mu pewne słowa, które w konsekwencji doprowadzają do ujawnienia tych faktów, o jakich przesłuchiwany wolałby nie mówić. Protokołowanie zaś wymusza wolniejszy sposób mówienia, niejako dyktowanie zeznań, co daje świadkowi zbyt wiele czasu na ostrożne formułowanie wypowiedzi i przerywanie rozpoczętego wątku, który wolałby przemilczeć.

Na typowe w takich okolicznościach zastrzeżenie przesłuchiwanej, że ta nie bardzo wie, od czego ma zacząć, śledczy udzielił równie typowej odpowiedzi, że najlepiej by było, gdyby zaczęła od początku.

Ida przez blisko godzinę snuła opowieść o swych przygodach z ostatniego roku.

Czy raczej recytowała, w końcu tyle razy powtarzali wszystko z Kruchym, że szamanka byłaby w stanie bez zająknięcia zeznawać choćby i przez sen. Filip Wroński, zastępca dyrektora Wydziału Wewnętrznego, nadal nie dostał nakazu i nie mógł zaangażować czytacza umysłów, zatem śledczy nie miał jak skonfrontować słów przesłuchiwanej z jej wspomnieniami. Ta świadomość pozwoliła dziewczynie nieco się rozluźnić, kłamać do woli i wypaść przy tym całkiem wiarygodnie.

Taką przynajmniej miała nadzieję.

Opowiedziała, jak widmo obcego mężczyzny nawiedziło ją blisko rok temu, kiedy leżała w szpitalu po ataku wyrostka robaczkowego. Umarlak nie miał oka, a krew z pustego oczodołu zalewała mu policzek i kapała na białą koszulę. Zabarwiła usta i zęby, ściekała po brodzie, nadając mu wygląd ucztującego kanibala. Nie pamiętał, kim był za życia, cierpiał na pośmiertną amnezję i Ida, nie mogąc w takiej sytuacji nic dla niego zrobić, rozkazała mu odejść. Wtedy jeszcze nie wiedziała, że doznała właśnie pierwszej proroczej wizji. Nie miała pojęcia, że jest szamanką od umarlaków, i nie zdawała sobie sprawy z odpowiedzialności, z jaką wiąże się jej dar.

Dwa miesiące później uciekła z rodzinnego domu w Gdyni, by rozpocząć studia na Uniwersytecie Wrocławskim. W obcym mieście szybko przekonała się, jak kłopotliwe jest posiadanie szóstego zmysłu. Wszędzie widziała nieżywych i potępionych, choć do tej pory natykała się na nich raczej sporadycznie w szpitalach, kościołach i na cmentarzach. Tylko dzięki pomocy swojej ciotki i mentorki, Tekli Kryskiej, która odnalazła ją w akademiku i sprowadziła pod swój dach, dziewczyna zdołała zachować zdrowie psychiczne. Ździebko co prawda nadwerężone, ale nadal, powiedzmy, stabilne. Ciotka, co warto nadmienić, dokonała żywota równo dwa lata wcześniej i od tamtej pory egzystowała głównie w postaci zjawy (poza krótkimi epizodami, kiedy to wchodziła w ciało swej poprzedniej uczennicy, Alicji, której dusza utknęła po drugiej stronie lustra... ale o tym Kruchy kategorycznie zabronił Idzie wspominać). W każdym razie śmierć w najmniejszym nawet stopniu nie przeszkodziła Tekli w wyszkoleniu siostrzenicy, bądź co bądź przyszłego medium. Ciotka wyjaśniła podopiecznej, na czym polega jej nadprzyrodzony talent, i nauczyła wszystkiego, co należy do obowiązków rozmawiającej z umarłymi.

Nie był to jednak koniec niespodzianek.

Jeszcze podczas szkolenia okazało się, że w Idzie drzemie dużo rzadszy potencjał. Jednooki Kanibal, którego dziewczyna widziała latem w szpitalu i którego wzięła za ducha, okazał się całym, zdrowym i bez wątpienia żywym czarodziejem Mikołajem Kwiatkowskim. Jego żona Karolina była stałą klientką Tekli i traf chciał, że na jedną z wizyt przyjechała wraz z mężem. Tym samym Ida dowiedziała się, że nie jest zwykłym medium, lecz szamanką od umarlaków, która właśnie przewidziała śmierć swego pierwszego podopiecznego. Co więcej, jej zadaniem jest zadbać o to, by dusza Mikołaja Kwiatkowskiego trafiła po śmierci w zaświaty. Za radą ciotki dziewczyna przeprowadziła się więc do tej samej kamienicy... a tam sprawy znów przybrały nieoczekiwany obrót.

Otóż świeżo upieczona szamanka odkryła – bynajmniej nie od razu, za to w dość dramatycznych okolicznościach – że Kwiatkowski parał się czarną magią. Demony opętały czarodzieja i wyrzuciły jego duszę z ciała, po czym zaatakowały Idę i o mały włos jej również nie pozbawiły cielesności. Karolina, pani Lewandowska – właścicielka kamienicy – oraz była współpracowniczka Mikołaja, Stanisława, także uległy opętaniu, a wszystkie cztery powłoki zostały uprowadzone przez czarty.

Jak się łatwo domyślić, na kolejne nieszczęścia nie trzeba było czekać zbyt długo.

Ida, przeszukując pracownię Kwiatkowskiego, znalazła zdjęcia funkcjonariuszy Wydziału Opętań i Nawiedzeń: łowcy Konstantego „Kruchego" Kruszyńskiego, zaklinacza Piotra „Mamaja" Mamrockiego, pogromcy Marka „Brutusa" Brutkowskiego oraz czarownicy Zofii „Rudej" Majcher. Dzięki fotografiom szamanka zdołała zawiadomić tę ostatnią o tym, co dzieje się w kamienicy na Gajowej, i zrobiła to w sposób nader niekonwencjonalny: wyszła z własnego ciała, po czym wpadła z impetem w cielesność komisarz Majcher. Niestety, agenci Firmy nie zdążyli zapobiec najgorszemu.

Gdy tylko dziewczyna złożyła zawiadomienie o ataku demonów i powróciła do własnej powłoki, przyszło jej zmierzyć się z trzema opętańcami: Karoliną, Lewandowską i Mikołajem. Podczas szarpaniny Ida w obronie własnej uśmierciła czarodzieja, wbijając mu śrubokręt w oko aż po rękojeść.

Tak oto dopełniła się wieszczba i Mikołaj Kwiatkowski stał się Jednookim Kanibalem.

*

Szamanka zamilkła i zerknęła na śledczego, próbując ocenić po jego minie, czy łyknął wszystko, co powiedziała, czy może jednak coś mu nie zagrało i zaraz weźmie ją w obroty. On jednak niczym się nie zdradzał. Siedział w tej samej pozycji, wciąż dobrotliwie uśmiechnięty, i przez cały ten czas kąciki ust nie drgnęły mu nawet o pół milimetra. Ida nie mogła się zdecydować, z kim kojarzył jej się bardziej: z wariatem, idiotą czy cyborgiem.

Składanie zeznań nie przysporzyło jej dotąd większych kłopotów. Nie musiała za bardzo mijać się z prawdą, zataiła tylko kilka szczegółów. Wiedziała jednak, że lada moment przesłuchanie przejdzie w fazę czwartą, a wtedy będzie musiała uważać na każde swoje słowo. Skojarzenie skojarzeniem, ale nawet przez chwilę nie sądziła, że agent może być wariatem albo idiotą. Co do cyborga nie miała już takiej pewności.

Tym gorzej dla niej.

– Teraz zadam pani kilka pytań, ale zanim zaczniemy, mam obowiązek poinformować, że od tej pory wszystko, co pani powie, trafi do protokołu.

– Rozumiem.

– Czy wiedziała pani, że Mikołaj Kwiatkowski zginie z jej ręki?

– Nie. Do ostatniej chwili nie spodziewałam się, że coś takiego się wydarzy.

Agent pokiwał głową, w końcu trudno było oczekiwać od niej innej odpowiedzi. Przez chwilę przeglądał dokumenty, a kiedy znów uniósł oczy, Ida dostrzegła w jego wzroku kolejne pytanie i znała jego treść, zanim jeszcze zdążył je zadać.

– Powiedziała pani, że nadal pozostaje opiekunką duszy Mikołaja Kwiatkowskiego. Czy może to pani wyjaśnić?

– Kiedy demony wyrzuciły go z ciała, jego duch przepadł – odparła wymijająco i nie do końca szczerze. – Do tej pory nie mogę go znaleźć ani przywołać. Dopóki błąka się gdzieś po naszej stronie, jestem za niego odpowiedzialna. Pozostaje pod moją opieką do momentu, aż przeprowadzę go na drugi brzeg Rzeki.

– Ma pani dar medium – zauważył odkrywczo śledczy. – Kto, jeśli nie pani, może przyzwać duszę zmarłego... o, przepraszam, zamordowanego człowieka? – Ani ta bynajmniej nie przypadkowa pomyłka, ani subtelna zmiana w tonie głosu mężczyzny nie uszły uwadze Idy. Etap pytań i odpowiedzi był w rzeczywistości etapem łapania za słowa, wzbudzania poczucia winy, szukania niezgodności w zeznaniach i zapędzania przesłuchiwanego w kozi róg. Dziewczyna nie miała zamiaru wdawać się ze śledczym w żadne przepychanki. Jeszcze sprowokowana chlapnęłaby coś, czego w żaden sposób nie mogłaby już cofnąć. – Proszę wyjaśnić, dlaczego nie potrafi pani tego dokonać.

– Zanim Kwiatkowski stracił cielesność, przez długi czas dzielił powłokę z demonami – wyjaśniła spokojnie. – Nie znam się na czarnej magii, ale komisarz Majcher oraz podkomisarz Kruszyński twierdzą, że dusza czarodzieja mogła przesiąknąć mocą piekieł do tego stopnia, że teraz sama zachowuje się jak czart i dlatego nie reaguje na moje wołanie.

– Ani komisarz Majcher, ani podkomisarz Kruszyński nie mogą orzekać, kiedy dusza odpowiada na wołanie medium, a kiedy nie. Ich opinia w tej sprawie opiera się wyłącznie na przypuszczeniach i jako taka jest bezwartościowa. Żadne z wymienionej dwójki nie jest ekspertem od życia pośmiertnego, w przeciwieństwie do pani.

– Pochlebia mi pan, ale doprawdy trudno nazwać mnie ekspertem. Mikołaj Kwiatkowski to pierwszy człowiek, którego zgon przewidziałam. Do tej pory odprowadziłam w zaświaty tylko cztery dusze: moją ciotkę Teklę Kryską, Karolinę Kwiatkowską, Janinę Lewandowską oraz Stanisławę Korcz...

– A co z... – przerwał jej i ponownie zajrzał w papiery. – Z Teodorem Cichockim, Różą Ginko i Mileną Wyrzykowską? Z dokumentów, które mam przed sobą, wynika, że te zjawy nawiedzały kamienicę przy Gajowej. Właśnie tę, do której się pani wprowadziła. Na dodatek zajęła pani lokal wynajmowany wcześniej przez ich medium, Stanisławę Korcz.

– To prawda, ale te trzy widma nie należą do nieżyjących ludzi. Ich ciała wciąż żyją. Zapadły w śpiączkę w wyniku nieudanego opętania, a Mikołaj i Stanisława próbowali je wybudzić. To był powód, dla którego Kwiatkowski zajął się czarną magią. Razem ze swoją współpracowniczką wierzyli, że śpiączkę po opętaniu można przerwać tylko dzięki demonicznej energii.

Facet z Wewnętrznego długo nic nie mówił, bawiąc się ołówkiem.

– Czyli do tej pory przeprowadziła pani cztery dusze – stwierdził wreszcie to, co już mu przecież powiedziała.

– Zgadza się. Niedawno ukończyłam szkolenie, moje doświadczenie jest niemal zerowe...

– A mimo to podkomisarz Kruszyński uznał za stosowne zwerbować panią do Firmy i powierzyć jej rolę konsultanta do spraw umarłych... – Agent zawiesił głos i uniósł brwi.

– Czy to było pytanie?

– Nie.

Gdy po dwóch minutach mężczyzna nadal się nie odzywał, Ida zaczęła się wiercić na krześle.

– Czy ma pani jakiekolwiek podejrzenia co do miejsca pobytu duszy Mikołaja Kwiatkowskiego? – podjął w końcu.

Mam więcej niż podejrzenia, pomyślała. Wiem na pewno, że utknął po drugiej stronie zwierciadła zupełnie jak Alicja, była uczennica Tekli. Z tą jednak różnicą, że czarodziej trafił w piekła Kusiciela, znanego jako Demon Luster.

Ale tego nie mogę wam powiedzieć.

– Niestety, nie.

– W jakim celu jedenastego maja wraz z komisarz Majcher złożyła pani wizytę w kostnicy, w której przechowujemy ciało denata?

– Myślałam, że kontakt z cielesnością pomoże mi odnaleźć duszę Kwiatkowskiego – skłamała gładko.

– Dlaczego tak bardzo pani na tym zależy?

O mało nie prychnęła. Mimowolnie zacisnęła wargi, by powstrzymać komentarz, który z uporem cisnął jej się na usta.

– Czy pan mnie w ogóle słuchał, kiedy mówiłam, że obowiązkiem szamanki od umarlaków...

– Słucham uważnie każdego pani słowa, nie rozumiem tylko, skąd ta determinacja. Skoro nie może pani go odnaleźć, dlaczego po prostu nie machnie nań ręką?

– Jeśli duch Mikołaja zbyt długo pozostanie po stronie żywych i nie trafi na czas w zaświaty, odejdzie w nicość. A w konsekwencji ja stracę okruch własnej duszy, będzie to kara za to, że nie zdołałam go uratować.

Miała szczerą nadzieję, że śledczy uwierzył i w to kłamstwo.

W rzeczywistości sytuacja rysowała się znacznie gorzej. Zanim Ida zabrała Karolinę na drugi brzeg, musiała obiecać kobiecie, że ocali jej męża. Posunęła się do tego, że złożyła Kwiatkowskiej nieśmiertelną przysięgę, przyrzeczenie, które jedna dusza składa drugiej i którego moc sprawia, że ten, kto je złamie, rozpływa się w niebycie. W przypadku gdy rozmawiająca z umarłymi daje słowo zjawie, krew ciała i łza duszy pieczętują więź, a ta więź nie wygasa nigdy, nawet po śmierci medium. W chwili wypowiadania nadprzyrodzonej obietnicy szamanka nie wiedziała, że czarodziej utknął w piekłach Demona Luster. Niestety, klamka zapadła i jeśli Ida chciała przeżyć, musiała znaleźć sposób, by go z nich wydobyć.

Nagle źrenice dziewczyny rozszerzyły się i chlusnęły smolistą czernią, która w jednej chwili całkowicie pochłonęła białka. Śledczy głośno nabrał powietrza na widok jej zmienionej twarzy, pierwszy raz tracąc nad sobą panowanie. Odruchowo zerknął w lustro weneckie, ciekaw, czy stojący za nim funkcjonariusze też to dostrzegli, a gdy przeniósł wzrok z powrotem na szamankę, jej tęczówki znów miały zwykły piwny kolor.

Choć wszystko to stało się bardzo szybko, Ida zauważyła reakcję agenta i bez trudu domyśliła się, co takiego zobaczył. Oczy czarne jak dwa onyksy oznaczały tylko jedno.

To niebyt wyciągał po nią ramiona.

Rozdział pierwszy

Bardzo dzika róża

No to niech się teraz skupi i mi łaskawie powie, z czym kojarzy jej się nazwa „dzika róża"? – zapytała gderliwie Tekla, z politowaniem obserwując, jak Ida syczy, klnie i litrami wody utlenionej obmywa krwawiące zadrapania na rękach i nogach. – Bo mnie na ten przykład z kolcami i ogólnie pojętą dzikością.

– Kolce rozumiem – odburknęła szamanka i starannie przykleiła sobie na łydkę kolejny plaster. – Ale skąd mogłam wiedzieć, że ona jest dzika zupełnie dosłownie?

Zdecydowanie nie tak miał wyglądać ten dzień. Ida chciała zająć czymś ręce i umysł, żeby choć przez chwilę nie myśleć o czekającym ją niebycie, przestać się zamartwiać duszą Mikołaja, nie rozpamiętywać jego śmierci i nie układać kolejnych niewykonalnych planów, które miałyby wydobyć czarodzieja z lustrzanych piekieł bez konieczności fatygowania się po niego osobiście. A ponieważ pogoda była piękna, dziewczyna postanowiła poszukać sobie czegoś do roboty w ogrodzie. Po skoszeniu trawy i wyplewieniu chwastów chwyciła za sekator i zabrała się do przycinania krzewów. Z porzeczkami, agrestami i żywopłotem poszło gładko, lecz Pech chciał, żeby dzika róża nie życzyła sobie żadnych upiększających zabiegów. Ba... zadbał nawet o to, by potrafiła dać temu wyraz w sposób równie krwiożerczy, co konsekwentny. Ida natomiast, nie wiedzieć czemu, nie umiała odpuścić i pchana niezrozumiałą, acz silną potrzebą zmasakrowania różanego krzewu, walczyła z kolczastymi gałązkami przez blisko pół godziny. Sama nie wiedziała, skąd wzięła się ta pełna agresji niechęć do róży i dlaczego instynkt ogrodnika mordercy doszedł do głosu właśnie tego dnia. Z niewyjaśnionych przyczyn już sam widok krzewu budził w niej mieszaninę nienawiści i strachu, a fakt, że przeklęta roślina śmiała stawiać opór, jeszcze bardziej umacniał Idową determinację w sianiu zniszczenia.

– Nie bardzo pojmuję, co ma na myśli.

– Mogłaś mnie uprzedzić, że toto jest takie agresywne, załatwiłabym sobie jakąś odzież ochronną albo coś... – mruknęła nachmurzona szamanka.

– O czym uprzedzić, przecież to tylko krzak! – Tekla zmarszczyła brwi. – Doprawdy, ostatnio zaczęła wygadywać takie dziwactwa, że zaczynam się o nią poważnie martwić.

– Zobacz, jak ja wyglądam!

– Jak siedem nieszczęść, nic nowego. Trzeba było ostrożniej z tym sekatorem. – Ciotka podpłynęła do okna i z dezaprobatą spojrzała na dziką różę, która nie była już tak bujna i rozłożysta jak jeszcze przed godziną. I to tylko dlatego, że Ida z tajemniczych powodów postanowiła ją bezlitośnie zmaltretować. Dziewczyna podążyła wzrokiem za spojrzeniem Tekli, by zobaczyć, że krzak wciąż jeszcze trzęsie się i prycha ze złości, zrzucając z siebie pojedyncze kolce i listki. – I co ją w ogóle naszło na odchwaszczanie w taki upał, nie ma ciekawszych zajęć?

– Nie ma – ucięła Ida nieco ostrzejszym tonem, niż zamierzała.

Ciotka obejrzała się na siostrzenicę i cały swój komentarz ograniczyła do wymownego uniesienia brwi.

– No co? – spytała zaczepnie szamanka. – Odchwaszczać człowiekowi nie wolno czy co?

– Ależ wolno, proszę bardzo, niech se człowiek odchwaszcza, kiedy chce. – Duch wzruszył ramionami. – Mógłby się tylko nieco przy tym rozchmurzyć.

– Nie da się. – Ida powróciła do przemywania krwawiącego przedramienia i zasyczała z bólu, gdy zadrapania zapiekły nieznośnie i zapieniły się na różowo. – Człowiek jest nie w sosie.

– To widzę. – Tekla niecierpliwie machnęła ręką. Tyle akurat sama zdołała zauważyć, znała swoją siostrzenicę wystarczająco długo, by wiedzieć, kiedy tej humor dopisuje, a kiedy wręcz przeciwnie. I nie miała wątpliwości, że dzisiaj zdecydowanie było wręcz przeciwnie. – No, niechże Ida przestanie zapluwać jadem otoczenie, bo jeszcze mi dziury w parkiecie wypali, lepiej niech mówi, co ją gryzie.

– Nic.

Ciotka omiotła wzrokiem sufit, westchnęła ciężko, po czym otaksowała swoją podopieczną centymetr po centymetrze, uważnie i wnikliwie niczym skaner. I znów zmuszona była stwierdzić, że Ida ostatnio zdecydowanie za dużo i za szybko chudła, skutkiem czego teraz dosłownie tonęła w zbyt luźnych spodniach i bluzie. Jej dotąd szczupła twarz zaczynała straszyć zapadniętymi policzkami, niegdyś smukłe dłonie stały się kościste i kruche, pod oczami widniały głębokie cienie, a piwne tęczówki coraz częściej stawały się tak ciemne, że prawie czarne, po czym czerń błyskawicznie rozlewała się dalej i całkowicie pochłaniała białka. Słowem, wskutek powyższych niezbyt korzystnych zmian w urodzie siostrzenica do złudzenia przypominała kostuchę spoglądającą na świat pustymi oczodołami.

Złośliwy powiedziałby zapewne, że będąc szamanką od umarlaków, dziewczyna po prostu stara się wyglądać profesjonalnie, jak przystało na mroczną żniwiarkę, i gdyby nie chodziło o Idę, Tekla przytaknęłaby takiemu twierdzeniu bez chwili wahania. Ale ponieważ chodziło o Idę, ciotka nie śmiała drwić z tej gwałtownej i wielce niepokojącej metamorfozy. Zamiast tego martwiła się o wychowankę, tym bardziej że nie znała przyczyn, dla których ta coraz bardziej upodabniała się do żywego trupa. Na pewno powodem przemiany nie był tylko brak snu, którym to dziewczyna próbowała tłumaczyć swój kiepski humor, przewlekłe przemęczenie i coraz upiorniejszy image. Bezsenność nie mogła stanowić jedynego wytłumaczenia, po pierwsze dlatego, że oczy zwykłych niewyspanych ludzi nie toną co rusz w czerni. A po drugie, wśród kruczych kosmyków siostrzenicy ciotka ze zgrozą dostrzegła coś, czego nie zarejestrowała wcześniej: pierwsze białe niteczki. Nawet zbliżająca się letnia sesja nie tłumaczyła przedwczesnego siwienia u niespełna dwudziestoletniej smarkuli. Nie trzeba było eksperta, by stwierdzić, że działo się coś bardzo, bardzo niedobrego. A fakt, że smarkula nie chciała zdradzić, co ją trapi, tylko potwierdzał najgorsze obawy Tekli.

Mianowicie takie, że Ida wpakowała się w kolejne poważne kłopoty.

– Nic jej nie gryzie, akurat – odezwała się wreszcie ciotka. – Przecież sama dobrze widzę. Od tygodnia chodzi zła jak osa, klnie tak, że nawet umarlakom żyć się odechciewa, i teraz na dodatek za punkt honoru obrała sobie zdemolowanie mi ogrodu...

– Ty to nazywasz ogrodem? – prychnęła szamanka zła na siebie, że mimo najszczerszych starań nie była w stanie ukryć zdenerwowania. – To puszcza dzika, dżungla nieprzebrana, do tego jeszcze o krwiożerczych zapędach!

– Gdyby Ida zachowywała się jak człowiek cywilizowany, a nie barbarzyńca uzbrojony w sekator, nie wyglądałaby teraz jak ktoś, kto przeczołgał się przez kilometr drutu kolczastego. Zrobiła się ostatnio zdecydowanie zbyt agresywna...

– A tam, od razu agresywna! – warknęła dziewczyna, po czym, przecząc własnym słowom, porwała ze stołu butelkę wody utlenionej oraz pudełko z plastrami, kopnęła stojące jej na drodze krzesło i pomaszerowała w stronę wyjścia.

– A dokąd to się wybiera?

– Na górę, do pokoju. Wykończyły mnie te niezrównoważone chwasty, teraz ty mi prawisz kazania, ja natomiast potrzebuję chwili świętego spokoju.

– Chciałam tylko zauważyć, że to ja tu jestem martwa i tym samym jako jedyna mam prawo do świętego spokoju – skomentowała cierpko ciotka głosem, który zwielokrotniony nadprzyrodzonym echem, dał się słyszeć w całej willi. Ostentacyjny wymarsz z kuchni w wykonaniu Idy nie zrobił na Tekli najmniejszego wrażenia, a już na pewno nie przeszkodził jej w prawieniu dalszych kazań. – Którym, jak również chciałam zauważyć, nie jest mi dane się cieszyć!

– A idź se i ciesz się, proszę bardzo! Dam sobie radę bez ciebie!

– Już to widzę – wycedziła ciotka. – Chodzi po domu jak bomba zegarowa, prawie tykanie słyszę, chwilami to się normalnie czuję, jak Kapitan Hak z *Piotrusia Pana.* I jeśli swoim, jakże rozsądnym, zachowaniem Ida stara się przekonać mnie, że wszystko jest w porządku, to radzę, by postarała się bardziej. Albo najlepiej, żeby w ogóle przestała udawać i powiedziała wreszcie, co ją tak wyprowadza z równowagi.

– Nie ma o czym mówić – burknęła szamanka, z wielce niezadowoloną miną ponownie pojawiając się w progu kuchni. Skoro efektowny wymarsz na nic się zdał, bo przy willi przemawiającej głosem Tekli marzenia o świętym spokoju nie miały najmniejszej szansy na spełnienie, dziewczyna poddała się i potulnie przyczłapała z powrotem, żeby chociaż zaparzyć sobie herbaty. Porwała kubek z blatu i włączyła czajnik. – Nie potrzebuję twojej pomocy, ile razy jeszcze mam ci to powtórzyć?

– Aż uwierzę, na ten przykład – odparowała Tekla. – A do tego to mi jeszcze nad wyraz daleko. Niezwykle dojrzałą rozmowę tu prowadzimy. Skończy wreszcie z tymi durnowatymi fochami czy nie?

– Nie!

– To nie. – Ciotka wzruszyła ramionami. – Ja poczekam.

– Nic ci nie powiem i już. Nie doczekasz się.

Kobieta z politowaniem pokręciła głową, po czym podpłynęła do siostrzenicy i z bliska zajrzała w piwne oczy.

– Przypominam, że ja, w przeciwieństwie do co poniektórych, mam do dyspozycji nieograniczone pokłady wolnego czasu – powiedziała tonem tak łagodnym, jakby przemawiała do dziecka. I choć w kącikach jej ust błąkał się cień zwykłego złośliwego uśmiechu, w głosie zabrzmiały subtelne, acz wyraźne nutki troski i niepokoju. – Małe są zatem szanse, bym miała czegokolwiek nie doczekać. Rozumie Ida, nieśmiertelność, życie po życiu, wieczność, te sprawy. Brzmi znajomo? Nigdy nie była przesadnie bystra, niemniej fakt, że palnęła aż taką bzdurę, utwierdza mnie w przekonaniu, że coś ją trapi, i to tak, że aż odbiera rozum. I ja chcę wiedzieć, co się dzieje, zanim będzie za późno, żeby jej pomóc. I dowiem się – dodała, gdy dziewczyna już otwierała usta, by zaprotestować. – Niech się buntuje i wścieka do woli, proszę bardzo, może przy okazji nieco ochłonie i zacznie wreszcie myśleć chociaż ciut logiczniej. Ale radzę jej pamiętać, że ja nie odpuszczę. Nie wrócę w zaświaty, dopóki nie dowiem się, co jest grane.

Ida przez kilka sekund bezgłośnie poruszała ustami, szukając w myślach ciętej riposty, a ponieważ żadna nie przyszła jej do głowy, zacisnęła wargi w ciasną linijkę i ciepnęła do kubka torebkę malinowej herbaty. Sama myśl o tym, że ciotka może dopiąć swego, sprawiała, że szamankę zaczynało mdlić z nerwów. Tekla nie miała pojęcia, że jej wychowanka wie, czym jest nieśmiertelna przysięga, umie ją składać i co gorsza, zdążyła już jedną równie pochopnie jak i nieodwracalnie złożyć. Ida natomiast była pewna, że prawda prędzej czy później wyjdzie na jaw, a wtedy ciotka wpadnie w szał. Nad tym, co wtedy się stanie, dziewczyna wolała się nawet nie zastanawiać. Nie miała bowiem wątpliwości, że przy furii Tekli niebyt i lustrzane piekła to doprawdy małe piwo.

– Jeśli zbyt długo zostaniesz po stronie żywych, rozpłyniesz się w nicość – bąknęła wreszcie Ida i sięgnęła po parujący czajnik.

A wtedy będzie nas dwie, dodała ponuro w duchu, zalewając herbatę wrzątkiem. Jeśli szybko nie wykombinuję, jak wydobyć Jednookiego z lustrzanych piekieł, lub nie znajdę sposobu na unieważnienie nieśmiertelnej przysięgi złożonej Karolinie, mnie też czeka wieczność w niebycie. Pyk, bum, trach i zniknę bez śladu. Dusza rozpryśnie mi się w pył, ciało błyskawicznie zgnije i zamieni w proch, nie zdążą nawet zadzwonić po pogotowie albo w ogóle zauważyć, że się rozleciałam na kawałki, a nie, dajmy na to, wyszłam na chwilę, niby po chleb...

Ciekawe, jak to jest nie istnieć.

– Niebywale to odkrywcze – zakpiła Tekla gderliwie, wyrywając siostrzenicę z zadumy. – Już ja mam swoje sposoby, spokojna głowa. Sobą niech się lepiej zajmie, toż gołym okiem widać, że źle z nią.

– Nic mi nie jest.

– Ta, schudnie jeszcze trochę, to ją ludzie na ulicy zaczną z litości dokarmiać. Wzięłaby i przestała wciskać mi kit, bardzo proszę, albo sobie pójdę...

– Obiecujesz?

– ...tfu! Znaczy nie, do licha, nie pójdę! Nigdzie się nie wybieram, mówiłam już, że zostaję, dopóki się wszystkiego nie dowiem. No. Ale z tym wciskaniem kitu to ja na poważnie. Mam dość wysłuchiwania bzdur, a za każdym razem, jak Ida otwiera jadaczkę, zapala mi się czerwona lampka. Niech sobie zatem daruje, bo ja zawsze rozpoznam, kiedy kłamie.

– W porządku. – Ida wzruszyła ramionami. – Już nic nie mówię.

– I słusznie. – Ciotka z aprobatą kiwnęła głową, zaraz jednak potrząsnęła nią gwałtownie. – Chociaż nie, mam do niej jedno pytanie.

– Co tym razem?

– Dlaczego jeszcze nie przeprowadziła Kwiatkowskiego?

Ida zamarła z kubkiem herbaty przytkniętym do ust. Starając się zachować pozorny spokój, siorbnęła spory łyk, odwróciła głowę tak, by Tekla nie mogła widzieć jej miny, i możliwie jak najciszej odetchnęła głęboko, żeby uspokoić walące serce.

– A dlaczego pytasz? – mruknęła niewinnie, udając, że szuka czegoś w szafkach. Po chwili bezmyślnego szperania wyjęła wiśniową nalewkę. Znalezisko wzięła za dobry omen, bez zastanowienia odkręciła butelkę i chlapnęła z niej zdrowo do kubka, nabrawszy nagle niesamowitej ochoty na herbatę z wkładką.

Pech popatrywał na nią zazdrośnie i zgrzytał zębami. Też by się napił, gdyby tylko mógł.

– To nie ja pytam, mnie tam Kwiatkowski guzik obchodzi – odparła spokojnie ciotka. – Karolina poprosiła, żebym się czegoś dowiedziała. Niech mi Ida powie, dlaczego to tyle trwa.

– Już ci powiedziałam. Jak ten ostatni kretyn bawił się czarną magią i go w końcu opętało. Duszę ma okropnie zdiabloną, rytuały oczyszczające zabierają dużo więcej czasu, niż można się było spodziewać... – Ida zacisnęła palce na gorącym kubku, modląc się w duchu, by Tekla uwierzyła w tę zmajstrowaną naprędce bajkę i żeby nie zapaliła jej się żadna ostrzegawcza lampka. W rzeczywistości Jednooki siedział w lustrach i szamanka nadal nie miała bladego pojęcia, jak go wydobyć, mimo że od tygodnia kombinowała na różne sposoby i próbowała sklecić jakiś plan działania.

– To już trwa tydzień – skomentowała krótko ciotka takim tonem, jakby czytała Idzie w myślach i świetnie wiedziała, że siostrzenica po raz kolejny próbuje ją zrobić w balona. – Coś za długo, nawet jak na bardzo zdiabloną duszę.

– A od kiedy to jesteś specem od demonów i opętania? – Dziewczyna łypnęła na Teklę spode łba. – Nie ja go oddiablam, więc nic ode mnie nie zależy i nie znam szczegółów. Wydział Opętań i Nawiedzeń ma własny protokół, jakieś rytuały przygotowawcze, jakieś kwarantanny i mnóstwo papierologii, nie zdziwiłabym się zatem, gdyby to jeszcze trochę zajęło.

– Ile?

– Ile, ile – zdenerwowała się Ida. – Mówię przecież, że nie wiem ile. Długo.

Tekla milczała kilka minut, badawczo przyglądając się siostrzenicy. Właściwie to od kilku dni nie robiła nic innego, tylko badawczo przyglądała się siostrzenicy.

– I to oddiablaniem Kwiatkowskiego tak bardzo się stresuje? – spytała wreszcie.

Nie, pomyślała szamanka. Tym, że będę musiała wleźć w piekła i targować się z Demonem Luster.

– Tak – odparła na głos. – Oddiablaniem. – Rzuciła ciotce szybkie spojrzenie i znowu siorbnęła herbaty. – Karolina mówiła ci coś jeszcze?

– Nie bardzo. Oprócz tego, że się martwi i ma nadzieję, że Ida niedługo przeprowadzi duszę jej męża na drugi brzeg.

– Robimy, co możemy, przekaż jej to, proszę. – Dziewczyna przymknęła oczy i przetarła twarz dłonią. Poczuła się nagle bardzo zmęczona. Co akurat ostatnio nie było dla niej niczym nowym. – Szybciej się zwyczajnie nie da.

Tekla kiwnęła głową i powoli wypłynęła z kuchni. Nie chciało jej się wierzyć, że Ida coraz bardziej przypomina zombiaka tylko dlatego, że zbyt zajęta zamartwianiem się o los Kwiatkowskiego, notorycznie zapomina o jedzeniu i spaniu. Mimo to ciotka miała zamiar zakończyć przesłuchanie na dziś i sprezentować dziewczynie chwilę samotności. Kiedy jednak zaraz za progiem stanęła oko w oko, czy raczej oko w liście, z krzakiem dzikiej róży, który nieoczekiwanie wyrósł na samym środku korytarza, natychmiast zapomniała, że przecież miała być wspaniałomyślna.

– No czy Ida serca nie ma?! Jak tak można, toż to świństwo!

– Co znowu? – spytała dziewczyna, wychodząc z kuchni w ślad za ciotką.

– Jeszcze pyta? To! Próbuje zabić biednego Gryzaka? Jak on wygląda?! Ile ostatnio żre, toż to niehumanitarne, to podchodzi pod znęcanie się nad zwierzętami!

– Nie moja wina, że mam aż tyle snów – próbowała się bronić szamanka.

– Ale jej wina, że nie pozwala łapaczowi ich sobie pokazać. Przecież on ma ograniczoną pojemność. Jak Ida myśli, ile się tego w nim jeszcze zmieści, co?

– To sny mogą się w ogóle gdzieś nie zmieścić? – Dziewczyna rzuciła Tekli sceptyczne spojrzenie.

– Nawet gdyby posiadały jakąkolwiek objętość, to i tak niewiele by to zmieniło, bo przy wielkości jej mózgu Ida ma we łbie od cholery wolnego miejsca, mogłaby zatem śnić do woli. Ale Gryzakowi, który jest utkany ze snów, grozi...

– Niech no zgadnę: pęknięcie z przejedzenia?

– I co, nie tak trudno było dojść do podobnego wniosku, prawda? – żachnęła się ciotka. – Patrzcie państwo, taka bystra, a nie wygląda. Ja wiedziałam, że coś tu śmierdzi, że mi tu Ida bezczelnie kręci z tą bezsennością. Czemu zmyśla, że nie może spać? Przecież gdyby nie sypiała, toby nie śniła i Gryzak nie wyglądałby teraz jak ogromniasta, zmutowana szypszyna! Ida to łgarz przebrzydły, jędza kłamliwa, paskudna oszustka, ot co!

– Jak już uda mi się przymknąć oczy, to raptem na dziesięć minut w ciągu doby. No, góra dwadzieścia – wyjaśniła Ida, starając się, by jej głos zabrzmiał łagodnie i potulnie. – I zaraz się zrywam, bo mnie te koszmary atakują ze wszystkich stron...

– Skoro tyle ich się zebrało, mimo że Ida tak krótko sypia, a na dodatek docierają do jej umysłu, mimo że ma łapacza snów, to znaczy, że są niezwykle ważne i nie wolno ich lekceważyć! – sarknęła gniewnie Tekla. – A tymczasem, zamiast wziąć się do roboty i sprawdzić, dlaczego śni o dzikiej róży, postanowiła złapać za sekator i z zapałem godnym lepszej sprawy siać spustoszenie w moim ogrodzie, jakby to w czymkolwiek miało pomóc! Głupia jest, jak stąd do „nie widać"!

– Mówiłaś to już – przypomniała cicho dziewczyna.

– I zdania nie zmieniam. – Tekla, jak to Tekla, nie dała się zbić z pantałyku. – A Ida z przerażającą konsekwencją utwierdza mnie w tym przekonaniu. W tej chwili bierze Gryzaka na górę i każe mu sobie pokazać sny. Wszystkie. A potem będzie je przeglądać co rano, regularnie, łapaczowi przyda się dieta.

– A czy on nie może ich pokazać tobie albo w ogóle odtworzyć gdzieś w eter? Znowu zobaczę jakichś umierających postrzeleńców, a naprawdę nie mam ochoty tego oglądać...

– Jest szamanką od umarlaków – fuknęła kobieta. – Jej ochota, czy też brak takowej, nie ma doprawdy najmniejszego znaczenia. Na Idzie spoczywają obowiązki, z których musi się wywiązywać, inaczej...

– Tak, wiem, stracę duszę okruch po okruchu i odejdę w niebyt... – dokończyła za ciotkę dziewczyna. – Powoli zaczynam oswajać się z tą myślą.

Ruchem głowy rozkazała Gryzakowi podążyć na górę, po czym wbiegła po drewnianych stopniach. Ciotka obserwowała ponuro, jak krzak dzikiej róży ulega gwałtownej transformacji. Zmienił kolor na granatowy i zaczął porastać futrem. Gałęzie pozwijały się w jeden duży kłębek, z którego po chwili wyrosła lisia kita, dwoje żółtych ślepi i para ogromnych uszu. Ociężały z przejedzenia łapacz zapiszczał żałośnie i zaczął wspinać się po schodach, niezdarnie stawiając łapki.

Ciotka już otwierała usta, gotowa uraczyć siostrzenicę kolejnym kazaniem, w głębi duszy wiedziała jednak, że ani karczemna awantura, ani łagodna perswazja nie przyniosą żadnych rezultatów. Dlatego też zrezygnowana machnęła ręką i ruszyła przez kuchnię, żeby jeszcze raz rzucić okiem na opłakany stan okaleczonego przez Idę krzewu.

Ledwo przepłynęła do ogrodu, usłyszała trzask samochodowych drzwi przed domem. Zaciekawiona przeniknęła przez rozłożysty agrest, który zasłaniał jej widok, i ku swemu zdziwieniu ujrzała czarnowłosego faceta w skórzanej kurtce, dżinsach i wysokich, masywnych buciorach. Nieznajomy wyciągnął plecak z zachlapanej błotem terenówki, po czym wlazł przez furtkę jak do siebie i wbiegł po stopniach prowadzących do frontowych drzwi willi.

Tekla skrzywiła się z niesmakiem.

Ani chybi członek gangu motocyklowego... tylko tak jakby bez motocykla. No dobra, to może, co gorsza, rockowiec. Albo metal czy tam inny... satanista, o! W każdym razie ktoś, kto na pewno nie zarabia na chleb niczym przyzwoitym, a tfu!

Ciotka momentalnie zrezygnowała z oceniania szkód w ogrodzie, wróciła do domu, wpłynęła na piętro i wpakowała głowę do pokoju siostrzenicy. Ida, która właśnie próbowała udobruchać obrażonego na cały świat Gryzaka, na dźwięk dzwonka najpierw skoczyła do okna, a potem zbiegła na parter. I tak się przy tym śpieszyła, że nawet nie zauważyła tkwiącej w ścianie ciotki.

– O i ło, proszę bardzo, niech sobie jeszcze nogi dla faceta połamie na tych schodach... – Tekla pokręciła głową. – Głupia dziewucha.

Wyskoczyła z powrotem na korytarz i podpłynęła do balustrady, żeby podsłuchać, o czym Ida i rockowiec gadają w przedpokoju.

– Tak tęsknisz za swoimi kotami, że postanowiłaś przygarnąć dzikie? – zapytał czarnowłosy na powitanie, z uwagą przyglądając się zadrapaniom na ramionach i twarzy dziewczyny. – Kto cię tak załatwił?

– Robiłam porządek w ogrodzie.

– No i jak widzę, miał przewagę liczebną i nie dał ci żadnych szans.

– Ażebyś wiedział – rzuciła bojowo. – Jak cię tam zaprowadzę, to się, chłopie, zdziwisz. Chcesz?

– Głodny jestem.

– Matko, a ten znowu swoje. – Ida prychnęła i obdarzyła gościa nieprzychylnym spojrzeniem. – Nic z tego, lodówka świeci pustkami, a zresztą dobrze wiesz, że masz zakaz wstępu do mojej kuchni.

– Przewidziałem, że to powiesz, dlatego wstąpiłem do indyjskiej knajpki i wziąłem żarcie na wynos – uśmiechnął się czarnowłosy. – Się składa, że kupiłem dwie porcje, co też było dobrym pomysłem – dodał, taksując dziewczynę od góry do dołu dokładnie tak, jak to przed chwilą zrobiła Tekla. – Nie no, serio, powinnaś coś zjeść, to przestaje być śmieszne, nawet te twoje umarlaki wyglądają zdrowiej niż ty. – Ściągnął plecak z ramion i wyjął pękatą papierową torbę. – No nie patrz tak na mnie, tylko leć po talerze i widelce, póki mój kurczak tikka masala jest jeszcze gorący. A, i po szklaneczki, mam też whisky.

Ida przewróciła oczami.

– No słuchaj, aniele, poszedłbym sam, ale przecież mam zakaz, si?

Gdy po paru minutach oboje ruszyli na piętro uzbrojeni w miski wyładowane kurczakiem z ryżem i szklanki wypełnione lodem, Tekla przezornie skuliła się w cieniu. Nie przypuszczała, że jako duchowi przyjdzie jej kiedykolwiek kryć się przed kimkolwiek i że dzięki Idzie przypomni sobie, jak to było za życia kogoś podsłuchiwać...

– Daruj sobie, i tak wiem, że tu jesteś – burknęła dziewczyna, przechodząc obok ciotki.

– Mówisz do Tekli? – zapytał facet, a kobieta zaklęła z cicha. – Jest tutaj?

Szamanka lekceważąco wzruszyła ramionami.

– Nie wolisz zatem porozmawiać gdzieś indziej? – zasugerował czarnowłosy, rozglądając się odruchowo i bez sensu. Doskonale wiedział, że Tekli nikt poza Idą nie miał prawa dostrzec, a jednak trudno mu było nie zerkać na boki.

– Nie. – Dziewczyna weszła do pokoju, zamknęła okno i zaciągnęła zasłony. Nie chciała, by harpia Joanna, która zadomowiła się na pobliskiej jabłoni i co chwilę stawała w płomieniach niczym feniks, rozpraszała ją podczas rozmowy swoimi regularnymi wybuchami ognia czy przeraźliwym darciem dzioba.

Po chwili Ida obejrzała się na gościa. – No co tak sterczysz w progu, chodźże tu z tą whisky, ciotka i tak nas nie usłyszy.

– Jak to? – zapytali chórem Tekla i czarnowłosy. Czarnowłosy z zainteresowaniem, a Tekla podejrzliwie.

– Naumiałam się takiej jednej fajnej sztuczki, zaraz zresztą sami zobaczycie. Kruchy, przyniosłeś colę?

– Przyniosłeś.

– To dawaj. Whisky też, muszę się napić. A ty się, Tekla, zdecyduj, wchodzisz czy nie?

– Kim jest ten facet? – spytała sucho ciotka, przenikając przez ścianę do pokoju. – Skąd Ida zna takich... osobników?

– Z WON-u. To podkomisarz Konstanty Kruszyński. Czego się czepiasz, co ci znowu nie pasuje? Chyba dobrze, że mam znajomości, co? Na wypadek gdybym przewidziała śmierć kolejnego opętanego palanta?

– Znajomości dobra rzecz – orzekła Tekla, niechętnie łypiąc na czarnowłosego. – Ale on mi się nie podoba.

– Nie od tego jest, żeby się podobał – prychnęła szamanka.

– To nadal o mnie? – zainteresował się Kruchy, unosząc oczy znad pełnego widelca. – Jeśli tak, to pozwolę sobie zaprotestować.

Tekla i Ida zgromiły go spojrzeniami. Niestety, łowca nie mógł widzieć wzroku ciotki, a ponieważ dziewczyna miała dużo mniejsze doświadczenie w gromieniu, nie przejął się specjalnie i ani na chwilę nie przestał uśmiechać.

– Nie podoba mi się – powtórzyła Tekla, wolno cedząc słowa. – I wolałabym, żeby sobie poszedł.

– No to zupełnie odwrotnie niż ja – skwitowała Ida i z zadowoleniem otworzyła butelkę whisky. – Kruchy, no gdzie ta cola? I zanim zaczniemy gadać o konkretach, daj mi chwilę. Fajowska sztuczka wymaga doszlifowania, a to może zająć z minutkę.

– Spoko. – Łowca kiwnął głową i napełnił szklanki. – Postaram się znaleźć jakiś mało ważny temat... O, na przykład: jak ci idą przygotowania do sesji?

– Mało ważny temat, akurat – mruknęła niechętnie szamanka. – Rozejrzyj się – poleciła i szerokim gestem potoczyła po pokoju. – I powiedz, co widzisz.

Kruchy i Tekla rozejrzeli się posłusznie. Po chwili czarnowłosy wzruszył ramionami, ciotka natomiast zmarszczyła brwi.

– Dookoła mnie panuje przerażająco idealny porządek – stwierdził wreszcie, przełknąwszy kawałek kurczaka. – I zmuszony jestem przyznać, iż czuję się z tym nader niekomfortowo.

Tekla w zamyśleniu kiwnęła głową, przyznając mu rację.

– Właśnie – zgodziła się Ida. – A zwykle gdy zakuwam, moje otoczenie zamienia się w wysypisko notatek, książek, kserówek i rysunków. Teraz zupełnie nie mam do tego głowy. W ostatnich dniach byłam w stanie jedynie posprzątać pokój i dla równowagi zdemolować ogród.

– Brawo – pochwalił ją łowca z wyrazem śmiertelnej powagi na twarzy. Tylko w stalowych oczach zajaśniało rozbawienie. Gdy dziewczyna znów spróbowała zgromić go wzrokiem, natychmiast udał, że znalazł coś niezwykle fascynującego między ziarenkami ryżu.

Tekla tymczasem klęła pod nosem w żywy kamień, zła na siebie, że przeoczyła kilka istotnych faktów. Nienaturalny porządek w Idowym pokoju nie dał jej nic do myślenia, a powinna się była przecież zorientować, że coś nie gra. Zwłaszcza że podczas zimowej sesji siostrzenica faktycznie co rusz potykała się o książki i notatki, a sterty papierów sięgały jej niemal do kolan. Ciotka nie zauważyła też, że dziewczyna nie dramatyzowała z powodu egzaminów, choć do tej pory byle zaliczenie stawało się powodem do paniki. Czujność Tekli uśpił widok szamanki od kilku dni wertującej zawzięcie jakieś grube tomiszcza. Kobieta zbyt pochopnie wzięła je za podręczniki akademickie, ale teraz, kiedy do tego idealnego porządku doszły rewelacje o sztuczce, dzięki której duchy nie mogą usłyszeć rozmowy żywych, ciotkę nareszcie olśniło.

Ida na pewno nie nauczyła się tego triku podczas szkolenia. Nie, zamiast przygotowywać się do egzaminów, przez cały ten czas siedziała nad księgami z Teklowej biblioteczki. Zwojami i woluminami o duchach, upiorach, zjawach, banshee, marach, poltergeistach, widmach, potępionych duszach i całej reszcie mniej lub bardziej problematycznych umarlaków. W innych okolicznościach ciotka zapewne pękałaby z dumy, jednak zbyt dobrze znała swoją wychowankę, chwilowo była zatem zmuszona powstrzymać się od pęknięcia. Sęk w tym, że dziewczyna zgłębiała tajniki zawodu szamanki od umarlaków tylko dlatego, że nie miała innego wyjścia. Nigdy z własnej i nieprzymuszonej woli nie poświęciłaby nawet chwili na podobną lekturę, a już zwłaszcza tuż przed sesją. Jedyną rzeczą, jaka mogła ją do tego zmusić, było bezpośrednie zagrożenie życia. To natomiast prowadziło do kolejnego niewesołego wniosku: jej aktualne zaangażowanie oznaczało, że sytuacja jest dużo poważniejsza, niż można było przypuszczać.

A fakt, że chciała rozmawiać z czarnowłosym w cztery oczy nie wiadomo o czym, tylko pogarszał obawy Tekli.

– Żeby cię pocieszyć – odezwał się Kruchy, zanim ciotka zdążyła skonfrontować siostrzenicę ze swoimi podejrzeniami – śpieszę poinformować, że załatwiłem dla ciebie następny specyfik.

– I co, znowu chcecie mnie upić? – Ida popatrzyła na łowcę bez przekonania. – To ma mi pomóc w zaliczeniu sesji?

– Ta ostatnia libacja to był wypadek przy pracy. Mamaj zarzekał się, że pomylił buteleczki i wykradł z pracowni alchemicznej niewłaściwy eliksir. Miał szczery zamiar przynieść ten na pamięć i koncentrację, a nie ten na misję na Marsa. Podobno nasz alchemik dorwał kolejną księgę, a w niej przepis na nową recepturę, więc poprosiłem Mamaja, żeby ci wieczorem podrzucił flaszeczkę. No, chyba że zmienisz zdanie i zgodzisz się na modyfikację wspomnień, to ci wgramy to i owo...

– Mowy nie ma, to byłoby już totalne oszustwo. A ile ten nowy wynalazek ma procent?

– Dużo. – Na widok jej miny łowca wzruszył ramionami. – Mamy piątek, pierwszy egzamin czeka cię w poniedziałek, a skoro i tak nie jesteś się w stanie skupić, to co ci zależy? Najwyżej dzisiaj się upijesz, jutro będziesz na kacu, w niedzielę dla odmiany w panice, a w poniedziałek spokojnie pójdziesz i oblejesz. Student bez poprawki jest jak szamanka bez umarlaków, powiadam ci.

– Fantastyczny plan – skomentowała kwaśno Ida. Usiadła na łóżku naprzeciwko Kruchego i jednym haustem opróżniła pół szklanki whisky z colą. Skrzywiła się lekko. Drinki łowcy, choć bywały rozmaitych smaków i kolorów, miały jedną wspólną cechę: były diabelnie mocne. – A ty co, colę oszczędzasz czy jak? Tego się nie da pić!

– To nie pij, tylko sącz. Pić będziesz z Mamajem, a my tymczasem mamy do pogadania. Co z tą twoją fajowską sztuczką, gotowa?

– Prawie. Bądź przez chwilę cicho, zaraz skończę...

– Najpierw zjedz.

– Już się najadłam, dziękuję.

– Nie ściemniaj – uciął Kruchy. – Długo masz zamiar pociągnąć na tych pięciu ziarenkach ryżu? Strach z tobą iść na spacer do parku, bo cię jeszcze kaczki zaczną okruszkami częstować. Jedz.

Ida parsknęła pod nosem, usiadła wygodniej i niechętnie sięgnęła po miskę. Ani Tekla, ani łowca nie byli świadomi, że gapią się na dziewczynę z identycznymi minami. Po chwili Kruchy nie wytrzymał i wyartykułował to, co ciotka miała na końcu języka.

– Dawaj mi tę michę, bo nie mogę na to patrzeć. Lepiej kończ już te szamańskie wyczyny i przejdźmy wreszcie do rzeczy.

To mówiąc, zajął się drinkiem i Idową porcją kurczaka tikka masala, a Tekla tymczasem nadal przyglądała się poczynaniom siostrzenicy.

Dziewczyna zakolebała butelką, patrząc, jak oleista whisky obmywa szklane ścianki. Kruchy jadł i czekał cierpliwie bez żadnych protestów, ale gdy po chwili włosy i brwi szamanki zamigotały od szronu, a każdy jej oddech zamieniał się w obłoczek pary, łowca przewrócił oczami i zaklął pod nosem. Nie znosił, gdy Ida wychodziła z ciała w jego obecności, czuł się wtedy, jakby siedział obok trupa, i w rezultacie zawsze tracił apetyt. Z ciężkim westchnieniem i ogromnym żalem odłożył widelec.

– Nie zamierza chyba zrobić tego, o czym myślę – odezwała się tymczasem Tekla, podpływając do ducha siostrzenicy.

– A o czym myślisz?

– Umie tkać widmową mgłę?

Szamanka uśmiechnęła się chytrze.

– Teoria nie jest specjalnie skomplikowana, a przez to, że ostatnio prawie w ogóle nie sypiam, na praktykę miałam od groma czasu.

Ciotka sceptycznie uniosła brew. Jednak w jej ciemnobrązowych oczach zalśniło zaciekawienie, a nawet cień zadowolenia.

– No to zobaczmy, na co ją stać.

Każdy, kto po śmierci nie trafił na czas w zaświaty i rozpłynął się w niebycie, zostawia po sobie ślad w świecie żywych, ulotny strzępek własnej duszy. Niektóre z nich są mniejsze od pyłu i wirują w powietrzu zmieszane z drobinkami kurzu. Inne, nieco większe, przywodzą na myśl niteczki babiego lata. Takie strzępki dusz, umiejętnie splecione ze sobą w widmową mgłę, zaczynają krążyć wokół tej, która je przywołała, skutecznie odgradzając ją od nieżywych. Dzięki temu zjawy nie są w stanie dostrzec medium ani go podsłuchać.

Ida skończyła tkać mgłę już poprzedniej nocy, teraz wystarczyło tylko, że przywołała Wiatr Zaświatów, by delikatne kłębki oderwały się od ziemi i rozpoczęły zwiewny taniec wokół niej i Kruchego. Już po minucie oboje zniknęli Tekli z oczu.

Tymczasem łowca psioczył i marudził, co rusz dolewając sobie coraz mniej coli, a coraz więcej whisky. Zamilkł dopiero, gdy usta szamanki stały się nieco mniej sine, a twarz zaczęła nabierać żywszych kolorów.

– No – powiedziała Ida z zadowoleniem, a głos drżał jej z zimna. Zeskoczyła z łóżka, przemaszerowała przez pokój i zaczęła szperać w szufladzie wiekowej komody. – Gotowe – oświadczyła, wciągając przez głowę gruby sweter.

– Co ty właściwie zrobiłaś? – spytał Kruchy.

– Uprzędłam widmową mgłę.

– Aha. A co to jest? Albo nie, nie mów mi, ja nic nie chcę wiedzieć – rozmyślił się, gdy dziewczyna już nabierała powietrza, by mu odpowiedzieć. – Znowu zaczniesz gadać o jakichś resztkach dusz, pieśniach umarłych, cieniach wspomnień czy innych nawiedzonych dyrdymałach, a na to nie mamy czasu. Tekla sobie poszła?

Ida zerknęła w bok. Ciotka nadal tkwiła w tym samym miejscu z taką miną, jakby nie była pewna, czy bardziej jest dumna z siostrzenicy, której udało się utkać widmową mgłę, oburzona, że została w taki sposób wyproszona z rozmowy, czy raczej zmartwiona tym, że kłopoty szamanki były na tyle poważne, że ta z konieczności zaczęła zgłębiać tajniki swego znienawidzonego zawodu.

Dziewczyna jeszcze nieoswojona z tym, że jest dla Tekli niewidzialna, uśmiechnęła się do niej przepraszająco, usiadła z powrotem na łóżku i sięgnęła po swojego drinka.

– Nie, nie poszła, nadal tu jest, ale nie widzi nas i nie słyszy ani słowa – zapewniła Kruchego, ścierając z twarzy topniejący szron. – No to mów. Udało ci się coś ustalić?

Łowca rozsiadł się wygodniej z nogami na biurku i zerknął na szamankę.

– Przejrzałem wszystkie akta dotyczące Kwiatkowskiego – odezwał się po krótkiej ciszy – ale nie znalazłem nawet wzmianki o Demonie Luster. Przeszukałem bazę danych Firmy od dechy do dechy, a im głębiej szperałem, tym częściej system blokował mi dostęp i częstował komunikatem, że nie mam uprawnień do przeglądania ściśle tajnych dokumentów. A zatem Firma coś o Kusicielu wie, ale informacjami na jego temat dzieli się tylko z nielicznymi wybrańcami. W każdym razie muszę jeszcze pogrzebać, zanim się dowiem, co to za gościu i jak go dorwać.

– No to dupa blada. To pewnie zajmie całe tygodnie.

– Niekoniecznie – uspokoił ją. – Znam w Warszawie jednego takiego wybrańca, który może sobie myszkować w poufnych danych do woli. Jutro jadę do stolicy, a ty nie daj się zabić, kiedy mnie nie będzie, dobra?

Ha, żeby to było takie proste, pomyślał zasępiony Pech i ani na moment nie odrywał oczu od butelki whisky.

Ida smętnie pokiwała głową. Milczała, przygryzając dolną wargę i nerwowo skubiąc rękaw swetra.

– Wiesz, co przyszło mi do głowy? – zapytała wreszcie.

– Nie wiem, ale poznaję ten ton i już się boję. Głos ci się zmienia zawsze, gdy wpadniesz na jakiś szalony pomysł.

– W księgach Tekli wyczytałam, że nawet wiele lat po śmierci ciało nadal przechowuje wspomnienia – powiedziała, nie zważając na jego słowa. – Pomyślałam więc, że gdyby tak zbadać Jednookiego...

– Ruda z Mamajem już mu prześwietlili umysł – przerwał jej szybko łowca. – Nic nie znaleźli.

– A czy któreś z nich pofatygowało się do środka?

– Jak to: do środka?

– No zwyczajnie. – Dziewczyna niecierpliwie zastukała paznokciami w szklankę. – Której części „do środka" nie łapiesz? Jako szamanka od umarlaków powinnam dać radę.

– Nie wydaje ci się, że to trochę niebezpieczne? Ten człowiek był opętany...

– No i go odpętaliście – wpadła mu w słowo. – No co to za mina, przecież mówiłeś, że Jednooki jest po wszystkich egzorcyzmach i że ciało nie stanowi już żadnego zagrożenia.

– Mówiłeś, mówiłeś – przytaknął ponuro. – Ale gdybym wiedział, że takie rzeczy zaczną przychodzić ci do głowy, to nic bym nie mówił. A poza tym sama powtarzałaś, że cudze ciało to co innego, dlatego nie zdecydowałaś się iść na spotkanie z notariuszem przyodziana w powłokę Lewandowskiej, pamiętasz? Z własnego możesz wyłazić i włazić z powrotem, ile ci się żywnie podoba, ale w przypadku cudzego...

– Z Rudą mi się udało – przypomniała Ida. – I to na odległość. Teraz będzie łatwiej, Kwiatkowski nie dość, że jest do naszej dyspozycji w dowolnej chwili, to na dodatek nie żyje, więc nie będzie stawiał oporu.

– Nie podoba mi się ten plan – oświadczył Kruchy niemal obrażonym tonem. – To jest bardzo głupi plan. Nie możesz poczekać, aż wrócę z Warszawy? Może zdobędę jakieś informacje i zwiedzanie Mikołajowych flaków w ogóle nie będzie konieczne...

– Oj, przestań marudzić! – Ida nie wytrzymała i rzuciła w niego poduszką. – Muszę zacząć działać, bo inaczej zwariuję, a wycieczka w Mikołajowe flaki to jak na razie jedyna rzecz, jaką mogę zrobić. W notatkach Stanisławy nie ma ani słowa o tym, jak unieważnić nieśmiertelną przysięgę, w księgach Tekli też nie znalazłam choćby wzmianki na ten temat. A dopóki ciotka wisi mi nad głową, nie mogę wywołać Staśki z zaświatów, żeby nauczyła mnie przechodzić na drugą stronę lustra, bo jak wyjdzie na jaw, co kombinuję, to dopiero będzie afera. Tekla wie, jak się przechodzi, ale już dawno zapowiedziała, że będzie ostatnią duszą na Ziemi, która mnie w tym przeszkoli. Dlatego pozwól mi poszukać informacji o Kusicielu we wspomnieniach Jednookiego, przecież niczym nie ryzykujemy.

– Stanisława była współpracowniczką Kwiatkowskiego – nie ustępował Kruchy. – A niewiele jest nam w stanie o Kusicielu powiedzieć, dlaczego więc Jednooki miałby...

– Przecież ona, w przeciwieństwie do Jednookiego, nie podpisała paktu z Demonem Luster, tylko uciekła, więc nic dziwnego, że niewiele wie. Możesz z łaski swojej nie szukać dziury w całym?

– A rób, co chcesz – poddał się wreszcie. – Pogadam z Rudą, zabierze cię do kostnicy.

Ida skinęła głową i opróżniła szklankę jednym haustem. Kaszlnęła w pięść.

– A właśnie, byłbym zapomniał – mruknął łowca, przetrząsając kieszenie w poszukiwaniu papierosów i zapalniczki. – Nasza ekipa zwija się z twojej kamienicy pod koniec tego tygodnia. W weekend skończą modyfikować pamięć ostatniej rodzinie, która dopiero wróciła z urlopu. Oczyszczą też mieszkanie Kwiatkowskich jeszcze raz, dla pewności. Od poniedziałku możesz z powrotem się wprowadzić i wynająć komuś puste lokale. Albo ewentualnie sprzedać wszystko w cholerę, jeśli to miejsce źle ci się kojarzy...

– Czekaj, czekaj... – Dziewczyna zmarszczyła brwi. – Jakie wynająć, jakie sprzedać, o czym ty gadasz?

– A to ty nic nie wiesz? Lewandowska cały majątek zapisała tobie, Ruda ci o tym nie wspominała?

Ida wybałuszyła oczy i wolno pokręciła głową.

– No masz... – Kruchy wyciągnął do niej paczkę lucky strike'ów, ale ponieważ szamanka była zbyt oszołomiona wieściami, by w ogóle to zauważyć, bez zbędnych ceregieli wsunął jej papierosa do lekko rozchylonych ust. – Zapisała ci kamienicę i wszystkie swoje oszczędności, no i muszę przyznać, że trochę tego jest.

– Przecież to mi dyktowała swoją ostatnią wolę – zaprotestowała dziewczyna. – Na pewno bym zapamiętała, gdyby wymieniła mnie jako spadkobierczynię...

– Najwidoczniej w ostatniej chwili zmieniła zdanie, bo kazała notariuszowi sporządzić nowy dokument.

– Jak nic wezmą mnie teraz za łowczynię spadków – zawyrokowała i nachyliła się, by odpalić papierosa od wyciągniętej ku niej zapalniczki. – To już drugi w ciągu kilku miesięcy, najpierw Tekla, teraz Lewandowska...

– Se znalazła powód do narzekań – parsknął Kruchy. – Podziel się ze mną, jeśli masz za dużo, zdajesz sobie sprawę, jak w WON-ie kiepsko płacą?

– Wyjaśnij mi, proszę, bo coś nie mogę zakumać – wymamrotała, przeczesując palcami splątane włosy. – Co jej w ogóle przyszło do głowy, żeby mi cokolwiek zapisywać?

– A bo ja wiem? Może stwierdziła, że nikt z wcześniej wskazanych przez nią spadkobierców nie zasługuje na przejęcie majątku, i postanowiła ci się odwdzięczyć za przeprowadzenie w zaświaty.

Szamance jakoś trudno było uwierzyć, by wścibska i wredna Lewandowska wiedziała, co to wdzięczność. O bezinteresowności nie wspominając. Ida była gotowa iść o zakład, że prędzej czy później widmo kobiety złoży jej wizytę, żeby zażądać czegoś w zamian za niespodziewany spadek. Dziewczyna nie zdążyła jednak podzielić się z łowcą swoimi wątpliwościami. Gryzak, który do tej pory leżał zwinięty w kłębek w nogach łóżka, z trudem dźwignął się na łapki, przyczłapał do swojej pani i delikatnie pociągnął ją ząbkami za rękaw swetra.

– A jemu co się stało? – Kruchy uniósł brwi. – Wzdęty jakiś taki...

– Obżarł się snami. Przez ostatnie dni sporo ich się nazbierało, muszę mu wreszcie ulżyć i zobaczyć, co za koszmary mnie ostatnio nawiedzają. – Ida skrzywiła się z niechęcią. – Pewnie znowu zobaczę jakiegoś cudaka, któremu pisany jest rychły zgon, i będę musiała zaopiekować się jego duszą, a przecież nie mam na to czasu! Kwiatkowski to teraz mój priorytet...

– Życzę zatem udanego seansu. – Łowca zerknął na zegarek i wstał z fotela. – Wyjeżdżam jutro z samego rana, a muszę jeszcze załatwić parę spraw. – Szybko opróżnił swoją szklankę i z trzaskiem odstawił na biurko.

– A ty czasem nie przyjechałeś samochodem? – spytała podejrzliwie. – Zamierzasz prowadzić pod wpływem, mój ty bezkompromisowy stróżu Praw?

– Niewykonalne – westchnął z udawanym żalem. – Miałem już kiedyś pewne... incydenty...

– Incydenty?

– Incydenty. I teraz podczas służby muszę nosić to. – Kruchy podciągnął rękaw skórzanej kurtki, odsłaniając nadgarstek, i zaprezentował Idzie nabijaną ćwiekami bransoletę z czarnej skóry.

– Toż to zwykła pieszczocha.

– A figę, bo amulet. Całkowicie neutralizuje działanie alkoholu i wszelkich używek. Znaczy oprócz fajek. No i kawy. Ale poza tym wszelkich.

– I możesz żłopać wódę w godzinach pracy?

– Nie mogę, ale nawet gdy złamię regulamin, to i tak z tym na ręku nie zdołam się choćby odrobinę wstawić, a zbyt lubię smak alkoholu, by nie próbować. Nie mam obowiązku zakładać go po służbie, ale jak sama widzisz, nawet wtedy potrafi się przydać. No. To idę. – Zarzucił plecak na ramię i wyjął coś z tylnej kieszeni spodni. – Jak znajdziesz coś we wspomnieniach Kwiatkowskiego, dzwoń. – Rzucił dziewczynie komórkę. – Skoro grzebiemy przy tajemnicach Firmy, lepiej mieć się na baczności. Dlatego kazałem zabezpieczyć telefon magią i teraz jest praktycznie nie do namierzenia. Mój numer znasz. *Stay frosty*, szamanko.

Tekla kręciła się w tę i z powrotem po pokoju. Była do granic rozdrażniona tym, że nie mogła niczego podpatrzeć ani co gorsza, podsłuchać rozmowy Idy i tego podejrzanego młodego człowieka. Krążyła w powietrzu pogrążona w jak najgorszych myślach, gdy nagle ów podejrzany młody człowiek zmaterializował się tuż przed jej nosem, po czym bezczelnie przelazł jej przez duszę i z potwornym dudnieniem zbiegł po schodach.

Ciotka niechybnie dostałaby zawału.

Na szczęście była już martwa.

Otrząsnęła się z szoku i świętego oburzenia, poczekała parę sekund i przełamując odrętwienie, jakie ogarnia duszę po nagłym kontakcie z żywym ciałem, rozejrzała się po pokoju. Tak samo pustym i cichym jak przed chwilą. Czym prędzej dopadła okna i gdy upewniła się, że Ida nie opuściła willi w towarzystwie czarnowłosego, znów zaczęła snuć się w powietrzu między łóżkiem a regałem, zachodząc w głowę, co takiego chciała przed nią ukryć ta niepoprawna pannica, skoro wciąż nie ściągała zasłony...

Kto jak kto, ale Tekla miała szósty zmysł.

A nawet siódmy, jeśli liczyć kobiecą intuicję. I teraz ta intuicja darła się w niej wniebogłosy i co sił biła na alarm.

Duma z siostrzenicy, która włożyła tyle wysiłku, by nauczyć się pleść widmową mgłę, zniknęła bez śladu pod lawiną domysłów, obaw i ogromnych znaków zapytania. Ciotka nadal nie miała pojęcia, w co tym razem wpakowała się jej podopieczna, ale dałaby sobie duszę rozproszyć, że w coś bardzo, bardzo niebezpiecznego. Przez chwilę łudziła się, że Ida zwyczajnie i po szczeniacku się wzięła i zakochała, stąd te wahania nastroju, stres, nieprzespane noce, siwe włosy... Nie, no nie, bez sensu, przecież to nie wygląda jak objawy zakochania, raczej depresji, jeśli już! No... no chyba że zakochała się nieszczęśliwie. Tekla w zamyśleniu pokiwała głową. To by nawet pasowało, nieodwzajemniona miłość wyniszcza skuteczniej niż niejedna zaraza. A i ten czarnowłosy wygląda na takiego, co to lubi rozkochać, skrzywdzić i zostawić, oj tak, ciotka poczuła to przez duszę, gdy tylko go zobaczyła. I teraz jeszcze wybiegł tak nagle, jakby go sam diabeł gonił, a Ida wciąż nie ściągnęła widmowej zasłony...

Matko, zabił ją!

Ależ gdzie tam, co za idiotyzm, przecież gościu jest z WON-u, na cholerę miałby ją zabijać?! No to może zerwał z nią i ona się zabiła...

Kobieta nerwowo poprawiła włosy i przygryzła dolną wargę, bezskutecznie próbując się uspokoić i przegnać z umysłu krwawe wizje.

Dobra, po co zaraz tak drastycznie. Może Ida ryczała właśnie w poduszkę, jak to porzucone baby mają w niechlubnym zwyczaju. I nie rozpraszała mgły, by zapewnić sobie chwilę prywatności, uniknąć niewygodnych, bolesnych pytań. Ale jeśli Tekla miała rację, jeśli dziewczynę i tego... no, Łamliwego czy jak mu tam było... Jeśli coś ich łączyło, to oboje musieli być urodzonymi aktorami, bo nic nie dali po sobie poznać, nie zdradzili się choćby jednym spojrzeniem. Ciotka jako wróżka nigdy co prawda nie specjalizowała się w horoskopach miłosnych, ale przecież od razu by wyczuła, gdyby próbowali coś przed nią ukryć. Ale nie wyczuła, a zatem nie udawali, a zatem nie mieli nic do ukrycia, a zatem niczego między nimi nie było, a zatem...

Ano właśnie: a zatem co?

Tekla powróciła w swych rozważaniach do punktu zero i tak ją to zirytowało, że porwała z parapetu doniczkę z kaktusem i cisnęła nią przez pokój, prosto w ścianę. Huk uderzenia natychmiast wyrwał ciotkę z rozmyślań. Zdumiona do granic gapiła się na rozbitą ceramikę i rozsypaną ziemię.

Pierwszy raz od ponad dwóch lat udało jej się dotknąć materialnego przedmiotu, nie mówiąc już o rozwaleniu go w drobny mak. Pierwszy raz od ponad dwóch lat została tak wyprowadzona z równowagi.

I kiedy tak patrzyła na biednego kaktusa, doszła do wniosku, że jeszcze nigdy, ani za życia, ani po śmierci, o nikogo nie bała się tak bardzo jak teraz o Idę.

Tymczasem nieszczęśliwy i pełen żalu łapacz snów zaczął z mozołem wdrapywać się na kolana swojej pani, popiskując przy tym tak, że serce się krajało. Dziewczyna musiała go przytrzymać, gdy stracił równowagę i o mało nie zarył nosem w materac.

– No już, już – zamruczała łagodnie. Upewniła się, że widmowa mgła nie zaczęła się pruć i przerzedzać, po czym podrapała Gryzaka za uszami. – Chodź tutaj. – Z trudem dźwignęła z łóżka pękatą, futrzaną baryłkę i delikatnie odczepiła pazurki od wełnianej narzuty. Wzięła koszmarka na kolana, posadziła go pyszczkiem do siebie i popatrzyła głęboko w żółte ślepia. – Pokaż no, co za atrakcje dla mnie połknąłeś.

Ledwo to powiedziała, oczyska stworka rozszerzyły się, tęczówki straciły kolor, upodabniając się do dwóch gigantycznych płatków śniegu, wreszcie zaszły mgłą. Ida usiadła wygodniej i zaczęła z uwagą obserwować, jak mleczne tumany wydymają się w coraz dziwaczniejsze kształty. Gryzak pomrukiwał, zwinięty w wibrujący, ciepły kłębek, a szamanka czekała, aż coś się wreszcie wyłoni z oparów. Gdy po trzech minutach obraz się nie zmienił, zaczęła się wiercić i niecierpliwie bębnić palcami o blat nocnego stolika. Po siedmiu próbowała skupić uwagę na projekcji widniejącej w ogromnych ślepiach, lecz zamiast tego co chwilę zerkała na wskazówki budzika. Po dwunastu doszła do wniosku, że łapacz niechybnie się zawiesił i już go miała zresetować i wybudzić z transu, gdy wreszcie coś ciemnego zamajaczyło nieśmiało wśród białych tumanów. Szamanka pochyliła się nad Gryzakiem, obserwując pęczniejącą, coraz ciemniejszą plamę o nieokreślonym kształcie. A kiedy po sekundzie dotarło do niej, na co patrzy, szarpnęła się do tyłu tak gwałtownie, że koszmarek o mało nie spadł jej z kolan.

We mgle nie było nic, nikt się z niej nie wyłaniał.

To mgła zmieniała kolor.

Widok głębokiej czerwieni, którą opary zaczęły błyskawicznie nasiąkać, sparaliżował dziewczynę, a jednocześnie było w nim coś tak hipnotycznego, że nie potrafiła odwrócić wzroku. Skulona na łóżku patrzyła, jak wiśniowe wstęgi wypływają ze ślepi łapacza, suną jej po brzuchu, zalewają łóżko i ściekają na podłogę tylko po to, by zaraz odbić się od niej i wzlecieć z powrotem. Niespiesznie wpełzały na meble i ściany, aż całkiem przysłoniły sufit. Świat zarumienił się i przygasł. Parne powietrze lepiło się do skóry, coraz trudniej było nim oddychać. Ida z gorąca i braku tlenu dostała wypieków i mroczków przed oczami, powieki opadały uparcie, mimo że z całych sił starała się zachować przytomność. I kiedy jej umysł tonął powoli w błogiej nieświadomości, poczuła nagle ostry zapach pieprzu i imbiru.

Zanim zdążyła na dobre spanikować, usnęła w objęciach miękkiego szkarłatu.

Pośrodku zalanego księżycowym blaskiem ogrodu stoi kobieta o długich śnieżnobiałych włosach i oczach, w których mieści się cały wszechświat. Fiołkowe tęczówki raz po raz błyskają w mroku tysiącem migoczących światełek, a każdy taki rozbłysk do złudzenia przypomina wybuch supernowej. Białowłosa nuci pod nosem kołysankę, ostrożnie, niemal z namaszczeniem przycinając krzak dzikiej róży. Najeżone ostrymi kolcami gałązki gładzą ją delikatnie po dłoniach i włosach.

Mikołaj stoi przed lustrem i długo patrzy sobie w oczy. Wreszcie unosi rękę i dotyka chłodnej tafli. Zaczyna bezgłośnie poruszać ustami, wodzi palcami po powierzchni zwierciadła, kreśląc skomplikowane wzory. W miarę jak mamrocze zaklęcia, wnętrze lustra wypełnia się wiśniową mgłą, która po chwili przenika przez szkło i wpływa do pokoju. Oczy zaczynają łzawić od unoszącej się w powietrzu ostrej woni pieprzu i imbiru. Spośród oparów wyłania się dłoń o czarnej, pokrytej liszajami skórze i długich palcach zakończonych połamanymi szponami. Mikołaj waha się, patrząc niepewnie na wyciągnięte ku niemu upiorne łapsko, wie bowiem, że jeśli teraz zdecyduje się przekroczyć lustrzaną granicę między światami, nie będzie już odwrotu. Dłoń kusi, przywołuje cierpliwie, kiwając na niego kościstym palcem. Wreszcie mężczyzna bierze wdech jak przed nurkowaniem, przymyka oczy i robi krok. Szponiasta ręka zaciska się wokół nadgarstka czarodzieja i z całej siły wciąga go na drugą stronę lustra.

– Masz go odnaleźć – mówi Karolina nienaturalnie opanowanym, chłodnym głosem. – Odnaleźć i przyprowadzić do mnie. Masz uratować mojego męża przed niebytem, zrozumiałaś?

*

Pod bezlistnym drzewem koloru smoły stoi jasnowłosy młodzieniec. Ma na sobie płaszcz z głębokim kapturem. Oparty plecami o pień pali fajkę, wypuszcza z ust kółeczka dymu i wygląda zupełnie niegroźnie... dopóki nie unosi powiek i nie odsłania rozżarzonych do czerwoności kocich źrenic.

– Niepamięć to wybawienie – mówi cicho, a usta rozszerza mu okrutny uśmiech.

Duch Karoliny wrzeszczy przeraźliwie, nieludzko. Łzy spływają z zielonych oczu, toczą się po widmowych policzkach i kapią na zakurzony parkiet pracowni. Szamanka pochyla się, przesuwa dłonią po deskach. Czuje wilgoć pod palcami.

Jasnowłosy młodzieniec o różnokolorowych oczach próbuje wyrwać krzak dzikiej róży razem z korzeniami. Teraz nie nosi szaty z kapturem, a jego tęczówki nie przypominają rozpalonych rubinów, lecz tej twarzy nie sposób pomylić z żadną inną. Mężczyzna szarpie się z krzewem tak zajadle, jakby toczył walkę na śmierć i życie. Ciernistse pędy smagają go po plecach i do krwi rozdrapują skórę na rękach i policzkach.

– Obiecuję – mówi Ida, pozwalając, by krew z jej rozciętego palca skapnęła w sam środek jednej z łez Karoliny. Unosi głowę i spogląda malarce prosto w zielone oczy. – Obiecuję, że przyprowadzę Mikołaja w zaświaty. Złożyłam nieśmiertelną przysięgę, jeśli ją złamię, rozpłynę się w nicość.

...Rozpłynę się...

– Ida! – wrzeszczy Kruchy, szarpiąc za ramiona bezwładne ciało szamanki. – Ida, ja ci zabraniam umierać, słyszysz?! Żyj, to jest, kurwa, rozkaz!

...Rozpłynę się w nicość...

...Rozpłynę się...

Rozpłynę.

Rudawa kotka maszerująca w jedną i w drugą stronę po murku z szaroburych kamieni od razu wydała się Kruchemu podejrzana, a gdy zobaczył kolor jej ślepi, był już pewny. Udał, że w ogóle zwierzęcia nie zauważył, i jak gdyby nigdy nic przeszedł obok. Zaraz jednak błyskawicznie okręcił się na pięcie i chwycił futrzaka za kark. Kotka miauknęła i prychnęła wściekle, wijąc się niczym wąż, by mimo wielce niedogodnej pozycji jednak dosięgnąć go pazurami.

– Zachowuj się – syknął łowca, skręcając w boczną uliczkę, i już po chwili zamiast nieść wyrywającego się, parskającego rudego kota, wlókł za włosy wyrywającą się, parskającą rudą kobietę. – Ładnie to tak, kumpla szpiegować?

– Puść mnie, głupku – zasyczała Ruda, bezskutecznie próbując uwolnić się z rąk łowcy. – To boli!

– Więc przestań się szarpać – poradził spokojnie. – Co tu robisz? Czemu za mną łazisz?

– Nie łażę!

– Masz mnie za idiotę, wiedźmo? Sterczysz na tym przeklętym murku, odkąd wróciłem od szamanki, a wcześniej kręciłaś się koło willi, jakbyś miała robaki w dupie, widziałem cię przez okno. Następnym razem radzę zmienić kolor futra.

– Próbowałam...

– I co, many ci zabrakło? – zakpił.

– Nie, buraku, zmęczona jestem. – Czarownica rzuciła mu wściekłe spojrzenie miodowych oczu. – Całą noc modyfikowaliśmy z Mamajem pamięć i nie mogłam się skupić na tym przeklętym futrze... No puśćże, bo cię miotnę jakimś paskudztwem!

– W żabę mnie zamień, będzie oryginalnie – prychnął łowca, wyplątując wreszcie dłoń z włosów kobiety. – Powiesz mi w końcu, po kiego czorta za mną łazisz, czy mam ładnie poprosić?

– Chciałam się tylko upewnić, że nie robisz głupot. I oczywiście okazało się, że robisz, inaczej nie byłbyś sobą. – Ruda z bliska popatrzyła mu w oczy. – Jesteśmy partnerami, znam cię od lat i wiem, kiedy przychodzi ci do głowy jakieś kretyństwo. To jest właśnie ten moment.

– A jaśniej się nie da? Byłoby miło.

– Za bardzo się przejmujesz nie swoimi sprawami – fuknęła rozzłoszczona jego sarkastycznym tonem. – Znowu.

– I kto to mówi? To ty mnie szpiegujesz, że tak pozwolę sobie nadmienić...

– Jesteś gotowy wszystko rzucić i lecieć na ratunek bezbronnej niewieście – ciągnęła, nie zwracając uwagi na jego słowa. – Znowu. A potem, jak już wszystko szlag trafi, to ja będę cię wyciągać z załamania nerwowego. Znowu. Już raz to przerabialiśmy, pamiętasz?

– Zośka, ja nie potrzebuję niańki – warknął na nią łowca. To, że zwrócił się do czarownicy po imieniu, oznaczało, że naprawdę wyprowadziła go z równowagi. – Nie masz własnych problemów?

– Ha, sęk w tym, że problemy, które na razie są według ciebie wyłącznie twoje, prędzej czy później staną się również moimi. Bo to do mnie przyjdziesz, jak ci się świat zawali. Znowu.

– Dobra, wszystko pięknie, ale jeśli zaraz nie zaczniesz mówić konkretnie, to ci nakopię do dupy.

– Widziałam na biurku szefa twoje podanie o urlop.

– No i co, nie mam prawa do wakacji?

– Kostek – wycedziła Ruda, wyraźnie tracąc cierpliwość – ty nienawidzisz wakacji. Od sześciu lat na żadnych nie byłeś, a kiedy jeden jedyny raz wziąłeś kilka dni wolnego, zrobiłeś to tylko po to, żeby zabawić się w prywatnego detektywa, co – pozwól, że ci przypomnę – skończyło się śmiercią czterech ludzi. I teraz proszę, znów odwalasz ten sam numer, więc nie dziw się, chłopie, że się o ciebie martwimy...

– My?

– Mamaj i Brutus też uważają, że nie powinieneś tak się angażować. Kruchy, zrozum, ja nie mam nic przeciwko tej dziewczynie i nawet jej współczuję, ale na litość boską, nie nadstawiaj karku za kogoś, kto lada chwila może rozpłynąć się w powietrzu, zniknąć jak senna mara. Drugi raz tego nie przeżyjesz. Ja zresztą też nie, bo znowu zamiast spać, będę cię wywlekać z barów w środku nocy.

Kruchy bez słowa wsunął papierosa do ust, zapalił.

– Błagam cię, Kostek, zastanów się tylko, co najlepszego wyczyniasz – dodała po chwili dużo łagodniejszym tonem. – Nawet jeśli jakimś cudem zdołasz ją ocalić, to i tak nie przywrócisz życia Lenie...

Ledwo wypowiedziała to imię, łowca wbił w nią stalowe spojrzenie, a cień na jego twarzy sprawił, że Ruda umilkła natychmiast i cofnęła się o krok.

Milczenie, które na długo zawisło między nimi jak chmura gradowa, przerwał Kruchy.

– Naprawdę uważasz, że to o nią tu chodzi? – zapytał przez zaciśnięte zęby, ledwo poruszając ustami.

Czarownica chrząknęła raz i drugi, niepewna, czy powinna odpowiedzieć. W głosie łowcy zabrzmiała bowiem owa przeraźliwie zimna, szorstka nuta, której kobieta, mimo tylu lat przyjaźni i współpracy, obawiała się tak samo jak na początku ich znajomości. Przez kilka sekund łudziła się, że pytanie Kruchego było retoryczne, jednak błysk w stalowych tęczówkach uświadomił jej, że nie wywinie się od odpowiedzi.

– Nigdy nie pogodziłeś się z tym, co ją spotkało – wyszeptała w końcu, opuszczając wzrok. – A teraz znalazłeś szamankę od umarlaków. Dziewczynę, która być może zdoła wyrwać demonom ludzką duszę. Która ma na to większe szanse niż ktokolwiek inny. Dlatego tak bardzo ci zależy, żeby niebyt jej nie zabrał, masz nadzieję, że dzięki niej odzyskasz Lenę...

Urwała, nie wiedząc, gdzie podziać oczy. Od lat nie poruszali tego tematu i teraz czuła się tak nieswojo, że zabrakło jej słów.

– Nigdy jej nie odzyskam – powiedział w końcu po długiej, ciężkiej ciszy.

– Ja to wiem – przytaknęła mu cicho. – Nie wiem tylko, czy ty sam wierzysz w to, co mówisz, Kruchy.

– Dlaczego miałbym nie...

– Choćby dlatego, że próbujesz zabić wzrokiem każdego, kto wymówi jej imię. Gdybyś pogodził się z jej odejściem, nie cierpiałbyś już... tak bardzo.

– Gówno tam – rzucił kwaśno łowca. – Miałem pięć lat, jak mi chomik zdechł, i do dziś łkam po nocach.

– Jaja se robisz.

– Zauważyłaś? A ty opowiadasz pierdoły. Gdybym potrzebował terapeuty, poszedłbym do Zygmunta.

– Zygmunta to ty od trzech lat unikasz jak diabeł święconej wody!

– Tym bardziej przestań mnie z łaski swojej wkurzać tą pożal się Boże psychoanalizą, bo w ogóle przestanę z tobą gadać. Pomagam Idzie wyłącznie dlatego, że jest teraz jedną z nas...

– Ta, od tygodnia! – prychnęła lekceważąco Ruda. – Faktycznie, strasznie się z nią zżyliśmy, no normalnie tyle jej zawdzięczamy, że nie wyobrażamy sobie, by mogło jej zabraknąć w Wydziale.

– Wredna jędza z ciebie, wiesz?

– Ja tylko mówię to, co wszyscy myślą – odparowała żywo. – Ida pracuje dla WON-u, okej, jako dobrzy koledzy możemy spróbować ją ocalić, ale nie na własną rękę, tylko jako zespół. I powinniśmy działać zgodnie z zasadami, nie łamiąc przy tym wszystkich możliwych punktów regulaminu Firmy. Ale ty ze swoimi skłonnościami do autodestrukcji jak zwykle musisz wyskoczyć przed szereg, lecieć na oślep, na złamanie karku, ryzykować karierę i własne zdrowie psychiczne...

– Mówiłem ci, że to nie ma nic wspólnego z... – wpadł jej w słowo.

– Z Leną, w porządku, załóżmy, że nie ma – natychmiast odpłaciła mu tym samym. – Lecz nie zmienia to faktu, że znowu pragniesz ocalić skórę dziewczynie, nad którą wisi wyrok śmierci. A ponieważ ja, w przeciwieństwie do ciebie, wiem już, jak to się skończy, pozwól, że cię uświadomię: będzie tak, że naprawdę zacznie ci zależeć na uratowaniu jej życia, a wtedy wiesz, co się stanie? Wtedy ona zniknie, a ty, kochany, znów zostaniesz sam ze swoją rozpieprzoną psychiką i nie wiem, czy tym razem zdołam cię z tego stanu wyciągnąć. Czy ty naprawdę, chłopie, musisz łazić po własnych śladach i powtarzać te same błędy?

Kruchy nie odezwał się słowem. Zamiast tego zapalił kolejnego papierosa.

– Skoro sam nie widzisz, w co się pakujesz, to tylko potwierdza fakt, że jesteś kompletnie pozbawiony instynktu samozachowawczego i potrzebujesz kogoś, kto będzie myślał za ciebie – kontynuowała Ruda nieco łagodniejszym tonem, lecz jej miodowe oczy nadal płonęły od gniewu. Przeczesała palcami włosy i skrzyżowała ramiona na piersi. – Już raz wrąbałeś się w podobną aferę i skończyło się to katastrofą. A teraz, patrz, nic się nie nauczyłeś, lecisz kolejną białogłowę z opałów ratować! Znalazł się wybawiciel!

– Nie wrzeszcz na mnie, bo naprawdę cię walnę – zagroził Kruchy, zaciągając się głęboko. – Chcesz pomóc, to idź i zaczaruj tak, żeby Ida zaliczyła sesję. A potem zabierz ją do Kwiatkowskiego.

– A co, chce mu wyłupić drugie oko, żeby było symetrycznie?

– Powalający żart, doprawdy.

– Nie możesz sam jej zabrać?

– Nie mogę... – Łowca zrobił w tył zwrot i ruszył w kierunku terenówki.

– Ha! – krzyknęła triumfalnie czarownica, doganiając go w kilku krokach. – Miałam rację, znowu będziesz węszyć na własną rękę! Jak szef się dowie, to cię wywali na zbity pysk, ot co! I jeśli myślisz, że będę cię kryć, to...

– Wsypiesz mnie? – Zerknął na nią z ukosa.

– Idź do diabła, Kruchy!

Przez chwilę szli w milczeniu ramię w ramię. Ruda kolejnymi kopnięciami przesuwała po chodniku Bogu ducha winny kamień, a łowca spokojnie dopalał swojego lucky strike'a.

– Nie wsypię cię – powiedziała w końcu, przystając w miejscu tak raptownie, że Kruchy dopiero po paru krokach zorientował się, że nie ma jej obok niego. Cisnął niedopałek w kałużę i obejrzał się na czarownicę. – Nie wsypię cię – powtórzyła. – A powinnam, dla twojego dobra. Nie zrobię tego tylko dlatego, że jesteśmy partnerami. A w ogóle to świnia z ciebie niewdzięczna, nic cię nie obchodzi, że się martwię!

– Też cię kocham, Zosiu.

– Nie Zosiuj mi teraz! Ja tu się wściekam, a ten się będzie bezczelnie przymilał.

– Chcesz fajkę?

– Dawaj.

Ruda generalnie stroniła od nałogów. Co prawda zdarzało jej się czasem wyjść na piwo, ale za tytoniem nie przepadała nigdy i sięgała po papierosy tylko, gdy była naprawdę zdenerwowana. I Kruchy o tym wiedział.

– Ty się na serio martwisz, co?

– Nie, kurwa, na niby! Weź ty się już lepiej nie odzywaj, bo w końcu nie wytrzymam i dam ci po pysku.

– No nie wściekaj się tak. – Delikatnie trącił ją łokciem w bok. – Dobrze będzie, zobaczysz. Wracam za kilka dni i obiecuję, że nie zrobię przez ten czas niczego głupiego. A ty bądź dobrą koleżanką i miej oko na Idę.

Czarownica skrzywiła się, gotowa wznowić protesty, ale na widok miny łowcy westchnęła, przewróciła oczami, wreszcie niechętnie pokiwała głową.

– Ty poważnie mówiłeś o tym Kwiatkowskim? – spytała po chwili. – Mam ją do niego zaprowadzić? A na cholerę?

– Ubzdurała sobie, że dobierze się do jego wspomnień o Kusicielu. Nie pytaj jak, bo to obrzydliwe i ma coś wspólnego z jego flakami. W każdym razie Ida upiera się, że coś znajdzie, mimo że nam się nie udało.

– Ona ma coś z głową, mówię ci – zawyrokowała Ruda, marszcząc brwi. – Dwa tygodnie temu mdliło ją na samo wspomnienie tego, co zrobiła, a dzisiaj aż się rwie, żeby nurkować w Mikołajowych wnętrznościach. To chore jest, nie uważasz?

– Dwa tygodnie temu nie wiedziała jeszcze, że lada dzień może zginąć – zauważył łowca. – Taka wiedza potrafi radykalnie zmienić podejście do pewnych spraw, nie uważasz?

Czarownica nie odpowiedziała, burknęła tylko coś pod nosem. Wiedziała, że Kruchy miał rację, a tego przecież nie miała zamiaru przyznawać.

Ani przed nim, ani przed samą sobą.

Gdy dzwonek rozbrzmiał po raz siódmy, a Ida nadal nie wychodziła z pokoju, żeby otworzyć, Tekla przestała się martwić, a zaczęła panikować. Willa, która jak zawsze odbierała emocje byłej właścicielki, złowrogo skrzypiała podłogami, a cienie chyłkiem prześlizgiwały się po ścianach, wydając z siebie cichutkie pomruki. Ciotka raz jeszcze powiodła wzrokiem po pokoju siostrzenicy, po czym wypłynęła na korytarz i sfrunęła ze schodów, żeby chociaż sprawdzić, kto się tak uparcie dobija do drzwi.

Na widok rudowłosej, wyraźnie wyprowadzonej z równowagi kobiety Tekla zaczęła powoli dopasowywać części układanki. A przynajmniej taką miała nadzieję. Ta tutaj to pewnie dziewczyna tego tam... Łamliwego. Dowiedziała się o romansie ukochanego z młodziutką studentką i postanowiła rozprawić się z problemem osobiście. Co prawda ruda i ten cwaniaczek z WON-u nie bardzo do siebie pasowali, a jednak mieniące się starym złotem, groźnie zmrużone oczy przybyłej mówiły jasno, że kobieta bynajmniej nie przyszła do szamanki z przyjacielską wizytą i że powodem jej parszywego nastroju był facet. I to z pewnością ten czarnowłosy młodzieniaszek właśnie. Tak, tak... Teraz Tekla sobie przypomniała, siostrzenica wspominała jej, że w grupie operacyjnej WON-u oprócz łowcy, zaklinacza i pogromcy była również wyjątkowo jędzowata rudowłosa czarownica. Ta tutaj kwalifikowała się nie tylko kolorystycznie, wyjątkowa jędzowatość aż kipiała w bursztynowych tęczówkach. I bardzo możliwe, że złość kobiety wynikała właśnie z zazdrości o Łamliwego.

Tekla nie była specem od wróżbiarstwa miłosnego, czuła jednak w głębi duszy, że w tym przypadku może mieć rację.

Zniecierpliwiona rudowłosa jeszcze raz wcisnęła dzwonek, po czym zerknęła na zegarek, zaklęła na czym świat stoi i chcąc nie chcąc, odstąpiła od oblężenia. Tekla z dezaprobatą patrzyła, jak kobieta schodzi po stopniach i z pasją tłucze pięścią w balustradę schodów. Willa natomiast, również z dezaprobatą, zaczęła powarkiwać, chcąc jak najszybciej pozbyć się agresywnego intruza.

Po chwili ciotka wzruszyła ramionami, okręciła się w powietrzu i już miała przepłynąć przez ciężkie, kute drzwi, gdy raptem ją olśniło. Najpierw zamarła, w połowie wtopiona w drewno, a potem zrugała sama siebie w myślach i w jednej chwili wystrzeliła z powrotem na ganek. Z Idą od kilku godzin działo się nie wiadomo co i jeśli ruda teraz odejdzie, Tekla będzie musiała czekać, aż widmowa mgła samoistnie się rozproszy. Ciotka nienawidziła czekać. I na pewno nie miała zamiaru bezczynnie wisieć w powietrzu przez następne kilka godzin. Postanowiła zatem działać, i to natychmiast, zanim rozjuszony rudzielec pójdzie sobie precz.

Tekla przymknęła oczy, wydała mentalny rozkaz, a willa burknęła posłusznie, wibrując przy tym jak wielgachne kocisko.

Mosiężna klamka szczęknęła głośno i drzwi uchyliły się przy akompaniamencie przeraźliwego zawodzenia zawiasów.

Ruda zamarła w pół kroku, gdy za jej plecami coś niespodziewanie zajęczało. Zerknęła przez ramię, po czym wolno obróciła się na pięcie. Długo patrzyła na uchylone drzwi, wreszcie wspięła się z powrotem po kamiennych stopniach. Przeszedł ją dreszcz, gdy mijając Teklę, zawadziła łokciem o jej niematerialną postać. Wzdrygnęły się obie. Czarownica odruchowo obciągnęła rękawy marynarki i szturchnęła drzwi stopą, a te otworzyły się nieco szerzej.

– Ida? – rzuciła Ruda gdzieś w mrok korytarza.

Nikt się nie odezwał.

Zajrzała do środka. Ciemne, ponure wnętrze, pełne ciasnych korytarzy, mrocznych kątów i prześlizgujących się po ścianach cieni, nie wyglądało zbyt zachęcająco.

– Ida! – wrzasnęła ponownie. Odpowiedziała jej cisza i miarowe kapanie wody z kranu, które dochodziło z kuchni i rozbrzmiewało echem w całej willi.

Czarownica zaklęła pod nosem z niechęcią. Nigdy wcześniej nie była w tym domu i jakoś nie miała najmniejszej ochoty tego zmieniać. Nie żeby należała do strachliwych. W końcu ktoś, kto na co dzień walczył z nawiedzeniami i opętaniami, siłą rzeczy musiał nabrać jako takiej odporności i nauczyć się panować nad nerwami. A jednak w powietrzu wisiało coś tak odpychającego, że Ruda długo wahała się, czy wejść do środka.

Zbyt długo.

Tekla zdążyła odgadnąć, co chodzi po głowie nieznajomej, i wydała willi kolejne nieme polecenie, a ta w odpowiedzi zatrzeszczała schodami i podłogą na poddaszu. Czarownica poderwała głowę i zwabiona hałasem ruszyła w stronę drewnianych stopni. Ciotka płynęła za nią krok w krok i popędzała, jak tylko mogła, mierzwiąc kosmyki kobiety i dmuchając jej w kark. Dzięki temu Ruda, która miała nieodparte wrażenie, że coś po niej pełza i włazi we włosy, bardzo szybko wbiegła na piętro, przeskakując po dwa stopnie naraz. Kiedy już dotarła na górę, zdjęła marynarkę, strzepnęła nią z impetem i rozejrzała się podejrzliwie po pustym poddaszu. Wreszcie zapukała do drzwi Idowego pokoju, a ponieważ nie doczekała się odpowiedzi, weszła do środka bez zaproszenia.

– Ida! Wstawaj! – wydarła się na przywitanie, ale leżąca na łóżku szamanka ani drgnęła. Czarownica podeszła bliżej, wkraczając w widmową mgłę, a ciotka aż prychnęła ze złości, kiedy kobieta zniknęła jej z oczu.

Ruda szarpnęła Idę za ramię. Bez skutku. Potrząsnęła ponownie, tym razem dużo mocniej, a gdy i to nie przyniosło rezultatu, pochyliła się i strzeliła dziewczynę otwartą dłonią w policzek. Niezbyt mocno, ale na pewno na tyle, by ją obudzić ze snu. Najwyraźniej stan, w którym szamanka właśnie się znajdowała, nie był snem, a przynajmniej nie takim zwykłym. Ruda uniosła powieki dziewczyny i skrzywiła się na widok rozszerzonych źrenic i tęczówek, w których tliło się dziwne, srebrzyste światło.

Śpiącego obok Gryzaka zauważyła dopiero, gdy zapiszczał i machnął ogonem. Ściągnęła brwi i nachyliła się nad nim zdziwiona, że się nie obudził i nie zaczął na nią fukać, jak to miał w swym irytującym zwyczaju. W ramach eksperymentu wyciągnęła dłoń i przytknęła mu ją pod sam nos. Owszem, zareagował, ale nie tak, jak się tego spodziewała. Zwykle wyczuwał jej zapach na kilometr i wyraźnie dawał do zrozumienia, że za nim nie przepada. Teraz jednak chrapał w najlepsze i nawet nie zawarczał przez sen. Nie było też groźnego szczerzenia kiełków, tylko długie, głębokie ziewnięcie i nieznaczne zmarszczenie pyszczka. Zaintrygowana Ruda zajrzała mu w ślepia, lecz zamiast intensywnej żółci ujrzała ten sam pulsujący srebrny blask, który rozświetlał oczy szamanki.

– Aha – skomentowała odkrycie, po czym usiadła wygodnie w fotelu, zdjęła z łóżka poduszkę i wpakowała ją sobie za głowę.

Skoro szamanka oglądała wyłapane przez Gryzaka sny, czarownica nie widziała żadnych przeszkód, by po nieprzespanej nocy nie skorzystać z okazji i nie zdrzemnąć się chociaż przez parę minut. Nie zdawała sobie nawet sprawy, jakie miała szczęście, że Tekla nie mogła jej widzieć. Ciotka była już u granic psychicznej wytrzymałości i niechybnie znalazłaby sposób, by zdzielić czarownicę w ucho za takie beztroskie zachowanie w tak mało beztroskich okolicznościach.

Tymczasem Ruda, wykończona nocną zmianą i całym dniem spędzonym na śledzeniu łowcy, ani myślała dłużej walczyć ze zmęczeniem i przymknąwszy oczy, powoli traciła kontakt z rzeczywistością. Zasnęła dosłownie po paru sekundach. Kiedy jednak jej ciepły, miękki i cudownie cichy sen zaczął wypełniać się coraz głośniejszym szelestem, dziwacznymi trzaskami, tajemniczym skrobaniem oraz innymi odgłosami dalekimi od błogich i kojących, czarownica zaklęła soczyście, otworzyła jedno oko... po czym zerwała się na równe nogi.

Gryzak zniknął, a z materaca, na którym leżał jeszcze przed momentem, wyrastał teraz ogromny, a co gorsza, miotający się zapamiętale krzak dzikiej róży. Dzikiej i bez wątpienia wkurzonej. Szelest liści przypominał ostrzeżenie szykującego się do ataku grzechotnika, długie, cieniutkie gałązki śmigały w powietrzu i trzaskały jak bicze, a wielkie kolce wydrapywały w deskach blade rysy. Ruda w ostatniej chwili odskoczyła poza zasięg ciernistych pędów, unikając tym samym smagnięcia w policzek. Przez kilka sekund obserwowała różę z bezpiecznej odległości. Nie bardzo wiedziała, jak interpretować to, co widzi. Zanim zdążyła dojść do jakichkolwiek wniosków, zauważyła, że gałązki krzewu są półprzezroczyste i przenikają przez materac i podłogę, jakby były z dymu, a zadrapania w parkiecie nikną szybciej, niż się pojawiają.

Roślina była niematerialna.

Ledwo czarownica przetrawiła to intrygujące odkrycie, krzak zaczął się raptownie kurczyć, pędy zrzuciły kolce, liście i czerwone, pękate owoce; po chwili pokryły się ciemnoniebieskim puchem. Lecz wbrew oczekiwaniom Rudej dzika róża nie zmieniła się z powrotem w Gryzaka. Granatowe futro momentalnie zastąpiły długie, białe jak śnieg kosmyki. Albinoska popatrzyła na czarownicę dziwnymi, fiołkowymi oczami. Ich tęczówki skrzyły się tysiącem iskierek, jakby były bliźniaczymi kawałkami nieba, na którym co chwilę wybuchają supernowe.

Nagle jaśniutkie włosy zjawy ściemniały gwałtownie, jedno z oczu zniknęło, drugie zmieniło kolor, a pół twarzy zalała krew. Jednooki Kanibal utkwił w czarownicy intensywnie niebieskie spojrzenie, a ona obserwowała go spode łba, w każdej chwili gotowa miotnąć zaklęciem, gdyby spróbował ruszyć się z miejsca choćby o milimetr. To nic, że mężczyzna do połowy ud tkwił w materacu. Był przecież senną marą i materialne przedmioty nie stanowiły dla niego najmniejszej przeszkody. I mimo że z tych samych względów nie zdołałby wyrządzić Rudej żadnej krzywdy, odruchowo zaczęła mamrotać zaklęcia, tworząc wokół siebie pole ochronne. Dopiero po minucie, gdy kontury Jednookiego zamazały się i miejsce mężczyzny z powrotem zajął kolczasty krzak, czarownica odważyła się podejść krok bliżej. Odsunęła fotel od łóżka na tyle, by ciernniste łodygi nie mogły jej dosięgnąć. Była prawie pewna, że róża nie jest w stanie jej zadrapać, wolała jednak na własnej skórze nie testować słuszności swoich przypuszczeń. Zamiast tego usadowiła się wygodnie z dala od widmowej rośliny i znów przymknęła oczy.

Niecały kwadrans później pogrążona w głębokim śnie szamanka gwałtownie rzuciła się na łóżku, materac zatrzeszczał, sprężyny jęknęły, a Gryzak zaskomlał cichutko.

– Obiecuję! – krzyknęła dziewczyna, zaciskając palce na wełnianej narzucie. – Znajdę go, obiecuję ci...!

– Ida? – Zaspana czarownica poderwała głowę i ziewnęła szeroko. – Mówiłaś coś?

– Zostaw mnie, ja i tak zniknę! Zostaw mnie i uciekaj!

– Bardzo chętnie – skomentowała Ruda, z niesmakiem przyglądając się gadającej przez sen dziewczynie.

– Rozpłynę się w nicość, słyszysz?

– Słyszę, słyszę, szkoda tylko, że Kruchego tu nie ma – mruknęła pod nosem czarownica i przysiadła na łóżku obok szamanki. – Wstawaj, robi się późno, a my mamy, zdaje się, pół biblioteki do wykucia na przedwczoraj. No już, pobudka!

Szturchnęła Idę łokciem w bok, lecz ta nie raczyła zareagować, a spod jej półotwartych powiek nadal sączyło się srebrzyste światło.

– ...w nicość... Rozpłynę się... Rozpłynę...! Zostaw mnie i uciekaj! Zaraz zniknę...

Ruda przewróciła oczami. Rozdrażniona i zmęczona do granic nie miała ani cierpliwości, ani tym bardziej ochoty na wysłuchiwanie podobnych bredni. Zwłaszcza że panna coraz gwałtowniej rzucała się na łóżku, przez co siedzącą obok czarownicą coraz mocniej telepało. Ruda nie znosiła telepania. I gdy tylko Ida znów zaczęła bredzić o niebycie i czekającej ją zmianie stanu skupienia, kobieta omiotła wzrokiem sufit i bez dalszych ceregieli poraziła śpiącą zaklęciem.

– Obudź się wreszcie, bo zaczynasz mnie wkurzać!

– Rozpłynę się! – zawołała po raz ostatni Ida. Drobniutkie wężyki światła błyskawicznie prześlizgnęły się po jej skórze, sypiąc zimnymi iskrami, i dziewczyna usiadła. Przez kilka sekund tępo patrzyła w ścianę, po czym zerknęła na Rudą, a tęczówki jej szeroko otwartych oczu znów nabrały zwykłego piwnego koloru.

Szamanka i czarownica patrzyły na siebie w konsternacji. Długo trwało, zanim Ida otrząsnęła się z odrętwienia pozostałego po seansie z łapaczem i przypomniała sobie wszystkie sny, które jej pokazał. Przymknęła powieki i padła z powrotem na łóżko.

– Ja pierdolę... – zaszemrała prawie bezgłośnie, a Ruda skrzywiła się z dezaprobatą, opacznie interpretując ów wyszukany komentarz.

– Też się cieszę, że cię widzę – prychnęła. – Pozwolisz jednak, że się nie będę z tego tytułu wyrażać.

– Musimy iść – zakomenderowała ni stąd, ni zowąd szamanka. Poderwała się gwałtownie z łóżka, zeskoczyła na podłogę i porwała torbę z komody. Obejrzała się na kobietę, sięgając po kurtkę. – No co tak patrzysz, idziemy!

– Ale... dokąd? – Zbita z tropu czarownica zupełnie nie zwróciła uwagi na Gryzaka, który także przebudził się ze snu i teraz tarmosił ząbkami rękaw jej marynarki.

– Zaprowadź mnie do Kwiatkowskiego. No rusz się, nie mamy czasu!

– Bo co niby? – Ruda, owszem, wstała, ale tylko po to, by zmierzyć Idę ognistym spojrzeniem i skrzyżować ramiona na piersi. – Co ci w ogóle do głowy przyszło, żeby mi rozkazywać?

– Mikołaj... – zaczęła dziewczyna.

– Mikołaj nie żyje i nigdzie się nie wybiera, sama o to zadbałaś. Nie bój się, nie ucieknie ci. Obiecałam Kruchemu, że przewlokę cię jakoś przez egzaminy, a na przygotowania mamy raptem dwa dni z hakiem, nie traćmy więc czasu na głupoty. Do Kwiatkowskiego zabiorę cię jutro.

– Jutro może być za późno – oznajmiła Ida grobowym tonem i ruszyła w stronę drzwi.

– Za późno? – Ruda doskoczyła do niej i szarpnęła za pasek od torby, zatrzymując dziewczynę w pół kroku. – Co ty pleciesz?

Szamanka nie zdążyła odpowiedzieć.

– Ida! – zawołała Tekla i o mało nie rozpłynęła się ze szczęścia i nieopisanej ulgi, gdy siostrzenica niespodziewanie wkroczyła w jej pole widzenia. – Nareszcie! Co się z nią działo, na pół dnia mi zniknęła, a ja tu od zmysłów odchodziłam!

– Niepotrzebnie – wymamrotała Ida, siląc się na uśmiech.

– Co niepotrzebnie? – nie zrozumiała czarownica. – Dziewczyno, patrz na mnie, przestań bredzić i odpowiadaj, kiedy cię pytają: co masz na myśli, mówiąc, że jutro będzie za późno?

– Za późno na co? – zainteresowała się ciotka, marszcząc brwi. – Ida, o czym ona mówi?

Szamanka popatrywała bezradnie to na Teklę, to na Rudą, wreszcie zerknęła przez ramię. Z ulgą stwierdziła, że widmowa mgła nadal wisi w powietrzu, po czym chwyciła czarownicę za łokieć i zaciągnęła ją z powrotem w fantomowe opary.

– Zabierzesz mnie do Kwiatkowskiego – powtórzyła głosem tak zdecydowanym i mocnym, że zdziwiona Ruda zapomniała języka w gębie. – I zrobisz to teraz. Jutro może być za późno, bo jutro mogę już nie żyć. Dlatego nie, nie będziemy uczyć się do egzaminów, w dupie mam egzaminy. Muszę natychmiast dostać się do Mikołaja i ty mnie do niego zaprowadzisz.

Kobieta zamarła z rozchylonymi ustami. Opamiętała się po chwili i zacisnęła wargi.

– Skąd wiesz, że... – chrząknęła i zapytała nie swoim głosem.

– Przyśniło mi się – Ida nie pozwoliła jej dokończyć. – Dramatyczna scena, mówię ci, normalnie jak z filmu, wzruszyłam się nawet. A skoro mi się przyśniło, to tylko czekać, aż się przekręcę.

– Kruchy wie? – Czarownica zmrużyła oczy.

Szamanka pokręciła głową, nieco zaskoczona pytaniem.

– Nie powiedziałaś mu?! – wrzasnęła Ruda wściekle, a miodowe tęczówki znów stanęły w ogniu. – To on rzuca wszystko, żeby cię ratować, a ty nawet nie raczyłaś go poinformować, że i tak kopniesz w kalendarz? Na cholerę on ryzykuje, pytam ja się, dla kogo? Co z tobą, dziewucho, jak mogłaś mu nie powiedzieć?

– Przestań na mnie wrzeszczeć – syknęła Ida rozdrażniona tymi dziwacznymi zarzutami. – Sama dowiedziałam się przed chwilą. Dopiero teraz przejrzałam sny z ostatniego tygodnia i jesteś na razie jedyną osobą, która wie, co mnie czeka.

Czarownica patrzyła na nią podejrzliwie i już miała coś powiedzieć, ale szamanka znów ją ubiegła.

– A w ogóle co to znaczy, że rzucił wszystko i poleciał mnie ratować? Przecież takie macie rozkazy, więc czego się na mnie wyżywasz?

– Jakie rozkazy? – zdziwiła się kobieta.

– No, żeby pomóc nowemu członkowi zespołu...

Kobieta prychnęła głośno i obrzuciła dziewczynę pogardliwym spojrzeniem.

– Tak ci powiedział? – warknęła chłodno. Podeszła do Idy i z bliska zajrzała jej w oczy. – Posłuchaj mnie zatem, młoda damo, i dobrze sobie zapamiętaj to, co teraz usłyszysz. Firma ma gdzieś, co się z tobą stanie. Nie stanowisz dla niej najmniejszej wartości, bo nie zdążyłaś się wykazać i zaprezentować, na co cię stać i do czego możesz się przydać. Twoje nazwisko figuruje na liście nowych konsultantów i to wszystko, co łączy cię z WON-em, kapujesz? Dla naszych szefów nie istniejesz i pies z kulawą nogą nie zauważy nawet, jak cię pośmiertnie przekwalifikujemy ze współpracownika „czynnego" na „świętej pamięci". Nie mamy żadnych rozkazów.

– Więc dlaczego Kruchy... – wyjąkała Ida, czując się raptem jak nic nieznacząca drobinka kurzu.

– On już tak ma, też tego nie rozumiem – ucięła Ruda. – I szczerze mówiąc, miałam nadzieję, że ty mi odpowiesz na to pytanie. Ale skoro nie potrafisz tego zrobić, to znaczy, że naprawdę nie powinien narażać dla ciebie skóry, bo zwyczajnie na to nie zasługujesz. I jeśli nie chcesz, by wpakował się przez ciebie w kłopoty, powiesz mu, że twoje dni są policzone, zrozumiałaś? Ja nie żartuję, smarkulo, musisz mu powiedzieć. Jeśli nie, sama to zrobię.

Po tej tyradzie czarownica miała zamiar ostentacyjnie wyminąć Idę i wyjść z pokoju, jednak szamanka niespodziewanie zastąpiła jej drogę.

– Słuchaj – zaczęła zimno, a jej tęczówki pociemniały gwałtownie. Gdy czerń zalała również białka, Ruda cofnęła się odruchowo. Z oczami barwy smoły dziewczyna wyglądała jak demonica. – Wyjaśnijmy sobie coś raz na zawsze, bo tak się składa, że kończy mi się czas i nie mam zamiaru tracić go na użeranie się z jakimś jędzowatym rudzielcem. Tak, o tobie mówię – potwierdziła Ida, dostrzegając niedowierzanie w oczach czarownicy. – Nie lubisz mnie z jakiejś nieznanej mi przyczyny, ale nie bardzo mi to do tej pory przeszkadzało, bo ja powodów, dla których nie lubię ciebie, mogę wymienić tysiące, i to tak, żeby się rymowały. Jednak teraz dobrze by było, żebyś wykrztusiła wreszcie, co do mnie masz, bo strasznie wszystko komplikujesz, a troszkę mi się jednakowoż spieszy. Tylko błagam, mów wprost i oszczędź mi tych aluzji i półsłówek. Ja prosta szamanka jestem, umierająca na dodatek.

Zapadło ciężkie milczenie. Długo mierzyły się spojrzeniami i żadna nie miała zamiaru pierwsza opuścić wzroku. Z czarnych oczu Idy nie dało się nic wyczytać, ale patrząc w nie, czarownica nagle uświadomiła sobie, że dziewczyna nie ustąpi. W ciągu kilku godzin seansu z łapaczem snów z bojaźliwej i dręczonej wyrzutami sumienia małolaty zmieniła się w zdeterminowaną szamankę od umarlaków. Gotową na wszystko, bo niemającą już nic do stracenia.

I jakby tego było mało, niesłychanie pyskatą.

– Idziemy do Mikołaja – przerwała ciszę Ruda. Jej głos bynajmniej nie złagodniał, ale oczy tym razem zajarzyły się jakby nieco mniej wrogo. – Zrobisz swoje, a potem powiem ci, dlaczego cię nie lubię. Ze szczegółami i najlepiej przy wódce.

Rozdział drugi

Z pamiętnika umarlaka

Kolejna błyskawica rozdarła ciemności pajęczyną niebieskawego światła, a zaraz po niej zadudnił grom. Granatowe chmury pędziły przez nocne niebo, kłębiąc się zapamiętale i plując ciężkimi, zimnymi kroplami. Ulewa zacinała ostro, wiatr z furią ciskał deszczem w okna, szarpał koronami drzew, zrywał z nich liście i łamał gałęzie.

Ida odwróciła wzrok od tego, co działo się za stłuczoną szybą, i znów spojrzała na własne odbicie. Nie mogła zrozumieć, dlaczego w swoich szeroko otwartych oczach widzi przerażenie.

– Giń – powiedziała nagle jej bliźniaczka, przesuwając się w najdalszy kąt kuchni. – Giń, słyszysz?!

Znów błysnęło, wiatr wpadał do kuchni przez rozbite okno, a wraz z nim strugi wody, które lały się obficie na czarno-białe kafelki. Szamanka popatrzyła na rosnącą kałużę, mokrą rozsypaną ziemię, tulipany i krokusy, resztki wazonu i doniczki.

Zaraz, zaraz. Czarno-białe kafelki, gromy, błyskawice, strugi wody, wiosenne kwiaty konające pod ciężarem czarnych zakurzonych mokasynów...

Brzmi znajomo?

Owszem. I to aż za bardzo.

A jednak tym razem coś było inaczej. Tym razem to ona, nie Kwiatkowski, nosiła te czarne mokasyny. Spojrzała w pękniętą szybę, z napięciem czekając na kolejną błyskawicę. To, co zobaczyła w półsekundowym rozbłysku, potwierdziło jej najgorsze obawy i pozbawiło tchu. Zamiast własnego odbicia ujrzała bowiem twarz Mikołaja, jego nieludzko wyszczerzone kły i nienaturalnie wybałuszone oczy, wypełnione kipiącym szałem. Niegdyś niebieskie tęczówki stały w płomieniach, między którymi mogła dostrzec paskudne pyski demonów. Rozczochrane włosy czarodzieja sterczały sztywno, doskonale imitując diable rogi.

Jestem Jednookim! – pomyślała w panice i chciała natychmiast wycofać się ze wspomnień Mikołaja. Lecz zamiast tego wbrew własnej woli zrobiła krok w stronę tej drugiej Idy, która kuliła się właśnie w kącie po przeciwnej stronie kuchni. Nie mając żadnej władzy nad ciałem czarodzieja, sunęła ku zdobyczy i wiedziała, że nie zdoła powstrzymać tego, co lada chwila miało nastąpić.

Co już nastąpiło.

Bezwolnie zbliżyła się do swej bliźniaczki, pochwyciła ją za ramiona, bez najmniejszego wysiłku dźwignęła z podłogi i cisnęła między poprzewracane krzesła z taką łatwością, jakby rzucała szmacianą kukłą.

Dziewczyna krzyknęła przy upadku. Uniosła na oprawcę szeroko otwarte oczy, a w jej piwnych tęczówkach odbijał się blask Mikołajowych ślepi. Próbowała wstać, musiała jednak zdrowo uderzyć w coś głową, bo wzrok miała rozmyty i oszołomiony, a ruchy chaotyczne, nieskoordynowane, jakby zupełnie przypadkowe. Obrus, na którym wylądowała, ślizgał się po czarno-białych kafelkach i nie pozwalał jej stanąć na nogi. W końcu czarnowłosa dała za wygraną, zaprzestała rozpaczliwych wysiłków i zrezygnowana wbiła wzrok gdzieś w ciemność.

Niebo rozpruwała błyskawica za błyskawicą, a Ida uwięziona w ciele Jednookiego Kanibala szła w kierunku swojego klona, który leżał na obrusie niczym danie główne. Wlokła się ku niemu na dziwnie miękkich nogach, szurając mokasynami i zataczając się jak pijana. Wreszcie pochyliła się nad zdobyczą i wyszczerzyła zęby w upiornym uśmiechu tuż nad twarzą swej bliźniaczki. Czuła, jak ślina spływa po kłach czarodzieja i kapie bezgłośnie na policzek czarnowłosej. Mimo że ze wszystkich sił próbowała temu zapobiec, wyciągnęła szponiaste łapy i rozcięła skórę na policzku sobowtóra.

Błysnęło. Rozległ się grzmot.

A gdy między kolejnymi błyskawicami zapadła sekundowa ciemność, Ida poczuła obezwładniający ból w oku. Ból ostry i nie do wytrzymania, o jaskrawych, oślepiających kolorach, temperaturze ognia i zapachu pieprzu i imbiru. Wydała z siebie nieludzki skowyt, a demony, zamknięte wraz z nią w ciele Mikołaja, zaryczały i targnęły się dziko, rozrywając jej duszę pazurami.

Ostatnią rzeczą, jaką zarejestrowała, było ciepło krwi spływającej po twarzy czarodzieja oraz jej słodkawa, metaliczna woń.

– Co się stało? – zapytała Ruda, pomagając szamance dźwignąć się z podłogi prosektorium.

Gdy Ida zdołała wreszcie stanąć o własnych siłach, zerknęła na skostniałe ciało Mikołaja, z którego dopiero co uciekła. Po chwili przeniosła wzrok na czarownicę.

– Zobaczyłam, jak mnie zabija... znaczy jak zabijam Kwiatkowskiego – odparła. Choć mówiła półszeptem, jej głos odbijał się echem od upiornie zimnych ścian.

– Zdecyduj się: kto kogo w końcu?

– Byłam Jednookim i czułam to co on, gdy ginął z mojej ręki.

– Nie powinno cię dziwić, że wszystko, co zobaczysz w Mikołajowym umyśle, będzie się działo z jego perspektywy. – Czarownica wzruszyła ramionami. – I że pierwsza w kolejności ukaże ci się chwila jego śmierci, to przecież logiczne. W końcu to jego ostatnie wspomnienie.

Szamanka w duchu przyznała jej rację, jednak nic nie powiedziała.

– Chcesz to odłożyć na jutro? – spytała z nadzieją Ruda, widząc, jak dziewczyna niepewnie spogląda na zwłoki i jakoś nie kwapi się, by do nich powrócić.

Ku jej zaskoczeniu Ida pokręciła głową i wolno zbliżyła się do czarodzieja.

– Wiesz chociaż, czego szukasz? – Czarownica nawet nie starała się ukryć, że szczerze w to wątpi.

Dziewczyna milczała przez chwilę, nie odrywając wzroku od ciała.

– Muszę się cofnąć do czasów, gdy współpracował ze Stanisławą Korcz – powiedziała po chwili i ciaśniej opatuliła się kurtką. – Istnieje szansa, że wiedziała, jak przechodzić na drugą stronę lustra, a jeśli to się potwierdzi, będzie mogła mnie tego nauczyć.

– Twoja ciotka podobno też potrafi to robić – zauważyła Ruda. – To raz. A dwa, nie łatwiej byłoby przywołać Stanisławę i zwyczajnie ją spytać? Naprawdę wolisz babrać się w Mikołajowych wnętrznościach?

– Tekla za nic na świecie nie nauczy mnie przechodzić, prędzej ją niebyt pochłonie. To raz. A dwa, dopóki wisi mi nad głową, nie mogę porozmawiać ze Stanisławą, bo wtedy wszystko wyjdzie na jaw i ciotka wpadnie w szał.

– No i co, boisz się cioci?

– Nie, po prostu nie chcę jej niepotrzebnie denerwować.

– Niepotrzebnie? – Czarownica uniosła brwi. – Ty umierasz, dziewczyno!

– Aż tak źle wyglądam? – zakpiła Ida. – Ton twego głosu jest jak na mój gust zdecydowanie zbyt radosny, gdy o tym mówisz. Na razie nic mi nie jest i nie widzę powodu, dla którego Tekla miałaby o czymkolwiek wiedzieć. Jeszcze nie teraz.

– Nadal nie rozumiem, dlaczego nie przywołasz Stanisławy tu i teraz, zamiast grzebać się w bebechach tego świra. Tekli tu chyba nie ma, więc w czym problem?

– Gdy tylko ciotka wyczuje, że kogoś próbuję wywołać, znajdzie mnie w ułamku sekundy. Nie mam pojęcia, jak ona to robi, ale świetnie wie, kiedy kontaktuję się z zaświatami. Tak bardzo chce się dowiedzieć, co jest grane, że na pewno zaraz by się tu zjawiła i guzik z konspiracji. Zresztą jeśli teraz w umyśle czarodzieja znajdę wspomnienia o otwieraniu przejścia w lustrze i jeśli zobaczę rytuał na własne oczy, będę miała pewność, że Stanisława nie próbuje wciskać mi kitu. Historia z Mikołajem mocno nią wstrząsnęła, należy zatem założyć, że nie będzie nawet chciała słyszeć o tym, by mnie uczyć czegokolwiek związanego z lustrzanymi piekłami.

– A jak chcesz ją do tego przekonać?

– Szantażem – oznajmiła stanowczo szamanka i obejrzała się na zaskoczoną Rudą. – Obarczę ją winą za to, co spotkało niczego nieświadomą Karolinę, i zagrożę, że jeśli mi nie pomoże, zaklnę ją w Lampę Aladyna.

– I to ma ją niby skłonić do zmiany zdania?

– Są różne rodzaje Lamp – ciągnęła Ida, nie przejmując się sarkastyczną nutą w głosie czarownicy. – A fakt, że wiem o nich z notatek Stanisławy, to prawdziwa ironia losu. Niektóre sprawiają, że duszę dotyka ból dużo gorszy od fizycznego, bo nieograniczony przez ciało i jego system nerwowy. Wsadzę ją do takiej na parę minut i zrobi wszystko, o co poproszę.

Kobieta przyglądała jej się uważnie i bez słowa kręciła głową.

– Kiedy zrobiła się z ciebie taka bezwzględna suka? – zapytała wreszcie.

– Mogę umrzeć w każdej chwili, a to znaczy, że muszę się śpieszyć – odparła obojętnie szamanka. Jej spokój był co prawda pozorny, bo na samą myśl o tym, co się stanie, jeśli nie zdąży uratować duszy Kwiatkowskiego, zaczynała panikować. Ale nie miała zamiaru dzielić się z Rudą swoimi obawami. Z ulgą stwierdziła, że samo odgrywanie opanowanej faktycznie pomagało jej wziąć się w garść. – I jeśli rola bezwzględnej suki ma mi pomóc zaoszczędzić na czasie, to nie widzę przeciwwskazań.

Czarownica długo obserwowała Idę, jej zaciśnięte usta, co chwilę ciemniejące oczy, po brzegi wypełnione determinacją, kruczoczarne włosy, wśród których plątało się pierwsze siwe pasemko... i powoli nabierała przekonania, że tej dziewczyny już naprawdę nic nie jest w stanie powstrzymać. Ida albo dopnie swego, albo zginie, próbując. Serio, serio.

– No dobrze, załóżmy, że uda ci się przekonać Stanisławę. Tylko jak ją wywołasz, skoro nie chcesz tego robić w obecności ciotki?

– No cóż, najpierw będę musiała jakoś się ciotki pozbyć...

– Również zaklinając ją w Lampę?

– Zgłupiałaś?! – Ida aż podskoczyła na podobny pomysł. – Wypędzę ją z powrotem w zaświaty!

– To dlaczego do tej pory tego nie zrobiłaś?

– Bo do tej pory nie wiedziałam, że to będzie konieczne. – Szamanka westchnęła i przejechała dłonią po twarzy. – Tekla się wścieknie i pewnie obrazi na dłużej niż na zawsze, ale nie mam raczej żadnej alternatywy.

Zamilkły, obie wpatrzone w lodowate ciało Jednookiego Kanibala, każda pogrążona we własnych rozmyślaniach. Wreszcie Ruda potrząsnęła głową i chrząknęła głośno, wyrywając szamankę z głębokiej zadumy.

– To co, idziesz mu dalej szperać w mózgu czy zabieramy się stąd w cholerę? Zimno mi.

– Idę, idę... – Dziewczyna zsunęła z ramion kurtkę i podała ją czarownicy. – Poza ciałem i tak nie czuję tego chłodu – odpowiedziała na zaskoczone spojrzenie miodowych oczu, po czym stanęła nad trupem Mikołaja i przymknęła powieki. – Życz mi powodzenia.

– Hej, przystojniaku! Ju-hu! Tutaj, skarbeczku, tutaj! – świergotała uradowana pulchna blondynka, podskakując przy jednym z wielu biurek w głównej siedzibie Firmy. Wyglądała, delikatnie mówiąc, dość osobliwie: z fryzurą na platynowego „baranka", w okularach o grubych, czerwonych oprawkach i z wielgachną spinką przypominającą motyla, którą wpięła we włosy nad uchem. Na oko zbliżała się do pięćdziesiątki, lecz ani wiek, ani imponująca tusza nie przeszkadzały jej w noszeniu obcisłego kostiumiku, pomarańczowych szpilek na horrendalnie wysokim obcasie, ostrego makijażu, który sprawiał, że jej twarz niewiele miała wspólnego ze słowem „naturalna", oraz żółtych kolczyków w kształcie słoneczników. Całości dopełniały wściekle różowe tipsy oraz apaszka w tym samym kolorze zawiązana pod podwójnym podbródkiem.

Kruchy uśmiechnął się na jej widok i podszedł szybko, lawirując między biurkami.

– Cześć, Kornelka – przywitał się i szarmancko ucałował pulchną dłoń.

– Tym razem kazałeś mi na siebie czekać o wiele za długo, młody człowieku. – Blondynka zmarszczyła brwi i pogroziła mu palcem. – Byś się wstydził, chłopcze, to już ponad trzy lata!

– Wybacz mi, Kwiatuszku – odparł łowca i znów się uśmiechnął, lecz tym razem smutno.

Używając owego pieszczotliwego zwrotu, nie próbował jej słodzić. Wszyscy w Firmie nazywali kobietę Kwiatuszkiem, przyczyna zaś była banalnie prosta: właśnie takie nosiła nazwisko. A ze względu na dość krzykliwy dobór kolorów w ubiorze blondynka była również znana pod innym przydomkiem, który Kruchy swego czasu wymyślił osobiście, a który brzmiał Skittles. – Zważywszy na okoliczności naszego ostatniego spotkania, wolałem trzymać się z dala i nie rzucać w oczy. Zwłaszcza że sam potrzebowałem czasu, by... dojść do siebie.

Kornelia pokiwała głową, patrząc na niego ze zrozumieniem i współczuciem. Tak, trudno było oczekiwać, by po tamtych mrocznych wydarzeniach Kruchy nadal regularnie odwiedzał Warszawę i wpadał do biura na kawę i pogaduchy. Jednak zniknął na grubo ponad trzy lata i od dnia pogrzebu członków jego byłej grupy operacyjnej Kwiatuszek nie widziała łowcy na oczy.

Z plotek wynikało, że podkomisarz Konstanty Kruszyński został wywalony z Firmy na zbity pysk, po czym stoczył się kompletnie, rozpił i zaćpał na śmierć. Nawet gdyby Kornelia nie miała własnych źródeł informacji, to i tak nie dawałaby wiary podobnym pogłoskom. Znała łowcę na tyle dobrze, by wiedzieć bez wątpienia, że nie należał do tych, którzy mieliby dokonać żywota ze strzykawką w żyle. To zdecydowanie nie było w jego stylu.

– Rozumiem, kochanieńki, rozumiem – powiedziała poważnie. – Co zatem sprowadza cię do stolicy?

– Cóż... – Kruchy najpierw postawił przed Kwiatuszkiem pudełko pełne przeraźliwie słodkich ciastek i dopiero potem zajął miejsce po przeciwnej stronie biurka. – Po pierwsze, pomyślałem sobie, że należy nieco nadrobić zaległości we wspólnej konsumpcji cukrów prostych. A po drugie... stęskniłem się.

– Oho... – Kobieta skrzywiła się lekko, a w jej powiększonych przez grube okulary modrych oczach pojawił się króciutki błysk. – Znaczy masz interes. – Ton jej głosu również uległ na moment radykalnej zmianie. Przez chwilę mierzyła łowcę badawczym spojrzeniem, po czym omiotła wzrokiem pracujących obok sekretarzy, księgowych i dyspozytorów. Zerkała na boki ukradkiem, jakby próbując kogoś dyskretnie wypatrzeć, a z jej ust nie znikał pozornie szczery uśmiech.

Kruchy wiedział, kogo szukała. Nie ufała mu, iskierka podejrzliwości mieniła się w jej tęczówkach, drobna, acz wyraźna i zimna przy tym jak okruch lodu. Zgadywał, że nie była pewna, czy ma przed sobą autentycznego Kruszyńskiego, czy może któregoś z iluzjonistów wynajętych, by wydusić z niej informacje o prawdziwym łowcy. W przypadku drugiej opcji gdzieś w tłumie pracowników dostrzegłaby animatora złudzeń.

Kruchy nie dziwił się jej obawom.

Firma korzystała z usług najlepszych prządzarzy iluzji, z którymi sam zresztą miał do czynienia. Było to zaraz po tym, gdy zginęli członkowie jego zespołu, a jemu, jako głównemu podejrzanemu, zarzucano składanie fałszywych zeznań. Człowiek z Wydziału Wewnętrznego próbował wtedy podszyć się pod Rudą i wyciągnąć z niego przyznanie się do winy w knajpie przy piwie i całych kilogramach prażonych orzeszków. Już sam fakt, że czarownica, którą zwykle trzeba było godzinami namawiać na wypad do pubu, sama zaproponowała, by tam właśnie spędzili wieczór, kazał Kruchemu mieć się na baczności. Jednak cały podstęp diabli wzięli przez te nieszczęsne orzeszki. Podstawiona Ruda pałaszowała je całymi garściami, a tymczasem prawdziwa była na nie mocno uczulona.

I choć z czasem Wydział Wewnętrzny stopniowo tracił zainteresowanie łowcą, zwłaszcza po jego przeniesieniu do Wrocławia, gdzie od trzech lat nie dostał nawet upomnienia, w stolicy pozostał człowiek, który życzył mu jak najgorzej i nadal nie ustawał w wysiłkach, by dobrać mu się do tyłka.

Jemu Kruchy też się nie dziwił.

Patrzył w nieufne oczy Kornelii i wiedział już, co zrobić, by przekonać ją, że rozmawia z Konstantym Kruszyńskim, a nie z jego „doskonałą" kopią.

– Źle zrobiłem, przynosząc ci te pączki – powiedział, taksując kobietę z góry na dół. – Już wyglądasz, jakbyś połknęła piłkę plażową. O twoim ubiorze nie będę się wypowiadał, znasz moje zdanie. Zawsze kojarzyłaś mi się z ofiarą rzygającej tęczy i z bólem stwierdzam, że nic się w tej kwestii nie zmieniło.

Kobieta najpierw uniosła brwi, jakby nie wierząc w to, co słyszy, a łowca przez moment zaczął się zastanawiać, czy to przypadkiem nie on padł ofiarą wyjątkowo utalentowanego iluzjonisty. Zaraz jednak spojrzenie Kornelii złagodniało, a na twarzy zagościł wyraz ulgi.

Kruchy rozluźnił się nieco i posłał jej lekki uśmiech.

– Nareszcie mówisz jak ty – odezwała się, a modre oczy zamigotały wesoło znad czerwonych oprawek. – Dobrze mieć cię z powrotem, łowco – dodała cicho głosem, jaki znał i lubił, po czym sięgnęła po pudełko z łakociami. Wstała i gestem kazała Kruchemu podążyć za sobą.

Kiedy szedł za Kornelią, miał okazję rozejrzeć się po całym biurze i szybko stwierdził, że zupełnie nie tęskni za tym miejscem. Wyglądało dokładnie tak, jak je zapamiętał. Ogromne, od ściany do ściany zastawione dziesiątkami boksów, które wyznaczały nie więcej niż dwa metry kwadratowe przestrzeni życiowej dla każdego pracownika Firmy. Gwar rozmów, świergot telefonów, szelest przeglądanych papierów, klikanie setek komputerowych klawiszy, trzaski maszyn do pisania, których zgodnie z procedurami ochrony informacji niejawnych używano do sporządzania tajnych dokumentów, szum ksero, faksów, drukarek i skanerów, dziesiątki gońców kluczących biegiem między boksami, dostarczających i odbierających przesyłki, a do tego jeszcze przełożeni wydzierający się na podwładnych... Wszystko to działo się tak szybko, jakby ktoś przewijał taśmę. Na pierwszy rzut oka pomieszczenie wyglądało na zwykłe biuro, lecz zważywszy na hałas i tempo pracy, zdecydowanie bliżej mu było do giełdy na Wall Street.

Zatrzymali się przed przeszklonym pomieszczeniem socjalnym. Kornelia otworzyła drzwi tak czyste, że gdyby nie klamka, Kruchy w ogóle by ich nie zauważył.

Gestem zaprosiła go do środka.

– Pogadamy tam, gdzie zawsze – zaszemrała, gdy łowca mijał ją w progu. – Ale najpierw odegramy małe przedstawienie, bo jak teraz wyjdziesz, to będą myśleli, że coś ci przekazałam, i nie pozbędziesz się ogona aż do powrotu do Wrocławia. Potrzebuję kofeiny. Też się napijesz?

– Chętnie.

Chwilę później Kornelia stukała tipsami w kuchenny blat, czekając na wrzątek, a gdy czajnik wreszcie chuchnął parą i wyłączył się z trzaskiem, pośpiesznie zaparzyła kawę. Do jednej filiżanki dodała dwie łyżeczki cukru, wlała nieco śmietanki i podała ją łowcy. Do drugiej zaś wsypała aż pięć łyżeczek, zamieszała energicznie, nie roniąc jednak ani kropelki. Szybko podniosła ją do ust i siorbnęła głośno.

– Powinnam wytrzymać jakieś dwadzieścia minut, ale zróbmy z tego piętnaście, dla bezpieczeństwa – oznajmiła rzeczowo, zerkając na ścienny zegar w kształcie klepsydry. – Odkąd rozmawiamy, zwróciło na nas uwagę trzech rekognitów i dwóch telepatów. Ci pierwsi na bank cię rozpoznali, więc ci drudzy będą mi tak długo wiercić w umyśle, aż się do czegoś wreszcie dowiercą. Mało prawdopodobne, żeby dopięli swego, ale dopóki tu jesteś, nie przestaną próbować i potem przez dwa dni będę się użerać z potworną migreną. A tego wolałabym uniknąć. Najlepiej by było, gdybyś pojechał prosto do kwiaciarni, a potem na cmentarz. Powinien dać się nabrać.

Kruchy świetnie wiedział, kogo miała na myśli. Trzy lata temu Filip Wroński z Wydziału Wewnętrznego, niezbyt utalentowany, za to chorobliwie ambitny mag o narcystycznych skłonnościach, prowadził dochodzenie w sprawie śmierci trzech agentów Firmy. Przez długi czas to właśnie łowca był jego głównym podejrzanym. Pozostał nim zresztą do dziś, chociaż oczyszczono go z wszelkich zarzutów. Kruchy niewesoło podejrzewał, że mimo braku jakichkolwiek dowodów w oczach maga na zawsze już zostanie winnym. Rekognici, których widział teraz przez przeszkloną ścianę pomieszczenia socjalnego, byli bez wątpienia ludźmi Wrońskiego. Potrafili w ułamku sekundy rozpoznać rysy twarzy, barwę głosu lub sposób poruszania się danego człowieka i na pewno zawiadomili już kogo trzeba o nieoczekiwanym przybyciu łowcy.

– Wydaje mi się, że moja wizyta na cmentarzu tylko bardziej go wkurzy – powiedział Kruchy, uśmiechając się lekko.

Nic nie poprawiało mu humoru tak jak wizja wkurzonego Wrońskiego. Zerknął przelotnie na jednego z telepatów. Do umysłu łowcy nie miał szans się dostać, lecz kropelki potu na czole mężczyzny zdradzały ogromny wysiłek, jaki wkładał, by przejrzeć myśli Kornelii. Nie wiedział, biedaczek, że dopóki w krwiobiegu Kwiatuszka cyrkulowała odpowiednia ilość kofeiny i węglowodanów, jej bariery pozostawały dla czytacza nie do sforsowania.

– Być może – zgodziła się kobieta. – Ale jeśli tam nie pójdziesz, dasz mu tylko powód do podejrzeń.

– Już sam fakt, że żyję, to dla niego powód do podejrzeń.

– Więc nie dokładaj mu kolejnych. Wiem, że ci się to nie podoba, ale jeśli chcesz mojej pomocy, przestań narzekać i rób, co mówię.

Już miał coś odpowiedzieć, lecz spojrzał w modre oczy Kornelii, kuriozalnie powiększone przez szkła okularów, i natychmiast zrezygnował z dalszych protestów. Przypomniał sobie, jak trzy lata temu usłyszał od niej dokładnie to samo, słowo w słowo. Wtedy jej posłuchał i nie najgorzej na tym wyszedł. Choć szczerze mówiąc, „nie najgorzej" to doprawdy niesprawiedliwe niedopowiedzenie. W końcu tylko dzięki niej nie odbywał teraz odsiadki za potrójne zabójstwo.

– Masz już, czego szukałaś? – dopytywała się niecierpliwie Ruda, zanim szamanka na dobre odzyskała czucie w ciele. Ida siedziała w truchle Mikołaja dobre dwie godziny, a potem kolejny kwadrans przeleżała na podłodze prosektorium niezdolna ruszyć skostniałymi kończynami. – Możemy iść?

– T-t-taak... – Dziewczyna zadzwoniła zębami, niezdarnie gramoląc się na nogi. – Chociaż nie, zaraz, masz przy sobie coś do pisania?

– A po co ci?

– Muszę zanotować wszystko, co zobaczyłam, zanim o czymś zapomnę.

– Ale przecież nie tutaj! – żachnęła się czarownica. – Pieruńsko tu zimno, muszę siku i głodna jestem. Idziemy stąd, ale już!

– Ale...

– Idziemy – powtórzyła z naciskiem Ruda i nie zważając na protesty Idy, wypchnęła ją na korytarz. Dała znak sanitariuszom, że mogą już zabrać ciało Mikołaja Kwiatkowskiego z powrotem do kostnicy. – Po drugiej stronie ulicy jest knajpa – mruknęła do burczącej z niezadowolenia dziewczyny. – Będziesz sobie mogła w niej pisać do woli, a ja w tym czasie wreszcie coś zjem.

Kilkanaście minut później obie siedziały w pubie o wdzięcznej nazwie przewrotnie nawiązującej do lokalizacji: Trupiarnia. Ida z zapałem bazgroliła po serwetkach, podczas gdy Ruda siedziała naprzeciwko niej, pałaszując szaszłyk po cygańsku i ziemniaczki z sosem czosnkowym. Czarownica co rusz zerkała na dziewczynę i na rosnący przed nią zapisany stosik. Odkąd opuściły prosektorium, szamanka nie odezwała się słowem, wciąż odtwarzając w myślach to, co zobaczyła we wspomnieniach Mikołaja. A odkąd weszły do knajpy, przerwała spisywanie obserwacji tylko dwa razy i jedynie po to, by podejść do baru i przynieść sobie kolejny papierowy plik. Gdy podążyła tam po raz trzeci, kobieta westchnęła, odłożyła widelec i odsunęła od siebie pusty talerz, na próżno szukając czystej serwetki. Ta, którą podano jej razem z obiadem, leżała zapisana na szczycie imponującej kupki. Ruda westchnęła ponownie i wyjęła z kieszeni paczkę chusteczek.

Nagle przed nią pojawił się kufel piwa z pianką. Poderwała głowę.

– Skończyłam – oznajmiła Ida, siadając ciężko naprzeciwko czarownicy i stawiając przed sobą drugi kufel. Skrzętnie zebrała stosik serwetkowych notatek i schowała je do torby, po czym z sykiem zaczęła rozmasowywać sobie dłoń, obolałą i zdrętwiałą od pisania. – No, to teraz możesz już mi powiedzieć, za co tak mnie nienawidzisz.

Ruda długo nie odpowiadała, patrząc na szamankę z nieodgadnionym wyrazem twarzy, jakby zastanawiając się, od czego zacząć. Wreszcie wzięła spory łyk, odchrząknęła i rozpoczęła opowieść.

Mimo pięknej pogody warszawskie Powązki nie zrobiły na Kruchym dobrego wrażenia.

I nie chodziło o samą aurę cmentarza, która siłą rzeczy mało kogo jest w stanie nastroić optymistycznie, bez względu na warunki atmosferyczne. Gdy łowca był tu ostatnio, wszystkie ścieżki, żywopłoty oraz nagrobki tonęły w głębokich zaspach, a sędziwe drzewa uginały się pod grubą warstwą białego puchu i trzeszczały targane zimową wichurą. Dziś świeciło słońce, a cmentarz nurzał się w soczystej zieleni świeżej trawy i młodych pędów. Mimo to Kruchy nie czuł się bynajmniej podniesiony na duchu i wolałby chyba, żeby lało. Idąc szeroką aleją wyłożoną popękanymi kamiennymi płytkami, miał właśnie rozgrzebać stare rany, przywołać bolesne wspomnienia osobistej tragedii i jakoś ta ogólnowiosenna wesołość wydała mu się mocno nie na miejscu.

Gdy skręcił z głównej alei i podążył boczną ścieżką, poczuł, jak żołądek zwija mu się w ciasny supeł. Był prawie u celu. Minął jedenaście nagrobków, licząc je w myślach, po czym wszedł za kamiennego, pozieleniałego od mchu anioła z obtłuczonym skrzydłem i przelazł przez dziurę w żywopłocie. Odetchnął głębiej, zapalił papierosa i dopiero wtedy zerknął na tablicę grobu, nad którym się zatrzymał.

ŚP.
Lena Wilk
ur. 27.10.1980
zm. 31.05.2006
Pokój jej duszy

Łowca skrzywił się na widok ostatniego zdania i ledwo powstrzymał, by nie splunąć. Położył wieniec na płycie, zapalił znicz i przysiadł sobie na drewnianej ławeczce. Zaciągnął się głębiej, zerkając przelotnie ponad żywopłotem. Zgodnie z oczekiwaniami ujrzał jednego ze śledzących go agentów. Drugi stał z tyłu kilka rzędów dalej, a trzeci pętał się po głównej alei i gadał do kołnierza czarnego płaszcza.

Amatorzy.

Kruchy zerknął na zegarek.

Powinien spędzić tu jakiś kwadrans, po czym wyjechać z miasta i ruszyć w stronę Wrocławia, by rozwiać wszelkie domysły i pozbyć się ogona.

Skończył papierosa, rozejrzał się po cmentarzu i dla zabicia czasu zaczął liczyć znicze. Gdy uznał, że minęło piętnaście minut, spojrzał na zegarek i zaklął, gdyż okazało się, że w rzeczywistości upłynęły zaledwie trzy. Chętnie poczytałby gazetę dla poprawienia nastroju, ale nie chciał wzbudzać niepotrzebnego zainteresowania i podejrzeń u i tak nadmiernie już zainteresowanych i podejrzliwych agentów. Wstał więc, wyciągając z paczki kolejnego lucky strike'a. Jeszcze raz zerknął na grób Leny, po czym wolnym krokiem ruszył wzdłuż sąsiednich nagrobków, gdzie spoczywali pozostali członkowie jego byłej grupy operacyjnej. Patrząc na zimne, marmurowe płyty, nie czuł nic. Świetnie wiedział, że ciała wszystkich zabitych agentów trzymane są w siedzibach Firmy, a te groby tutaj to pic na wodę, fotomontaż. I tylko imię Leny wypisane złotymi literami sprawiało, że ze starych ran zaczęła na nowo sączyć się krew. Odwrócił głowę i zaklął pod nosem. Chcąc nie chcąc, pogrążył się we wspomnieniach.

– Pięć lat temu Kruchy został przyjęty do jednostki specjalnej warszawskiego WON-u. Znaliśmy się już parę ładnych lat, pracowałam wtedy w Wydziale Przewidywań i Prewencji. Razem z nim do jednej grupy operacyjnej trafiła Lena Wilk, młodziutka, prześliczna, przezdolna wiedźma. Kruchy zakochał się w niej po uszy, z wzajemnością zresztą... – Ruda przerwała na moment, by łyknąć piwa, a Ida poruszyła się niecierpliwie. Czarownica obserwowała jej reakcje spod półprzymkniętych powiek, uśmiechając się krzywo i stukając paznokciem o grubą ściankę kufla. – Sielanka trwała rok z hakiem – podjęła. – Nie wyobrażasz sobie nawet, jacy byli szczęśliwi, normalnie miłość jak z bajki. Zabrakło jej, niestety, szczęśliwego zakończenia. Podczas jednej z akcji Lenę opętało, a przez Kruchego, który zignorował rozkazy i próbował jej pomóc, zginęli pozostali członkowie zespołu.

– Jak? – spytała dziewczyna, mimo wysiłków nie potrafiąc ukryć zaintrygowania.

– Co jak?

– Wszystko. Opowiadaj porządnie, a nie na odwal się i po łebkach. Chcę szczegółów.

Ruda przewróciła oczami i już miała zacząć narzekać, jednak mina szamanki mówiła jasno, że wszelkie protesty spełzną na niczym. Czarownica rozsiadła się wygodniej, obracając w palcach tekturową podkładkę pod kufel.

– Dostali wtedy wyjątkowe zadanie – zaczęła wreszcie, czując na sobie wzrok Idy. – Musieli unieszkodliwić matkę demonów, niezwykle niebezpiecznego materialnego potwora, który podczas każdego nowiu rodził kolejne...

Stała pośrodku jednego z pokojów starej willi, a pod czarną powłóczystą suknią wyraźnie rysował się zaokrąglony brzuch. Hebanowe włosy spływały jej po plecach, wiły się po parkiecie i posykiwały jak kłębowisko węży. Pod ziemistą skórą pulsowały ciemnobrązowe żyłki, a skrzydełka nosa poruszały się delikatnie, gdy demonica węszyła niczym pies. Oczy o pionowych źrenicach i szarożółtych tęczówkach uważnie lustrowały pomieszczenie i zapewne doskonale widziały w ciemności.

Lena mocniej zacisnęła palce na Krucyfiksie – przypominającej rewolwer broni na demony – następnie jeszcze raz sprawdziła, czy zapasowe Kapsułki łatwo wysuwają się z kieszeni na udzie. Po drugiej stronie drzwi czaił się Robal, a Żuku i Kota obstawiali drugie wyjście z pokoju. Kruchy jako jedyny siedział w środku za kanapą, szykując sieci i więzy, i to jego zapach tak intrygował matkę demonów. Wreszcie łowca ostrożnie zmienił pozycję i wyjął Krucyfiks z kabury.

Był gotów.

Zaskwierczały zaklęcia oślepiające rzucone przez Lenę, po podłodze potoczyły się Kapsułki i cała czwórka wpadła do pokoju. Wymalowane dookoła domu Pieczęcie splunęły jęzorami białego ognia, odcinając potworowi drogę ucieczki. Matka demonów ryknęła niczym lew, błyskając wampirzymi kłami, a jej oczy poczerwieniały gwałtownie i zatliły się w mroku jak rozżarzone węgle. Włosy naelektryzowane od buzującej w powietrzu magii wiły się wokół głowy demonicy jak ogromna aureola, czarna niczym sama otchłań.

Kruchy zarzucił sieci. Huknęły Krucyfiksy, z luf wystrzeliły szarfy światła, które przeszyły matkę demonów na wskroś, paląc jej ciało i wypełniając pomieszczenie kłębami cuchnącego dymu. Potwór wrzasnął rozdzierająco chórem tysięcy głosów. Fala dźwiękowa uderzyła w funkcjonariuszy z siłą huraganu, miotnęła nimi przez pokój i cisnęła o ścianę. Tylko Robal zdołał w ostatnim momencie rzucić się za fotel. Spadł na nich deszcz tynku, zaprawy i kawałki cegieł. Kruchy kaszlnął w pięść i zaklął, gdy ujrzał kropelki krwi na dłoni.

Poderwał głowę, kiedy rozległ się przerażony krzyk Koty. Błyskawicznie zlustrował pokój.

Matka demonów stała oparta plecami o ścianę, na szeroko rozstawionych, ugiętych nogach. Podciągnęła przód sukni, mnąc materiał w dłoniach i odsłaniając nagie krocze. Całe jej ciało drgało konwulsyjnie, brunatne żyłki pulsowały pod lśniącą od potu, ziemistą skórą, a wielki brzuch zaczął miarowo wydymać się i obkurczać.

Żuku podpełzł do łowcy, trzymając się ściany i nie spuszczając oka z postękującego potwora.

– Rodzi – oznajmił krótko, nie kryjąc obrzydzenia. – Dwie noce przed nowiem.

– Widzę. – Kruchy zaklął i znów splunął krwią. Wściekle chciało mu się palić. – Ile pomiotu one wydają na świat za jednym zamachem?

– Zwykle dwa, choć zdarzają się i trzy. – Żuku popatrzył łowcy w oczy. – Matki często wybierają kobiety, które spodziewają się bliźniąt. I nie liczyłbym raczej na bezbronne, różowe noworodki.

– Wracaj do Robala i Koty, każ im strzelać w brzuch – zakomenderował Kruchy. – Ja i Wilka spróbujemy założyć więzy matce.

– Podczas porodu są silniejsze niż zwykle – ostrzegł go na odchodnym Żuku. – Zarzućcie potrójne.

Odczołgali się w przeciwnych kierunkach.

Kruchy dotarł do skrytej za regałem Leny. Blada czarownica nie odrywała oczu od rodzącej demonicy i wyglądała tak, jakby lada moment miała zwymiotować.

– Trzymasz się? – zapytał retorycznie, przygotowując więzy. – Chwyć tu i nie puszczaj, muszę je ułożyć. Rzucisz na mój znak, potem ja dołożę swoje, a z trzecią partią wstrzymamy się, dopóki nasi nie rozwalą jej brzucha. Rozumiesz?

Lena skinęła głową, nadal nie spuszczając wzroku z potwora.

– Choćby nie wiem co się działo, nie możesz puścić więzów – kontynuował łowca, wciskając jej w dłoń długą, utkaną z magii linę. – Robal i reszta zajmą się miotem, dla nas najważniejsze jest przytrzymanie matki.

Znów skinęła głową i odgarnęła z twarzy kasztanowy kosmyk.

– Leno, spójrz na mnie – powiedział, dotykając jej ramienia. W zielonych oczach nie zobaczył strachu, tylko mieszaninę wstrętu i fascynacji.

– Zuch dziewczyna. – Uśmiechnął się. – Gotowa?

– Gotowa.

Kruchy wychynął zza regału, pochwycił wzrok Robala. Ten dał znak, że mogą ruszać w każdej chwili.

Skoczyli jednocześnie.

Ryki demonicy zagłuszyły zupełnie huk Krucyfiksów. Pomieszczenie znów zapełniło się gęstym, śmierdzącym spalenizną i zgnilizną dymem. Lena zarzuciła więzy i o mały włos nie wylądowała na brzuchu, gdyż potwór ani myślał rezygnować z walki i pociągnął za krępujące go liny. Dziewczyna zaparła się i mocno szarpnęła do tyłu. Wyrżnęła plecami o podłogę, pojechała po śliskich deskach prosto między nogi potwora. Dosłownie w ostatnim momencie, cudem utrzymując pęta w dłoniach, udało jej się złapać ciężkiej kanapy. Matka demonów była nieprawdopodobnie silna, palce Leny ześlizgiwały się ze skórzanego obicia i dziewczyna czuła, że jeszcze chwila i nie wytrzyma. Mimo to nie puściła liny. Przymknęła oczy, czekając, aż demonica przyciągnie ją do siebie, lecz opór zaczął niespodziewanie słabnąć. Czarownica odczołgała się na maksymalną odległość, na jaką pozwalała długość powroza, i przeturlała na plecy. Ujrzała Kruchego, który właśnie zarzucił swoje więzy. Stał pośrodku pokoju z rozwianymi czarnymi włosami i niebezpiecznym błyskiem w stalowych oczach.

Żuku, Robal i Kota nie przestawali bombardować napęczniałego brzucha demonicy kolejnymi wiązkami światła. Potwór ryczał i ciskał się w bólu, wreszcie osunął się plecami po ścianie, a spomiędzy jego nóg rzygnęło brunatną mazią. Mokry, oślizgły płód pacnął na deski z głośnym mlaśnięciem. Otaczająca go plama jaśniejszego powietrza przepłynęła przez pokój i wniknęła do najbliższej Kapsułki, która natychmiast pokryła się szronem. Kota dopadła do niej, podniosła uwięzionego demona. Był zimny jak lód. Zaklinaczka schowała go do kieszeni, z napięciem wpatrując się w noworodka.

Nie poruszył się.

Matka demonów wrzasnęła ogłuszająco i spróbowała dosięgnąć Robala, lecz raptem jej ciałem znów targnęły konwulsje i między nagimi udami rodzącej pojawił się kolejny potwór.

Kruchy zaklął, ciaśniej obwijając więzy dookoła nadgarstka. Krucyfiksy na nowo chlusnęły strugami świetlistej magii, lecz gdy dym opadł, na podłodze nadal leżał tylko jeden martwy płód. Matka demonów zaczęła mozolnie dźwigać się z podłogi.

– Szukajcie go! – wrzasnął łowca. – Lena, szykuj się! – Przygotował kolejne więzy do rzutu, a jego stalowe oczy rozbłysły zimno. – Na mój znak. Raz! Dwa!...

Wtedy ktoś zawył rozpaczliwie.

Łowca rozpoznał głos, zanim jeszcze usłyszał krzyk Robala.

– Dopadł Wilkę!

Kruchy błyskawicznie przeczesał wzrokiem pokój, nigdzie jednak nie dostrzegł ani demona, ani czarownicy. Robal pochwycił jego spojrzenie i wskazał na sufit. Przygwożdżona do niego dziewczyna wyglądała jak żeńska wersja człowieka witruwiańskiego. Owinięte wokół niej wężowate cielsko krępowało jej ruchy, a ogromna, rogata głowa trzymała ją zębiskami za gardło.

Łowca stał oniemiały przez ułamek sekundy, po czym wyszarpnął Krucyfiks z kabury.

– Nie puszczaj więzów! – Głos Koty przywrócił go do rzeczywistości. Zaklinaczka chwyciła za porzucony przez Lenę powróz. – Żuku i Robal też potrafią strzelać!

Miała rację.

Z ogromnym wysiłkiem oderwał wzrok od swojej czarownicy i razem z Kotą zarzucili więzy na rozjuszoną matkę. Nagle demonica przestała się szamotać, zwęziła oczy i zaczęła węszyć, miarowo poruszając skrzydełkami nosa. Ryk, jaki z siebie wydała, o mało nie powalił ich na ziemię, a szarożółte tęczówki rozbłysły z triumfem. Ciało potwora niespodziewanie wygięło się w łuk, uniosło pół metra nad ziemię, emanując aureolą drżącego od magii powietrza. A potem gruchnęło w dół jak kamień i znieruchomiało.

Kruchy i Kota, niewiele myśląc, spętali je ciasno i zapieczętowali zaklęciami. Dopiero gdy skończyli, okazało się, że czarnowłosy stwór o ziemistej cerze zniknął, a zamiast niego na podłodze leżała krótko ostrzyżona brunetka. Łowca sprawdził jej puls i zaklął szpetnie. Nie wytrzymała opętania.

Zaklinaczka szybko przeczesała podłogę, zerknęła na Kruchego i pokręciła głową. Wszystkie Kapsułki, z wyjątkiem tej, którą miała w kieszeni, pozostały puste. Oboje jak na komendę unieśli broń i zaczęli przeszukiwać pokój. Poza ciałem potwór był dla nich niewidzialny, lecz Krucyfiksy zawsze robiły się lodowato zimne, gdy miały demona na celowniku.

Jednak tym razem uparcie pozostawały gorące, bez względu na to, gdzie mierzyli.

– Wyparowała czy jak? – zapytała Kota.

– Pomóż pozostałym. Zaraz wracam – to mówiąc, łowca wybiegł na korytarz.

Tymczasem wężowy potwór na suficie, nękany kolejnymi wystrzałami, zasyczał i trysnął czarną, dymiącą posoką, która wypalała dziury w parkiecie i meblach. Wiązki światła przebijały łuskowate cielsko na wskroś ze wszystkich stron i wreszcie spowiły go ciasnym kokonem. Bezwładne ciało Leny wyślizgnęło się spomiędzy słabnących, dematerializujących się splotów i zleciało wprost w ramiona Żuka.

W tym samym momencie martwy noworodek uderzył o deski, przelatując tuż obok głowy Kruchego, który właśnie wrócił do pokoju. Łowca szybko kopnął go w kąt i podszedł do nieprzytomnej czarownicy.

– Jedna z Pieczęci przestała płonąć – rzekł w odpowiedzi na pytające spojrzenie Koty. – Matka nam zwiała.

Kątem oka widział, że po wężowym demonie pozostał tylko bezkształtny obłok dymu. Płynął w powietrzu tuż nad podłogą, dopóki najbliższa Kapsułka nie zassała go do środka. Kota podniosła ją szybko i wcisnęła do kieszeni.

Funkcjonariusze zgromadzili się wokół Leny, a zaklinaczka jako pierwsza potraktowała ją impulsem trzeźwiącym. A potem kolejnym.

Bez rezultatu.

I jeszcze jednym...

– Zostaw, bo ją zabijesz! – syknął Robal, odtrącając Kotę na bok. – Kruchy, podaj moją torbę!

Zanim pogromca zdążył wygrzebać pęk amuletów uzdrawiających, Lena zacharczała, rzuciła się dziko i znów znieruchomiała, a ze śladów po ukąszeniu na jej szyi pociekły strużki czarnego jadu. Zaklinaczka westchnęła głośno, zakrywając dłonią usta, a Robal zamarł z kręgiem runicznym w dłoni.

Blady jak ściana i nieruchomy jak posąg Kruchy klęczał nad czarownicą, a na twarzy zastygł mu wyraz niedowierzania. Wreszcie łowca wyciągnął drżącą dłoń, ujął podbródek dziewczyny, delikatnie przekręcił jej głowę i odgarnął z twarzy kasztanowe kosmyki.

Uśmiechnął się z ulgą, gdy drgnęła i uniosła powieki.

I odskoczył jak oparzony, kiedy Lena wbiła w niego palące spojrzenie szarożółtych oczu o pionowych źrenicach.

Ruda zamilkła jakiś czas temu i teraz patrzyła ponuro gdzieś w przestrzeń. Ida wierciła się na krześle, niecierpliwie czekając na dalszy ciąg opowieści.

– Egzorcyzmy nic nie dały? – zapytała wreszcie, gdy czarownica zakolebała kuflem i łyknęła piwa.

– Egzorcyzmy zabiłyby ją na miejscu – oświadczyła Ruda zimnym tonem i z westchnieniem opadła na oparcie. – Matki demonów są potwornie silne nie tylko podczas porodu, ale także przez pierwsze parę dni po opętaniu nowego ciała. Potem nie stanowią już takiego zagrożenia, ale nadal pozostają nieprawdopodobnie wytrzymałe. Potwór uczepił się Leny tak kurczowo i z taką determinacją, że na jej skórze otwierały się rany, gdy tylko zbliżał się do niej jakiś czyściciel, o egzorcyście nie wspominając. Nie to było jednak najgorsze.

Znowu umilkła, w zamyśleniu przygryzając koniuszek kciuka. Ida patrzyła w napięciu, jak oczy kobiety zakrywa delikatna mgiełka wspomnień. Dziewczyna miała niemal wrażenie, że lada moment miodowe tęczówki staną się przezroczyste jak ślepia Gryzaka i będzie mogła zobaczyć w nich wszystko, o czym myślała czarownica.

Po długiej, bardzo długiej ciszy szamanka już otwierała usta, by zapytać, co było najgorsze, lecz wtedy Ruda z trzaskiem odstawiła piwo, jakby sama chciała przywrócić się do rzeczywistości i przepędzić z głowy myśli o przeszłości.

– Matki demonów opętują jedynie ciężarne kobiety – oznajmiła dobitnie i znów zapatrzyła się gdzieś w bok. – I tak oto Kruchy dowiedział się, że miał zostać ojcem. I że straci nie tylko Lenę, ale również dziecko. Dziewczynę zabrano do podziemnego szpitala Firmy. Łowcy powiedzieli, żeby przygotował się na najgorsze, że nikt nie przeżył takiego opętania, że szanse są znikome. Ale Kruchy oczywiście nie chciał o tym słyszeć. Nie znalazł w Firmie nikogo, kto chciałby się podjąć obrzędów oczyszczających na Lenie, zaczął więc szukać poza Firmą. W końcu trafił na gościa działającego w samym sercu przestępczego półświatka, w swoistym magicznym podziemiu, w którym przemytnikom czarnomagicznych przedmiotów, domorosłym demonologom i nekromantom, pozbawionym zarówno wyobraźni, jak i moralności, wydaje się, że są członkami ruchu oporu i walczą przeciw okrutnemu reżimowi. Czyli nam. W innych okolicznościach Kruchy aresztowałby tego człowieka na miejscu i przymknął na co najmniej dekadę. Wtedy jednak był gotów oddać duszę za swoją czarownicę. A ponieważ ten gość miał sporo za uszami, nie można go było zabrać do szpitala Firmy, więc Kruchy musiał przyprowadzić Lenę do niego. Do dziś nie wiem, jak mu się udało wyjść z nią choćby za próg izolatki, przecież tam się kręci mnóstwo ludzi, personel, ochrona, każdy kąt jest rejestrowany z trzech różnych ujęć kamery... A jednak tego dokonał. Z pewnością nie sam, ktoś musiał mu pomóc, ale do dziś nie chce powiedzieć, kto to był, a w jego wspomnieniach nie ma żadnego tropu. Zabrał Lenę do motelu, gdzie spotkał się z tym podejrzanym typem i siedział tam przez trzy dni, zanim znaleźli go Żuku i reszta grupy. Zastali ich w trakcie rytuału, który wymknął się spod kontroli, zanim w ogóle na dobre się rozpoczął. Kruchy pamięta tylko, że Lena rzuciła się na nich z pianą na ustach i płonącymi oczami, a on sparaliżowany patrzył, jak kobieta jego życia przegryza szyję i wyrywa serce magowi z podziemia... Potem skoczyła na łowcę. Mówił, że zabił ją trzykrotnie, za każdym razem rozcinając jej gardło rytualnym nożem. Według jego zeznań demonica wreszcie przestała się odradzać i go atakować, a on poczuł, że leci w dół, i stracił przytomność. Gdy się obudził, zobaczył mnie. Leżał na podłodze w motelowym pokoju, w zakrwawionym ubraniu, ściskał w dłoni nóż, a wokół niego na podłodze leżały ciała Koty, Żuka i Robala, wszystkie z rozchlastanymi gardłami.

Ruda urwała i zerknęła na szamankę. Ida od dłuższej chwili siedziała w kompletnym bezruchu, z lekko rozchylonymi ustami, dłońmi zaciśniętymi na kuflu i oczami zalanymi obsydianową czernią. Czarownica wzdrygnęła się pod tym upiornym spojrzeniem i odetchnęła z ulgą, gdy białka dziewczyny wróciły do naturalnego odcienia, a tęczówki odzyskały swój zwykły piwny kolor.

– Mów dalej – szepnęła szamanka. Wcale nie miała zamiaru szeptać, lecz głos ją zawiódł. Odchrząknęła i powtórzyła prośbę głośniej i nieco bardziej opanowanym tonem.

Ruda skinęła głową, najpierw jednak podeszła do baru i wróciła z dwiema setkami wódki. Wypiły w grobowym milczeniu, jednocześnie odstawiły kieliszki na stół.

– Lena tymczasem leżała na łóżku tak, jak ją zostawił – podjęła czarownica. – Cała i zdrowa, jeśli nie liczyć opętania. Śmiała się ochryple i wodziła dookoła szarożółtymi oczami o pionowych źrenicach. W ręku trzymała ludzkie serce, a jej brodę i ubranie pokrywała zakrzepła krew tak ciemna, że prawie czarna. Jedyną osobą, która zginęła bezpośrednio z jej ręki, był ten szemrany mag, resztę zabił Kruchy. Potem, gdy wielokrotnie złożył zeznania, gdy najlepsi czytacze w kraju przejrzeli jego wspomnienia i przeszukali każdy zakamarek umysłu, wyszło na to, że matka demonów przejęła nad nim kontrolę, zaanimowała iluzje i to ona uśmierciła trzech naszych ludzi, tyle że rękami Kostka. Nadal ciążyły na nim zarzuty uprowadzenia, stworzenia śmiertelnego zagrożenia dla życia innych lokatorów motelu i nieumyślnego spowodowania śmierci trzech agentów. Lecz po jakimś czasie sprawa dziwnie przycichła, Kruchego wysłali na przymusowy urlop i terapię do psychiatry, a na koniec załatwili mu przeniesienie do Wrocławia. Uparł się jednak, że opuści stolicę dopiero wtedy, gdy już stanie się jasne, że odzyskanie jego dziewczyny jest niemożliwe i matkę demonów trzeba zniszczyć. A tego można dokonać, tylko pozbawiając ją cielesności, czyli w tym przypadku zabijając czarownicę. Ostateczną decyzję podjęto po tym, jak zaklinacze spróbowali wydobyć z ciała ducha Leny, by następnie umieścić go w innej powłoce. Niestety, jej dusza była już tak słaba i przesiąknięta demoniczną energią, że rozsypała się w proch, gdy tylko zaczęli szeptać zaklęcia wyklinające. Lena przestała istnieć, a Kruchy wpatrywał się w jej ciało przez całe godziny, tłumacząc sobie, że to już nie jest miłość jego życia, niedoszła matka ich nienarodzonego dziecka. To już nawet nie jest człowiek. Klęczał całą wieczność, ubrany w hakamę, z dłońmi opartymi na udach, i patrzył na nią jak zahipnotyzowany, na nic nie reagował i przez cały ten czas nie poruszył się nawet o milimetr. Wreszcie wstał, sięgnął do boku i wyciągnął miecz. Mamy w Firmie taką tradycję, że jeśli musimy uśmiercić opętanego agenta, używamy do tego jego ulubionej broni. Lena miała pierwszy dan w kendo. Co prawda w kontrakcie życzyła sobie popełnić seppuku, ale ze względu na jej stan... – Ruda raptownie uniosła głowę i popatrzyła na Idę oczami wypełnionymi płynnym złotem. – Zrobił to własnoręcznie. Szybko i bez wahania ciął kataną i odrąbał głowę kobiecie, którą kochał. A potem ukłonił się i wyszedł z sali, nawet się nie oglądając.

Czarownica przerwała opowieść, utkwiwszy zamglony wzrok gdzieś daleko, w innym miejscu i innym czasie. Do dziś pamiętała ciszę, jaka nastała po egzekucji, ciszę przenikliwą, a zarazem tak kruchą, że zdołał ją przełamać odgłos jego bosych stóp i furkot czarnej hakamy. Pamiętała nieobecną twarz łowcy, puste, przygaszone oczy, pozbawione zwykłego stalowego blasku. Wciąż jeszcze widziała gęste krople leniwie skapujące z ostrza i w dowolnej chwili potrafiłaby odtworzyć karminowy wzór, jaki wymalowały na kamieniach posadzki.

Szamanka milczała taktownie. Chociaż prawdę mówiąc, to nawet nie była kwestia taktu: i tak nie wiedziałaby, co ma powiedzieć. Długo analizowała w myślach to, co usłyszała, i przez moment pożałowała, że kazała czarownicy opowiedzieć sobie wszystko ze szczegółami. Bała się, że przy następnym spotkaniu Kruchy od razu ją przejrzy i domyśli się, że ona wie. Wystarczy, że zobaczy jej minę. Wkurzy się strasznie, to było pewne.

– Ochrzani mnie, gdy się dowie, że ci powiedziałam – odezwała się Ruda takim tonem, jakby widziała myśli dziewczyny. Ida poderwała głowę i zdała sobie sprawę, że kobieta przyglądała jej się już od dłuższego czasu. – Powie mi, że się wtrącam, że jakby chciał, to sam by cię zaznajomił z historią swej tragicznej miłości, ale ja go znam. Od trzech lat nie wypowiedział jej imienia i nawet Zygmunt szybko dał sobie spokój z rozmowami na ten temat...

– Zygmunt?

– Psychiatra, do którego wysłali Kruchego na obserwację. To ksywa na cześć Freuda. – Ruda wstała. Duszkiem opróżniła swój kufel i znowu podeszła do baru. Gdy wróciła i postawiła na stole dwie kolejne setki, Ida postanowiła zadać wreszcie pytanie, które chodziło jej po głowie od początku rozmowy.

– A co to wszystko ma wspólnego ze mną?

– Naprawdę nie łapiesz?

Szamanka nie zdążyła odpowiedzieć.

– Jesteś dla Kruchego jedyną nadzieją na odzyskanie Leny – oświadczyła Ruda tonem jasnowidza i psychoanalityka w jednym. – Znaczy to jest moje zdanie, on oczywiście zaprzeczy.

– Nie umiem posklejać do kupy rozsypanej duszy – zaprotestowała stanowczo Ida. – Kruchy o tym wie.

– Mówimy o człowieku, który próbował wypędzić matkę demonów z ludzkiego ciała, choć wiedział, że nikomu przed nim to się nie udało. Ten facet ma nieograniczone pokłady nadziei i determinacji, jak już coś sobie ubzdura, to koniec, nie spocznie, dopóki nie spadnie z obłoków prosto na łeb. Zresztą wydobyć Mikołaja z lustra też nie umiesz, a mimo to próbujesz. Ty i Kruchy jesteście do siebie podobni.

– Ja nie mam nic do stracenia – mruknęła ponuro szamanka. – Będę próbować do śmierci, że się tak niemetaforycznie wyrażę.

– On też nie ma nic do stracenia – odparła natychmiast czarownica. – Od egzekucji niewiele go trzyma przy życiu. I nawet jeśli przyjmiemy, że źle kombinuję, że tu wcale nie chodzi o Lenę, że Kruchy chce ci pomóc, bo, dajmy na to, zapałał szczególną sympatią do twojej lodówki... To wszystko nie może się dobrze skończyć, nie w przypadku gościa z taką przeszłością. Odkąd stracił tę nieszczęsną dziewczynę, nikt poza tobą nie był w stanie przebić się przez mur, który wokół siebie zbudował. W ciągu tych trzech lat straciliśmy wielu przyjaciół, bliższych i dalszych, w mniej lub bardziej dramatycznych okolicznościach, a jego nic nie ruszało. Kompletnie. Ale gdy spotkał ciebie, szamankę od umarlaków, która ma przesrane tak samo jak kiedyś Lena, która tak jak Lena lada dzień może stracić duszę, coś się w nim odblokowało. Może wierzy, że ratując ciebie, znajdzie to swoje całe *closure*, o którym mówił mi Zygmunt. Znaczy ostatecznie zamknie rozdział z Wilką i raz na zawsze uwolni się od demonów przeszłości czy jakoś tak. Może ubzdurał sobie, że pomagając ci, musi odpokutować za to, że nie potrafił ocalić Leny... Może szuka katharsis, a może... Cholera, no sama nie wiem, co mu chodzi po łbie, wiem natomiast, że muszę coś z tym zrobić. A raczej co ty musisz zrobić. No pomyśl tylko, co się z nim stanie, kiedy po tygodniach, może nawet miesiącach waszych wspólnych wysiłków raptem znikniesz? Zaangażuje się w ratowanie twojego tyłka, a gdy ciebie szlag trafi, straci cel i odwali mu na dobre.

– Ha, o to akurat nie musisz się martwić. – Ida przysunęła sobie kieliszek z wódką i zaczęła go powoli i ostrożnie obracać w palcach. – Znając moje szczęście, padnę w parę dni, nie zdąży się do mnie za bardzo przywiązać.

– Możliwe. A co, jeśli nie padniesz?

Szamanka odgarnęła z czoła czarne kosmyki i uraczyła czarownicę długim, uważnym spojrzeniem.

– Rozumiem, że jeśli dotrwam jakoś do końca miesiąca, mam się czuć winna?

– Chcę tylko, żebyś powiedziała mu, że miałaś sen. Chcę, by wiedział, że nie ma dla ciebie ratunku.

Ida uśmiechnęła się smutno.

– O Lenie też wiedział, że nie ma dla niej ratunku, a jednak jakoś go to nie powstrzymało od działania.

Czarownica wolno pokręciła głową.

– Wtedy wiedział jedynie, że nigdy jeszcze nie udało się wyegzorcyzmować matki demonów z opętanego ciała. Nikt nie twierdził, że to z całą pewnością niemożliwe, tylko diabelnie trudne. Dlatego Kruchy ani na chwilę nie przestał próbować jej uratować, z powodu tej odrobiny nadziei. Z tobą jest inaczej. Może być pewien, że niedługo padniesz i nic nie można na to poradzić.

Oczy szamanki pociemniały gwałtownie, zalśniły zimno niczym dwa onyksy.

– Doprawdy? – wychrypiała z nutką ponurej przekory w głosie.

– Mam nieodparte wrażenie, że stroisz sobie ze mnie żarty – prychnęła Ruda, wyraźnie tracąc cierpliwość. – Przecież mówiłaś, że jeśli coś ci się przyśni...

– Owszem, mówiłam. Mówiłam też, że miałam sen, jak umieram, a nie jak umarłam, a to różnica. Znikoma, przyznaję, ale jednak różnica.

Na widok zaskoczonej miny czarownicy dziewczyna pokiwała głową z gorzką satysfakcją.

– Ty żmijo – syknęła jadowicie Ruda. – Wzięłaś mnie na litość, gadzino podstępna! Okłamałaś mnie tylko po to, żebym zabrała cię do twojego wypatroszonego czarodzieja! Powiedziałaś, że umrzesz lada chwila...

– Nic takiego nie przeszło mi przez usta, usłyszałaś to, co chciałaś usłyszeć. – Ida znów jej przerwała, tym razem dużo ostrzejszym tonem. Nagle z miłym zaskoczeniem uświadomiła sobie, że nie boi się czarownicy. W ogóle. Już nie. – Co, rozczarowana jesteś? – Pochyliła się nad stołem i nie czekając na odpowiedź Rudej, dodała głosem suchym i zimnym jak igiełki szronu: – Nie martw się, cierpliwości. Ja nadal mogę wykorkować, szanse mam spore.

A nawet bardzo, dodała w myślach.

Przecież nie miała pojęcia, co tak naprawdę oznaczał ten sen. Tekla wielokrotnie powtarzała, że nikt z darem banshee nie może przepowiedzieć własnej śmierci, dlatego Ida optymistycznie założyła, że wizja nie była prorocza. A ponieważ naprawdę nie widziała finału owej dramatycznej sceny z nią i Kruchym w rolach głównych, pozwoliła sobie na nieśmiałą nadzieję, że w takim razie w kwestii jej rychłego umierania nic jeszcze nie jest przesądzone. Aczkolwiek świetnie zdawała sobie sprawę, że w jej przypadku nadzieja i optymizm to nic innego jak mydlenie oczu samej sobie, i nie zdziwiłaby się za bardzo, gdyby wyszło na to, że jest pierwszą szamanką od umarlaków w historii, która miała wątpliwą przyjemność przewidzenia, w jakich okolicznościach powędruje niebawem na drugą stronę tęczy.

A na to zdecydowanie nie była jeszcze gotowa.

Pech też nie, wnosząc po minie.

Zamiast strachu Ida poczuła gwałtowny gniew. Wściekła się w jednej chwili, nie bardzo wiedząc, za co ani na kogo. Na wszystkich, za wszystko – najprawdopodobniej. Porwała ze stołu swoją setkę, cudem nie uroniwszy ani kropelki, a jej oczy znów zalała smolista czerń.

– Na razie jednak mam zamiar zrobić wszystko, by przeżyć – oświadczyła dobitnie, a dwie obsydianowe gwiazdy, tak bardzo kontrastujące z bladością policzków, upodobniły ją do upadłego anioła. – I przyjmę każdą pomoc, a już zwłaszcza od człowieka, który wierzy w niemożliwe i nie spisał mnie na straty z taką ochotą jak ty. – Wypiła wódkę i strzepnęła kieliszkiem.

Nawet się nie skrzywiła, taka była zdenerwowana. – I tym optymistycznym akcentem do widzenia się z państwem.

– A ty dokąd? – zawołała za nią czarownica, gdy Ida z trzaskiem odstawiła kieliszek do góry dnem i wstała od stolika. Ruda dogoniła ją przy wyjściu z knajpy i chwyciła za ramię, lecz szamanka wyrwała się natychmiast.

– Precz z łapami – warknęła, wychodząc z pubu. – Poważnie mówię, nie dotykaj mnie, bo słowo daję, wydrapię ci oczy...

– Tak jak Kwiatkowskiemu?

Dziewczyna przystanęła tak gwałtownie, że czarownica nie zdążyła zareagować i odbiła się od jej pleców. Ida wykonała szybki w tył zwrot, skorzystała z okazji, że Ruda cofała się właśnie dla złapania równowagi, pchnęła ją z całej siły i przyparła do ściany pubu. Dopiero teraz zauważyła, że kobieta jest niższa od niej prawie o pół głowy.

– Nie – wycedziła zimno, zaglądając głęboko w tęczówki wypełnione płynnym złotem i bezbrzeżnym zdumieniem. – Tknij mnie tylko jeszcze raz, wiedźmo, a tobie wydrapię oba.

Zanim Kruchy zatrzymał się na stacji benzynowej jakieś sto pięćdziesiąt kilometrów za Warszawą, jeszcze raz zerknął w lusterko, by upewnić się, że czarna honda z przyciemnianymi szybami zniknęła na dobre. Zatankował do pełna, poszedł zapłacić, a przy okazji napełnić termos kawą z ekspresu i kupić coś do jedzenia. Gdy wrócił do samochodu, wysłał dyskretny impuls i usłyszał dwa cichutkie piski, dochodzące spod podwozia. Położył papierową torbę z hamburgerami na dachu auta, wyciągnął z bagażnika lusterko z długim uchwytem, po czym wsunął je pod pojazd. Dokładnie przejrzał całe podwozie, wreszcie ujrzał odbicie dwóch pulsujących niebieskawym światłem nadajników. Przyklęknął i ostrożnie odczepił obie pluskwy, tak by nie zakłócić nadawania.

Potoczył wzrokiem po zaparkowanych przy stacji samochodach i uśmiechnął się na widok starego forda o wrocławskich rejestracjach. Kruchy pochwycił torebkę z hamburgerami i ruszył w jego kierunku. Uklęknął przy upatrzonym przez siebie aucie, udając, że poprawia sznurowadła, i starannie podczepił pluskwy do podwozia.

Chwilę później siedział na ławce pod biało-zielonym parasolem i jadł, spokojnie obserwując, jak właściciel zapluskwionego pojazdu wraca, pobrzękując pękiem kluczy, wsiada za kierownicę i wyjeżdża na drogę.

Łowca przełknął ostatni kęs i wsunął papierosa do ust.

Dziesięć minut później, podczas gdy ludzie Wrońskiego odczytywali sygnał z jadącego do Wrocławia forda, Kruchy opuścił stację benzynową i ruszył z powrotem w kierunku stolicy. Kilkanaście kilometrów przed Warszawą skręcił z głównej trasy, przejechał przez parę mniejszych miejscowości i skręcił ponownie, tym razem podążając wyboistą polną drogą.

Po jej prawej stronie piaskowe morze zbóż i suchych traw, tu i ówdzie upstrzone zielonymi plamami dzikich jabłoni, spływało po zboczu łagodnego wzniesienia. Po lewej zieleń rozlała się odważniej i szerzej, ciasno oplatając brudnoniebieskie jezioro ramionami krzewów. Tafla wody w kształcie bardzo wąskiego rombu, podpalona teraz czerwienią zachodzącego słońca, z daleka przypominała sztylet o zardzewiałym lub zakrwawionym ostrzu. Kruchy wjechał w tunel milczących drzew, pod namiot splątanych gałęzi, w chłodny, wilgotny cień, szelest szuwarów, bzyczenie owadów, mdły zapach ryb i wodorostów. Zaparkował terenówkę obok wysłużonego land rovera i ruszył nad jezioro. Szedł ścieżką wśród wysokich trzcin, aż dotarł na niewielki cypelek. Czekała tam na niego rozłożysta, posępna wierzba płacząca oraz równie rozłożysta, acz dla kontrastu figlarnie uśmiechnięta, Kornelia Kwiatuszek.

Podszedł bez słowa i przysiadł na ławeczce obok kobiety. Przez chwilę patrzył na pomarszczone jezioro, po czym ściągnął plecak z ramion i wyjął paczkę lucky strike'ów. Otwierana zippo szczęknęła metalicznie, trzasnęła kamieniem i wypluła żółto-błękitny płomień. Zapach benzyny i dymu tytoniowego zmieszał się z rybią wonią wody.

– Zapaliłabym – rzuciła Kornelia ze wzrokiem utkwionym w jaskrawoczerwony spławik.

– Myślałem, że rzuciłaś.

– Bo rzuciłam. Zaraz po twoim wyjeździe. Ale teraz mam ochotę zakurzyć, jak za starych, dobrych czasów.

Uśmiechnął się lekko, podał jej paczkę papierosów i zapalniczkę.

– Odpal mi, widzisz przecież, że mam zajęte ręce.

Na potwierdzenie swych słów zakręciła korbą kołowrotka, szybko zwijając żyłkę, po czym ponownie zarzuciła wędkę. Uśmiechnął się znowu, tym razem szerzej i jakby radośniej. Gdy podał jej tlącego się lucky strike'a, ujęła go między pulchne palce i uraczyła łowcę kolejnym spojrzeniem. Długim i przenikliwym.

– Wrocław wyszedł ci na zdrowie – orzekła wreszcie. – Dobrze wyglądasz.

– Ty również – odparł, ciesząc się w duchu na odpowiedź, którą był pewien zaraz usłyszeć.

– Nie obrażaj mojej inteligencji tymi kurtuazyjnymi łgarstwami – żachnęła się dokładnie tak, jak przewidział. – Ja jestem gruba.

Łowca skinął głową i dopiero teraz przyjrzał jej się uważniej.

– I różowa – wykrztusił. Miała na sobie luźny dres z różowego misia z sześcioma liliowymi królikami wyszytymi po obu stronach błyskawicznego zamka. W uszach podzwaniały dwa króliczki Playboya z plastikowych diamencików, a włosy podtrzymywała opaska w kolorze malin ozdobiona brokatowymi kwiatkami. Nawet okulary straszyły kocimi, ciemnoróżowymi oprawkami... I jedynie sięgające za kolana kalosze ośmieliły się kolorystycznie wyłamać burą zielenią.

– Coś okropnego – stwierdził wreszcie Kruchy, gdy minął już pierwszy szok.

– Tak lepiej – odparła z zadowoleniem. – Przyniosłeś?

Bez słowa wyjął z plecaka pudełko pączków i położył je na ławce między nimi. Widząc błysk aprobaty w modrych oczach, wydobył jeszcze termos z kawą i dwa tekturowe kubki, które zabrał z baru przy stacji benzynowej. Zajął się nalewaniem parującego, czarnego płynu, Kornelia tymczasem spałaszowała pierwszego pączka.

– Budyń – odezwała się lepkim głosem, zlizując lukier z ust. – Lubię budyń.

– Był tylko jeden. Reszta jest z konfiturą z dzikiej róży.

– Nie szkodzi. Lubię konfiturę.

Gdy wręczył jej kubek, opróżniła go duszkiem, mimo że kawa była prawie wrząca. Tłumaczyła mu kiedyś, że w ten sposób kofeina szybciej się wchłania. A bez niej Kornelia nie byłaby Kornelią. Bez słodyczy też nie. Już jako dwunastolatka musiała dokonać wyboru: piękne ciało czy piękny umysł. Jej talent wymagał bowiem zarówno kofeiny, jak i horrendalnych ilości cukrów prostych, a przy alergicznej niechęci do sportu i złośliwie leniwej przemianie materii mogła zapomnieć o szczupłej sylwetce i smukłych nogach. Zamiast nich jeszcze przed maturą dorobiła się brzucha jak balonik i podwójnego podbródka. A jednak nigdy nie żałowała swojej decyzji.

Kiedyś powiedziała łowcy, że taki wizerunek pomaga jej w pracy, nikt przecież nie bierze na poważnie otyłej kokietki ubranej we wszystkie kolory tęczy i rozpaczliwie starającej się ratować sytuację nieudolnym makijażem. Wygląd, który tak pieczołowicie pielęgnowała, gwarantował, że nikt nie będzie się jej bał. A kiedy człowiek nie czuje strachu, niewiele trzeba, by przestał się pilnować, by stał się nieostrożny, zbyt szczery i wylewny. Kornelia była chyba jedyną osobą w Firmie, której każdy mówił więcej, niż powinien, zupełnie jej nie doceniając, nie dostrzegając drzemiącego w niej potencjału, kompletnie dyskredytując ją jako zagrożenie. Ot, gruba sekretarka z Archiwum, nieszkodliwy pracownik administracyjny, rozmiłowana w biurokracji specjalistka od papierologii stosowanej. Nikt ważny.

A jednak Kruchy już przy ich pierwszym spotkaniu nabrał pewności, że Kornelii nie wolno ignorować ani bagatelizować. Wiedziała więcej niż wszyscy jego informatorzy razem wzięci, do tego miała swobodny dostęp do wszelkich dokumentów w Archiwum i genialny talent do wykorzystywania informacji. Była jedyną znaną mu osobą, która potrafiła zdziałać cuda bez najmniejszej ingerencji magii czy innych nadprzyrodzonych sił. Obdarzona przez los nieograniczoną pamięcią fotograficzną była w stanie w godzinę zapamiętać opasłą encyklopedię, jedynie prześlizgując się wzrokiem po tekście. Jak skaner. Choć nawet przeskanowanie takiego tomiszcza zajęłoby przecież więcej niż godzinę. Co raz ujrzały jej modre oczy, tego bystry umysł karmiony cukrami i kofeiną nie zapomniał już nigdy.

Kornelia Kwiatuszek była prawdziwym brylantem w morzu plastikowych szkiełek, lwem w przebraniu szarej myszki i nikt poza nią samą, Kruchym i paroma nielicznymi szczęśliwcami nie miał o tym pojęcia.

– Opowiedz mi o niej – odezwała się, wyrywając łowcę z rozmyślań.

– O kim?

– O Idzie Brzezińskiej.

Uśmiechnął się tylko i sięgnął po kubek z kawą. Milczał wyczekująco, był bowiem pewien, że żadną rewelacją na temat dziewczyny nie zaskoczyłby Kwiatuszka. Wiedziała już wszystko. Na dodatek prawdopodobnie więcej niż on.

– No to ja ci opowiem. – Kobieta usadowiła się wygodniej. Wydawać by się mogło, że nadal obserwuje spławik, jednak lekko nieobecne spojrzenie świadczyło o tym, że szuka w pamięci odpowiednich informacji. – Urodzona dwudziestego szóstego lipca osiemdziesiątego dziewiątego w Gdyni. Jedyna dziedziczka Sławomira i Irminy Brzezińskich. Świetna rodzina, wyborne koneksje zmarnowane kompletnym brakiem magicznego potencjału, który zamknął jej drogę do kariery w loży. Czarna owca, zupełnie jak ty, choć z zupełnie innego powodu. Pewnie dlatego tak ją lubisz. Dla ratowania honoru rodu miała zostać wydana za mąż za czarodzieja i oddać cześć tradycji, rodząc mu małych magicznych. Gdybym ci powiedziała, kogo ta dziewczyna miała poślubić, tobyś się zakrztusił z wrażenia, mogła naprawdę wysoko zajść. No, a przynajmniej dzielić małżeńskie łoże z człowiekiem, który wysoko zaszedł. A jednak odrzuciła oświadczyny i wyjechała do Wrocławia, gdzie została wyszkolona na medium przez siostrę swojej matki, Teklę Kryską. Oficjalnie studentka pierwszego roku psychologii na Uniwersytecie Wrocławskim, nieoficjalnie świeżo zwerbowana współpracowniczka WON-u. Firma zrekrutowała ją po tym, jak dziewczyna zabiła poszukiwanego czarodzieja Mikołaja Kwiatkowskiego. Zarejestrowałam ją osobiście jako szamankę od umarlaków i ze smutkiem przyznaję, że w życiu o takiej profesji nie słyszałam, ale brzmi mrocznie. Ładna buzia, miła dla oka figura. – Kornelia zerknęła na Kruchego. – Krucze włosy, piwne oczy. Zupełnie niepodobna do Leny.

Zesztywniał, jak zawsze, gdy padało to imię. Zdołał się jednak szybko opanować i w miarę przekonująco wzruszyć ramionami.

– Jestem nieco rozczarowany – powiedział po chwili. – Nie wysilałaś się za bardzo. Nie dowiedziałem się niczego nowego... No, może poza tym niedoszłym małżeństwem, ale to akurat trudno uznać za cenną informację.

– Na twoim miejscu nie byłabym tego taka pewna. – Kornelia mrugnęła figlarnie. – Poza tym powiedziałam ci tylko to, co mówi na jej temat baza danych Firmy, a nie to, co wiem ja.

– Na przykład?

– Na przykład Firma nie łączy ani jej, ani Mikołaja Kwiatkowskiego z Markiem Karewiczem, pseudonim Karev. – Przez chwilę kręciła korbą wędki, robiąc efektowną pauzę, po czym dodała jakby od niechcenia: – Znanym również jako Kusiciel.

Kruchy wyszczerzył zęby. Sięgnął po kolejnego lucky strike'a i ponownie poczęstował Kornelię.

– Jak do tego doszłaś?

– Dziecinnie proste, wystarczy czytać ze zrozumieniem. – Kornelia zapaliła papierosa. – Prawie wszystko jest w aktach. Firma mianem Kusiciela nazywa seryjnego mordercę, który w latach dziewięćdziesiątych miał uprowadzić i pozbawić życia szesnaście młodych czarownic. Kryptonim wziął się stąd, że niektóre z ofiar używały tego określenia w prywatnych zapiskach, jakie znaleźliśmy w ich domach podczas przeszukania. Notatki są bardzo chaotyczne, wręcz bełkotliwe, a jednak ten przydomek powtarza się w nich wielokrotnie, co sugeruje, że wiedźmy znały swojego zabójcę. O szczegółach poczytasz sobie sam, nie będę na darmo strzępić języka, zaraz dostaniesz ode mnie obszerną dokumentację. Kilkanaście lat temu sprawa Kusiciela miała w Firmie najwyższy priorytet, wszystkie wydziały były zaangażowane w śledztwo. Kiedy sporządzono listę podejrzanych, jeden z nich, Marek Karewicz, przepadł jak kamfora tuż po pierwszym przesłuchaniu. Zwiał, mimo że nigdy nie przedstawiono mu konkretnych zarzutów, mimo że dowody, jakimi dysponowali śledczy, były tylko poszlakowe i nigdy nie znaleziono ciała żadnej z szesnastu ofiar, a on sam miał kartotekę czystą jak kryształ. A jednak jego zniknięcie zbiegło się w czasie z ustaniem owych tajemniczych porwań i tym samym zapewniło mu tytuł głównego podejrzanego. Sprawa z roku na rok przycichała coraz bardziej, aż raptem złapali gościa, który nie dość, że przyznał się do wszystkich morderstw, to jeszcze bez żadnych oporów pozwolił prześwietlić sobie mózg. Niedługo potem został w błyskawicznym tempie i z wielkim hukiem skazany na wielokrotne dożywocie. O Karevie wszyscy zapomnieli. Do czasu, gdy sześć miesięcy po procesie, jakieś jedenaście lat temu, WON znów został zbombardowany doniesieniami o znikających bez śladu magach, tym razem obu płci, oraz o ogromnych źródłach czarnomagicznej energii, przez które zasypywało nas demonami. Po takim spektakularnym sukcesie, jakim było przymknięcie rzekomego Kusiciela, dowództwo nie miało zamiaru przyznawać, że skazano nie tego człowieka. Firma nie mogła pozwolić sobie na taką kompromitację, dlatego wszystkie nowe porwania trzymano w największym sekrecie. Prowadzący tajne dochodzenie agenci, którzy w większości, jak sam przyznasz, nie należą do szczególnie błyskotliwych, głowili się i dumali tygodniami, aż wreszcie doznali olśnienia, że wszystkie te źródła łączy jeden wspólny element: lustra.

Łowca uniósł brwi, a Kornelia uśmiechnęła się z satysfakcją, widząc jego zainteresowanie. Jak każdy artysta potrzebuje publiczności, tak kobieta uwielbiała robić wrażenie na swoich rozmówcach.

– Oddział śledczy powołany specjalnie do zbadania zwierciadeł w domach wszystkich nowo uprowadzonych oczywiście nie ustalił nic prócz tego, że to właśnie z nich demony dostają się do naszego świata – kontynuowała, dolewając sobie kawy. – Późniejsze próby wysłania egzorcystów i czyścicieli na drugą stronę były podejmowane w ramach operacji o kryptonimie „Brama Piekieł", która trwała ponad rok i ostatecznie zakończyła się kolejnym niepowodzeniem. Udało się jedynie odkryć, że kiedy demony wracały w zwierciadła, nie zostawał po nich najmniejszy nawet trop, ich czarnomagiczna aura zanikała zupełnie. Nawet gdy łowcy w ramach eksperymentu założyli na jednego więzy, te nie były w stanie ściągnąć czarta z powrotem do naszego świata i przerwały się już po kilku godzinach. WON, zniechęcony brakiem postępów w śledztwie, zamknął dochodzenie i przestał interesować się prawdziwym, nieuchwytnym Kusicielem, mimo że niewinny człowiek siedzi w pudle od przeszło dekady. I mimo że po dziś dzień magowie i wiedźmy ni stąd, ni zowąd przechodzą na ciemną stronę mocy, a potem zapadają się pod ziemię i pozostawiają po sobie jedynie otwarte zwierciadła oraz opętanych członków rodziny. Nikomu poza mną nie chciało się skojarzyć faktów i wywnioskować, że skoro demony mogą znikać bez śladu, to może zaginieni magiczni wraz z Kusicielem również przebywają w lustrach.

– A ty oczywiście zatrzymałaś swoje spostrzeżenia dla siebie.

– Oczywiście. Co prawda do dziś nie mam pomysłu na to, co stało się z tymi wszystkimi ciałami, wliczając też powłokę samego Karewicza. W końcu diabły są, o ile się orientuję, istotami niematerialnymi, dlatego nie sądzę, by człowiek mógł przejść na drugą stronę, zachowując cielesność. W każdym razie Firma nadal utrzymuje, że złapała właściwego człowieka, i wszelkie działania w sprawie nowych zniknięć ogranicza tylko do zabezpieczania czarnomagicznych źródeł i wyłapywania demonów. Brałeś udział w dziesiątkach takich akcji, sam wiesz, jak to wygląda. Wezwanie do Kwiatkowskiego miało być właśnie jedną z nich, ale sprawy nieoczekiwanie skomplikowała młodziutka, niepozorna szamanka od umarlaków.

Kornelia umilkła na chwilę. Siorbnęła z kubka i zagryzła pączkiem.

– Co prawda Ruda ani słowem nie wspomniała o lustrach w raporcie z waszej ostatniej interwencji – podjęła, przełknąwszy – jednak Mikołaj Kwiatkowski, podobnie do poprzednich ofiar Kusiciela, bardzo gwałtownie zmienił się z przestrzegającego prawa, porządnego maga w wyznawcę zła. A teraz zapadł się pod ziemię jak wielu przed nim, z tym że w jego przypadku znaleźliście opętane ciało. Pewnie gdyby nie mordercze zapędy Idy Brzezińskiej, nie mielibyście nawet tego, a Kwiatkowski zostałby uznany za zaginionego i sprawę by zamknięto. – Tu posłała Kruchemu uważne spojrzenie znad okularów. – Jeśli zaczniesz w to brnąć i głośno rozpowiadać, że Kwiatkowski to kolejna ofiara Kusiciela, odbiorą wam to śledztwo, wiesz o tym, prawda? Ten czarodziej jest jak na razie pierwszym namacalnym dowodem na to, że zamknięto niewłaściwego człowieka i jeśli Firma się o nim dowie, Wroński natychmiast przejmie dowodzenie, a ty i panna Brzezińska nie opuścicie pokoju przesłuchań do Bożego Narodzenia dwa tysiące pięćdziesiątego.

– Jego niedoczekanie.

– Miałam nadzieję, że tak powiesz. – Kornelia ugryzła kolejnego pączka. – To Wroński wsadził za kratki tamtego biednego człowieka, właśnie dzięki sprawie „Szesnastki" tak szybko awansował. Szlag go trafi, kiedy się dowie, że przy tym węszysz. A skoro już o nim wspomniałam: kazał mi cię pozdrowić.

– Powiedz mu, żeby się pierdolił.

– Nie omieszkam. – Pozwoliła sobie na lekki uśmiech, po czym spoważniała i zmieniła temat. – O tym, że interesujesz się Kusicielem, dowiedziałam się z historii wyszukiwania w bazie danych Firmy...

– Śledzisz mnie? – przerwał jej zaczepnym tonem.

– Ja wszystkich śledzę – przyznała bez ogródek. – Ale w twoim przypadku mam ułatwione zadanie. Zaraz po tym jak trzy lata temu wyjechałeś do Wrocławia, Wroński przyszedł do mnie i zażądał, żebym uważnie obserwowała wszystkie twoje ruchy. To on załatwił mi autoryzację, bym mogła swobodnie podglądać, czego szukasz w bazie danych. A potem znudzony brakiem haków na ciebie i zbyt zajęty własną błyskotliwą karierą zapomniał mi tę autoryzację cofnąć, a ja jakoś zapomniałam mu o tym przypomnieć.

– Wygodnie.

– No ba. Niemniej, skoro on dał mi dostęp do twoich danych, należy zakładać, że sam też być może nadal cię obserwuje. W końcu jest szychą z Wewnętrznego, ma mocne plecy, takim jak on wolno niemal wszystko. Zatarłam już wszystkie ślady twojego surfowania po tajemnicach Firmy, miejmy nadzieję, że Wroński nie zdążył niczego wywęszyć. Gdyby tak było, to prawdopodobnie już byśmy o tym wiedzieli, ale ostrożności nigdy za wiele, dlatego będę miała na niego oko. Od tej pory, jeśli chcesz się czegoś dowiedzieć, kontaktuj się ze mną i trzymaj łapy z dala od komputera.

– Co ja bym bez ciebie zrobił?

– Zginąłbyś marnie – odparła natychmiast bez cienia żartu czy wyższości w głosie. Po prostu stwierdziła fakt. Sięgnęła do ogromnej torby z krokodylej skóry, oczywiście różowej, która wisiała na oparciu ławki, i wyciągnęła z niej grubą, granatową teczkę. – Znajdziesz tu wszystko, co Firma wie na temat Kusiciela, plus kilka tropów, o których dowiedziałam się sama. Pisałam to z pamięci przez ostatnie dwa dni i raczej niczego nie pominęłam, ale jakby co pytaj, będziemy w kontakcie.

– Dwa dni?

– Odkąd zobaczyłam, że próbujesz dostać się do tajnych danych, wiedziałam, że prędzej czy później przyjdziesz do mnie. W końcu od tego mnie masz.

– Dziękuję ci, Kwiatku. – Łowca otworzył teczkę i przejrzał kilka pierwszych stron. – O matko, jego świadectwa z liceum mogłaś sobie darować, co mi po jego trói z matmy?

– Zawsze lepiej wiedzieć więcej niż mniej. – Kornelia wzruszyła ramionami. – Wolałam dać ci wszystko, co mam, a nuż coś okaże się ważne... – Milczała przez chwilę, obserwując minę Kruchego, który właśnie zapoznawał się z listą domniemanych ofiar Kusiciela. – Zastanawia mnie tylko, po co w ogóle go szukasz – odezwała się wreszcie, wyrywając łowcę z zamyślenia. – A moja nadprzyrodzona przenikliwość oraz nieprzeciętna domyślność podpowiadają mi, że ma to coś wspólnego z panną Brzezińską.

Czuł na sobie świdrujące spojrzenie modrych oczu, jednak nie odezwał się słowem.

– Twoje milczenie natomiast mówi mi, że mam rację – skomentowała po dłuższej ciszy. – Pozwól, że podzielę się z tobą dalszymi przypuszczeniami. Otóż, mimo że nie mam zielonego pojęcia, czym dokładnie zajmują się szamanki od umarlaków, zakładając oczywiście, że na świecie urzęduje więcej niż jedna, wiem sporo o profesji medium i banshee. Z raportu Rudej wynika, że dziewczyna zamieszkała w tej kamienicy, ponieważ przewidziała śmierć Kwiatkowskiego i miała zadbać, by jego dusza trafiła na drugi brzeg Styksu czy coś w ten deseń. Zabiła go natomiast w wyniku nieszczęśliwego wypadku. To jak ulał pasuje do banshee, z nimi zawsze jest od cholery problemów. Wiem również, że panna Brzezińska, jako medium, potrafi rozmawiać z duchami, tymczasem według Rudej dziewczyna nie może nawiązać kontaktu z duszą czarodzieja i nie potrafi jej wywołać...

Kolejna pauza nieco Kruchego zirytowała. Był przekonany, że Kornelia wszystko już sobie dokładnie przemyślała, poskładała do kupy wszelkie informacje i doszła pewnie do wniosków, którym będzie musiał przytaknąć. Lubiła jednak przedłużać wywód, udając, że analizuje wszystko na bieżąco i zastanawia się na głos. Kruchy wiedział, że takie perorowanie na pokaz to dla kobiety jedyne źródło satysfakcji, wolałby jednak od razu usłyszeć, do jakich doszła konkluzji. Przecież i tak okaże się, że Kornelia ma rację. Zawsze ją miała.

– Zwykłe medium pewnie by się nie przejęło i nie zawracało sobie głowy jedną zaginioną duszą, w końcu można żyć, będąc lekko zdekompletowanym – podjęła rozbawiona jego zniecierpliwieniem. – Tymczasem panna Brzezińska wraz z Rudą złożyły dziś wizytę trupowi Kwiatkowskiego w kostnicy. – Uśmiechnęła się przebiegle, gdy łowca uniósł głowę i zerknął na nią niepewnie. – A ty coś taki zaskoczony? Ilekroć się legitymujesz, Firma wie, gdzie jesteś, a co wie Firma, wiem i ja. Kostnica jest nasza, nie państwowa, wylegitymowały się w niej obie. Wniosek jest taki, że zamiast machnąć ręką na Kwiatkowskiego, nasza urocza szamanka nadal jest nim zastanawiająco zainteresowana. Ty natomiast masz ciało ofiary, masz zabójczynię i w innych okolicznościach dziewczynę wsadziłbyś za kratki, a sprawę zamknął. Potem natychmiast o wszystkim byś zapomniał i ponownie rzucił się w wir pracy. Zwykle tak właśnie robisz. Ale zamiast tego załatwiłeś jej robotę w WON-ie, ratując przed odsiadką, a teraz jeszcze zacząłeś węszyć na własną rękę. Oboje wiemy, że tak daleko posuwasz się tylko wtedy, kiedy kroi się grubsza afera bądź trzeba ratować niewiastę z opresji. Coś mi zatem mówi, że: primo, panna Brzezińska znajduje się w niebezpieczeństwie, które ma związek z Kwiatkowskim i Kusicielem. Secundo, z nieznanych nawet tobie powodów czujesz, że musisz jej pomóc.

Co z kolei prowadzi do tertio, to wszystko może się dla ciebie bardzo nieprzyjemnie skończyć.

– Jeśli chcesz prawić mi kazania, to daruj sobie, Ruda już cię wyręczyła.

– Nie mam zamiaru cię niańczyć, Kruchy, ani cię nie oceniam. Rób, co chcesz, dorosły chłop z ciebie. Mówię tylko, żebyś był ostrożny. Zacznij od tego... – Wyciągnęła z torby kolejną teczkę, tym razem zieloną.

– A co to jest?

– Raport Rudej. Zbyt wylewna ta nasza Zosia, za dużo tropów prowadzi do Kusiciela, nie mogę więc tego zatwierdzić i przekazać dowództwu. To zbyt ryzykowne. Potrzebny jest nowy.

– Nienawidzę pisać raportów i dobrze o tym wiesz.

– Wiem, dlatego już to zrobiłam za ciebie. – Kornelia wyjęła teczkę numer trzy. Bordową. – Odkąd wynaleziono maszyny do pisania, nieważne, kto wciska klawisze, liczy się podpis widniejący u dołu strony. Masz tu pióro, walnij autograf i po problemie.

– Jesteś kochana.

– To też wiem.

Kornelia gwałtownie wyprostowała się na ławeczce, gdy spławik zaczął podrygiwać, zaczekała, aż zanurkuje na dobre, po czym sprawnie zacięła wędkę. Zakręciła kołowrotkiem i po chwili z wody wyłoniła się dyndająca na haczyku pasiasta ryba z imponującą płetwą grzbietową.

– Masz ochotę na okonia z grilla, pieczone ziemniaki i sałatkę grecką? – Uśmiechnęła się szeroko. Bardzo lubił ten uśmiech. – Jest też piwo.

– Pewnie. – Skinął głową. – Tylko obawiam się, że jedną rybką to się raczej nie najemy.

– Też tak uważam – przyznała, wrzucając zdobycz do wiaderka z wodą. – Ale ja, czekając na ciebie, złapałam już pięć, co daje razem po trzy na głowę. Coś mi mówiło, że dziś będzie dobry dzień na połów, i jak zwykle miałam rację – mówiła to bez nuty dumy czy zadufania w głosie, nie wyglądała też na jakoś specjalnie zadowoloną. Po prostu powiedziała na głos to, co było oczywiste.

– W takim razie nie mogę odmówić. Jestem strasznie głodny.

– Zawrzyjmy zatem umowę. – Popatrzyła na niego poważnie. – Dopóki gościsz nad moim jeziorem, nie tkniesz papierów, które ode mnie dostałeś. Na czytanie akt będziesz miał jeszcze mnóstwo czasu, a ja nie chcę jeść służbowej kolacji z kolegą z pracy, tylko spędzić wieczór z przyjacielem.

– Załatwione. – Na potwierdzenie tych słów powolnym ruchem odsunął od siebie dokumenty.

– No to łap. – Coś brzęczącego poleciało w jego kierunku. Zdołał chwycić owo coś tuż przed własnym nosem. – Refleks masz, znaczy jesteś w formie. Dobrze. Już się bałam, że cię w tym Wrocławiu za bardzo rozleniwili.

– Rozleniwili, akurat. – Skrzywił się, zerkając na trzymane w ręku klucze samochodowe z brelokiem w kształcie misia. Różowego, rzecz jasna. – Dwa razy więcej roboty za te same pieniądze. Ot, niesprawiedliwość.

– Znaczy nie muszę się martwić. – Machnęła ręką w stronę ścieżki. – W bagażniku znajdziesz składanego grilla, węgiel, worek ziemniaków i lodówkę turystyczną. Przytargaj to tutaj, dobry człowieku, niekoniecznie w tej kolejności, a w nagrodę dostaniesz schłodzone piwo. No i kolację, ale na to sobie poczekasz.

Gdy obładowany łowca przytaszczył na brzeg już wszystko, co było do przytaszczenia, Kornelia kończyła właśnie oporządzać drugą rybę, a obok niej płonęło niewielkie ognisko. Kruchy z ulgą pozbył się balastu, po czym rozpalił grilla. Przez chwilę przyglądał się, jak kobieta z wprawą patroszy okonia, ale sarknęła na niego, żeby nie gapił jej się na ręce, usiadł więc na ławce i sięgnął po lucky strike'a.

– Jedno mnie zastanawia – odezwał się chwilę potem, gdy ryby owinięte w folię aluminiową skwierczały na ruszcie obok przypiekających się ziemniaków, a Kornelia usadowiła swe imponujące, różowe jestestwo na ławce obok niego. Gdy podała mu piwo, zauważył bransoletkę z różowych koralików, która wpijała się w jej pulchny nadgarstek i delikatnie skrzyła od mocy. Kwiatek też nosiła amulet neutralizujący substancje psychoaktywne.

– Co takiego?

– Oprócz nas nigdy nie widziałem tutaj żywej duszy – odparł, otwierając butelkę. Kapsel stawiał opór przez kilka sekund, wreszcie zasyczał przeciągle i wyfrunął w powietrze. – Pies z kulawą nogą się tędy nie kręci, a przecież okolicę trudno nazwać bezludną...

Wzruszyła ramionami.

– Inni nie mają tu wstępu – oświadczyła po prostu. – To moje jezioro.

– Jak to, twoje jezioro?

– Normalnie. Moje jezioro. Chciałam mieć jezioro, więc mam jezioro.

– Nieogrodzone – zauważył. – Bez żadnej tabliczki, że to teren prywatny. Zresztą mniejsza o zwykłych spacerowiczów. Pamiętasz, co mi powiedziałaś, gdy spotkaliśmy się tu po raz pierwszy?

To było wieki temu. Nie znali się wtedy zbyt dobrze i nie darzyli szczególną sympatią ani zaufaniem. Łączyły ich relacje czysto zawodowe i przez kilka miesięcy prawie ze sobą nie rozmawiali, jedynie wymieniali teczki z dokumentami. Mimo że niewiele o sobie wiedzieli, Kwiatek polubiła łowcę za jego nonszalancką szczerość. Poprawiał humor, ilekroć bez litości krytykował jej wygląd, a już zupełnie zdobył serce, gdy po raz pierwszy nazwał ją Skittlesem. Pod tym względem odstawał od reszty współpracowników, którzy co dzień obdarzali ją spojrzeniami pełnymi źle ukrywanego rozbawienia i politowania, karmiąc kłamstwami komplementów i miłych słówek. Gdyż mimo tych swoich bezlitosnych komentarzy Kruchy był jedynym człowiekiem w Firmie, który patrzył na nią i widział Kornelię, a nie grube, głupawe, podstarzałe babsko. Zupełnie jakby potrafił dostrzec drzemiący w niej potencjał, choć przecież nigdy nie zdradziła się przed nim ze swoim talentem, nigdy nie pokazała, na co ją stać. Długo się wahała, lecz im uważniej obserwowała poczynania młodego łowcy, tym bardziej utwierdzała się w przekonaniu, że powinna zaryzykować i zademonstrować mu, na czym polega jej dar. Szybko nadarzyła się po temu okazja, gdy Kruchy zaczął pracować przy pewnym głośnym śledztwie. Kornelia zdobyła dla niego tyle poufnych informacji o poszukiwanym magu, że przebrnięcie przez wszystkie materiały zajęło łowcy trzy dni.

Gdy spotkali się po tych trzech dniach, popatrzył na nią z uznaniem i rezerwą, bardziej niż wcześniej przekonany, że Kornelii nie należy lekceważyć. Należy się jej bać. Zawsze czuł wobec niej podświadomy, choć umiejętnie maskowany respekt, tymczasem to, co przeczytał w aktach i notatkach sporządzonych przez jej informatorów, co usłyszał z nagrań z podsłuchu lub zobaczył na filmach nakręconych szpiegowskimi kamerami, sprawiło, że zaczął się poważnie zastanawiać, ile właściwie wie ta kobieta, dla kogo pracuje i czy przypadkiem nie ma już jakiegoś haka na niego. Był pewien, że nie znalazła wszystkich tych materiałów w Archiwum, a mimo to podała mu poszukiwanego listem gończym czarodzieja na srebrnej tacy. Niebezpieczna, tak właśnie pomyślał o niej w tamtej chwili. Patrzyli sobie w oczy w milczeniu, wreszcie Kornelia dostrzegła przebiegły błysk w jego stalowych tęczówkach i już wiedziała, że dojdą do porozumienia. Wtedy po raz pierwszy zaprosiła go nad jezioro, a on uśmiechnął się krzywo i wyraził nadzieję, że kobieta przynajmniej poza pracą ubiera się jak człowiek zrównoważony psychicznie.

– Dopiero gdy dotarłem na miejsce i wysiadłem z samochodu, uświadomiłem sobie, że nie powiedziałaś mi, jak mam tu trafić. Nie dałaś żadnej mapy, żadnych wskazówek. Powiedziałaś tylko „zapraszam nad moje jezioro, przyjacielu", a ja... przyjechałem. Po prostu. Wiedziałem, że muszę podążyć wąską ścieżką wśród trzcin, choć nigdy wcześniej nią nie szedłem. Wiedziałem, że na brzegu rośnie wierzba płacząca, choć przecież nigdy jeszcze tu nie byłem, nie miałem prawa znać takich szczegółów.

Kornelia milczała, raz po raz zaciągając się papierosem i popijając zimne piwo.

– Mówiłem ci już, jakie naszły mnie wtedy wątpliwości? Myślałem, że mnie zahipnotyzowałaś, że wcisnęłaś mi w umysł obraz tego jeziora, że w jakiś sposób wdarłaś mi się do głowy i kierowałaś przez całą drogę tutaj. To był chyba jedyny moment, w którym naprawdę się ciebie bałem, Kwiatku.

– A jednak przyszedłeś – powiedziała, wyraźnie ucieszona, że mimo swego komicznego wyglądu i opinii kompletnej kretynki zdołała jednak wzbudzić w kimś strach. Nawet jeśli było to wieki temu i trwało tylko przez chwilę.

– Przyszedłem – potwierdził. – Zapytałem cię, jak to zrobiłaś, w jaki sposób trafiłem tu, nie znając drogi, ale ty odparłaś, że nie zdradzisz mi tego, dopóki nie będziesz do końca przekonana, że można mi ufać. Zapewniłaś jednak, że nikt nas tu nie znajdzie, nie podpatrzy, nie podsłucha, że nawet Firma nie ma pojęcia o tym miejscu, możemy więc mówić otwarcie. – Zerknął na nią, kładąc łokieć na oparciu ławki. – Minęło sześć lat, myślę, że możesz mi w końcu zdradzić, jak to zrobiłaś.

Kornelia wzruszyła ramionami, jakby nie było o czym mówić.

– Wszystko, co tu widzisz... – powiodła przed sobą szerokim gestem – to niewielki, wyizolowany świat, który należy tylko do mnie. I działa na moich zasadach. Całe jezioro, linia brzegowa, otaczające nas zarośla i ten niewielki las, wszystko. A tam... – skinęła ręką na drugą stronę wody, gdzie rosły gęste drzewa – tam jest mój dom.

– Nie odpowiedziałaś na moje pytanie.

– Odpowiedziałam, ale ty nie potrafisz słuchać – skrytykowała go łagodnie. – Mój świat. Wyizolowany. Ukryty. Bezludny. W innym czasie i przestrzeni... – Pokiwała głową, widząc jego rosnące zdumienie. – Tak, Kruchy – przytaknęła jego myślom. – Wszystko, co widzisz, to załamana czasoprzestrzeń, do której tylko ja mam dostęp. No i ty, odkąd dostałeś ode mnie klucz.

– „Zapraszam nad moje jezioro, przyjacielu" – ponownie przytoczył jej słowa, nagle wszystko rozumiejąc.

– Zadziała tylko wtedy, gdy ja to wypowiem, nikt inny nie może zdradzić tego sekretu. Swoją drogą, cierpliwy z ciebie facet. Byłam pewna, że nie wytrzymasz dłużej niż kilka miesięcy, tymczasem ty nie zadałeś mi tego pytania przez sześć lat. Zaimponowałeś mi.

– Nadal nie powiedziałaś, jak...

– Praca w Firmie zapewnia mi niesamowite znajomości i z każdym dniem uczy, że za informację można kupić wszystko – wpadła mu w słowo, wiedząc doskonale, o co łowca chce zapytać. – Kiedy WON badał lustra Kusiciela i próbował wysłać w nie swoich ludzi, zatrudnieni przez Firmę konsultanci rozmiłowani w teorii względności snuli różne domysły na temat tego, co kryje się po drugiej stronie. Rozważali światy równoległe, czarne dziury, inne wymiary i takie tam cuda. Wystarczyło troszkę pogrzebać im w życiorysach, by znaleźć tego, kto potrafił nie tylko teoretyzować, ale również własnoręcznie sprawić, by czasoprzestrzeń uległa załamaniu. Pięć minut szperania dłużej i już wiedziałam, za jaką informację mogę kupić sobie u niego podobną przysługę.

– A jak załatwiłaś sprawę z kluczem?

Kornelia podała mu kolejne piwo.

– Słyszałeś kiedyś o siewcach wspomnień?

– Coś tam słyszałem. Potrafią modyfikować pamięć, tak jak Ruda.

– Niezupełnie. To dużo bardziej skomplikowana sprawa. W całej historii Firmy pracowało dla nas zaledwie trzech i tylko jeden z nich naprawdę znał się na rzeczy. Otóż siewca potrafi zasiać w ludzkim umyśle fałszywe wspomnienia...

– Jak sama nazwa wskazuje – mruknął z przekąsem.

– Cicho bądź. – Trąciła go łokciem w bok. – Co innego wymazać pamięć, jak robią to czyściciele, co innego modyfikować to, co już krąży w neuronach, jak czyni Ruda. Zasianie fałszywych wspomnień na tyle wiarygodnych i szczegółowych, by nie zostały uznane za sen, przywidzenie czy wymysł wyobraźni, to sztuka, którą poznało niewielu. Do tego niełatwo zmusić siewców, by nauczyli kogokolwiek choć namiastki tego, co sami potrafią. Mnie oczywiście się udało, ale tylko dlatego, że znalazłam odpowiednio mocnego haka.

– A zatem zasiałaś w moim umyśle fałszywe wspomnienie o tym miejscu.

– I musiałam to zrobić na tyle dyskretnie, żebyś niczego nie zauważył.

– Potrafisz siać inne?

– A skąd, w życiu. Siewca nauczył mnie tylko tego z jeziorem, a i tak musiałam nieźle go przyszpilić i zaszantażować, żeby wreszcie się zgodził. To była twarda sztuka, a jednak ostatecznie się poddał. Informacja to potęga, przyjacielu.

Jeszcze raz rozejrzał się po własnym i wcale nie tak ciasnym świecie Kwiatka, pogrążonym teraz w szarym, choć przyjemnie ciepłym zmierzchu. Kruchy mimowolnie przypominał sobie wszystkie sytuacje, w których jej doskonała pamięć oraz talent do wykorzystania tego, co wie, uratowały mu skórę. Nie pozostało mu nic innego, jak tylko się z nią zgodzić.

Informacja to potęga.

Ida gapiła się na plik serwetek i czuła, że lada moment nie wytrzyma i zacznie wrzeszczeć. Panika siała pod jej czaszką przeraźliwe spustoszenia, dusząc w zarodku każdą próbę logicznego myślenia. Dopiero gdy szamanka parę razy odetchnęła głębiej i wypiła szklankę zimnej wody, zdołała się nieco uspokoić.

Znów spojrzała na nieszczęsne serwetki i zaklęła soczyście.

Zabazgrała je przecież drobnym maczkiem, opisując wszystkie przydatne wspomnienia, które znalazła w ciele Mikołaja, tymczasem na żadnej z nich nie widniało ani jedno słowo. Nie znaczyło to bynajmniej, że serwetki były puste. O nie... Każda jedna ozdobiona została takim samym, profesjonalnie wykonanym szkicem bezlistnego drzewa i zakapturzonej postaci. Wszystkie rysunki były identyczne, wszystkie znajome i mroczne. Gdyby nie to, że w Trupiarni miała do dyspozycji tylko czarny długopis, Kusiciel spoglądałby pewnie teraz oczami czerwonymi jak rozżarzone węgle.

– Tracę rozum – wymamrotała do siebie.

Pamiętała przecież niektóre zapisane przez siebie zdania, skąd więc, u diabła, wzięły się te szkice?

– Przecież ja nawet nie potrafię rysować, do jasnej cholery! – syknęła, zaciskając palce na krawędzi stołu.

To znaczy do niedawna nie potrafiłam, poprawiła się myślach. Ostatnio coraz częściej zdarzało jej się nieświadomie coś naszkicować, zamiast na ten przykład sporządzić notatki do egzaminu. Gdy jeszcze miała resztki nadziei na to, że jakimś cudem zaliczy sesję, i pełna najlepszych chęci zabrała się do czytania, zamiast wykuć na blachę podstawy statystyki i procesy poznawcze, nie wiedzieć kiedy ozdobiła kilka stron w podręczniku roślinnymi motywami. A fakt, że owe motywy do złudzenia przypominały kolczaste gałązki dzikiej róży, jakoś nie pozwalał jej cieszyć się z nowo odkrytego talentu. Na dodatek talentu tak natarczywego, że używała go automatycznie, wbrew woli i absolutnie bezwiednie.

Czuła na sobie zimne spojrzenia Kusicieli, którzy jak jeden mąż łypali na nią z rozłożonych na blacie serwetek. Zgarnęła je jednym ruchem i cisnęła do kosza.

Wdech, wydech.

Muszę się uspokoić.

Ledwo to pomyślała, nogi same zaprowadziły ją do lodówki, dłonie zaś wyjęły z niej kostkę masła, jajka i kremową śmietankę. Nie wiedzieć kiedy na stole znalazła się tortownica, sześć tabliczek gorzkiej czekolady, cukier oraz likier pomarańczowy domowej produkcji – specjalność Tekli. Chwilę potem pogrążona w kulinarnym transie Ida ucierała żółtka z cukrem, białka ubijała na pianę, ostrożnie dodając roztopioną czekoladę, a kremowa śmietanka wraz z likierem grzała się w rondelku na ogniu...

Tymczasem Tekla z posępną miną przysłuchiwała się dźwiękom dochodzącym z kuchni. To nagłe zamiłowanie do gotowania, jakie ostatnio przejawiała Ida, było dla ciotki równie niepokojące i niespodziewane jak talent plastyczny, któremu dziewczyna dawała upust z pasją graniczącą z obsesją. Tekla wisiała w powietrzu w małym pokoiku za schodami i podziwiała dziesiątki identycznych prac, którymi szamanka zasłała prawie całą podłogę. Przedstawiały bezlistne drzewo i stojącego pod nim jegomościa w kapturze. Ciotka wodziła wzrokiem od rysunku do rysunku, starając się znaleźć jakiekolwiek różnice. Nic z tego. Każdy szkic był perfekcyjnym odwzorowaniem poprzedniego, zupełnie jakby siostrzenica zrobiła blisko setkę kserokopii i postanowiła wykorzystać je w charakterze dywanu. A jednak gdy kobieta przyjrzała im się bliżej, przekonała się, że wszystkie malunki zostały wykonane ręcznie, linia w linię. To nie było normalne. Normalni ludzie tak nie rysują. Ida tak nie rysuje. Ida w ogóle nie rysuje.

Co gorsza, Tekla znała tę kreskę. Co prawda na ścianie jej willi nigdy nie zawisł żaden obraz, jednak na strychu trzymała kilka płócien, które sprezentowała jej Karolina Kwiatkowska w podziękowaniu za seanse spirytystyczne. Niektóre prace artystka wykonywała na miejscu, dlatego ciotka zawsze trzymała w domu spory zapas kredek pastelowych. I choć styl Idowych dzieł był dużo mroczniejszy i bardziej gwałtowny, kobieta nie miała wątpliwości, że dusza Karoliny maczała w tym palce. A intensywny zapach czekolady, który roznosił się po całej willi, utwierdził Teklę w tym przekonaniu. Nieraz widziała Kwiatkowską w akcji, nieraz roztrzęsiona malarka składała jej wizyty w środku nocy, by opowiedzieć o swych obawach i przeczuciach, ucierając przy tym jabłka na szarlotkę, smażąc racuchy lub... piekąc tort czekoladowy, swoje popisowe dzieło. To właśnie z myślą o niej ciotka zadbała o to, by w jej spiżarni nigdy nie zabrakło likieru pomarańczowego, którego słodką woń czuła teraz w powietrzu. Już od paru ładnych dni podejrzewała, że z jej siostrzenicą dzieje się coś niedobrego, nie spodziewała się jednak, że Ida posunie się aż tak daleko, by połączyć swój los z losem Karoliny...

Tekli nie pozostało nic innego, jak skonfrontować szamankę ze swoim niewesołym odkryciem. Bała się jednak tego, co od dziewczyny usłyszy. Bała się, że sytuacja, w jakiej znalazła się jej wychowanka, niesie ze sobą dużo poważniejsze konsekwencje niż kilka rysunków czy tort czekoladowy.

Ciotka westchnęła i z ociąganiem wypłynęła z pokoju. Gdy dotarła do kuchni, Idy już nie było, a jedyny ślad jej niedawnej obecności stanowiło ciasto, które wolno rosło w piekarniku. Po krótkim poszukiwaniu znalazła szamankę w ogrodzie. Dziewczyna siedziała na trawie pod gruszą, trzymając kieliszek w jednej ręce i butelkę wina w drugiej. Opierała się plecami o pień i obserwowała krzak dzikiej róży.

Na widok ciotki napełniła i natychmiast opróżniła naczynie.

– Nadal uważasz, że to tylko krzak? – zapytała, wskazując różę butelką. – Prycha na mnie jak wściekła kotka.

Tekla zerknęła w tamtym kierunku, po czym znów utkwiła w Idzie zmartwione spojrzenie.

– Już się upiła?

– Niby czym? – zdziwiła się szamanka. – Tym jednym kieliszkiem? Nie, nie jestem pijana, zamierzam jednak szybko nadrobić...

– Ten krzak nie prycha – przerwała jej ciotka ostrzej, niż zamierzała, czując kolejne ukłucie niepokoju.

– Jak nie prycha, kiedy prycha, przecież wyraźnie słychać! O, i znowu!

Ida rzuciła dzikiej róży nienawistne spojrzenie i była pewna, że gdyby tylko roślina posiadała oczy, odpowiedziałaby jej tym samym. Kolczaste gałązki wiły się niczym żmijki na głowie Meduzy i ze świstem przecinały powietrze, a drobne listki sterczały zjeżone niczym kocia sierść.

– Zaraz wyjmie korzenie z ziemi i się na mnie rzuci, zobaczysz – mruknęła dziewczyna, na co krzew zaczął groźnie posykiwać. – Wszystkie liście straci, jeśli dalej będzie się tak wściekle miotać.

Tekla, która przez cały czas popatrywała to na krzak, to na siostrzenicę, już miała rzucić jakimś kąśliwym komentarzem, lecz nagle przypomniała sobie Gryzaka, który pod wpływem Idowych snów zmienił się w ogromną i wyraźnie niezadowoloną z życia dziką różę.

A zatem nie dość, że szamanka śniła o tej roślinie, to teraz jeszcze miała halucynacje.

– Ten krzew nie prycha ani się nie miota – powiedziała Tekla stanowczo.

– No przecież widzę...

– Ale ja nie widzę – ucięła ciotka. – Nikt poza Idą tego nie widzi.

Wyraźnie zbita z tropu szamanka zamarła z kieliszkiem przy ustach i teraz to ona wodziła wzrokiem między różą a ciotką.

– I on nigdy się nie ruszał?

– Nigdy.

– Tak w ogóle, w ogóle?

– W ogóle, w ogóle. Mówiłam jej, że to zwykły krzak.

Dziewczyna odstawiła wino, przeczesała włosy drżącymi palcami.

– Tracę rozum – stwierdziła takim tonem, jakby już pogodziła się z tą myślą.

– A swoim upartym milczeniem nie pozwala sobie pomóc – skwitowała surowo Tekla. – Jej sny wyjaśniły, o co chodzi z tą różą?

– Jeszcze nie. Pokazały mi tylko kilka niepowiązanych ze sobą wizji, na razie nic z tego wszystkiego nie kumam.

– O wizjach jeszcze porozmawiamy – słowa ciotki zabrzmiały niemal jak groźba. – Ale teraz niech mi Ida z łaski swojej wyjaśni, po kiego czorta złożyła Karolinie nieśmiertelną przysięgę?

Szamanka gwałtownie uniosła głowę.

– Skąd o tym wiesz?

– To, co się z nią dzieje, ma swoją nazwę. To nagłe zamiłowanie do gotowania, jak i ukryty dotąd talent plastyczny. Pewnie robi to zupełnie nieświadomie, nie pamięta nawet, kiedy wpada w kulinarny tudzież twórczy szał, co?

Ida tylko skinęła głową.

– Tego się właśnie obawiałam. To się nazywa pamiętnik umarlaka. Po złożeniu nieśmiertelnej przysięgi więź między rozmawiającą z umarłymi a duszą, z którą połączyła swój los, jest tak silna, że rozmawiająca niekiedy zyskuje dostęp do wspomnień umarłego, czasem nawet przejmuje jego pasje i przyzwyczajenia... – Ciotka przerwała na moment, wwiercając w Idę ciemnobrązowe oczy. – Co jej przyszło do głowy, by składać przysięgę Karolinie?

– Musiałam obiecać, że znajdę Mikołaja i przyprowadzę go do niej na drugi brzeg. Inaczej nie zgodziłaby się, żebym ją zabrała w zaświaty.

Tekla zmarszczyła brwi.

– To nie powinno być trudne – stwierdziła po chwili. – Kwiatkowski jest przecież w rękach WON-u. Ale skoro tak, to po co przysięga? Chyba że... – Choć wydawało się to niemożliwe, blada zwykle ciotka zbladła nieco bardziej. – Ida?

Dziewczyna westchnęła ciężko i spuściła głowę.

– WON nie ma Mikołaja – odparła, wpatrzona we własne dłonie. – Mikołaj zniknął po drugiej stronie lustra.

Zapadła cisza. Nawet Pech przestał psioczyć, a jego złowrogie milczenie mówiło więcej niż tysiąc słów.

Szamanka nie odważyła się choćby zerknąć na ciotkę, przymknęła oczy i czekała na ostrą reprymendę. Nie doczekała się jednak. Tekla po raz pierwszy od bardzo, bardzo dawna nie wiedziała, co powiedzieć.

A ponieważ zawsze musiała mieć ostatnie słowo, po raz pierwszy od bardzo, bardzo dawna zaklęła.

Plugawie i z pasją.

Rozdział trzeci

Niepamięć

Niepamięć to wybawienie.

Mijają wieki, zanim odzyskuje przytomność. Budzi się powoli, nękana przeraźliwym dzwonieniem w uszach, czując, jak mózg kipi jej pod czaszką, tak kruchą, jakby kości zastąpiło cienkie szkło. Kolejne sto lat później światło, które zalewa jej świadomość oślepiającą strugą, wreszcie przygasa, a myśli wypełniają mgły i cienie. Szamanka stara się przegonić je z głowy, są jednak bardzo powolne i bardzo uparte. Resztki wspomnień walają się bezładnie na dnie jej umysłu jak rozsypane puzzle. Ida mimo najszczerszych chęci nie umie poskładać ich z powrotem w całość. Są niekompletne, z chirurgiczną precyzją wykrojone z kontekstu. Skalpel niepamięci ciął pewnie i czysto, nie pozostawiając żadnych wskazówek, żadnego punktu zaczepienia dla jakichkolwiek domysłów. Dziewczyna za cholerę nie jest w stanie dostrzec większego obrazu czy jakiegoś wzoru, który pozwoliłby jej domyślić się, co widnieje na brakujących elementach. Brakuje zbyt wielu, by mogła dopowiedzieć sobie resztę. Zupełnie jakby ktoś zaczerpnął dłonią i wyrwał jej pamięć z korzeniami, zostawiając tylko kilka suchych liści, ostrych cierni i garść ziemi.

Niepamięć to wybawienie.

Kto to powiedział?

Ida dopiero teraz orientuje się, że leży w kałuży, wśród błota i pożółkłych liści.

Okropnie jej zimno. Mięśnie ma zdrętwiałe, ruchy nienaturalnie powolne, ciało słucha jej niechętnie. Z trudem podnosi dłoń ciężką tak, jakby w jej żyłach zamiast krwi płynęła rtęć, a kości miała wypełnione nie szpikiem, tylko ołowiem. Przeciera łzawiące oczy, a ta prosta czynność wysysa z niej niemal całą energię.

Mija dłuższa chwila, nim decyduje się unieść powieki... i tylko ułamek sekundy, nim przychodzi jej tego pożałować. Światło przedziera się przez źrenice, rozszerza je brutalnie i boleśnie, ponownie zatapiając wszystko w rażącej bieli. Szamanka z sykiem zamyka oczy, próbuje przeturlać się na brzuch, coś jednak raptownie staje jej na drodze. Powietrze wypełnia zapach wilgotnego mchu. Ida ostrożnie odmyka jedną powiekę, tym razem przezornie przysłaniając twarz ręką. Tuż przed nosem widzi pień drzewa.

Dziewczyna długo gapi się na korę, gładką i białą jak śnieg. Ciało co chwilę przechodzą silne dreszcze, skronie ściska tępy ból, w gardle suszy, jak gdyby zjadła wór soli z piaskiem. Z przerażeniem uświadamia sobie, że nie pamięta, jak się tu znalazła. Nie pamięta niczego. Okruchy wspomnień grzechoczą na dnie jej czaszki niczym ostatnie ziarenka piasku w rozbitej klepsydrze. Wie, że gdzieś tam są, słyszy ich echo, lecz nie ma do nich dostępu.

Niepamięć to wybawienie.

Czyżby? Spogląda w niebo. Patrzy pod słońce, dlatego trącane wiatrem gałęzie wydają się zupełnie czarne. Ida siada z wysiłkiem i zaczyna lustrować otoczenie. Po chwili stwierdza, że znajduje się pod jedynym drzewem w promieniu kilkunastu metrów. W pobliżu nie rośnie nic, nie licząc dzikiej róży, która oplata pień ciernistymi pędami. Nawet trawa trzyma się z dala od masywnych korzeni, pozostawiając wokół nich plac jałowej ziemi. Te korzenie... Dziewczyna wzdryga się mimowolnie. Wyglądają strasznie, przywodzą

na myśl dokładnie obrane z mięsa ludzkie kości. Od takiego skojarzenia robi jej się niedobrze, gwałtownie odwraca głowę. Z niejakim zdziwieniem zauważa, że źdźbła rosnące na samej krawędzi trawiastego kręgu, pośrodku którego siedzi, są nienaturalnie poskręcane i sczerniałe. Na dodatek odchylają się na zewnątrz, jakby próbowały uciec od drzewa. Zaintrygowana zerka w górę, a to, co widzi, sprawia, że przestaje się dziwić. Wie już, dlaczego trawa prysnęła spod korzeni, zostawiając za sobą okrągłą łysinę błota. Ida sama ma ochotę uciec, a jedyną rzeczą zdolną jej w tym przeszkodzić jest nienaturalna słabość, jaka znów przygniata ją do ziemi.

Wygięty, zdeformowany pień ma wyraźny kształt nagiej kobiety. Jesienny wiatr rozwiewa jej włosy z liści, białych i zaskakująco bujnych jak na tę porę roku. Chmury zakrywają niebo, pędzą tak szybko, że przycupnięta u stóp drzewa szamanka ulega niezwykle przekonującemu złudzeniu i widzi niemal, jak konary ramion omdlewają, pień się ugina i drzewna kobieta traci równowagę, pada na ziemię, wciąż, bez ustanku, nieodwołalnie.

Mijają długie minuty, zanim Ida otrząsa się z oszołomienia i dźwiga na nogi. Stawy stękają z wysiłku, a w mięśniach czuje nieprzyjemne mrowienie. Wiatr przenika przez przemoczone ubranie, zimny jak oddech królowej lodu. Dziewczyna przytrzymuje się drzewa i zaraz cofa rękę, gdy tylko natrafia nią na coś wilgotnego i miękkiego. Niesamowicie fioletowy mech, którego nie było tu jeszcze przed sekundą, teraz porasta niemal cały pień.

Szamanka czuje, że uginają się pod nią kolana. Wie, że jeśli teraz zrobi choć krok, wyląduje w błocie szybciej, niż wstała. Obejmuje więc drzewo i przytula się do niego jak dzika róża, czekając, aż miną zawroty głowy, a wzrok z powrotem odzyska ostrość. Mech łaskocze ją w policzek. O dziwo, jest w nim coś kojącego i uspokajającego. Z niewyjaśnionych przyczyn pachnie pieprzem i imbirem. Z czymś kojarzy jej się ta woń, tak, z czymś ważnym. Ale nie pamięta, z czym. Zapach, który jeszcze wczoraj przywołałby setki wspomnień, teraz nie znaczy już nic.

Wzrok dziewczyny pada przypadkiem na kałużę, w której do tej pory leżała. W pomarszczonej powierzchni wody odbijają się burzowe, ciemnoczerwone chmury, powykręcane gałęzie białego drzewa oraz...

Szamanka wstrzymuje oddech. Oraz twarz jasnowłosego młodzieńca o różnokolorowych oczach.

Ida szarpie się do tyłu, o mało nie tracąc równowagi. Ogląda się za siebie, lecz nie dostrzega nikogo. Mocniej przywiera do drzewa, zaciskając powieki, wpija palce w korę, próbuje uspokoić rozszalałe serce.

Nikogo tu nie ma, powtarza sobie. To tylko przywidzenie, tylko przywidzenie...

Gdy otwiera oczy, pień nie jest już śnieżnobiały. Straszy teraz smolistą czernią. Fioletowy mech zniknął.

To jedynie przywidzenie.

Dziewczyna ponownie zerka w kałużę tylko po to, by odkryć, jak bardzo się myli. To nie jest przywidzenie. Z przerażeniem widzi, że zamiast kruczych włosów ma teraz ubrudzone błotem kosmyki koloru piasku, a jej oczy nie są już piwne. Prawa tęczówka pali jadowitą zielenią, lewa zaś ciemnobrązową, prawie czarną barwą przywodzi na myśl gorzką czekoladę. I nagle obie stają w rubinowym ogniu, żarzą się na podobieństwo bliźniaczych węgli. Źrenice wydłużają się w kocie szparki, a usta rozciąga okrutny uśmiech.

– Niepamięć to wybawienie – mówi szamanka ustami Kusiciela. – Niepamięć mnie wyzwoli.

Zerwała się z posłania. Krzyk ugrzązł jej w gardle gęsty niczym szlam. Ściśnięte płuca kategorycznie odmawiały współpracy, jakby w panice nie potrafiły skojarzyć, na czym polega oddychanie, a gdy po wlokących się w nieskończoność sekundach wreszcie zaczerpnęła powietrza, była pewna, że lada moment eksplodują jej żebra. Przez szum, który wypełniał skronie, przebijało się echo znajomego głosu, próbującego przekonać ją o zbawiennych skutkach utraty pamięci. Serce szamanki chyba dało się nabrać, bo kompletnie zapomniało, co to znaczy rytmiczne pompowanie krwi, tłukło się w klatce piersiowej jak spłoszony gołąb.

Przez moment nie bardzo wiedziała, gdzie się znajduje, i była niemal pewna, że nadal siedzi w kałuży pod martwym drzewem. Dopiero krzyk harpii i nagły powiew ciepłego powietrza sprowadziły ją z powrotem do tu i teraz. Odwróciła głowę, akurat by zobaczyć, jak siedząca na zewnętrznym parapecie Joanna staje w płomieniach i rozświetla mrok migotliwym, pomarańczowym blaskiem.

Ida odrzuciła kołdrę, skoczyła do okna. Zatrzasnęła je z impetem i zaciągnęła zasłony. Z całą stanowczością stwierdziła, że płonące ptaszysko nie jest tym, co nękane koszmarami i zagrożone rychłym unicestwieniem szamanki od umarlaków lubią najbardziej. A skoro już o szaleńcach mowa... Po chwili wahania zbliżyła się do lustra. Odetchnęła z ulgą na widok własnej twarzy, kruczych włosów, oczu czarnych i głębokich niczym otchłań... Cofnęła się gwałtownie. Przetarła dłonią powieki i zerknęła raz jeszcze. Z napięciem obserwowała, jak tęczówki nieśpiesznie odzyskują zwykły piwny kolor.

Wróciła do łóżka, choć była pewna, że już nie zaśnie. Zegar w salonie wybijał dopiero trzecią w nocy, lecz koszmar o Kusicielu skutecznie przegnał senność, serwując w zamian kolejne powody do zmartwień. Szamanka wsunęła dłoń pod poduszkę, wymacała notatnik o gładkich kartkach i miękki ołówek. Wyciągnęła znalezisko. Uspokoiła się nieco, gdy poczuła pod palcami chłodną okładkę. Prawie wszystkie strony zapełniła szkicami przedstawiającymi sceny z jej ostatnich wizji. Ida rozsiadła się wygodniej i zaczęła skrupulatnie przeglądać rysunek po rysunku.

Młoda kobieta całuje kwiat dzikiej róży, a najeżone kolcami pędy głaszczą ją po włosach spływających na plecy łagodnymi falami.

Mikołaj stoi przed lustrem, a na jego nadgarstku zaciska się koścista, pokryta liszajami dłoń o połamanych szponach. Wyłania się wprost ze zwierciadła, a tafla szkła wokół niej faluje, tworząc coraz większe kręgi. Zupełnie jakby upiorne palce wciągały czarodzieja nie w lustro, tylko pod wodę.

Karolina ubrana w malarski fartuch siedzi na wysokim stołku, trzyma paletę w jednej dłoni i pędzel w drugiej. Przez jej półprzezroczystą postać prześwituje ogromna sztaluga z obrazem przedstawiającym demoniczne drzewo i zakapturzoną postać.

Jasnowłosy młodzieniec opiera się bokiem o pień w kształcie kobiety, puszczając z ust zgrabne kółeczka dymu.

I znów jasnowłosy, który tym razem zaciska palce na gałązkach dzikiej róży. Po rękach płyną mu strużki krwi, a krzew smaga go po twarzy, szarpie za włosy i biczuje po plecach, rozrywając koszulę na strzępy. Drzewo o jasnej korze pochyla się i wyciąga ku niemu gałęzie, jakby próbowało go powstrzymać.

Kruchy trzyma w ramionach bezwładne ciało Idy. Próbuje odciągnąć dziewczynę od zwierciadła i sączących się z niego kosmyków ciemnej mgły.

Rysunki powtarzały się w kółko przez kilkadziesiąt stron. Szamanka czuła się dość nieswojo, widząc, że obrazki przedstawiające te same sceny nie różniły się między sobą ani jedną kreską, najmniejszym nawet szczegółem. Nie pamiętała, jak powstały te prace, zupełnie jakby na czas tworzenia jej świadomość była spychana w najdalszy kąt umysłu, skąd generalnie niewiele było widać. Ida wpadała wtedy w głęboki trans i zupełnie nieświadomie sięgała po notatnik i ołówek, a jednak za każdym razem rysowała tak precyzyjnie, że nie dało się odróżnić pierwowzoru od jego kolejnych wersji. W świetle słów Tekli, która twierdziła, że w rzeczywistości wszystkie te szkice nie były dziełem samej Idy, tylko Karoliny, złożona malarce nieśmiertelna przysięga zaczynała dziewczynę przerażać także z powodów zupełnie niezwiązanych z losem Mikołaja i grożącym jej niebytem. Stan, w jakim uskuteczniała nowe dzieła sztuki lub potrawy, których zwykle nie potrafiła nawet nazwać, do złudzenia przypominał chwilowe opętanie. A to z kolei sprawiało, że szamanka traciła kontrolę nad tym, co robi. Świadomość takiego obrotu spraw skutecznie odbierała jej resztki równowagi psychicznej, pchając prosto w czułe ramiona obłędu. Nie miała pojęcia, jak temu zapobiec, jak odebrać Karolinie kontrolę nad swoim ciałem i dostęp do umysłu. Nie wiedziała, czy to w ogóle możliwe.

Co prawda mogłaby o to zapytać Teklę, ale...

Szamanka raptownie wyprostowała się na łóżku. Dopiero teraz, gdy pomyślała o ciotce, zauważyła, że willa była cicha i ponura. Jakby opustoszała. Ida świetnie wiedziała, co to oznaczało. Tekla odeszła. Za każdym razem, gdy wracała w zaświaty po wizycie u siostrzenicy, dom jakby tracił duszę i chęć do życia. Zwykle potrzebował kilku dni, by zacząć stopniowo odzyskiwać dobry humor.

Dziewczyna opadła na poduszki, w zamyśleniu nawijając na palec kruczoczarne pasemko. Gdy ciotka dowiedziała się o nieśmiertelnej przysiędze, stała się prawie tak przezroczysta, że ledwie widoczna, a przy tym bardzo małomówna. Co prawda Ida przewidziała, że Tekla nie będzie zadowolona, nie spodziewała się jednak, że zniknie bez pożegnania.

Z jednej strony szamance ulżyło. Dopóki ciotka nie miała o niczym pojęcia, na każdym kroku zasypywała podopieczną pytaniami lub prawiła kazania, urządzała wieczne połajanki i przesłuchania. Ida zaś uparcie trzymała buzię na kłódkę, nie chcąc jej martwić, czym oczywiście osiągnęła cel zupełnie odwrotny do zamierzonego. Tekla wyczuwała przecież, że coś wisi w powietrzu, a ponieważ należała do osób nieugiętych i nader dociekliwych, prędzej czy później i tak wyciągnęłaby z dziewczyny całą prawdę. Teraz, kiedy wszystko się wydało, Ida mogła przynajmniej przestać nieudolnie udawać, że wszystko gra. A to był niewątpliwy plus całej tej żałosnej sytuacji. Kropla w morzu utrapienia, ale zawsze coś.

Z drugiej strony jednak Ida oczekiwała, że ciotka, owszem, zgotuje jej awanturę nie z tej ziemi, ale potem ochłonie i pomoże w ratowaniu duszy. Może nawet wbrew poprzednim zapewnieniom nauczy ją przechodzić na drugą stronę lustra, dzięki czemu angażowanie Stanisławy w ogóle nie będzie konieczne. Szamanka na pewno nie brała pod uwagę scenariusza, w którym Tekla tak po prostu bez słowa wraca w zaświaty, wyraźnie dając do zrozumienia, że nie ma zamiaru brać udziału w operacji „Niebyt".

W dziewczynie zaczęły buzować ambiwalentne uczucia. Była wściekła i rozczarowana, ale także zmartwiona marnym stanem Teklowej duszy, w jaki niechybnie wprawiły ją wieści o mało chwalebnych, ale za to potencjalnie tragicznych osiągnięciach podopiecznej. Ida przez moment walczyła z pokusą, by ciotkę wywołać albo wybrać się do niej na drugi brzeg, doszła jednak do wniosku, że skoro ta odeszła bez uprzedzenia, to najwyraźniej nie ma siostrzenicy nic do powiedzenia. Istniała też możliwość, że rewelacje o poczynaniach szamanki wyssały z biednej Tekli resztki energii. To by tłumaczyło, dlaczego musiała natychmiast wracać na drugi brzeg Rzeki. Ida zdecydowanie wolała trzymać się takiego wyjaśnienia.

Cicha, pusta willa, w nastroju godnym grabarza z jesienną depresją, nie pomagała. Zamiast tego jak zawsze sprawiła, że dziewczyna poczuła się w niej obca i niechciana. Jak intruz. Jak szczur wałęsający się wśród kwiatów na świeżej mogile... Matko, co to w ogóle za porównanie?! No cóż, najwidoczniej nawet ta poetycka część jej natury, o jaką, szczerze mówiąc, nigdy się nie podejrzewała, miała już tego wszystkiego po dziurki w metaforach.

– Kruchy, gdzie ty jesteś, cholero?! – warknęła szamanka i rąbnęła pięścią w poduszkę. Łowca od kilku dni nie dawał znaku życia i dziewczyna powoli zaczynała podejrzewać, że posłuchał tej rudej małpy i postanowił się wycofać. Zostawił Idę własnemu losowi, ochoczo zmierzającemu w stronę tragicznego końca, i tak po prawdzie trudno mu się dziwić. Znaczy łowcy trudno się dziwić, nie losowi. Kruchy opuścił ją, tak jak wszyscy, ostatnia iskra nadziei dała nogę bez słowa. Jakaś nowa moda czy co?

Pech zmilczał. Osobiście bardzo dobrze rozumiał ten trend na rejterady i sam chętnie by się mu podporządkował, gdyby tylko miał okazję.

Zanim szamanka na dobre pogrążyła się w tych ponurych rozmyślaniach, machinalnie sięgnęła po ołówek, otworzyła notatnik na pierwszej czystej stronie i bez wahania czy zastanowienia zaczęła szkicować ostrymi, zdecydowanymi kreskami. Straciła poczucie czasu, całkowicie pochłonięta rysowaniem, aż wreszcie ni stąd, ni zowąd padła na wznak.

Obudziła się dziwnie wyczerpana, z ołówkiem wbijającym się w żebra i otwartym notatnikiem podłożonym pod głowę w charakterze poduszki. Spała niedługo, ale w tak niewygodnej pozycji, że wszystko ją bolało. Z jękiem dźwignęła się z posłania i wsparła na łokciu, rozmasowując zdrętwiałą szyję i bark. Przetarła oczy i wtedy poczuła, że jej palce pokrywa warstewka miękkiego czegoś o sypkiej konsystencji. Obejrzała ręce. Były upstrzone kolorowymi plamami, głównie białymi, czarnymi i fioletowymi. Rozejrzała się po łóżku sennym wzrokiem. Spod notatnika wystawało otwarte pudełko kredek pastelowych należących do Karoliny, a kilka z nich leżało w pościeli. Ida jakoś nie potrafiła sobie przypomnieć, żeby wyciągała je z szuflady biurka, jednak odkrycie przyjęła ze spokojem. Nie pierwszy raz zdarzyło jej się lunatykować, odkąd pamiętnik umarlaka robił z nią, co tylko chciał.

Z białej i czarnej pasteli zostały same ogryzki, a fioletowa była złamana na pół, pewnie dlatego, że szamanka znalazła ją pod swoim łokciem. Zaciekawiona sięgnęła po notatnik, by po raz pierwszy zobaczyć nowe dzieło. Zgodnie z oczekiwaniami rysunek przedstawiał scenę z jej ostatniego snu. Śnieżnobiałe drzewo o poskręcanych konarach, które kształtem przypominało nagą kobietę. Korę porastał fioletowy mech, a gęste liście zdawały się ruszać i szeleścić na wietrze. Jasnowłosy stał pod nim, czule obejmując pień, a w kałuży wśród korzeni odbijała się jego twarz, różnokolorowe oczy i jasne włosy.

Ida zauważyła, że krawędzie poprzednich kartek również są ubrudzone pastelami, przejrzała więc dokładnie resztę ilustracji. Mimowolnie uniosła brwi. Póki szkice pozostawały czarno-białe, trudno jej było zapamiętać szczegóły, nie mówiąc już o szukaniu zależności między nimi, zwłaszcza gdy te zależności wynikały właśnie z barw. Gdy pierwszy raz wyśniła te wszystkie sny, następowały po sobie tak gwałtownie i chaotycznie, że nie miała szans na ich dokładne przeanalizowanie. A ponieważ Gryzak nadal dochodził do siebie po ostatnim obżarstwie i od trzech dni spał zwinięty w kłębek w nogach łóżka, Ida nie mogła zajrzeć mu w ślepia, by ponownie przejrzeć wszystkie pożarte przez niego wizje. Wszelkie próby obudzenia łapacza spełzały na niczym i były kwitowane pełnym dezaprobaty fukaniem. Focha strzelił jak nic.

Ale teraz, gdy do akcji po raz kolejny wkroczył pamiętnik umarlaka, Ida miała wszystko czarno... tfu, kolorowo na białym. Talent plastyczny, który „odziedziczyła" po Karolinie, podsunął jej odpowiedzi pod sam nos, wyodrębnił elementy łączące poszczególne sny, wystarczyło tylko kilka machnięć pastelami.

Kobieta pielęgnująca dziką różę miała teraz białe włosy i niesamowicie fiołkowe oczy. Kora i liście drzewa, pod którym Kusiciel walczył z różanym krzewem, na jednym szkicu były nieskazitelnie białe, natomiast porastający je mech miał intensywną barwę fiołków. Na innym obrazku zakapturzony Demon Luster stał w tym samym miejscu, lecz tym razem konary były bezlistne i smoliście czarne. Kolejnym zastanawiającym szczegółem były tęczówki samego Kusiciela. Na rysunku z czarnym drzewem jego oczy przypominały dwa rozpalone rubiny, natomiast na tym z białym – jedno oko miał jadowicie zielone, a barwa drugiego kojarzyła się z gorzką czekoladą.

Szamanka długo przeglądała ilustracje, a w jej umyśle powoli formowały się pierwsze ostrożne hipotezy. Kimkolwiek była ta śliczna albinoska, bez wątpienia miała z drzewem znacznie więcej wspólnego niż tylko ta podejrzana zbieżność kolorystyczna. Pudełko z pastelami było spore, odcieni całe mnóstwo, a jednak pamiętnik umarlaka kazał Idzie użyć tylko śnieżnej bieli, by zabarwić drzewo i włosy albinoski, zupełnie ignorując biel kremową, popielatą, niebieskawą czy tę balansującą na granicy żółci. To samo tyczyło się mchu i oczu, które zdobił bez wątpienia ten sam nasycony, żywy fiolet. Ponadto w żadnym śnie nie występowały jednocześnie: była albo białowłosa dziewczyna, albo białolistne drzewo. Do tego ten makabryczny pień.

Może Kusiciel zaczarował biedaczkę? Wkurzyła go, zdradziła albo co gorsza, uraziła męskie ego, a on ją w odwecie zaklął w dąb, klon, brzozę czy co tam akurat miał pod ręką? Nietypowy kształt konarów wraz z jeszcze bardziej nietypową barwą kory znacząco utrudniały identyfikację. Ida miała stuprocentową pewność tylko co do tego, że jej prace nie przedstawiały wierzby płaczącej – brak charakterystycznie zwisających gałęzi skreślał ją z listy podejrzanych. Fakt, że drzewo zmieniło kolor z białego na czarny w tym samym śnie, w którym różnobarwne tęczówki Kusiciela zapłonęły nagle rubinową czerwienią, również był intrygujący. Smoliste, martwe konary mogły być skutkiem zwęglenia, może po prostu strawił je ogień? A może to tylko symbole, czerń i biel jako dobro i zło, bujne liście i nagie gałęzie jako życie i śmierć. Tylko co w takim wypadku ma symbolizować ten fiołkowy mech? I fiołkowe tęczówki albinoski?

Szamanka w zamyśleniu przygryzła paznokieć kciuka.

Skupiła się na najnowszym rysunku, próbując przypomnieć sobie wszystkie szczegóły z dzisiejszego snu. Kusiciel obudził się przy białym pniu bez jakichkolwiek wspomnień i wciąż powtarzał, że niepamięć go wyzwoli. A potem jego tęczówki rozbłysły demoniczną czerwienią. Czyżby to był ten moment, w którym przeszedł na ciemną stronę mocy? Zleciał z drzewa na łeb, stracił pamięć i ubzdurawszy sobie, że jest panem zniszczenia, wlazł w lustro i tyle go widzieli?

A gdyby tak spróbować ułożyć sny chronologicznie... Ida po krótkim wahaniu wyrwała z notatnika kilka ostatnich ilustracji i rozłożyła je na pościeli. Postanowiła trzymać się założenia o spaleniu, co sugerowałoby, że ten rysunek powinien zająć miejsce na końcu układanki. A co było na początku: kobieta czy drzewo? Jeśli przyjąć, że Kusiciel faktycznie zaczarował białowłosą, obrazek z nią i dziką różą powinien być pierwszy... No, chyba że sprawy miały się wręcz odwrotnie i ją odczarował, zakochany w powyginanych konarach postanowił wykląć z pnia kobietę swoich marzeń. Taką żeńską odmianę Pinokia. Znalazł się Dżepetto z piekła rodem. Ida nie potrafiła zdecydować, która wersja brzmi bardziej głupio, jednak trudno było przejść obojętnie obok tak doskonałej i pewnie nieprzypadkowej zbieżności w kolorach.

Kobieta i drzewo.

Szamanka przez chwilę zastanawiała się, czy nie powinna poczytać o driadach, po czym natychmiast doszła do wniosku, że nie warto, bo driady przecież nie istnieją. Ta, akurat, nie istnieją. Jeszcze do niedawna była tego samego zdania o demonach, a teraz proszę bardzo, wpadła przez nie jak ćma w ogień piekielny. Atmosfera gorąca, szanse na przeżycie marne i nie wiadomo, którędy do wyjścia.

Bez przekonania i z rosnącą rezygnacją przesunęła wzrokiem po szkicach. Miała do dyspozycji raptem cztery sny, potrzebowała więcej informacji, by dostrzec jakieś związki przyczynowo-skutkowe. Na razie wszystko opierało się na mocno naciąganych domysłach, które prawdopodobnie nie miały nic wspólnego z rzeczywistością. Na dodatek Ida wcale nie była przekonana, czy słusznie użyła czasu przeszłego: w końcu do tej pory wszystkie jej wizje odnosiły się do wydarzeń, które jeszcze nie nastąpiły, może więc ta białowłosa piękność jest następną ofiarą Kusiciela, może on dopiero na nią poluje.

Tekla wiedziałaby, jak zinterpretować te sny, ale oczywiście musiała wybrać sobie akurat ten moment, by zapaść się pod ziemię.

Szlag ze snami, szlag z Teklą. Szlag z tym wszystkim.

Mów za siebie, prychnął Pech.

– Bez sensu – warknęła zrezygnowana Ida. Ze złością zgarnęła szkice i wepchnęła je z powrotem do notatnika. Spojrzała na budzik. Była prawie piąta rano. Za nieco ponad dwie godziny powinna wyjść z domu, żeby zdążyć na egzamin ze statystyki. A konkretniej: żeby zdążyć oblać egzamin ze statystyki.

Szlag z egzaminem. Miała na głowie gorsze tragedie.

Szamanka podeszła do okna i rozchyliła zasłony. Harpia właśnie odradzała się z kupki dymiących popiołów. Pies sąsiada ujadał wściekle na dzikiego kota, a ten odpowiadał mu prowokującym miauczeniem, jeżąc pręgowany grzbiet.

A pośrodku ogrodu dzika róża kiwała się sennie z boku na bok i głaskała trawę zwieszonymi gałązkami. Wyglądała tak, jakby tańczyła, a Ida, nie wiedząc, co ją podkusiło, również zaczęła się bujać i zanuciła pierwszą zwrotkę *Z popielnika na Wojtusia*. Rzeczywiście, krzew zdawał się poruszać wolno i płynnie w takt tej właśnie kołysanki.

– Ja naprawdę tracę rozum – westchnęła szamanka.

Patrząc na pląsającą niemrawo różę (której wdzięcznych ruchów nie mógł podziwiać nikt poza nią), nabrała nagle głębokiego przekonania, że jeśli jej wizje mają w ogóle jakikolwiek sens (w co wątpiła gorąco całym swym jestestwem), to właśnie ten krzak jest kluczem do Kusicielskiej układanki. (Oby. Oby...). W każdym razie musiał być przecież jakiś powód (nie licząc coraz prawdopodobniejszej utraty zmysłów), dla którego śniła o róży nie tylko w nocy, ale też na jawie (jak przystało na porządną wariatkę).

Ida poczuła się bardzo zmęczona, a tłoczące się pod czaszką myśli prawie doprowadzały ją do płaczu. Chciała tylko zasnąć, ale tak normalnie, zwyczajnie. Bez wizji, bez snów, bez strachu, że już się nie obudzi. Po prostu zamknąć oczy i delektować się ciemnością. Niczego nie analizować, wypchnąć z głowy Kusiciela, lustra, zadusić wyrzuty sumienia i lęk przed tym, co będzie, jeśli nie dotrzyma obietnicy. Nie prosiła o wiele, jedynie o moment spokoju, ciszy i niemyślenia. Rozpaczliwie pragnęła wyłączyć się, ochłonąć, wyczyścić umysł, zapomnieć...

Zapomnieć?

Ta myśl podziała na nią jak kubeł zimnej wody.

Słowa same cisnęły się na usta i za nic nie potrafiła ich powstrzymać.

– Niepamięć to wybawienie – szepnęła mimowolnie, czując nagły dreszcz, a w jej uszach rozbrzmiał zimny śmiech Demona Luster.

Mobilizując mocno nadwerężone władze umysłowe, szamanka ponowiła próbę zaparzenia herbaty. Cały ranek tkwiła przy kuchennym stole uginającym się pod taką ilością wykwintnych potraw i słodkości, że od samego zapachu niedobrze się robiło, a od widoku wirowało przed oczami. Siedziała prawie zupełnie nieruchomo, przygryzała dolną wargę i bębniła palcami w ścianki pustego kubka, ze wzrokiem wbitym w jedyny wolny skrawek blatu. Jakby próbowała wyczytać coś z sęków i pęknięć w poczerniałych deskach. Trzy razy przegapiła moment, kiedy czajnik pstrykał cicho, wyłączał się i wypełniał kuchnię parą, a potem wracała myślami na ziemię, gdy woda była już daleka od wrzenia. Podejście czwarte miało większe szanse na powodzenie, ponieważ tym razem Ida skupiła wzrok nie na stole, ale na czajniku i nawet trzask samochodowych drzwi, który rozległ się na ulicy, nie zdołał wybić jej z transu.

Ale za to znajome skrzypienie zawiasów przy ogrodowej furtce jak najbardziej.

Zerwała się z krzesła i podbiegła do okna. Na widok Kruchego wbiegającego po schodach do willi na dobre zapomniała o herbacie.

Otworzyła drzwi, zanim zdążył zadzwonić.

– Masz tu system wczesnego ostrzegania czy co? – przywitał ją i jak zwykle wpakował się do środka bez pytania o pozwolenie. Kroki oczywiście skierował od razu w stronę kuchni, a szamanka dopiero teraz zauważyła, że taszczył na plecach brudnozielony plecak Bundeswehry. – Jak ci powiem, czego się dowiedziałem, to padniesz trupem.

– Jak mi nie powiesz, to też padnę, tylko trochę później – skwitowała krótko. – Nie było cię strasznie długo, myślałam, że nie wrócisz.

– Przecież obiecałem. – Zerknął na nią przez ramię. – A ja nie łamię obietnic. Nigdy. No dobra, może czasami. Ale bardzo rzadko. Idziesz? Nie wiem jak ty, ale ja umieram z gło...

Zatrzymał się nagle, jakby go wmurowało w podłogę. Niechybnie ze szczęścia, sądząc po minie. Szamanka podeszła bliżej, a przez jej twarz przemknął cień uśmiechu. Wystarczyło jednak, że przypomniała sobie, w jakich okolicznościach powstały te wszystkie smakołyki, których widok wprawił Kruchego w stan kompletnego bezruchu i uwielbienia, by uśmiech spełzł z jej ust szybciej, niż się pojawił.

– W piekarniku jest jeszcze lazania – mruknęła, klepiąc oszołomionego łowcę w ramię, a ponieważ nie zareagował i nadal stał w przejściu jak słup soli, przecisnęła się obok niego i powlokła w stronę czajnika. Wyjęła z szafki dzbanek i drugi kubek. Parzenie herbaty, podejście piąte.

Gdy pierwszy szok minął, Kruchy zrzucił plecak z ramion, bez zastanowienia ciepnął nim pod kuchenne szafki i natychmiast usiadł przy stole.

– Przecież ty nie masz pojęcia o gotowaniu – odezwał się wreszcie, wodząc rozmarzonym wzrokiem od potrawy do potrawy. – Bez urazy, ale próbowałem twojej kuchni i tylko zupy wychodzą ci tak... powiedzmy, mniej więcej. Ale to...

Wzruszyła ramionami.

– To nie ja – odparła po chwili, stawiając przed nim parujący napój.

– A kto?

– Pamiętnik umarlaka.

– Oho. Znowu jakieś szamańskie cuda, tak?

– Tekla mówi, że przez nieśmiertelną przysięgę przejęłam część talentów Karoliny.

– Myślałem, że była malarką.

– Bo była. Teraz ja też jestem. Przynajmniej chwilowo.

– Zalewasz?

– Wyglądam, jakby mi było do śmiechu? – Ida sięgnęła po kawał czekoladowego ciasta i zmierzyła go krytycznym wzrokiem. – Prawdę mówiąc, to dość uciążliwe. I przerażające. Pokażę ci zaraz, co ze mną robi ten przeklęty pamiętnik, to przestaniesz się tak głupio szczerzyć.

– I to da się jeść? – zapytał podejrzliwie, trącając palcem miskę risotto z warzywami.

– Nie mam pojęcia, nie próbowałam. Może Karolina wie już, że nie zdołam dotrzymać obietnicy, i postanowiła mnie otruć? Skosztuj, proszę.

– Zaryzykuję... – Mrugnął do dziewczyny i rozejrzał się po kuchni. – To gdzie, mówiłaś, jest ta lazania?

Podczas gdy łowca próbował tego i owego, wychwalając pod niebiosa każde danie, Ida skubała udko kurczaka, przeżuwając je niechętnie i machinalnie. Łyknęła też trochę zupy z cukinii, a zrobiła to bynajmniej nie z głodu, lecz dlatego, że padła ofiarą podłego szantażu. Kruchy oświadczył bowiem, że po pierwsze, jeśli Karolina faktycznie wszystko zatruła, to on nie chce umierać w samotności, po drugie, nie po to Idzie pomaga, żeby teraz patrzeć spokojnie na jej śmierć głodową, a po trzecie, słowa nie piśnie o Kusicielu, dopóki szamanka zaraz nie dostarczy sobie wartości odżywczych. I choć przez cały ten wywód lekko się uśmiechał, dziewczyna wiedziała, że daleko mu było do żartów.

Stalowe oczy pozostały chłodne, nie znalazła w nich ani iskierki wesołości. A zatem chcąc nie chcąc, żuła swojego kurczaka, siorbała zupę i przewracała oczami, gdy Kruchy nakładał sobie kolejne porcje.

– Ale wypas – podsumował wreszcie równie dobitnie co dosłownie, nalewając sobie herbaty z dzbanka. Przeciągnął się i zapalił papierosa. – Jak ci ten pamiętnik zostanie, to chyba się z tobą ożenię.

– O ile zdążysz – westchnęła i odłożyła łyżkę. – Bo jeśli zostanie, to mnie z pewnością zabije. Rysowanie po nocach wykańcza szybciej niż brak apetytu i zamiast z głodu padnę z wycieńczenia... – Rzuciła łowcy baczne spojrzenie zza rozczochranych włosów, które uparcie opadały jej na policzki. – Potencjalnych okoliczności mojego bliskiego unicestwienia jest tak wiele, że na samą myśl wszystkiego mi się odechciewa. Zmieńmy temat, co? – w jej głosie zabrzmiała nutka nadziei. – Pogadajmy o Kusicielu.

Patrzył na nią przez chmurę niebieskoszarego dymu, a potem bez słowa skinął głową w stronę porzuconego w kącie plecaka. Ida dopadła do niego w dwóch susach, odpięła klapę, rozwiązała sznurki i wydobyła grubą, granatową teczkę. Usiadła z powrotem przy stole i zaczęła przeglądać papiery.

– Marek Karewicz... – szepnęła po chwili wyraźnie zbita z tropu.

– Swojsko brzmi, nie?

– On jest z naszego świata?

– Na to wygląda. Na dodatek przez kilka lat pracował dla policji i WON-u.

– Chcesz powiedzieć, że to wasz człowiek?

– To był nasz człowiek – poprawił z naciskiem łowca. – Czytaj, czytaj, dalej jest jeszcze ciekawiej.

Ida posłusznie przebiegła wzrokiem po tekście.

– Podejrzany o szesnaście mordów na czarownicach...

– A raczej o szesnaście tajemniczych porwań, nigdy nie znaleziono żadnych ciał – uściślił Kruchy i podsunął dziewczynie paczkę lucky strike'ów. – Karev zniknął po pierwszym przesłuchaniu, zbrodnie ustały, a potem niespodziewanie rozpoczęły się na nowo, kilka lat później.

– I nie ograniczały się już tylko do samych kobiet – mruknęła, przeglądając akta zaginionych magów oraz wiedźm. – *Podczas śledztwa w sprawie nowej serii zniknięć w mieszkaniu każdego z uprowadzonych znaleziono otwarte przejścia w lustrach...* – przeczytała na głos i spojrzała na łowcę. – A zatem Firma od początku wiedziała, że Kwiatkowski to jego kolejna ofiara...

– Firma dawno przestała zajmować się sprawą Kusiciela, przynajmniej oficjalnie. – Kruchy zaciągnął się dymem, po czym wypuścił z ust kilka zgrabnych kółeczek. Zupełnie jak Demon Luster w jednym z jej snów. Po plecach szamanki przebiegł lodowaty dreszcz. Wzdrygnęła się i odwróciła wzrok. – Oficjalnie Kusiciel odsiaduje szesnaście wyroków dożywocia, a Karewicza oczyszczono z zarzutów, mimo że nigdy go nie odnaleziono.

– Jak to się stało?

– Po zniknięciu Kareva niejaki Eugeniusz Brzytwa przyznał się do winy, a czytacze umysłów potwierdzili jego zeznania.

Ida zapaliła papierosa. Długo nic nie mówiła, uważnie wertując akta, po czym spojrzała na Kruchego.

– Nie wierzysz, że to zrobił – stwierdziła po chwili.

– Szczerze wątpię. To się nie trzyma kupy: Karev przywdziewa czapkę niewidkę, zbrodnie ustają, śledztwo przez kilka lat tkwi w martwym punkcie, aż tu raptem jakiś facet wyrasta jak spod ziemi, aż rwie się do tego, żeby o wszystkim opowiedzieć, i bez zająknięcia bierze na siebie całą winę.

Szamanka zamyśliła się, odruchowo nawijając na palec pasemko włosów.

– Myślisz, że go wrobili? – zapytała wreszcie. – Czy może zafascynowany Kusicielem Brzytwa postanowił się pod niego podszyć?

– Na pierwszy rzut oka wygląda raczej na to drugie, ale w takim razie jakim cudem umysł Brzytwy aż pęka w szwach od wspomnień o każdej z szesnastu zbrodni? Biegli czytacze umysłów nie mieli wątpliwości, że ten facet mówi prawdę.

– W przeciwieństwie do ciebie – uzupełniła Ida, co potwierdził lekkim skinieniem głowy. – A czy wskazał miejsce ukrycia zwłok?

– I tak, i nie... – Kruchy umilkł na moment, na zmianę zapalając i zamykając benzynową zapalniczkę. – Brzytwa był właścicielem krematorium. Z protokołu zeznań, którego kopię również znajdziesz w tej teczce, wynika, że spalił wszystkie ciała, a prochy wsypał do Wisły.

– Bardzo wygodnie.

– Zbyt wygodnie. Dlatego ja i mój informator uważamy, że został wrobiony albo podstawiony, pytanie tylko, czy przez samą Firmę, czy kogoś, kto chroni Kareva. – Łowca utkwił w szamance stalowe spojrzenie. – Czy to nie dziwne, że po tylu latach wyciszenia, gdy Brzytwa w blasku fleszy trafia do pierdla, a Firma hucznie oblewa sukces i zamyka sprawę „Szesnastki", nagle rozpoczyna się nowa seria porwań? W łudząco podobnych okolicznościach jak te, które przypisuje się Kusicielowi?

– Poza kilkoma szczegółami – wskazała Ida.

– Na przykład płcią ofiar – podjął natychmiast. – Tym właśnie starano się uciąć wszelkie spekulacje, że złapano nie tego człowieka. Psycholodzy kryminalni jednoznacznie stwierdzili, że ofiary płci męskiej nie pasują do profilu Kusiciela, zatem za nowymi zniknięciami musi stać ktoś inny.

– Do tego dochodzą jeszcze otwarte lustra... – Szamanka zabębniła palcami o stół. – Których, jak rozumiem, nie znaleziono w mieszkaniach pierwszych szesnastu czarownic.

– Nie, nie znaleziono. Pozornie mamy więc do czynienia z dwiema niezwiązanymi ze sobą sprawami, a jednak istnieje pewien szczegół, który je łączy: wszyscy zaginieni, zarówno „Szesnastka", jak i późniejsze ofiary, zmienili się tuż przed swoim zniknięciem i podobnie jak twój Mikołaj zaczęli wykazywać nagłe zainteresowanie czarną magią.

Ida odetchnęła głębiej i opadła na oparcie krzesła.

– Ano właśnie – kontynuował Kruchy. – Tymczasem winny czy niewinny, rzekomy Kusiciel trafił za kratki. Posypały się awanse, kariery co poniektórych kwitną jak pelargonie na krowim łajnie i zainteresowani zrobią wszystko, żeby tak zostało.

– I nikt nie nabrał podejrzeń? Nie macie jakiegoś biura spraw wewnętrznych czy czegoś takiego?

– Owszem, mamy... – Łowca uśmiechnął się cierpko, a jego oczy zaiskrzyły niebezpiecznie. – Ale tak się niefortunnie składa, że to właśnie Wydział Wewnętrzny kierował śledztwem od samego początku, w końcu Karev, czyli ówczesny główny podejrzany, był współpracownikiem WON-u, potraktowano go więc jak jednego z nas. – Kruchy rozsiadł się wygodniej i zapalił kolejnego papierosa. – Gdyby pomyłka wyszła na jaw, to przede wszystkim Wewnętrzny zebrałby największe bęcki za kompromitację Firmy. Nawet my tu, we Wrocławiu, usłyszelibyśmy, jak w Warszawie ludzie z hukiem spadają ze stołków. Nikt nie wznowi tak powszechnie znanej sprawy, szczególnie po tak głośnym procesie, zwłaszcza w sytuacji, gdy najbardziej prawdopodobny sprawca, Marek Karewicz, pozostaje nieuchwytny i nie można mu niczego udowodnić. Lepszy fałszywy Kusiciel w garści niż prawdziwy po drugiej stronie lustra, nie sądzisz?

– Tonący Brzytwy się chwyta – zgodziła się z przekąsem. – Ale czy to znaczy, że Firma nic nie robi w sprawie tych nowych zniknięć?

– Jeśli chodzi ci o czynności mające na celu ujęcie Karewicza, to nikt nawet palcem nie kiwnie, a są po temu dwa powody. Po pierwsze, ani jedna próba wysłania funkcjonariuszy w lustra nie zakończyła się pomyślnie, a po drugie, prawda nie leży w niczyim interesie, mogłaby za to wielu osobom bardzo zaszkodzić. Firma ogranicza się więc jedynie do szkolenia agentów operacyjnych w zamykaniu przejść w zwierciadłach, wysyłania oddziałów do likwidacji demonów oraz ścigania fanów czarnej magii. Zatem w teorii ma oko na wszystkie potencjalne ofiary Karewicza, w praktyce zaś i tak zwykle jest za późno, by kogokolwiek uratować, i magiczni do dziś znikają bez śladu.

– A jak Firma tłumaczy te przejścia w lustrach? Skąd się według niej biorą?

– Są otwierane przez przestępców, którzy parają się czarną magią i nie wiedzą, co czynią – odpowiedział szybko i bez zająknięcia. – Kusiciela z lustrami nie kojarzy nikt, Kusiciel siedzi, koniec kropka.

– Tylko co się stało ze wszystkimi ciałami...

– Pytasz o fakty czy o to, co w ich sprawie robi Firma?

– O fakty, drugiego trudno się nie domyślić. – Ida skrzywiła się niechętnie. – Pewnie każe wpisywać nazwiska ofiar w rejestr zaginionych, a potem z czasem, po cichu, zapada decyzja o umorzeniu śledztwa. Guzik ją ciała obchodzą, zwłaszcza jeśli należą do samych magicznych kryminalistów.

– Mądra Iduchna – pochwalił ją, czym zarobił sobie na pogardliwe prychnięcie. – Sama musisz przyznać, że to działa. Nie ma zwłok, nie ma problemu, Firma umywa ręce i może nadal trzymać się swojej wersji z Brzytwą w roli Demona Luster. A znikający kryminaliści, nawet jeśli łamać prawo zaczęli dopiero tuż przed swoim zaginięciem, przyczyniają się jednak do spadku przestępczości, ten natomiast zawsze ładnie wygląda w statystykach, nieprawdaż?

Ida przymknęła powieki, starając się zebrać myśli. Przetarła oczy i przeczesała włosy palcami.

– A wracając do faktów – odezwała się wreszcie dużo później. – Gdy duszę Mikołaja wciągnęło w lustra, jego cielesną powłokę wciąż ożywiały demony...

– Dopóki jej nie zadźgałaś śrubokrętem – uzupełnił usłużnie Kruchy. – Zgadza się.

– A jaki los spotkałby niewyegzorcyzmowane ciało? – spytała, z trudem powstrzymując pokusę, by znów nie prychnąć. Nie lubiła, gdy jej przypominano o tym makabrycznym wyczynie. Mimowolnie wyobrażała sobie wtedy, że nadal ma lepkie, ociekające czerwienią ręce i upaprane ubranie. Odruchowo wytarła dłonie w spodnie. – Zakładając oczywiście, że nikt by go nie ukatrupił?

– Żaden. – Łowca wzruszył ramionami. – W końcu byśmy je dopadli, wypędzili diabły, a ciało zaczęłoby się rozkładać.

– A gdybyście go nie dopadli? – nie ustępowała.

Zastanawiał się tylko przez parę sekund.

– Niemożliwe – orzekł z przekonaniem. – Takiego opętańca wyczuwa dziewięćdziesiąt procent nieprzeszkolonych rekrutów, o doświadczonych funkcjonariuszach nie wspominając.

– Przyjmijmy więc, że umie szybko biegać i nie możecie go dogonić. Jak długo będzie uciekał?

– Dopóki coś go nie przejedzie – uciął Kruchy. – Łapię, do czego zmierzasz. Zastanawiasz się, czy zasiedlone przez demony ciało niepoddane rytuałom oczyszczającym w końcu zmienia się w proch i wiatr rozwiewa je na cztery strony świata. Słowem, czy znika bez śladu. Moja odpowiedź brzmi: być może. Ale my nie czekamy na to, co się stanie, pochrupując popcorn. Działamy od razu.

Jeden rzut oka na minę szamanki wystarczył, by łowca nabrał przekonania, że ta nie ma zamiaru się poddać.

– A gdyby Kusiciel... niszczył dusze ofiar – drążyła dalej i zaklęła, gdy okazało się, że w dzbanku pozostało już tylko kilka kropel herbaty. Kruchy usłużnie podsunął jej swój kubek, a ona przyjęła go z wdzięcznością. – Nie pytaj, jak ani po co, bo nie mam pomysłu... O, albo inaczej: gdyby ducha trafiło czarnomagiczne zaklęcie i rozpierniczyło go w drobny mak, to ciało prawdopodobnie poszłoby w jego ślady, czy się mylę? Dla przykładu, jeśli ja nie dotrzymam nieśmiertelnej przysięgi, taki właśnie marny los spotka materialną i niematerialną mnie, ale nie wiem, czy te same zasady obowiązują w czarnej magii. Znasz taki przypadek?

Twarz łowcy stężała, a Ida momentalnie pożałowała, że nie ugryzła się w język.

Oczywiście, że znał taki przypadek. Znał taki przypadek jak mało kto, on kochał taki przypadek i własnoręcznie taki przypadek uśmiercił...

Lena.

Nie daj po sobie poznać, że wiesz, pomyślała szamanka, przeklinając w myślach swoją głupotę i niewyparzoną gębę. Nie daj po sobie poznać, że wiesz! On cię znienawidzi, zasztyletuje spojrzeniem z lodu, pójdzie sobie i nigdy nie wróci, jeśli tylko dasz po sobie poznać, że wiesz...

Grobowa cisza, która ciągnęła się bez końca, sekunda po sekundzie, sprawiła, że nagle opcja z zasztyletowaniem wydała się szamance wcale nie taka zła. Gorsze było to, że nic się nie działo, łowca nic nie mówił, nie drgnął nawet. Siedział i wpatrywał się. Nie w Idę. Przed siebie, gdzieś w nicość.

Tak pewnie patrzył na Lenę, zanim ją ściął.

– Owszem – odezwał się w końcu głosem kompletnie wypranym z emocji. – Znam taki przypadek. I mogę cię zapewnić, że po unicestwieniu duszy czarną magią ciało nie rozpada się w pył. Nawet jeśli je zabijesz, by wygnać odpornego na egzorcyzmy demona.

Kiedy jego chłodne oczy koloru deszczowego nieba spoczęły na Idzie, z trudem powstrzymała się przed odwróceniem wzroku.

– Pamiętaj, że papiery, które trzymasz w rękach, są poufne i w większości nieoficjalne. Piśniemy choć słowo, zaczniemy wypytywać o te ciała i Wewnętrzny natychmiast weźmie nas w obroty. – Łowca pochylił się w stronę szamanki i podjął chrapliwym półgłosem: – Stanowisz jedyny żywy dowód na to, że prawdziwym Kusicielem jest Karev, że siedzi w lustrach i nadal zabija. Tylko tobie Stanisława powiedziała o Demonie Luster, tylko ty widziałaś go w snach, to dzięki tobie mamy Kwiatkowskiego i możemy go połączyć bezpośrednio z Karewiczem...

– Nie byłabym tego taka pewna – wymamrotała bez przekonania. – Na oczy gościa nie widziałam, skąd mam wiedzieć, że to on jest Kusicielem?

Kruchy nie odpowiedział. Zamiast tego sięgnął do wewnętrznej kieszeni kurtki i położył na stole usztywnioną, szarą kopertę. Wolno przesunął ją w stronę Idy.

– A to co?

– Parę zdjęć. Jedno z nich przedstawia Brzytwę, drugie Karewicza, reszta – pozostałych podejrzanych, których brano pod uwagę na wczesnym etapie śledztwa. Przejrzyj je i wskaż mi Kusiciela, a wtedy będziemy już pewni, kogo szukamy.

Szamanka z wahaniem otworzyła kopertę i wyjęła kilkanaście fotografii. Na stole nie było miejsca, żeby je wszystkie rozłożyć, ale to nie było konieczne. Zdjęcie jasnowłosego młodzieńca o różnokolorowych tęczówkach wypadło z koperty prosto na kolana szamanki. Łowca wyprostował się z zainteresowaniem na widok jej miny.

– To jego widziałaś, prawda? – Właściwie nie musiał pytać.

– Tak – potwierdziła zduszonym głosem. Dla pewności przyjrzała się wszystkim pozostałym podejrzanym, jednak nikt inny nie pasował do jej wizji. – To on.

Pokiwał lekko głową na znak, że nie jest zaskoczony.

– Pozwól, że przedstawię ci Marka Karewicza.

Ida delikatnie podniosła fotografię z kolan i przybliżyła ją do twarzy. Kusiciel wyglądał zdecydowanie młodziej niż w jej snach. Do tego, o dziwo, wydawał się bardzo szczęśliwy. Jakoś nie potrafiła sobie wyobrazić, żeby ten uśmiechnięty młody człowiek mógł zanieść się okrutnym śmiechem albo żeby był w stanie kogokolwiek zamordować.

– Dlaczego w ogóle trafił na listę podejrzanych? – zapytała, wsuwając zdjęcie Karewicza do teczki z aktami.

– Pracował dla policji oraz WON-u jako nekromanta i demonolog, a zatem można powiedzieć, że żył z czarnej magii. Wszyscy zatrudnieni przez Firmę eksperci w tej dziedzinie zostali przesłuchani, to była standardowa procedura. Do tego wiadomo na pewno, że znał osobiście co najmniej dwie ofiary. Poza tymi poszlakami nic na niego nie mieli, był czysty jak łza, chętnie współpracował, odpowiadał na pytania. Nie można mu było przedstawić żadnych zarzutów, musieli go puścić. Nikt się nie spodziewał, że zniknie bez śladu, a porwania nagle ustaną. Dopiero wtedy stał się podejrzanym numer jeden.

– Zakładam, że go prześwietlili? – zapytała, tknięta nagłą myślą. – Nie odkryli w jego głowie niczego dziwnego?

– Ciekawe, że o to pytasz... – skomentował, unosząc brew. – Mój informator twierdzi, że czytacze przeczesywali mu mózg trzykrotnie i nie znaleźli nic. Dosłownie nic. Zupełnie jakby ktoś...

– Wyczyścił mu pamięć – dokończyła szamanka.

Zaskoczony Kruchy przekrzywił głowę na jedno ramię i nie odezwał się ani słowem, wyraźnie czekając na wyjaśnienia.

– Śniłam o nim dzisiaj w nocy – poskarżyła się tonem skrzywdzonego dziecka. – Nie miał żadnych wspomnień, umysł świecił pustkami, a on sam powtarzał w kółko, że niepamięć to wybawienie... Miał jakiś wypadek, cierpiał na amnezję pourazową?

– Nic mi o tym nie wiadomo... – Łowca wolno pokręcił głową. – Ale na pewno nie była to zwykła amnezja, skoro Karewicz mimo wykasowanej pamięci bez zająknięcia odpowiadał na wszystkie pytania śledczych. Może znajdziemy jakąś wzmiankę w tych papierach, przejrzałem je tylko raz na szybko, mogłem coś przeoczyć...

– No to czytaj – poleciła krótko, wręczyła mu teczkę i wyszła z kuchni.

– A ty dokąd? – zawołał za nią.

– Muszę ci coś pokazać, zaraz wracam.

Ida pobiegła na górę i po kilku minutach przyniosła swój notes ze szkicami oraz powarkującego Gryzaka pod pachą. Sądząc po szybkich ruchach lisiej kity i płasko położonych uszach, łapacz aż buzował z oburzenia.

– Jak się masz, Gryziu? – zaczepił go Kruchy. – No nie marszcz noska, daj łapkę...

– Wścieka się na mnie, bo go obudziłam – wyjaśniła szamanka i spróbowała udobruchać koszmarka, drapiąc go za uszami. Fuknął tylko i odwrócił granatowy łeb. – Ale chcę, żebyś coś zobaczył. Na razie tutaj masz wersję skondensowaną... – Podała łowcy notes.

– No, no, no – mruknął z uznaniem, przeglądając szkice. – Świetne prace, pamiętnik umarlaka wyraźnie ci służy. A na co ja właściwie patrzę?

– Na moje wizje. Zaraz spróbuję przekonać Gryzaka, żeby wszystko ci pokazał... – Tu zająknęła się, bo przypomniała sobie nagle, że przecież łapacz pożarł też sen przewidujący jej prawdopodobną śmierć w ramionach łowcy. A rysunek przedstawiający tę scenę, na który Kruchy na szczęście jeszcze nie trafił, również znajdował się w notesie. – Chociaż on jest w takim nastroju, że dzisiaj chyba nic z tego nie będzie...

– Więc nie męcz biedaka. – Łowca wyciągnął ręce. – Daj mi go, lubię zwierzaki...

Ku zaskoczeniu szamanki futrzak natychmiast wyrwał się z jej ramion, dał susa prosto na kolana Kruchego i zaczął głośno domagać się pieszczot. Ida, korzystając z okazji, wyjęła zza okładki wyrwane wcześniej szkice czarnego i białego drzewa, albinoski, jasnowłosego oraz dzikiej róży, a notes odłożyła poza zasięg łowcy.

Tymczasem ogromne, żółte ślepia koszmarka przez parę sekund wpatrywały się w czarnowłosego mężczyznę jak w obraz, a kuchnia aż wibrowała od donośnego mruczenia. Gryzak zadreptał w miejscu, zaczepiając pazurkami o materiał spodni swojego nowego legowiska, okręcił się parę razy, aż wreszcie zwinął w granatowy, puszysty kłębek i przysłonił pyszczek ogonem.

Kruchy uśmiechnął się pod nosem i powrócił do analizowania rysunków szamanki. Ida tymczasem dokładnie przejrzała zdjęcia ofiar Kusiciela, szukając białowłosej ślicznotki o fioletowych oczach. Z frustracją odkryła, że żadna czarownica w najmniejszym nawet stopniu nie przypominała tajemniczej albinoski.

– Co sądzisz o tych kolorach? – zapytała, zaglądając łowcy przez ramię. – Kora i włosy, mech i oczy... Myślisz, że ta kobieta może być jego następną ofiarą? Zamieni ją w drzewo czy jaka cholera?

– Jeszcze nie wiem, co myślę – przyznał szczerze. – Ale czy kiedykolwiek przyśniło ci się coś bez znaczenia?

– No n-niee... – przyznała z ociąganiem. Wolałaby bowiem, żeby wizja jej własnego zgonu okazała się zwyczajnym koszmarem, a nie przepowiednią. Ot, dla odmiany. – Czyli ty też uważasz, że ta biel i fiolet to nie może być tylko przypadek.

– No, chyba że pamiętnik umarlaka celowo robi cię w bambuko.

– Albo to umysł płata mi figle i na siłę szuka wskazówek tam, gdzie ich nie ma. Mówię ci, powoli tracę zmysły, już nawet mam halucynacje. Widzisz tamten krzak? – Machnęła ręką w stronę okna w odpowiedzi na jego nieme pytanie.

Rzucił okiem na ogród i skinął głową.

– A widzisz, jak przegania gałęziami tego biednego kosa? Nie? Ha, a ja widzę!

– Mówiłaś o tym Tekli?

– Sama się zorientowała. Rozpoznała we mnie objawy pamiętnika umarlaka, a potem dowiedziała się o Mikołaju i lustrach.

– I co?

– I poszła sobie – oznajmiła Ida sucho i pozornie obojętnie. – Nawet nie miałam okazji jej zapytać, co o tym wszystkim myśli.

– A nie znalazłaś niczego pomocnego w ciele Kwiatkowskiego?

– O Kusicielu nic. – Smętnie pokręciła głową. – Widziałam za to kilka czarnomagicznych rytuałów, ale wszystkie odbywały się przy już otwartym lustrze, więc nadal nie wiem, jakie zaklęcie pozwala odnaleźć drogę do piekieł. Stanisława nie tylko była obecna przy wszystkich obrzędach, ale również brała w nich aktywny udział, więc są spore szanse, że może nauczyć mnie przechodzić.

– No dobrze, wróćmy zatem do twoich snów. Opowiedz mi dokładnie, co w nich zobaczyłaś.

Ida obszernie i szczegółowo opisała mu wizje, choć rzecz jasna, pominęła tę, w której umierała w jego objęciach. Łowca słuchał w milczeniu, paląc papierosa.

– Sama nie wiem, czy to jego przeszłość, przyszłość, teraźniejszość, czy same pozbawione sensu bzdury – zakończyła opowieść. – Z jednej strony do tej pory widywałam tylko to, co będzie, a nie co było, ale z drugiej... – Bezradnie rozłożyła ręce. – To się po prostu nie trzyma kupy.

– Na razie... – Kruchy znów zajrzał do opasłej, granatowej teczki i wyszperał kilka zapisanych maczkiem stron. – Ale coś może uda nam się ustalić, w końcu przeszłość Kusiciela mamy pod nosem... To jego życiorys – poinformował szamankę, po czym zaczął przeglądać tekst i puszczać z ust kółeczka dymu. – Miał żonę – powiedział nagle. – I córkę. Kobieta nazywała się Lila Lajkowska, a dziewczynka Róża Karewicz...

Ida poderwała głowę.

– Jak? – zainteresowała się, nie kryjąc podekscytowania. – Powiedziałeś: Róża?

– Dzika róża – mruknął, również doznawszy olśnienia.

– Co się z nimi stało?

Kruchy jeszcze raz zerknął w papiery, szybko przesunął oczami po tekście.

– Obie nie żyją – oznajmił po chwili niemal triumfalnym tonem. – Dziewczynka umarła, gdy miała zaledwie kilka miesięcy, a kobieta niedługo po tym. Po śmierci żony Karev przeszedł załamanie nerwowe i przez blisko rok nie pojawiał się w pracy. Potem całe lata nienagannie wywiązywał się z obowiązków konsultanta do spraw wskrzeszeń i zmartwychwstań, nawet mandatu za złe parkowanie nie dostał, same nudy... Ani wzmianki o wypadku, w którym mógłby stracić pamięć. Ale mam tu coś na pocieszenie... – zawiesił głos i podniósł wzrok na Idę. – Jego adres.

Widząc błysk w piwnych oczach, nie miał wątpliwości, co zaraz od niej usłyszy.

– Zabierz mnie tam – zażądała bez cienia wahania.

Nie pomylił się. I już otwierał usta, by jej odpowiedzieć, gdy nagle za jego plecami rozległo się głośne chrząknięcie.

– A dokąd, jeśli wolno wiedzieć? – spytał gderliwy kobiecy głos.

Rozdział czwarty

Wskrzeszeńcy

Kruchy obejrzał się i zobaczył... Idę.

Starszą od tej, która siedziała obok niego, ale podobieństwo było uderzające. Nie ulegało wątpliwości, że miał do czynienia z kimś z rodziny szamanki.

– Może mi wyjaśnią, o co tutaj chodzi, zamiast się gapić jak cielę na malowane wrota?

W progu kuchni stała Tekla. Dokładnie tak: stała, nerwowo postukując w parkiet czubkiem trzewika, zamiast wisieć w powietrzu jak każda porządna zjawa. Ida nie czuła obecności ducha ciotki, a willa ani jednym pomrukiem czy skrzypnięciem zawiasów nie dała po sobie poznać, że cieszy się z powrotu swej dawnej właścicielki, choć przecież zawsze witała ją nad wyraz entuzjastycznie. Zatem pozostawało tylko jedno wytłumaczenie... Czy raczej dwa, choć to drugie było zupełnie nieprawdopodobne.

– Tego się nie spodziewała, co? – zrzędliwie zapytała kobieta, mierząc oniemiałą szamankę spojrzeniem pełnym złośliwej satysfakcji.

Ida wolno nachyliła się w stronę łowcy, nie odrywając oczu od niespodziewanego gościa.

– Kruchy – szepnęła mu do ucha – czy ty też ją widzisz, czy znowu mam przywidzenia?

– Widzę – odparł, rozwiewając wszelkie wątpliwości. Zdjął z kolan protestującego głośno Gryzaka, wstał i nadal nie wiedząc, z kim ma do czynienia, postanowił się przedstawić. – Konstanty Kruszyński, miło mi poznać.

– Miło to nie będzie, może być pewien – sarknęła tamta w odpowiedzi. Taksowała czarnowłosego nieśpiesznie i przenikliwie, ale w końcu podeszła bliżej i podała mu kościstą dłoń. – Tekla Kryska, ciotka Idy.

Kruchy zamrugał kompletnie już zbity z tropu. Wodził wzrokiem od jednej do drugiej, szukając między nimi różnic i podobieństw. Tych ostatnich było zdecydowanie więcej. Ten sam wzrost, jeśli zignorować wysokie trzewiki ciotki, ta sama sylwetka, rysy, oczy, włosy... No, może nie licząc zmarszczek i siwizny, choć przecież dziewczyna dorobiła się już pierwszego srebrzystego pasemka, a jeśli nadal będzie prowadzić tak niezdrowy tryb życia, zmarszczki pojawią się z całą pewnością. I z całą pewnością będą takie same jak te pokrywające twarz Tekli.

Szamanka wyminęła zafascynowanego obserwacjami łowcę i stanęła naprzeciw Tekli. Z wahaniem wyciągnęła rękę, a jej dłoń nie przeszła przez ciotkę jak przez powietrze, zamiast tego natrafiła na ciało z krwi i kości.

– Jak... – wyjąkała z trudem, ale Tekla niecierpliwie uciszyła ją, unosząc w górę niezaprzeczalnie namacalny palec wskazujący.

– Wróciłam – oznajmiła krótko i dobitnie.

– To widzę. – Ida skinęła głową. – Ale skąd masz tę cielesną powłokę?

– Okhmhaka mi dał.

– Ale dlaczego?

– Bo go poprosiłam.

– I tak po prostu cię wskrzesił?

– Cóż to za pomysł, nikt mnie nie wskrzeszał! – obruszyła się kobieta. – Przekonałam go, że nie mogę wykonywać swoich obowiązków w konwencjonalny sposób, bo Ida skutecznie mi przeszkadza widmową mgłą i innymi skandalicznymi metodami, więc zgodził się przywrócić mi cielesność. Chwilowo. I bardzo dobrze, że nie na zawsze. Ledwo stałam się materialna i już zdążyłam sobie przypomnieć, co to łupanie w krzyżu.

– Jakich obowiązków znowu?

– Mentorki, rzecz jasna – odparła Tekla takim tonem, jakby musiała wyjaśniać oczywiste. – Pół roku szkolenia to w jej przypadku zdecydowanie za mało. Nigdy nie miałam do czynienia z rozmawiającą z umarłymi, która wykazywałaby podobny talent do ściągania na siebie nieszczęść gorszych niż plagi egipskie. Żeby na samym początku kariery wpakować się w coś takiego, to trzeba naprawdę mieć jakieś autodestrukcyjne predyspozycje w genach.

– Przypominam, że jesteśmy rodziną – burknęła szamanka, łypiąc na ciotkę spode łba.

– Od moich genów niech się łaskawie odstosunkuje, to Irmina przejęła większość tych spartaczonych, ja nie mam na co narzekać.

– Jeśli zaraz mi powiesz, że jestem podobna do matki, to cię trzepnę – zagroziła dziewczyna urażona do żywego. – Teraz masz ciało, nie mogłabym odmówić sobie tej przyjemności, powiedz jeszcze słowo...

– Więcej w tobie Tekli niż Irminy – niespodziewanie odezwał się Kruchy. – Przynajmniej wizualnie.

Dwie pary niemal identycznych oczu spojrzały na niego jednocześnie. Zobaczył w nich te same ogniki gniewu.

– No co? – spytał z rozbawieniem. – Widziałem zdjęcia pani Brzezińskiej, Ida nie jest do niej aż tak podobna. Poza tym dar rozmawiania ze zmarłymi również odziedziczyła po szanownej cioci...

– A pytał go kto o zdanie? – wycedziła ciotka, groźnie mrużąc powieki. – Niech się Łamliwy z łaski swojej nie wtrąca.

– Kruchy – poprawili ją jednym głosem.

– Wszystko jedno – ucięła lekceważąco Tekla. – To nie są jego sprawy...

– Z bólem serca zmuszony jestem się z panią nie zgodzić – zaprotestował z uśmiechem. – Tylko Ida ma prawo decydować, czy jej problemy są moją sprawą, czy też nie.

– Są jego sprawą? – Ciotka, choć wydawało się to niemożliwe, zwęziła oczy jeszcze bardziej i jeszcze groźniej. Wyczekująco patrzyła na siostrzenicę.

– Poniekąd tak – przyznała wymijająco Ida. – A on jako jedyny chce mi pomóc, więc zastanów się dobrze, czy na pewno chcesz, żeby przestał się wtrącać.

– A czemu mu tak zależy? – Niebezpieczne oczy Tekli znów spoczęły na łowcy.

– Mam osobiste powody, zatrzymam je jednak dla siebie, bez względu na to, jak długo będzie mnie pani przewiercać wzrokiem.

Ciotkę zatkało. Prychnęła więc kpiąco, by to zamaskować. Nie wiedziała, co bardziej ją drażniło: dobre maniery tego młodego człowieka, jego zuchwała, acz grzeczna odmowa składania zeznań czy też fakt, że uważał Idę i jej problemy za swoją sprawę. Osobistą na dodatek.

Szamanka wiedziała, że powody, o których Kruchy nie chciał opowiadać, nie miały nic wspólnego z nią, tylko z Leną. Teraz, gdy pierwszy raz głośno o tym wspomniał, dziewczyna poczuła wyrzuty sumienia, wywołane tym, że żeruje na jego tragedii, by ratować własny tyłek. Ruda miała rację, to nie było w porządku, zwłaszcza w świetle pewnej wyjątkowo niepozytywnej, potencjalnie proroczej wizji...

– Jak sobie chce – odezwała się tymczasem Tekla. – Niech zostanie, tylko ma mi nie przerywać i nigdy więcej nie nazywać mnie ciocią. Nie znoszę tego. Zrozumiał? No. A teraz tak. Po pierwsze, Ida zrobi mi herbaty. Z wkładką najlepiej, o ile nie wytrąbiła jeszcze całej nalewki porzeczkowej. Po drugie, opowiedzą mi, czego się dowiedzieli o krainie luster, w której przebywa Mikołaj. Po trzecie, jeśli zaczną kręcić, nie będę w stanie pomóc, a zdaje się, że w tym towarzystwie tylko moja skromna osoba umie poruszać się po zwierciadlanych światach. Po czwarte, ja o powyższe nie proszę, ja się domagam.

– Czy chcesz przez to powiedzieć, że nauczysz mnie przechodzić?

– Nie. Jeśli zajdzie taka konieczność, przejdę osobiście, własną duszą.

Ida już miała zaprotestować, lecz ciotka ją ubiegła.

– Nie pozwolę, by poznała tę niebezpieczną sztukę, już jej to kiedyś powiedziałam. I jeśli wydaje jej się, że zmienię zdanie, to z przykrością informuję, iż czeka ją bolesny zawód.

– Nie masz pojęcia, co cię czeka po drugiej stronie – zaoponowała szamanka. – Nie znasz Kusiciela.

– A Ida niby ma pojęcie, tak? – odparowała Tekla spokojna jak uśpiony wulkan. – Ja w przeciwieństwie do niej widziałam światy za lustrami i wiem, jakie obowiązują w nich zasady. Fakt, w życiu o żadnym Kusicielu nie słyszałam, ale właśnie mam zamiar to zmienić, więc w czym problem?

– W tym, że to ja widuję go w snach – wypaliła Ida. – A Mikołaj to moja dusza. I to ja złożyłam nieśmiertelną przysięgę, więc nie będziesz mnie w niczym wyręczać. Ani mi się śni narażać kogoś innego, sama po niego pójdę. I jeśli wydaje ci się, że zmienię zdanie, to z przykrością informuję, iż czeka cię bolesny zawód.

Ciotka milczała. Z jej oczu nie można było niczego wyczytać, lecz grymas niezadowolenia na surowym obliczu mówił sam za siebie. Ida czekała w napięciu, szykując w myślach kolejne argumenty.

Kruchy tymczasem stał z boku, przezornie zachowując wszelkie komentarze dla siebie. Zauważył właśnie kolejne różnice między ciotką i siostrzenicą. Oczy Tekli były ciemnobrązowe, a Idy jasnopiwne. Usta starszej – blade, młodszej zaś pełniejsze, ciemniejsze, o wyraźniejszych konturach. Tekla miała też odrobinę mocniej wysunięty podbródek, taki trochę wiedźmowaty, ostrzej zakończony. Mimo tych drobnych niezgodności i znacznej różnicy wieku na pierwszy rzut oka można było je pomylić, zwłaszcza gdyby zafarbować te siwe pasemka.

– Nie nauczę jej przechodzić – odezwała się wreszcie kobieta, zachowując kamienny spokój. – Co wtedy zrobi?

– Znam inne medium, które to potrafi. Poradzę sobie bez ciebie.

Łowca zerkał raz na jedną, raz na drugą, jakby oglądał wyjątkowo zaciętą partię tenisa. W podobny sposób marszczyły czoło, unosiły brwi, zaciskały wargi... Musiał przyznać, że złość dodawała urody im obu.

– Nie chciałam tego mówić, ale w tej sytuacji nie mam wyjścia – Tekla znów pierwsza przerwała ciężką ciszę. – Choć nigdy bym się tego po niej nie spodziewała, jestem zmuszona stwierdzić, że całe sześć miesięcy żmudnego szkolenia... – zawiesiła głos. Westchnęła i dokończyła ciszej: – Nie poszło na marne.

Ida, która już szykowała się do odparowania ciosu jakąś zjadliwą ripostą, zamarła z otwartymi ustami, gdy tylko dotarł do niej sens tych słów.

Ciotka uśmiechnęła się smutno.

– Obawiałam się, że myśli wyłącznie o ratowaniu własnej skóry, że będzie szukała sposobu na unieważnienie nieśmiertelnej przysięgi, że nie obchodzi jej ani Kwiatkowski, ani jego żona. Ale gdyby tak było, to z ulgą i bez zastanowienia przyjęłaby moją propozycję i pozwoliła mi wejść w lustra zamiast niej. Zaiste, nie doceniłam Idy.

– Wstrzymaj się z tymi zachwytami – poradziła szamanka, odzyskawszy mowę. – Nie jestem taka szlachetna, jak ci się wydaje – wyznała i nagle zrobiło jej się wstyd. Z trudem patrzyła ciotce w oczy. – Szukałam sposobu na anulowanie przysięgi i oddałabym wszystko, by cofnąć dane słowo. Gdyby nie ta obietnica, nie ryzykowałabym wycieczki w piekła Kusiciela. Bez wahania poświęciłabym Mikołaja.

– A jednak teraz sama stara się wszystko naprawić, nie chce, by ktoś ją wyręczał – odparła Tekla nieoczekiwanie łagodnym głosem. – A to znaczy, że czuje się odpowiedzialna za duszę, którą miała otoczyć opieką.

Nieprawda, pomyślała gorzko Ida. Po prostu widziałam, jak umieram. Nawet jeśli nie wejdę w lustra, szanse na to, że przeżyję, są znikome. Nie będę cię niepotrzebnie narażać, wystarczy jedna dusza obrócona w proch zamiast dwóch.

Szamanka bardzo pragnęła się mylić, jednak wolała na razie nie wspominać o swym niepokojącym śnie w obecności Kruchego. Skinęła więc tylko głową i nie powiedziała nic.

Nieświadoma złych przeczuć i wyrzutów sumienia, jakie targały dziewczyną, Tekla majestatycznie przemaszerowała przez kuchnię, unosząc przód powłóczystej, czarnej sukni. Na widok stołu uginającego się pod ciężarem potraw cały komentarz ograniczyła jedynie do lekkiego uniesienia brwi, po czym zasiadła po drugiej stronie blatu. Popatrzyła na siostrzenicę i łowcę.

– No – mruknęła, masując sobie plecy w okolicach korzonków – to gdzie ta herbata?

Od prawie dwudziestu minut nie padło żadne słowo, a jedynym dźwiękiem, jaki roznosił się po kuchni, było pełne żalu pomrukiwanie łapacza snów i miarowe stukanie obcasów o drewnianą podłogę.

Ida i Kruchy już dawno skończyli relacjonować wszystko, czego się dowiedzieli o Kusicielu. Szamanka po raz kolejny opowiedziała o swoich wizjach, a łowca rzeczowo streścił dokumenty, które dostał od informatora.

Zgodnie z oczekiwaniami Tekla nie była zachwycona tym, co usłyszała o Demonie Luster oraz jego zbrodniczym dorobku. I dała temu wyraz w nader wybuchowy sposób. Najpierw zwymyślała siostrzenicę, krytykując jej ignorancję i brak wyobraźni, jakie popchnęły ją do składania idiotycznych obietnic. Następnie nawrzucała Kruchemu, że na to wszystko pozwolił i teraz się jeszcze bezczelnie uśmiecha. Potem na dodatek nawrzeszczała na Bogu ducha winnego Gryzaka, który otworzył zaspane ślepka, a zorientowawszy się, że to na niego krzyczą, zaskomlał cichutko i schował pyszczek między łapkami. A na koniec znów obsztorcowała Idę, tym razem za całokształt twórczości oraz ogólnie pojętą durnowatość.

Pech po raz pierwszy w swej plugawej egzystencji przyznał ciotce całkowitą rację.

Tekla od dwudziestu minut milczała grobowo, pogrążona w zadumie. Ani szamanka, ani łowca, ani tym bardziej biedny łapacz nie ośmielili się wydać z siebie żadnego odgłosu, wodzili tylko za nią wzrokiem. Ida urażonym, Kruchy rozbawionym, a Gryzak spłoszonym i nieszczęśliwym.

W obliczu wspólnego wroga koszmarek postawił na przewagę liczebną, przestał się boczyć na swoją panią i szukał pocieszenia w jej objęciach. Za każdym razem, gdy maszerująca w tę i z powrotem Tekla zbytnio się zbliżała, łapacz próbował schować się za własnym ogonem, najwyraźniej święcie przekonany, że w ten sposób go nie widać, i mocniej wbijał pazurki w uda i przedramiona Idy.

Kruchy nie przejął się awanturą w najmniejszym nawet stopniu, a figlarny błysk w stalowych oczach jeszcze bardziej wyprowadzał Teklę z równowagi. Wiedział, że wykrzyczane w złości zarzuty pod jego adresem są kompletnie bezpodstawne. W końcu nie miał nic wspólnego ani z uwięzieniem Mikołajowej duszy w piekłach Kusiciela, ani tym bardziej z nieśmiertelną przysięgą, którą Ida złożyła Karolinie w przypływie wielkiego heroizmu i jeszcze większej bezmyślności. Dlatego też wybuch ciotki nie zrobił na nim większego wrażenia, co beztrosko demonstrował każdym gestem, spojrzeniem i skrzywieniem warg. Nawet papierosa palił tak niedbale i nonszalancko, jakby zupełnie nie chodziło o głód nikotynowy, lecz jedynie o to, by zrobić starszej pani na złość.

Szamanka natomiast znów poczuła ulgę, że Tekla nareszcie wie o wszystkim. No... prawie wszystkim. Opiernicz przyjęła ze spokojem i zrozumieniem, choć trzeba przyznać, że niektóre inwektywy nieco ją dotknęły. Nie miała jednak zamiaru dyskutować z ciotką ani próbować się usprawiedliwiać, czekała tylko, aż ta ochłonie i wreszcie coś powie.

– Naukę przechodzenia na drugą stronę lustra rozpoczynamy od przyszłego tygodnia – zakomenderowała Tekla, gwałtownie obracając się na pięcie i skupiając na sobie uwagę całej trójki. – Najpierw sama muszę poćwiczyć, nie robiłam tego od miesięcy. Dobrze by było, gdyby do tego czasu zdobyli zwierciadło Kwiatkowskiego, tak łatwiej znajdziemy wejście do piekieł Kusiciela.

– Żaden problem – zapewnił Kruchy. – Nadal jest w kamienicy. Jutro załatwię transport i za kilka dni dostarczą je tutaj.

– Bardzo dobrze. – Ciotka wyglądała na usatysfakcjonowaną. – Druga sprawa to jej wizje. – Tu wymownie popatrzyła na podopieczną. – Co o nich sądzi?

– Do tej pory śniłam wyłącznie o przyszłości – zauważyła ostrożnie dziewczyna. – Ale zdaje się, że w tym przypadku jest inaczej. Musimy to z Kruchym jeszcze potwierdzić, ale podejrzewamy, że białowłosa może być zmarłą żoną Kusiciela, a dzika róża prawdopodobnie symbolizuje jego nieżyjącą córkę. Jeśli okaże się, że mamy rację, to będzie oznaczać, że sny pokazują mi przeszłość Demona Luster. Tego jeszcze nie przerabiałam i nie wiem za bardzo, co o tym myśleć.

– Kusiciel miał usuniętą pamięć – przypomniał z namysłem łowca, zanim Tekla zdążyła odpowiedzieć. Choć nie wydawała się zadowolona, nie próbowała mu przerywać. – Nazywanie tego wybawieniem sugeruje, że tej niepamięci pragnął, prawdopodobnie próbował uwolnić się od bolesnej przeszłości. Może sny dały ci dostęp do jego wspomnień?

– Chrupki może mieć rację – zgodziła się ciotka, a czarnowłosy nie wytrzymał i roześmiał się, słysząc kolejną alternatywę dla swojej ksywy. – Z czego rechocze? – zapytała ostro, błędnie interpretując jego reakcję.

– Z niczego – odparł nadal szeroko uśmiechnięty. – Niech będzie Chrupki. Najwidoczniej Kusiciel nie jest jedynym żywym inaczej, który ma problemy z pamięcią.

– Bardzo zabawne.

– A nie uważacie, że to mocno naciągana teoria? – Ida zmarszczyła czoło, nie zwracając uwagi na ich słowne przepychanki. – Moje wizje wspomnieniami Kusiciela? Niby jak?

– Proste. – Ciotka wzruszyła ramionami. – Dar próbuje ją ratować. Przed czym? – zapytała, ubiegając dziewczynę. – Przed jej własną tendencją do samounicestwienia, ot co. Jako szamanka od umarlaków ma przed sobą jeszcze mnóstwo roboty, tysiące dusz do przeprowadzenia. Taki talent zdarza się zbyt rzadko, by go tak po prostu zmarnować, los na to nie pozwoli. Tymczasem nieśmiertelna przysięga zagraża jej duszy, więc dar zsyła sny, które mają pomóc uratować i ją, i Mikołaja. Najwidoczniej pamięć Kusiciela odgrywa tu kluczową rolę.

Dziewczyna skrzywiła się sceptycznie, znów oczami wyobraźni widząc, jak łowca odciąga jej pozbawione życia ciało od otwartego lustra.

– Zastanawiała się kiedyś, jakim cudem przeżyłam trzysta trzydzieści pięć lat, mimo że nie byłam czarownicą jak jej matka? – kontynuowała Tekla, dostrzegając powątpiewanie w spojrzeniu siostrzenicy. – Ano takim, że tego wymagało moje zadanie. Los zrobi wszystko, by Ida wykonała swoje: dotrzymała przyrzeczenia i ocaliła duszę.

– Chyba masz rację – powiedziała szamanka, starając się, by zabrzmiało to wiarygodnie.

Nie zabrzmiało.

W każdym razie ani łowca, ani ciotka nie dali się nabrać, choć żadne z nich niczym się nie zdradziło.

– Jest jeszcze Karolina – dodał nieoczekiwanie Kruchy. – Komu jak komu, ale jej chyba najbardziej zależy na odzyskaniu męża.

– To prawda – przyznała Tekla i popatrzyła na czarnowłosego nieco przychylniej niż dotychczas. – Ona również pomaga Idzie swoimi talentami. No, a przynajmniej tym plastycznym, dla kulinarnego nie widzę jakichś szczególnych zastosowań...

– Za to ja widzę – zaprotestował i dla potwierdzenia tych słów sięgnął po chrupiące skrzydełko kurczaka.

Ciotka tylko przewróciła oczami.

– Tę tajemniczą utratę pamięci u Kusiciela trzeba dokładnie zbadać, zajmę się tym – rzekł i wstał od stołu. Podniósł plecak porzucony pod kuchennymi szafkami, lecz zanim założył go sobie na ramię, wyjął coś z bocznej kieszeni. – Byłbym zapomniał... – Wręczył Idzie jakiś zapisany świstek. – Zajrzyj wreszcie do notariusza. Poświadczenie dziedziczenia i wszystkie formalności związane z kamienicą czekają na ciebie w jego kancelarii. Tu masz adres.

Ida z ociąganiem przyjęła karteczkę, a Tekla zamrugała zdziwiona.

– Kiedy jedziemy do domu Kusiciela? – zapytała szamanka.

– Jak najszybciej, może nawet już jutro. Dzisiaj skontaktuję się z informatorem, niech dowie się czegoś o tej amnezji. Będziemy w kontakcie. Do widzenia, Teklo. – Skinął głową w stronę ciotki.

– Do widzenia, Chrupki.

Uśmiechnął się krzywo, ale nie próbował jej poprawiać. Mrugnął tylko. Kobieta odwzajemniła ten uśmiech dopiero, gdy już się odwrócił w stronę drzwi i nie mógł tego widzieć.

Ida odprowadziła łowcę do wyjścia.

Mijając ją w progu, zerknął przelotnie w piwne oczy.

– Ładnie się zestarzejesz – powiedział cicho na do widzenia i bez pośpiechu zszedł po kamiennych schodach willi.

*

W kwestii otrzymywania spadków Ida w zastraszającym tempie nabierała coraz większego doświadczenia.

Nie tak dawno Tekla zapisała jej cały majątek, teraz przyszła pora na przejęcie kamienicy po pani Lewandowskiej, wścibskiej, skąpej, zasuszonej staruszce. Szamanka zastanawiała się, kiedy wreszcie młodziutka, podwójna już spadkobierczyni zwróci uwagę krwiopijców ze skarbówki, i coś jej mówiło, że stanie się to w najmniej sprzyjającym momencie. Jak zwykle.

W końcu od czego miała tego Pecha?

Po wyjściu z kancelarii z notarialnym poświadczeniem dziedziczenia w dłoni dziewczyna poczuła nagłą chęć, by odwiedzić nowo nabytą nieruchomość. Nie zaglądała do niej od prawie dwóch tygodni. Wolała trzymać się z dala od miejsca własnoręcznie dokonanego mordu, ale teraz ciągnęła ją tam jakaś niepohamowana siła połączona z ciekawością.

Ulica Gajowa nie była daleko, Ida dotarła na miejsce po dwudziestu minutach nieśpiesznego marszu. Stanęła dokładnie w tym samym miejscu, w którym kilka miesięcy temu wysiadła z taksówki i po raz pierwszy ujrzała szare, zimne mury przedwojennego budynku. Teraz wyglądał tak samo jak tamtego dnia... A jednak czegoś brakowało. Bynajmniej nie wizualnie. Brakowało czegoś w środku.

Kamienica nie była już nawiedzona.

Ida nie wyczuwała obecności ani jednego ducha, nie wspominając już o trzech. Obiecała sobie, że przy najbliższej okazji zapyta Kruchego, co się stało ze zjawami Stanisławy, po czym pchnęła bramę, jak zawsze tylko lekko przymkniętą, i wkroczyła w chłód klatki schodowej.

Cały budynek został oczyszczony z wrogiej energii, pamięć potencjalnych świadków zmodyfikowana, a wszystkie mieszkania dodatkowo zabezpieczone przed demonami. Nic już nie zdradzało niedawnej obecności czyścicieli z WON-u. Funkcjonariusze nie zostawili po sobie żadnych śladów, wszystko wyglądało tak, jak Ida zapamiętała. Wolno wspięła się na piętro, a serce zabiło jej mocniej, gdy stanęła przed zielonymi drzwiami z numerem czwartym. Żółta taśma z czarnym napisem przestrzegającym przed skażeniem czarną magią zniknęła.

Szamanka już miała wkroczyć na miejsce swej pierwszej zbrodni i zmierzyć się z dręczącymi ją upiorami przeszłości, lecz nagle usłyszała stłumione kroki. Ich odgłos bez wątpienia dochodził z mieszkania wyżej.

Z jej mieszkania.

Zdjęła dłoń z klamki i ruszyła schodami na górę. Odruchowo sięgnęła do torby po klucze, lecz gdy dotarła na piętro, okazało się, że drzwi są otwarte. I to na oścież. Ostrożnie i cicho weszła do pogrążonego w półmroku przedpokoju, nadal nie wyczuwając niczyjej obecności. A przecież na pewno coś usłyszała.

Kroki rozbrzmiały ponownie. Tym razem za jej plecami. Zanim zdążyła się odwrócić, coś kanciastego i twardego zdrowo przywaliło jej w łopatki, o mało nie zwalając z nóg, po czym wydało z siebie głośne sapnięcie i z łomotem upadło na parkiet.

– Na miłość boską! – zawarczał obcy, męski głos. – Tyle razy prosiłem, żebyś się nie czaiła w ciemnościach!

– Przecież się nie czaję! – odkrzyknął mu inny, tym razem kobiecy. Dochodził gdzieś z głębi mieszkania. – Siedzę sobie grzecznie, tak jak mi kazałeś, ty zrzędliwa marudo!

– Marchewa! – wydarł się znów męski, posapując niczym lokomotywa na ostatnich obrotach. Sądząc po odgłosach, nieskutecznie próbował podnieść się z podłogi. – Miałaś się nie kręcić pod nogami!

– Przecież się nie kręcę! – zaprotestował piskliwie trzeci głos, dobiegający z klatki schodowej.

Było tak ciemno, że szamanka widziała tylko niewyraźny zarys nieznajomego, który wreszcie zdołał dźwignąć się na nogi.

Po chwili włącznik pstryknął cicho, a przedpokój zalało bladożółte światło żarówki.

Oczom Idy ukazał się młody facet, na oko rówieśnik Kruchego, o krótkich, szarych włosach i oliwkowych oczach. Przystojną twarz porastał dwudniowy zarost, a przez prawy policzek przechodziła długa, blada blizna, zaczynająca się u nasady nosa, a kończąca na szyi pod uchem. Sztruksowe bojówki, ciemnozielony podkoszulek z podobizną Boba Marleya oraz leżące u jego stóp przewrócone pudło pełne płyt reggae kazały dziewczynie podejrzewać, że popielata czupryna to tylko peruka, pod którą skrywał burzę dredów.

Co tu kryć, wyglądał odlotowo.

Jednak to nie dlatego szamanka osłupiała i zapomniała języka w gębie.

– Ida? – wyszeptał zdumiony.

Dlatego.

W przeciwieństwie do nieznajomego nie bardzo wiedziała, z kim ma przyjemność. Przemknęło jej przez głowę, że może zjawy znalazły sobie nowe medium... Ale gdzie tam, faceta? Ten zawód jest przecież zarezerwowany wyłącznie dla kobiet.

No a poza tym w kamienicy nie ma już przecież żadnych duchów.

– Ida! – zawołała piskliwie drobna dziewczyna, wystawiając głowę zza ramienia chłopaka. Miała twarz w kształcie serca, na głowie chaotyczne kłębowisko krwistoczerwonych loczków, a na ustach szminkę w tym samym kolorze. Szamanka zdążyła jeszcze zarejestrować ciasno zasznurowany gorsecik i spódnicę z czarnej skóry, zanim obca, na wpół roznegliżowana panna wyskoczyła towarzyszowi zza pleców i rzuciła jej się na szyję.

Niespodziewany dotyk zmienił wszystko.

Ida szybko wyswobodziła się z objęć, z bliska popatrzyła dziewczynie w oczy...

Zwierciadła duszy.

Szafirowe i śmiałe, a powinny być szare i wstydliwie wpatrzone w podłogę. Do tego włosy dużo jaśniejsze, wzrost niższy, sylwetka raczej dziecięca niż kobieca, ubranie zdecydowanie skromniejsze, głos... chociaż nie, głos niewiele się zmienił, był tak samo piskliwy jak niegdyś.

Ida nie miała już wątpliwości, kto ją przed chwilą tak serdecznie wyściskał, choć jeszcze kilka tygodni temu nie miał prawa nawet dotknąć...

– Różyczko – wydusiła z siebie, podziwiając bez wątpienia cielesną duszkę – wyglądasz bombowo.

Była zjawa, zwana teraz Marchewą, zachichotała jak podlotek, złożyła na policzku szamanki pocałunek lepki od czerwonej pomadki i pobiegła w głąb mieszkania, zamiatając podłogę czarną spódnicą.

– Żaba! – zawołała radośnie. – Nie zgadniesz, kto wrócił!

Tym razem w objęcia szamanki wpadła dziewczyna z jaskrawozielonym jeżem na głowie, nabijaną ćwiekami obrożą na szyi, ubrana w powycierane ogrodniczki oraz sweter wydziergany z kolorowej włóczki, z szerokimi rękawami, ogromnymi kieszeniami i spiczasto zakończonym kapturem.

– Wrażenie robisz piorunujące, Milenko – powiedziała Ida, gdy uścisk się rozluźnił i zdołała zaczerpnąć powietrza. – Spójrz mi w oczy.

Tęczówki duszki były teraz bledsze, niebieskozielone, niczym dwa lśniące od rosy akwamaryny.

Ledwo szamanka uwolniła się z jej ramion, porwały ją kolejne i poczuła, że traci grunt pod nogami. Dosłownie. Szarowłosy facet uniósł ją nad podłogę i okręcił dookoła tak szybko, że zaszumiało jej w uszach i zawirowało przed oczami.

– Dziękuję ci – powiedział zduszonym głosem Duch, stawiając skołowaną szamankę z powrotem na ziemi. – Dziękuję.

– I nie mieli dla was jakichś innych ciał? – dopytywała się Ida, gdy jej byłe zjawy streściły przebieg rytuału, podczas którego pracownicy WON-u zaklęli je w nowe, materialne powłoki.

Siedzieli w salonie wśród stosów kartonowych pudeł i po raz pierwszy pili razem herbatę.

Dziwne uczucie. Miłe, ale dziwne.

– Niestety, nie – skrzywił się Duch i z niechęcią zerknął na swoje dłonie. – Mieli tylko te. Podobno podczas jednego z festiwali muzycznych zawaliła się scena, wybuchła panika i tłum stratował kilkunastu fanów, a spośród nich tylko ta trójka kurczowo trzymała się życia na tyle długo, by ich cielesne powłoki nadawały się jeszcze do ponownego, choćby tymczasowego zamieszkania. Ja oczywiście musiałem trafić na jakiegoś niewymiarowego gościa. Moje stare ciuchy w ogóle już na mnie nie pasują, wszystko trzeba by przerobić, więc prócz ciała musiałem przywłaszczyć sobie również garderobę tego rastafarianina. Ale wiesz... – dodał po chwili refleksji – na początku czułem się okropnie, jakbym zwariował i nie był już sobą, ale teraz... sam nie wiem. Przyzwyczaiłem się i chyba nawet zaczęło mi się to podobać. O, właśnie przytargałem płyty z mieszkania mojego dawcy, ostatnio reggae słucham namiętnie...

– I namiętnie pali trawę – dodała usłużna jak zwykle Milenka. Mrugnęła do Idy porozumiewawczo. – Dobrze mu to robi na charakter, pamiętasz, jaki był wredny.

– Ty się, Żaba, nie waż na ten temat wypowiadać! – żachnął się, z miejsca udowadniając, że wredność wcale mu tak całkiem nie przeszła. – Lepiej na siebie patrz!

– Ja niczego nie palę!

– Ale tanie wino to się litrami żłopie!

– Jakimi litrami?! Raz kupiłam, bo mi organizm kazał, i było obrzydliwe!

– Mamaj i Brutus powiedzieli, że to normalne – poinformowała szamankę Różyczka, poprawiając skąpy gorsecik. – Że będziemy przejmować przyzwyczajenia poprzednich właścicieli tych ciał, zmienią nam się upodobania, gusta, nawet osobowość. Na początku z tym walczyliśmy, ale pewne rzeczy robimy i mówimy odruchowo, choć wcale tego nie chcemy.

– Wychodzi nam to jakoś tak mimochodem – uzupełnił Duch i bezradnie rozłożył ręce. – Jakby to było zupełnie naturalne, jakby... Jakby nas trochę opętało, rozumiesz?

– Aż za dobrze. – Szamanka natychmiast pomyślała o Karolinie i pamiętniku umarlaka.

– Podobno z czasem to mija. Ja na przykład coraz częściej krępuję się tych ciuchów – dodała Różyczka, oblewając się nagle uroczym rumieńcem. – Choć wcześniej nie mogłam patrzeć na własne. O, albo wściekałam się strasznie, gdy nazywali mnie Różą, a nie Marchewą, ale teraz to już sama nie wiem, jak bym wolała. Za to Milenka chyba już na dobre polubiła „Żabę".

– I tylko Duch kręci nosem na „Krótkiego", pojęcia nie mam czemu – wypaliła zielonowłosa duszka, za co natychmiast oberwała od niego poduszką.

– A co się stało z waszymi właściwymi ciałami? – spytała szamanka.

– Są strasznie skażone czarną magią – zasmuciła się Milenka, odrzuciwszy poduszkę Duchowi. – Nie wiadomo, czy coś z nich jeszcze będzie. Mamaj i Brutus załatwili nam zastępcze właśnie dlatego, że zaczęliśmy już strasznie słabnąć. Nie zaklęli nas na stałe, nasze nowe cielesne powłoki pozostały otwarte, możemy z nich wyjść w każdej chwili. O, patrz... – Nagle opadła bez życia na oparcie kanapy. Po chwili obok bezwładnej zielonowłosej dziewczyny pojawiła się zjawa sympatycznej blondynki o figlarnych, niebieskich oczach. – Teraz mamy czekać, aż całkowicie oczyszczą i wzmocnią nasze właściwe ciała, a to może potrwać. Na razie nadal są w szpitalu Firmy. – Po tych słowach Milenka wróciła do cielesności i posłała Idzie materialny uśmiech.

– A kiedy was wypuścili?

– Przedwczoraj. Nie mieliśmy dokąd pójść, bo nasi krewni dostaliby zbiorowego zawału, gdyby zobaczyli nas w takim stanie. – Duch spojrzał na Idę przepraszająco. – Zresztą strasznie się przyzwyczailiśmy do tej kamienicy, zwłaszcza do mieszkania

Stanisławy. Dlatego pomyśleliśmy, że skoro się wyprowadziłaś, to nie będziesz miała nic przeciwko, żebyśmy zostali tu na trochę...

– Możecie zostać na stałe – oznajmiła szamanka i z dumą zaprezentowała im notarialne pismo. – Od dziś jestem właścicielką całego budynku i nie widzę powodu, dla którego nie mielibyście tu zamieszkać.

Cała trójka wybałuszyła oczy.

– Jak to?

– Lewandowska postanowiła ustanowić mnie jedyną dziedziczką całego swojego majątku. Nie pytajcie dlaczego, bo nie mam pojęcia, chyba ją w końcu wywołam i spytam, co jej strzeliło do głowy. W każdym razie stało się. Ja nie mam zamiaru tu wracać, co daje nam w sumie trzy wolne lokale. Możecie sobie wziąć po jednym albo zająć któryś razem, jak wolicie.

– Ale fajnie! – pisnęła Różyczka i klasnęła w dłonie wyraźnie zachwycona takim obrotem spraw.

Milenka uśmiechnęła się szeroko, a jej nowe oczy koloru akwamarynu zamigotały radośnie.

I tylko Duch wydawał się nie tyle niezadowolony, ile mocno zmieszany całą sytuacją.

– To bardzo miłe – wydusił spłoszonym tonem i nie wiedział, gdzie podziać oczy. – Ale nie powinienem, nie wypada mi się na to zgodzić...

– Głupi jesteś?! – zawołała oburzona Milenka. – Na głowę upadłeś, co ci się tym razem nie podoba?

– Wszystko mi się podoba – zapewnił szybko. – Ida, twoja propozycja jest naprawdę bardzo hojna, ale po wszystkim, co ci zrobiłem... czy raczej czego nie zrobiłem... Po tym, jak samolubnie naraziłem cię na niebezpieczeństwo, nie mogę jej przyjąć. To byłoby cholernie nie w porządku.

– I tak chcieliście się tu wprowadzić. – Szamanka wzruszyła ramionami. – Nie musicie zmieniać planów tylko dlatego, że kamienica zmieniła właścicielkę.

– Ja muszę – zaprotestował stanowczo, nadal na nią nie patrząc. – Uczyniłaś wystarczająco dużo, zwracając mi cielesność, choć miałaś święte prawo machnąć na mnie ręką i pozwolić mi przestać istnieć.

– To nie ja...

– Gdyby nie ty, już by nas nie było – nie dał jej skończyć. – To ty się za nami wstawiłaś u Mamaja i Brutusa. Jedyne, na co sobie zasłużyłem, to niebyt, a nie powrót do życia. Nigdy nie zdołam ci się odwdzięczyć.

– Nie wspominaj o niebycie, proszę – odparła trochę za ostro, zanim zdążyła się powstrzymać. Sam dźwięk tego słowa wyprowadzał ją z równowagi. – Było, minęło, nie ma sensu tego rozpamiętywać. Ciesz się życiem i przyjmuj dach nad głową, skoro ci dają.

– Sama kazałaś mi iść precz, gdy tylko odzyskam ciało – przypomniał bez cienia wyrzutu w głosie.

– Byłam wściekła. Nigdy nie wierz wściekłej kobiecie.

– Ale ja cię nawet nie przeprosiłem!

– No to przeproś i przestań się wygłupiać.

Z widocznym trudem spojrzał jej w oczy.

– Przepraszam – powiedział. Nie było wątpliwości, że mówił szczerze i naprawdę zależało mu na jej przebaczeniu. – Przepraszam za wszystkie podłości, przez które wpakowałem cię w kłopoty.

Skinęła głową i uśmiechnęła się smutno.

– Nie powiem, że nic się nie stało, ale jestem gotowa o tym zapomnieć. Przyjmuję przeprosiny.

Wtopił się w fotel z głośnym westchnieniem ulgi.

Gdy dokończyli herbatę, Ida jeszcze raz wyściskała duszki i obiecała im, że jak tylko jej cztery koty pomyślnie przejdą kwarantannę w siedzibie Firmy, będą mogły je zatrzymać. Stwierdziła, że Różyczka i Milenka zaopiekują się zwierzakami o niebo lepiej niż ona w obecnym niepewnym stanie i z niewyraźną przyszłością. Na koniec podała dłoń wciąż skrępowanemu Duchowi i ruszyła do wyjścia.

Wybiegł za nią z mieszkania i dogonił na schodach.

– Gdyby było coś... – wyjąkał niepewnie, z zakłopotaniem mierzwiąc szarą czuprynę. – Gdybym mógł jakoś pomóc, nie wiem, zrobić cokolwiek... Zrobię, o co tylko poprosisz.

Nie poznawała go. Zniknął gdzieś nadęty, zarozumiały cynik, zbyt egoistyczny, by zrozumieć swój błąd, i zbyt dumny, by spróbować go naprawić. Zastanawiała się, czy tę nieoczekiwaną zmianę powinna przypisać autentycznym wyrzutom sumienia Ducha, czy raczej działaniu nowego ciała, które aż tak wpływało na usposobienie aktualnego właściciela. Zresztą czy to ważne? Nie miała wątpliwości, że naprawdę mu zależało na spłaceniu długu, jaki wobec niej zaciągnął. Teraz po prostu umiał to okazać.

– Jest coś – odparła po chwili namysłu. – Zajmij się kamienicą w moim imieniu. Potrzebuję gospodarza, kogoś, kto wszystkiego dopilnuje i będzie miał oko na lokatorów. Sama nie mam do tego głowy, a formalności jest sporo. Co ty na to?

– Masz to jak w banku – zgodził się od razu i chyba ucieszył go ten gest zaufania. – Ale myślałem też, by pomóc ci uratować duszę.

No proszę. Do tego jeszcze wspiął się na wyżyny rycerskości i świadom niebezpieczeństwa gotów był podjąć dla niej ryzyko.

– Sama jeszcze nie jestem pewna, jak się do tego zabrać – przyznała ponuro. – Nie mam żadnego planu, nie wiem, jak mógłbyś się przydać...

– Proszę. – Zbliżył się o krok. Ida pomyślała, że ten rastafarianin musiał być prawdziwym uosobieniem dobrych manier: to aż niewiarygodne, by dawny Duch wypowiedział wszystkie trzy magiczne słowa w niecałą godzinę. – Jestem ci to winien – dodał ciszej.

– Umówmy się tak – powiedziała po dłuższym milczeniu, przyglądając mu się uważnie. – Jeśli znajdę dla ciebie jakieś zadanie, dam ci znać. Masz komórkę?

– Tak. Mamaj nam załatwił na wypadek, gdyby coś złego działo się z powłokami.

– Dyktuj numer.

Po kilku sekundach szybkiego klikania Ida schowała telefon do kieszeni.

– Będziemy w kontakcie – zapewniła Ducha na odchodnym.

Dopiero gdy to usłyszał, zdobył się blady uśmiech, a w jego oliwkowych oczach pojawił się cień spokoju.

– Nie musi się skradać, przecież i tak wiem, że tam jest – mruknęła Tekla.

Tkwiła nieruchomo w ciemnościach piwnicy, wtopiona w stary fotel obity wytartą, odrapaną skórą. Wpatrywała się we własne odbicie widniejące w lustrze wprawionym w drewniane ramy i wspartym na misternie rzeźbionych podpórkach. Bura płachta, która zwykle zakrywała zwierciadło, leżała teraz porzucona u jej stóp. Przez okno umieszczone pod sufitem przedzierał się ciepły wiatr i strumień księżycowego światła, który kładł się na podłodze niekształtną plamą. Powierzchnia lustra była zakurzona, odbicie niewyraźne, szary mrok zamazywał szczegóły, ale najwidoczniej ciotce wcale to nie przeszkadzało.

– Teraz, kiedy jestem uwiązana w tym ciele, przechodzenie na drugą stronę wcale nie będzie takie proste – westchnęła ciężko. Dopiero wtedy zerknęła przez ramię i popatrzyła na siostrzenicę. – A jak się dzisiaj ma nasza łowczyni spadków?

– Beznadziejnie – przyznała szamanka prosto z mostu. – Muszę z tobą o czymś porozmawiać...

– O, doprawdy? – Tekla mistrzowsko udała zdumienie, zaraz jednak na jej wargi wypełzł jadowity uśmiech. – Nagle jej się na pogaduchy zebrało, akurat teraz, kiedy muszę się skupić. Ale jak ze strachu o nią odchodziłam od zmysłów, to jakoś nie była przesadnie skłonna do zwierzeń.

Ida omiotła wzrokiem sufit.

– Pomożesz mi czy nie?

– Przecież już jej pomagam – zauważyła kwaśno ciotka. – Czy nie?

Dziewczyna przysiadła na podłokietniku fotela i popatrzyła na swoje odbicie.

– Pamiętasz, co mi kiedyś powiedziałaś?

– Mówiłam wiele rzeczy. Proponuję, by formułowała pytania nieco precyzyjniej. To może nam sporo ułatwić.

– Wspominałaś, że nikt z darem banshee nigdy nie wyśni własnej śmierci. – Dziewczyna puściła docinki mimo uszu i zachowała spokój. Z trudem, ale zachowała. – To prawda czy tylko chciałaś mnie wtedy uspokoić?

Ciotka zerknęła na nią szybko, a potem zacisnęła usta i wbiła spojrzenie z powrotem w lustro.

– A więc miała sen – stwierdziła posępnym tonem. – Słowo daję, tego tylko brakowało.

– Czyli skłamałaś.

– Ten zarzut w jej głosie jest kompletnie nie na miejscu, biorąc pod uwagę, z jaką łatwością sama nieraz mijała się z prawdą. – Wzrok Tekli stwardniał gwałtownie. – I nie, nie skłamałam. Mówiłam tylko o większości przypadków, a do tych Ida, niestety, nie należy. Naprawdę mało kto składa duszom nieśmiertelne przysięgi. Takie przyrzeczenie zmienia wszystko.

– A zatem mój sen w istocie może być proroczy.

Dziewczyna w pierwszej chwili nawet się nie przejęła. No, może trochę. Jednak nie poczuła lęku. Zamiast tego odechciało jej się oddychać. Bo niby po co...

– Ale wcale nie musi – zaprotestowała ostro ciotka. – Nie wolno jej myśleć w ten sposób. Opowie mi lepiej, co dokładnie widziała.

Ida opowiedziała zgodnie z życzeniem, monotonnym, obojętnym głosem. Pomyślała, że teraz może się wreszcie poddać. Przecież nie ma sensu walczyć z czymś, co i tak się stanie. Już nie musi się więcej szarpać i zadręczać, skoro jej los jest przesądzony...

– Ta wizja niczego nie przesądza – oznajmiła Tekla, jak zwykle sprawiając wrażenie, że czyta w umyśle podopiecznej jak w otwartej księdze. Wstała z fotela i zaczęła maszerować wokół lustra, w zamyśleniu marszcząc brwi. – Nawet jeśli umrze, Okhmhaka temu zaradzi i zrobi z nią to co ze mną. Co prawda wskrzeszenie na stałe nie wchodzi w grę, ale może będzie jej wolno wracać do żywych od czasu do czasu. Jej dar jest zbyt cenny, by zwykła utrata ciała mogła jej przeszkodzić w wykonywaniu zadania...

– Jeśli naprawdę sądzisz, że jakieś tam zadanie w ogóle mnie w tej chwili obchodzi, to się, kurwa, pomyliłaś! – wybuchła szamanka, a jej oczy zalała smolista czerń. – Ja o to nie prosiłam! Nie chciałam żadnych pierdolonych darów, żadnych duchów, żadnych luster i demonów! I chyba miałam w tym niechciejstwie rację, nie uważasz? Nie skończyłam jeszcze dwudziestu lat, na miłość boską, a ty mi mówisz, że jak umrę, to nie szkodzi, bo od czasu do czasu wolno mi będzie wrócić do żywych? Od czasu do czasu?! Czy ty się w ogóle słyszysz?

– Niech się uspokoi – rozkazała ciotka, ani na moment nie tracąc panowania nad sobą. – Wiem, że to niełatwe, ale Idzie nie wolno teraz rozpaczać. Ten rynsztokowy język również jest zbędny, przynajmniej w mojej obecności. Niech na mnie spojrzy. – Ujęła siostrzenicę za podbródek i popatrzyła jej głęboko w oczy. Przerwała milczenie dopiero, gdy tęczówki podopiecznej odzyskały swój dawny, piwny kolor. – Prawda jest taka, że nie mamy pewności, czy ten sen to kolejna przepowiednia, czy tylko majaki jej spanikowanego umysłu. Miewa teraz różne wizje, nie tylko prorocze, weźmy chociażby wspomnienia Kusiciela. Jeśli chce, możemy udać się do Okhmhaki, on będzie wiedział...

– Nie. – Szamanka chciała pokręcić głową, lecz uścisk Tekli był zaskakująco silny. Dziewczyna wzięła parę głębszych wdechów i z trudem opanowała drżenie, jakie wstrząsnęło całym jej ciałem. – Jeszcze mi powie, że faktycznie wykituję, a wtedy całkowicie stracę motywację do działania. Teraz wiem, że nie chcę wiedzieć.

Ciotka puściła jej brodę, po czym wykonała gest, jakby chciała pogłaskać Idę po włosach. Powstrzymała się w ostatnim momencie i tylko machnęła ręką.

– Najważniejsze jest to, by nie straciła duszy – orzekła spokojnie, acz stanowczo. – I na tym się skupmy. Musimy za wszelką cenę odzyskać Mikołaja i uchronić ją od nicości. Wspominając o sporadycznym i chwilowym wskrzeszaniu, chciałam jej tylko uzmysłowić, że śmierć to nie jest koniec świata. Jako szamanka od umarlaków powinna o tym wiedzieć najlepiej.

– Nie chcę umierać – wyszeptała Ida.

– Wiem.

– Boję się.

– Wiem.

– Możesz mnie przytulić?

Robiła wszystko, żeby się nie rozpłakać, jednak w ramionach ciotki nie potrafiła dłużej powstrzymać łez. Płynęły po jej policzkach, nieśpieszne i ciche, wsiąkając w czarny aksamit Teklowej sukni.

Noc była ciepła, bezchmurna i księżycowa. Skąpane w mlecznym blasku drzewa i krzewy kiwały się sennie w podmuchach leniwego wiatru. Liście i trawy szemrały między sobą, wyraźnie czymś podekscytowane, a upstrzone białym kwieciem gałęzie po mistrzowsku udawały, że obsypał je śnieg. Nawet harpia, która przycupnęła wysoko wśród konarów gruszy, nie zakłócała darciem dzioba tej magicznej, zimowej stylizacji, a zamiast tego w ciszy odradzała się ze srebrzystej kupki popiołów.

I tylko dzika róża smętnie zwiesiła gałązki i trwała niewzruszona niczym kamień, nic sobie nie robiąc z delikatnych, acz uporczywych powiewów. Na tle uległej roślinności krzew sprawiał wrażenie obrażonego i głęboko nieszczęśliwego. Podczas wyczerpujących walk z ptakami i owadami jego kwiaty straciły prawie wszystkie płatki, które wirowały teraz w nocnym powietrzu, lekkie jak śnieżny puch.

Gryzak siedział na parapecie w kuchni, zamiatając powietrze lisią kitą i uważnie obserwując sytuację w ogrodzie. Ilekroć jego żółte ślepia spoczęły na dzikiej róży, łapacz powarkiwał, groźnie szczerzył kiełki i bezgłośnie uderzał w szybę miękką, włochatą łapką.

Nagle zastrzygł uszami i odwrócił łebek w stronę ulicy. Po chwili ciszę nocy zakłócił warkot silnika, na sąsiednie budynki padły dwa snopy światła, po czym zza zakrętu wyjechał czarny mercedes z przyciemnianymi szybami, a zaraz za nim ukazała się terenówka ciągnąca otwartą, wyładowaną przyczepę. Oba samochody zatrzymały się przed willą i gdy tylko zamilkły silniki i zgasły reflektory, na chodniku pojawili się trzej mężczyźni. Jeden bez wahania otworzył furtkę i wbiegł po kamiennych stopniach, a pozostali zajęli się rozładunkiem.

Koszmarek dał susa na podłogę i bezszelestnie podreptał do przedpokoju. Znajomy zapach, jaki wywąchał przez szparę pod kutymi drzwiami, nieco go uspokoił. Łapacz zadreptał w miejscu, przymierzając się do skoku, po czym wystrzelił jak z procy i uwiesił się na mosiężnej klamce. Mechanizm był stary i oporny, lecz w końcu sprężyna szczęknęła metalicznie, zasuwa wyskoczyła z futryny, a zawiasy przywitały gościa płaczliwym jękiem.

– Siemasz, Gryzaku. – Kruchy pochylił się i podrapał małego odźwiernego za puchatymi uszami. – Gdzie twoja pani?

Koszmarek zamruczał przyjacielsko, wykonał kilka zgrabnych ósemek między nogami łowcy, po czym potruchtał prosto do piwnicy.

Skrzypienie schodów zmieszane z głuchym dudnieniem ciężkich butów wyrwało szamankę i ciotkę z zadumy.

– Mamy problem – Łowca przeszedł do rzeczy, zanim jeszcze zszedł z ostatniego stopnia. – Wydział Wewnętrzny zaczął przy mnie węszyć, niedługo mają tu przysłać kogoś z Warszawy.

– A co ich nagle ruszyło? – zapytała zaniepokojona Ida.

– Lubią się czepiać. Zwłaszcza jeden taki, co to ma obsesję na moim punkcie i od lat próbuje znaleźć na mnie haka. No a teraz, gdy odwiedziłem stolicę, chyba mu o sobie niechcący przypomniałem.

– Co zrobimy?

– Najpierw musimy ukryć gdzieś lustra z twojej kamienicy. Chodź. – Z tymi słowami zawrócił i skierował się z powrotem na górę. Ida podążyła za nim odprowadzana zmartwionym spojrzeniem Tekli. – Na wszelki wypadek zabraliśmy też zwierciadło z mieszkania Stanisławy. To z niego zaatakował cię zdiablony Mikołaj, więc lepiej nie ryzykować. Jeszcze by im przyszło do głowy je przebadać i znaleźliby ślady otwartego przejścia.

– I nikt się nie zorientuje, że ich nie ma, a być powinny?

– Nie sądzę. Lustra nigdy nie trafiły do materiału dowodowego, nikt o nich nie wspomniał ani w dokumentacji miejsca zbrodni, ani w protokole śledztwa, ani w oficjalnym raporcie. Dla pewności przejrzałem też twoje zeznania i nie ma w nich niczego, co łączyłoby nas z Kusicielem. Na razie jesteśmy czyści jak wódka Wyborowa.

Gdy wyszli na ganek, Mamaj i Brutus taszczyli właśnie pierwszy owalny pakunek, ostrożnie kierując się w stronę willi. Z pomocą łowcy i szamanki poszło już łatwo i oba lustra wylądowały w piwnicy w niecały kwadrans.

Zaklinacz i pogromca nie zabawili długo. Wypili po mocnej kawie, posilili się odgrzanym spaghetti, zamienili z łowcą i szamanką kilka słów, zerkając niepewnie w stronę niespodziewanie zmaterializowanej Tekli, po czym pożegnali się pośpiesznie i wypadli za drzwi, jakby ich sam diabeł gonił. Kruchy wyjaśnił, że mają jeszcze sporo roboty przy ciele Kwiatkowskiego, które należało na wszelki wypadek ponownie prześwietlić, zanim wpadnie w łapy gościa z Wewnętrznego i wydziałowych techników.

Ponieważ ciotka zażyczyła sobie natychmiast zbadać zwierciadło czarodzieja, cała trójka udała się z powrotem do piwnicy. Tekla zabrała ze sobą lampę naftową, zapałki oraz wełniany szal, głośno narzekając na przeziębione korzonki, Ida wzięła pod pachę spragnionego towarzystwa Gryzaka, a Kruchy nie omieszkał uzbroić się w talerz pełen smakołyków i kubek gorącej kawy.

Szamanka i łowca przysiedli na podłodze, rozłożywszy na niej burą płachtę, ciotka natomiast usadowiła się z powrotem w fotelu i wodziła bacznym wzrokiem od zwierciadła do zwierciadła.

– Skoro prowadzimy prywatne śledztwo w sprawie Kusiciela, nie możemy pozwolić sobie na to, by cokolwiek zwróciło na nas niepotrzebną uwagę – podjął Kruchy ściszonym głosem, zagryzając wędzonego łososia w sosie śmietanowo-koperkowym. – Co prawda WON natyka się na otwarte przejścia całkiem często i podobne odkrycia nie stanowią jakiejś specjalnej rewelacji, to jednak w przypadku naszego czarodzieja lepiej, żeby nikt się o jego lustrze nie dowiedział.

– Czyli od teraz będą nam patrzeć na ręce.

– O ile za nami nadążą. – Uśmiechnął się lekko, przełknąwszy kęs zimnej już zapiekanki. Skrzywił się z niesmakiem i nabił na widelec zieloną oliwkę. – Ale tak, od tej pory musimy być bardzo ostrożni.

– Zabierając zwierciadła z miejsca zbrodni, złamaliśmy prawo. Jeśli to się wyda, będziesz miał poważne kłopoty, a wtedy Ruda mnie zabije.

– Oj tam, najwyżej lekko zadrapie, wyliżesz się.

– Myślisz, że w takiej sytuacji wycieczka do domu Kusiciela to dobry pomysł?

– Chyba nie mamy wyjścia. – Wzruszył ramionami z właściwą sobie beztroską. Nawet jeśli nadchodząca kontrola choć trochę go martwiła, nie dawał tego po sobie poznać. – Ludzie z Wewnętrznego zapowiedzieli się na przyszły tydzień, mamy więc trochę czasu. Pojedziemy tam jutro.

– A dowiedziałeś się czegoś o amnezji Karewicza?

– Informator ma się do mnie lada dzień odezwać w tej sprawie. – Łyknął z kubka i spoważniał nagle. – Tymczasem jest jedna mało przyjemna rzecz, którą pewnie będziemy musieli zrobić.

– Jaka?

– Może się zdarzyć, że technicy z Wewnętrznego spróbują wskrzesić Mikołaja.

Stalowe oczy świdrowały szamankę, czekając na jej odpowiedź. Poruszyła się niespokojnie, wyraźnie tknięta tą wiadomością.

– A po cholerę?

– Z twoich zeznań wynika, że dusza Kwiatkowskiego wałęsa się nie wiadomo gdzie i pozostaje poza twoim zasięgiem – wyjaśnił tonem opanowanym i rzeczowym, który w teorii miał ją pewnie uspokoić. – Nekromanci natomiast potrafią taką zbłąkaną owieczkę odnaleźć i przywołać z powrotem do ciała, wykorzystując łączącą je więź oraz odrażającą, mroczną magię. Uwierz mi, twoje szamańskie sztuczki to nic w porównaniu z okropnościami, do których oni muszą się czasami uciekać. Gdyby Mikołaj faktycznie gdzieś tu się pętał, nekromanci by go znaleźli, a ty mogłabyś przeprowadzić jego ducha na drugi brzeg. Lecz jeśli wskrzeszenie się nie uda, a z oczywistych względów udać się nie może, będzie to dla Wewnętrznego podstawa, by sądzić, że Kwiatkowski zniknął z naszego świata, nie pozostawiając żadnych śladów. Innymi słowy, wpadną pewnie na pomysł, że czarodziej trafił w lustra. I wtedy, aniele, będziemy mieć przejeb... – Tu rozległo się ostrzegawcze chrząknięcie w wykonaniu Tekli, Kruchy zmuszony był więc zmienić taktykę. – Wtedy będzie bardzo źle.

Szamanka przymknęła powieki, a nie chcąc się narażać na pełen potępienia komentarz ciotki, zaklęła nie na głos, tylko w myślach. Wstała, wzięła na ręce wpatrzonego w nią Gryzaka i pogłaskała delikatne, granatowe futerko. Długo analizowała to, co powiedział łowca, nawijając na palec pasemko włosów.

– A dlaczego nie mieliby przyjąć założenia, że jego dusza rozpadła się w proch trafiona czarnomagicznym zaklęciem? – zaproponowała wreszcie, przysiadając obok Tekli na skraju fotela. – I to dlatego nie można go wskrzesić? To chyba brzmi wiarygodnie.

– Nie w tym przypadku – zaprzeczył stanowczo. – Po pierwsze, takie unicestwienie wbrew pozorom zdarza się dość rzadko, a poza tym zostawia po sobie wyraźne ślady, których próżno szukać w twojej kamienicy. A po drugie, gdyby to właśnie spotkało naszego czarodzieja, jego pozostałości nadal krążyłyby w czasie i przestrzeni i przywołane tchnęłyby w zwłoki odrobinę życia. Na krótko i pozornie niezauważalnie, jednak nekromanci nie mieliby żadnych wątpliwości, że znaleźli resztki Mikołaja.

– Pozwolę sobie przypomnieć, że widmową mgłę, której umiejętnością tworzenia Ida szczyciła się jeszcze parę dni temu, również plecie się z okruchów rozpryśniętych dusz. – Ciotka skinęła głową, przyznając Kruchemu rację. – Nekromancja to obrzydliwa i plugawa dyscyplina, jednak nie różni się od naszej tak bardzo, jak bym sobie tego życzyła.

– Rozumiem, że w takim razie musimy znaleźć sposób, by ożywić ciało Kwiatkowskiego.

Łowca wolno pokiwał głową, potwierdzając jej obawy.

– O ile zajdzie taka konieczność, tak.

Szamanka z trudem powstrzymała histeryczny chichot.

Los po raz kolejny popisał się nader ironicznym poczuciem humoru. Podczas gdy nad nią wisiał wyrok gorszego od śmierci niebytu, wszystkie umarlaki dookoła jak na złość postanowiły powstać z martwych. Tekla, Duch, Milena, Różyczka, a teraz jeszcze na dodatek Mikołaj...

Dookoła sami wskrzeszeńcy, a pośrodku ona, chodzący żywy trup.

Ledwo to pomyślała, ogarnął ją dziwny spokój i nienaturalna niemoc. Całą sobą, całym ciałem i duszą poczuła, że wszystko się kończy. Tu i teraz. Serce stanęło. Płuca wypluły powietrze, jakby nagle przestało im smakować. Jakby stało się niepotrzebne. Jedynym dźwiękiem była martwa cisza, a przed oczami nastał mrok.

Koniec.

Kruchy pierwszy zobaczył, jak oczy dziewczyny zalewa obsydianowa czerń.

Zsunęła się z fotela, zrzucając z kolan przestraszonego łapacza, a łowca doskoczył do niej i przytrzymał, zanim uderzyła o podłogę.

Pieśń umarłych rozbrzmiała nagle i bardzo głośno, niczym igła przekłuła pęcherz ciszy krystalicznie czystym, wibrującym sopranem. Szamanka od razu poznała ten głos.

Karolina.

Po chwili dało się rozróżnić słowa.

Zwróć mi go, błagam... Proszę cię, przyprowadź do mnie! Proszę, proszę! Odebrałaś mi wszystko, bez niego nie mam nic. Oddaj go!

Krzyk dziecka jest nie do wytrzymania. Jasnowłosy tuli maleństwo do piersi, próbuje je uciszyć, uspokoić, ale ono wciąż płacze. Tak strasznie płacze. Kusiciel jest zupełnie bezsilny, czuje, że lada moment zwariuje, nie wytrzyma, zrobi coś strasznego, coś, czego będzie żałował, czego nigdy sobie nie wybaczy. Jest zły na siebie za to, że brak mu cierpliwości, a własna nieporadność zawstydza go i irytuje. Kołysze niemowlę w ramionach, szepcze kojące słowa, lecz ono nie chce przestać ani na sekundę.

W drzwiach stoi kobieta o włosach białych jak śnieg. Przez chwilę patrzy na nich ze smutnym uśmiechem, po czym wkracza do pokoju, zwiewna i delikatna jak motyl. Pachnie pieprzem i imbirem. Kusiciel z ulgą oddaje dziecko, a ono od razu cichnie w jej objęciach. Białowłosa zaczyna nucić kołysankę, podchodzi do kominka krokiem tak wolnym i płynnym, jakby tańczyła wyjątkowo sennego walca. Sięga po szklaną kulę, w której tkwi drzewo z białego papieru, a gdy nią potrząsa, w środku zaczyna padać brokatowy śnieg. Niemowlę wyciąga rączki, wpatrując się w kulę jak zaczarowane, a na drobnych wargach błąka się cień nieświadomego uśmiechu. Kobieta pozwala dziecku dotknąć chłodnej powierzchni szkła.

*

– Zwróć mi ją, błagam! – krzyczy białowłosa, bijąc drobnymi pięściami w pierś Kusiciela. Mężczyzna próbuje ją przytrzymać, lecz ona wciąż mu się wyrywa, a we fiołkowych oczach płonie rozgwieżdżone szaleństwo. – Proszę cię, przyprowadź ją z powrotem, przecież wiem, że potrafisz! Proszę, błagam... Bez niej nie mam nic, usycham, nie widzisz tego? Na miłość boską, dlaczego nic nie robisz?! Nienawidzę cię, słyszysz! Nienawidzę!...

Świeża mogiłka przypomina kopiec kreta. Jest tak mała, że rosnąca nad nią dzika róża prawie całkowicie ją przesłania. Białowłosa nieśpiesznie i metodycznie przyklepuje dłońmi ziemię i obkłada grób płaskimi kamieniami, nucąc pod nosem ulubioną kołysankę. Długie, giętkie gałązki czule gładzą ją po dłoniach i włosach. Kobieta ostrożnie, niemal z namaszczeniem przycina krzew. Chce, by wyglądał pięknie, najpiękniej w całym ogrodzie.

Śnieżnobiałe liście szeleszczą na wietrze, od gładkiej kory odbijają się promienie słońca. Drzewo wygląda nieziemsko, zwłaszcza pień porośnięty fiołkowym mchem. Na jego drobnych listkach lśnią kropelki porannej rosy, przywodząc na myśl usiane gwiazdami, fioletowe niebo.

Nagle wszystko zaczyna się zmieniać. Gałęzie wiją się jak białe węże, kora się wybrzusza, gnie, pęcznieje, tu zapada, tam znów pęka, gdzie indziej rozrasta. Metamorfoza trwa nieprzerwanie w promieniach słońca i nikłym blasku gwiazd, podczas ulew i śnieżyc, przy śpiewie ptaków i akompaniamencie burzowych grzmotów. Pień przybiera wyraźny kształt nagiej kobiety o ramionach z konarów i włosach z liści. Te ostatnie opadają nagle, doszczętnie ogałacając koronę, po czym marszczą się i gniją wśród korzeni. Mech usycha na wiór, kora gwałtownie nasiąka czernią, która pokrywa drzewo od ziemi po wierzchołki poskręcanych gałęzi.

*

Karolina wciąż śpiewa. Zawodzi przejmująco, z trudem powstrzymując szloch. Z zielonych oczu płyną łzy, a każda wpada w jedną z tysiąca kropel krwi i z sykiem zmienia się w bladoczerwony obłoczek pary.

Przecież obiecałaś. Zwróć mi go, błagam. Błagam!

Zwróć mi ją, dlaczego nic nie robisz? Nienawidzę cię, słyszysz?

Nienawidzę!

Gdy otworzyła oczy, widziała tylko niewyraźne plamy. Jakby ktoś zanurzył świat w rozpuszczalniku, przyćmiewając kolory i rozmazując kształty.

Dużo, dużo później obraz zaczął nabierać ostrości, w uszach przestało dzwonić, a ciało przeniknął chłód piwnicznej podłogi. Szamanka spróbowała się ruszyć, jednak coś krępowało jej ruchy. Spojrzała w górę.

Nie coś, tylko ktoś.

Z trudem ogniskowała wzrok, aż wreszcie dwie pochylone nad nią twarze nałożyły się na siebie i zlały w jedną. Bystre oczy błyszczały w półmroku, odbijając światło lampy naftowej. Ida zerknęła w bok i stwierdziła, że leży u stóp trzech wielkich zwierciadeł. Łowca klęczał przy niej, a obok niego zaraz pojawiła się Tekla.

– No i co? – zakrzyknęła triumfalnie, biorąc się pod boki. – A nie mówiłam? Było tak panikować?

Szamanka chciała coś odpowiedzieć, ale struny głosowe odmówiły posłuszeństwa. Kaszlnęła w pięść.

– Kolejne... wizje... – wychrypiała cicho.

– Wiemy. – Kruchy skinął w stronę nastroszonego Gryzaka, który obserwował ich spod jednego z luster. Widząc, że jego pani nareszcie się obudziła, koszmarek podbiegł do niej, obwąchał twarz i włosy, łaskocząc wąsikami i ciepłym oddechem, a na koniec trącił ją puchatą łapką w nos. – Widzieliśmy wszystko w jego ślepiach.

– Pomóżcie mi wstać – poprosiła dziewczyna, unosząc ramiona. – Strasznie tu zimno.

Razem zdołali postawić ją na nogi. Tekla natychmiast oddelegowała łowcę do parzenia herbaty, a sama objęła podopieczną i pomogła jej wspiąć się po schodach do kuchni. Łapacz dreptał tuż za nimi cichy jak cień.

– No i widzi? – szepnęła ciotka bardzo czymś ucieszona. – Nie wszystkie proroctwa muszą kończyć się czyjąś śmiercią.

Szamanka popatrzyła na nią sceptycznie, a Pech parsknął, kompletnie nieprzekonany.

– Naprawdę myślisz, że mój sen przewidział właśnie to?

– No przecież wszystko się zgadza! Lustro było? Było. Ba, nawet trzy. Ida wyciągnięta jak długa na podłodze była? Była. No i do tego Chrupki w roli wybawiciela... Coś pominęłam?

Dziewczyna już miała powiedzieć, że owszem, że w jej wizji zwierciadło wyglądało zupełnie inaczej, powietrze wypełniała czerwona mgła oraz ostra woń pieprzu i imbiru, a Kruchy potrząsał jej sinym ciałem i wrzaskiem zabraniał umierać.

Wbrew pozorom nic się nie zgadzało.

Jednak nutka desperacji w głosie Tekli oraz wyjątkowo niespotykana niedbałość w interpretowaniu proroczych snów siostrzenicy świadczyły o tym, że ciotka bardzo chciała wierzyć, że ma rację. I kurczowo trzymała się tej wiary.

Ida nie miała serca wyprowadzać jej z błędu.

Zacisnęła więc usta, zmusiła się do bladego uśmiechu i nie powiedziała nic.

Rozdział piąty

Kołysanka dla demona

Gdy po raz pierwszy popatrzyła na dom Kusiciela, natychmiast pożałowała, że nie ma jej gdzieś indziej.

Dom bowiem popatrzył na nią.

Gapił jej się prosto w oczy zza spękanych, brudnych szyb, spomiędzy postrzępionych kotar, przez szpary w deskach i dziury w poczerniałych ze starości cegłach i dachówkach. I przez całe trzydzieści sekund, podczas których Ida stała jak wryta i próbowała sobie przypomnieć, po cholerę tu przylazła, dom nie mrugnął ani razu. Na dodatek zdawał się kpiąco uśmiechać.

Znajdował się w samym sercu ogrodu, pełnego krępych drzew i połamanych krzewów. Wszystkie rośliny uschły już dawno temu i ginęły teraz w morzu wypłowiałych traw oraz ziół. Ida pomyślała mimowolnie, że jeśli budynki posiadają duszę, to ten utracił ją bezpowrotnie. Mrok spowijał go teraz niczym całun pogrzebowy. Wiatr świszczący przez rozbite okna raz na zawsze przepłoszył z niego ciepło, a obca, wroga aura, od której nieznacznie drżało powietrze, nie pozostawiała wątpliwości, że dom należał już do innego świata, jakiego nikt o zdrowych zmysłach nie odważyłby się odwiedzać.

Chociaż tak właściwie Ida, która swoje zmysły postradała już jakiś czas temu, również nie wykazała przesadnego entuzjazmu na myśl, że będzie musiała do niego wejść.

Długo patrzyła na odrapane drzwi, zanim wreszcie zdusiła w sobie pragnienie natychmiastowej ewakuacji za furtę ogrodu i postąpiła parę kroków w stronę domu. Kruchy, który do tej pory trzymał się nieco z tyłu, natychmiast podążył za nią. Żwir chrzęścił w rytm ich marszu, drobne kamyczki pryskały spod podeszew i toczyły się po ścieżce. Ida kluczyła między kawałkami roztrzaskanych dachówek, irracjonalnie bojąc się którąkolwiek potrącić. Gdy dotarła do schodów, jeszcze raz zerknęła w okna, po czym wolno wspięła się po zbutwiałych, wyślizganych stopniach. Z każdym krokiem spod jej butów unosiły się obłoczki pyłu.

Łowca dogonił ją na zniszczonej werandzie. Podłoga stękała z wysiłkiem pod ich ciężarem, a fotel na biegunach głucho i rytmicznie uderzał o omszałą balustradę. Przez pęknięcie w przegniłym i nieco zapadniętym daszku widać było skrawek nieba. Pierwsze krople deszczu zadzwoniły w zarumienionych od rdzy rynnach dokładnie w momencie, w którym dotarli do drzwi.

Po długim wahaniu szamanka sięgnęła do klamki, jednak miała wyraźne opory, by jej dotknąć.

– Mogę iść przodem, jeśli chcesz – zaproponował po chwili Kruchy, a jego głos był zapewne pierwszym, jaki rozbrzmiał w tym miejscu od wielu, wielu lat.

– Nie, w porządku.

Zamek zgrzytnął, drzwi otworzyły się z przeciągłym skrzypieniem. Dom przywitał ich zapachem pleśni i chłodnym mrokiem korytarza.

Łowca sięgnął do bocznej kieszeni plecaka i wyjął dwie latarki policyjne. Wręczył jedną Idzie. Dodała szamance nieco pewności, przyjemnie ciążąc w dłoni. Żarówki błysnęły, strumienie białego światła rozkroiły ciemność i spoczęły w kącie naprzeciwko drzwi. Zatęchłe powietrze zaroiło się nagle od migoczących drobinek kurzu i próchna.

W miarę jak lustrowali wnętrze, dwie jasne plamy prześlizgiwały się po posadzce z kamiennych płytek i ścianach pokrytych pajęczynami pęknięć. Wyłaniały z mroku rozwleczone, poobrywane szmaty, przewrócony wieszak na ubrania, szafkę na buty oraz kawałki szkła z rozbitego okna. Wiatr, mimo całego świszczącego wysiłku, nie potrafił wybrzuszyć ciężkich zasłon i musiał zadowolić się jedynie wąską szparą, przez którą dmuchał chłodem i pluł pojedynczymi kroplami deszczu. Dalej znajdowały się szerokie schody o pięknie profilowanych poręczach i niskich stopniach.

Ida i Kruchy ostrożnie weszli do środka, zostawiając ślady butów w grubej warstwie brudu. Im dalej się zapuszczali, tym bardziej słabło światło latarek. Rzucało na ściany płochliwe cienie, które sprawiały, że cały dom zdawał się drżeć z podekscytowania.

Wkroczyli do obszernego salonu. Nitki blasku sączyły się do środka przez poszarpane kotary, rozświetlając nieco mrok. Powietrze było gęste od kurzu, a wszystkie meble zakryte niegdyś białymi płachtami. Szamanka i łowca przemierzyli pokój, mijając fortepian, kanapę oraz stół bilardowy. Przystanęli dopiero przy ceglanym kominku. Wśród zgromadzonych na nim bibelotów znalazły się dwa koty wystrugane z rudawego drewna, kilkanaście porcelanowych laleczek w wełnianych ubrankach i wymyślnych kapeluszach, ręcznie malowana filiżanka, drewniana podstawka na kadzidełka, wazonik z zielonkawego szkła, w którym nadal tkwiło kilka ususzonych ziół, oraz kryształowa popielniczka. Wzrok szamanki wędrował od przedmiotu do przedmiotu, zatrzymując się nieco dłużej na pustym miejscu między drewnianym kotem a lalką z porcelany.

– Wiesz, czego właściwie szukamy? – zapytał półgłosem łowca, podczas gdy dziewczyna dokładnie przeczesywała spojrzeniem półki stojącego obok regaliku.

– Być może niczego – odparła, odsłaniając kawałek fortepianu. Z trudem uniosła ciężką pokrywę, koniuszkami palców musnęła czarne i żółte klawisze. – Chcę się tylko rozejrzeć, wtedy wizje powinny stać się częstsze i wyraźniejsze, bo ożywią je i wzmocnią wspomnienia o tym miejscu. Tekla twierdzi, że majaki umysłu takie jak sny, cienie przeszłości, przewidzenia i przywidzenia, szepty podświadomości, wyobrażenia... wszystkie są do siebie niezwykle podobne, bo splecione z tych samych emocji i metafizycznych doznań. Aura tego miejsca i kontakt z prawdziwymi, fizycznymi przedmiotami wpływają na wyobraźnię, ta natomiast zacznie delikatnie stymulować i dostrajać mój umysł do jaźni Kusiciela...

– W takim razie mam nadzieję, że wiesz, co robisz. Ja tam bym się nieco obawiał dostrajania do Demona Luster.

– Też się obawiam, ale cóż innego mi pozostaje? Bardziej już chyba nie zwariuję. No chyba że za jego przykładem zapragnę usunąć sobie pamięć.

Nacisnęła klawisz i fortepian zagrzmiał tubalnym, głębokim dźwiękiem, który natychmiast poniósł się echem po całym domu i nie cichł przez dobrą minutę. Z sufitu i ścian z sykiem posypały się strumyczki pyłu, a kurz wzbił się w rozwibrowane powietrze, tworząc popielate chmury. Ida szybko odwróciła głowę, gdyż niektóre z obłoków zaczęły nasiąkać ciemną czerwienią.

Jej wzrok padł przypadkiem na kąt przy oknie, na okrągły stoliczek pokryty łuszczącym się lakierem. Na nim stała pozytywka w kształcie karuzeli z trzema białymi konikami o złoconych grzywach, siodłach i kopytach. Szamanka podeszła bliżej i przyświeciwszy sobie latarką, znalazła kluczyk tkwiący z tyłu urządzenia. Po chwili zastanowienia nakręciła mechanizm. Przez moment nic się nie działo, ale potem karuzela zaczęła obracać się opornie i nierówno, wydając serię zgrzytów i kilka fałszywych nut. Wreszcie ruszyła płynnie, nabrała prędkości, a w salonie rozbrzmiała niezbyt czysta melodia.

Ida o mało nie upuściła latarki, natychmiast ją rozpoznając.

...nika na Wojtusia
Iskiereczka mruga.

Chodź, opowiem Ci bajeczkę,
Bajka będzie długa...

Kilka nocy temu mimowolnie zanuciła tę samą kołysankę na widok pląsającej dzikiej róży.

Ledwo to pomyślała, coś trzasnęło za jej plecami.

Zerknęła przez ramię akurat w chwili, gdy w kominku zmaterializowały się trzy polana, a cały salon oblał przytulny blask płomieni. Zalegający wszędzie pył uniósł się szybko, imitując padający w górę deszcz, i z powrotem wypełnił dziury w suficie oraz pęknięcia w ścianach. Grube warstwy kurzu zaiskrzyły po raz ostatni, po czym wyparowały bez śladu, podobne do rosy wypłoszonej ciepłem ognia. Szarobiałe płachty wybrzuszyły się nagle, odsłaniając fortepian i staroświeckie meble, po czym wypłynęły z salonu jak duchy z prześcieradeł. Niewidzialna ręka błyskawicznie zacerowała zjedzone przez mole zasłony, a dywan stał się puszysty i miękki, zakwitł burgundzką czerwienią i miodową żółcią.

Tymczasem subtelnym dźwiękom pozytywki niespodziewanie zawtórował kobiecy głos.

Tańczyła boso wokół fortepianu, trzymając w ramionach niemowlę, a jej białe, rozwiane włosy przypominały unoszony wiatrem śnieg. Drobne płatki padały również w szklanej kuli i wirowały wokół drzewa z papieru. Niemowlę kwiliło i stękało, marszcząc niezdrowo zarumienioną buzię i zaciskając piąstki. Przestawało tylko wtedy, gdy białowłosa potrząsała tą magiczną zabawką ze szkła, na nowo wzbijając w niej chmurę brokatu. Wreszcie płacz ustał na dobre, a zaraz po nim zamilkła pozytywka. Kobieta tańczyła jeszcze przez chwilę, nucąc słowa kołysanki. Ledwo zdążyła odstawić kulę na półkę nad kominkiem, zanim jej postać rozproszyła się w powietrzu, a pokój znów zmienił się w zatęchłą ruinę.

Jeden rzut oka na Kruchego powiedział Idzie, że w przeciwieństwie do niej nie zobaczył niczego nadzwyczajnego. Jemu natomiast wystarczył widok jej miny, by wiedzieć, że znów miała wizję.

– Coś ciekawego? – zainteresował się natychmiast.

– Nic, czego nie widziałabym wcześniej – odparła, oświetlając ostatnie zakamarki. – Ale teraz wiem na pewno, że zdarzenia z moich snów rozegrały się w tym domu. I że bez wątpienia należą do przeszłości. Chodźmy dalej, może objawi mi się coś jeszcze.

Wyszli z salonu i dokładnie przeszukali parter. To, co pozostało z jednego z pomieszczeń, udało się zidentyfikować jako kuchnię tylko dzięki resztkom kaflowego pieca i leżącym obok fajerkom. Resztę przykrywały belki i dachówki z walącego się dachu. Woda, która dawno już przestała kapać z zaśniedziałego kranu w łazience, pozostawiła na wannie rdzawe zacieki, a na ścianie nad umywalką jaśniała plama po brakującym lustrze. W bibliotece zapach kurzu i starych książek mieszał się z wonią pleśni. O tym, jak kruche są zalegające półki tomy, przekonali się, gdy tylko łowca wziął jeden do ręki. Papier rozsypał się w proch, zanim Kruchy zdążył doczytać tytuł wytłoczony na skórzanej okładce. W trzech pokojach gościnnych na parterze oraz sypialniach na piętrze nie znaleźli nic prócz łóżek, szaf i skromnych toaletek.

Do pokoju dziecięcego zajrzeli na końcu. Na fioletowych ścianach widniały błękitne gwiazdy i pomarańczowe słońca, a wzdłuż wykuszowych okien ciągnęło się siedzisko wyłożone poduszkami. Resztki zasłon wisiały smętnie na krzywym karniszu, którego jeden koniec całkiem wypadł ze ściany. W kącie stała kołyska z bukowego drewna malowana w kwiaty i liście, a rozpięty nad nią baldachim straszył postrzępionymi falbankami. Ogromny pluszowy miś siedział na podłodze z łapą opartą na jednej z płoz i patrzył na nich obojętnymi oczami z guzików.

Gdy schodzili na parter, Ida nie odrywała oczu od poręczy schodów, niespodziewanie dochodząc do wniosku, że idealnie sprawdziłaby się w charakterze zjeżdżalni.

Nie miała pojęcia, dlaczego w ogóle o tym pomyślała, ale z trudem powstrzymała się, by jej nie wypróbować.

Znaleźli się z powrotem w ponurym przedpokoju, lecz zanim szamanka zrobiła krok w stronę wyjścia, Kruchy klepnął ją w ramię.

Dopiero teraz, gdy oświetlił wnękę po drugiej stronie schodów, okazało się, że dom skrywał jeszcze jedno pomieszczenie, którego nie przeszukali. Dziewczyna spodziewała się zwykłego schowka na miotły, lecz zamiast tego ujrzeli niknące w mroku, prowadzące w dół schody. Były okropnie strome, kręcone, a na dodatek prawie doszczętnie spróchniałe. Musieli poruszać się bardzo wolno, dokładnie badając stopnie przed sobą i stawiając stopy tuż przy ścianie.

Wreszcie znaleźli się w zagraconej piwnicy o niskim stropie i unieśli latarki. Pośrodku stał długi stół zastawiony stertami ksiąg i stosami papierów, a wszędzie dookoła walały się fiolki, menzurki, flakony i probówki. Puste, rozbite bądź wypełnione zawartością o rozmaitych kolorach i stanach skupienia. Ida i Kruchy zaczęli obchodzić blat z dwóch stron, podejrzliwie popatrując na ustawioną wśród książek konstrukcję, która przypominała instalację do pędzenia bimbru. Kluczyli możliwie jak najdalej od regałów i stojących na nich słoi z rozmaitym obrzydlistwem zanurzonym w formalinie. Szamankę przeszedł dreszcz, gdy na jednej z półek dostrzegła ludzką czaszkę z cudem zachowanym plackiem zielonkawej skóry i kępką włosów, a zaraz obok wypchanego szczura z wyszczerzonymi zębami i wywalonym językiem. Patrzyła z ciekawością na od dawna nieużywane sprzęty i krzywiła się z odrazą na widok ludzkich organów oraz do połowy wypatroszonych zwierząt.

Wtedy się potknęła. W tak zagraconym pomieszczeniu o potknięcie nietrudno, dlatego też nie sprawdziła nawet, na co wpadła, i zapewne ruszyłaby dalej... gdyby owo coś nie jęknęło żałośnie gdzieś spod stołu.

Odskoczyła jak oparzona.

Łokciem strąciła z półki jeden ze słoików, który rozbił się z trzaskiem i wypełnił powietrze drażniącym zapachem formaliny. Kruchy poświecił na dziewczynę, akurat by zobaczyć, jak ta dla odzyskania równowagi przytrzymuje się regału i zwala z niego kilka probówek.

– Nie po oczach – sapnęła, przysłaniając twarz ramieniem.

– Co to było?

– Jeszcze nie wiem. Chodź tutaj, sama boję się sprawdzać.

Gdy stanął przy niej, jednocześnie oświetlili podłogę.

Szamanka z trudem powstrzymała mdłości i odwróciła wzrok. Kruchy wręcz przeciwnie, wcale nie wyglądał na poruszonego. Przykucnął i bez wahania zajrzał głębiej pod stół. Dopiero po chwili Ida zmusiła się, by jeszcze raz zerknąć na zdeformowaną, ludzką głowę. Jedno oko było zapadnięte, nieco mniejsze od kostki do gry, drugie wybałuszone, nienaturalnie duże, o przekrwionym białku i tęczówce wielkości ziarenka grochu. Zamiast nosa nad rozszczepioną jak u królika wargą widniały dwie szczeliny, a żuchwa była nie do końca wykształcona, zupełnie schowana pod bezzębną szczęką. W miejscu uszu ziały dziury otoczone brunatnymi brodawkami, a czaszkę pokrywały kępki płowych włosów i szarożółte kurzajki. Szyja była tak krótka, że niemal od razu przechodziła w wątły korpus pokryty łuszczącą się skórą. Kikuty ramion kończyły się sporo przed łokciami, a nóg nie było w ogóle.

Szamanka wstrzymała oddech, gdy ogromne oko poruszyło się zupełnie niezależnie od małego i uraczyło ją martwym spojrzeniem.

– Nekromancka magia kreacyjna – zdiagnozował rzeczowo łowca, oglądając znalezisko ze wszystkich stron. – Sądząc po efektach, dość zaawansowana.

– To jęknęło – wydusiła Ida.

– Słyszałem.

– Jest żywe?

– Trudno powiedzieć. Ogranicza się raczej do prymitywnych odruchów, życiem bym tego nie nazwał. Raczej wegetowaniem.

– Od lat nic nie jadło – zauważyła trzeźwo. – Ani nie piło.

– I nie musi, dopóki siedzą w nim pomniejsze demony. Przy kreacji czarna magia to podstawa. Utrzymuje przy życiu najważniejsze organy, płynie w żyłach zamiast krwi i odżywia tkanki, dopóki stworzony organizm nie jest w stanie samodzielnie egzystować. – Spojrzał na nią znacząco. – Teraz mamy niezbity dowód na to, że Karewicz nie miał tak czystego sumienia, jak sugeruje jego kartoteka.

– Aha. Czyli magia kreacyjna jest zakazana.

– Właśnie – potwierdził, po czym wyrecytował bez zająknięcia: – *Wszelkie próby odtworzenia ludzkiego ciała i ożywienia go przy użyciu czarnej magii stanowią czyn karalny, który może być ścigany na podstawie artykułu dziewiątego Kodeksu Karnego*. Gorsze jest już chyba tylko przeobrażenie w licza. To taki rytuał, podczas którego nekromanta zyskuje nieśmiertelność – wyjaśnił w odpowiedzi na jej nieme pytanie. – Teoretycznie. W praktyce zwykle kończy się opętaniem, w życiu nie widziałem, żeby się któremuś udało...

– Czekaj, czekaj... Powiedziałeś: odtworzenia?

– Nekromanta musi mieć jakiś wzór, nie może po prostu, ot tak, wykreować sobie nowego człowieka. Być może Kusiciel próbował przywrócić do życia córkę... – To mówiąc, Kruchy bez przekonania zerknął na zdeformowane ciało. – Chociaż sądząc po gabarytach tego biedaka, chodziło raczej o jego żonę...

– Można to jakoś sprawdzić?

– Dopóki nie mamy jej szczątków, to niestety nie.

Ida wreszcie odważyła się podejść bliżej, rozdeptując po drodze kilka probówek. Przyklęknęła obok łowcy.

– Co z nim zrobimy?

Wzruszył ramionami.

– Na razie nic. Teraz, kiedy mamy na głowie Wydział Wewnętrzny, nie możemy go ruszyć. No, chyba że zgodzisz się przechować przystojniaka w piwnicy. Willę masz zabezpieczoną tak, że najsilniejsza czarnomagiczna aura się na zewnątrz nie przeciśnie.

– Nie życzę sobie trzymać tego paskudztwa pod podłogą kuchni – oznajmiła kategorycznie. – I tak mam poważne kłopoty z jedzeniem, a z nim pod jednym dachem już całkiem stracę apetyt.

Łowca kiwnął głową z pełnym zrozumieniem, po czym zerknął na zegarek.

– Jeśli mamy jeszcze zwiedzić te chaszcze wokół domu, to musimy się śpieszyć. Chodź.

Ogród pogrążony w półmroku, niczym w wiecznej jesieni, zaiste był ogromny. I wredny. Więził buty w plątaninie chwastów, tarmosił ubrania, szarpał za włosy wszędobylskimi gałęziami, a w najmniej spodziewanych momentach zastawiał drogę krępymi drzewami, których nie sposób było obejść bez przedzierania się przez gąszcz krzaków. Zasłana suchymi liśćmi i patykami ziemia trzaskała i chrzęściła pod butami, a wiatr unosił piasek wraz z kawałkami kory, by ciskać nimi prosto w oczy intruzów.

Intruzi zaś powoli tracili nadzieję, że w takich warunkach jakiekolwiek poszukiwania w ogóle mają sens, nie zamierzali jednak zbyt szybko ogłaszać kapitulacji. I nawet deszcz, który siąpił z chmur uporczywym kapuśniaczkiem, nie zdołał ich przepłoszyć.

Po zaciętej szamotaninie Ida wyrwała się wreszcie na nieco mniej zarośniętą przestrzeń i stanęła oko w oko z kamienną rusałką o skrzydłach jak u ważki, włosach do ziemi i z dwoma dzbanami, trzymanymi w rozpostartych ramionach. Figura była o pół głowy wyższa od szamanki, a jej stopy grzęzły w gęstym mule.

– Ładna fontanna – skomentował Kruchy, torując sobie drogę policyjną latarką. Okładane nią gałęzie pękały jak zapałki i z szelestem wpadały w wysokie trawy.

Łowca wyminął Idę i już miał wedrzeć się dalej w głąb ogrodu, gdy kątem oka zauważył, że dziewczyna tkwi wciąż w tym samym miejscu wpatrzona w puste oczy rusałki.

– Nie mam wizji – mruknęła po chwili szamanka, zaprzeczając jego podejrzeniom.

– No więc co?

– Nie wiem – przyznała, nadal przyglądając się rzeźbie. – Coś. Postójmy tu chwilę, dobrze?

Chwila trwała blisko pół godziny. W tym czasie deszcz przybrał na sile i zaczął wypełniać basen fontanny. A potem ulewa ustała jak nożem uciął, wiatr złagodniał nieco, a przez szare obłoki nieśmiało przebiło się kilka słonecznych promieni.

Szamanka zbliżyła się do fontanny, zajrzała w powstałą w niej mętną kałużę. Na widok czegoś, czego Kruchy ze swojego miejsca nie mógł dostrzec, westchnęła cicho. Podszedł szybko i zajrzał jej przez ramię. W tafli wody odbijał się czubek ogromnego drzewa o nagich, smolistych gałęziach.

Jak na komendę poderwali głowy.

Nie zauważyli go wcześniej, zbyt pochłonięci walką z zadziorną roślinnością. Czerniło się na tle deszczowego nieba, górowało nad ogrodem. Było tak ciemne, że zdawało się spijać mdłe światło dnia, pogrążając w półmroku kilka okolicznych krzewów.

Ida i Kruchy spojrzeli po sobie, bez słowa ruszyli w jego kierunku. Szamanka prawie nie czuła smagających ją po twarzy gałęzi, nie zwracała uwagi na piekące zadrapania na dłoniach i policzkach ani na kłujące chwasty, które ciasno owijały się wokół kostek i próbowały za wszelką cenę zatrzymać ją w miejscu. Łowca został nieco z tyłu, klnąc na czym świat stoi i szarpiąc się z wyjątkowo upartym ostrokrzewem.

Gęstwina skończyła się niespodziewanie. Wyszli z zarośli i stanęli przed okrągłym placem nagiego gruntu. Zroszone niedawnym deszczem błoto zdawało się kipieć, bulgotało z cicha, kotłowało się i wybrzuszało, od czasu do czasu puszczając muliste bańki. Pośrodku niepodzielną władzę sprawowało demoniczne drzewo wraz z krzakiem dzikiej róży, który ciasno oplatał atramentowy pień. Wokół nich nie rosło nic. Nawet trawa trzymała się z dala od masywnych korzeni, a źdźbła rosnące na samej krawędzi bagna były nienaturalnie zwinięte i zupełnie sczerniałe. Odchylały się na zewnątrz, jakby za wszelką cenę chciały wydostać się z kręgu zabójczej ziemi.

– Chyba nie muszę pytać – odezwał się cicho Kruchy.

– Nie musisz. To z pewnością to drzewo.

Pień, poskręcany i czarny jak heban, miał wyraźny kształt kobiety. Wiatr rozwiewał jej włosy z gałęzi, a pędzące nad nią chmury sprawiały, że szamanka i łowca ulegli niezwykle przekonującemu złudzeniu i widzieli niemal, jak konary ramion omdlewają, pień ugina się i drzewna kobieta pada na ziemię, wciąż, bez ustanku, nieodwołalnie.

– Zauważyłaś, że nigdzie, ani w domu, ani w ogrodzie, nie ma pajęczyn? – zapytał łowca po długim milczeniu. – Odkąd tu jesteśmy, nie widziałem ani jednego ptaka, pszczoły, muchy nawet. A przecież jest wiosna.

Ida bez słowa przesunęła czubkiem buta po wypłowiałej trawie.

– Rośliny marnieją i usychają – kontynuował, wypowiadając na głos to, o czym pomyślała. – A dom popadł w doszczętną ruinę, choć od zniknięcia Kusiciela nie minęło pięćdziesiąt lat, tylko zaledwie piętnaście. Wszystko wokół rozpada się w proch, ale gigantyczna driada i dzika róża mają się świetnie.

– No i jeszcze ten mutant pod piwnicznym stołem nie ma chyba na co narzekać – mruknęła, obserwując mięsiste korzenie, które kurczyły się i rozluźniały miarowo. Wpełzały w głąb ziemi jak monstrualne dżdżownice, pulsując przy tym na kształt tętnic ze smoły i sadzy. – Po tym, co widziałam w snach, myślałam, że drzewo jest martwe. – Przeniosła wzrok na różę, a potem na Kruchego. – One również karmią się czarną magią?

– Wygląda raczej na to, że wysysają energię ze wszystkiego, co tu żyje. Czy raczej żyło. Ale tak, z pewnością coś w nich siedzi.

– Pewnie demony-wampiry.

– Wampiry nie istnieją.

– Nie? – zakpiła ponuro. – Ulżyło mi, doprawdy.

To mówiąc, wlazła w gęste błoto, zanurzając nogę prawie do połowy łydki.

W następnej chwili Kruchy był już przy niej. Chwycił ją za ramię i pociągnął z powrotem na trawę.

– Gdzie leziesz, zdurniałaś do reszty?

– Chyba tak – przyznała beztrosko. Przez chwilę badała stopą grząskie dno. – No puśćże, tu nie jest głęboko.

Usłuchał niechętnie, ale ani na moment nie spuszczał jej z oka.

Ida brnęła w stronę drzewnej kobiety, prosto w objęcia jej wężowatych korzeni. Gdy znalazła się zaledwie dwa kroki od niej, róża wyczuła jej obecność. Nastroszyła ząbkowane listki, doskonale imitując sierść zjeżoną na kocim grzbiecie. Dłuższe pędy zaczęły ze świstem przecinać powietrze, próbując dosięgnąć nieproszonego gościa, a krótsze zwinęły się i zasyczały ostrzegawczo jak żmijki na głowie Meduzy.

Ida w ramach eksperymentu wyciągnęła rękę, a wtedy jedna z gałązek strzeliła niczym bicz i do krwi zadrapała skórę na jej dłoni.

– Lubi cię – skomentował łowca i po raz nie wiadomo który rozejrzał się za czymś, co pomogłoby mu wydobyć dziewczynę z bagna w razie, gdyby to postanowiło ją jednak zeżreć. Niestety, zalegające ziemię konary były tak spróchniałe, że rozpadały się w rękach. Drabina, zakładając, że w ogóle zdołałby jakąś znaleźć na tym posępnym cmentarzysku, byłaby pewnie w nie lepszym stanie co reszta sprzętów, jakie widzieli w domu. Liny natomiast jak na złość nie zabrał z samochodu i teraz łaził bezradnie wokół grzęzawiska, zastanawiając się, czy iść za dziewczyną, czy lepiej nie. – Wracaj tu, mówię!

– Nie krzycz, bo ją rozdrażnisz.

– A da się bardziej?

– Zaraz złagodnieje – obiecała Ida, ale w jej głosie zabrzmiała mało przekonująca nuta niepewności. – Tylko się nie śmiej.

Nie zważając na jego minę, zrobiła kolejny krok i znów wysunęła rękę, a gdy zgodnie z oczekiwaniem giętkie łodygi zamachnęły się i groźnie błysnęły kolcami, zaczęła nucić:

Z popielnika na Wojtusia
Iskiereczka mruga.

Chodź, opowiem Ci bajeczkę,
Bajka będzie długa...

Róża zamarła w bezruchu, zatrzymując gałąź tuż przed twarzą dziewczyny. Kruchy wybałuszył oczy.

Szamanka śpiewała dalej:

...Była sobie raz królewna,
Pokochała grajka...

– Eeee... – zająknęła się. – Jak to dalej szło?

– Wesele – wydukał łowca, z niedowierzaniem gapiąc się na pląsający krzak. – Było coś o weselu.

– I królu?

– Chyba tak.

...Król wyprawił im wesele
I skończona bajka...

Trzecia zwrotka najlepiej zapadła jej w pamięć, nie miała więc z nią większych problemów, nie licząc oczywiście samego wykonania, które dość znacznie odbiegało od oryginalnej melodii. Z czwartej potrafiła przytoczyć niecały pierwszy wers, przeszła więc od razu do ostatniej. Zanim skończyła, krzak czule głaskał ją po włosach i policzkach koniuszkami liści.

– Ta sama kołysanka uspokajała córkę Kusiciela – zaszemrała, nie chcąc spłoszyć dopiero co oswojonej rośliny. – Białowłosa pochowała ją właśnie w tym miejscu.

Łowca skinieniem głowy potwierdził, że zobaczył to w Gryzakowych ślepiach.

– A widzisz, o tam, jak drzewo i róża splotły razem gałęzie? Przypominam, że kora była niegdyś śnieżnobiała, porastał ją fioletowy mech...

– Czy ty myślisz...

– Tak właśnie myślę – nie dała mu dokończyć i ponownie uniosła wzrok na powykręcane konary. – Zanim tu przyszłam, wydawało mi się, że pień w kształcie kobiety i te kolory mają znaczenie raczej symboliczne, ale teraz... Kruchy, ja wiem, że to żona Karewicza. Prawdopodobnie patrzymy właśnie na jego pierwsze ofiary.

– O ile to on je zabił. Żeby się o tym przekonać, musielibyśmy wykopać szczątki. Czy raczej wyłowić – sprostował, a bagno poparło jego słowa stłumionym bulgotem. – Bez oględzin zwłok niczego nie ustalimy, a bez ciał...

– Nie ma zbrodni – znów wpadła mu w słowo.

– Szybko chwytasz, będą z ciebie ludzie – zawyrokował z aprobatą. – Niełatwo będzie cokolwiek tu znaleźć, potrzebujemy sporo sprzętu, począwszy choćby od samych bosaków, a cholera wie, co się dzieje po drugiej stronie drzewa, może tam woda jest dużo głębsza i konieczne byłoby użycie sonarów, a może nawet musielibyśmy zaangażować nurków albo załatwić pompy do osuszania bagien. Posiadłość leży całkiem na uboczu i pewnie w ogóle nie zwrócilibyśmy uwagi okolicznych mieszkańców, ale Wewnętrzny takiej imprezy nie przeoczyłby za żadne skarby. Nie mamy nakazu, więc w ogóle nie powinno nas tu być, nie wolno nam niczego tknąć. W innych warunkach moglibyśmy złapać za łopaty, wykopać ciała i po cichu pobrać próbki, a mój kumpel z laboratorium przesłałby nam wyniki w ciągu czterdziestu ośmiu godzin. Ale w tej sytuacji to niewykonalne.

– W takim razie weźmy chociaż próbki roślin.

– Czekaj. – Zdjął z ramion plecak, szybko przetrząsnął zawartość. Po chwili wyjął dwa plastikowe pojemniki i srebrny nóż motylkowy. Wolno i ostrożnie podszedł do szamanki, a błoto mlaskało głośno przy każdym jego kroku. – Zdrapiemy odrobinę kory – powiedział, jednym ruchem dłoni otwierając ostrze. – Nadstaw pojemnik.

Nóż zachrobotał o pień drzewa i zeskrobał kilka czarnych drobinek. Zanim szamanka zamknęła wieczko, coś jeszcze uderzyło o plastikowe denko. Ida uniosła dłoń z naczyniem.

A potem brwi.

– Kruchy – szepnęła, nie mogąc oderwać oczu od gęstej, ciemnoczerwonej kropli, która rozprysła się po przezroczystych ściankach – czy nadszedł już czas, by odwieźć mnie do czubków?

Nie musiał odpowiadać. Jego mina mówiła wszystko, a w stalowych oczach błysnęła iskra fascynacji.

Oboje przenieśli wzrok z powrotem na drzewo, akurat, by zobaczyć, jak kolejna kropla sączy się z nacięcia, po czym spływa wolniutko lśniącym strumyczkiem, meandrując między nierównościami kory. Ida odebrała łowcy nóż i ponownie przejechała nim po atramentowym pniu, tym razem zanurzając ostrze dużo głębiej.

Patrzyli w milczeniu, jak demoniczne drzewo płacze łzami koloru dojrzałych wiśni. Pachniały pieprzem i imbirem.

– O kurwa – wymamrotała szamanka, próbując pozbierać myśli przytłumione ostrą wonią piekieł. Z wrażenia przysiadła na potężnym korzeniu. Odwróciła głowę od krwawiącej kory, by nie wdychać ciemnoczerwonych oparów, które momentalnie zmaterializowały się nad trzęsawiskiem. Przymknęła oczy. To tylko przywidzenie, tylko przywidzenie. – Kruchy, masz przy sobie fajki?

Nie odpowiedział.

– Kruchy?

Nie odpowiedział, bo zniknął.

A z miejsca, w którym jeszcze przed momentem stał łowca, patrzył na nią facet o jasnych włosach i różnokolorowych oczach. Prawa tęczówka paliła jadowitą zielenią, lewa zaś swą ciemnobrązową, prawie czarną barwą przywodziła na myśl gorzką czekoladę. Wypuścił z ust kilka zgrabnych kółeczek dymu i znów przygryzł ustnik długiej fajki.

Ida nie śmiała choćby drgnąć, kiedy mężczyzna pokonywał dzielący ich dystans swobodnym, lekko rozkołysanym krokiem. Poruszał się tak, jakby gęste błoto w niczym mu nie przeszkadzało, jakby kompletnie go nie zauważał. Pochylił się nad dziewczyną, zbliżył twarz do jej twarzy.

– Nie te oczy – stwierdził ze smutkiem, odgarniając z jej czoła niesforny kosmyk. – Są piękne, ale to nie ich szukam. To nie ty. Znów nie ty... Przepraszam.

Musnął dłonią wargi szamanki, a potem delikatnie wyjął nóż z jej omdlałych palców.

– Tak bardzo mi przykro.

W ogóle nie poczuła bólu.

– Tak mi przykro – powtórzył szeptem, tuląc ją do siebie i całym ciałem napierając na rękojeść. – Ale muszę ją nakarmić, zrozum, ona kona z głodu. Wybacz mi, proszę. Wybacz...

Wyszarpnął z niej ostrze razem z powietrzem. Próbowała zatamować dłońmi uchodzącą z niej czerwień, lecz było jej tak wiele, płynęła tak szybko... Kusiciel patrzył spokojnie, jak dziewczyna osuwa się w błoto, poruszał wargami, lecz nie słyszała słów, mętna woda tłumiła wszystkie dźwięki, zalewała oczy.

– Nóż... – wycharczała, plując krwią. A więc tak to się kończy?

– No nóż, nóż – potwierdził Kruchy zniecierpliwionym tonem. – Chodźże tu wreszcie, co ja, zębami mam te próbki zebrać czy jak?

Znów siedziała na wielkim korzeniu, a łowca stał obok dzikiej róży i odpędzał się od jej natrętnych pędów.

– Aha – mruknął na widok jej onyksowych oczu. – Co tym razem?

– Śmierć przez zasztyletowanie.

– Co?

– Nieważne. – Podeszła do niego na zdrętwiałych nogach, z trudem łapiąc równowagę. – Trzymaj... – Oddała mu nóż. – A tak w ogóle to na cholerę ci on, nie mogłeś se po prostu listka z krzaka zerwać? Albo kwiatka?

– Myślisz, że nie próbowałem? Nie pozwala mi, zgaga jedna, chyba znowu musisz jej pośpiewać. Poza tym w magicznych roślinach łodygi są najważniejsze, tak przynajmniej uważa Ruda. A skoro już o tym mowa, to popatrz tylko... – Wskazał najbliższą gałązkę i jej ścięty ukośnie koniuszek. – Ktoś tu przed nami był – oznajmił, zanim Ida zdążyła się odezwać. – A raczej bywa i to często, pielęgnuje ten krzak, starannie przycina. Ba, nawet chroni przed mszycami, jakby było przed czym na tym martwym uroczysku...

– Skąd wiesz?

– Nie czujesz tego zapachu? – spytał, głębiej wciągając powietrze. – Jeden z domowych sposobów na mszyce to roztwór z wody i szarego mydła. Wychowałem się w domu z różanym ogrodem, to i się trochę na tym znam.

– Może sąsiedzi wiedzą, kto tu przychodzi – zastanowiła się na głos bez specjalnego przekonania.

– Nie zaszkodzi popytać, ale okoliczne domy stoją tak daleko, że wątpię, czy znajdziemy jakichkolwiek świadków. Zapukamy do paru drzwi w drodze powrotnej. A teraz skończmy robotę i wyleźmy wreszcie z tego błocka, dobrze?

Krzew przeczuwał chyba, co się święci, bo zaszeleścił ostrzegawczo i owinął pędy wokół nadgarstków łowcy, próbował nawet wyrwać mu nóż. Jednak gdy tylko szamanka zaczęła nucić kołysankę, róża natychmiast zaniechała protestów i pozwoliła Kruchemu odciąć sobie spory kawałek ciernistej łodyżki.

W przeciwieństwie do drzewa nie uroniła przy tym ani jednej kropli krwi.

– Ściągać buciory, bo mi błota naniosą! – fuknęła Tekla z pretensją, gdy tylko szamanka i łowca przekroczyli próg willi.

– Jestem u siebie, przypominam – odburknęła Ida. Wyminęła ciotkę, tupiąc ostentacyjnie i znacząc podłogę grudkami ziemi.

– To potem sama będzie sprzątać!

– Najwyraźniej nie tylko my mieliśmy uroczy dzień... – Kruchy posłał kobiecie promienny uśmiech.

– No widzę właśnie, że Chrupki podejrzanie coś zadowolony, a tu się nie ma z czego cieszyć! Lustro Mikołaja jest do niczego – powiedziała to takim tonem, jakby składała u łowcy reklamację.

Przyjął to ze spokojem i uśmiechnął się jeszcze szerzej. – Już chyba łatwiej byłoby przejść przez bombkę choinkową, słowo daję...

– A co z nim nie tak? – zaniepokoiła się szamanka, zdejmując z ramion przemoczoną kurtkę.

– Głupie pytanie, no zamknięte na amen! Ani śladu po otwartym przejściu. Nie robi od razu takiej udręczonej miny, bardzo proszę – zniecierpliwiła się Tekla i zmroziła siostrzenicę wzrokiem pełnym politowania. – Niech najpierw nauczy się przechodzić w jakikolwiek lustrzany świat, resztą będziemy się martwić później. Klucz do piekieł to sprawa drugorzędna.

– Skoro tak, to dlaczego się wściekasz? – odparowała dziewczyna. – A poza tym może i drugorzędna, ale bez niego nie znajdę Kusiciela.

– Bez umiejętności przechodzenia nie znajdzie go tym bardziej – skwitowała ciotka, po czym wykonała pełen gracji w tył zwrot i pomaszerowała do kuchni.

Łowca natychmiast ruszył jej śladem, zwabiony widokiem jedzenia. Ida, chcąc nie chcąc, powlokła się za nimi, po czym padła na pierwsze krzesło, jakie stanęło jej na drodze. Oparła łokcie na stole i schowała twarz w dłoniach. Ogród nieźle dał jej popalić, bolało ją dosłownie wszystko.

– A jak tobie udało się trafić w świat, w którym utknęła Alicja? – spytała po chwili, masując sobie kark.

– Nic prostszego. – Tekla wzruszyła ramionami. – Zostawiła otwarte przejście, a ja w nie wlazłam i trafiłam, żadna tam filozofia.

– Szczęściara.

– Cóż, równowaga w rodzinie musi być, a skoro nad Idą ciąży fatum, to ktoś to musi zbalansować – stwierdziła ciotka filozoficznie. – Najwyraźniej padło na mnie. Ale niech się nie martwi, głowę dam, że lada dzień zobaczy w snach coś, co pomoże jej dostać się do piekieł. O ile już nie ma w nich jakichś wskazówek, których jeszcze nie potrafimy prawidłowo odczytać. A właśnie, skoro mowa o wskazówkach, jak się udała wycieczka?

Zanim szamanka otworzyła usta, komórka Kruchego wydała z siebie serię świergotliwych dźwięków. Wydobył ją z kieszeni, szybko przeczytał wiadomość.

– To ty zdaj relację, a ja lecę dostarczyć próbki do laboratorium, mój kumpel akurat ma zmianę – powiedział, zabierając ze stołu zimne udko kurczaka. – Dam znać, jak będą wyniki, a pojutrze spotkamy się całą grupą i ustalimy zeznania w sprawie Kwiatkowskiego.

Gdy wyszedł, Tekla spojrzała na Idę wyczekująco. Dziewczyna zaczęła opowiadać, jednak ze zmęczenia z trudem znajdowała słowa, wybrała więc wersję mocno okrojoną. Jej organizm kompletnie zignorował pięć filiżanek mocnej kawy i późnym wieczorem szamanka ledwo trzymała się na nogach. Ciotka była zatem zmuszona porzucić pomysł zaserwowania siostrzenicy pierwszej teoretycznej lekcji przechodzenia w lustra i litościwie wysłała ją do łóżka.

Niestety, szamance nie dane było odpocząć. Najpierw pamiętnik umarlaka, któremu obce są zmęczenie i empatia, zmusił ją do uwiecznienia ostatnich wizji w notatniku ze szkicami, a potem Karolina, zaspokoiwszy już swój artystyczny głód, robiła wszystko, aby dziewczyna ani na moment nie uwolniła się od poczucia winy i nie zapomniała o nieszczęsnym przyrzeczeniu. Tym sposobem przejmująca, pełna tęsknoty pieśń umarłych na cześć Mikołaja rozbrzmiewała w uszach dziewczyny aż do bladego świtu. Sam śpiew malarki nie był jeszcze taki zły, zwłaszcza że z godziny na godzinę wykończona Ida z trudem rozróżniała pełne rozpaczy słowa, a powolna, melancholijna melodia miała zadatki na dość efektywną kołysankę. Jednak skrzecząca Joanna, która jak na złość postanowiła spędzić noc na rosnącej tuż za oknem jabłoni, oraz Gryzak siedzący na parapecie i warczący zajadle to na harpię, to na dziką różę wspólnymi siłami skutecznie przeganiali sen i pomału, acz konsekwentnie przyprawiali dziewczynę o pomieszanie zmysłów z prawdziwego zdarzenia.

Zrezygnowana i sfrustrowana sięgnęła po notatnik. Przypomniawszy sobie słowa Tekli, że sny mogły zawierać wskazówkę, która pozwoliłaby otworzyć piekła Kusiciela, Ida zaczęła wnikliwie przeglądać szkice, starając się nie przeoczyć żadnego szczegółu.

Karewicz trzyma w ramionach płaczące niemowlę, a smutek w jego różnokolorowych oczach miesza się z irytacją i bezradnością.

Białowłosa tańczy przed kominkiem, kołysząc dziecko w ramionach. Na stoliczku po drugiej stronie pokoju stoi pozytywka w kształcie karuzeli z trzema kucykami.

Kusiciel głaszcze policzek zrozpaczonej żony, a gwiazdy w jej fiołkowych oczach lśnią od furii.

Kobieta klęczy przy malutkiej mogiłce, przycinając najeżone kolcami łodyżki dzikiej róży.

Kolejne prace przedstawiały powolną metamorfozę drzewa, poczynając od śnieżnobiałego, porośniętego bujnymi liśćmi i fiołkowym mchem, a kończąc na łysym, smoliście czarnym o pniu w kształcie nagiej kobiety.

Na widok ostatniego rysunku szamanka wyprostowała się gwałtownie. Wbrew temu, czego oczekiwała, nie zobaczyła samej siebie krwawiącej wśród bulgoczącego bagna, choć szkic i wizja były zgodne co do większości detali. Karewicz jedną ręką obejmował szczupłą blondynkę, w drugiej zaś trzymał sztylet. Całym ciałem napierał na rękojeść, wbijając ostrze pod żebra dziewczyny i szepcząc jej coś do ucha. Ziemia wokół nich płonęła krwistym ogniem, który układał się w skomplikowane wzory, a oblane jego blaskiem drzewo wyciągało ku konającej czerwone ramiona gałęzi.

Dziewczyna wyglądała dziwnie znajomo. Ida przez kilka długich minut wpatrywała się w ołówkowe oczy, zabarwione zielonym pastelem, w rozszerzone przerażeniem i bólem grafitowe źrenice. Pozbawiony snu umysł buntował się, plątał myśli, urywał nagle łańcuszki skojarzeń, prowadząc w ślepe korytarze przypadkowych wspomnień. W takich warunkach olśnienie nie miało łatwo, długo kazało na siebie czekać.

Ale w końcu przyszło.

Ida wyskoczyła z łóżka, dopadła szuflady biurka, zaczęła gorączkowo przeglądać teczkę Kusiciela. Wreszcie znalazła listę całej „Szesnastki" i z wrażenia przysiadła na krześle. Opis pod jedną z fotografii głosił, że blondynka z jej rysunku była pierwszą czarownicą, która przepadła bez śladu prawie dwadzieścia lat temu. Szamanka zabrała zdjęcie, porwała notatnik z łóżka i wybiegła z pokoju.

Teklę znalazła w piwnicy przy jednym z luster.

– Po cholerę wstała? Jeszcze wcześnie, a Ida wygląda jak z krzyża zdję...

– W ogrodzie Karewicza miałam wizję, w której Kusiciel zadźgał mnie nożem – wypaliła dziewczyna, na co ciotka zamarła z otwartymi ustami. – Wiem, wiem, nie powiedziałam ci o tym wczoraj, ale nie panikuj, to nie było proroctwo, tylko jego wspomnienia. W ten sposób zabił swoją pierwszą oficjalną ofiarę, zobacz tylko. – Podała jej fotografię i otwarty zeszyt ze szkicami.

– Jestem daleka od paniki – zapewniła Tekla po długim milczeniu, odrywając wzrok od nieszczęsnej blondynki. – To jak na razie jedyny dowód łączący Karewicza ze zniknięciami „Szesnastki". Co na to Chrupki?

– Jeszcze nic nie wie, odkryłam to dopiero przed chwilą.

– Aha... – Oczy kobiety zapłonęły złowrogo. – Czyli kiedy wczoraj opowiadała mi o ich wyprawie, nie wiedziała jeszcze, że ta wizja dotyczyła nie przyszłości, tylko przeszłości i nie jej, tylko tej biednej dziewczyny.

– No nie wiedziałam – przyznała ostrożnie Ida. – Ale przynajmniej zaoszczędziłam ci nerwów.

– Zbytek łaski, już i tak przez nią zamiast nerwów mam nerwicę! – sarknęła Tekla i przymierzyła się, by trzepnąć siostrzenicę notatnikiem. Szamanka uchyliła się w ostatniej chwili, co bynajmniej nie poprawiło ciotce humoru. – Jeszcze raz coś przede mną zatai i nie ręczę za siebie! A teraz marsz do łóżka, zanim jej przyłożę.

*

Głośny, natarczywy dźwięk bez uprzedzenia wyszarpnął Idowy umysł ze snu i wepchnął go z powrotem do rzeczywistości. Minęła chwila, zanim szamanka pojęła, co ją właściwie obudziło. A potem na parterze rozległo się utyskiwanie Tekli, stukot obcasów na drewnianej podłodze, skrzypienie zawiasów, stłumione głosy. Po kilkunastu sekundach nasłuchiwania dziewczyna wzruszyła ramionami, po czym obróciła się na drugi bok i już, już miała ponownie zasnąć...

– Gryzak! – zawołała gniewnie, gdy łapacz zeskoczył z parapetu, lądując jej na głowie. – Ty mała cholero!

Koszmarek dał susa na podłogę i zaczął piskliwie ujadać pod drzwiami. Ida niechętnie zwlokła się z posłania. Założyła szlafrok i wyszła z sypialni w ślad za łapaczem.

Na widok Rudej stojącej w przedpokoju w towarzystwie ciotki dziewczyna zatrzymała się gwałtownie i jęknęła w duchu.

– Czego chcesz? – zapytała z całą życzliwością, na jaką ją było stać, a Gryzak zawtórował jej głośnym warknięciem.

– Przyszłam sprawdzić, czy może wyświadczyłaś nam wszystkim przysługę i przestałaś marnować tlen – odparła zjadliwie czarownica. – Widzę jednak, że i tym razem się przeliczyłam. Szkoda.

– Nie lubimy jej, jak rozumiem? – wycedziła Tekla, groźnie mrużąc oczy.

Nie lubimy, potwierdził Pech.

– Nie lubimy. – Ida zeszła niżej. Przystanęła na ostatnim stopniu, by nadal móc patrzeć na Rudą z góry. Dzięki temu czuła się pewniej. – To już wszystko, zaspokoiłaś ciekawość czy może jest jeszcze coś, czego z przyjemnością mogłabym dla ciebie nie zrobić?

– Odwal się od Kruchego. O nic więcej nie proszę.

– Noooo, i wracamy do punktu wyjścia – westchnęła szamanka, omiatając wzrokiem sufit. Bezceremonialnie wyminęła kobietę i ruszyła do kuchni. – Rozmawiałyśmy już o tym, pamiętasz? – rzuciła przez ramię. – Nie zrozumiałaś, co ci wtedy powiedziałam?

– Zrozumiałam – warknęła Ruda, bez zaproszenia podążając za dziewczyną krok w krok. Koszmarek natychmiast doskoczył do czarownicy i zaczął z zapałem atakować jej kostki, a ta zasyczała, gdy ostre kiełki przebiły materiał spodni. Gryzak kłapnął triumfalnie, po czym czmychnął pod stół.

– Mimo to przyszłaś – podjęła Ida. – Patrzcie, a mówili mi, że jesteś inteligentna.

– Wydział Wewnętrzny wszczyna śledztwo w sprawie Kruchego – oznajmiła Ruda lodowatym tonem. – Przez ciebie. Nie wiem, czego się doszukali i co konkretnie im się nie spodobało, wiem natomiast, że gdyby nie ty, nie miałby teraz kłopotów. Ale oczywiście masz to gdzieś, ty pieprzona egoistko!

Stojąca w progu Tekla uniosła brwi, powstrzymała się jednak od komentarza. Zerknęła na siostrzenicę, ciekawa jej reakcji.

– Nie powinnaś przychodzić z tym do mnie – powiedziała głucho szamanka i zapatrzyła się gdzieś w przestrzeń. – On zna ryzyko, wie, w co się pakuje, a mimo to nadal chce mi pomóc. Daj mi jeden powód, bym miała to zmienić.

– Jego kariera...

– A moje życie? – spytała Ida dużo ostrzejszym tonem, zaciskając dłonie na oparciu krzesła. – Nie obchodzi mnie, co na ten temat myślisz ani czy mnie rozumiesz, bo wiem, że dla ciebie perspektywa niebytu to czysta abstrakcja. Twoim zdaniem jestem wyrachowaną suką bez krzty sumienia. I nie, nie każę mu iść precz, bo równie dobrze mogłabym strzelić sobie w łeb. Nie masz prawa mnie o to prosić.

– Nie próbuj brać mnie na litość, gówniaro, drugi raz nie dam się na to nabrać!

– Czego ty właściwie chcesz?

– Odrobiny szczerości, jesteś mu to winna. – Oczy Rudej błysnęły niebezpiecznie. – Powiedz mu to co mnie, powiedz, że miałaś sen. Może wtedy przejrzy na oczy i wróci mu rozum.

– Aha... – Tekla w mig pojęła, o którym śnie mowa, i postanowiła wkroczyć do akcji. Dystyngowanym krokiem podeszła do kobiety, unosząc lekko przód aksamitnej sukni. – Niestety, muszę ją rozczarować. Ta wizja niczego nie rozstrzyga. Co więcej, prawdopodobnie już się spełniła, a jak widać, moja podopieczna nadal śmie bezczelnie marnować tlen.

– Nieważne, rozstrzyga czy nie – wycedziła czarownica, ani na moment nie odrywając wzroku od szamanki. – Wystarczy, że Kruchy się o niej dowie, a resztę załatwi wyobraźnia. Sama mnie tego nauczyłaś, podstępna żmijo.

Ciotka zmarszczyła czoło, momentalnie tracąc wątek, i niepewnie popatrywała to na rudowłosą, to na siostrzenicę.

– I znów zatoczyłyśmy koło – stwierdziła cicho dziewczyna.

– To twoja ostatnia szansa. – Płynne złoto w tęczówkach czarownicy znów zakipiało wściekle. – Jeśli jej nie wykorzystasz, sama mu wszystko powiem.

– Skoro jesteś tak zdesperowana, dlaczego jeszcze tego nie zrobiłaś?

– Bo nie sądziłam, że sprawy zajdą tak daleko, i to w takim tempie – odparła szybko Ruda. – Myślałam, że Kruchy się opamięta, i ostatnia rzecz, jakiej się spodziewałam, to interwencja Wewnętrznego. Nie patrz na mnie z taką pogardą – fuknęła ostro. – Nie masz prawa mnie osądzać!

– I nawzajem.

Spokój w głosie szamanki jeszcze bardziej wyprowadził czarownicę z równowagi.

– Mylisz się, jeśli sądzisz, że martwi mnie wyłącznie kariera Kruchego – oświadczyła przez zaciśnięte zęby. – Rozmawiałyśmy o jego przeszłości, pamiętasz? Nie zrozumiałaś, co ci wtedy powiedziałam? – z drwiną przytoczyła słowa Idy. – Patrzcie, a mówili mi, że jesteś inteligentna. Być może nie wyraziłam się wtedy jasno, pozwól więc, że to naprawię: znaczysz dla mnie mniej niż nic, a łowca wręcz odwrotnie. Nie mam zamiaru stracić przyjaciela i tak, gotowa jestem poświęcić życie obcej dziewczyny, jeśli to konieczne, by go ocalić. Kostek stoi nad tą samą przepaścią co ty, Ida, tylko jeszcze o tym nie wie. I kiedy wreszcie zlecisz w dół, możesz pociągnąć go za sobą, tak jak niegdyś zrobiła to Lena. Nie pozwolę na to, muszę odciągnąć go od czeluści, nawet jeśli tym samym strącę w nią ciebie. On nie może spaść po raz drugi, zbyt dobrze go znam, by nie przewidzieć, jak to się dla niego skończy...

– Aż drżę z ciekawości – mruknął chłodno łowca.

Stał w progu nonszalancko oparty o framugę i jak gdyby nigdy nic palił papierosa.

– A poza tym miało być jaśniej, a ty jak zwykle wciskasz wszędzie te swoje pompatyczne metafory. – Z dezaprobatą pokręcił głową. – Przepaście, czeluście, upadki z wysokości, no dajże spokój. Się przeraziłem.

– Długo tu jesteś? – wydusiła zaskoczona czarownica.

– Wystarczająco. Ida, zbieraj się. – Stalowe oczy spoczęły na dziewczynie, a ta zadrżała pod tym spojrzeniem. – Mamy umówione spotkanie z informatorem...

– Z jakim informatorem? – spytała podejrzliwie Ruda. – Znowu jedziesz do Warszawy? Zwariowałeś do reszty! Teraz, kiedy czeka cię kontrola z Wewnętrznego?!

– ...ubierz się ciepło, noc będzie zimna – ciągnął, kompletnie ignorując słowa kobiety.

– Kostek! – Czarownica podeszła do niego szybko. – Co ty wyprawiasz najlepszego?

– To, co chcę. Wyobraź sobie.

– Ruda, siadaj... – Szamanka wskazała jej krzesło. – Zaparzę herbaty.

– Gdzieś mam twoją herbatę!

– Siadaj na dupie, powiedziałam!

Nawet Tekla z uznaniem kiwnęła głową, słysząc tę nieznoszącą sprzeciwu nutę w głosie swojej podopiecznej. Usiadła jako pierwsza, za nic bowiem nie przeoczyłaby takiego widowiska. Łowca i czarownica dołączyli do niej dużo wolniej i dużo mniej entuzjastycznie. Chwilę później Ida postawiła na stole cztery parujące kubki i cukierniczkę. A potem zwięźle i rzeczowo streściła Rudej wszystko, czego dowiedzieli się o krwawej karierze Kusiciela. Opowiedziała o wyprawie do jego domu, o wizjach, pokazała szkice.

– Ta dziewczyna... – Ida odwróciła kartkę, odsłaniając ostatni rysunek – to pierwsza ofiara Karewicza. – Podsunęła czarownicy zdjęcia „Szesnastki", a zaciekawiony łowca zajrzał kobiecie przez ramię. – I tym samym mamy pewność, że to on stoi za tymi wszystkimi zniknięciami.

– Guzik macie, a nie pewność – burknęła oschle Ruda. – Tu trzeba rzeczowych dowodów, a nie majaków widującej duchy małolaty.

– Dowody się znajdą. – Kruchy sięgnął do wewnętrznej kieszeni kurtki i wyjął białą kopertę. – Dziś rano byłem w laboratorium. Dzika róża nie wykazała nic poza silnym skażeniem czarną magią, natomiast krew pobrana z drzewa dała interesujące wyniki. Jest co prawda zanieczyszczona i zmieniona pod wpływem nekromanckich zaklęć, ale udało się przeprowadzić na niej kilka testów. – Popatrzył Idzie w oczy. – To ludzka krew. Należy do ponad czterdziestu osób, w większości kobiet.

Szamanka wolno przetarła twarz, przeczesała palcami splątane włosy.

– A więc to w ten sposób pozbywa się ciał... – mruknęła i nie przejąwszy się sceptyczną miną czarownicy, wyjaśniła: – Drzewo je pożera. Zanim Kusiciel wbił we mnie nóż, powiedział, że musi JĄ nakarmić, że ONA kona z głodu. A przy tym ciągle mnie przepraszał, jakby wcale nie chciał mnie krzywdzić. Mówił, że nie mam oczu, których szuka...

– No i to by się zgadzało, spójrz tylko... – Kruchy podał Rudej kopertę.

Wyjęła z niej plik dokumentów i szybko przesunęła po nich wzrokiem. Gdy skończyła czytać, oddała papiery łowcy, a ten podsunął je Idzie i Tekli.

– Dwie pierwsze czarownice z „Szesnastki" współpracowały z WON-em podobnie jak Karewicz – powiedział, obserwując zmiany na twarzy szamanki. – I dlatego Firma dysponuje ich profilami DNA. Badania pokazały zgodność z naszymi próbkami.

Zapadło pełne napięcia milczenie.

– Wciąż nie macie motywu – odezwała się wreszcie czarownica. – Po co Karewicz miałby zabijać?

– W przypadku Eugeniusza Brzytwy brak motywu jakoś nikomu nie przeszkadzał – zauważył łowca. – Co tylko potwierdza, że komuś na górze bardzo zależało, by jak najszybciej zamknąć sprawę. A ty się, Ruda, czepiasz, na dodatek bez sensu. Żona i córka Karewicza zginęły w tajemniczych okolicznościach, w jego piwnicy znaleźliśmy imponujący rezultat nekromanckiej magii kreacyjnej, a teraz okazuje się, że szukał kogoś wśród swoich ofiar, a gdy stwierdzał, że nie znalazł, karmił nimi białe drzewo w kształcie kobiety, porośnięte fioletowym mchem. Motyw jest raczej oczywisty.

– Myślę, że nie chciał tego dziecka – odezwała się nagle Ida, zanim czarownica zdążyła wygłosić kolejne wątpliwości. – Zamordował je, potem zajął się pogrążoną w żałobie żoną...

– A wyrzuty sumienia kazały mu próbować ją wskrzesić – dokończył Kruchy. – Choć nie wiem, skąd bierze się twoje przekonanie, że to on zabił swoją rodzinę.

– Raczej przeczucie – sprostowała dziewczyna, wzruszając ramionami. – A skąd twoje przekonanie, że to przez wyrzuty sumienia starał się przywrócić białowłosą do życia?

– Raczej przeczucie. – Uśmiechnął się smutno. – Dodaj jeszcze tęsknotę i rozpacz. Nawet jeśli ją zabił, jak sugerujesz, wcale nie musi to znaczyć, że jej nie kochał. Niektórzy zrobiliby wszystko, by cofnąć czas i odzyskać miłość swojego życia.

– A „wszystko", jak wiemy, często oznacza „za dużo" – wymamrotała cicho czarownica, ewidentnie pijąc nie tylko do Kusiciela, ale też do Kruchego.

Szamanka i łowca zerknęli na nią, potem na siebie. Ida pierwsza odwróciła wzrok. A Tekla i Gryzak uważnie obserwowali całą trójkę, łapacz, machając lisią kitą, ciotka, zachowując wszystkie przemyślenia dla siebie.

– No cóż... – Ruda znów jako pierwsza przerwała ciszę. – Rozgrzebujecie dawno zamknięte i głośne śledztwo, nie dziwię się więc, że Wewnętrzny postanowił interweniować. Nie mów mi tylko, że...

– Sprawę Kusiciela prowadził Filip Wroński – łowca nie pozostawił jej żadnych złudzeń. – Tym bardziej zależy mi, żeby doprowadzić to do końca. Wreszcie dorwę sukinsyna.

Mimo że w pierwszej chwili nazwisko wydało się Idzie znajome, po krótkim zastanowieniu stwierdziła, że jednak nic jej nie mówi. Za to czarownicy powiedziało chyba aż nadto.

– Ty mnie, chłopie, wykończysz – westchnęła, przymykając oczy, po czym wyciągnęła rękę. – Dawaj fajkę, zanim wróci mi rozum i pójdę cię podkablować.

– Jesteś kochana.

– A ty nienormalny – skwitowała Ruda, zapalając papierosa. – Ja tym bardziej, skoro ci pomagam, zamiast wydać was szefowi dla dobra wszystkich...

– Prócz mojego – mruknęła pod nosem Ida.

Czarownica prychnęła lekceważąco i już nabierała powietrza, by znów powiedzieć dziewczynie coś miłego, lecz w chwili gdy napotkała lodowaty wzrok Tekli, natychmiast zamknęła usta.

– Słuszna decyzja – pochwaliła ją ciotka głosem zimnym i szorstkim jak szron. – Tak trzymać.

Ruda wzruszyła ramionami, demonstrując wszem wobec, że spojrzenie i słowa kobiety nie zrobiły na niej żadnego wrażenia, a jednak opuściła wzrok i nie śmiała odpowiedzieć. Widząc jej zmieszanie, szamanka nie potrafiła powstrzymać mściwego uśmiechu, który na moment rozświetlił jej oczy.

– A wracając do Kusiciela – podjął Kruchy, zerkając na czarownicę. – Na razie nic na nas nie mają. Nawet jeśli wiedzą, nad czym pracujemy, nawet jeśli spróbują wskrzesić Kwiatkowskiego, muszą trzymać się procedur, mamy więc sporo czasu, żeby coś wymyślić. Ustalimy zeznania i być może na przesłuchaniu się skończy.

– Nie łudź się, że zbyjesz Wrońskiego byle bajeczką, co ty, od wczoraj go znasz czy jak? – burknęła Ruda. – Prześwietlą nam mózgi i tyle będzie z ustalania zeznań...

– Wciąż nie mają nakazu na czytanie naszych wspomnień i nie zanosi się na to, by szybko mieli go zdobyć. Bo niby na jakiej podstawie? Przecież to ma być tylko rutynowa kontrola, przynajmniej oficjalnie.

– A czy Wroński kiedykolwiek potrzebował nakazu? Przypomnij mi, bo chyba mnie pamięć zawodzi.

– W Warszawie faktycznie nie potrzebuje, może sobie robić, co chce. Tam jest u siebie, ma wszystko pod kontrolą, i to on decyduje, co mu wolno, a czego nie, bez względu na obowiązujące przepisy. Ale tutaj, jeżeli spróbuje przeczytać kogokolwiek bez nakazu, wywoła alarm w całej wrocławskiej siedzibie Firmy i będzie się musiał nieźle nagimnastykować, żeby uzasadnić złamanie protokołu. Gdyby chodziło mu o kogoś innego, może i by zaryzykował, ale on poluje na mnie. I jeśli szefowie dowiedzieliby się, że chciał nielegalnie przeczytać ludzi związanych ze sprawami, które prowadziłem, Wroński mógłby pożegnać się z karierą.

Ruda milczała długo, przyglądając się łowcy spod półprzymkniętych powiek.

– Dobra, widzę, że znajdziesz odpowiedź na wszystko – odparła w końcu. – W takim razie nie mam więcej pytań poza jednym: skąd ty w ogóle możesz wiedzieć takie rzeczy?

– Mam świetnego informatora. – Stalowe oczy zamigotały tajemniczo. – A skoro już o nim mowa... – Szybko zerknął na zegarek. – Ida, jesteśmy okropnie spóźnieni, leć się szykować. Wyjeżdżamy za dziesięć minut.

Gdy chwilę później szamanka zbiegła ze schodów i wkroczyła z powrotem do kuchni, czarownicy już nie było, a Kruchy z dużym zaangażowaniem pochłaniał właśnie gruby plaster schabu ze śliwką. Ciotka natomiast stała przy oknie z Gryzakiem w ramionach i patrzyła, jak Ruda wsiada do samochodu.

– Uważałabym na nią na jego miejscu – odezwała się ściszonym głosem ciotka, nie zauważając wejścia siostrzenicy. – Nie podoba mi się.

– To u was rodzinne – zadrwił łowca, przełknąwszy ostatni kęs. – Pewnie feromony nie te.

– Zapewniam go, że to nie feromony.

– A ja zapewniam, że nie ma powodów, by jej nie ufać.

– Chrupki może tak uważać, ale Ida to co innego. Wiem, wiem, co chce teraz powiedzieć. – Ciotka uciszyła go machnięciem ręki. – Że nie znam czarownicy, niewiele o niej wiem, nie mam prawa oceniać itepe, itede, tere-fere. Zgadza się, nie znam jej w ogóle. I właśnie dlatego podchodzę do niej z dystansem, czego nie można powiedzieć o Chrupkim. Powtarzam: nie podoba mi się. Radzę mieć ją na oku.

Kruchy dla świętego spokoju pokiwał głową, jednak Tekla nie byłaby Teklą, gdyby ten wątpliwy akt konformizmu zdołał ją przekonać. Zmrużyła oczy i już miała zbombardować biedaka kolejną lawiną jedynie słusznych argumentów, gdy Ida dała o sobie znać głośnym chrząknięciem i tym samym zdołała ubiec ciotkę i ocalić łowcę z opresji.

Popatrzyli na nią z niejakim zmieszaniem, które natychmiast spróbowali zamaskować: Kruchy zapalił papierosa, a ciotka zacisnęła usta w bladą linijkę.

– Jestem gotowa – powiedziała niewinnie szamanka, robiąc wszystko, by nie domyślili się, że słyszała, o czym rozmawiali. Podeszła do stołu, starannie zebrała szkice i schowała je do torby. – Możemy jechać.

– Myślałam, że jesteśmy spóźnieni – powiedziała zdziwiona Ida, gdy tuż za Wrocławiem Kruchy zjechał na parking przed stacją benzynową i zgasił silnik. – Już nam się nie śpieszy?

– Śpieszy, jednak najpierw chwilę pogawędzimy... – Łowca rozsiadł się wygodniej i wyciągnął paczkę nieodłącznych lucky strike'ów. – No i zatankujemy, ale to później.

– Pogawędzimy o czym? – spytała, czując nagły niepokój.

– O Lenie.

Szamankę sparaliżowało, ale Kruchy zdawał się tego nie zauważać.

– Jak znam Rudą, mocno podkoloryzowała fakty – kontynuował, zapalając papierosa. – A zatem należałoby kilka rzeczy naprostować. Ale najpierw musisz mi powiedzieć, co od niej usłyszałaś.

Zmieszana odwróciła głowę, a łowca patrzył, jak dziewczyna nerwowo wyłamuje sobie palce.

– Byliście razem – zaczęła cicho, zapatrzona w okno. – Na jednej z akcji opętała ją matka demonów i w ten sposób dowiedziałeś się, że miałeś zostać ojcem. Firma nie dawała Lenie żadnych szans na przeżycie, więc na własną rękę znalazłeś kogoś, kto podjąłby się egzorcyzmów. Potem uprowadziłeś ją z podziemnego szpitala Firmy i zabrałeś do motelu, gdzie z jakimś szemranym magiem odprawiliście rytuały. Wtedy znaleźli was agenci z twojej ówczesnej grupy operacyjnej, których... – zająknęła się – których...

– Których zabiłem – podpowiedział usłużnie głosem całkowicie wypranym z emocji. Jakby rozmawiali o zupełnie obcym człowieku. – Mów dalej.

– Mag zginął z rąk matki demonów. Lena trafiła z powrotem do szpitala, a ciebie przesłuchali i wielokrotnie prześwietlili. Okazało się, że kiedy podrzynałeś gardła kolegom, byłeś pod wpływem czarnej magii, narzędziem w rękach demonicy. Koniec końców nie postawiono ci żadnych zarzutów, a sprawa podejrzanie szybko przycichła. Dla Leny nie było już ratunku, jej dusza nie przetrwała próby zaklęcia w inne ciało. Zostałeś wysłany na terapię i przeniesiony do Wrocławia, jednak zanim opuściłeś stolicę, uparłeś się... chciałeś jeszcze... znaczy musiałeś...

– Własnoręcznie odebrać życie Lenie i naszemu nienarodzonemu dziecku – znów dokończył za nią.

– Właśnie. – Skinęła głową, nie kryjąc ulgi, i zamilkła na długo. Dopiero po kilku minutach odważyła się spojrzeć mu w oczy. – I co, Ruda bardzo podkoloryzowała? – spytała z nadzieją.

– Zaskakująco nie – zaprzeczył i wolno wypuścił z ust chmurę dymu. – Wiesz, dlaczego ci o tym opowiedziała?

– Żebym zostawiła cię w spokoju.

– I czemu nie zostawiłaś?

Nie spodziewała się takiego pytania.

– Bo bez twojej pomocy nie byłabym w stanie dotrzeć do Kusiciela – wyszemrała niechętnie. – A to by mnie zabiło, mówiąc krótko i dramatycznie.

Ze zrozumieniem skinął głową.

– A wiesz może, dlaczego Ruda uważa, że możesz mi zaszkodzić?

Znów zwlekała z odpowiedzią, próbując ubrać myśli w jak najdelikatniejsze słowa.

– Według niej próbujesz mnie ocalić, ponieważ jestem jedyną osobą, która może pomóc ci odzyskać Lenę.

Łowca parsknął krótkim śmiechem, który nie miał nic wspólnego z wesołością.

– Ma też inną teorię – kontynuowała ostrożnie, obserwując jego twarz. – Podobno przez wyrok niebytu, który nade mną wisi, bardzo ci Lenę przypominam i ratując mnie, chcesz uwolnić się wreszcie od poczucia winy. Podświadomie próbujesz zadośćuczynić za to, że nie potrafiłeś jej ocalić. Czy jakoś tak.

– No to tutaj Zosieńka pojechała po bandzie – mruknął ponuro. – Pisarką powinna zostać, szkoda marnować taką wyobraźnię i tendencję do przerabiania rzeczywistości na łzawy melodramat. Chyba muszę pogadać z Mamajem, żeby się nią lepiej zajął, może to jej tragizowanie to wynik frustracji seksualnej albo co...

– Ruda i Mamaj są... parą? – Ida nie zdołała ukryć zdziwienia.

– Czyżbym słyszał nutę zawodu w twym słodkim głosie, aniele? – spytał z kpiącym uśmieszkiem. – Nasz zaklinacz wpadł ci w oko?

Pierwszą rzeczą, jaką zauważyła, gdy rozglądała się za czymś, czym mogłaby mu przyłożyć, była mapa samochodowa. Bez zastanowienia porwała ją z deski rozdzielczej i cisnęła w Kruchego, klnąc z irytacją. Łowca roześmiał się i zakrztusił dymem.

– Jeśli nie, to skąd ten ton? – wykaszlał.

– A stąd, że miałam własną teorię, którą mi właśnie rozpirzyłeś. Przyszło mi do głowy, że może Ruda jest zwyczajnie zazdrosna, dlatego tak mnie nie cierpi.

– Zazdrosna o mnie? – zapytał z figlarnym błyskiem w oku.

– Takie wytłumaczenie byłoby najwygodniejsze – westchnęła ciężko. – Wtedy nie musiałabym walczyć z wyrzutami sumienia, że bez skrupułów wykorzystuję faceta z zaburzeniami na tle psychicznym i emocjonalnym.

– No wiesz co – obruszył się. – Chociaż właściwie – dodał po chwili zastanowienia – pewnie sam bym tak o sobie pomyślał, gdybym usłyszał od Zośki to co ty.

– No i sam widzisz.

– Chcesz wiedzieć, jak jest naprawdę? – Podał jej paczkę papierosów, podsunął płonącą zapalniczkę.

Kiwnęła głową dopiero, gdy zaciągnęła się dymem.

– Stanisława miała rację – powiedział, patrząc na szamankę i wydmuchując z ust szaroniebieską strużkę. – Nie chcę, żebyś zniknęła. Ale nie chodzi tu o Lenę, nie mam złudzeń, że ją odzyskam, i nie widzę jej, gdy na ciebie patrzę. Owszem, jesteś w podobnej sytuacji, w jakiej kiedyś była ona, więc trudno mi o niej nie myśleć. Ale nie pomagam ci po to, by uśpić upiory przeszłości, nie jesteś kołysanką dla moich demonów, Ido. Nic z tych rzeczy. Po prostu cię lubię. Generalnie nie przepadam za ludźmi i rzadko się przywiązuję, ale z tobą jest inaczej, czuj się zaszczycona. Dlatego nie mam zamiaru siedzieć z założonymi rękami i patrzeć, jak przestajesz istnieć. Dla mnie żaden wyrok ani przepowiednia nie znaczą nic, póki się nie spełnią. Nie zwykłem brać niczego za pewnik i poddawać się, gdy mam choć cień szansy, by odmienić bieg wydarzeń. Taki już jestem i jakoś nie chcę tego zmieniać.

Słysząc to, Ida odetchnęła głębiej i przymknęła powieki.

– A tobie co? – zainteresował się kwaśno. – Aż tak się wzruszyłaś?

– Bardzo śmieszne – szepnęła, wciąż nie otwierając oczu. – Chcę wierzyć w to, co właśnie powiedziałeś, ale obawiam się, że troszkę się przeceniasz, za chwilę zmienisz zdanie i mnie znienawidzisz.

– A to niby dlaczego?

– Bo muszę ci wyznać, że ja – samolubna i wyrachowana egoistka...

– Słownik synonimów zjadłaś ostatnio? – wtrącił złośliwie. – Wszystkie te słowa znaczą zasadniczo to samo.

– Nie pomagasz, bracie – warknęła, bardziej zła na siebie niż na niego. Łypnęła na łowcę groźnie. – Mam mówić czy nie?

Nie odpowiedział, tylko wyczekująco uniósł brwi.

– Nie znoszę Rudej, to fakt – podjęła, dla uspokojenia kilkakrotnie zaciągnąwszy się papierosem. – To zresztą chyba zrozumiałe, że nie przepadam za kimś, kto życzy mi śmierci, na dodatek wyraża swoje życzenie otwarcie i przy każdym spotkaniu. Ale co do jednego muszę przyznać jej rację: jestem podła. Ty ratujesz mi życie, a mnie nie stać nawet na odrobinę szczerości...

– Wyduś to wreszcie z siebie, bardzo proszę, bo nas tu świt zastanie – nie tylko się zniecierpliwił, ale też wyraźnie zaniepokoił.

Zawahała się, znów zacisnęła powieki, aż wreszcie wybąkała trochę zbyt cicho i nieco za szybko:

– Miałam wizję, widziałam, jak umieram, a ty szarpiesz moje nieruchome ciało, wrzeszczysz na mnie, okropnie klniesz i rozkazujesz mi żyć, a wokół nas wiją się kłęby czerwonej mgły, które wypływają z ogromnego, otwartego lustra.

Gdy urwała, milczał dłuższą chwilę, czekając na ciąg dalszy, a gdy się nie doczekał, wzruszył ramionami, czego nadal siedząca z zamkniętymi oczami szamanka nie mogła widzieć.

– No i? – spytał krótko.

Natychmiast uniosła powieki i zamrugała.

– Nie jesteś wściekły? – Zerknęła na niego zdezorientowana. – Miałam tę wizję już jakiś czas temu, nawet Ruda o niej wiedziała, a tobie nie pisnęłam słowa.

– Ale teraz już wiem. – Znów wzruszył ramionami. – No i? – ponowił pytanie, jednak Ida nie wiedziała, co na to odpowiedzieć. – Jak się domyślam, Zośka miała nadzieję, że ta wiadomość mnie od ciebie odstraszy – mruknął z przekonaniem. – Jak widać, nie odstraszyła. A ty nie potrafisz słuchać ze zrozumieniem, skoro bałaś się mojej reakcji mimo tego, co ci przed chwilą powiedziałem: mam gdzieś wyroki i przepowiednie. Tę również. Co nie zmienia faktu, że ciekawi mnie, dlaczego zrobiłaś z niej tajemnicę.

– Bo myślałam, że Ruda ma rację i faktycznie cię odstraszę – przyznała od razu, choć widać było, że wolałaby już zmienić temat. – Byłam pewna, że gdy dowiesz się o tym śnie, natychmiast mnie zostawisz. Jakkolwiek dwuznacznie by to brzmiało.

Wargi Kruchego rozciągnął krzywy uśmiech, w którym nostalgia mieszała się z rozbawieniem. Stalowe oczy też się śmiały, migocząc delikatnie w półmroku auta.

– Nikomu tego nie mówiłem – odezwał się po chwili, nieco poważniejąc i konspiracyjnie ściszając głos. – Ale dla ciebie zrobię wyjątek. Kilka tygodni po tym, jak poznałem Lenę, przesłuchiwałem pewnego jasnowidza. Chyba czymś mu wtedy podpadłem, może potraktowałem go zbyt obcesowo, a może uraził go mój nieskrywany sceptycyzm wobec daru przepowiadania przyszłości. W każdym razie postanowił mnie ukarać, nachylił się nad stołem i niezwykle opanowanym, pewnym głosem wyjawił, jaką tragedię szykuje mi los. Podał tyle szczegółów, by mnie przekonać, że nie zmyśla i że mówi o Lenie, której przecież nie mógł znać. A jednocześnie jego wieszczba była tak mglista i niejednoznaczna, bym nie mógł niczemu zapobiec.

– Wiedziałeś, że Lena... – wyszeptała zszokowana, lecz nie dał jej skończyć.

– Wiedziałem – przyznał łagodnie. – Chociaż nie, powiedziałbym raczej, że liczyłem się z taką możliwością. Nigdy nie zapomniałem słów tamtego jasnowidza, a mimo to nie wyobrażałem sobie, że mógłbym ją zostawić i przestać o nią walczyć. Nawet kiedy wszyscy inni postawili już na niej krzyżyk i dla mojego dobra radzili mi odpuścić. Ja nigdy nie odpuszczam. Nic nie jest przesądzone, zanim się nie wydarzy, a przeznaczenie, zakładając, że istnieje, mam głęboko w dupie i dalej robię swoje bez względu na wszystko.

– Pewnie dlatego Ruda ma cię za wariata.

– A ty?

– Ja też. – Uśmiechnęła się. – Trochę. Zresztą z mojej psychiki nie bardzo jest co zbierać, więc wcale mi to nie przeszkadza, bądź sobie wariatem. Najwyraźniej ciągnie swój do swego.

– Najwyraźniej – zgodził się wesoło. – Sama widzisz, że niełatwo mnie odwieść od postrzelonych pomysłów, a tak się składa, że moim obecnym postrzelonym pomysłem jesteś ty. Dopóki coś ci zagraża, nigdzie się nie wybieram.

Kruchy włączył silnik i wolno podjechał do dystrybutora. Zatankował, poszedł zapłacić, a Ida przez cały ten czas układała w głowie kolejne, kłębiące się w jej umyśle pytania, które chciała natychmiast zadać łowcy. Jednak ulga i spokój, jakie spłynęły na nią wraz z jego ostatnimi słowami, przyniosły ze sobą niepohamowaną senność. Odpłynęła szybko z czołem opartym o zimną szybę. Była tak wyczerpana, że nie obudziła się nawet, kiedy Kruchy wrócił do samochodu i głośno zatrzasnął drzwi.

– Ida?

Brak jakiejkolwiek reakcji mocno go zaniepokoił. Łowca zbladł i znieruchomiał na moment, po czym pochylił się nad szamanką, odgarnął z jej policzka krucze kosmyki. Rozluźnił się dopiero w chwili, gdy zobaczył, jak szyba przy ustach dziewczyny miarowo matowieje od pary. Oddychała.

Kruchy przymknął oczy i mamrocząc coś pod nosem, opadł ciężko na swoje siedzenie. A potem gwałtownym ruchem przekręcił kluczyk w stacyjce, wcisnął gaz i z piskiem opon wyjechał ze stacji z powrotem na drogę.

Szamanka przespała prawie całą podróż do Warszawy.

I po raz pierwszy od bardzo, bardzo dawna nie miała żadnych snów.

Rozdział szósty

Wróg mojego wroga

Głodna? – spytał Kruchy, gdy dziewczyna otworzyła oczy i przeciągnęła się leniwie.

– A co masz?

– Odpychająco zimne kawałki kurczaka i mnóstwo sosu czosnkowego, który ma cudowną moc zmieniania niezjadliwego w zjadliwe i generalnie pasuje do wszystkiego. No, może prócz słodyczy. I owoców. Ale tak poza tym do wszystkiego. Chcesz?

– Dawaj. – Poprawiła się na siedzeniu, po raz pierwszy od niepamiętnych czasów czując głód. Wzięła od łowcy papierową, poplamioną tłuszczem torbę pełną mięsnych kawałków w chrupiącej panierce. Obejrzała jeden krytycznie, po czym włożyła do ust. – Faktycznie odpychające – mruknęła. – Gdzie ten sos?

Kruchy podał jej niewielki plastikowy kubeczek.

– Daleko jeszcze? – zapytała, gdy już zaspokoiła apetyt. Nie zjadła wiele, ale skurczony długą głodówką żołądek nie był w stanie przyjąć ani kęsa więcej. Mimo to uczucie sytości przyjemnie rozlało się po całym jej ciele.

– Już prawie jesteśmy na miejscu.

Niecały kwadrans później skręcili w polną drogę. Łowca zatrzymał samochód, wyjął z kieszeni komórkę. Zanim wybrał numer, wsunął papierosa do ust.

– Potrzebujemy klucza – powiedział, gdy tylko po drugiej stronie rozbrzmiało intrygujące „tak, skarbeńku?" i nie czekając na odpowiedź, podał telefon szamance.

– Zapraszam nad moje jezioro – zaszczebiotała słuchawka.

Ida zamrugała i zdezorientowana zerknęła na Kruchego.

– Eeee... Dziękuję? – bąknęła niepewnie.

– Do zobaczenia za chwilę.

Rozległ się sygnał przerwanego połączenia.

Łowca, nie tracąc czasu na wyjaśnienia, ruszył dalej, a kamienie i piasek zachrzęściły pod kołami terenówki. Po prawej stronie drogi wśród zbóż i traw głośno cykały świerszcze, a po lewej rozciągało się długie, wąskie jezioro. W gładkiej tafli wody odbijały się gwiazdy i sierp księżyca. Kruchy skierował samochód w ciemny tunel drzew. Splątane konary całkowicie przysłaniały niebo, chłodne, wilgotne powietrze wypełniała mdława woń ryb i wodorostów, a ciszę nocy zakłócał jedynie szelest liści i bzyczenie komarów. Łowca zatrzymał terenówkę obok starego land rovera, z którego wysiadła potężna kobieta ubrana w różowe spodnie od dresu i ciasną, przykrótką bluzę w tym samym kolorze.

– Spóźniłeś się – rzuciła na powitanie, gdy Kruchy opuścił szybę. Ida natychmiast rozpoznała jej głos, choć przez telefon wydawał się bardziej skrzekliwy.

– Zawsze się spóźniam, nie powinnaś być zaskoczona.

– Przyjrzyj no mi się jeszcze raz, czy ja ci wyglądam na zaskoczoną? Jedź za mną. – Kobieta odwróciła się z zadziwiającą gracją, zważywszy na jej tuszę, po czym wsiadła z powrotem do swojego samochodu i ruszyła w ciemność.

Podążali wzdłuż jeziora przez blisko dziesięć minut. Pojazdy podskakiwały na wybojach i wszędobylskich korzeniach, raz po raz grzęzły w cuchnącym błocie, buksując kołami. Im dalej jechali, tym bardziej zarośla gęstniały wokół nich, liściaste gałęzie coraz częściej chłostały szyby i coraz głośniej drapały o karoserię.

Wreszcie gąszcz się przerzedził i dotarli nad urokliwą zatoczkę. Na brzegu stał dom z bali przykryty dwuspadowym dachem. Tuż obok szerokiej werandy wiódł wąski pomost, który tak daleko wychodził w wodę, że sączące się z okien światło nie było w stanie dosięgnąć jego końca. Gdzieś w ciemności rozlegało się subtelne chlupotanie podrygującej na falach łodzi.

Wysiedli z samochodów. Różowa grubaska podeszła do nich cicho i zwinnie jak kot, pocałowała łowcę w policzek, a szamankę obdarowała promiennym uśmiechem.

– Ido, pozwól, że przedstawię ci Skittlesa – powiedział Kruchy.

– Eee... przepraszam?

– Skittlesa – powtórzyła kobieta i podała jej pulchną dłoń. – Znanego również jako Kornelia Kwiatuszek, co wcale nie brzmi lepiej... Źle wyglądasz, gołąbeczko – oznajmiła nagle, taksując dziewczynę od stóp do głów. – Widziałam twoje zdjęcia sprzed paru miesięcy, okropnie schudłaś. Jadasz ty coś czasami?

– Jadam. Znaczy dzisiaj jadłam – wybąkała szamanka.

– Tak właśnie myślałam. – Kornelia cmoknęła z dezaprobatą. – Chodźmy, już na was czekają.

– Kto? – zainteresował się Kruchy.

– Jak ci powiem, nie będzie niespodzianki. Pogadacie sobie, a przy okazji troszkę Iduchnę podtuczymy.

Gestem zaprosiła ich do domu. Zostawili okrycia w małym przedsionku i podążyli za kobietą do przytulnego, otwartego wnętrza. Połączona z jadalnią kuchnia przechodziła w coś pomiędzy salonikiem, gabinetem a czytelnią. Honorowe i zarazem jedyne wolne od książek miejsce zajmował kominek oraz zgromadzone wokół niego siedziska. Wśród nich znalazła się potężna kanapa, stylizowany na rokoko szezlong, wielkie pufy obite brązowym misiem i cztery fotele, w tym jeden bujany. W cieniu pod prowadzącymi na piętro schodami kryło się biurko z mnóstwem szuflad, na nim zaś leżały całe sterty papierzysk, solidny, kanciasty toughbook, lampka oraz maszyna do pisania.

Przy kominku czekali trzej mężczyźni. Na widok gości wstali z miejsc.

– Panowie pozwolą, że przedstawię... – Kornelia od razu przeszła do prezentacji. – Ida Brzezińska, współpracownik Wydziału Opętań i Nawiedzeń, oraz podkomisarz Konstanty Kruszyński. A to Ireneusz Kuźmik, Bogumił Pyszny oraz Stefek, mój małżonek.

Szybko wymienili uściski dłoni.

– Pyszny? – odezwał się łowca, zatrzymując wzrok na dobrze zbudowanym mężczyźnie, któremu bujne, zupełnie białe wąsy, nastroszona czupryna oraz wiecznie zmarszczone brwi nadawały wygląd nadąsanego Einsteina. – Skądś znam to nazwisko.

– Zapewne z akt sprawy Kusiciela – odparł uprzejmie tamten niskim, nieco zachrypniętym głosem.

– Pan był jednym z czytaczy umysłów, którzy prześwietlili pamięć Karewiczowi tuż przed jego zniknięciem – przypomniała sobie Ida.

– Karewiczowi i pozostałym podejrzanym – potwierdził Pyszny. – Nie ukrywam, że zdziwiła mnie wieść o ponownym otwarciu dochodzenia...

– Nikt niczego nie otwierał, przynajmniej oficjalnie – sprostowała szybko Kornelia. – Dlatego spotykamy się tu, a nie w Firmie. Nic, co od tej chwili zostanie powiedziane, nie może wyjść poza ściany tego pokoju. Wszystkich obecnych obowiązuje klauzula tajności.

– Naturalnie... – Czytacz lekko skinął głową. – Oficjalnie czy nie, cieszę się, że ktoś wreszcie wziął to śledztwo pod lupę. A poufny charakter naszego małego zgromadzenia tym bardziej każe mi zapytać o motywy, dla których postanowili państwo przyjrzeć się sprawie Kusiciela.

– To długa historia – mruknęła szamanka.

– Domyślam się. Mamy jednakowoż całą noc.

– Kolega się nie rozpędza, ja rano muszę być w pracy – wtrącił Ireneusz Kuźmik, poprawiając okulary w rogowych oprawkach, które wciąż zjeżdżały mu z bulwiastego nosa.

– Obawiam się, że pańskiego nazwiska, niestety, nie kojarzę – stwierdził po chwili Kruchy.

– Nie masz prawa kojarzyć. – Kornelia uśmiechnęła się chytrze. – Irek jest siewcą wspomnień.

– Tym siewcą? – Łowca uniósł brwi.

– Tym samym.

– Czyli którym? – zainteresowała się Ida.

Kuźmik przeniósł na nią ciężkie spojrzenie. Przez ciemne sińce pod głęboko osadzonymi oczami, półprzymknięte powieki, powolność ruchów oraz niezdrową, szarawą bladość oblicza mężczyzna sprawiał wrażenie kogoś, kto nigdy nie śpi i w dowolnej chwili może stracić przytomność.

– Każdy, kto pragnie dostać się nad to jezioro, musi najpierw poznać klucz – wyjaśnił z niewymuszoną grzecznością, charakterystycznie przedłużając sylaby. – Osobiście ten klucz stworzyłem, Kornelia natomiast podała go pani przez telefon.

– Zapraszając cię tutaj, zasiałam w twoim umyśle wspomnienie o tym miejscu – uzupełniła Kornelia. – Bez tego nie bylibyście w stanie tu dotrzeć, mimo że Kruchy poznał hasło już dawno temu.

– Ale jaja – wypaliła szamanka, opadając z westchnieniem na bujany fotel. Wyczekująco zerknęła na męża gospodyni.

– Na mnie nie patrz – powiedział natychmiast Stefek i uniósł ręce w obronnym geście. – Nie mam żadnych nadprzyrodzonych zdolności, ja tu tylko podaję kawę.

– No to leć zaparzać, na co czekasz? – popędziła go Kornelia. – I nie zapomnij o pączkach, Ida potrzebuje natychmiastowej kuracji wysokocukrowej.

– Dla mnie herbata – poprosił Pyszny, mierzwiąc szpakowate włosy. – Mam nadciśnienie.

Stefek poczłapał do kuchni, a reszta poszła śladem dziewczyny i zajęła miejsca przy kominku. Kruchy od razu przeszedł do rzeczy.

– Naszą uwagę zwróciła amnezja Karewicza, o której wspomina krótka notatka załączona do protokołu przesłuchania. Jak mniemam, to pan jest jej autorem.

– Owszem – potwierdził Pyszny. – Ja i moi dwaj koledzy, z którymi przeglądałem umysł podejrzanego, nie byliśmy w stanie znaleźć w nim żadnych wspomnień. Według naszych ustaleń ktoś usunął mu pamięć.

– W aktach sprawy nie ma o czymś takim choćby wzmianki.

– Teraz nie ma. – Czytacz utkwił w Kruchym oczy szalonego naukowca. – Ale była. Osobiście dołączyłem do dokumentacji obszerny raport z prześwietlania. Niepamięć jeszcze silniej obciążała Karewicza. Jako doświadczony współpracownik WON-u wiedział, że nawet najbardziej przekonujące zeznania, alibi czy też tuszowanie śladów na nic się zdadzą, skoro mogą go zdradzić jego własne wspomnienia. Umysł miał zupełnie wyczyszczony, a to znaczy, że musiał poddać się usuwaniu pamięci tuż przed przesłuchaniem...

– Niekoniecznie – zaoponował siewca. – Mgła zapomnienia powstająca wskutek takiego zabiegu bywa niezwykle gęsta i nowe przeżycia giną w niej jak krople w morzu. Są tak zamaskowane, że uzyskanie do nich dostępu przez osoby z zewnątrz jest praktycznie niemożliwe, jedynie sam pacjent jest w stanie tego dokonać. Zabieg mógł mieć miejsce całe lata przed przesłuchaniem.

– Tak czy owak – zagrzmiał tubalnie Pyszny, widocznie niezadowolony z faktu, że mu przerwano i na dodatek podważono jego diagnozę – ośrodki pamięci miał tak puste, że echo szło po neuronach, tymczasem raport z badania zniknął z Archiwum zaraz po aresztowaniu Brzytwy.

– Skąd pan o tym wie? – zapytał łowca.

– Bo sam go szukałem. Bez skutku, wszelki ślad po nim zaginął. Kandydatura Brzytwy na seryjnego mordercę od początku wzbudzała moje wątpliwości. Naciskano na mnie, żebym odpuścił i nie drążył tematu, a gdy nie posłuchałem, zostałem odsunięty od sprawy, a na koniec jeszcze zagrożono mi dyscyplinarką. Mnie uciszono, najbardziej niewygodna dokumentacja zginęła bez śladu, Brzytwa trafił za kratki, sprawę zamknięto.

– Jakie to były wątpliwości?

– Gdy zaglądam w cudzy umysł, zwykle widzę chaos – rzekł czytacz, rozsiadając się wygodniej na kanapie i układając dłonie w zgrabną piramidkę. – Wartkie, splątane strumienie świadomości, niektóre żywe i wyraźne, inne zamglone i rozmyte. Mnóstwo myśli i skojarzeń naraz, przeszłość wymieszana z wyimaginowaną przyszłością, a wszystko co chwilę przerywane obrazami z tu i teraz. Tymczasem w przypadku Brzytwy było zupełnie inaczej. Jego mózg przypominał książkę telefoniczną, wszelkie informacje były w nim wręcz pedantycznie poukładane, tak logicznie, chronologicznie, że aż nienaturalnie, zwłaszcza ze względu na kompletny chłód emocjonalny. Mało tego: zgodnie z teorią pamięci fleszowej, zwanej również efektem lampy błyskowej, ważne i silne przeżycia, które wywarły szczególny wpływ na danego człowieka, są zapisywane wyjątkowo szczegółowo i obszernie, cechują się niezwykłą trwałością i łatwością dostępu oraz nad wyraz żywym ładunkiem emocjonalnym. Zwykle reminiscencje takich autobiograficznych zdarzeń lśnią w umyśle najjaśniej i najbarwniej, najłatwiej więc do nich dotrzeć. Nawet pozbawieni ludzkich uczuć i sumienia psychopaci, dla których zbrodnia jest efektem obsesyjnego poszukiwania silnych wrażeń, utrwalają w pamięci dokonane przez siebie zbrodnicze akty w postaci niezwykle ostrych, czasem nawet euforycznych obrazów. Natomiast u Brzytwy wszystko wyglądało tak samo, sceny morderstw nie różniły się w swym wyrazie niczym od porannego mycia zębów. Jego umysł był szary, obojętny, sztucznie uporządkowany i zaczął nabierać kolorów dopiero z czasem, gromadząc nowe wspomnienia podczas przesłuchań i procesu. Prawdziwe wspomnienia, mówiąc ściślej.

– Zatem uważa pan, że ktoś wpakował mu do głowy fałszywą pamięć o zabójstwach „Szesnastki”? – upewniła się Ida.

– Nie twierdzę, że fałszywą, twierdzę, że cudzą – uściślił Pyszny. – Dokonano tego na tyle sprawnie, by przekonać samego Brzytwę o jego winie, lecz na tyle nieudolnie, bym nie dał się nabrać.

– Mamy więc wyczyszczony do cna umysł Karewicza – podsumował Kruchy. – I nafaszerowany cudzymi wspomnieniami umysł Brzytwy.

– Sprytne, nieprawdaż? To wyjaśniałoby brak emocji oraz nieludzki porządek, jaki ten drugi miał między uszami, w końcu nie były to jego przeżycia. Zabawa z pamięcią to niezwykle skomplikowana sztuka, co kolega na pewno raczy potwierdzić... – Czytacz zerknął na siedzącego obok Kuźmika.

– Potwierdzam – zgodził się tamten.

– I nie sądzę, by Karewicz zdołał ją posiąść, zwłaszcza że karierę zawodową poświęcił nekromancji, która jest chyba jeszcze bardziej wymagająca i czasochłonna. Nie mówiąc już o przeprowadzaniu jakichkolwiek zabiegów na samym sobie, bo przecież nawet jeśli coś takiego w ogóle jest wykonalne, to tylko raz, powtórki z wiadomych względów nie wchodziłyby w grę.

– Zatem miał wspólnika – wymruczała szamanka. – Tylko kto potrafiłby wyjąć pamięć z mózgu jednego człowieka i podłożyć ją komuś innemu?

– Siewca zapomnienia – oświadczył z przekonaniem siewca wspomnień.

Wszyscy zgromadzeni spojrzeli na niego wyczekująco, nawet Stefek, który właśnie przyniósł tacę pełną parujących filiżanek i lukrowanych pączków.

– Sianie pamięci i niepamięci jest ze sobą ściśle powiązane – wyjaśnił Kuźmik z właściwym sobie spokojem i brakiem pośpiechu. – Jednak oba zagadnienia tworzą tak obszerną dziedzinę, że konieczne jest wybranie specjalizacji. Mój wybór padł na kreację wspomnień i umieszczanie ich w ludzkich umysłach. Natomiast człowiek, o którym mowa, w moim przekonaniu poświęcił się studiowaniu i praktykowaniu zapomnienia. To, o czym opowiedział nam kolega Pyszny, zdaje się potwierdzać tę teorię. Zwykły czyściciel musi wielokrotnie powtarzać zabieg usuwania pamięci, nigdy bowiem nie jest w stanie dotrzeć do samych jej korzeni. Skutkiem tego wykasowane wspomnienia zawsze pozostawiają po sobie ślad, wyraźnie widoczny dla doświadczonych czytaczy umysłów, i zwykle z czasem odżywają na nowo. Jednak w przypadku Karewicza mamy do czynienia z usunięciem perfekcyjnym, gruntownym, a co za tym idzie, niespotykanie trwałym i zapewniam państwa, że czegoś takiego potrafi dokonać jedynie doskonały siewca zapomnienia. Natomiast u Brzytwy pamięć o popełnianiu przestępstw wydała się koledze Pysznemu nienaturalnie uporządkowana i pozbawiona warstwy emocjonalnej, co z kolei potwierdza, że wspomnienia te zostały zaszczepione przez kogoś, kto co prawda posiadł niejaką wiedzę i umiejętności w tej dziedzinie, lecz nie będąc ekspertem, popełnił zbyt wiele błędów, by cały zabieg wyszedł wiarygodnie.

– Siewca zapomnienia – powtórzyła szeptem Ida, w zamyśleniu nawijając na palec pasemko kruczych włosów.

Łowca wyjął z kieszeni paczkę fajek i posłał Kornelii pytające spojrzenie. Skinęła głową, a po chwili wyciągnęła rękę, by sięgnąć po papierosa. Na ten widok Stefek chrząknął głośno i wymownie.

– Ostatni – powiedziała kobieta i posłała mężowi buziaka. – Obiecuję.

– Za pierwszym razem dałem się nabrać – westchnął mężczyzna w odpowiedzi. – Ale po trzydziestu latach słuchania w kółko tego samego moja wrodzona przenikliwość każe mi coś podejrzewać.

– Ja też poproszę – powiedziała szamanka.

– Nie pomagasz, dziecko. – Stefek popatrzył na nią z wyrzutem.

– Nie zrzędź – zniecierpliwiła się Kornelia, podając Idzie papierosy i zapalniczkę. – Po popiołkę byś lepiej skoczył.

– No. Już śmigam, popatrz tylko. – Na te słowa demonstracyjnie i z impetem zasiadł w fotelu i skrzyżował na piersi chude ramiona.

Kwiatek przewróciła oczami i sama przyniosła popielniczkę.

– Pozwolę sobie również zauważyć... – głęboko zamyślony Kuźmik powrócił do tematu, nie zaprzątając sobie głowy takimi błahostkami jak małżeńskie docinki gospodarzy – że takie trwałe usunięcie pamięci jest niezwykle rzadko przeprowadzane, ponadto może się wiązać z całym wachlarzem nieodwracalnych skutków ubocznych. Jak chociażby zmiany osobowościowe oraz kompletna niezdolność do gromadzenia nowych wspomnień. Dlatego też nie sądzę, by Karewicz zdecydował się na ten ryzykowny krok jedynie w celu uniknięcia wyroku. Zwłaszcza że gdyby spodziewał się przesłuchania, nie czekałby grzecznie na wezwanie tylko po to, żeby zniknąć zaraz po złożeniu zeznań. Moim zdaniem zwiałby od razu.

– Zatem co pan sugeruje? – zapytał Kruchy.

– Musiało go spotkać coś tragicznego, coś, o czym chciał zapomnieć, by odzyskać spokój. W takich okolicznościach ludzie najczęściej decydują się na wymazanie wspomnień, pragnąc uwolnić się od traumy i zacząć wszystko od nowa.

– Może z poczucia winy postanowił zapomnieć o zbrodniach, których dokonał? – zaproponował czytacz.

– Mało prawdopodobne – skrzywił się siewca. – Szesnastokrotnym zabójcą na pewno nie zostaje ktoś, kogo nękają wyrzuty sumienia i nocne koszmary o popełnionych mordach. Miałem raczej na myśli jakąś osobistą tragedię, najpewniej utratę kogoś bliskiego.

Szamanka poderwała głowę. Wymienili z łowcą szybkie spojrzenia.

Pyszny podrapał się po szpakowatej skroni, wprowadzając jeszcze większy nieład wśród sterczących na wszystkie strony włosów.

– Z tego, co pamiętam, Karewicz stracił dziecko, a wkrótce potem umarła jego żona – mruknął po chwili namysłu. – Jednak gdy po roku przerwy wrócił do współpracy z WON-em, nikt nie zauważył w nim żadnej zmiany, nie licząc oczywiście depresji, zupełnie zrozumiałej w jego sytuacji...

– Ano właśnie, depresja – podłapał Kuźmik. – Być może tu leży pies pogrzebany.

– Ciekawy pomysł – rzucił Kruchy, po czym zwrócił się do czytacza, zmieniając temat. – A czy w umyśle Brzytwy zobaczył pan, co stało się z ciałami „Szesnastki"?

– Nie i ten fakt również wzbudził moje podejrzenia co do autentyczności jego wspomnień. Mimo że starannie uporządkowane, były mocno wybrakowane, nie zawierały wielu istotnych informacji, łącznie z samym motywem. Z protokołu przesłuchania wynika, że ofiary zostały skremowane i wyrzucone do Wisły. Tylko tyle udało się ustalić.

– A to zdaje się potwierdzać, że „wgrywaniem" pamięci Brzytwie zajął się niedoświadczony człowiek – oznajmił flegmatycznie siewca, prostując się z dumą. – Podobnie jak ja nie umiałbym wyrwać komuś wspomnień z korzeniami, tak ów domniemany wspólnik Karewicza nie umiał ich odpowiednio zasiać.

– Albo gość wiedział, co robi, i taki właśnie efekt był zamierzony – rzekł Kruchy. – Może Kusicielowi zależało na tym, by nikt nie dowiedział się, gdzie ukrył ciała? Dlatego dla zmylenia śledczych jego wspomnienia zostały nieco poprzycinane, zanim przejął je Brzytwa. A temu, kto to zrobił, zabrakło umiejętności, by stworzyć nowe i wypełnić nimi luki.

Tylko właściwie po co, pomyślała sceptycznie Ida. Skoro i tak zamierzał zaszyć się po drugiej stronie lustra, dlaczego miałby przejmować się ewentualnym odkryciem zwłok? Chyba że... Krzak dzikiej róży w jego ogrodzie był regularnie przycinany i pielęgnowany, podczas gdy resztą roślin od lat nikt nie zaprzątał sobie głowy. No i jeszcze to drzewo.

Muszę ją nakarmić, ona kona z głodu.

Choć jego domem stały się lustrzane piekła, drzewo i krzew najwyraźniej nadal były dla niego niezwykle ważne. Załatwił kogoś do opieki nad nimi, może nawet osobiście wychodzi z luster, by ich doglądać. Pewnie myśli o nich jak o członkach rodziny, jak o żonie i córce, a modyfikując swoje wspomnienia, chciał je chronić...

– Wróćmy na chwilę do tych traumatycznych przeżyć – odezwała się na głos. – Mógłby pan przybliżyć proces czyszczenia pamięci w takich okolicznościach?

– Niestety, moja wiedza na ten temat jest czysto teoretyczna – zastrzegł Kuźmik, jednak rola eksperta wyraźnie sprawiała mu przyjemność. – Sianie zapomnienia to w pewnym sensie rodzaj terapii. Siewca nawiązuje z pacjentem nić porozumienia, stopniowo zdobywa jego zaufanie, ponieważ może uzyskać dostęp do cudzego umysłu tylko wtedy, gdy właściciel mu na to pozwoli. Osoba, która pragnie zapomnieć, musi uświadomić sobie, że to, co się stało, jest nieodwracalne. A przede wszystkim powinna chcieć pogodzić się ze stratą i zdecydować na to, by pozostawić przeszłość za sobą. Czasem to wystarczy, by pacjent powoli wygrzebał się z depresji, stanął na nogi i mógł żyć dalej. Zdarza się jednak, że rozpacz jest zbyt silna, a terapia nie przynosi oczekiwanych rezultatów. Dopiero w takich beznadziejnych, zagrożonych samobójstwami przypadkach stosuje się zabieg usuwania wspomnień. Przełomowym i najtrudniejszym momentem jest wybranie klucza, kiedy to pacjent z własnej woli rozstaje się z przedmiotem, który najbardziej przypomina mu o utraconej osobie. Gdy już to zrobi, pamięć o dramatycznych wydarzeniach zostaje precyzyjnie usunięta z jego umysłu, po czym zaklęta w ową rzecz. W ten sposób dany przedmiot staje się kluczem do wspomnień i jako jedyny może cofnąć skutki zasiania, a przez dobrowolne oddanie go w ręce siewcy zapomnienia pacjent uwalnia się od przeszłości. To trochę tak, jakby od tej pory żył w iluzji, tworzył swój własny świat, w którym tragedia nigdy nie miała miejsca.

– A co by się stało, gdyby odzyskał klucz? – zapytała Ida zduszonym głosem.

– Tak jak mówiłem, proces natychmiast uległby odwróceniu, umysł powróciłby do stanu sprzed zabiegu, a świat stworzony na fundamentach niepamięci po prostu by się zawalił. Aby umożliwić pacjentom ewentualne odzyskanie wspomnień, na przykład gdyby ich stan psychiczny pogorszył się, zamiast polepszyć, siewcy pełnią funkcję powierników kluczy. Zobowiązują się dbać o ich bezpieczeństwo i są w każdej chwili gotowi zwrócić je właścicielom.

Zamilkli, popijając kawę i pogryzając pączki. Tylko czytacz Pyszny zadowolił się herbatą oraz miętówką wydobytą z kieszeni kamizelki.

– Widzę, że nie mają państwo więcej pytań – zadudnił po chwili, popatrując to na łowcę, to na szamankę. – A zatem teraz moja kolej na zaspokojenie ciekawości. Intryguje mnie, skąd wzięło się tak nagłe zainteresowanie dawno już zamkniętym dochodzeniem. Na pewno nie pracuje pan dla Wewnętrznego, podkomisarzu Kruszyński, te szuje rozpoznaję od razu.

– Sprawa, nad którą pracujemy, jest na tyle delikatna, że wolałbym na razie niczego nie zdradzać – odparł uprzejmie, acz stanowczo Kruchy. – Nie możemy sobie pozwolić na żadne przecieki.

– Sugerujesz, że na was doniosę? – obruszył się Pyszny, niespodziewanie przechodząc na „ty".

– Gdzieżbym śmiał. – Łowca z łatwością wytrzymał pełne świętego oburzenia spojrzenie czytacza. – A jednak przed chwilą z wielką ochotą zdradził nam pan sporo tajnych informacji Firmy, dlatego śmiem wątpić, czy słowo „poufne" cokolwiek dla pana znaczy.

– Ha! – huknął czytacz i nagle się rozpogodził. – Jeden zero dla ciebie, chłopcze.

– Mogę jednak obiecać, że gdy tylko doprowadzimy nasz... nazwijmy to, projekt do końca, z ochotą odpowiem na wszystkie pańskie pytania.

– Trzymam za słowo. Ta wasza tajemniczość każe mi mniemać, że działacie nie do końca legalnie. Mnie to nie przeszkadza, nawet jeśli traficie za kratki, możecie być pewni, że załatwię sobie z wami widzenie.

– Ależ bardzo proszę.

– Ależ nie omieszkam. – Pyszny siorbnął łyk herbaty. – Ta sprawa od lat nie daje mi spokoju. Gdy tylko się dowiedziałem, że ktoś przy niej węszy, odżyła we mnie nadzieja, że wreszcie wyjdą na jaw wszystkie nadużycia, których dopuściła się ta zakłamana banda z Wrońskim na czele.

– Widzę zatem, że przyświeca nam podobny cel. – Na twarzy łowcy pojawił się iście wilczy uśmiech. – Nie tylko panu Wroński zaszedł za skórę.

– Cóż... – Czytacz zasalutował mu filiżanką. – W takim razie możecie na mnie liczyć. Gdybym mógł jeszcze jakoś pomóc, jestem do dyspozycji. Wrogowie mojego wroga są moimi przyjaciółmi.

– Może spróbuj go podrzucić – zasugerował łowca, patrząc, jak Ida metodą tylu prób co i błędów bezskutecznie usiłuje obrócić naleśnik.

– Nie wiem, czy potrafię – mruknęła bez przekonania i zaklęła szpetnie po tym, jak na wpół usmażony placek znów ześlizgnął się z drewnianej łopatki i opryskał dziewczynę tłuszczem. – Karolina od pięciu minut próbuje mnie do tego nakłonić, ale obawiam się, że przecenia moje możliwości.

– Spróbuj chociaż.

Spróbowała. Naleśnik wyfrunął w powietrze, fiknął koziołka, po czym bezpiecznie wylądował z powrotem na patelni.

– Ha! – zakrzyknęła triumfalnie, a Kruchy uśmiechnął się pod nosem. – Jak mi to zostanie, otworzę restaurację. Ten cały pamiętnik zaczyna mi się podobać.

No, może nie licząc zawodzącej malarki, która wykonywała właśnie kolejną łzawą pieśń o tęsknocie za zaginionym mężem. Łowca, zupełnie nieświadomy, jakie miał szczęście, że nie musiał tego wysłuchiwać, uważnie przyjrzał się szamance, lekko przechylając głowę.

– Myślałem, że chcesz zostać psychologiem.

– Akurat – odburknęła, nagle tracąc humor. Zdjęła naleśnik z patelni na talerz i podsunęła go Kruchemu razem ze słoikiem dżemu. – Dziś był ostatni egzamin, a ja nie stawiłam się na żadnym, wywalą mnie z uczelni na zbity pysk. Zresztą jeśli jakimś cudem przeżyję, sama będę potrzebować psychologa.

– A nie myślałaś o tym, żeby na dobre wstąpić do WON-u?

Aż się wyprostowała, słysząc te słowa.

– Mowy nie ma! – zawołała ze zgrozą. – Dość mam wrażeń jak na jedno życie.

– Teraz tak mówisz. Ale jak załatwisz sprawę z Mikołajem i znów nastanie nuda, jeszcze za tym zatęsknisz, zobaczysz. Adrenalina uzależnia, coś o tym wiem.

– Nuda? – Spojrzała na niego pobłażliwie. – Chłopie, pozwól, że ci przypomnę: ja widzę nieżywych ludzi. Po Mikołaju czeka mnie jeszcze cały tłum świrów do przeprowadzenia. Muszę sobie załatwić takie jezioro, może jeśli zjawy nie poznają klucza, nie będą mogły mnie nękać? A już na pewno na krok się nie ruszę bez spowijającej mnie widmowej mgły, samo maskowanie Oka może nie wystarczyć. Tak czy owak, kiedy już znajdę Kwiatkowskiego, kończę z tym i zaczynam...

– Normalne życie – wpadł jej w słowo. Słyszał te zapewnienia tyle razy, że mógł je cytować z pamięci. – Teraz tak mówisz – powtórzył z przekonaniem. – Zresztą niezmiernie ciekawi mnie, co Tekla powie na to wszystko.

– A co ona ma do tego? – żachnęła się.

– Po twojej reakcji stwierdzam, że więcej, niż sama chcesz przyznać – odrzekł, rozbawiony jej poirytowaniem.

Nie miała zamiaru odpowiadać. Zwłaszcza że musiałaby albo skłamać, albo się z nim zgodzić, a ani jedno, ani drugie nie wchodziło w grę.

– Jedz, póki ciepłe – bąknęła ponuro i wylała na patelnię kolejną chochlę rzadkiego ciasta.

Łowcy nie trzeba było dwa razy powtarzać, natychmiast zajął się pałaszowaniem naleśników z dżemem, twarogiem lub powidłami. Szamanka zaparzyła herbatę, podrzuciła ostatni smażący się placek i jeszcze raz skrupulatnie przejrzała szafki.

– Co zgubiłaś? – zainteresował się Kruchy.

– Chciałam upiec ciasto – odparła, z dezaprobatą lustrując zawartość lodówki. – Ale chyba nic z tego. Kornelia nie ma już ani mąki, ani jajek, a mleka starczy może na dwie kawy.

– Przecież już jedno upiekłaś – odparł, spoglądając na okazałego murzynka dopiero co zalanego czekoladową polewą. – I pierniki. – Zerknął na pełną miskę stojącą tuż obok ciasta. – I bezy. – Przeniósł wzrok na drugą michę, dużo większą i załadowaną tak, że aż się z niej wysypywało. – I babeczki. – Stalowe oczy omiotły stosik lukrowanych łakoci. – A poza tym jest piąta rano. Wyluzuj.

– No próbuję właśnie, ale nie mogę usiedzieć na miejscu – poskarżyła się, nadal uparcie przeczesując najbliższe otoczenie w poszukiwaniu kulinarnych inspiracji. – Ciągle myślę o Karewiczu.

– I co ci wychodzi?

Zdjęła z patelni przyrumieniony naleśnik i zgasiła ogień na kuchence. Usiadła naprzeciwko Kruchego i upiła nieco herbaty z kubka.

– Że Kuźmik ma rację – odpowiedziała wreszcie, odgarniając z czoła niesforny kosmyk. – Kusicielowi nie chodziło o zmylenie śledczych, wyczyścił sobie umysł, by nie pamiętać śmierci żony i córki. W wizjach ciągle je widuję, głowę dam, że to od nich wszystko się zaczęło. Podejrzewam, że zabił obie. Dziewczynkę, bo jej nie chciał, a żonę, bo wiecznie pogrążonej w rozpaczy i zapłakanej nie mógł znieść. Nie wytrzymał jej wiecznych, słusznych zresztą wyrzutów i wreszcie stracił nad sobą panowanie. A może bał się, że białowłosa na niego doniesie?

Potem odezwało się poczucie winy. Wreszcie go to przerosło i postanowił zapomnieć.

– Tylko po co zamordował „Szesnastkę"? – spytał łowca, nie kryjąc wątpliwości. – Jeśli zabił żonę po to, żeby ją uciszyć, jej ewentualne wskrzeszanie przestaje mieć sens, karmienie drzewa ciałami kobiet również. I skoro wyczyścił sobie wspomnienia, dlaczego w takim razie po jego ucieczce na drugą stronę lustra wiedźmy znów zaczęły znikać? I dlaczego poluje także na magów, skąd to nagłe zainteresowanie facetami?

– Pojęcia nie mam – przyznała. – Może gdy uśmiercił rodzinę, coś w nim pękło i do głosu doszedł instynkt mordercy, który drzemał w nim od samego początku, ale dopiero po pierwszych zbrodniach zaczął przejmować kontrolę? Może Karewicz najpierw pozbył się żony i córki, a potem, gdy wymazał je z umysłu, zabijał dalej, bo czuł, że musi. Nie miał już pamięci, lecz żądza krwi pozostała. Wiesz, kto raz z diabłem płynął, musi go zawsze wozić.

– Wyjątkowo trafne przysłowie – zauważył.

– I prawdziwe. W psychologii to się nazywa torowanie, czyli powtarzanie znanych schematów zachowań, w mocnym uproszczeniu. Może pierwsze morderstwo uświadomiło mu, że lubi zabijać, i tylko dzięki kolejnym czuł się spełniony. Jest tylko jeden sposób, by się przekonać, czy właśnie to przydarzyło się Karewiczowi. – Spojrzała łowcy w oczy. – Wycieczka do piekieł. Głowę dam, że aby się do nich dostać, muszę zdobyć klucz do jego wspomnień. Tylko w ten sposób odnajdę odpowiedni lustrzany świat, tak jak zaproszenie od Kornelii pozwala odnaleźć jej jezioro.

– A Mikołaj... – odezwał się Kruchy, lecz nie dała mu skończyć.

– W jego ciele nie znalazłam zaklęcia otwierającego przejście – powiedziała szybko. – I nawet jeśli Stanisława je poznała, to po pierwsze, nie jest czarownicą, więc nie możemy mieć pewności, czy czegoś nie pokręci i czy ono w ogóle zadziała. Po drugie, znasz kogoś, kto zechciałby odprawić rytuał i oddać własną duszę Kusicielowi tak jak Kwiatkowski? No właśnie, ja też nie. A po trzecie, nawet gdyby nawinął się nam jakiś spragniony wrażeń satanista, to zabawa z czarną magią raczej nie jest mądrym posunięciem teraz, kiedy Wewnętrzny patrzy nam na ręce.

– Mów dalej – poprosił po chwili łowca, przyglądając jej się z uwagą.

– Wspomnienia Karewicza to element jego umysłu, część jego samego. Myślę, że jeśli zdobędę klucz, lustro rozpozna w nim samego Kusiciela i wpuści mnie do piekieł.

– To chyba nawet ma sens. – Kruchy skinął głową i wyciągnął ku niej paczkę lucky strike'ów. – Zatem nie pozostaje nam nic innego, jak wytropić tego siewcę zapomnienia. Od czego zaczynamy, szefowo?

Uśmiechnęła się blado.

– Wrócimy do domu Kusiciela – zaczęła wolno po dłuższym namyśle, odpalając papierosa. – Ktoś tam regularnie bywa, dba o różę, może nawet znał Karewicza i jego rodzinę. Musimy porozmawiać z tym człowie...

Urwała, gdy najpierw zaskrzypiał sufit, a potem zadudniły schody.

– Czy wyście powariowali? – ziewnął Stefek, przystając na ostatnim stopniu. – Już na nogach, o tej porze?

Ledwo to powiedział, za jego plecami pojawiła się Kornelia zakutana w – jakżeby inaczej – różowy, puszysty szlafrok. W tym stroju do złudzenia przypominała monstrualny kłębek waty cukrowej.

– Coś pięknie pachnie – zawołała radośnie, a kiedy dostrzegła zastawiony smakołykami stół, jej powiększone przez soczewki okularów tęczówki zalśniły ze szczęścia. – Popatrz tylko, Stefciu!

Mężczyzna przetarł oczy. Nie wiadomo, z niedowierzania czy raczej niewyspania, jednak nie ulegało wątpliwości, że sterta wypieków zrobiła na nim duże wrażenie.

– Ta dziewczyna to skarb – wyszeptał zachwycony. – Z taką nie trzeba co rano po świeże pączki dla żony zaiwaniać... Kwiatuszku, możemy ją adoptować?

– O nie! – zaprotestował żywo łowca. – Ona jest moja! Już ją sobie zaklepałem i nie oddam. Byłem pierwszy, Ida, powiedz im...

Szamanka nie powiedziała nic, tylko głośno wypuściła powietrze. Kruchy zerknął na jej twarz i już wiedział, że nie było to zwykłe westchnięcie. Wyciągnął żarzącego się papierosa z jej nieruchomych palców. Odsunął kubek z gorącą herbatą w razie, gdyby Ida miała zaraz uderzyć czołem w stół, a potem szybko okrążył blat i przytrzymał dziewczynę za ramiona, zanim zaczęła zsuwać się z krzesła.

Pień w kształcie kobiety czerni się na tle granatowego nieba. Mrok spowijający konary jest ciemniejszy od panującej wokół bezksiężycowej nocy, tak głęboki i gęsty, że zdaje się spijać blade światło gwiazd. Trawy i krzewy stoją na baczność, ani jedno źdźbło nie ma odwagi wydać najmniejszego szmeru, ani jeden liść nie śmie choćby drgnąć. Cały ogród sprawia wrażenie oniemiałego ze strachu przed wrogą aurą drzewa, od której aż wibruje powietrze.

Nagły trzask niesie się echem w tej nienaturalnej ciszy, a błysk na moment oświetla kłębowisko martwych ptaków, które otaczają pień makabrycznym pierścieniem. Zwęglone, powykręcane ciałka, połamane skrzydła, nastroszone jak po rażeniu piorunem pióra, szeroko otwarte ślepia i dzioby. Z niektórych truchеł wciąż unosi się cuchnący, czarny dym, inne ostygły już i zdążyły poszarzeć od kurzu, pyłu i popiołu. Jeszcze inne, te najstarsze, leżą w kawałkach, przysypane warstwą suchych liści.

Ida pochyla się nad jednym z ptaków. Delikatnie trąca zakurzone skrzydło czubkiem buta, a ono natychmiast rozsypuje się w proch. Po chwili jej uwagę przykuwa szmer, dostrzega ruch kilka kroków dalej. Stąpając ostrożnie jak po cienkim lodzie, rusza w tamtym kierunku i znów pochyla się nad ptasim grobem. Wrona.

Wciąż żyje. Czarne skrzydła drgają spazmatycznie, dziób otwiera się i zamyka jakby w rozpaczliwej walce o kolejny łyk powietrza. Oczy przypominają zastygnięte krople smoły i płaczą krwią, pazurki prostują się i kurczą, ryjąc w ziemi coraz głębsze bruzdy.

Szamanka odskakuje od drzewa, gdy rozlega się ponowny trzask, a roziskrzone światło znów na moment rozjaśnia noc. Kolejny ptak ląduje u jej stóp. Dym snuje się spomiędzy zwęglonych piór, a oczy broczą gęstą posoką. Zafascynowana Ida obserwuje, jak szary strzęp ptasiej duszy opuszcza ciało i płynie w powietrzu prosto w ramiona drzewnej kobiety. A potem wnika w nią przez szparę w korze, tak bardzo przypominającą rozchylone do krzyku usta.

Białowłosa ledwo trzyma się na nogach. Z trudem stawia chwiejne kroki, sunąc barkiem po fioletowej ścianie, na której widnieją błękitne gwiazdy i pomarańczowe słońca. Ze wzrokiem utkwionym w kołysce, zdaje się nie dostrzegać niczego innego i w pewnym momencie potyka się o pluszowego misia, który leży na podłodze i patrzy w sufit pustymi oczami z guzików. Kobieta o mało nie upada, walka o równowagę kosztuje ją tak wiele sił, że musi przystanąć. Opiera się plecami o ścianę, przymyka powieki, oddychając ciężko i przyciskając do piersi pozytywkę w kształcie karuzeli z trzema kucykami. Po chwili z determinacją rusza dalej, kołyska jest już przecież tak blisko, wystarczy zrobić kilka kroków. Białowłosa drżącą dłonią odchyla materiał baldachimu, zagląda do środka.

Pozytywka wypada jej z rąk i uderza o podłogę, a pokój rozbrzmiewa srebrzystą melodią. Jęk, jaki wydobywa się z ust kobiety, szybko przechodzi w rozdzierające, nieludzkie wycie.

– Coś ty zrobił?! – wrzeszczy na widok stojącego w progu Kusiciela. Jej fiołkowe oczy płoną z gniewu i rozpaczy. – Coś ty najlepszego zrobił? Gdzie ona jest? Dlaczego mi ją odebrałeś, jak mogłeś?! Jesteś potworem, słyszysz?! Nienawidzę cię! Nienawidzę!

*

– Błagam cię, nie umieraj! – szlocha w panice Karewicz, przyciskając obie dłonie do szyi białowłosej. Cięcie jest głębokie. Krew sączy się spomiędzy jego palców, uchodząc z kobiety razem z życiem, a plama czerwieni, w której oboje leżą, rośnie z każdą sekundą. – Co ja zrobiłem, Boże mój, co ja zrobiłem. Nie chciałem tego... naprawdę nie chciałem! Wybacz mi. Nie zostawiaj mnie samego, proszę, bez ciebie nie mam nic! Nie odchodź, błagam, wszystko naprawię, obiecuję ci! Tylko nie umieraj!

Nagie ciało kobiety leży na stole, a rozsypane po blacie włosy tworzą wokół jej głowy piękną, śnieżnobiałą aureolę. Paskudna rana na szyi już nie krwawi, czarny skrzep mocno kontrastuje z bladą skórą. Kusiciel muska zimne wargi żony samymi koniuszkami palców, czule głaszcze pozbawione rumieńców policzki. Nachyla się nad nią, składa na skroni delikatny pocałunek.

– Odzyskam cię, moja słodka – szepcze jej do ucha, pewny, że go słyszy. – Nie popełnię drugi raz tego samego błędu, masz moje słowo. Nie spocznę, dopóki nie sprowadzę cię z powrotem, tylko nie odchodź zbyt daleko, dobrze? Czekaj cierpliwie, kochanie, już niedługo znów będziemy razem.

Kusiciel odrzuca łopatę, grzbietem dłoni ociera zroszone potem czoło. Dół wydaje się dość głęboki. Jasnowłosy jeszcze raz spogląda na ciało żony, noszące już pierwsze oznaki rozkładu, i szybko odwraca wzrok. W ustach czuje gorzki smak porażki, różnokolorowe tęczówki szklą się od łez. Szybko ociera oczy.

– To nic, kochana – mówi zdławionym głosem. – Jeszcze się spotkamy, zobaczysz. Znów będziemy razem. Nie w tym, to w innym świecie. A teraz śpij...

Z tymi słowami bierze kobietę w ramiona i bez trudu podnosi z ziemi. Jest lekka jak piórko. Z namaszczeniem układa jej ciało na dnie dołu, poprawia włosy, splata dłonie i wsuwa w nie różany kwiat. A potem wydostaje się na powierzchnię i zaczyna zasypywać grób. Rosnące tuż obok brzoza oraz krzew dzikiej róży przyglądają się w milczeniu, jak białowłosa znika pod kolejnymi warstwami ciemnej ziemi.

Siedzi na podłodze pod ścianą salonu, słuchając krystalicznie czystych dźwięków pozytywki. Wszystko jest inaczej. Dom stał się pusty i cichy, nie słychać śpiewu białowłosej ani płaczu niemowlęcia. Z kuchni nie dochodzi ostra woń pieprzu i imbiru, melodia kołysanki brzmi obco i fałszywie, widok brokatu krążącego wokół drzewa z papieru nie wywołuje już niczyjego uśmiechu i fascynacji, lecz jedynie tęsknotę i cierpienie. Kusiciel czuje, że nie wytrzyma, poczucie winy trawi go od środka, zmienia serce w krwawiący strzęp wspomnień. Oddał wszystko, by cofnąć czas, odwrócić śmierć, odzyskać utracone. Na próżno. Nie ma już nic, nawet nadziei. Jest zupełnie sam z umysłem pełnym upiorów przeszłości, sam w piekle swojej tragedii, którą przeżywa wciąż i wciąż, w kółko, bez końca, bez wytchnienia.

Na tym właśnie polegają piekła. Na ciągłym powtarzaniu.

Czuje potworne zmęczenie, a tłoczące się pod czaszką myśli sprawiają, że chce mu się wyć. Jedyne, czego pragnie, to zasnąć, ale bez snów, bez koszmarów, bez strachu, że znów przeżyje to wszystko na nowo. Po prostu zamknąć oczy i delektować się ciemnością, ciszą, niemyśleniem, wyłączyć się, ochłonąć, wyczyścić umysł... Po prostu zapomnieć.

Rozpaczliwie chwyta się tej myśli, przecież nie ma już nic do stracenia. Absolutnie nic.

Niepamięć to wybawienie.

Niepamięć go wyzwoli.

Nie miała siły otworzyć oczu.

Mrok kłębił się pod ciężkimi powiekami, ciemnoczerwony, pachnący pieprzem i imbirem, tak gęsty, że tłumił subtelne dźwięki pozytywki. Dużo, dużo później w ciemności rozległ się rozdzierający krzyk kobiety i płacz niemowlęcia. Czyjś ledwo słyszalny szept obiecywał, że zapomnienie uśmierzy wszelki ból, a rozbrzmiewające w oddali echo powtarzało smutną pieśń Karoliny.

A potem coś ciężkiego uderzyło szamankę w splot słoneczny, skutecznie odcinając dopływ powietrza. Głosy w jej głowie umilkły momentalnie, ciemnoczerwona mgła rozpierzchła się bez śladu.

Ida uniosła powieki i spojrzała prosto w ogromne, żółte ślepia. Łapacz snów siedział jej na brzuchu, mocno napierając przednimi łapami na mostek, i obwąchiwał jej policzek, jak zwykle łaskocząc oddechem i kocimi wąsikami.

– Gry... zak... – wydusiła z trudem. – Złaź...

Koszmarek posłusznie zeskoczył na łóżko.

– No, nareszcie – westchnęła z ulgą Tekla. – Myślałam, że już się nie obudzi.

Szamanka dźwignęła się na łokciach, rozejrzała szybko. Ze zdziwieniem stwierdziła, że znów jest noc i że leży we własnym pokoju.

– Jak się tu znalazłam? – spytała ochryple.

– Chrupki ją przywiózł – powiedziała ciotka i przysiadła na krawędzi łóżka. Twarz miała bladą, a oczy podkrążone. – Nieprzytomną – dodała po chwili. – Baliśmy się, że... No, sama wie. Przez trzy dni nie było z nią żadnego kontaktu.

Pech zbladł i zajęczał żałośnie.

– Trzy dni?! – zawołała Ida.

– A nawet dłużej. Tuż przed jej przebudzeniem minęły dokładnie osiemdziesiąt cztery godziny.

Szamanka opadła na poduszki.

– No ładnie – szepnęła ponuro. – Czy to znaczy, że... – Zabrakło jej odwagi, by dokończyć pytanie.

– Nie jestem pewna, co to znaczy – odparła cicho Tekla. – Ale nie wygląda to dobrze. Sądzę... – głos jej się załamał. Odchrząknęła, kaszlnęła w pięść. – Obawiam się, że nie zostało jej wiele czasu.

– Nic nowego – mruknęła dziewczyna. – Kruchy się odzywał?

– Zaglądał do niej każdego dnia. Tylko dzisiaj nie mógł przyjść, bo zaczęła się ta kontrola z Wewnętrznego. Za to rano była tutaj Zołza Majcher.

– A ta po co? – prychnęła szamanka. – Pewnie chciała ulżyć mi w cierpieniu i zadusić poduszką.

Kobieta z powagą przytaknęła siostrzenicy.

– Pomyślałam sobie to samo, dlatego nie wpuściłam jej na górę. Powiedziała tylko, że łowca zmusił ją, żeby sprawdziła, co z Idą. Zaraz potem poszła precz.

– Gdzie moja torba?

– Na krześle, a bo co?

– Dam mu znać, że żyję. – Szamanka wyskoczyła z posłania, złapała torbę i całą zawartość wytrząsnęła na łóżko. Pochwyciła komórkę, wyklikała lakoniczne i dosłowne: „żyję" i wysłała wiadomość. – A teraz wezmę szybki prysznic i zaczniemy naukę przechodzenia.

– Jest środek nocy – zauważyła odruchowo ciotka.

– Wszystko jedno. Straciłam już ponad trzy dni, nie mogę marnować czasu.

Zanim Tekla zdążyła otworzyć usta, dziewczyna porwała szlafrok z fotela i pomaszerowała do łazienki.

– To wcale nie jest takie trudne – powiedziała zrzędliwie ciotka po raz pięćdziesiąty, głośno stukając obcasami o piwniczną podłogę. – Niech się skupi, bo naprawdę...

– No przecież się staram – jęknęła szamanka. Za każdym razem, gdy patrzyła w zwierciadło, jej odbicie natychmiast przysłaniały wąsy czerwonej mgły, a to dość skutecznie ją rozpraszało. – Przestańże tak łazić, bo nie pomagasz, wnerwiasz mnie tylko.

– A Ida, zamiast brać się do roboty, wymyśla coraz to nowe usprawiedliwienia, jedno głupsze od drugiego – sarknęła Tekla, a jednak posłuchała siostrzenicy i przysiadła na podłokietniku fotela. – Nie gapi się tyle w to lustro, bo diabła zobaczy.

– Ależ ci się dowcip wyostrzył.

– Dobra, próbujemy jeszcze raz. Pamięta wszystko, co mówiłam, czy mam coś powtórzyć?

Szamanka nie pamiętała połowy, ciotka powtórzyła więc cierpliwie. Po raz pięćsetny chyba.

– Musi sobie uświadomić, że ta czarnowłosa dziewczyna o piwnych oczach w zwierciadle nie jest tylko jej odbiciem – powiedziała na koniec. – To osobny, samodzielny byt, istota z równoległego świata. Wygląda zupełnie jak Ida, naśladuje każdy gest, robi takie same miny, durnowate zresztą, ale to nie jest wyłącznie jej wierna kopia. Kiedy ta prosta prawda w końcu do Idy dotrze, jej bliźniaczka sama zaprosi ją na drugą stronę i przejście się otworzy. Wystarczy, że uważnie się przyjrzy i wykona jakiś gwałtowny ruch, a wtedy zauważy, że dziewczyna w lustrze nieco spóźnia się z powtarzaniem.

– Skoro ona nie jest moim odbiciem, to w takim razie kim?

– Jej lustrzanym przewodnikiem – pouczyła ją Tekla. – Każdy, kto umie przekraczać granicę światów, ma swojego. Znają drogę do wszystkich krain w zwierciadłach, ale żeby dostać się do niektórych, potrzebny jest glejt. A skoro o tym mówimy, znalazła już coś, co pomoże jej otworzyć piekła Kusiciela?

– Pracuję nad tym – bąknęła wymijająco szamanka. – Mam pewien pomysł i gdyby nie moja trzydobowa drzemka, możliwe, że już bym zdobyła ten przeklęty klucz. – Zerknęła na ciotkę. – Chcesz powiedzieć, że każdy człowiek ma takiego przewodnika? I jedyne, co musi zrobić, żeby wybrać się na drugą stronę lustra, to uświadomić sobie, kogo tak naprawdę widzi w szklanej tafli?

– A skąd! – Ciotka szybko potrząsnęła głową. – Przewodników mają wyłącznie ci, którzy potrafią uwolnić swego ducha i żyć poza cielesnością, bo tylko wtedy przejście jest możliwe.

Kiedy dusza normalnego człowieka opuszcza ciało, jedyny świat, do jakiego może się udać, to kraina umarłych.

Ida ponownie spojrzała w zwierciadło. Obserwujące ją z niego piwne oczy pobłyskiwały w półmroku piwnicy, oświetlane drżącym światłem lampy naftowej, i raz po raz znikały w czerwonych oparach. Szamanka próbowała ignorować mgłę i przekonać samą siebie, że siedzi przed nią zupełnie obca dziewczyna. Nie było to łatwe. Zresztą nic dziwnego, po blisko dwudziestu latach oglądania w lustrze tej samej twarzy i traktowania jej jak własną raczej trudno tak ni z tego, ni z owego pogodzić się z faktem, że ta panna po drugiej stronie tylko udaje jej odbicie. Ciekawe, swoją drogą, co taka robi, gdy akurat nie ma w pobliżu niczego, w czym Ida mogłaby się przejrzeć. Staje się niewidzialna, przestaje istnieć czy może zajmuje się własnymi sprawami, by potem znowu bezczelnie ją przedrzeźniać? Co za obłęd...

Szamanka siedziała tak przez dobre pół godziny, machała rękami, wystawiała język, testując refleks swojego klona i próbując przyłapać go na jakiejś pomyłce w kopiowaniu ruchów. Klon jednak wiedział chyba, co się święci, i nie zdradził się najmniejszym nawet gestem. Gdy Ida zamachnęła się i zatrzymała pięść tuż przed powierzchnią szkła, zrobił dokładnie to samo, niwecząc jej złudną nadzieję, że może jednak odruchowo się zasłoni.

Tekla widziała po minie siostrzenicy, że ta ma ochotę się poddać, zniechęcona brakiem postępów. Jednak zanim ciotka zdążyła powiedzieć cokolwiek, by ją zmotywować, nagle oczy dziewczyny i jej bliźniaczki zaczerniły się jak dwa obsydiany. A właściwie cztery.

Ida wyprostowała się i zamrugała, w przeciwieństwie do ciotki nieprzyzwyczajona do tego widoku. Te czarne, ogromne krople smoły w miejscu białek i piwnych tęczówek zmieniły wszystko. Szamanka nie potrafiła rozpoznać własnej twarzy, która wyglądała teraz nieludzko, przerażająco, tak obco...

I właśnie ta obcość sprawiła, że wszelkie trudności zniknęły jak ręką odjął i Ida w jednej chwili uwierzyła, że patrzy nie na siebie, tylko na demonicę z luster Kusiciela. Choć nie było to tak do końca zgodne z prawdą, grunt, że podziałało.

Dziewczyna w lustrze uśmiechnęła się i mrugnęła łobuzersko, podczas gdy usta szamanki pozostały głupawo rozdziawione ze zgrozy i zdziwienia, a powieki szeroko otwarte.

– No nareszcie – ucieszyła się ciotka i szybko podeszła do siostrzenicy. – Teraz niech dotknie szkła.

Ida posłuchała natychmiast, próbując wyczytać coś z głębokich jak otchłań, atramentowych oczu dziewczyny z lustra. Demonica również wyciągnęła dłoń i od dotyku dzieliła je już tylko cieniutka powierzchnia zwierciadła. Przez chwilę nie działo się nic, a potem zimna tafla zafalowała między ich palcami jak zmącona woda, zrobiła się miękka i elastyczna. Opór zniknął, szkło rozpłynęło się w powietrzu, została tylko drewniana rama, a w niej czarna pustka i wciąż chytrze uśmiechnięty klon szamanki.

– I tak właśnie wygląda otwarte lustro – szepnęła Tekla. – Dobrze się spisała, a już zaczynałam wątpić, czy my rzeczywiście mamy te same geny. – Ciotka nie byłaby sobą, gdyby pochwały pod adresem podopiecznej nie przyprawiła szczyptą złośliwości. – Teraz może już przejść. Nic się nie boi, zaraz do niej dołączę.

Ida przymknęła oczy i uwolniła duszę z cielesnej powłoki. Po chwili jej ciało osunęło się na podłogę, a na włosach, brwiach i rzęsach wykwitły drobniutkie kryształki lodu. Spomiędzy sinych warg z każdym coraz wolniejszym oddechem wydobywał się obłoczek pary.

Bliźniaczka delikatnie ujęła jej niematerialną dłoń i pociągnęła na drugą stronę lustra.

A potem zniknęła.

Ida rozejrzała się dookoła. Pomieszczenie, do którego trafiła, było niezwykle podobne do piwnicy w jej willi, tylko odwrócone, jak to odbicie. Znajome wnętrze nabrało teraz zielonkawych odcieni i nieco straciło ostrość, a zarysy fotela, okna i zwierciadeł jaśniały zimną żółcią, drżały i zdawały się nieustannie zmieniać kształty. Drobinki kurzu wirowały w powietrzu, błyszcząc w szmaragdowym półmroku jak maleńkie świetliki i pozostawiając za sobą jaskrawe spiralki światła.

Ledwo szamanka ruszyła się z miejsca, gdy coś ciemnego i rozmazanego szurnęło jej spod stóp i przycupnęło w kącie obok schodów. Wyglądało jak obłok sadzy, jak skrawek gęstego cienia, a im dłużej mu się przyglądała, tym stawało się wyraźniejsze i coraz bardziej przypominało nietoperza utkanego z mgły i czarnego dymu. Zbliżyła się ostrożnie i klęknęła kilka kroków przed stworem. Siedział skulony pod najniższym stopniem, obserwując ją uważnie brudnożółtymi, kocimi ślepiami, po czym z furkotem wzbił się w powietrze i wylądował tuż przed nią.

Przez chwilę patrzyli na siebie w bezruchu.

Ida z wahaniem wyciągnęła dłoń i już, już miała go dotknąć, kiedy nagle z wnętrza otwartego lustra sypnęło mrowiem seledynowych iskier, a piwniczny mrok przecięła struga światła.

Spłoszony stwór wystrzelił w górę i wtopił się w cień pod sufitem.

– I jak wrażenia? – zapytała Tekla, stukając obcasami trzewików. Mimo że obie przeszły jedynie duszami, w świecie zwierciadeł mogły twardo stąpać po ziemi. Dosłownie.

– Nie jesteśmy tu same – stwierdziła Ida, wstając z klęczek.

Nie jesteście, zapewnił cicho Pech.

– Oczywiście, że nie jesteśmy – odparła ciotka. – Druga strona roi się od lustrzanych istot, nawet nasze myśli i emocje mają tu swoje odbicia. Widziała już jakieś?

– Chyba tak, choć nie jestem pewna, co to było. A do którego świata właściwie trafiłyśmy?

– Do tego, który bezpośrednio graniczy z naszym. Jest tak podobny do wszystkiego, co znamy, że nie sposób się w nim zgubić, dlatego doskonale nadaje się na naukę przechodzenia.

– To co, idziemy pozwiedzać? – spytała szamanka bez szczególnego entuzjazmu. Blask przedmiotów oślepiał, całe lustrzane pomieszczenie widocznie wibrowało i choć dziewczyna próbowała walczyć z zaburzeniami równowagi, doznawała coraz silniejszego oczopląsu. Po chwili już w ogóle nie wiedziała, gdzie góra, a gdzie dół.

– Jeszcze nie teraz – zaprotestowała Tekla, obserwując pobladłą twarz podopiecznej. – Ida jest przemęczona, musi oszczędzać siły. Więź z ciałem słabnie z każdą chwilą, którą dusza spędza w lustrze, na razie to dla niej zbyt duży wysiłek. Odpocznie trochę i zaraz tu wrócimy. Będziemy regularnie przechodzić i stopniowo przedłużać wizyty, dopóki się nie przyzwyczai i nie opanuje tej sztuki na tyle, by zmierzyć się z piekłami Kusiciela. A teraz wracajmy, bo już zrobiła się na wpół przezroczysta.

Szamanka przez sześć godzin oswajała duszę z drugą stroną, aż wreszcie pozbyła się zawrotów głowy, a w jej uszach przestał rozbrzmiewać obezwładniający huk Niagary.

Dopiero wtedy Tekla uznała, że Ida może zaryzykować samodzielną przeprawę i zwiedzić resztę zwierciadlanej willi.

– Zostanę tu i będę mieć oko na jej ciało – powiedziała z powagą, zajmując miejsce w odrapanym fotelu. – Jeśli tylko poczuje, że coś jest nie tak, jeśli niespodziewanie osłabnie lub jej dusza raptem straci materialność, ma natychmiast wracać, czy to jasne?

– Tak jest! – Ida zasalutowała ciotce i pomaszerowała do zwierciadła. – Trzymaj kciuki.

W lustrzanej piwnicy nadal panował butelkowozielony półmrok, ale odbicia przedmiotów nabrały ostrości, a ich blask zdecydowanie osłabł i złagodniał. Od fotela, drewnianych stopni i okna biły teraz przyćmione poświaty, przywodzące na myśl mdłą łunę ognia. Kurz wciąż tańczył w powietrzu, lecz nie raził już w oczy, tylko mienił się delikatnie jak czarodziejski pył.

Szamanka raźno ruszyła w stronę schodów i wbiegła na górę. Odzwierciedlenie kuchni również tonęło w odcieniach zieleni i wyglądało identycznie jak jego realny pierwowzór, nie licząc oczywiście symetrycznego odwrócenia. Ida podeszła do stołu i zajrzała do kosza na owoce. Po krótkim zastanowieniu, w ramach eksperymentu, sięgnęła po jedno z jabłek i walcząc z odruchem, skierowała się w stronę przeciwną do tej, po której zwykle znajdował się zlew. Gdy odkręciła kran, poleciały z niego wiązki srebrzystego światła. Po chwili wahania nadstawiła dłoń. Światło było mokre i chłodne.

– Synestezja... – wyszeptała zafascynowana, opłukując owoc, który przy kontakcie z połyskującą wodą nagle zmienił kolor ze szmaragdowego na karminową, głęboką czerwień. Ida skosztowała go ostrożnie. Był słodki i soczysty, a każdy przełknięty kęs rozchodził się po jej duszy przyjemnym, ciepłym mrowieniem. – Ale odjazd.

Obróciła się na pięcie i wyszła z kuchni. Nieśpiesznie zwiedziła resztę willi, zaglądając z ciekawością w każdy zakamarek i beztrosko pogryzając lustrzane jabłko.

Czekał na nią w jej pokoju na poddaszu.

Czarny, podobny do nietoperza. Siedział na łóżku owinięty skórzastymi skrzydłami, a jego wielkie, kocie ślepia zamigotały jak dwa bursztynowe migdały.

Przystanęła w progu i wolno odjęła owoc od ust.

Tak jak przy ich pierwszym spotkaniu, oboje na moment znieruchomieli, mierząc się nieufnymi spojrzeniami.

– Jesteś sama – stwierdził z zadowoleniem. Głos miał niski i mocno zachrypnięty. – Dobrze. Nareszcie będziemy mogli porozmawiać. Ido – dodał po krótkiej pauzie i zaprezentował drobne kiełki w czymś, co w zamierzeniu miało być zapewne uśmiechem, a w praktyce wypadło raczej upiornie. – Wejdź, proszę.

– Skąd mnie znasz? – spytała podejrzliwie, nie ruszając się z miejsca. – I kto ty w ogóle jesteś?

– Mam tak wiele imion, że doprawdy trudno je zliczyć – odparł, nadal paskudnie wyszczerzony. – Ale ty w myślach nazywasz mnie Pechem. Bardzo słusznie zresztą.

Zachichotał chrapliwie na widok jej miny.

Idę zatkało. Kilkakrotnie otwierała usta, żeby coś powiedzieć, lecz sama nie wiedziała, jak skomentować to, co usłyszała, ani o co zapytać. Tekla twierdziła, że po tej stronie nawet myśli i emocje mają swoje odbicia. Najwyraźniej z jej fatum było tak samo.

Raptem straciła apetyt, cisnęła jabłkiem do kubła na śmieci. Bez słowa przemierzyła pokój i przysiadła na fotelu obok łóżka. Pech rozwinął skrzydła, podleciał do niej i zgrabnie wylądował na oparciu tuż obok. Z bliska zajrzał jej w oczy.

– Rozbiłaś lustro – zamruczał cicho. – Kilka lat temu. Pamiętasz?

Zastanawiała się dłuższą chwilę, obserwując go uważnie i nawijając na palec kosmyk włosów.

– Ze dwa razy w życiu mi się zdarzyło – powiedziała wreszcie. – Najpierw w pierwszej liceum, a potem w klasie maturalnej, na samym początku roku szkolnego. Rozbite lustro i Pech – dodała z westchnieniem. – Chcesz powiedzieć, że ta stara śpiewka o siedmiu latach nieszczęścia to jednak prawda?

– Pewnie, że prawda – potwierdził, a potem uśmiechnął się jeszcze szerzej i jeszcze upiorniej.

– To od którego rozbicia zacząłeś mnie prześladować?

– Ja cię nie prześladuję, tylko opętuję, dla ścisłości – poprawił ją beznamiętnie, na co Ida wybałuszyła oczy. – Właśnie tak. Jestem pomniejszym demonem. A kłopot tkwi w tym, że w waszym świecie czas płynie zupełnie inaczej niż w moim. Straciłem rachubę i nie wiem, ile już w tobie siedzę. Miałem nadzieję, że ty mi to powiesz.

– No, to będzie jakieś... eee, czekaj... jakieś dwa albo cztery lata, w zależności od tego, za którym razem mnie opętałeś.

– A zatem zostały mi jeszcze trzy do pięciu – mruknął.

– Opuszczałam już ciało – powiedziała po chwili. – Niejednokrotnie. A jednak nigdy wcześniej cię nie...

– Poza lustrami pozostaję niewidzialny.

Patrzyli na siebie w milczeniu.

– Chcesz powiedzieć, że ty mnie w to wszystko wpakowałeś? – zapytała wreszcie. – To ty zwaliłeś mi na głowę cały ten bajzel?

– Powiedzmy, że... – zawahał się – że trochę pomogłem losowi. To nic osobistego, po prostu miałaś nieszczęście zbić lustro i stanąć mi na drodze.

– Jaśniej proszę – warknęła coraz bardziej zła.

Dłuższą chwilę nic nie mówił, drapiąc się po głowie końcem skrzydła, jakby szukał odpowiednich słów.

– Za każdym razem, gdy pęka zwierciadło, powstaje wąska szczelina między światami – zaczął w końcu. – Na tyle mała, że większe demony się nie prześlizgną, ale pomniejsze, takie jak ja, mogą przejść bez problemu. A jak już przejdą, to szukają ofiary do opętania. Zwykle trafia na tego, kto rozbił lustro. Zwłaszcza jeśli ów osobnik wierzy w przysłowiowe siedem lat nieszczęścia, ponieważ wtedy sam otwiera dla nas swoje ciało, umysł i duszę. Widzisz, złe myśli, lęki, smutki, wiara w zabobony, to wszystko przyciąga nieszczęścia jak magnes, a my żywimy się waszym strachem, bólem i cierpieniem.

– Ja nie jestem przesądna – zauważyła.

– Ale masz szósty zmysł. – Brudnożółte tęczówki Pecha pociemniały gwałtownie. – Od razu go wyczułem. Bardzo straszny, bardzo lękotwórczy, wystarczyło tylko poczekać na kontakty z umarłymi i krwiożercze wizje. I wszystko szło pięknie, dopóki nie oswoiłaś daru pod okiem tej cholernej Tekli. – Wzdrygnął się lekko, wymawiając to imię. – Wtedy twoje zdolności przestały być już tak... hmm... pożywne. – Mlasnął z rozmarzeniem.

– I co? W trosce o własną dietę musiałeś zrobić coś, żebym znów zaczęła się bać, tak?

– Jestem tylko pomniejszym demonem, mam ograniczone możliwości – odrzekł skromnie. – Jednak przyznaję, że mogłem mieć niejaki wpływ na rozwój wypadków. W końcu, jak to mówią, ciągnie swój do swego, więc niewykluczone, że zwabiłem to i owo. Wiesz, jaki przysmak cenię sobie bardziej niż ludzki strach, ból i cierpienie? – zapytał nagle, zbliżając pysk do jej twarzy. – No, rusz głową, mała. Z czym kojarzą ci się demony?

– Z czarną magią – szepnęła. – Mikołaj.

– Ooo, tak – wymruczał z rozkoszą i po kociemu zmrużył ślepia. – Nasz drogi czarodziej, taki pyszny, od stóp do głów nafaszerowany diabłami... Obawiam się, że moja demoniczna natura w połączeniu z twoim darem banshee wspólnymi siłami przyciągnęły drzemiące w nim moce i zesłały ci sen o Jednookim Kanibalu. A tym samym złączyły twój los z losem czarodzieja. Potem, gdy po raz pierwszy zobaczyliśmy go na jawie, tej nocy, gdy Tekla paradowała w ciele Alicji i wróżyła Karolinie, gdy tylko poczułem piekielną aurę Mikołaja, wiedziałem, że nie mogę pozwolić, by taki kąsek przeszedł mi koło nosa. Chciałem trzymać się jak najbliżej Kwiatkowskiego, by móc czerpać z niego czarnomagiczną energię. A żeby to osiągnąć, wystarczyło, byś przeprowadziła się do jego kamienicy.

– To był pomysł Tekli – poprawiła go cicho.

– A ty nie protestowałaś – stwierdził i zachichotał złośliwie. – Przynajmniej niezbyt długo. A ta twoja ciotka nareszcie się wtedy na coś przydała, bo prawdę mówiąc, przez większość czasu jest dla mnie prawdziwym utrapieniem. Co ona, szczęście przynosi czy co?

– Równowaga w przyrodzie musi być – powiedziała cierpko i popatrzyła w brudnożółte ślepia Pecha. – Jedno mnie zastanawia.

– Zamieniam się w słuch.

– Prorocze sny nie powiedziały mi, że to ja... – zająknęła się, jak zawsze, gdy poruszała ten temat – że to ja go zabiję. Czy ty wiedziałeś?

– Jestem demonem. – Wzruszył skrzydlatymi ramionami. – W świecie, z którego pochodzę, każdy stwór upleciony z czarnej magii ma dar wieszczenia. Potrafimy wyczuć zbliżającą się chorobę, śmierć czy tragedię, tym się żywimy, dzięki temu możemy istnieć i wybierać ofiary...

– Czyli wiedziałeś.

– Pewnie, że wiedziałem. I jeśli mam być zupełnie szczery, to nie mogłem się tego doczekać.

– A czy...

– Nie – odparł, znów nie czekając, aż szamanka dokończy pytanie. Jakby znał jej myśli lepiej od niej. – Znów mnie przeceniasz. To ty odebrałaś mu życie, nie ja. Nie włożyłem ci śrubokrętu w dłoń i nie kazałem go użyć, zrobiłaś to własnoręcznie i dobrowolnie.

– Chyba raczej w samoobronie.

– Wszystko jedno. W każdym razie ja nie potrafię tobą sterować, choć przyznaję, że bardzo bym chciał. A nawet gdybym umiał, w tamtej chwili i tak byłem zbyt zajęty pożeraniem twojego strachu.

– Jesteś odrażający – wyszeptała, gwałtownym ruchem strącając go z podłokietnika. Zatrzepotał skrzydłami i z gracją wylądował na łóżku.

– Dziękuję. – Lekko skłonił kosmaty łeb. – A teraz do rzeczy, bo czuję, że twoja dusza zaczyna słabnąć, a nie daj Mrok, zaraz tu Tekla przyleci i wszystko jak zwykle popsuje. Otóż muszę ci wyznać, że ostatnie wydarzenia poszły nie do końca po mojej myśli. Nie spodziewałem się, że w przypływie ogłupiającego heroizmu obiecasz wydostać Mikołaja z piekieł i na dodatek przypieczętujesz swe zapewnienie nieszczęsną nieśmiertelną przysięgą...

– I na czym niby polega twój problem? – udała zdziwienie. – Za mało strachu produkuję na myśl o niebycie? A może zupę z paniki przesoliłam, ty krwiopijco jeden, ty!

Omiótł wzrokiem sufit.

– Problem polega na tym, że przechodząc przez szczelinę w pękniętym lustrze i wybierając sobie ofiarę, jestem na nią skazany na siedem ludzkich lat.

– A dlaczego akurat tyle?

– To magiczna liczba. Zwykle potrzeba siedmiu lat, by pomniejszy demon nabrał sił i miał szanse na przeżycie w obcym świecie bez żywiciela. Po waszej stronie jest zbyt mało czarnej magii, bym mógł istnieć samodzielnie, dlatego muszę czerpać energię z ciebie. Opętując cię, wplotłem demoniczną moc, z której jestem utkany, w twoją duszę. Połączyłem nas, zespoliłem w jedno, rozumiesz? I gdyby groziła ci tylko śmierć, nie przejąłbym się wcale, bo wtedy po prostu byśmy się rozłączyli. Opuścilibyśmy martwe ciało, a potem każde z nas poszłoby w swoją stronę, ty w zaświaty, a ja na poszukiwanie kolejnej ofiary. Tymczasem zarówno na materialną, jak i niematerialną ciebie dybie nicość, a jeśli znikniesz, zniknę razem z tobą.

– Strasznie mi z tego powodu wszystko jedno – burknęła szamanka.

– Mówisz tak, bo nie wysłuchałaś mnie do końca – odrzekł z przekonaniem i zastrzygł uszami. – Otóż w obliczu zagrożenia, które czyha na nas oboje, w obliczu wspólnego wroga, jakim jest Kusiciel zwany Demonem Luster, niniejszym oferuję ci pomoc podczas wyprawy do jego piekieł.

Szamanka uniosła brwi.

– W świecie pełnym diabłów przyda ci się towarzystwo pomniejszego czarta, możesz mi wierzyć, dziecino.

Długo patrzyła na niego bez słowa.

– A skąd mam wiedzieć, że...

– Że to nie podstęp? – Uśmiechnął się chytrze. – Cóż, cała moja postać o tym świadczy. Zwykle przypominam gargulca, złe, sadystyczne stworzenie, teraz natomiast jestem bardziej jak nietoperz. A nietoperze przynoszą szczęście, a tfu! – Na sam dźwięk tego słowa zrobił minę, jakby chciał splunąć.

– A to niby od kiedy?

– Od zawsze. Ja wiem, że wam, ludziom, kojarzą się z wampiryzmem i złymi mocami. Ale są wśród was i tacy, którzy słusznie wierzą, że rękoskrzydłe zapewniają błogosławieństwo niebios. Ble... – Znów się skrzywił, po czym zerknął na nią badawczo. – Widzę jednak, że ciebie mój wygląd średnio przekonuje.

– Nad wyraz celne spostrzeżenie.

– A co byś wolała, różowego, puchatego królika pewnie? Co to, to nie, wybij to sobie z głowy – fuknął z odrazą. – Jestem demonem i mam swoją godność. Kiedy mówię, że chcę ci pomóc ocalić duszę, możesz mi wierzyć albo nie. Twoja wola. Ale odpowiedz mi, proszę, na jedno pytanie. Tylko szczerze. – Pech podfrunął bliżej i spojrzał jej w oczy. – Masz cokolwiek do stracenia?

Trafił w samo sedno.

Nie miała nic.

Ciotka była zadowolona.

Co prawda, zanim Ida wróciła z drugiej strony, kobieta klęła na czym świat stoi, nerwowo krążyła po piwnicy i z trudem powstrzymywała się, by nie przeprowadzić natychmiastowej akcji ratunkowej, ale gdy tylko okazało się, że szamanka jest cała i zdrowa, niepokój Tekli natychmiast ustąpił miejsca niewypowiedzianej uldze. No i dumie. Również niewypowiedzianej, a już tym bardziej na głos.

Kruchy zjawił się o ósmej rano, akurat po tym, jak ciotka przegoniła Idę z piwnicy i zarządziła przerwę w treningu przechodzenia. Gdy łowca usłyszał zaproszenie na śniadanie, zareagował z właściwym sobie zapałem, jak zawsze, gdy w grę wchodziło jedzenie. W mistrzowskim tempie opróżnił cały talerz kanapek, po czym szybko zrelacjonował dotychczasowy przebieg kontroli. Okazało się, że Wewnętrzny rozpoczął pracę od dokładnej analizy wszystkich spraw prowadzonych przez zespół łowcy w ciągu ostatnich trzech lat. Zgodnie z protokołem postępowania w pierwszej kolejności wziął pod lupę te najstarsze śledztwa.

– Dzięki temu zyskamy sporo czasu – zapewnił Kruchy. – Zanim dotrą do Kwiatkowskiego, może minąć nawet kilka tygodni. To dobra wiadomość – powiedział, widząc zatroskaną minę szamanki. – Skoro nie uczepili się niczego konkretnego, to znaczy, że Wroński szuka po omacku, byle tylko mnie dopaść. Niczego nie znajdzie, zobaczysz.

– A właściwie coś ty mu zrobił, że jest na ciebie taki cięty?

Chwilę zwlekał z odpowiedzią, mieszając łyżeczką w herbacie.

– Odbiłem mu dziewczynę – wyznał wreszcie. – A potem ją zabiłem.

Ida z wrażenia o mało nie upuściła kubka.

– Znaczy to jego wersja – sprostował szybko. – Upatrzył sobie Lenę, gdy tylko zaczęła pracować w Firmie, dosłownie nie mogła się od niego opędzić. Pochodziła z poważanej magicznej rodziny, a jej ojciec jest bardzo wpływowym człowiekiem i Wroński wymyślił sobie, że takie małżeństwo pomogłoby mu w karierze. A ja miałem czelność pokrzyżować mu plany.

– I co, nadal cię za to nienawidzi? Po tylu latach?

– Miał obsesję na jej punkcie – odparł Kruchy i zapalił papierosa. – Twierdzi, że ją kochał, ale trudno mi w to uwierzyć. Taki niby zadurzony, cierpiący, niezdolny do zaakceptowania faktu, że kobieta jego życia wybrała innego, a chyba jako pierwszy pogodził się z jej opętaniem. To on wydał rozkaz, by zamknąć ją w szpitalu Firmy. Nie zrobił nic, nawet nie spróbował jej pomóc. Oczywiście uważał, że to ja jestem wszystkiemu winny, podczas jednej rozmowy w cztery oczy zapowiedział mi nawet, że nie spocznie, dopóki mnie nie zniszczy, cokolwiek miałoby to oznaczać. Po przeniesieniu do Wrocławia niewiele mógł mi zrobić, bo pozostawałem poza jego zasięgiem, ale gdy znów zobaczył moją skromną osobę w stolicy, potraktował to pewnie jak znak od losu. Zaczął węszyć, i tak dowiedział się, że szukałem informacji o Kusicielu w bazie danych Firmy, chociaż Kornelia próbowała zatuszować wszystkie ślady.

– „Szesnastka" to była jego sprawa – mruknęła szamanka. – Wroński wie, że jeśli cię nie uciszy, wyjdą na jaw wszystkie matactwa, jak choćby niszczenie dowodów podważających winę Brzytwy.

– Otóż to. Zwalił mi na głowę niby rutynową kontrolę w nadziei, że się przestraszę i zrezygnuję z zabawy w prywatnego detektywa. Jakby zapomniał, że ja nigdy nie odpuszczam. – Strzepnął papierosa i szarawy wałeczek popiołu spadł na dno kryształowej popielniczki. – Wmawia wszystkim, że to tylko standardowa procedura, a Kwiatek robi, co może, żeby mu przypadkiem czegoś nie ułatwić. Przez jej ręce przechodzą wszystkie dokumenty i wnioski, które szefostwo musi rozpatrzyć i podpisać, upoważniając tym samym Wrońskiego i jego ludzi do grzebania w aktach z moich spraw, ponownego przesłuchiwania świadków i takie tam mecyje. W każdym razie kilkanaście papierków niezwykle ważnych dla sprawnego przebiegu kontroli już się zdążyło zawieruszyć w tajemniczych okolicznościach – skwitował z niewinnym uśmiechem.

– I nikt jej przez to nie zwolni?

– Spokojnie, kto jak kto, ale Skittles potrafi o siebie zadbać i jeśli to konieczne, skierować podejrzenie na kogoś innego.

Idzie jakoś trudno było w to uwierzyć.

– Szczerze mówiąc, zdziwiłam się, gdy ją zobaczyłam – wyznała ostrożnie. – Nie tak wyobrażałam sobie twojego informatora.

– Wbrew pozorom jest niczastąpiona – odparł Kruchy, głęboko zaciągnąwszy się papierosem. – Choć nie wygląda na przesadnie kumatą z tym jednocyfrowym IQ wypisanym na twarzy.

– Nie to miałam na myśli...

– Ależ miałaś – rzekł tonem wszechwiedzącego. – Wszyscy mają. Przyznaj, jakie było twoje pierwsze wrażenie, gdy ją poznałaś?

– No... – zawahała się i wykonała nieokreślony ruch dłonią. – No wiesz...

– Że wygrała z anoreksją, mówiąc łagodnie. – Kruchy wcale nie czekał na odpowiedź. – A prawda jest taka, że jej wygląd to wynik świadomego wyboru. Pewnie uczyli cię na studiach, że osoby otyłe są postrzegane jako mniej inteligentne od szczupłych i atrakcyjnych. Kornelia pracuje w Archiwum Firmy od trzydziestu lat i bardzo dba o to, by nikt nie wziął jej za specjalnie bystrą, bo inteligencja budzi nieufność, a to z kolei utrudnia zbieranie informacji. Kwiatek wzorowo wykonuje niezbyt skomplikowane obowiązki, kilkakrotnie została nawet pracownikiem roku, ale swoim zachowaniem każdego dnia udowadnia, że jest nieszkodliwą, roztrzepaną, zakompleksioną sekretarką, która by nie myśleć o swym podwójnym podbródku i figurze typu arbuz, oddaje się pracy. A to coś upuści lub zgubi, a to coś chlapnie bez ładu i składu. Intensywnie pracuje na wizerunek osoby, która nie jest w stanie ogarnąć dwóch rzeczy jednocześnie do tego stopnia, że jak żuje gumę, to spada ze schodów. Nikt nie podejrzewa nawet, że jej umysł chłonie jak gąbka wszystko, co przeczyta, zobaczy i usłyszy. Kwiatek potrafi z pamięci wyrecytować treść wszystkich akt z Archiwum, a to tylko niewielka część tego, co wie. Świetnie zna się na ludziach i umie nimi manipulować wedle własnego uznania. To ona uratowała mnie przed wyrokiem dożywocia za zabójstwo trzech funkcjonariuszy z mojej grupy, choć Wroński dwoił się i troił, żeby mnie udupić. Jest bezcenna. – Zerknął na szamankę. – Nie rób takiej skruszonej miny, nie obraziłaby się, gdyby usłyszała, że według ciebie nie wygląda na informatora. Skittles robi wszystko, by nie wyglądać na informatora, zatem uznałaby to za komplement. Zresztą popracujesz u nas trochę dłużej, lepiej ją poznasz i sama się przekonasz, jaki z niej skarb.

– Aleś ty uparty... – Szamanka omiotła wzrokiem sufit. – Ani mi się śni wstępować do WON-u, ile razy mam powtarzać, żeby wreszcie do ciebie dotarło?

– I tak nie dotrze, więc śmiało możesz sobie darować – odpowiedział przekornie. – Uważam, że nadajesz się do tej roboty, Ido.

Na dodatek widzisz nie tylko duchy, ale również demony, a w naszej pracy taka umiejętność jest na wagę złota.

– Jak grochem o ścianę, słowo daję – burknęła zrezygnowana i wiedząc, że i tak nie wygra, szybko zmieniła temat. – Powiedz ty mi lepiej, czy ludzie z Wewnętrznego zaczęli już was przesłuchiwać?

– Owszem, ale na razie rozgrzebują wyłącznie śledztwa sprzed dwóch, trzech lat, a my na większość pytań odpowiadamy, że nic nie pamiętamy, co strasznie ich wkurza. Zresztą same zeznania niewiele im dadzą, a dopóki nie znajdą jakichś poważnych uchybień, mogą zapomnieć o prześwietlaniu naszych wspomnień. Żeby przydzielili im czytacza umysłów, musieliby przedstawić konkretne zarzuty. Stąd determinacja Wrońskiego, żeby dokopać się do jakichś obciążających informacji, oddać mój umysł w ręce czytacza, by ten dowiedział się wszystkiego, co wiem o Kusicielu, a potem szantażem zmusić do milczenia.

– Myślisz, że jak dotrą do Kwiatkowskiego, to będą chcieli mnie przesłuchać?

– Pewnie tak, ale tylko w charakterze świadka.

– Raczej zabójczyni.

– Działającej w samoobronie – uspokoił ją. – Gdyby Firma miała oskarżyć cię o morderstwo, już dawno by to zrobiła i na pewno nie wcielałaby cię w swoje szeregi. Poza tym nie jesteś stałym członkiem zespołu, lecz jedynie kimś w rodzaju konsultanta. Mogą cię najwyżej poprosić o potwierdzenie poprzednich zeznań.

– Mam nadzieję.

– Nie bój nic, będzie dobrze. A powiedz, jak ci się podoba druga strona lustra?

– Przeszłam dopiero kilkanaście razy, ale Tekla mówi, że nieźle mi idzie i niedługo będę gotowa. Brakuje nam już tylko klucza do piekieł Kusiciela.

– Właśnie, co do klucza... – Zerknął na zegarek. – O dziesiątej mam być w Firmie, zleci mi pewnie do wieczora i tak to będzie wyglądało prawdopodobnie przez cały tydzień. Obawiam się, że do domu Karewicza będziesz musiała wybrać się beze mnie.

– Nie ma sprawy, już nawet zamówiłam taksówkę.

– Jaką taksówkę, przecież to kawał drogi, zapłacisz fortunę. Daj spokój, spróbuję załatwić ci kierowcę, ale to dopiero na jutro...

– Nie – zaprotestowała stanowczo. – Widzisz, co się ze mną dzieje. Tracę świadomość na całe dni, może jutro zasnę i już się nie obudzę? Nie mogę czekać. Pojadę tam dzisiaj.

– W porządku – zgodził się niechętnie. – Jakby coś się działo, dzwoń. I błagam, nie kręć się tam po ciemku.

– Tak, tato.

Rzucił w nią pustą paczką po papierosach. Miał dużo lepszego cela, trafił ją w sam środek czoła. Gdy wymusił już na niej wszystkie obietnice i pojechał na spotkanie z ludźmi z Wewnętrznego, szamanka spędziła blisko godzinę, wchodząc do zwierciadła i z niego wychodząc. Trenowała bez wytchnienia, dopóki Tekla jej nie przyłapała i nie wygoniła z piwnicy, psiocząc i zrzędząc, że dziewczyna nie powinna tak się forsować. Ida była innego zdania. Uważała, że musi jak najszybciej nabrać wprawy. Na myśl o kluczu nieprzyjemnie ściskało ją w żołądku, niepokój rósł z każdą minutą. Przez kolejny kwadrans łaziła od okna do okna, niecierpliwie wypatrując taksówki. Próbowała przegnać z głowy wszelkie czarne myśli i nie wyobrażać sobie tysięcy scenariuszy, w których w decydującym momencie coś idzie nie tak.

Pech również próbował. Z podobnym skutkiem. Czyli żadnym.

Trudno zachować optymizm, gdy oczy coraz częściej zalewa obsydianowa czerń, mroczna wiadomość od upominającej się o duszę nicości. Szamanka nie musiała już nawet patrzeć w lustro, uczucie pustki i obezwładniającego zobojętnienia sprawiało, że wiedziała dokładnie, kiedy niebyt wyciągał po nią ramiona.

Dźwięk klaksonu sprowadził ją z powrotem na ziemię. Skoczyła do okna i ujrzawszy taksówkę, wybiegła z willi, chwytając po drodze torbę i rozpinany sweter.

*

Sen o martwych ptakach tak bardzo nie dawał Idzie spokoju, że zdecydowała się na mały eksperyment i poprosiła kierowcę, by podjechał pod sklep zoologiczny. Zakupiwszy kanarka w niewielkiej, okrągłej klatce, wróciła do taksówki i podała kolejny adres. Taksówkarz zupełnie go nie skojarzył, szybko odpalił GPS-a.

Choć dzień był słoneczny i gorący, a nadawana w radiu prognoza zapowiadała pogorszenie pogody dopiero na przyszły tydzień, Ida już z daleka dostrzegła napęczniałe deszczem chmury, które wisiały nad ponurą ruiną domu i otaczającym go ogrodem wiecznej jesieni. Zupełnie jakby posiadłość Karewicza stanowiła odrębny świat, gdzie słońce i ciepło nie miały dostępu.

Ostatnie zabudowania minęli dziesięć minut temu. Nigdzie wokół nie było żywej duszy, pies z kulawą nogą nie szwendał się po okolicy i kierowca taksówki, który bezskutecznie rozglądał się na wszystkie strony w poszukiwaniu jakiejkolwiek oznaki życia, wyglądał na coraz bardziej zdezorientowanego. Co chwilę zerkał niepewnie na ekran GPS-u, wreszcie nie wytrzymał i podzielił się swymi wątpliwościami z pasażerką. Zapewniła go, że jadą we właściwym kierunku, i poinstruowała, by skręcił w szpaler milczących topoli. Nie protestował, choć widać było, że czuje się nieswojo i wolałby natychmiast zawrócić. Mroczna aura posiadłości nie tylko w nim budziła niepokój. Najpierw padł GPS, potem radio. Kierowca zmełł w ustach przekleństwo, próbując namierzyć ulubioną stację, i podskoczył na swoim siedzeniu, gdy kanarek, który całą drogę przespał z łebkiem schowanym pod jasnożółtym skrzydłem, nagle zerwał się z huśtawki i zaczął bez opamiętania uderzać dziobem o pręty klatki.

Dojechali do końca topolowej alei. Taksówkarz zatrzymał samochód, strzelając oczami na wszystkie strony, jakby w każdym momencie spodziewał się ataku. Co prawda sam nie wiedział, co mogłoby ich zaatakować na takim pustkowiu, lecz irracjonalny strach połączony z instynktem samozachowawczym kazały mu pozostać czujnym i pod żadnym pozorem nie wysiadać z auta. Popatrywał podejrzliwie na mocno przekrzywioną, zardzewiałą furtkę i bramę wjazdową, z której zwisał łańcuch spięty mosiężną kłódką. Kierowca prześlizgnął wzrokiem po szarych kamieniach muru i pędach uschniętego bluszczu. A potem zerknął na dom i znieruchomiał owładnięty nagłą niemocą.

Dom bowiem patrzył na niego.

Widok tak pochłonął mężczyznę, że ten przeoczył wyciągnięte ku niemu banknoty, dopóki pasażerka nie podsunęła mu ich pod sam nos. Zapłaciła, nie pytając, ile się należy, i wysiadła, zapominając o reszcie. Taksówkarz siedział z pieniędzmi w dłoni i patrzył ze zgrozą, jak czarnowłosa dziewczyna o bardzo bladej cerze i bardzo ciemnych oczach pewnym krokiem wchodzi do ogrodu.

Wariatka.

Gdy zniknęła mu z pola widzenia, długo słuchał pełnego desperacji świergotu kanarka, a potem jeszcze raz zerknął na ruinę domu, górującą nad murem i morzem karłowatych drzew.

Wtedy gdzieś w głębi ogrodu rozległ się huk.

Błysnęło, a zaraz potem zapadł półmrok, zimny i jakby... czerwony. Wszystko dookoła przesiąkło nagle barwą dojrzałych wiśni.

Taksówkarz pośpiesznie schował banknoty do kieszeni, nawrócił tak gwałtownie, że o mały włos przywaliłby w bramę zderzakiem, po czym wcisnął gaz do dechy i odjechał, zdecydowany nie wracać w to miejsce już nigdy więcej.

Ida przedzierała się przez zarośla, mijając niskie, pokręcone drzewa i rachityczne krzewy. Kanarek zawzięcie trzepotał skrzydłami, rzucał się po klatce jak oszalały, a jego rozpaczliwy, urywany śpiew niósł się echem w nienaturalnej ciszy, jaka panowała w ogrodzie.

Wreszcie dziewczyna wydostała się z gęstwiny i stanęła przed bagnem, pośrodku którego rosło demoniczne drzewo i krzak dzikiej róży.

A wtedy ptak wpadł w panikę. Świergotał jak opętany i co chwilę wzbijał się do lotu, próbując przebić się przez więżące go pręty. Z takim zapamiętaniem uderzał w nie dziobem, że na żółtych piórkach pojawiła się krew.

– Przykro mi, mój mały – powiedziała szamanka, stawiając klatkę na brzegu bulgoczącego błota. – Muszę sprawdzić, czy nie zwariowałam. Przepraszam.

Otworzyła drzwiczki.

Kanarek natychmiast wyfrunął na zewnątrz i wystrzelił ku niebu.

Nie uleciał daleko.

Oślepiający blask na moment skąpał cały ogród w bieli, a huk poniósł się echem po całej okolicy. Ida odruchowo przysłoniła oczy, a gdy spojrzała ponownie, wszystko było czerwone. Szkarłatny kanarek leżał w trawie koloru rdzy, dymiąc spomiędzy nastroszonych, osmolonych piór i krwawiąc z ciemnych ślepi. Po chwili cynobrowy strzęp ptasiej duszy wysączył się z ciała przez rozchylony dziób jak dym z papierosa. Długo snuł się nad bordowym bagnem, aż wreszcie wąską strużką wniknął w usta drzewnej kobiety.

Niedługo potem ogród odzyskał dawne barwy, ucichł i znieruchomiał.

Jakby nic tu nie zaszło.

– Czyli nie zwariowałam – szepnęła dziewczyna ze wzrokiem wbitym w martwego kanarka. – Za to jestem złym człowiekiem.

Czuła się podle. Myśl o tym, że to przecież tylko ptak, wcale nie przyniosła jej ulgi. Właśnie poświęciła duszę innej żywej istoty wyłącznie po to, by przetestować stan własnej psychiki. Z jakiegoś powodu wydało jej się to mocno nie w porządku.

Nie mogła go tak zostawić, a już na pewno nie tutaj. Wyjęła z torby paczkę chusteczek higienicznych i ciasno owinęła nimi martwego ptaszka, zdecydowana zabrać go ze sobą i pochować we własnym ogrodzie.

Włożyła kanarka z powrotem do klatki, obrzucając drzewo wzrokiem pełnym wyrzutu, po czym odwróciła się i ruszyła w stronę domu.

Budynek przywitał ją tym samym mrocznym spojrzeniem zza potłuczonych szyb, strzępów zasłon i dziurawych ścian, spomiędzy zmurszałych desek i sypiących się cegieł. Szamanka ostrożnie wyminęła pozostałości dachówek, czując ten sam niewytłumaczalny strach przed nastąpieniem na którąkolwiek z nich, i wspięła się na werandę. Stopnie zatrzeszczały pod jej ciężarem, a każdy krok wzbijał chmury pyłu ze spróchniałych desek.

Odruchowo sięgnęła do klamki, lecz drzwi były uchylone. Nie miała wątpliwości, że Kruchy zatrzasnął je, gdy ostatnim razem opuszczali dom.

Ktoś tu po nich był.

Czyżby tajemniczy opiekun drzewa i dzikiej róży?

Zastanawiała się, czy w takiej sytuacji powinna wchodzić do środka. Z jednej strony pomysł wydawał się dość ryzykowny. Z drugiej: jaki miała wybór? Albo włazi i szuka klucza, albo wraca do domu i czeka na nicość. Szamance przyszło pożałować, że rano tak przesadziła z treningami przechodzenia. Gdyby nie to, mogłaby teraz ukryć się gdzieś w krzakach, wyjść z ciała i zwiedzić dom jako duch. Niestety, przebywanie w lustrzanych światach nadal mocno osłabiało więź łączącą jej powłokę z duszą, zatem opuszczanie cielesności w takiej sytuacji nie wchodziło w grę. A to dlatego, że połączenie między niematerialną i materialną Idą mogłoby przerwać się bezpowrotnie, co z kolei poważnie zagroziłoby jej życiu.

Ostatnio wszystko zdawało się poważnie zagrażać jej życiu.

A szkoda, niewidzialność, bezdźwięczność i ogólnie pojęta niematerialność bardzo by jej się teraz przydały. Było słuchać cioci, ostrzegała ją przecież, że się przeforsuje.

No trudno.

I tak trzeba tam wejść. Najwyżej coś ją zabije, też ci nowina.

Ida odstawiła klatkę z martwym kanarkiem na podłogę werandy. Z zadowoleniem stwierdziła, że szpara między drzwiami a framugą jest całkiem szeroka. Mając w pamięci potworny jęk, jaki ostatnio wydały z siebie zawiasy, dziewczyna spróbowała przecisnąć się do środka możliwie jak najciszej. Sunęła więc bokiem, stąpając na palcach, wyprostowana jak struna.

Zaklęła w duchu, gdy pasek jej torby zaczepił o klamkę. Drzwi uchyliły się nieco szerzej, a Ida wstrzymała oddech.

Skrzypnęły tylko raz, krótko i bardzo cicho.

Przylgnęła plecami do ściany i przez jakiś czas stała w znajomym chłodzie korytarza, próbując przyzwyczaić oczy do ciemności, a nos do kwaśnego zapachu pleśni. Korciło ją, żeby użyć latarki, którą dostała od łowcy, jednak nie byłoby to zbyt rozsądne i znacznie utrudniłoby dyskretne przeszukanie domu. Zasada numer jeden: nie świecić w ciemnościach.

Wreszcie mrok nieco się przerzedził, a jego jednolita czerń ustąpiła różnym odcieniom szarości, ukazując zarysy schodów, szafki na buty i porozrzucanych przedmiotów. Szamanka ruszyła po omacku, wodząc dłonią po chropowatej ścianie, wreszcie wyczuła pod palcami drewnianą futrynę. Ostrożnie zajrzała do salonu.

Wąskie strużki światła wlewały się do środka przez dziury w kotarach, a materiał, którym przykryte były meble, odznaczał się w półmroku jaśniejszymi plamami. Ida odnalazła wzrokiem kąt przy samym oknie i przekradła się tam możliwie jak najszybciej i jak najciszej. Niemal bezszelestnie przemknęła obok fortepianu i zatrzymała się przy niskim, okrągłym stoliczku, z którego zeszła już większość lakieru.

Pozytywka stała na swoim miejscu. Sądząc po braku smug w grubej warstwie kurzu, nikt jej nie ruszał od ostatniej wizyty szamanki.

Dziewczyna w zamyśleniu nawinęła na palec kruczoczarne pasemko.

Karuzela z trzema pozłacanymi kucykami niejednokrotnie nawiedzała ją w snach. Instrument grał kołysankę, którą nuciła białowłosa. Ta sama melodia potrafiła niegdyś uśpić płaczące niemowlę, a teraz zakląć różę w całkiem nieszkodliwy krzew.

Musiało coś w niej być.

A najchętniej nie coś, tylko klucz do wspomnień Kusiciela.

Ida ostrożnie zdjęła pozytywkę ze stolika i schowała ją do torby, uważając, by mechanizm nie zaskoczył i nie wydał z siebie ani jednego dźwięku.

Gdy wychodziła z salonu, dwa drewniane koty i porcelanowe laleczki obserwowały ją w ponurym milczeniu z półki nad kominkiem.

Filip Wroński swoją aparycją sprawiał wrażenie życzliwego człowieka, wiecznie zatroskanego cudzym losem. Wyglądał na jakieś trzydzieści pięć, najwyżej czterdzieści lat, choć z pewnością był dużo starszy. U magów wiek nie miał większego znaczenia, od dnia inicjacji mogli spowolnić procesy starzenia w dowolnym momencie. Czarownice zwykle robiły to od razu, by zachować młodość jak najdłużej, czarodzieje zaś przeważnie woleli poczekać z tym parę lat.

Wroński poczekał.

Jego całkiem pociągająca twarz o śniadej cerze budziła zaufanie, podobnie jak łagodne orzechowe oczy. Delikatne kurze łapki i zmarszczki na czole dodawały mu powagi, sugerowały dojrzałość i doświadczenie. Półdługie, ciemnobrązowe włosy, które zaczesywał gładko do tyłu, lśniły od brylantyny, nadając mu wygląd szefa włoskiej mafii. Był nawet nieco podobny do Ala Pacino. Szyty na miarę czarny garnitur leżał na nim idealnie. Do tego jeszcze perfekcyjnie zawiązany krawat, koszula tak biała, że aż raziła w oczy, złote spinki do mankietów i na błysk wypolerowane lakierki. Ojciec chrzestny wypisz, wymaluj, brakowało tylko aksamitnej kamizelki, cygara i szklaneczki whisky. A, no i broni na stole.

Wroński trzymał swoją w kaburze pod pachą.

Na czas kontroli udostępniono mu jeden z gabinetów we wrocławskiej siedzibie Firmy i mimo że zajmował go dopiero od czterech dni, widać było, że już czuł się w nim jak u siebie. Siedział wygodnie przy cudzym biurku, na nie swoim krześle, popijając czyjąś kawę, i zdawał się zupełnie nie zauważać miejscowych funkcjonariuszy, którzy ilekroć przechodzili korytarzem, rzucali mu niechętne spojrzenia spomiędzy żaluzji zawieszonych na przeszklonej ścianie biura.

Milczał długo, w głębokim zamyśleniu przeglądając akta, tak długo, że Ruda zaczęła niecierpliwie wiercić się na swoim krześle. Wreszcie podniósł wzrok znad stosu papierów, zamieszał cukier w filiżance i z cichutkim brzękiem odłożył łyżeczkę na spodek.

– Pani Zosiu – zaczął, upiwszy niewielki, dystyngowany łyk. Tak dystyngowany, że czarownica miała ochotę przypomnieć mu o odgięciu małego palca. – Na pewno domyśla się pani, w jakiej sprawie została tu wezwana.

– No właśnie nie za bardzo – burknęła Ruda, znów zmieniając pozycję. Trafiło jej się wyjątkowo niewygodne krzesło. Pewnie wybrał je dla niej osobiście. Znała go na tyle długo, by wiedzieć, że wbrew pozorom miał w sobie coś z sadysty.

Orzechowe oczy Wrońskiego znów prześlizgnęły się po dokumentach.

– Pani służba do tej pory przebiegała wzorowo – podjął po chwili. – Ta perfekcja w wykonywaniu obowiązków, bezkompromisowe przestrzeganie regulaminu, świetne wyniki w wykrywalności w warszawskim Wydziale Przewidywań i Prewencji. Doskonała opinia poprzednich i obecnych zwierzchników, pochwały, znakomite rekomendacje, to wszystko już dawno dawało pani spore szanse na przeniesienie do Wydziału Wewnętrznego. O ile wiem, to był niegdyś pani cel. – Spojrzał na nią. – Co się stało?

– Nie rozumiem pytania.

– Proszę nie udawać. – Uśmiechnął się ciepło. – Pani się tutaj we Wrocławiu marnuje. Niańcząc Kruszyńskiego, kryjąc wszystkie jego wybryki i ryzykując własną karierę. Doskonale pani wie, o czym mówię. – Uśmiechnął się jeszcze szerzej.

Czarownica nie dała się zwieść, bo jego oczy pozostały chłodne i czujne.

– Proszę mi wytłumaczyć, dlaczego pani to robi.

– Nikogo nie kryję – odparła spokojnie.

– Ależ Zosiu...

– Nie przypominam sobie, żebyśmy przeszli na ty – ucięła szybko.

Zaśmiał się, wstał i wyciągnął rękę.

– Filip.

– Wiem, że Filip. – Wzruszyła ramionami, nie ruszając się z miejsca. – Nie wiem natomiast, do czego pan zmierza – zawiesiła głos. – Panie Wroński – dodała z naciskiem i mściwą miną.

Oczy mężczyzny popatrzyły na nią niechętnie, mięśnie żuchwy zadrżały prawie niezauważalnie. Trwało to może ułamek sekundy, po czym twarz Wrońskiego natychmiast się rozpogodziła i nabrała zwykłego, zatroskanego wyrazu. Usiadł z powrotem, choć jego ruchy nie były już tak swobodne jak przed chwilą.

– Życie bywa niesprawiedliwe – stwierdził filozoficznie. – Rezygnuje pani z wymarzonej posady, by pomóc przyjacielowi, a zarazem koledze z pracy, stanąć na nogi po śmierci narzeczonej. Dla niego przenosi się nawet do innego miasta, przez rok tuszuje jego problemy z alkoholem i narkotykami, załatwia mu zastępstwo, ilekroć pijany do nieprzytomności nie jest w stanie stawić się na służbę, pilnuje, żeby chodził na terapię. Słowem, robi pani wszystko, byle tylko nie wyleciał na zbity pysk. A on teraz w ramach wdzięczności ugania się za czarnowłosym dziewczęciem, wtyka nos w sprawy, od których powinien trzymać się z daleka, i jeszcze na dodatek wciąga w to panią. Musi się pani czuć bardzo zraniona.

– Nie róbmy z tej opowieści ckliwego melodramatu, bardzo proszę – odparła ostro, przytaczając słowa, które nieraz słyszała od Kruchego. – Pytam raz jeszcze: do czego pan zmierza? Albo się dowiem, albo wstaję i wychodzę.

– Pani wstanie i wyjdzie, kiedy powiem, że można – warknął, pierwszy raz tracąc nad sobą panowanie. – Kruszyński uzyskał nielegalny dostęp do ściśle tajnych informacji, a za to grozi kryminał. Chcę wiedzieć, jaki ma w tym cel. Albo dowiem się tego od pani, albo dopilnuję, żebyście oboje poszli siedzieć za szpiegostwo. Zresztą głowę dam, że podkomisarze Mamrocki i Brutkowski również maczają w tym palce, wasza czwórka jest nierozłączna, wszystko robicie razem i razem bekniecie za współudział. Inne zarzuty też się znajdą.

– Więc proszę szukać. – Wytrzymała jego spojrzenie. – Jedno mnie tylko zastanawia. Skoro taki jest pan przekonany o grzechach mojego partnera, dlaczego do tej pory nie przydzielono tej sprawie czytacza umysłów? Czyżby przełożeni podejrzewali, że znów odezwała się pańska dawna, niczym nieuzasadniona obsesja na punkcie Kruszyńskiego? Obsesja, którą, pozwolę sobie przypomnieć, już raz przypłacił pan naganą i miesiącem zawieszenia w czynnościach służbowych?

Mocniej zacisnął szczęki. Zawsze tak reagował, gdy wspominał tamte wydarzenia.

Co prawda był magiem, ale kiepskim, a swoje kompletne beztalencie nadrabiał brakiem skrupułów i niepohamowaną ambicją. Ilekroć miał do czynienia z kimś o większych zdolnościach, czuł wobec niego taką zawiść, że natychmiast podświadomie szukał sposobów, by uprzykrzyć mu życie i wyeliminować jako potencjalną konkurencję. Podobnie było z Kruchym, na którego reagował wręcz alergiczną niechęcią, a od momentu, gdy ten związał się z Leną, niechęć ustąpiła miejsca szczerej nienawiści. Gdy trzy lata temu nie udało mu się wsadzić łowcy za kratki za zamordowanie trzech funkcjonariuszy WON-u, Wroński robił wszystko, by znaleźć coś, co pozwoliłoby przynajmniej zwolnić Kruchego ze służby. Uczepił się wtedy problemów z alkoholem i narkotykami, z jakimi borykał się Kostek. Nawet kiedy dowództwo kazało się Wrońskiemu wycofać i dać spokój człowiekowi, który dopiero co stracił narzeczoną i dziecko, mag nie odpuścił. Zignorował rozkazy i wysłał swojego podwładnego, by ten łaził za Kruchym krok w krok i nie spuszczał go z oka.

Łowca, choć w tamtych niechlubnych czasach był albo na wiecznej bombie, albo dla odmiany na kacu, dość szybko się połapał, że ma ogon, a gdy ujrzał tę samą gębę w trzeciej knajpie, do której zajrzał, by zapić smutki, zadzwonił po kumpli z jednostki. Wpadli do pubu, siłą wywlekli nieudolnego szpiega na ulicę i spuścili mu łomot w ciemnym zaułku między kontenerami na śmieci a grupką zszokowanych bezdomnych.

Wystarczyło, że zapytali tylko raz. Od razu wyśpiewał, kto go przysłał.

Nie, Wroński zdecydowanie nie lubił o tym wspominać.

– Proszę liczyć się ze słowami – powiedział przez zaciśnięte zęby. – Mam dowody, które...

– Gówno pan masz – prychnęła Ruda. – Z dowodami w ręku nie robiłby pan szopki z tą całą kontrolą, tylko postawił Kruszyńskiemu konkretne zarzuty i załatwił nakaz skorzystania z usług czytacza. A w tej sytuacji możliwości są dwie. Albo znów odezwała się dawna obsesja, albo Kruchy trafił na coś, co może panu zaszkodzić i pod żadnym pozorem nie powinno dojść do pańskich zwierzchników. To by wyjaśniało całe te podchody i szukanie haków. Ciekawe, swoją drogą, czy wspomniani zwierzchnicy wiedzą, że znów wykazuje pan niezdrowe zainteresowanie moim partnerem, czy w ogóle wydali panu zgodę na tę kontrolę...

– Ostrzegam panią – odparł gniewnie, choć wiedział już, że przegrał. W jego oczach zakipiała bezsilna wściekłość. – Jeśli znajdę to, czego szukam, pójdzie pani na dno razem z Kruszyńskim.

Pochyliła się nad stołem, a miodowe tęczówki błysnęły niebezpiecznie.

– Grozisz mi?

– Nie przypominam sobie, żebyśmy przeszli na ty – wycedził zimno. – Wybór jest prosty, proszę się nad nim poważnie zastanowić. A teraz pani wstanie i wyjdzie, teraz już można.

Wstała i wyszła, nie oglądając się nawet.

– Noż kurwa mać, ja pierdolę, no!

Tekla zmarszczyła brwi, ale nie zamierzała karcić siostrzenicy. Ida zaklęła po raz drugi. I trzeci. Kopnęła stół, przewróciła krzesło, walnęła pięścią w ścianę, a na koniec skrzywiła się i wykrzyczała kolejną wiązankę. Tym razem bluzgała z bólu. Ciotka nie powiedziała nic, przyjęła ten wybuch ze spokojem i zrozumieniem, ponuro popatrując na pozytywkę.

Instrument nie zrobił najmniejszego wrażenia na lustrzanej przewodniczce szamanki. Nie było żadnej czerwonej mgły, żadnego zapachu pieprzu i imbiru, żadnych demonów, żadnych piekieł, nic. Dziewczyna z drugiej strony uśmiechnęła się, słysząc melodię *Z popielnika na Wojtusia*, nawet w pewnym momencie zaczęła się lekko kołysać, ale to tyle. Przejście do świata Kusiciela pozostało zamknięte na cztery spusty również wtedy, gdy Ida sama spróbowała zaśpiewać kołysankę. Fakt, że fałszowała przy tym jak przyduszany kot, na pewno w niczym nie pomagał.

– Szlag by to trafił – mamrotała dalej, przykładając lód do stłuczonego nadgarstka. – Czy ja choć raz w życiu nie mogę liczyć na jakąś pomoc od losu? Zawsze muszę mieć pod górkę i walczyć z każdą najmniejszą pierdołą?

Na mnie nie patrz, nie miałem z tym nic wspólnego, zastrzegł się Pech.

– Najwidoczniej właśnie dlatego czarne owce zostają czarnymi owcami – mruknęła ciotka. – Ściągają na siebie nieszczęścia za całą rodzinę. Jak, dajmy na to, drzewo pioruny.

– Ty mi nawet nie wspominaj o drzewach! – warknęła gniewnie szamanka.

– No to słupy wysokiego napięcia.

– Przestań!

Tekla, o dziwo, posłuchała i zamilkła.

Ida zaczęła krążyć po kuchni, rzucając dookoła piorunujące spojrzenia. Gryzak, który właśnie wracał z ogrodu, wycofał się rakiem, gdy tylko zobaczył jej minę.

– Niech mnie poprawi, jeśli się mylę – odezwała się ciotka dużo, dużo później, gdy wściekłość siostrzenicy nieco już ostygła i ustąpiła pola posępnej rezygnacji. – Ale chyba wspominała, że klucz jest zwykle zabierany przez siewcę zapomnienia. W takim wypadku pozytywka od początku zdawała się fałszywym tropem.

– Ale pasowała idealnie – westchnęła szamanka. – No i była na miejscu, musiałam ją sprawdzić. Ta kołysanka prześladuje mnie od pierwszego snu o przeszłości Kusiciela, byłam pewna, że to ona kryje jego wspomnienia. Teraz kompletnie nie mam pomysłu na ten pieprzony klucz...

– Co więc zamierza?

– Nie mam wielkiego wyboru, będę musiała tam wrócić i szperać dalej. – Ida bezradnie rozłożyła ręce. – Tylko że pojęcia nie mam, czego szukać.

– Pojadę z nią – zaproponowała po chwili ciotka. – Ida musi się spokojnie rozejrzeć, skupić, poszukać wskazówek. A trudno o spokój i skupienie, kiedy się podejrzewa, że ktoś inny kręci się po domu, na dodatek po ciemku. Pojadę z nią, wyjdę z ciała, przetrząsnę całą posiadłość i wtedy będziemy wiedzieć, czy jesteśmy tam same, czy nie. Jeśli tak, Ida bez obaw przeczesze każdy kąt i być może natrafi na jakiś ślad klucza. Jeśli nie, przynajmniej dyskretnie dowiemy się, kto odwiedza posesję Kusiciela.

Dziewczyna ożywiła się w jednej chwili, pomysł Tekli bardzo jej się spodobał.

– Jedziemy teraz? – spytała, przetrząsając torbę w poszukiwaniu komórki.

– Jak najszybciej.

– W takim razie dzwonię po taksówkę.

– Mam nadzieję, że nikogo nie rozjedzie po drodze – rzuciła jak zwykle gderliwie Tekla, gdy ucichł już ryk silnika oddalającej się w zabójczym tempie taksówki.

Kierowca zareagował jeszcze gorzej niż ten, który przywiózł tu Idę za pierwszym razem. Już sam wygląd pasażerek, choć początkowo wydał mu się po prostu dość osobliwy, z każdym kilometrem zaczął budzić w nim coraz większe obawy. Młodszą, która ani chybi nosiła soczewki kontaktowe, przez co straszyła najbliższe otoczenie pozbawionymi białek oczami koloru smoły, można było jeszcze zrozumieć. Ot, szczeniackie wybryki. Za młodzieżową modą doprawdy trudno nadążyć, być może akurat panował trend na upadłe anioły. Ale starsza ze swoją nienaturalnie bladą cerą, burzą przyprószonych siwizną włosów, w czarnej, staroświeckiej sukni... no wypisz, wymaluj wampirzyca! Kiedy się odezwała, taksówkarz nie miał już co do tego żadnych wątpliwości. No bo kto w dzisiejszych czasach używa takiego języka, co to za dziwaczna maniera? Ze średniowiecza chyba. Kobieta bez wątpienia przespała ostatnie kilkaset lat w jakiejś krypcie i wylazła teraz, żeby go zeżreć... Wzdrygnął się, próbując odpędzić tę głupią myśl.

Jednak im bardziej zbliżali się do celu, przemierzając bezludną okolicę, tym bardziej niepokojąca aura pustkowia dawała się taksówkarzowi we znaki. Podejrzliwie zerkał we wsteczne lusterko, coraz silniej trzęsły mu się ręce. Gdy zobaczył posiadłość Kusiciela, był już święcie przekonany, że jego pasażerki jadą odprawiać tam czarną mszę, zarzynać kurczaki, jeść koty, rysować pentagramy, pić krew niewinnych dziewic i robić inne plugawe obrzydlistwa konieczne do obcowania z diabłem. Fakt, że nie miały przy sobie ani kotów, ani kurczaków, ani dziewic, niewinnych w dodatku, wcale go nie uspokoił. Tak gwałtownie dał po hamulcach, że zostawił ślady gumy na spękanym asfalcie. Kategorycznie odmówił wjazdu w aleję milczących topoli i odjechał z piskiem opon, gdy tylko upiorne niewiasty wysiadły z samochodu. Tak mu się śpieszyło, że nawet nie upomniał się o zapłatę.

– Taksówkarze szybko przekazują sobie wiadomości o pasażerach, których należy unikać – zauważyła Tekla. – Czy Ida ma numery telefonów do innych firm, żebyśmy mogły wrócić do domu?

– Mam.

Ciotka skinieniem głowy wyraziła aprobatę i z gracją obróciła się na pięcie.

– Pierwszorzędne cmentarzysko – oceniła z uznaniem, gdy na piechotę ruszyły w dalszą drogę. Posiadłość Karewicza czerniła się na horyzoncie, cicha i złowroga.

– To jeszcze nic – mruknęła dziewczyna. – Poczekaj, aż dojdziemy na miejsce.

Marsz szpalerem topoli zajął im dziesięć minut. Gdy dotarły do furtki, Tekla bez wahania wkroczyła między uschnięte, karłowate drzewa.

Ku bezbrzeżnemu zdziwieniu siostrzenicy wydawała się zachwycona ogrodem, a dom pokochała od pierwszego wejrzenia.

– Ty jesteś nienormalna – orzekła szamanka z głębokim przekonaniem.

– Nie nienormalna, tylko nieżywa, a to jednak znaczna różnica. Sama zobaczy, jak wraz z ostatnim oddechem będzie ją ciągnęło do wszystkiego, co pachnie śmiercią, każdy umarlak tak ma. Zresztą kiedy patrzę na to miejsce, od razu mi się przypomina, jak na początku kariery dorabiałam, wypędzając duchy z nawiedzonych posiadłości. – Tekla rozejrzała się dookoła z widocznym sentymentem. – To były piękne czasy. Swoją drogą to bardzo zyskowne zajęcie, Ida powinna o nim pomyśleć.

Dziewczyna już otwierała usta, by zgłosić natychmiastowy sprzeciw, doszła jednak do wniosku, że to nie jest najlepszy moment na zapoznawanie ciotki ze swoimi planami na przyszłość, w których wszelkie kontakty z duchami miały zostać ograniczone do absolutnego minimum.

Zamiast tego skinęła głową i bez słowa weszła za Teklą w zarośla.

Nie musiały brnąć daleko. Po zaledwie kilku krokach kobieta przystanęła, rozejrzała się. Stwierdziwszy, że miejsce jest wystarczająco ustronne, przysiadła na trawie i uwolniła duszę z cielesnej powłoki. Ida przytrzymała jej zwiotczałe nagle ciało, ostrożnie ułożyła je na ziemi, a duch ciotki ruszył na rekonesans.

Skryta w krzakach szamanka szybko zaczęła się niecierpliwić. Każda minuta dłużyła jej się niemiłosiernie, a spojrzenie domu, które czuła na sobie przez cały czas, nakłuwało jej skórę zimnymi igiełkami niepokoju. Uważnie obserwowała drzwi, rozchylając nagie gałęzie, i wyciągała szyję, ilekroć zauważyła ciemną plamę Teklowej sukni bezszelestnie przemykającą między drzewami.

Wydawało jej się, że minęło pół dnia, zanim ciotka wreszcie wypłynęła z gęstwiny.

– Cudowne miejsce – powiedziała oczarowana. – Zwłaszcza to drzewo, coś wspaniałego!

– Skoro tak twierdzisz – odburknęła siostrzenica. – Widziałaś kogoś?

– Nie, teren czysty. No może poza tym nieszczęsnym stworzeniem w piwnicy. Nekromancja to parszywa dziedzina – dodała Tekla tonem pełnym potępienia. – Potrafi tchnąć życie w ciało, ale nie jest w stanie podarować mu duszy. Biedakowi nie można pomóc.

– Nie można go nawet zabić – przytaknęła Ida. – Dopóki karmiące go źródło czarnej magii się nie wyczerpie, będzie żył. Czy raczej egzystował. Tak przynajmniej twierdzi Kruchy.

– Mówiłam już i powtórzę raz jeszcze: parszywa dziedzina. Nie wiem, jak ktokolwiek może chcieć się tym zajmować. – Ciotka uniosła głowę i zerknęła na brzuchate chmury, które zdawały się wisieć coraz niżej nad posępnym ogrodem. – Zaraz będzie lać – zawyrokowała. – Wracam do ciała i idziemy szukać klucza.

Tak też zrobiły.

Tekla, mimo że przed chwilą dokładnie zwiedziła każdy zakamarek posiadłości, nie mogła przy tym niczego dotknąć i teraz muskała dłońmi gałęzie każdego mijanego drzewa i krzewu. Pochylała się, by pogładzić źdźbła uschłych traw, wdychała głęboko zapach rozkładu, nawet posmakowała kropel deszczu.

– Martwe – mruczała pod nosem, bardziej do siebie niż do siostrzenicy. – Od bardzo, bardzo dawna. Ani okruszyny życia. Wszystko zwiędnięte i zmarniałe. Martwe, zupełnie martwe. Nawet deszcz.

– Mówiłam ci, że to ogród wiecznej jesieni – odparła Ida, gdy wchodziły po schodach na werandę.

– Nie sądziłam, że do tego stopnia.

Weszły do domu, a szamanka zapaliła latarkę.

Tym razem postanowiła rozpocząć poszukiwania od pomieszczeń na górze. Gdy tylko zaczęły się wspinać po szerokich schodach, jej wzrok natychmiast powędrował ku gładkiej, pięknie wyprofilowanej poręczy. Nie mogła oderwać od niej oczu, tak jak poprzednio dochodząc do wniosku, że idealnie sprawdziłaby się w charakterze zjeżdżalni.

O co, u diabła, chodzi z tą zjeżdżalnią?

Zwierzyła się ciotce z owej natarczywej myśli, a ta ze zrozumieniem pokiwała głową.

– Niech jej dotknie – poinstruowała wychowankę. – I zaraz się przekona, skąd takie skojarzenie.

Ida posłusznie położyła dłoń na poręczy.

– Nareszcie jesteś! – krzyczy uradowana białowłosa, pojawiając się u szczytu schodów. Zbiega z kilku stopni, a potem przysiada na poręczy i ześlizguje się w dół prosto w ramiona Kusiciela. Jej rozwiane włosy przypominają unoszony wiatrem śnieg.

– Aha – zaszemrała szamanka, poczuwszy delikatny powiew chłodu, kiedy kobieta przemknęła tuż obok. Białowłosa i Kusiciel stali raptem o krok od niej, szczęśliwi, objęci, roześmiani. Gdyby widziała ich teraz po raz pierwszy, na pewno nie przyszłoby jej do głowy, że ten zakochany w żonie facet może skończyć jako jej zabójca. Po chwili ich przezroczyste sylwetki zaczęły się rozwiewać w strzępy mgły, aż wreszcie zniknęły bez śladu, lecz Ida długo jeszcze słyszała, jak małżonkowie szepczą i chichoczą między sobą.

Przyniosłem ci prezent. Mam nadzieję, że ci się spodoba...

Och, jaka śliczna, dziękuję ci, dziękuję! Gdzie ją znalazłeś?

Szamanka żałowała, że nie może zobaczyć, co białowłosa dostała od Karewicza.

– No i co? – zainteresowała się Tekla.

– Wygląda na to, że ukochana Karewicza nie przepadała za schodami i wolała zjeżdżać po poręczy.

– Ha, a widzi – ucieszyła się ciotka. – Kontakt fizyczny z przedmiotami jest bardzo ważny, nie można o nim zapominać. Gdy nachodzą ją przeczucia i dziwne myśli, to prawdopodobnie jakaś zbłąkana dusza próbuje jej coś przekazać. Ida musi tylko nauczyć się słuchać.

Dokładnie przeszukały każdy metr kwadratowy na piętrze, a szamanka dotykała wszystkiego, co wpadło jej w ręce w nadziei, że nawiedzi ją kolejna wizja. Niestety, jedynie w pokoju małej Róży fioletowe ściany malowane w słońca i gwiazdy płakały głosem niemowlęcia, ogromny pluszowy miś gaworzył wesoło i zanosił się dziecięcym śmiechem, a kołyska nuciła cichutko znajomą melodię.

Same dźwięki.

Żadnych obrazów.

Zadanie dodatkowo utrudniał fakt, że Ida szukała śladów czegoś, czego w tym domu prawdopodobnie od dawna już nie było, co lata temu zabrał siewca zapomnienia.

Zeszły na parter i przeczesały salon. Teklę, tak jak poprzednio jej podopieczną, najbardziej zainteresował fortepian, a Ida zaczęła przeglądać zawartość regałów, potem zaś zdjęła płachty z mebli. Kiedy dotknęła już wszystkich kul na stole bilardowym, podeszła do kominka. Jeszcze raz uważnie przyjrzała się stojącym na nim bibelotom, muskając palcami każdy z nich. Dwa koty z rudego drewna, szereg porcelanowych laleczek, filiżanka na spodeczku, drewniana podstawka na kadzidełka, wazonik z suszonymi ziołami, kryształowa popielniczka. Wzrok Idy uważnie śledził okrągłą plamę światła latarki, wędrował wolno od przedmiotu do przedmiotu, zatrzymując się na moment między drewnianym kotem a lalką z porcelany.

Szamanka już miała ruszyć dalej, gdy nagle dotarło do niej, że to już drugi raz, kiedy ta pusta przestrzeń na półce zwróciła jej uwagę.

Ida wyciągnęła rękę, przesunęła nią po wyszczerbionych cegłach, czując pod palcami zbierający się kurz.

Cały dom rozbrzmiał nagle dźwiękami pozytywki.

Kominek buchnął ogniem, zalewając salon drżącym blaskiem. A za plecami Idy rozległ się śpiew.

Białowłosa krążyła po pokoju, a w miejscach, w których stawiała stopy, szarobury dywan zakwitał burgundzką czerwienią i miodową żółcią. Albinoska trzymała w ramionach zakutane w kocyk niemowlę. Kwiliło i stękało, brzydko marszcząc buzię i odsłaniając różowe, bezzębne dziąsła. Przestawało płakać tylko wtedy, gdy matka potrząsała szklaną kulą, wzbijając w niej chmurę brokatowego śniegu. Jego płatki przez chwilę wirowały leniwie, po czym osiadały na gałązkach drzewa z papieru. Wreszcie dziecko ucichło i usnęło, a zaraz po nim zamilkła pozytywka.

Białowłosa nie przestawała nucić. Podeszła do szamanki miękkim, rozkołysanym krokiem, a bijący od niej chłód pachniał pieprzem i imbirem. Odstawiła kulę na puste miejsce między drewnianym kotem a porcelanową lalką i spojrzała Idzie prosto w oczy. Jej fiołkowe tęczówki przypominały rozgwieżdżone niebo.

Potem mglista postać kobiety rozpłynęła się w powietrzu jak rozwiany wiatrem dym, a jedynymi śladami, jakie pozostawiła po sobie wizja, było przejmujące zimno oraz ostra woń przypraw.

– Szklana kula... – wyszemrała szamanka, drżąc na całym ciele.

Tekla uniosła wzrok znad fortepianu.

– Mówiła coś?

Ida odwróciła się szybko i popatrzyła na ciotkę.

– Szklana kula – powtórzyła z przejęciem. – Trochę większa od pomarańczy, na drewnianej podstawce. W środku tkwi papierowe drzewo i śnieg z brokatu. Powinna stać tutaj – dodała i wskazała puste miejsce na półce.

– Naprawdę sądzi, że...

Dziewczyna nie dała ciotce dokończyć. Nie chciała pozwolić, by udzielił jej się sceptycyzm, który pobrzmiewał wyraźnie w głosie Tekli. Szamanka bardziej czuła, niż wiedziała, że ma rację, i postanowiła w to wierzyć. Nie mogła pozwolić sobie na wątpliwości, nie teraz, kiedy wszystko nareszcie zaczęło do siebie pasować. Nawet jeśli znowu się myliła, to na sprawdzenie innych możliwości pewnie i tak nie starczy jej czasu. W końcu niebyt nie będzie czekał wiecznie.

Zdusiła w sobie tę ostatnią myśl, przepędziła ją w najciemniejszy zakamarek umysłu i nie pozwoliła znów wypłynąć na powierzchnię.

Żaden inny przedmiot nie zniknął z tego domu, a poza tym fiołkowe spojrzenie białowłosej było tak wymowne.

To musi być to.

– Zabrał ją siewca zapomnienia – oznajmiła Ida głosem nieznoszącym sprzeciwu. – Szklana kula jest kluczem.

Ostatnia wizja nawiedziła ją tego samego dnia, zaraz po powrocie do willi. Choć była tak krótka, że zniknęła, zanim na dobre się pojawiła, jeszcze silniej utwierdziła szamankę w przekonaniu, że tym razem trafiła na właściwy trop.

– Nareszcie jesteś! – krzyczy białowłosa, pojawiając się u szczytu schodów. Przysiada na poręczy i ześlizguje się w dół prosto w rozpostarte ramiona Kusiciela. Jej rozwiane włosy przypominają unoszony wiatrem śnieg.

– Przyniosłem ci prezent. Mam nadzieję, że ci się spodoba.

Wręcza jej szklaną kulę z tkwiącym w środku drzewem z papieru, wypełnioną płatkami białego brokatu.

– Och, jaka śliczna! Dziękuję ci, dziękuję! Gdzie ją znalazłeś? To przecież moja brzoza.

– Kazałem ją wykonać na podobieństwo tej w naszym ogrodzie. Teraz będziesz mogła ją mieć zawsze przy sobie.

A potem wszelkie sny ustały.

Od tej pory Ida sypiała zaskakująco dobrze i długo. Nie miała żadnych nowych wizji, słyszała jedynie nostalgiczną pieśń Karoliny, na tyle cichą, by nie zakłócała odpoczynku, i na tyle natrętną, by po obudzeniu pamiętać każde jej słowo. Przeszłość Kusiciela przestała ją nawiedzać.

Szamanka nie była pewna, czy to dobry, czy zły znak.

Z jednej strony wyglądało na to, że dar udzielił jej już wszystkich wskazówek koniecznych do przedostania się do piekieł Kusiciela i ratowania Mikołaja, z drugiej zaś – nadal nie miała pomysłu, jak odnaleźć siewcę zapomnienia i przekonać go, by oddał jej klucz.

Z braku lepszej alternatywy nie pozostawało jej nic innego, jak regularnie odwiedzać straszny dwór Karewicza w nadziei, że któregoś dnia spotka wreszcie tajemniczego opiekuna drzewa i róży i będzie mogła zadać mu kilka pytań. Bywała tam tak często, że ogród zdawał się ją rozpoznawać, a do mrocznej aury domu zdążyła się przyzwyczaić na tyle, by nie zwracać uwagi na zimne ukłucia niepokoju, które czuła na karku za każdym spojrzeniem ciemnych okien.

Aby nieco poprawić swój wizerunek i nie zrazić do siebie wszystkich taksówkarzy w mieście, Ida zaczęła udawać studentkę malarstwa na Akademii Sztuk Pięknych. Zawsze dbała o to, by mieć przy sobie blok rysunkowy, zestaw ołówków i pudełko kredek pastelowych, czasem zabierała też sztalugę Karoliny, kilka pędzli i farby. Wtedy kierowcy lepiej reagowali na widok posiadłości Kusiciela, zwłaszcza gdy przez całą drogę ich pasażerka paplała o tym, że w jej portfolio wciąż brakuje ciekawych plenerów, a ponieważ musi jak najszybciej pokazać prace promotorowi, jeździ po okolicach Wrocławia i szuka natchnienia. Przestała też prosić, by zawozili ją pod samą bramę ogrodu i wysiadała kilkaset metrów przed szpalerem posępnych topoli. Aż pewnego dnia jeden z taksówkarzy, który w porównaniu ze swoimi kolegami po fachu odznaczał się godną podziwu niewiarą we wszelkie zabobony, odporniejszą psychiką i mniejszą skłonnością do popadania w paranoję, dał szamance numer swojej komórki na wypadek, gdyby miała już dość rysowania i potrzebowała transportu do domu. Od tego czasu jeździł z Idą w tę i z powrotem, każdego dnia, odbierając ją z willi bladym świtem, a odwożąc późnym wieczorem.

Szamanka spędzała więc w ogrodzie długie godziny. Dla zabicia nudy i z braku lepszego zajęcia faktycznie zabierała się do rysowania, a całe pliki szkiców, które produkowała każdego dnia, tym bardziej uwiarygadniały jej wersję w oczach zaprzyjaźnionego taksówkarza. Każdą z prac podsumowywał krótkim „Ale czad!" tudzież „Odjazd!" albo „Lubię takie klimaty". Podobnie jak Tekli najbardziej podobał mu się portret drzewnej demonicy, którą jak to raczył określić, „bardzo chętnie poznałby w realu". Zapytał nawet, czy Ida nie podarowałaby mu jednego z rysunków.

Słuchając tych zachwytów, szamanka z niejaką ulgą stwierdziła, że chodzą jednak po świecie ludzie bardziej stuknięci od niej.

Szóstego dnia przesiadywania nad brzegiem bagna w cieniu demonicznego drzewa szamanka miała ochotę spakować manatki nieco wcześniej, zwłaszcza że właśnie zbierało się na deszcz. Znaczy nad ogrodem Kusiciela zawsze zbierało się na deszcz, ale sądząc po chmurach, tym razem nadchodziła ulewa z prawdziwego zdarzenia. Poza tym Ida była zniechęcona przedłużającym się niepowodzeniem, miała dość bezowocnego oczekiwania, aż coś się wreszcie wydarzy. Czuła, jak czas nieubłaganie przecieka jej przez palce, i prawie mogła słyszeć szmer piasku przesypującego się w jej klepsydrze. Już wyciągała komórkę z kieszeni bluzy, by zamówić taksówkę, jednak tym razem ktoś ją uprzedził i zadzwonił do niej pierwszy.

Świergotliwy dzwonek poniósł się echem po ogrodzie. W nienaturalnej ciszy wydawał się głośniejszy niż kiedykolwiek wcześniej. Ida szybko zerknęła na wyświetlacz.

Kruchy.

– No? – spytała krótko, wcisnąwszy zieloną słuchawkę.

– Wewnętrzny rozgrzebuje sprawę Kwiatkowskiego – poinformował ją łowca, a jego ton sugerował lekkie podenerwowanie. – Masz zeznawać jutro o dziewiątej rano.

– Tak szybko się uwinęli z poprzednimi? – zdziwiła się Ida. – Miało im to zająć kilka tygodni...

– Najwidoczniej Wroński postanowił sobie darować udawanie, że chodzi tylko o rutynową kontrolę, i zaczął szukać tam, gdzie najbardziej śmierdziało Kusicielem. Kwiatkowski to jedyny poszukiwany przez nas magiczny, który pasuje do profilu jego ofiar. Gdzie teraz jesteś?

– U Karewicza. Od tygodnia próbuję przydybać tego cichociemnego ogrodnika. Właśnie miałam wracać do domu.

– Przyjadę po ciebie za pół godziny.

– Nie boisz się, że Wroński przyczepi ci ogon? – zdążyła zapytać, zanim się rozłączył.

Zaśmiał się krótko. Drgnęła. To był bardzo zły śmiech.

– Już raz to zrobił i źle na tym wyszedł – w głosie Kruchego zabrzmiała niebezpieczna nuta. – Wie, że jeśli jeszcze raz go przyłapię, będzie miał poważne kłopoty. Czekaj na mnie, zaraz tam będę – rzucił na do widzenia i zakończył połączenie.

Siedziba Firmy wydała się szamance wyjątkowo nieprzyjaznym miejscem. I nie chodziło tylko o jej subiektywne odczucia spowodowane niezbyt radosnymi okolicznościami, do jakich niewątpliwie należało składanie zeznań. Korytarz, którym ją prowadzili, był klaustrofobicznie niski, a zimne światło neonówek przyprawiało o dreszcze i z każdym krokiem potęgowało jej napięcie. Pokój przesłuchań wyglądał jeszcze mniej zachęcająco. Ściany pomalowane na chłodny błękit i te same jarzeniowe lampy co na korytarzu sprawiały, że Ida miała wrażenie, jakby wchodziła do lodówki. A raczej prosektorium, zważywszy na meble ze stali nierdzewnej. Stół wielki jak do sekcji zwłok, do tego dwa krzesła oraz szafy na dokumenty, w których z powodzeniem zmieściłoby się kilka trupów. Szamanka mimowolnie zerknęła w lustro weneckie, zastanawiając się, czy ktoś obserwuje ją z drugiej strony, a potem przeniosła wzrok na kamery. Szklane ślepia obiektywów rejestrowały każdy jej ruch, posykując z cicha przy dostrajaniu ostrości.

Rozmawiający z nią śledczy był wręcz upiornie uprzejmy i świetnie wyszkolony, a mimo to Ida nie dała się zwieść. Ona także odrobiła lekcje. Razem z Kruchym przećwiczyła treść zeznań chyba z tysiąc razy, przeczytała całą stertę artykułów na temat metod przesłuchiwania świadka, łyknęła antidotum na serum prawdy, w razie gdyby Wroński, który nadal nie uzyskał nakazu na zaangażowanie czytacza umysłów, próbował ją naćpać i w ten sposób wydrzeć z niej prawdę.

Była przygotowana na każdą ewentualność.

Najpierw podpisała oświadczenie, że została uprzedzona o odpowiedzialności karnej za składanie zeznań nieprawdziwych lub zatajanie prawdy, a potem zaczęła kłamać jak najęta i zatajać ile wlezie.

Wszystko odbyło się podręcznikowo i Ida nie miała żadnych kłopotów z nazwaniem kolejnych etapów przesłuchania: etap swobodnej rozmowy, etap przesłuchania wstępnego, etap spontanicznych zeznań, etap pytań i odpowiedzi. I wreszcie etap czynności końcowych, w którym szamanka podpisała protokół i dołączyła adnotację, że jego treść odpowiada jej słowom. Po niecałych dwóch godzinach była wolna.

Gdy wyszła z pokoju, poczuła niewysłowioną ulgę i z trudem powstrzymała się, by nie westchnąć. Szybko ruszyła korytarzem.

Kruchego spotkała piętro niżej, w pełnym ludzi pomieszczeniu biurowym, w którym stanowiska pracy były oddzielone od siebie niskimi, białymi boksami. Wokół rozlegały się stłumione rozmowy, szum kserokopiarek i faksów, tu i ówdzie cicho klikały klawiatury, raz po raz rozlegał się irytujący dźwięk telefonu.

Łowca wyglądał na nieco zmartwionego. Rozpogodził się, gdy ją zobaczył.

– I jak było? – spytał, zerkając na zegarek. – Dość szybko cię puścili. To dobrze.

– Chyba poszło mi lepiej, niż się spodziewałam – przyznała. – A ty co masz za minę? Coś się stało?

– Jeszcze nie, ale się stanie. Coś wisi w powietrzu, czuję to przez skórę – to mówiąc, rzucił okiem na Rudą, która stała po drugiej stronie biura i popijała kawę z tekturowego kubka.

Szamanka podążyła za jego spojrzeniem. Czarownica również sprawiała wrażenie mocno spiętej.

Patrzyła na nich.

– Ludzie Wrońskiego stali się dzisiaj mało widoczni – powiedział cicho Kruchy. – Od rana natknąłem się raptem na dwóch. Pojęcia nie mam, gdzie podziała się reszta.

– To chyba dobrze, że ich nie ma? – spytała z wahaniem Ida.

– Właśnie niedobrze – odparł szybko. – Bo skoro ich nie widać, znaczy, że kombinują. A jak kombinują, znaczy będą kłopoty. Coś się kroi, mówię ci, tylko jeszcze nie wiem co.

– Mam się bać?

– Jeszcze nie ma czego. – Spojrzał jej w oczy. – Znalazłaś tego siewcę?

Pokręciła głową z posępną miną.

– Cholera, pomógłbym, gdybym nie musiał tu siedzieć...

– I tak nic nie mógłbyś zrobić. Pozostaje mi tylko wprowadzić się do domu Kusiciela i czekać na gościa dzień i noc. Może lubi bawić się w ogrodnika przy świetle księżyca?

Kruchy chciał coś odpowiedzieć, zaraz jednak szybko zacisnął usta.

– Jest – wycedził ze wzrokiem wbitym w punkt za jej plecami.

– Co?

– Nie co, tylko kto. Wroński.

Ida odczekała chwilę, po czym odwróciła się powoli i nalała sobie trochę wody z dystrybutora. Wychylając się nieznacznie zza pękatej plastikowej butli, zerknęła na mężczyznę najdyskretniej, jak tylko potrafiła.

Elegancki, przystojny facet o rysach i sylwetce Ala Pacino przemierzył biuro bardzo pewnym krokiem. Kruchemu posłał spojrzenie kipiące nienawiścią, aż dziw brał, że ciało łowcy nie zaczęło topnieć w oczach. Szamankę zaś omiótł tylko obojętnym wzrokiem i odwrócił głowę.

– Idź już – mruknął Kruchy, wymijając dziewczynę, po czym zniknął za zakrętem korytarza.

Ida wypiła kilka łyków zimnej wody, wyrzuciła kubek do kosza na śmieci i ruszyła do wyjścia.

Tymczasem Wroński uśmiechnął się promiennie na widok Rudej. Przystanął obok niej i zerknął w kierunku, w którym właśnie patrzyła. Uśmiechnął się szerzej. Miodowe oczy śledziły bowiem opuszczającą budynek czarnowłosą dziewczynę.

Migotały przy tym jawną niechęcią. Jeśli nie wrogością.

– Gdyby zmieniła pani zdanie... – zaczął, nachylając się lekko w stronę czarownicy – będę dziś wieczorem pod tym adresem. Powiedzmy, o siódmej. – Wręczył jej ulotkę z restauracji. – Myślę, że najwyższy czas zacząć myśleć o sobie.

Zerknęła na niego bez słowa i pytająco uniosła brwi.

– Nie wierzę w zbiegi okoliczności – podjął Wroński. – A Kruszyński zaczął rozrabiać dokładnie w tym samym czasie, w którym to śliczne, kruczowłose medium zostało zrekrutowane do WON-u w charakterze konsultantki do spraw umarłych. Nie udawaj, Zosiu – dodał ciszej. – Widzę, że za nią nie przepadasz i na pewno podobnie jak ja uważasz, że ma na Kruszyńskiego bardzo zły wpływ. Myślę, że możemy się dogadać.

– Doprawdy? – prychnęła Ruda.

– Doprawdy – potwierdził. – To panna Brzezińska jest powodem, dla którego łowca zaczął węszyć przy sprawach, które lepiej zostawić w spokoju.

– Lepiej dla kogo?

– Dla mnie – przyznał od razu. – Dla Kruszyńskiego. I dla ciebie, w końcu to twój przyjaciel, nie chcesz chyba, żeby spotkało go coś niedobrego, prawda? Tym razem jestem gotów go oszczędzić w zamian za twoją pomoc. Nie musimy się lubić, Zosiu, a jednak coś nas łączy. Łowca nie sprawiałby teraz żadnych kłopotów, gdyby nie szamanka, wiesz o tym równie dobrze jak ja. Wygląda więc na to, że jesteś wrogiem mojego wroga i nawet jeśli nie czyni to z nas przyjaciół, to może być początkiem niezwykle owocnej współpracy.

Czarownica przez dłuższą chwilę spoglądała nieufnie w orzechowe oczy Filipa Wrońskiego.

Wreszcie wyciągnęła dłoń i sięgnęła po ulotkę.

Rozdział siódmy

Siewca zapomnienia

Wraz z początkiem czerwca przyszły burze. Gwałtowne, późnowiosenne nawałnice, które świszczały porywistym wiatrem, łamały drzewa, ciskały gradem, pluły deszczem i rozpruwały niebo świetlistymi ostrzami błyskawic.

I tylko ogród wiecznej jesieni zdołał uchronić się przed ich niszczycielską siłą. Pewnie dlatego, że nie było w nim już nic, co można by zniszczyć, w końcu jako wyjątkowo posępne cmentarzysko dla roślin mógł z powodzeniem robić za logo listopada. Albo i samą krainę śmierci.

Ida siedziała w trawie na brzegu bulgoczącego bagna. Z łokciem opartym na kolanie i podbródkiem na dłoni, szkicowała od niechcenia, wdychała intensywny zapach ozonu i wsłuchiwała się w grzmoty towarzyszące przemykającej obok burzy. Daleki szum wiatru i deszczu również zdołał przedrzeć się przez martwą ciszę, jaka zwykle panowała w ogrodzie Kusiciela, i głowa szamanki coraz bardziej ciążyła na podtrzymującej ją ręce. Monotonny, jednostajny szelest usypiał skuteczniej niż najlepsza kołysanka.

I tłumił kroki.

Ida usłyszała trzask za plecami zbyt późno, nie zdążyła zareagować i zerwać się z ziemi. Drgnęła i obejrzała się akurat, by zobaczyć, jak z zarośli, walcząc z gałęziami jałowca, wychodzi wysoki, dobrze zbudowany mężczyzna. Zatrzymał się na jej widok, wyraźnie zaskoczony.

W pierwszym momencie serce szamanki zamarło, gdy zobaczyła przydługie, jasne włosy przybysza. Szybko przeniosła wzrok na twarz i wypuściła bezwiednie wstrzymywane powietrze.

Nie te oczy, pomyślała, mimowolnie przytaczając słowa Kusiciela, jakie wypowiedział w jednej z wizji, zanim wbił jej nóż pod żebra. To nie był Marek Karewicz, rozpoznałaby go natychmiast. Zamiast różnokolorowych, ewentualnie krwistoczerwonych tęczówek patrzyły na nią oczy szare i wodniste, jakby wyblakłe. Rybie. Rysów mężczyzny na pewno nie można było nazwać szlachetnymi. Miał pucołowate policzki, nieco obwisłe jak u buldoga, zaczątki drugiego podbródka i płaski, szeroki nos. W pobrudzonej koszuli w niebiesko-czarną kratę, ciemnozielonych spodniach roboczych, rybackich kaloszach, z sekatorem w jednej ręce i butelką ze spryskiwaczem w drugiej wyglądał jak żywcem wyjęty z katalogu ogrodniczego.

Ida wolno wstała z trawy, odruchowo otrzepując dżinsy.

– Dzień dobry – przywitała się grzecznie.

– Co tu robisz? – spytał, popatrując na nią podejrzliwie. – To teren prywatny.

Zerknęła na boki, starając się wyglądać na zdezorientowaną. I chyba nieźle jej to wychodziło, bo szary wzrok mężczyzny jakby trochę złagodniał.

– Przepraszam – bąknęła i zaczęła wyłamywać sobie palce. – Nie widziałam żadnej tabliczki, furtka była otwarta... Myślałam, że to miejsce jest opuszczone.

– Opuszczone, ale nie niczyje – odparł natychmiast, po czym powtórzył pytanie. – Co tu robisz?

– Rysuję.

– Co?

– Nooo, bo widzi pan, na poniedziałek muszę przygotować portfolio – wyjaśniła, dochodząc do wniosku, że najlepiej trzymać się wypróbowanej bajeczki. Zresztą poniekąd mówiła prawdę. Wskazała na leżące na ziemi ołówki, węgle rysunkowe, kilkanaście szkiców oraz czyste arkusze papieru. – Studiuję malarstwo na Akademii Sztuk Pięknych, od tygodni nie mogłam znaleźć ciekawego pleneru, a niedawno przejeżdżałam niedaleko, zobaczyłam ten dom i pomyślałam, że... – zawiesiła głos, udając zakłopotanie. – Przepraszam, nie wiedziałam, że nie wolno tu wchodzić.

– W Parku Szczytnickim są ładne plenery – zauważył mężczyzna. – Zwłaszcza Ogród Japoński bywa o tej porze roku wypełniony plastykami po brzegi.

– W tym właśnie problem. Ogród Japoński to każdy głupi potrafi namalować, chciałam być oryginalna – odparła, oglądając się na demoniczne drzewo. – Wolę takie klimaty niż kwiatki, rybki i kaczuszki. No ale trudno. Nie będę panu przeszkadzać, pozbieram swoje rzeczy i pójdę sobie...

– Nie, zostań, w porządku – odparł facet, a jego spięta twarz szybko się wygładziła. – Możesz sobie malować, jeśli chcesz. Zdziwiłem się tylko, od lat nie widziałem tutaj żywej duszy. Ludzie raczej stronią od tego miejsca.

To mówiąc, postąpił kilka kroków i wlazł w bagno. Błoto mlaskało głośno pod jego stopami, gdy brnął w stronę czarnego drzewa i dzikiej róży.

– To pańska posiadłość? – zagadnęła po chwili Ida, przyglądając się, jak mężczyzna przycina cierniste pędy.

Krzew, wbrew temu, czego się po nim spodziewała, poddawał się tym zabiegom bez cienia protestu, całkiem przekonująco odgrywając rolę najzwyklejszej w świecie rośliny. Jedynie nieliczne gałązki leniwie omiatały powietrze na podobieństwo kocich ogonów. Mężczyzna nie mógł tego dostrzec, bo poruszały się tylko te po przeciwnej stronie krzewu, lecz Ida stała nieco z boku i widziała dokładnie. Co ciekawe, drzewo również udawało, że nie ma w nim nic nadzwyczajnego, prócz kształtu i koloru, rzecz jasna. Korzenie nie pulsowały już, tylko zamarły w kompletnym bezruchu.

Sekator szczękał metalicznie i równo, kawałki pędów spadały w błoto.

– A skąd – odparł facet, nie przerywając przycinania i nie odrywając wzroku od róży. – Ja tu tylko doglądam roślin. Aczkolwiek ten ogród nie jest moją najlepszą wizytówką – dodał po chwili, uśmiechając się pod nosem.

– No tak, fakt, trochę tu... eee... – zabrakło jej słowa. – Gęsto.

– Gęsto, ha! To ci się eufemizm udał, dziewczyno – zarechotał, próbując wyciągnąć odłamek gałązki, który zaklinował się między ostrzami sekatora. – Gdybym nie wiedział, ile pracy włożyłem, by uratować ten ogród, sam bym siebie zwolnił. To chyba kwestia zanieczyszczonych wód gruntowych – orzekł tonem eksperta. – Innego wyjaśnienia nie widzę. Nic nie pomogło, ani nawóz, ani spryskiwacze automatyczne, które rozmieściłem po całym terenie, ani środki ochronne, owadobójcze, przeciw gryzoniom... No nic, kompletnie nic. Kiedyś wszystko tętniło życiem, rosło jak na drożdżach, bujne i kolorowe, pięknie tu było, mówię ci. Roboty miałem od groma, potrzebowałem trzech ludzi, żeby nadążyć z koszeniem trawy, nie mówiąc już o pielęgnacji drzew i krzewów. Musieliśmy tu całą ekipą zaglądać co najmniej raz w tygodniu, bo inaczej dżungla się robiła taka, że nie szło kroku zrobić. Teraz wystarczy, że przyjdę raz, dwa razy w miesiącu. Nie wiem, co się stało, ale mimo naszych wysiłków ogród marniał w oczach, wszystkie rośliny chorowały jednocześnie. Aż w końcu zostały tylko chaszcze i te dwie damy. – Ruchem głowy wskazał na drzewo i różę.

Damy.

Niewinna, pieszczotliwa personifikacja czy może jednak dobrze wiedział, czym były naprawdę?

– A co to za gatunek? – Ida obeszła bagno, udając zaciekawienie. – Nigdy nie widziałam pnia o takim... ludzkim wyglądzie.

– To brzoza – odparł, zadzierając głowę. – Przynajmniej tak twierdził poprzedni właściciel, który ją zasadził. Nie jestem pewien, co się z nią stało, choć przypuszczam, że to chemikalia z wód gruntowych tak ją wynaturzyły, zmieniły kształt i pigmentację. Brzozy na ogół nie osiągają tak ogromnych rozmiarów. Trochę straszna, co nie?

– Niesamowita – powiedziała szamanka, starając się, by jej fascynacja wypadła wiarygodnie.

– A i owszem. Choć dla mnie największą zagadką jest to bagno – mruknął po chwili, przelotnie zerkając pod nogi. – Wszystko dookoła suche na wiór, a tu raptem bajoro. Nie mam pojęcia, jak one mogą tu rosnąć, zwłaszcza róża, przecież te krzewy nie znoszą podmokłych terenów. To jest ogród pełen tajemnic, szkoda, że tak zmarniał.

Ida skinęła głową, przywołując na twarz wyraz ubolewania, po czym przysiadła z powrotem na trawie i powróciła do szkicowania, by facet nie nabrał wątpliwości co do prawdziwego celu jej wizyty.

– Znał pan poprzedniego właściciela? – zagadnęła go kilka minut później, gdy zaczął spryskiwać krzew, a w powietrzu uniósł się zapach szarego mydła. – Tego, który zasadził to drzewo?

– Nie, zatrudniono mnie tutaj, gdy dom przeszedł już w inne ręce, to było jakieś... zaraz... będzie już z piętnaście lat temu.

Czyli niedługo po zniknięciu Karewicza, pomyślała i mocniej zacisnęła palce na ołówku.

– Mój obecny pracodawca nigdy się tu nie wprowadził, ale nadal płaci mi za opiekę nad drzewem i różą. Właściwie sam nie wiem czemu. Ja bym tam sobie nie dał złamanego grosza, uważam ten ogród za moją największą zawodową porażkę. Ale gość na pewno od tego nie zbiednieje, ma bardzo dobrze płatną posadę.

– A czym się zajmuje?

– Jest wziętym psychoterapeutą.

Ida drgnęła i uniosła głowę, a w jej umyśle rozbrzmiały słowa siewcy wspomnień:

Sianie zapomnienia to w pewnym sensie rodzaj terapii.

Serce znów zabiło jej mocniej.

– To właśnie dzięki swojej profesji poznał małżeństwo, u którego pracuję na co dzień – kontynuował, nie zauważając jej reakcji. – Zajmuję się ich ogrodem od dwudziestu lat. Jest trochę mniejszy niż ten, ale piękny, ma małe oczko wodne z niewielkim wodospadem, drewniany mostek, kamienne ścieżki... Jak chcesz, mogę zapytać, czy nie pozwoliliby ci przyjść i trochę porysować, naprawdę jest w czym wybierać.

– Dziękuję – odparła z uśmiechem, choć guzik ją obchodziły wodospady i drewniane mostki. Interesował ją wyłącznie psychoterapeuta. – Czyli ten sie... – O mały włos nie powiedziała „siewca", jednak w porę ugryzła się w język. Odchrząknęła. – Ten obecny właściciel leczył któregoś z pańskich pracodawców?

– To smutna historia – powiedział nie od razu, starannie spryskując kolczaste gałązki, a Ida w duchu dziękowała sile wyższej za to, że trafił jej się ogrodnik gaduła. – Stracili syna w wypadku samochodowym. To był młody chłopak, dopiero co zrobił prawo jazdy, chyba nawet tego dnia pierwszy raz zasiadł za kółkiem. Zderzył się czołowo z ciężarówką i zginął na miejscu. Jego matka, a moja szefowa, przeszła załamanie nerwowe, cały miesiąc spędziła w klinice psychiatrycznej, a potem przez kolejne dwa lata mąż chodził z nią od specjalisty do specjalisty, jednak żaden nie potrafił jej pomóc. Leki nie przynosiły ulgi, próbowała nawet popełnić samobójstwo i o mało nie trafiła z powrotem na oddział. Wtedy znajomi polecili im zaprzyjaźnionego psychiatrę. Nie minęły trzy tygodnie i depresja minęła jak ręką odjął, a od tego czasu szefowa zachowuje się tak, jakby w ogóle nie pamiętała o tej tragedii.

Niepamięć to wybawienie.

– Jak to nie pamiętała? – drążyła szamanka, z trudem zachowując spokój. – Zapomniała o śmierci syna?

Skinął głową.

– Nawet na cmentarz przestali jeździć. To akurat wydało mi się nieco dziwne, ale szef wytłumaczył mi, że tego wymaga terapia. I że nie mogą ryzykować nawrotu depresji, dlatego poprosił, żebym nawet nie wymawiał imienia tego biednego chłopca w obecności jego żony. Naprawdę mieli szczęście, że wreszcie trafili na takiego specjalistę – dodał po chwili ogrodnik z nieukrywanym podziwem. – On jeden zdołał nakłonić szefową do tego, by oddała mu koszulę syna, którą ten miał na sobie w dniu wypadku. Wcześniej ani na chwilę się z nią nie rozstawała, zawsze miała ją przy sobie. Choć materiał był w strzępach, cały pokrwawiony, nie chciała jej nawet wyprać, by nie straciła zapachu syna.

Szamanka znów usłyszała echo głosu Ireneusza Kuźmika:

Przełomowym i najtrudniejszym momentem jest wybranie klucza, kiedy to pacjent z własnej woli rozstaje się z przedmiotem, który najbardziej przypomina mu o utraconej osobie.

Cudem tylko powstrzymała się, by nie skoczyć na równe nogi z triumfalnym okrzykiem na ustach. Zamiast tego zaczęła rysować ostrymi, szybkimi ruchami, a jej umysł buzował od tysięcy myśli naraz. Radość i podekscytowanie uszły z niej już chwilę później jak powietrze z przekłutego balonika, gdy tylko uświadomiła sobie, że musi jakoś przekonać ogrodnika, by dał jej namiary na tego psychiatrę.

Tylko co niby miałaby powiedzieć? „Och, to się świetnie składa, bo ze mną ostatnio też nie jest najlepiej, mam wizje, prorocze sny, rozmawiam z umarlakami, przepowiadam śmierć, a ostatnio panicznie boję się wycieczki do lustrzanych piekieł i tego, że lada chwila dusza rozleci mi się na kawałeczki. Chyba przydałoby mi się porządne pranie mózgu i silne psychotropy, zgodzi się pan ze mną?”.

Prychnęła w duchu, a Pech przewrócił oczami.

Pocieszała ją myśl, że facet naprawdę chętnie udzielał informacji, wystarczyło go tylko odpowiednio podejść.

– Aha, czyli wyleczył pańską szefową, a potem sam pana zatrudnił – powiedziała na głos, by skłonić go do podjęcia tematu. Ogrodnik jednak jak na złość tylko pokiwał głową. – Ciekawe, po co komuś dom z tak wielkim terenem, skoro w nim nie mieszka ani nikomu nie wynajmuje – mruknęła z udawaną zadumą.

– Szczerze? – Obejrzał się i zerknął na nią rybimi oczami. – Sam się nad tym zastanawiałem. Niektórzy twierdzą, że posiadłość jest nawiedzona, dlatego obecny właściciel nie chce w niej mieszkać ani nie może znaleźć na nią nabywcy. Ale to bzdura, nie wierzę w duchy ani inne paranormalne brednie.

– Ja też nie – skłamała gładko. – Choć przyznam, że przez pierwszą godzinę czułam się tu trochę nieswojo, zwłaszcza gdy przechodziłam koło domu.

– Przy tej ruinie trudno nie czuć się nieswojo – zauważył. – Sam nie lubię się do niej zbliżać. Taki dom strachów, horror można by tu nakręcić...

Nagle ją olśniło.

Pomysł był może trochę naciągany, ale lepszy jakiś niż żaden.

– Dom strachów! – zawołała i klasnęła w dłonie. – No pewnie, czemu ja wcześniej o tym nie pomyślałam!

Popatrzył na nią bez zrozumienia.

– Mógłby mi pan podać numer do właściciela albo jakieś dane kontaktowe? – zapytała szybko i nie czekając na jego odpowiedź, wyrzuciła z siebie jednym tchem: – Sądzi pan, że on miałby coś przeciwko, gdyby kilku studentów chciało urządzić tu plan zdjęciowy, powiedzmy, na jakiś tydzień, moja przyjaciółka studiuje fotografię i w październiku ma wziąć udział w bardzo ważnej wystawie tematycznej z okazji Halloween, od miesięcy szuka odpowiedniej scenerii, a ten dom jest po prostu idealny!

Ogrodnik zamrugał szybko, a szamanka modliła się w duchu, by nie wiedział, że na wrocławskiej ASP nie ma takiego kierunku.

– Haloł czego? – zapytał niepewnie.

– Halloween – powtórzyła cierpliwie. – Na pewno pan słyszał o wydrążonych dyniach, zbieraniu cukierków i przebierankach za wiedźmy, wampiry, wilkołaki, zombi...

– A, ty o tym amerykańskim kretyństwie – odburknął z niechęcią, łapiąc wreszcie, o co chodzi. – Już się i do nas przypałętała zaraza zza oceanu, jak słyszę. Kto to widział, żeby na Wszystkich Świętych urządzać sobie balangi? I jeszcze do tego łazić po domach i żebrać o jedzenie.

– Spokojnie, pierwszego listopada już nas tu nie będzie – przekonywała go. – Gotowe prace trzeba przesłać co najmniej miesiąc przed terminem wystawy, a więc pod koniec września. No i przecież nie zamierzamy tu imprezować, tylko robić zdjęcia, a przebierać się będą wyłącznie modelki.

– Czy ja wiem... Jeszcze coś nabroicie.

– Proszę... – Posłała mu błagalne spojrzenie, po czym wskazała na dom. – Tego nie da się bardziej zdewastować, przed chwilą sam pan go nazwał ruiną. To tylko kilka dni, możemy nawet zrobić zrzutkę na wynajem. Proooooszę! Niech mi pan pozwoli porozmawiać z właścicielem, mojej przyjaciółce naprawdę bardzo zależy na tej wystawie.

Nadal patrzył na nią bez przekonania, a minę miał taką, jakby samym napomknięciem o Halloween Ida obraziła jego uczucia religijne.

– No dobra, niech ci będzie – burknął w końcu, jakby wbrew sobie. – Nie mam przy sobie komórki, więc numeru telefonu ci nie podam, ale adres pamiętam.

Szamanka sięgnęła po czystą kartkę i skinęła głową, dając ogrodnikowi znać, że może zacząć dyktować.

Kruchy zadzwonił do niej godzinę później, gdy już siedziała w taksówce.

– Ida, ani się waż wracać do domu – powiedział, zanim zdążyła podzielić się z nim rewelacjami na temat siewcy zapomnienia. – Trzymaj się z dala od willi, rozumiesz?

Głos miał tak zimny i poważny, że naprawdę ją przestraszył.

– Co się stało?

– Kwiatek poinformowała mnie właśnie, że Wroński ściągnął z Warszawy czytacza umysłów – odparł szybko łowca. – Wciąż nie załatwił sobie nakazu, nawet się o niego nie starał, a to tylko potwierdza fakt, że działa na własną rękę bez wiedzy zwierzchników. Nikogo z zespołu i tak nie prześwietli, nasze umysły są chronione i tylko nakaz może zdjąć z nas blokady myślowe. Ale ty to co innego, jesteś tylko współpracownikiem, na bank będzie chciał cię dorwać.

– Mówiłeś, że samo zaangażowanie czytacza wymaga odpowiedniego pozwolenia.

– Nie w tym przypadku. Gość, którego wynajął Wroński, to Mirosław Szyc, były agent warszawskiego WON-u. Od dwóch lat nie pracuje już dla Firmy i teraz działa jako wolny strzelec. To ten sam facet, który zaglądał w mój umysł, gdy byłem podejrzany o zamordowanie moich kolegów z zespołu. Wroński dał mu w łapę i przekonał, by zatail przed sądem fakt, że pozostawałem pod wpływem matki demonów, o mało nie trafiłem przez to do ciupy. Uratowała mnie Kwiatek, załatwiając drugą opinię. Potem jeszcze wydobyła na światło dzienne wystarczająco dużo obciążających dowodów, żeby Szyc wyleciał z Firmy i na rok trafił za kratki za korupcję i składanie fałszywych zeznań. Niestety, Wroński dobrze pozacierał wszelkie ślady, które mogłyby powiązać go z czytaczem, i pewnie obiecał mu okrągłą sumkę za milczenie. W każdym razie wyszedł z tej afery czysty jak łza. A teraz obaj szukają ciebie. Jeśli Szyc spróbuje prześwietlić twój umysł, nie wywoła alarmu w Firmie, bo system zabezpieczeń nie obejmuje żadnego z was. Dlatego ani mi się waż wracać do domu, rozumiesz?

– Tekla zna sytuację?

– Już z nią rozmawiałem. Zapewniła mnie, że tymczasowe ciało, które dostała od Okhykogośtam, jest jedynie materialnym odzwierciedleniem jej duszy, nie zdołają więc dostać się do jej głowy i dowiedzieć się czegokolwiek o Kusicielu. Mam nadzieję, że wie, co mówi, bo trochę zwątpiłem, jak zaczęła coś pleść o Indianach.

Ida uśmiechnęła się pod nosem.

– Nie martw się o nią – odparła z przekonaniem. – Tekla da sobie radę.

– Wynajmij pokój w hotelu i siedź tam, dopóki nie zadzwonię – poinstruował ją na koniec. – Do kamienicy na Gajowej też zakazuję ci jechać. W naszej bazie danych ten adres widnieje jako miejsce zbrodni. Być może Wroński już wie, że budynek jest teraz twoją własnością i że będziesz chciała się tam zaszyć.

– Skąd miałby wiedzieć?

– Nie mam pojęcia. Tak samo, jak nie mogę rozgryźć, skąd przyszło mu do głowy, że razem ze mną pracujesz przy sprawie Kusiciela. Ktoś musiał mu o tym donieść.

– Albo zwyczajnie skojarzył fakty.

– Może i racja, ale i tak coś mi tu śmierdzi. Od rana nie mogę skontaktować się z Rudą, boję się, że mógł jej coś zrobić i przeczytać ją na siłę. Czekam właśnie na Mamaja i Brutusa, musimy ją znaleźć, zanim będzie za późno. A ty jedź do hotelu i nosa nie wyściubiaj, słyszysz, co mówię?

– Słyszę, słyszę.

– Uważaj na siebie – powiedział na koniec.

– Nie daj się zabić – odparła i zamknęła klapkę telefonu. – Zmiana planów – rzuciła do nieco zdziwionego taksówkarza. – Proszę zawrócić samochód.

Wybrała hotel na drugim końcu miasta.

Pierwszą rzeczą, jaką zrobiła, gdy tylko przekroczyła próg pokoju, było zabezpieczenie każdej powierzchni, wszystkich ścian, sufitu, podłogi, drzwi oraz okna przed zaklęciami tropiącymi. Do tego celu użyła tych samych wzorów ochronnych, którymi niegdyś po pamiętnej ucieczce z domu zamaskowała przed rodzicami swą obecność w akademiku. A ponieważ nie miała przy sobie flamastra o tuszu widzialnym tylko w świetle ultrafioletowym, musiała zadowolić się ołówkami Karoliny, a wzory nieco skurczyć, żeby obsługa hotelowa nie dostała na ich widok zawału.

Mimo że pokój był przytłaczająco ciasny, miał na wyposażeniu malutką łazienkę, wygodne, choć bardzo wąskie łóżko, jedno krzesło oraz stół. Ida z zadowoleniem omiotła wzrokiem stojący na nim czajnik bezprzewodowy, filiżankę, saszetki z kawą oraz kilka torebek herbaty. Na tym jednak kończyła się sympatia szamanki dla tego miejsca. Obca, bezpłciowa, kompletnie pozbawiona charakteru przestrzeń drażniła ją, nie pozwalała się rozluźnić i wciąż przypominała o zagrożeniu ze strony Filipa Wrońskiego i jego czytacza umysłów. Siedząc na podłodze z plecami opartymi o łóżko i czekając na wiadomość od Kruchego, Ida na moment zapomniała, po co w ogóle wpakowała się w całe to szaleństwo. Mikołaj, Karolina, Kusiciel i siewca zapomnienia zeszli teraz na dalszy plan, przytłoczeni milionem innych myśli i bardzo, bardzo złych przeczuć.

Szamanka wytrzymała do dziesiątej wieczorem, po czym złamała zakaz łowcy i wyszła z hotelu. Dusiła się w malutkim pokoiku, w którym nie dało się zrobić więcej niż pięć kroków w linii prostej. Musiała się przewietrzyć i dla równowagi kupić fajki.

Po godzinie znów gapiła się w ściszony telewizor, raz po raz spoglądając na wyświetlacz uparcie milczącej komórki, a w niewielkiej popielniczce powoli kończyło się miejsce na niedopałki. Dobrze, że przezornie kupiła dwie paczki papierosów.

O północy wskoczyła pod prysznic, po czym zwinęła się na łóżku, zakutana w hotelowy szlafrok. Zasnęła bez snów, a w jej wyciszonym umyśle pobrzmiewało tylko cichutkie echo Karolinowej pieśni.

Obudziła się, czując dreszcze niepokoju, które biegały jej po plecach i stawiały włoski na karku. Wstała. Nie zapalając światła, podeszła do okna. Ostrożnie wyjrzała zza firanki i uważnie zlustrowała kiepsko oświetlony parking. Nie dostrzegła nikogo, żadnego ruchu, jednak wcale nie poczuła ulgi. Wręcz przeciwnie.

Wiedziała, że już nie zaśnie, więc w łazience przemyła twarz zimną wodą. Zerknęła na swoje odbicie w lustrze, które przyglądało jej się badawczo znad umywalki oczami czarnymi jak dwa obsydiany. Szamanka cofnęła się odruchowo, wciąż nieprzyzwyczajona do podobnego widoku.

A potem odskoczyła i przylgnęła do ściany, gdy czerń zaczęła ściekać jej po policzkach atramentowymi łzami, wargi otworzyły się do krzyku jak na obrazie Muncha, skóra zaś stała się tak blada, że prawie przezroczysta. I zaczęła pękać. Trysnęła krew, gęsta czerwień zachlapała ściany, lustro, nawet sufit. Odbicie Idy zniknęło.

Przerażona zerknęła na własne dłonie. Ich też nie było. Nie miała ciała, a wszystko, co z niej zostało, to plamy krwi na kafelkach, które kurczyły się i parowały z sykiem, jak oblane kwasem.

Aksamitna ciemność chwyciła duszę szamanki w ramiona, zimnymi palcami zasłoniła jej oczy, zakryła uszy, na zawsze zamknęła usta.

To koniec, zdążyła jeszcze pomyśleć, zanim do jej opustoszałego umysłu wdarła się fala niepowstrzymanej nicości.

Dziewczyna zerwała się z łóżka, nie mogąc złapać tchu. Szybko obejrzała ręce, obmacała twarz, szyję, brzuch, uda. Chyba była cała, wciąż w jednym kawałku. Padła z powrotem na poduszki.

– Ja pierdolę – szepnęła wpatrzona w sufit, który drżał lekko, oświetlony niebieskawym światłem z włączonego telewizora. – Co to, kurwa, było?

Sufit nie odpowiedział.

I nie musiał, świetnie wiedziała, czym była ta wizja.

Ostrzeżeniem.

Niebyt czaił się tuż-tuż, zaraz zapuka do jej drzwi i wszystko trafi szlag. Wyglądało na to, że dar naprawdę próbował uratować jej skórę, zmusić do pośpiechu, zmotywować upiorną zapowiedzią tego, co się z nią stanie, jeśli natychmiast nie zacznie działać.

Zerknęła w stronę okna. Słaby blask dnia przedzierał się nieśmiało przez cienkie zasłony.

Świtało.

Kopniakiem zrzuciła z siebie kołdrę i zeskoczyła na podłogę. Porwała komórkę z nocnej szafki, zerknęła na wyświetlacz. Dochodziła szósta. Brak wiadomości i nieodebranych połączeń tylko spotęgował jej niepokój. Boso przeszła po szorstkiej wykładzinie, wygrzebała z torby notes ze szkicami i kartkę, na której zapisała adres siewcy.

– Profesor Feliks Szkudlarek – mruknęła do siebie.

Kruchy kazał siedzieć w hotelu i czekać na telefon, nie potrafiła jednak wyrzucić z głowy makabrycznej wizji, nie mogła jej zignorować. Czekanie nie wchodziło w grę, no, chyba że przestało jej zależeć.

Przestało?

A gdzie tam. Gdyby tak było, nie bałaby się teraz.

Tysiąc razy przeczytała nazwisko psychiatry, próbując uspokoić galopujące myśli i ułożyć jakiś sensowny plan działania.

Nie powinna iść do niego sama. Należało założyć, że jako wspólnik seryjnego mordercy może być niebezpieczny. Cholera wie, do czego byłby zdolny się posunąć, zwłaszcza gdyby czymś się zdradziła, gdyby odkrył, czego od niego chciała. Jako powiernik tajemnicy Kusiciela przelał jego wspomnienia w umysł innego człowieka, by zmylić śledczych, a do tego przez tyle lat dbał, by drzewu i róży niczego nie brakowało. Być może Karewicz był dla niego kimś więcej niż tylko wspólnikiem, kto wie, może siewca uważał go za przyjaciela.

Nie, zdecydowanie nie mogła iść do niego sama, musiała zabrać kogoś ze sobą.

Łowca wciąż się nie odzywał i nie odbierał komórki, więc pewnie nadal szukał Rudej. Pod willą mogli czaić się ludzie Wrońskiego, którzy na pewno śledziliby Teklę, więc jej kandydatura również odpadała.

A jeśli nie ciotka i Kruchy, to kto?

Ida zaczęła nerwowo spacerować po ciasnym pokoju.

Ciężko jej się myślało, była zbyt zdenerwowana, by się skupić. Potrzebowała papierosa. I kofeiny. Natychmiast.

Napełniła i włączyła czajnik, wsypała do filiżanki zawartość jednej z saszetek z kawą rozpuszczalną, cukrem i mlekiem w proszku. Zapaliła papierosa i zaciągnęła się głęboko, a potem długo wydmuchiwała powietrze. Poczuła, jak stres opuszcza jej ciało wraz z szaroniebieskim dymem.

Kiedy tak czekała na wrzątek, wsłuchując się w coraz głośniejszy szum i bulgot dochodzące z czajnika, trybiki w jej mózgu raptownie zaskoczyły, zębatki szczęknęły, pamięć otworzyła odpowiednią szufladkę i wydobyła z niej jedno słowo.

Imię.

Szamanka skoczyła przez pokój, sięgnęła po telefon, wybrała numer. Niecierpliwie zabębniła palcami o blat stołu, czekając na połączenie. W końcu po drugiej stronie rozległ się zaspany męski głos.

– Duch? Tu Ida – powiedziała szybko. – Obudź się, brachu, sprawa jest pilna... Wiem, która godzina, posiadam zegarek, wyobraź sobie. Chcesz mi pomóc czy już ci przeszło?... No. Spotkajmy się za godzinę, weź coś do pisania, podyktuję ci adres.

Gdy już go sobie zanotował, zakończyła rozmowę, po czym wykonała kolejny telefon. Zamówiła taksówkę na siódmą piętnaście, podała kierowcy numer pokoju i poprosiła, by zameldował swoje przybycie w hotelowej recepcji.

Okna jej klitki wychodziły na parking i bloki mieszkalne, a Ida wolała uniknąć czekania na ulicy, zwłaszcza że przy wrocławskich korkach taksówka mogła się spóźnić nawet pół godziny.

Być może szamanka naoglądała się zbyt wielu filmów szpiegowskich, być może popadała w lekką paranoję, wychodziła jednak z założenia, że skoro Wroński ma specjalistę od prześwietlania umysłów, ma też pewnie i takiego od tropienia, skanowania terenu, rozpoznawania twarzy, aury, zapachów i czort jeden wie czego jeszcze. Jej wiedza na temat magii była na żenująco niskim poziomie, a przezorność kazała zakładać najgorsze. Lepiej więc, żeby poszukiwana wyszła z hotelu jedynie po to, by zniknąć na tylnym siedzeniu samochodu, zamiast sterczeć na widoku nie wiadomo jak długo.

Ledwo zakończyła połączenie, komórka zawibrowała i zaczęła migotać.

Szamanka uniosła brwi, zerknąwszy na wyświetlacz. Odebrała po krótkiej chwili wahania, jeszcze zanim rozległ się pierwszy dzwonek.

– Czego? – spytała opryskliwie.

Słuchawka odpowiedziała wściekłym prychnięciem.

– Gdzie jesteś? – zainteresowała się głosem Rudej.

– A bo co?

– Przestań utrudniać, bo się rozłączę – fuknęła czarownica. – Kruchy kazał mi zabrać cię w bezpieczne miejsce, więc mów natychmiast, gdzie jesteś.

– Sam miał do mnie zadzwonić.

– Słuchaj, nieznośna dziewucho, łowca próbuje właśnie namierzyć Szyca, zanim on namierzy ciebie, jest więc troszkę zbyt zajęty, żeby gruchać z tobą przez telefon. Dawaj adres, do cholery!

– Hotel Amelia, Suławska dwadzieścia sześć, Psie Pole – wybąkała szamanka. – Pokój piętnaście be.

– Dobra, nie ruszaj się stamtąd, ludzie Wrońskiego przeczesują całe miasto, a znając twoje szczęście, wpadniesz im w łapy za pierwszym zakrętem. Siedź na dupie i czekaj na mnie, zrozumiałaś? Będę za godzinę.

Ida burknęła w odpowiedzi coś niezrozumiałego, lecz czarownicy to wystarczyło. Zakończyła połączenie bez pożegnania.

Szamanka odrzuciła komórkę na łóżko, mrucząc pod nosem przekleństwa, a potem wzięła gorący prysznic, by woda zmyła z niej nieco napięcia. Wyszła z łazienki, ani razu nie spoglądając w lustro. Nie chciała prowokować kolejnej ostrzegawczej wizji, zrozumiała przekaz za pierwszym razem. Ubrała się szybko, duszkiem wypiła kawę i spakowała rzeczy do torby. Czerwone cyfry na wyświetlaczu hotelowego radia wskazywały szóstą czterdzieści.

Zapaliła kolejnego papierosa. Zaparzyła kolejną kawę.

Kiedy po jakichś dwudziestu minutach znów sprawdziła godzinę, była dopiero szósta czterdzieści dwa.

Czas wlókł się nieubłaganie, jak zawsze, gdy na coś czekała. Nienawidziła czekać.

Drgnęła, gdy o szóstej czterdzieści cztery ktoś zapukał do drzwi. Przylgnąwszy do ściany, przekradła się przez pokój ciszej od własnego cienia, zerknęła przez wizjer i dopiero wtedy szarpnęła za klamkę.

– Szybko się uwinąłeś – powiedziała i gestem zaprosiła Ducha do pokoju.

Nie ruszył się jednak z miejsca.

– Na dole jest trzech gości w garniakach – oznajmił, zanim zdążyła zapytać, o co chodzi. Uważnie obserwował jej twarz. –

Szukają cię, wyraźnie słyszałem, jak wymieniają twoje nazwisko w recepcji. Spodziewasz się towarzystwa?

– Wroński... – szepnęła szamanka, a krew odpłynęła jej z twarzy. – Właź i zamknij drzwi na klucz! Musimy wiać!

Dopadła do okna i otworzyła je na oścież, gratulując sobie w duchu, że nie zignorowała paranoicznych przeczuć i wybrała pokój na parterze. Porwała z łóżka torbę i sweter i cisnęła nimi na trawnik przy parkingu.

– Duch, pośpiesz się! – syknęła.

Przysiadła na parapecie, przerzuciła obie nogi na drugą stronę i zeskoczyła. Zanim pozbierała rzeczy z ziemi, Duch wylądował tuż obok niej. Zdołał jeszcze dla niepoznaki przymknąć okno, a potem rzucił się biegiem za znikającą za rogiem szamanką.

– Nie tędy! – warknął i mocno szarpnął ją za ramię, gdy już miała skręcać w wąską uliczkę. – Dalej prosto, niedaleko mam samochód.

– Nie wiedziałam, że umiesz prowadzić – wydyszała, próbując dotrzymać mu tempa. Dawca jego tymczasowego ciała musiał dbać o formę. Biegli już dobre pięć minut, a Duch ani się nie zaczerwienił, ani nie dostał zadyszki, oddychał równo i spokojnie. Szamanka natomiast co rusz zostawała z tyłu, z trudem łapała powietrze, kłuło ją nieznośnie w prawym boku, a po skroniach spływały strużki potu.

– Ja nie umiem – przyznał i wyszarpnął kluczyki z kieszeni kurtki. – Ale cielesna powłoka, którą noszę, i owszem. To auto mojego dawcy.

Wcisnął guzik na pilocie, ciemnozielona skoda błysnęła światłami, zamek centralny otworzył się z cichym trzaskiem.

– Wskakuj na tylne siedzenie i się schowaj – polecił Duch, wsiadając za kierownicę. Zatrzasnął drzwi, wpakował kluczyk do stacyjki. Silnik zakaszlał i zaskoczył opornie, a Duch zerknął w boczne lusterko. Upewniwszy się, że ma wolną drogę, zjechał z chodnika i włączył się do ruchu.

– Kto to jest Wroński? – spytał po chwili i dodał gazu, by zdążyć przed czerwonym.

– Dobry kumpel Rudej – mruknęła ponuro szamanka, skulona między kanapą a fotelem kierowcy.

– Tej Rudej? – upewnił się, zmieniając pas. – Zofii Majcher, czarownicy z WON-u?

– Tej samej. Tylko ona poza tobą wiedziała, gdzie jestem, tylko ona mogła mu powiedzieć...

– Czym im podpadłaś?

Roześmiała się niespodziewanie. W tym śmiechu było tyle gniewu i goryczy, że Duch aż drgnął na swoim siedzeniu.

– Rudej samym swoim istnieniem – wycedziła w końcu. – Wrońskiemu grzebaniem przy ściśle tajnym śledztwie i wywlekaniem na wierzch brudów, które mogą zniszczyć mu karierę.

Duch milczał dłuższą chwilę, próbując przetrawić to, co usłyszał.

– Aha – bąknął wreszcie. – Rozumiem. To znaczy nie rozumiem, ale to, zdaje się, jedna z tych dłuższych historii?

Nie musiała nic mówić, pytanie było retoryczne.

– Wygląda na to, że nikt za nami nie jedzie – oznajmił, gdy ponownie spojrzał w lusterko wsteczne. – Możesz już wyjść.

Z trudem wypełzła ze swojej ciasnej kryjówki i padła ciężko na kanapę. Przez pięć minut próbowała dodzwonić się do Kruchego, ale nie odbierał. Napisała więc SMS-a: „Ruda małpa nakablowała Wrońskiemu. Zwiałam". Nie chciała zdradzać nic więcej, na wypadek gdyby telefon łowcy trafił w niepowołane ręce. Kruchy nie kontaktował się z nią od ponad dwunastu godzin, cholera wie, gdzie teraz był i co mu zrobili.

– To co teraz? – zapytał Duch, gdy przedarli się wreszcie przez największe korki. – Mówiłaś, że mogę ci jakoś pomóc.

– Nadal potrafisz opuszczać cielesną powłokę?

– Potrafię.

– Na długo?

– Tak długo, jak tylko zechcę. Nadal pozostaje otwarta. Nawyki mojego dawcy momentami doprowadzają mnie do obłędu, choć na szczęście większość z nich nauczyłem się już ignorować. Ale gdy chcę od niego odpocząć, mogę nie zakładać ciała nawet przez cały dzień, jeśli nie mam akurat nic do załatwienia na mieście.

– Całe szczęście – westchnęła i oparła czoło o zimną szybę. – Wiosenna piętnaście. Znasz tę ulicę?

– Znam. A co tam jest?

Milczała przez chwilę, obracając w palcach kartkę z adresem siewcy zapomnienia.

– Coś, co pozwoli mi wejść w lustra Kusiciela.

Duch znów zerknął w lusterko.

– Ida, ty chyba nie zamierzasz... – urwał. Odbicie szamanki patrzyło na niego smoliście czarnymi, pozbawionymi białek oczami, a ten widok odebrał mu mowę. Wyglądała jak upadła anielica.

– Zamierzam – zapewniła go spokojnie. – Złożyłam przysięgę Karolinie, pamiętasz? Nie da jej się unieważnić, a więc nie mam innego wyjścia, muszę iść po Mikołaja. Inaczej stracę coś więcej niż tylko oczy.

Nie znalazł na to żadnej odpowiedzi.

Pech też nie.

Dom profesora Feliksa Szkudlarka stał na samym końcu cichej ulicy w cieniu rozłożystych dębów. Jasnożółte ściany, szara dachówka, okiennice i dwuskrzydłowe drzwi z sosnowego drewna, a do tego zadaszony ganek z dwiema kolumnami. Wyglądał bajkowo. Trochę jak dworek szlachecki.

– Fajna chałupa – stwierdził Duch, spoglądając zazdrośnie na ceglany murek otaczający posiadłość. Siedzieli z szamanką na ławce na samym skraju parku zaraz po drugiej stronie Wiosennej. – To kim, mówisz, jest ten gość?

– Siewcą zapomnienia – odparła, a na widok pytającej miny Ducha szybko pokręciła głową. – Nie każ mi teraz tego wszystkiego tłumaczyć, ja cię błagam. Do wieczora może nie starczyć nam czasu na wyjaśnienia. Jak z tego wyjdę żywa, to wtedy ci opowiem, w czym brałeś udział, dobra?

– Dobra, dobra. – Wzruszył ramionami. – Tylko co ja niby mam robić?

– Opuścisz ciało i przeszukasz cały dom, centymetr po centymetrze.

– A szukać mam...? – wyczekująco zawiesił głos.

– Tego. – Pokazała mu jeden ze swoich szkiców. – Kula ze szkła na okrągłej, drewnianej podstawce, w środku drzewo z papieru i brokatowe drobinki. Wiesz, potrząsasz i że niby w środku pada śnieg, kumasz? Mniej więcej takich rozmiarów – zademonstrowała wielkość dłońmi. – Jakieś pytania?

Popatrzył na nią z zaciekawieniem.

– Owszem, kilka. Dlaczego sama tego nie zrobisz? Przecież też potrafisz wychodzić z ciała.

– Niedługo czeka mnie wyprawa w lustra – przypomniała mu ponuro. – Jeśli nadwerężę więź między moją duszą a cielesną powłoką, połączenie może nie wytrzymać i ulec przerwaniu, a wtedy na zawsze utknę po drugiej stronie.

– A jeśli znajdę tę kulę? Co wtedy? Jako duch nie będę w stanie ci jej przynieść.

– Po prostu upewnij się, że tam jest, i zapamiętaj dokładnie, w którym pokoju. Resztę zostaw mnie.

– Będziesz próbowała ją ukraść? – błysnął domyślnością.

– Pożyczyć – sprecyzowała. Zdecydowanie bardziej wolała to słowo. – Oddam ją, gdy przestanie mi być potrzebna. Jeszcze coś?

– Nie. – Rozsiadł się wygodniej, skrzyżował nogi i położył łokcie na oparciu ławki. – Jestem gotów.

Skinęła głową na znak, że może zaczynać.

Duch wystawił twarz do słońca i przymknął oczy, jakby rozkoszował się ciepłem porannych promieni. Jego ciało rozluźniło się i zwiotczało, głowa opadła nieznacznie na ramię, a po chwili skóra zrobiła się zimna. Dusza mężczyzny zawisła nad parkową ścieżką.

Znów wyglądał tak, jak go zapamiętała. Wysoki brunet w średnim wieku o nieco zarozumiałych, szarobłękitnych oczach.

– No, to idę. Znaczy tego, lecę.

– Uważaj, proszę.

Szamanka patrzyła za nim, a gdy przeniknął przez ścianę domu z numerem piętnaście, zerknęła na ciało. W napięciu wpatrywała się w obłoczki pary, które uciekały z lekko rozchylonych, posiniałych ust wraz z każdym spowolnionym oddechem. Siedziała nieruchomo obok pustej powłoki, dopóki nie zadzwoniła jej komórka.

Szamanka nerwowo przetrząsnęła zawartość torby, wreszcie wymacała telefon, otworzyła klapkę.

Ruda.

Ida miała ochotę cisnąć aparatem w pobliskie drzewo. Powstrzymała się jednak i tylko odrzuciła połączenie, po czym napisała czarownicy wiadomość.

Lakoniczną, a jednak niezwykle wymowną.

„Pierdol się".

Dopiero teraz szamanka uświadomiła sobie, od jak dawna miała ochotę to z siebie wyrzucić, i z mściwą miną wcisnęła „Wyślij".

Ruda musiała zrozumieć przekaz, bo nie próbowała już więcej dzwonić.

Duch wrócił po trzydziestu minutach, a jego szaroniebieskie tęczówki migotały z podekscytowania.

– Jest! – zawołał już z daleka, przenikając przez parkowe drzewa. – Znalazłem ją, znalazłem! Ha!

– Gdzie? – odkrzyknęła szamanka, zanim zdążyła pomyśleć, co robi, narażając się tym samym na podejrzliwe spojrzenia spacerujących niedaleko starszych pań. W końcu z ich punktu widzenia gadała z powietrzem. – Cholera – mruknęła ciszej, gdy był już kilka kroków od niej. – Właź do ciała, bo robię z siebie idiotkę.

Duch wrócił do powłoki i zaczął relacjonować, gdy tylko przeszło mu odrętwienie i silne skurcze mięśni. Odzyskiwanie materialności nigdy nie było ani łatwe, ani tym bardziej przyjemne.

– On ma tyle gratów, że nie uwierzysz – zaczął, przyjmując od niej papierosa. – Strych i pokoje na piętrze zawalone po sufit, normalnie gorzej niż na złomowisku! Myślałem, że nigdy nie znajdę tej pieprzonej kuli, nawet bez ciała byłem pewien, że się w końcu gdzieś zaklinuję, coś okropnego, czemu ja nie zacząłem od parteru...

– Do rzeczy – przerwała mu niecierpliwie. – Gdzie ją trzyma?

– W ozdobnej gablotce w bibliotece. Nie sposób jej nie zauważyć, wisi na honorowym miejscu między regałami. Nie jest zamknięta, dokładnie ją obejrzałem, nie ma żadnego zamka, tylko szklane drzwiczki ze srebrnymi gałkami.

Ida zerwała się z ławki i zaczęła spacerować w tę i z powrotem, znacząc ścieżkę popiołem z papierosa.

– Szkudlarek siedzi teraz w domu? – spytała po chwili.

– Tak, w gabinecie. Gada z jakimś gościem rozwalonym na kozetce. Wnioskuję, że to psychoanalityk?

– Ktoś w tym rodzaju. – Sięgnęła do torby i podała Duchowi czystą kartkę. – Zapamiętałeś rozkład pomieszczeń?

– Chyba tak. – Chwycił ołówek i zaczął rysować plan. – Tu masz drzwi wejściowe i hol. Na wprost schody na górę, za nimi jakieś przejście, chyba do piwnicy, ale nie jestem pewien, znalazłem kulę, więc nawet tam nie zaglądałem. Po prawej gabinet, po lewej salon i to właśnie z niego wychodzi krótki korytarz prowadzący do biblioteki, o, tutaj, a gablotka wisi na tej ścianie, na wprost wejścia.

– Okna?

– Otwarte są tylko te w gabinecie.

– Można dostać się do środka inną drogą?

– W kuchni widziałem drzwi do ogrodu, ale zamknięte. Sprawdziłem, rygiel tkwi w futrynie.

Szamanka przymknęła powieki i zamyśliła się, nawijając na palec krucze pasemko.

– Może gdy Szkudlarek skończy sesję z pacjentem, wyjdzie z domu chociaż na chwilę...

– Nie ma szans – Duch rozwiał wszelkie nadzieje. – Na biurku leżał otwarty terminarz. Facet przyjmuje od rana do wieczora, ma w planach tylko godzinę wolnego o czwartej po południu.

– Psiakrew, nie mogę tyle czekać!

– Właśnie widzę – odparł cicho, gdy oczy Idy znów utonęły w atramentowej czerni.

Wyciągnęła z kieszeni telefon i jeszcze raz spróbowała dodzwonić się do Kruchego.

„Przepraszamy, wybrany abonent jest w tym momencie nieosiągalny...".

Ze złością zatrzasnęła klapkę i odrzuciła komórkę na ławkę.

– To jaki jest plan? – spytał Duch.

Wypaliła pół papierosa, zanim wreszcie odpowiedziała pytaniem na pytanie.

– Sprawdziłeś, o której zaczęła się wizyta?

– O ósmej. Każda trwa godzinę, a między nimi Freud robi sobie kwadrans przerwy...

– Czyli ta lada moment dobiegnie końca, a kolejna ma zacząć się o dziewiątej piętnaście, to jest za niecałe dwadzieścia minut – wymamrotała i znów zaczęła nerwowo krążyć po ścieżce. – Jeśli pójdę tam teraz, trafię akurat na przerwę i Szkudlarek będzie próbował mnie spławić, zanim zjawi się następna osoba... Za to jeśli przyjdę dziesięć minut przed końcem tej drugiej sesji, być może poprosi mnie, żebym poczekała, zostawi samą i wróci do pacjenta. Dziesięć minut powinno wystarczyć.

– O ile w ogóle cię wpuści. – Duch nie wyglądał na przekonanego. – Co mu niby powiesz?

– O to się nie martw, mam już gotową bajeczkę, a przy odrobinie szczęścia Szkudlarek powinien się mnie spodziewać.

– Jak to?

– Rozmawiałam z jego ogrodnikiem, to on dał mi ten adres... – urwała, ujrzawszy, jak brwi Ducha wędrują w górę czoła. – To naprawdę długa historia, szczegóły zdradzę kiedy indziej. W każdym razie ten ogrodnik prawdopodobnie zadzwonił wczoraj do Szkudlarka i uprzedził, że może się zjawić u niego młoda studentka zainteresowana wynajmem jego domu.

– Długa i skomplikowana – mruknął Duch.

– Co?

– No ta historia. Nic nie czaję, musiałaś komuś strasznie naściemniać.

Uśmiechnęła się tylko blado.

– No nic, spróbuję, najwyżej nie będzie chciał ze mną gadać, a wtedy poczekam do czwartej. Może wyjdzie z domu na tę godzinę? – myślała na głos. – A do tego czasu, mam nadzieję, Kruchy się odezwie, on wiedziałby, co robić. Pójdziesz ze mną, dobrze? – Zerknęła na Ducha. – W niematerialnej postaci. Będziesz pilnował, żeby mnie nie przyłapał. Jak coś pójdzie nie tak, wrócisz do ciała i sprowadzisz pomoc.

– Matko... – szepnął, blednąc momentalnie. – Dlaczego miałabyś potrzebować pomocy, myślisz, że co on ci tam zrobi?

– Nie chcesz wiedzieć – westchnęła i usiadła ciężko na ławce obok niego. – Powiem tylko, że gość może być niebezpieczny. Masz przy sobie telefon?

Skinął głową.

– Chcę, żebyś zapisał dwa numery. Jeden jest do Kruchego, łowcy z WON-u, pamiętasz go?

– Pamiętam. Wysoki, czarne włosy do ramion, stalowe oczy, szczupły i dobrze zbudowany, ubiera się jak członek kapeli rockowej.

– Dobrze. Drugi jest do Tekli, mojej ciotki. Jeśli cokolwiek się stanie, zawiadom ich, dobrze? W razie czego, gdybyś nie mógł się z nimi skontaktować, zadzwoń do Mamaja... Tfu, nie, do Mamaja ani mi się waż dzwonić! – zmieniła zdanie, a Duch zamrugał, próbując za nią nadążyć. – On i Ruda są razem, pewnie jej pomaga.

– Jasne – odparł szybko. Klawisze klikały cicho, gdy wpisywał nowe dane do książki telefonicznej. – Dawaj te numery.

Podyktowała mu szybko dwa ciągi cyfr i adres swojej willi, obserwując przy tym mężczyznę, który właśnie opuszczał dom siewcy zapomnienia.

Teraz pozostawało tylko czekać na przybycie kolejnego pacjenta.

Nienawidziła czekać.

Zjawił się dokładnie kwadrans później i szamanka zaczęła niecierpliwie odliczać czas do końca jego wizyty.

Czterdzieści minut rozwlekło się prawie na pół dnia.

– Ida? – odezwał się Duch, gdy tuż przed dziesiątą opuścili park i ruszyli w stronę samochodu. – Mogę cię o coś zapytać?

– Wal.

Przez moment szedł obok. Bezwiednie tarł bliznę znaczącą jego twarz i milczał, jakby szukał odpowiednich słów.

– Gdyby był jakiś sposób, żeby unieważnić nieśmiertelną przysięgę – zaczął wreszcie, nie patrząc na nią. – Gdybyś wiedziała, jak to zrobić... Czy wtedy weszłabyś w lustra, żeby ratować Mikołaja?

Teraz ona milczała. Nie dlatego, że nie znała odpowiedzi, ale dlatego, że bała się udzielić jej na głos. W myślach zadawała sobie to pytanie już tysiące razy i za każdym czuła się tak samo podle.

Przystanęła, zmuszając go, by też się zatrzymał.

– Nie – wyszeptała tak cicho, że ledwie ją słyszał. – Nigdy w życiu. Gdyby chodziło o kogoś innego, gdyby chodziło o Teklę, weszłabym tam bez wahania. Ale teraz nie robię tego dla Mikołaja ani dla Karoliny. Robię to dla siebie. Idę ratować własną duszę. A wiesz, co jest najgorsze? – Raptownie poderwała głowę i spojrzała mu w oczy. – Najgorsze jest to, że nawet jeśli dla unieważnienia przysięgi musiałabym poświęcić życie kogoś innego, to boję się, że byłabym do tego zdolna. Duch... – głos jej się załamał. Chrząknęła, by to zamaskować. – Czy ja jestem złym człowiekiem?

– Nie złym – odparł łagodnie i zrobił ruch, jakby chciał dotknąć jej ramienia. – Tylko przestraszonym i walczącym o życie. Każdy na twoim miejscu czułby to samo, nie musisz się przez to gryźć.

Nie odpowiedziała. Zacisnęła usta nieświadoma, jak bardzo przypominała teraz swoją ciotkę.

Stali tak naprzeciwko siebie, wpatrzeni w ścieżkę pod swoimi stopami, aż zegarek na ręku Ducha głośnym pikaniem zasygnalizował pełną godzinę.

– Musimy iść, jest już dziesiąta, sesja kończy się za piętnaście minut – powiedział i pociągnął szamankę w stronę samochodu.

Duch zostawił ciało na tylnym siedzeniu skody, po czym dołączył do czekającej na chodniku Idy. Ta stała przy furtce wpatrzona w dwuskrzydłowe drzwi z numerem piętnastym i bezskutecznie próbowała powstrzymać drżenie rąk. Nogi miała jak z waty, a serce w okolicach migdałków.

– Gotowa?

– Gotowa – powiedziała bez przekonania zduszonym głosem i nacisnęła klamkę. Furtka uchyliła się bezgłośnie i wpuściła ich na ścieżkę, ułożoną z dużych, płaskich kamieni.

Szamanka szła wolno jak na ścięcie, a gdy dotarła do drzwi, wahała się przez kilka sekund, zanim wcisnęła dzwonek.

Odpowiedziała jej cisza.

– Spróbuj jeszcze raz – polecił Duch. – Zobaczę, co robi.

Z tymi słowami przeniknął do środka. Szamanka zadzwoniła jeszcze dwukrotnie, aż wreszcie usłyszała, jak Duch woła z głębi domu:

– Uwaga, idzie!

Wyprostowała się, odruchowo poprawiła włosy i bluzę, mocniej przycisnęła do boku torbę, odetchnęła głębiej raz i drugi.

Drgnęła, gdy rozległ się szczęk otwieranego zamka i w drzwiach stanął siewca zapomnienia.

Wcale nie wyglądał na profesora. Niski i szczupły, o bardzo młodej, niemal chłopięcej twarzy i lekko rudawych włosach. Gęsta grzywka przysłaniała wysokie czoło, a policzki porastał kilkudniowy zarost. Nos miał długi i nieco spiczasty, brwi tak jasne, że ledwo odznaczały się na tle bladej, piegowatej cery. Na wąskich wargach błąkał się cień miłego uśmiechu.

Na seryjnego mordercę też nie wyglądał.

Oczy koloru piasku pozostały czujne, otaksowały Idę szybko i przenikliwie.

No dobra, trochę jednak wyglądał.

Przełknęła ślinę.

– Dzień dobry – powiedziała, starając się panować nad głosem. – Czy pan Feliks Szkudlarek?

– Tak, a o co chodzi?

– Nazywam się Ida Brzezińska. Rozmawiałam wczoraj z pańskim ogrodnikiem, od niego dostałam ten adres...

– A tak, tak – przerwał jej gwałtownie, lecz delikatny uśmiech ani na moment nie zniknął mu z twarzy. – Pan Krzysztof dzwonił do mnie wieczorem, wspominał o studentach i jakiejś sesji zdjęciowej. O ile dobrze zrozumiałem, jest pani zainteresowana wynajęciem mojej posiadłości?

– Na kilka dni. – Skinęła głową, a gdy siewca zerknął na zegarek, dodała szybko: – Mam nadzieję, że nie przychodzę nie w porę, jeśli przeszkadzam, mogę wrócić później...

– W tej chwili mam pacjenta – odparł, znów przenosząc na nią piaskowe spojrzenie. – Ale jeśli zechce pani poczekać kwadrans...

– Oczywiście, poczekam, nie ma problemu.

– W takim razie zapraszam. – Cofnął się, wpuszczając ją do przestronnego holu. – Tędy proszę... – Otworzył drzwi po lewej stronie pomieszczenia i gestem zaprosił ją do środka.

– Dobra nasza – powiedział Duch, płynąc za nią krok w krok. – Prowadzi cię do salonu.

Przestronny i bardzo jasny pokój przypominał raczej salę w galerii sztuki. Pokryty lakierem parkiet, nieskazitelnie białe ściany, kilka płócien, kominek z jasnobrązowego marmuru, a po jego obu stronach rzeźby. Z prawej dość wierna kopia Amora i Psyche, z lewej zaś Nike z Samotraki. Jedynymi meblami były ława ze szklanym blatem, kanapa i dwa fotele obite kremową skórą.

– Tak, wiem, trochę tandetnie, co nie? – skomentował Duch, dostrzegając minę szamanki. – Brakuje tylko *Mony Lisy* i *Dziewczyny z perłą*.

W myślach przyznała mu rację, wodząc wzrokiem od obrazu do obrazu. Przystanęła na moment, gdy dostrzegła wiszącą nad kominkiem reprodukcję *Trwałości pamięci* Salvadora Dali.

Cóż za ironia.

– Proszę usiąść – powiedział siewca zapomnienia, wskazując szamance jeden z foteli. – Za kilka minut będę do pani dyspozycji.

Przysiadła sztywno na samej krawędzi i podziękowała uśmiechem.

Szkudlarek skinął jej lekko, po czym pośpiesznie opuścił salon, a Duch natychmiast popłynął za nim.

– W porządku! – krzyknął z holu. – Jest już w gabinecie!

Ida zerknęła na wyświetlacz komórki. Dziesiąta zero siedem. Miała osiem minut.

Zerwała się z fotela, przemknęła obok kominka i skręciła w wąski, ciemny korytarzyk. Drzwi do biblioteki były uchylone. Dziewczyna pchnęła je lekko i zajrzała do środka.

Duch miał rację, kuli nie sposób było nie zauważyć.

Szamanka bezgłośnie przebiegła po miękkim dywanie, wyciągnęła dłonie, dotknęła srebrnej gałki drzwiczek...

Huknęło.

Fala mroźnego powietrza uderzyła w nią jak tsunami, zwaliła z nóg, cisnęła przez pokój razem z drobinkami szkła z rozbitej gabloty. Ida grzmotnęła o regał z taką siłą, że zaparło jej dech, przywaliła głową w kant szafki i zamroczona osunęła się na podłogę, strącając z półki kilka książek. Przejmujące zimno przeszyło ją na wskroś, wbiło się w serce jak sopel lodu, a zamiast krwi przez jej ciało przepłynął wartki nurt ciekłego azotu. Wszystko w niej zamarzło. W uszach dzwoniło, przed oczami wirowały ciemne plamy. Ciężkie powieki opadały uparcie, choć robiła wszystko, by nie zamknąć oczu.

Ktoś krzyczał jej imię.

Z trudem uniosła głowę, zogniskowała wzrok. Duch. Pochylał się nad nią i w panice próbował pochwycić za ramiona widmowymi dłońmi, choć wiedział przecież, że nie może jej dotknąć, nie może pomóc. Jego przezroczyste, chłodne palce przenikały przez ciało, jakby wcale go tam nie było.

Chciała coś powiedzieć, lecz z jej ust wydobył się tylko niezrozumiały charkot, spróbowała wstać, ale zabrakło jej sił, mogła jedynie drżeć z zimna i bólu. Duch poruszał ustami, jednak nie usłyszała ani słowa, a potem zniknął z jej pola widzenia. Przekręciła głowę, pokonując opór skostniałych mięśni, i odprowadzała go wzrokiem, dopóki nie wtopił się w ścianę.

Dopiero wtedy zobaczyła siewcę.

Stał w progu oparty o framugę i cmokał z dezaprobatą. Nie uśmiechał się już. Patrzył na nią spokojnie i długo oczami koloru piasku, a gdy ruszył przez pokój, kawałki szkła zgrzytały i pękały z trzaskiem pod jego stopami. Przystanął pod rozbitą gablotą, podniósł coś z ziemi.

Kula była nienaruszona, brokatowy śnieg tańczył leniwie wokół drzewa z białego papieru.

Siewca przetarł ją rękawem, schował do kieszeni marynarki, a potem podszedł do Idy i przyklęknął tuż obok. Szarpnęła się, gdy wyciągnął dłoń, by pogładzić ją po policzku.

– Nie utrudniaj – powiedział cicho. – Chyba nie chcemy tu zamarznąć, prawda?

Nie powiedziała nic.

Brakowało jej powietrza.

Wodził palcami po ciele dziewczyny, a ból ustępował powoli, zimno pierzchało przed jego dotykiem, mięśnie rozluźniały się, skóra parowała, zmrożona krew topniała w żyłach. Westchnęła. Był tak cudownie ciepły, prawie parzył.

– Wiesz, na co mam ochotę? – zamruczał, gdy już mogła normalnie oddychać i odzyskała czucie.

Bała się pytać. Wolno pokręciła głową.

Pochylił się niżej i zanucił cichutko z ustami tuż przy jej uchu:

– Mam ochotę na chwileczkę zapomnienia.

– Mówiłam mu, żeby jej nie ufał! – wrzeszczała Tekla, a jej oczy płonęły. Była wściekła. I przerażona. – Gdzie jest moja siostrzenica? Co ta ryża jędza jej zrobiła?

– Nie wiem – szepnął Kruchy, ponownie próbując dodzwonić się do szamanki. Od dwudziestu minut odpowiadała mu automatyczna sekretarka. – Nie czuję jej.

– Kogo nie czuje?

– Idy. – Łowca nie potrafił spojrzeć kobiecie w oczy. – W dniu, w którym znaleźliśmy ją obok zamordowanego czarodzieja, założyłem jej więzy. Dzięki nim zawsze wiedziałem, czy coś jej zagraża.

– A teraz? – Tekla zbladła. – Zagraża?

Milczał przez chwilę, nie wiedząc, jak ubrać w słowa to, co zamierzał powiedzieć.

– Przed momentem było bardzo niebezpiecznie – odparł wreszcie ze wzrokiem wbitym w podłogę. – Trafiło ją jakieś paskudne zaklęcie zamrażające, naprawdę potężne. Teraz nie odbieram już od niej żadnych sygnałów.

Ciotka wolno osunęła się na krzesło, biała jak ściana.

– Co to znaczy? – zaszemrała słabo.

– Są dwie możliwości – Kruchy z każdym słowem mówił coraz ciszej. – Albo coś przecięło nasze więzy, co jest możliwe, jeśli zabrali ją do odpowiednio zabezpieczonego pomieszczenia, albo... – na moment stracił głos, przełknął ślinę. – Albo Ida nie żyje.

Tekla głośno wciągnęła powietrze. Łowca odwrócił głowę.

– Połączenie między nami przerwało się tak gwałtownie, czy to możliwe, że niebyt...

– Niemożliwe! – Ciotka skoczyła na równe nogi i zaczęła krążyć po kuchni. – Gdyby tak było, nie rozmawialibyśmy w tej chwili. Odzyskałam cielesność, by wykonać konkretne zadanie, i zatrzymam ją, dopóki Ida nie uratuje duszy lub nie rozpłynie się w nicość. Gdyby dopadł ją niebyt, Chrupki nie mógłby mnie teraz widzieć. Ale to, niestety, nie oznacza, że ona wciąż żyje – dodała grobowym tonem, przymykając powieki. – Jeśli ciało Idy umarło, jej duch niedługo do mnie przyjdzie.

Kruchy przejechał dłonią po twarzy.

– Znam Rudą od lat – powiedział po chwili, bardziej do siebie niż do Tekli. – Nie wierzę, że ona mogłaby...

– Nawet nie chcę tego słuchać! – warknęła wściekle. – Ostrzegałam go przed nią! Wiedźma wystawiła moją siostrzenicę temu gościowi z Wewnętrznego jak zwierzynę myśliwemu. Wiara

Chrupkiego, czy też raczej jej brak, niczego tutaj nie zmieni. Ida nie napisałaby mu takiej wiadomości, gdyby to nie była prawda.

Zaczął coś mówić, lecz przeraźliwy świergot jego komórki kompletnie go zagłuszył. Łowca złapał za telefon i odebrał natychmiast. Tekla podeszła szybko i przystawiła ucho do aparatu w nadziei, że uda jej się coś usłyszeć. Głos w słuchawce trajkotał jak najęty, zbyt szybko, by mogła coś zrozumieć.

– Gdzie?! – krzyknął Kruchy i zerwał się z krzesła. – Zostań na miejscu i czekaj na mnie, rozumiesz? Zaraz tam będę.

– Kto to był? – zapytała niecierpliwie ciotka, gdy tylko zakończył połączenie.

– Ida jest u siewcy zapomnienia – powiedział, ignorując jej pytanie. – Sprytna dziewczyna, poszła do niego razem z Duchem, jedną ze swoich byłych zjaw.

– Żyje?

– Pięć minut temu jeszcze żyła, teraz nie wiadomo.

– Gdzie?

– Wiosenna piętnaście.

Równocześnie ruszyli do drzwi i wybiegli z willi.

Nie miała pojęcia, jak długo była nieprzytomna. Gdy otworzyła oczy, widziała potrójnie, a świat falował, przyciemniony, rozmazany i pozbawiony barw. Po długiej walce z własnym ciałem udało jej się wreszcie unieść głowę i zaraz tego pożałowała. Ból, jaki ścisnął jej skronie, był tak ostry, że na moment zrobiło jej się biało przed oczami.

– Nie ruszaj się – głos siewcy brzmiał, jakby dochodził z dna głębokiej studni. – Wstrzyknąłem ci końską dawkę środków uspokajających, minie trochę czasu, zanim twoje zmysły wrócą do normy.

Nie kłamał. Dopiero po paru minutach błędnik uspokoił się na tyle, by powiedzieć szamance, że ta nie dryfuje w próżni, tylko leży na plecach. Półmrok nieśpiesznie jaśniał wokół Idy, stawał się coraz bardziej pomarańczowy. Po chwili dostrzegła popękany sufit i tańczące na nim cienie, rozedrgane i płoche. W powietrzu unosił się zapach wosku i dymu.

– Gdzie jestem? – wychrypiała.

Spróbowała dźwignąć się na łokcie. Nic z tego, zwiotczałe mięśnie za nic nie chciały się napiąć, zdołała podnieść tułów na marne dwa centymetry i zaraz musiała opaść z powrotem.

Leżała na czymś twardym i chłodnym, na pewno nie był to dywan w bibliotece. Przesunęła palcami po chropowatym kamieniu.

– W Niezapominajce – odparł cicho. – Tak nazywam to pomieszczenie, zaraz zrozumiesz dlaczego. Spodoba ci się.

– Śmiem wątpić.

– Zobaczysz. – Piaskowe oczy zmieniły się, odbijając drżące światło świecy. – Mam tu coś, czego szukasz.

Zaśmiał się krótko na widok jej miny. Wyszedł z cienia i usiadł po turecku obok szamanki, opierając łokcie na kolanach, a podbródek na złączonych dłoniach.

– Czekałem na ciebie – powiedział, nagle poważniejąc. – A ty wiedziałaś, że cię obserwuję, na pewno czułaś, że na ciebie patrzę. Pamiętasz ten niepokój za każdym razem, gdy wkraczałaś do ogrodu Kareva? Tak, tak – dodał i pokiwał głową, widząc iskierkę zrozumienia w jej piwnych tęczówkach. – To nie jego dom ci się przyglądał, moja słodka. To byłem ja. Uwielbiam to zaklęcie, nazwałem je...

– Okiem Saurona, żc pozwolę sobie zgadnąć.

Znów się roześmiał, odrzucając głowę do tyłu, a blask płomienia zatańczył na jego rudawych włosach.

– Blisko, blisko, ale jednak nie trafiłaś. Nazwałem je Lustereczkiem.

– To była moja kolejna myśl.

– Jestem aż tak przewidywalny?

– Do bólu – powiedziała wbrew temu, co myślała naprawdę. Droczyła się z nim tylko, by ironią zamaskować targające nią emocje. W rzeczywistości nie miała pojęcia, czego się po nim spodziewać. I to ją przerażało.

– No cóż, mam nadzieję, że wkrótce zdołam to naprawić i czymś cię jednak zaskoczę. – Mrugnął figlarnie. – Przygotowałem dla ciebie niespodziankę.

Tego się właśnie obawiała. Zacisnęła dłonie.

– Widziałem, jak myszkujesz po domu, dotykasz przedmiotów, szukasz czegoś, zabierasz pozytywkę. Gdy pan Krzysztof powiedział, że poprosiłaś go o mój adres, byłem już pewien, że chodzi ci o kulę. Pracujesz dla WON-u, prawda?

Nie odpowiedziała, nie mrugnęła nawet, ale i tak wiedziała, że on wie. Czyżby umiał czytać w myślach? Szamanka poruszyła się niespokojnie. Kuźmik twierdził, że aby zajrzeć w cudzy umysł, siewcy muszą najpierw uzyskać zgodę właściciela, nie byłaby jednak zbyt zaskoczona, gdyby się okazało, że Szkudlarek ma swoje sposoby i potrafi bez przeszkód przechwycić wszystko, co dzieje się pod czaszką drugiego człowieka.

– Szkoda, że nie mogę przejrzeć twoich wspomnień – westchnął ciężko, nieświadomie zaprzeczając jej obawom. – Strasznie jestem ciekaw, czego się dowiedziałaś o Karevie i przede wszystkim jak zdobyłaś te informacje. Ty mi tego nie powiesz. Nie wpuścisz mnie do swojej głowy.

Znów nie musiała nic mówić. Zresztą on wcale nie pytał, po prostu stwierdził fakt.

– Skoro szukałaś kuli, to znaczy, że wiesz za dużo, a zatem będę musiał cię zabić – rzucił jakby od niechcenia, krytycznie oceniając stan własnych paznokci. – No, chyba że zgodzisz się na mały układ.

– Jaki?

Popatrzył jej w oczy.

– Pozwól mi przeczytać swój umysł, prześwietlić pamięć. Wymażę wszystko, co dotyczy Kareva, i wypuszczę cię. Będziesz wolna. Nie lubię brudzić sobie rąk, jeśli nie muszę. Wybór należy do ciebie.

Przymknęła powieki.

Mylił się. Nie miała żadnego wyboru. Ktoś inny na jej miejscu mógłby teraz kupić życie w zamian za kilka wspomnień. Ale nie ona. Jeśli zgodzi się zapomnieć o Kusicielu, nigdy nie odzyska Mikołaja. Tak czy siak, zginie.

Umrę tu, pomyślała z dziwnym spokojem.

– Jaka jest twoja odpowiedź?

Zaschło jej w gardle. Odchrząknęła, ale i tak nie mogła wydobyć z siebie głosu, więc tylko wolno pokręciła głową.

– Trudno. – Wzruszył ramionami. – Mnie tam właściwie wszystko jedno, choć szkoda kaleczyć takie młode, ładne ciałko...

– Karewicz jakoś nie ma podobnych skrupułów – wychrypiała.

Uśmiechnął się zagadkowo.

– On nie – przyznał. – Ja to co innego, jestem bardzo, bardzo wrażliwym chłopcem i nie przepadam za krwią. Ale cóż, mus to mus. Zanim jednak przejdziemy do ostatecznego aktu przemocy, czas na niespodziankę. Lubisz niespodzianki?

Oczy mężczyzny aż kipiały z podekscytowania. Wyglądał, jakby naprawdę się cieszył na to, co zaraz miało nastąpić. A skoro on się cieszył, Ida powinna zacząć panikować. Powinna. A jednak nie czuła nic, tylko spokój. Nie bała się już, choć sama nie rozumiała dlaczego. Prawdopodobnie nadal była pod wpływem środków uspokajających albo zwyczajnie pogodziła się z losem. W końcu wyrok śmierci wisiał nad nią od dłuższego czasu, może po prostu zdążyła się podświadomie przyzwyczaić i oswoić z tą myślą. Jak, nie przymierzając, chory w terminalnym stadium raka.

– Uwielbiam niespodzianki – skłamała głucho. Tym razem głos nawet jej nie zadrżał.

– Ja też – zachichotał. – Możesz teraz spróbować wstać. Tylko ostrożnie.

Pierwszy podniósł się z podłogi i podał jej rękę. Nie miała zamiaru przyjmować jego pomocy, wstała o własnych siłach, choć z trudem łapała równowagę. Obserwował ją, wyraźnie rozbawiony. Cofnęła się pod samą ścianę, a potem rozejrzała po pomieszczeniu.

Niezapominajka była piwnicą.

Niską, wąską, za to bardzo długą. Szamanka stała między dwoma regałami, których półki uginały się, po brzegi wypełnione całą masą przedmiotów. W słabym, rozedrganym blasku płomienia dostrzegła mnóstwo zdjęć, głównie portretowych, figurki rozmaitych kształtów i rozmiarów, zegary ścienne, zegarki kieszonkowe i naręczne, obrazy, szkatułki, pozytywki, ozdobne zapalniczki, scyzoryki, papierośnice, piersiówki, dziecięce zabawki, książki, grube notesy oprawione w skórę, stosy pożółkłych listów, całe góry biżuterii i części garderoby. Trochę dalej, kilka kroków od Idy, na samej granicy światła i cienia majaczyły niewyraźne zarysy skrzypiec oraz złotej tuby od staroświeckiego gramofonu.

Niezapominajka.

Wszystkie te rzeczy były kluczami do czyichś wspomnień.

Nawet jeśli siewca nie czytał jej w myślach, to na pewno miał jakiś szósty zmysł. Wyciągnął z kieszeni szklaną kulę i potrząsnął nią lekko.

– Wiesz, co to jest, prawda? – zapytał cicho. – Pewnie, że wiesz, po co inaczej miałabyś jej szukać. Brzytwa od początku był tylko chwilowym rozwiązaniem i tak jak się spodziewałem, w końcu do was dotarło, że wspomnienia w jego głowie należą do kogoś innego. Gdyby Firma zdobyła tę kulę, gdyby waszym czytaczom udało się w nią zajrzeć i prześwietlić pamięć Kareva, mielibyście wreszcie dowód na to, że to on jest Kusicielem. Dowiedzielibyście się, dlaczego zabija i co robi ze zwłokami. Od dawna podejrzewacie, że to on przysyła demony z drugiej strony zwierciadła, ale tylko dzięki jego wspomnieniom odkrylibyście, jak otworzyć przejście... – zawiesił głos i uśmiechnął się promiennie. – Choć przecież i tak nie umiecie przekraczać lustrzanej granicy między światami, nie macie pojęcia o nekromanckiej czarnej magii, która pozwala duszy żyć poza ciałem.

Ida nie wyprowadzała go z błędu, nie dała po sobie poznać, że wie znacznie więcej, niżby się zdawało, a żadna czarna magia nie jest jej potrzebna. Spokojnie patrzyła na siewcę i robiła wszystko, by nie zdołał niczego wyczytać z jej twarzy.

– Kula powiedziałaby wam też, gdzie schował własne ciało – dodał po chwili, nie spuszczając oczu z szamanki. – Ona kryje wszystkie tajemnice. – Podniósł świecę z podłogi i odwrócił się na pięcie. – Chodź za mną. Zdradzę ci jedną z nich.

– Dlaczego? – warknęła, nie ruszając się z miejsca. – Dlaczego miałbyś to robić?

– A dlaczego nie? – Zerknął na nią przez ramię. – Przecież nigdzie się stąd nie wybierasz, nikomu nie powiesz, co widziałaś. No, chyba że masz jakiegoś asa w rękawie, o którym nie wiem? Nie? Tak właśnie myślałem. – Skrzywił się złośliwie na widok jej miny. – Zresztą jak każdy artysta potrzebuję publiczności, choćby jednoosobowej, choćby tylko na chwilę. Zaspokajanie własnych pragnień to podstawa psychicznej równowagi, wiem coś o tym, w końcu jestem psychiatrą.

– Raczej psycholem.

Piaskowe spojrzenie stwardniało na diament.

– Tym bardziej radziłbym robić to, co każę, a teraz każę ci być moją publicznością. Chodź za mną – powtórzył. – Chyba że mam cię zabić tu i teraz, tego chcesz? Zginąć, nie poznawszy choć części tajemnicy, choć jednego elementu układanki?

Może i pogodziła się z nadchodzącym końcem, ale ani myślała niczego przyśpieszać.

Ruszyła przed siebie na chwiejnych nogach. Kolana uginały się pod nią zdradliwie, była tak słaba, że musiała chwytać się półek, by nie runąć z powrotem na podłogę. Siewca czekał cierpliwie, aż dziewczyna pokona dzielący ich dystans, po czym szarmancko podał jej ramię.

– To nie jest gest uprzejmości – uprzedził, dostrzegając niechęć w piwnych oczach. – Zależy mi na czasie. Radzę ci przyjąć pomoc, moja słodka, bo potem mogę już nie być tak miły.

Chcąc nie chcąc, ujęła go pod rękę.

Im dalej szli, tym robiło się zimniej. Mijali ciemne rzędy regałów, a płomień świecy trzepotał, powiewał jak maleńki, ognisty proporczyk i prychał iskrami, wydobywając z mroku setki, tysiące kolejnych kluczy. Wreszcie kilka kroków przed nimi zamajaczyła ściana. Dotarli na sam koniec piwnicy.

Siewca delikatnie uwolnił ramię z uścisku Idy i puścił ją przodem, gestem zaprosił za ostatni z regałów. Zawahała się, węsząc jakiś podstęp, a Szkudlarek tylko stał, patrzył na nią z zagadkowym uśmiechem na ustach i nie odezwał się ani słowem. Szamanka postąpiła dwa kroki, ostrożnie zajrzała za mebel.

Zobaczyła własne odbicie w ogromnym zwierciadle wprawionym w drewnianą, pięknie rzeźbioną ramę. Uniosła brwi, nie bardzo rozumiejąc, omiotła wzrokiem sufit i ściany. Dopiero wtedy siewca zbliżył się do niej i uniósł świecę, pozwalając, by płomień lepiej oświetlił podłogę.

Ida westchnęła cicho.

Stała nad nieruchomym ciałem młodego mężczyzny. Jasne włosy były rozsypane wokół jego głowy, a niewidzące, nieruchome oczy patrzyły w sufit. Prawa tęczówka lśniła jadowitą zielenią, lewa zaś swą barwą przywodziła na myśl gorzką czekoladę.

Marek Karewicz.

Kusiciel.

Demon Luster. Seryjny morderca. Twórca lustrzanych piekieł. Tu, kilka metrów pod ziemią, w domu na Wiosennej piętnaście.

– Niespodzianka! – zawołał radośnie siewca. – Podoba ci się, powiedz?

Patrząc na niezdrowo bladą twarz Kusiciela, Ida przypomniała sobie o Alicji, dawnej uczennicy Tekli. Dusza dziewczyny również zniknęła w świecie luster, a ciało przez lata leżało w piwnicy willi ciotki. Szamanka przeniosła wzrok z powrotem na zwierciadło. I nagle je rozpoznała. Widziała je już we śnie, to właśnie pod nim umierała w ramionach Kruchego.

A więc to się stanie tutaj.

Spojrzała swemu odbiciu w oczy, które błyszczały w półmroku jak dwie onyksowe gwiazdy. Jej lustrzana przewodniczka nieznacznie przekrzywiła głowę na jedno ramię, uśmiechnęła się, mrugnęła łobuzersko. A na Idę spłynęło objawienie.

Może i zginie tu, gdzie stoi. Ale niekoniecznie teraz.

Odwróciła się wolno i zerknęła na siewcę. Stał obok, oparty o regał, i obserwował ją spod rudawej grzywki, raz po raz zerkając wymownie na ciało Kusiciela.

– I co powiesz? – dopytywał się żywo. Bez wątpienia czekał na wyrazy zachwytu.

Szamanka zaklaskała w dłonie wolno i bez entuzjazmu.

– Brawo – powiedziała obojętnym tonem. – Nigdy bym się nie domyśliła. Jeśli to wszystko, co chciałeś mi pokazać, możemy już przejść do ostatecznego aktu przemocy.

Mina zrzedła mu momentalnie, uśmiech spełzł z wąskich warg.

– Niełatwo cię zadowolić – mruknął, nie kryjąc rozczarowania jej reakcją. Uraziła go, nie doceniła. Dla twórcy gorsza od krytyki jest tylko obojętność. Artysta potrzebuje publiczności, żyje po to, by fascynować i imponować.

Zamierzała to wykorzystać.

– Jest coś, co zachwyciłoby mnie o wiele bardziej niż półmartwy Karewicz – odparła. – On tylko zabija. Lecz to ty go stworzyłeś.

Siewca poderwał głowę. Popatrzył na dziewczynę, jakby nie mógł uwierzyć własnym uszom.

– Uratowałeś go, odbierając mu pamięć – kontynuowała łagodnie. – A teraz stoisz na straży jego wspomnień i tym samym pozwalasz mu istnieć. Tylko ty masz do nich klucz i od ciebie zależy, czy jego tajemnica będzie bezpieczna. Proszę, szukałam jej tak długo, bardzo chciałabym ją zobaczyć z bliska.

Od razu domyślił się, o czym mówiła. Sięgnął do kieszeni marynarki i wyjął szklaną kulę.

– Naprawdę tak uważasz? – zapytał zduszonym głosem, wpatrując się w roztańczone płatki brokatowego śniegu. – Że go stworzyłem? Że to wszystko to moje dzieło?

Uważam, że jesteś chory. Jak większość narcystycznych psychopatów masz skłonność do samouwielbienia i wywyższania się, pragniesz błyszczeć, chcesz uznania i szacunku, kochasz, gdy cię podziwiają, pochlebstwa są najpiękniejszą muzyką dla twoich uszu. A więc dobrze, będę się tobą zachwycać, będę chwalić.

Tylko daj mi tę kulę.

– Oczywiście – zaszeptała, podchodząc bliżej. – Bez ciebie byłby nikim. Gniłby teraz za kratkami, gdybyś go nie chronił. Trzymasz w rękach jego los i możesz zrobić z nim, co tylko chcesz. Ty decydujesz, co stanie się z Kusicielem. Jesteś jego panem, Feliksie.

Powiedziała dokładnie to, co chciał usłyszeć. Usta mu drżały, w piaskowych oczach coś pękło, tęczówki zaszły mgłą. Zdawał się być upojony, odurzony jej słowami.

Psychol.

– Proszę, pozwól mi podziwiać twoje dzieło – wymruczała błagalnie. – Daj mi ją potrzymać, choć przez chwilę. Proszę.

Delikatnie dotknęła jego ramienia. Dopiero po paru sekundach wyciągnęła drugą dłoń i bardzo, bardzo wolno sięgnęła po kulę. Bała się, że jakikolwiek gwałtowniejszy ruch mógłby go spłoszyć. Siewca wpatrywał się w dziewczynę jak zahipnotyzowany, nie odsunął się, nie odtrącił jej rąk, nie protestował, gdy pogładziła chłodne szkło samymi opuszkami.

– Proszę... – powtórzyła niemal płaczliwie.

Powoli rozchylił palce, pozwolił, by zabrała kulę.

Ida głośno nabrała powietrza, adrenalina wypełniła jej żyły, serce zabiło szybciej i mocniej.

– Jest taka piękna – powiedziała, obserwując, jak brokatowe płatki osiadają na delikatnych gałązkach papierowego drzewa.

– Dziękuję – zaszemrał prawie bezgłośnie. A potem, jak na prawdziwego artystę przystało, ukłonił się tak nisko, że końce jego rudych włosów prawie sięgnęły podłogi. – Dziękuję ci. Dziękuję...

Teraz.

Szamanka podbiegła do zwierciadła.

Na widok szklanej kuli jej odbicie uniosło brwi i lekko rozchyliło usta, jakby nie wierząc własnym, smolistym oczom. Rozpoznało klucz, szybko skinęło głową, po czym zniknęło w skłębionych ciemnoczerwonych tumanach. Mgła przesączyła się przez powierzchnię lustra, zaczęła ściekać na podłogę i pełznąć niespiesznie po zimnym kamieniu. Zatęchłe powietrze wypełniła woń pieprzu i imbiru, a spomiędzy wiśniowych oparów wyłoniła się pokryta liszajami dłoń. Kiwnęła na Idę szponiastym paluchem, zapraszając w piekła Kusiciela. Dziewczyna bez wahania zrobiła krok i wyciągnęła rękę.

– Co ty wyprawiasz! – wrzasnął siewca, gdy ostry zapach piekieł sprowadził go z powrotem na ziemię. – Wracaj tu natychmiast, ty podstępna suko!

Doskoczył do niej, pochwycił wpół i szarpnął do tyłu z siłą, o jaką go nie podejrzewała.

Za późno.

Ida mocniej ścisnęła kulę, przymknęła oczy i uwolniła duszę z cielesnej powłoki. Liszajowate łapsko wbiło pazury w niematerialny nadgarstek szamanki, pociągnęło ją na drugą stronę lustra tak gwałtownie, że aż krzyknęła z bólu. Obejrzała się jeszcze, by zobaczyć, jak oniemiały siewca klęczy, wciąż trzymając w ramionach jej nieruchome, pokryte szronem ciało.

A potem wszystko stało się czerwone.

Rozdział ósmy

Cyt... iskierka zgasła

Wszystko było czerwone.

Niebo całkowicie przysłaniały chmury w kolorze burgundzkiego wina, wśród rdzawych traw snuły się kosmyki wiśniowej mgły, a szkielety bordowych drzew i krzewów wyglądały jak groteskowo powykręcane ludzkie sylwetki. Rzucały ruchome, makabryczne cienie, tańcząc na wietrze w takt kołysanki, której metaliczne dźwięki niosły się echem po całym ogrodzie. Palczaste gałęzie przywodziły na myśl zakrwawione dłonie, a szkarłatne liście zwisały z nich ciężko jak poszarpane ochłapy mięsa.

Ida tak gwałtownie cofnęła się od okna, że o mało nie wpadła na lustro.

– Patrz pod nogi – syknął Pech. – Jeśli je rozbijesz, utkniemy tu na zawsze.

– Nie dramatyzuj. Głowę dam, że Kusiciel ma więcej zwierciadeł na podorędziu.

– No tak, i z pewnością nas do nich zaprowadzi – warknął zjadliwie i rzucił jej spojrzenie pełne politowania. – Jak już będziemy musieli zwiewać, to wystarczy go grzecznie zapytać, którędy do wyjścia. Jeśli masz więcej genialnych uwag, uczyń mi tę przyjemność i zachowaj je dla siebie, dobra?

– Tekla powiedziałaby dokładnie to samo – mruknęła szamanka. – Jeśli o charakter chodzi, to z cioci byłby demon jak znalazł. Naprawdę nie wiem, dlaczego tak jej nie lubisz.

– Między innymi właśnie dlatego – burknął pod nosem. – Nie znoszę konkurencji.

Jak na komendę poderwali głowy, gdy na górze znów zakwiliło niemowlę.

Zaraz po przejściu na drugą stronę dokładnie przeszukali cały lustrzany dom Kusiciela i nie znaleźli w nim żywej duszy. Czy raczej żywego demona. A jednak prześlizgujące się po rudawych ścianach cienie szeptały nieustannie, w pogrążonych w mahoniowym półmroku zakamarkach dało się słyszeć szmery i strzępki rozmów, niewidzialna dłoń co chwilę trącała klawisze karminowego fortepianu, a z pokoi na piętrze dobiegały krzyki i odgłosy kłótni albo płacz dziecka.

Jak w tanim horrorze.

Szamanka ostrożnie odchyliła zasłonę i znów wyjrzała na upiorny ogród. Z wiśniowych oparów raz po raz wynurzały się znajome sylwetki demonów. Wyliniałe, chorobliwie chude, przerośnięte hieny o ślepiach jarzących się krwawymi płomieniami i wyszczerzonych pyskach, z których skapywała smolista maź i błyskawicznie spopielała trawę. W miejscach, gdzie mgła nieco się przerzedzała, można było dostrzec zarysy humanoidalnych stworów, a tu i ówdzie majaczyły niewielkie kształty podobne do zdeformowanych niemowląt.

Ida wzdrygnęła się z odrazą i zerknęła na przycupniętego na parapecie Pecha. Ze zdziwieniem stwierdziła, że on również jest jakiś nieswój. Wcisnął głowę w ramiona, położył uszy i ciasno opatulił się skórzastymi skrzydłami.

– Nie podoba ci się tutaj? – zagadnęła po chwili.

– Nie rozumiem pytania.

– No wiesz, w końcu to piekła. Wokół sami swoi, atmosfera urocza, czarnej magii od groma i ciut, ciut. – Zerknęła na niego z ukosa. – Dlatego dziwię się, że chcesz wracać ze mną. Nie wolałbyś zostać? Przecież po tej stronie lustra nie jesteś już do mnie przywiązany.

– Mylisz się. – Wolno pokręcił kosmatym łbem. – Może i nie stanowimy tu jedności, ale i tak muszę się trzymać blisko ciebie, inaczej zginę. Taki już mój los gargulca, połączyłem nasze dusze, a ta więź będzie trwać siedem lat i ani chwili krócej. No chyba że się wcześniej przekręcisz. Tymczasem zostało mi jeszcze od trzech do pięciu. – Westchnął ciężko i popatrzył na nią z pretensją. – Gdybym wiedział, że trafi mi się żywiciel o skłonnościach autodestrukcyjnych, w życiu bym cię nie opętał.

– I kto tu ma pecha, co? – zakpiła, uśmiechając się lekko.

– Właśnie sam się nad tym zastanawiam – prychnął Pech. – Bo ty najwyraźniej świetnie się bawisz. Widać trafiła kosa na kamień. – Zamilkł, zapatrzony w okno, i przez moment odprowadzał wzrokiem pokryte łuskami dziecko, które raczkowało wśród mgły i badało źdźbła traw rozdwojonym językiem. – Zresztą nie należę do tego świata. I nawet gdyby nasze losy nie były połączone, nawet gdybym mógł tu zostać i żywić się czarnomagiczną aurą tego miejsca, to raczej bym nie skorzystał. No popatrz tylko na nich... – machnął skrzydłem w stronę przemykających obok domu demonów – i powiedz mi, co widzisz.

– Bezrozumny tłum diabłów zahipnotyzowany melodią z pozytywki – odparła od razu.

– No właśnie. Nigdy nie miałem nad sobą żadnego pana i wolałbym tego nie zmieniać, ani mi się śni zostawać jednym ze sługusów Kusiciela. A wracając do celu niniejszej ekspedycji, mignął ci już gdzieś nasz Mikołaj?

– Nie. I obawiam się, że stąd go raczej nie zobaczę, mamy strasznie kiepskie miejscówki.

– No cóż, w takim razie nie pozostaje nam nic innego, jak pójść go poszukać – zakomenderował Pech, po czym poderwał się do lotu i wylądował na ramieniu szamanki. Zasyczała, gdy ostre pazury demona przebiły materiał bluzy i zadrapały jej skórę.

– Nie wierć się – fuknął, jednym susem przeskakując dziewczynie na kark.

Znów zasyczała i zaklęła pod nosem. Zapiekło, a po plecach spłynęła jej cieniutka strużka krwi.

– Ale masz szponiska, niech cię cholera. I co ty właściwie wyrabiasz?

– Diabeł kryje się we włosach kobiety – sapnął, próbując wyplątać skrzydło z jej zmierzwionych kosmyków. – Nosicie w nich demony, upiory, plugawe moce i wszelkie zło tego świata. No, a przynajmniej tak sądzili ci pocieszni panowie z inkwizycji... No niech mnie Jasność porwie, ty wiesz w ogóle, co to jest grzebień?

– Ostatnio miałam na głowie ważniejsze rzeczy niż fryzura.

– No widzę właśnie – zgodził się kąśliwie. – Bo tego, co masz na głowie w tej chwili, fryzurą na pewno nie można nazwać.

Nie skomentowała, czekając cierpliwie, aż Pech przestanie się wreszcie wiercić i ciągnąć ją za włosy.

– I w czym to ma niby pomóc? – spytała, gdy już usadowił się wygodnie i znieruchomiał.

– Teraz pachniesz jak demon – powiedział zduszonym głosem, chuchając jej w szyję ciepłym oddechem. – Nie rozpoznają w tobie ludzkiej duszy.

– A nie mogłeś mi po prostu usiąść na ramieniu?

Burknął coś niezrozumiałego w odpowiedzi i zadreptał niespokojnie.

– Ejże, Pech... ty się boisz! – stwierdziła po dłuższym milczeniu, nie kryjąc zdziwienia.

– Oj tam, oj tam.

– Jak moje fatum się boi, to co ja mam powiedzieć?

– Ty się lepiej ciesz, że w ogóle z tobą idę.

– A masz inne wyjście? – Sięgnęła pod włosy i dźgnęła go palcem między żebra tak mocno, że aż stęknął. – Przecież i tak musisz się trzymać blisko, *si*?

Uznał to pytanie za retoryczne i tylko znów się zawiercił, złorzecząc pod nosem.

– No, ruszże się wreszcie – bąknął po chwili obrażonym tonem. – Tylko nie idź za szybko, żeby nie zwracać na nas niepotrzebnej uwagi. I pamiętaj: żadnych gwałtownych ruchów, krzyków, choćby nie wiem, co się działo. Trzymaj buzię na kłódkę, zachowaj tempo marszu demonów i wtop się w tłum.

Szamanka jeszcze raz upewniła się, że szklana kula spoczywa bezpiecznie w kieszeni bluzy, po czym pośpiesznie opuściła salon i przemknęła ciemnoczerwonym korytarzem.

Rozkaszlała się okropnie, gdy tylko wyszła na werandę. Parnym powietrzem nie sposób było oddychać. Oczy dziewczyny zaczęły łzawić, a ostra woń pieprzu i imbiru nieznośnie kręciła ją w nosie.

Pech usłużnie rąbnął Idę między łopatki.

– Oddychaj płytko i wolno – poradził szeptem. – Jak się sztachniesz oparami, to zaraz dołączysz do reszty otumanionych zombiaków i nici z naszej misji.

– „Naszej", akurat – wydusiła z trudem. – Ty tylko siedzisz i pachniesz. Literalnie.

– Za to skutecznie – odparował szybko. – Sama zobacz, stoisz tak blisko mgły i żaden cię jeszcze nie wywąchał.

Wolała nie pytać, co Pech miał na myśli, mówiąc „jeszcze".

Odchrząknęła, przełknęła ślinę i spróbowała uspokoić oddech. W gardle piekło i drapało, a płuca płonęły. Otarła mokre policzki, zakryła nos i usta rękawem. Pomogło. Co prawda drażniąca mgła nadal wyciskała łzy z oczu, lecz Ida przynajmniej przestała się dławić.

Zeszła z drewnianych stopni, po czym dołączyła do zahipnotyzowanego tłumu. Choć próbowała trzymać się z boku, demony lgnęły do niej jak ćmy do płomienia, wciąż któryś ją potrącał, zastępował drogę, szarpał za ramiona, wpadał pod nogi lub ocierał się o nią cuchnącym, rozpalonym cielskiem. Niektóre czarty przystawały i zaczynały węszyć, gdy przechodziła obok, po czym ruszały za nią truchtem, powarkując, marszcząc pyski i szczerząc pożółkłe kły.

– Nie panikuj – mruknął Pech, kiedy Ida po raz kolejny niespokojnie zerknęła przez ramię. – Mówiłem przecież, że cię nie wyczują.

– Nie wyczują, akurat – odparła szeptem. – Przecież widzę, że je wkurzam.

– A tam, od razu. Po prostu pachniesz jak świeżo zdiablona dusza...

– Znaczy apetycznie.

– Znaczy inaczej – poprawił ją niecierpliwie i pacnął skrzydłem w tył głowy. – I stąd to zainteresowanie. Przestań histeryzować, bo tętnica szyjna zaraz ci eksploduje.

Szamanka wstrzymała oddech i tłumiąc kolejny atak kaszlu, możliwie jak najwolniej przeszła między hieną a skrzydlatym stworem o niepokojąco ludzkim kształcie. Wreszcie przedarła się przez najbardziej napastliwą grupkę demonów, wydostała na nieco luźniejszą przestrzeń i podjęła marsz otoczona wianuszkiem karykaturalnych niemowląt.

Wiedziała, dokąd zmierzają. A mimo to przystanęła zdumiona, gdy tylko uniosła głowę i spojrzała ponad głowami tłumu.

Potężne drzewo o nagich gałęziach czerniło się na tle burgundzkiego nieba, górowało wysoko ponad ogrodem. Było dużo większe niż jego realny pierwowzór, a pień nie przypominał już kobiety.

On był kobietą.

Driada łagodnie poruszała biodrami, tańcząc przy dźwiękach pozytywki, wiła się niczym kobra pod urokiem zaklinacza węży. Zrośnięte razem nogi uginały się pod ciężarem gałęzistych ramion i włosów, a korzenie pulsowały rytmicznie na podobieństwo gigantycznych tętnic. Usta z kory bez problemu zmieściłyby dorosłego człowieka, a widniejące nad nimi szerokie szpary oczu płonęły purpurowym ogniem.

Połączone siły napierających zewsząd poczwar oraz Pecha, który syczał Idzie do ucha ponaglające przekleństwa, zdołały sprowadzić ją z powrotem do rzeczywistości. Dziewczyna oderwała wreszcie wzrok od drzewa i ruszyła za tłumem. Mimo wytycznych towarzysza nie potrafiła zmusić się, by stąpać równie wolno, co otaczające ją stwory. Zamiast tego zaryzykowała, przyśpieszyła kroku, klucząc i przeciskając się między diabłami, po czym odbiła w bok i wypadła z mgielnych kłębów prosto w zarośla. Podkradła się jak najbliżej driady, przycupnęła w gęstwinie, a gdy była już pewna, że żaden demon nie poszedł jej tropem, ostrożnie rozchyliła gałęzie.

Zobaczyła go niemal natychmiast.

Siedział na jednym z korzeni u stóp drzewnej kobiety i kołysał w ramionach skrzeczącego potworka. Kusiciel wyglądał zupełnie jak w snach szamanki. Ubrany w ciemnoczerwony płaszcz z szerokim, odrzuconym na plecy kapturem, który odkrywał twarz i rozpuszczone włosy. Kosmyki mężczyzny były długie i połyskujące niczym słoneczne promienie, a rubinowe oczy o źrenicach jak u kota żarzyły się w półmroku, oblewając policzki czerwonawym blaskiem.

Ida mimowolnie schowała się za krzewami, choć Kusiciel i tak nie mógł jej widzieć. Nie patrzył w jej stronę, nie odrywał wzroku od zdiablonego niemowlęcia. Zauważyła, że poruszał wargami, lecz siedział zbyt daleko, nie była w stanie wychwycić żadnego słowa.

Dobra, to Demona Luster już mamy, ale gdzie jest...

Ledwo pomyślała o Mikołaju, a w jej uszach natychmiast rozbrzmiała pieśń Karoliny, tak głośna i dynamiczna, że Ida odruchowo zasłoniła uszy. Odruchowo i na darmo, śpiew malarki zalał jej umysł przeraźliwie wysokimi nutami i szamanka była pewna, że jeszcze chwila, a czaszka z hukiem rozpęknie się jej na pół.

– Co robisz? – pisnął Pech, gdy dziewczyna wstała z klęczek i zaczęła z wolna wycofywać się z zarośli.

– Stąd nie widzę Mikołaja – jęknęła, ściskając pulsujące skronie. – Karolina panikuje, głowa mi zaraz odpadnie od jej wrzasków. A to znaczy, że dusza czarodzieja słabnie. Czuję go, musi być gdzieś blisko.

Wydostała się z gęstwiny, a potem zaczęła ostrożnie obchodzić driadę. Zgięta wpół przekradała się od krzewu do krzewu, lawirując między karłowatymi drzewami i uważnie patrząc pod nogi, by nie nastąpić na suchą gałąź i nie narobić hałasu. Przystanęła dopiero, gdy zatoczyła szerokie półkole i znalazła się po drugiej stronie potężnego pnia.

Wtedy Karolina zaczęła wyć.

A Ida już na pierwszy rzut oka wiedziała, że nie patrzy na demony.

To były duchy. Duchy mężczyzn połączonych z driadą mięsistymi, brunatnymi pępowinami. Choć ich niematerialne postacie bardzo się zmieniły, okropnie zmizerniały, a każda z nich miała skórę szarą jak popiół, szamanka rozpoznała twarze. Nie było wątpliwości, że to właśnie je widziała na zdjęciach w aktach Kusiciela. Dusze należały do zaginionych magów. Pięciu całkiem już przezroczystych nieszczęśników leżało na ziemi bez ruchu, a łączące ich z drzewem naczynia były wiotkie i poczerniałe, jakby obumarły i lada chwila miały odpaść od atramentowej kory. Inni w niedużo lepszym stanie przestępowali sztywno z nogi na nogę i kiwali się w upiornym, sennym walcu przy dźwiękach kołysanki. Tylko trzej mieli na tyle siły, by szarpać się na uwięzi, uparcie próbując zerwać pępowinowe smycze i uciec jak najdalej od drzewa.

Ida dostrzegła Mikołaja wśród tańczących czarodziejów. Brudne strzępy, które miał na sobie, nie przypominały już garnituru. Krew oblepiała policzki mężczyzny, tworząc brązowy skrzep. Oczodół ział straszliwą pustką, a jedyne, niegdyś niebieskie oko, teraz zupełnie straciło swój blask, zasnute mleczną mgłą.

– To co robimy? – zaszeptał Pech. – Jaki jest plan?

– Nie mam żadnego planu – przyznała zdenerwowana. – Sam wiesz, że nie było czasu na przygotowanie akcji ratunkowej, nie spodziewałam się, że wyląduję w piekłach tak szybko. Będziemy musieli improwizować.

– No świetnie. Po prostu świetnie.

– Nie marudź mi nad uchem, próbuję się skupić.

Od Kusiciela dzieliło ją raptem kilka kroków. Słyszała, jak kołysząc niemowlę, próbował śpiewać przy akompaniamencie melodii z pozytywki, lecz wciąż zapominał słów, przerywał co chwilę i mamrotał coś gniewnie pod nosem.

Szamanka zignorowała pełen potępienia syk Pecha i podkradła się nieco bliżej.

– Nie znam cię – mówił nekromanta. – Nie pamiętam, nie wiem, kim jesteś. Kim ty jesteś? Powinienem cię rozpoznać, ale nie potrafię, nie potrafię! Nie potrafię, słyszysz? No już, nie płacz, proszę, nie krzycz tak... No już, już, ciiicho, ciiiiiiiiii...

Oho. Następny psychiczny.

Popatrzyła na Mikołaja. Był prawie na wyciągnięcie ręki. Wystarczyło doskoczyć do driady, zerwać pępowinę i zwiać z czarodziejem. Chociaż chwila, moment, jakie zwiać? Chyba raczej pokuśtykać, zważywszy na jego stan. Poza tym unaczyniony przewód wyglądał na solidny i elastyczny, na pewno nie puści tak łatwo, o zrywaniu nie ma więc mowy, trzeba by przeciąć. Tylko czym? A w ogóle to jakie doskoczyć, też wymyśliła, przecież Kusiciel zaraz by ją zauważył. Tak się jednak niefortunnie składało, że w przeciwieństwie do niego Ida nie miała imponującej armii czartów do dyspozycji. Miała za to przerąbane.

Z rozmyślań wyrwał ją Pech. Zapiszczał tak przeraźliwie, że aż się wzdrygnęła. Poderwała głowę, szybko zlustrowała otoczenie i zaklęła w duchu.

Karewicz wyszedł zza drzewa. Kompletnie ignorował dziecko, które wiło się i darło wniebogłosy w jego objęciach. Nagle stanął jak wryty i popatrzył w jej stronę. Szamanka zbladła, przypadła do ziemi. Chyba jej nie dostrzegł, lecz mimo to nie odwracał wzroku, wpatrywał się wciąż w ten sam punkt niebezpiecznie blisko jej kryjówki, jakby na coś czekał. Wreszcie obrócił się gwałtownie, łopocząc połami płaszcza.

– Jest tutaj! – zagrzmiał do zgromadzonych demonów, a jego tęczówki zajaśniały czerwienią. – Jest, jest! Tak, czuję ją, czuję wyraźnie! Musi tu być! Szukajcie jej!

Ida zasłoniła usta, by stłumić przyśpieszony oddech.

– To przez kulę – zaszemrał płaczliwie Pech. – Rozpoznał swoje wspomnienia. Musimy wiać!

Nic z tego, nie mieli szans, Karewicz stał zbyt blisko. Dziewczyna nie była w stanie się ruszyć, straciła czucie, cała jej dusza skamieniała i wrosła w ziemię. Mogła tylko przymknąć oczy i modlić się, by mężczyzna jakimś cudem jej nie zauważył. Słyszała zbliżające się kroki, kamyki coraz głośniej trzeszczały pod butami Kusiciela.

– To nie ty! – usłyszała nad sobą. Mocniej przycisnęła dłonie do warg. Czekała w napięciu, aż nekromanta wywlecze ją z kryjówki, wbije nóż pod żebra i złoży driadzie w ofierze.

Nienawidziła czekać. Niech już będzie po wszystkim.

– To nie ty! – wrzasnął ponownie, a któryś z demonów zaskrzeczał w odpowiedzi. Czekała. Czekała w nieskończoność. I nic się nie stało. Nikt jej nie szarpnął, nie trącił, nie ucapił i nie wyciągnął z zarośli.

Cicho wypuściła powietrze i bardzo, bardzo wolno uniosła głowę.

Karewicz górował nad nią, wysoki i obłąkany. Był tuż obok, ciemnoczerwony płaszcz niemal dotykał jej policzka. A jednak jasnowłosy nie patrzył na Idę. Wciąż tuląc do piersi niemowlę, odepchnął skomlącą hienę i przyciągnął do siebie kolejnego czarta. Zajrzał mu głęboko w ślepia.

– To znów nie ty! – zawołał i z odrazą wypuścił stwora. – Wiem, że tu jesteś! Gdzie ty jesteś?!

Dziewczyna czuła, jak Pech trzęsie się cały, wtulony w jej szyję. Sama zadrżała, gdy dziecko poruszyło się w objęciach nekromanty, po czym wyciągnęło do niej szponiaste rączki.

Kusiciel zerknął w dół. Prosto w oczy szamanki. Głośno nabrał powietrza, lekko rozchylił usta. Na jedno uderzenie serca umilkła pozytywka, niemowlę przestało kwilić, demony warczeć, a trawy szeleścić. Jakby wszystko zniknęło i zostali tylko oni dwoje, Ida i Demon Luster. Trwali tak bez słowa, bez najmniejszego ruchu, zapatrzeni w siebie jak zaczarowani. Dwie kamienne figury.

Minęła cała wieczność, zanim Karewicz pochylił się wreszcie, chwycił szamankę za ramię i zmusił, by wstała. Jego dotyk parzył nawet przez materiał bluzy.

– Twoje oczy – powiedział Kusiciel, przewiercając ją rozżarzonym spojrzeniem. – Znam. Znam te oczy. Znam je. Ale czy na pewno... Czy to na pewno te? Nie wiem, nie jestem pewien, nie pamiętam...

Wstrzymała oddech, gdy przesunął gorącymi palcami po jej policzku i delikatnie musnął wargi. Nie stawiała oporu. Przyciągnął ją do siebie i zanurzył dłoń w krucze włosy.

– Magia – szepnął. – Masz w sobie tyle magii. To naprawdę ty...

– To przeze mnie – wymamrotał Pech, kuląc się na karku szamanki, by nie dosięgnęła go ręka nekromanty. – Poczuł moją moc.

– Kto to jest? – zapytał Kusiciel, wskazując Idzie swoje zdeformowane dziecko. – Ciągle płacze. Wiesz, kto to jest, prawda? Ja nie pamiętam. Wiem, że kiedyś je widziałem, ale nie mogę sobie przypomnieć! Ucisz je. Ty potrafisz, musisz potrafić. Pomóż mi, nie pamiętam nic.

Podał jej niemowlę. Potworek natychmiast przylgnął do dziewczyny, wbijając pazury w jej brzuch i przedramiona. Krzyknęła cicho, zagryzła wargi. Wiercił się i skrzeczał rozpaczliwie, brzydki, ohydnie oślizgły, od stóp do głów pokryty brunatnymi liszajami.

– Ucisz je – powtórzył nekromanta. – Dłużej nie wytrzymam, ucisz je, ucisz, proszę. Jeśli to ty, umiesz sprawić, by przestało, tylko ty wiesz, jak je uspokoić. Błagam, niech już nie płacze!

Ida zdusiła w sobie pragnienie, by natychmiast pozbyć się stwora, strząsnąć go z siebie, odepchnąć jak najdalej. Zamiast tego zakołysała nim łagodnie i zaczęła śpiewać:

Z popielnika na Wojtusia
Iskiereczka mruga.
Chodź, opowiem Ci bajeczkę,
Bajka będzie długa...

Dziecko ucichło, Kusiciel zamilkł w pół słowa. Nawet ogień w jego oczach zastygł i przestał się skrzyć. Pech nie dygotał już, zaintrygowany wyjrzał spomiędzy kruczych kosmyków szamanki.

Zamknęła oczy i nuciła dalej. Uwolniła jedno ramię, delikatnie odczepiając pazurki poczwary od materiału bluzy, a potem sięgnęła do kieszeni. Przeszedł ją dreszcz, gdy poczuła kojący chłód szkła, a głos na ułamek sekundy uwiązł jej w gardle z przejęcia.

I to wystarczyło.

Karewicz błyskawicznie otrząsnął się z transu, doskoczył do Idy, zanim zdążyła wyśpiewać kolejny wers. Pchnął ją silnie prosto na drzewo i chwycił za szyję.

– Kim ty jesteś?! – warknął, wzmacniając uścisk. – Nie wiem, czy cię znam, nie wiem, muszę to wiedzieć! Powiedz mi, kim jesteś! Nie poznaję cię, a powinienem, wiem, że powinienem. Niby wszystko pasuje, ale nie pamiętam twoich oczu, rozumiesz? Dlaczego ja ich nie pamiętam?!

Nadal szeptała resztkami tchu, lecz on już nie słyszał słów, kołysanka nie zdołała ponownie go zahipnotyzować. Nie zważając na dziecko, przygwoździł szamankę do pnia całym swoim ciężarem i jej dłoń znów ześlizgnęła się z kuli. Piekła pociemniały gwałtownie, płuca dziewczyny rozpaczliwie domagały się tlenu.

Karewicz nachylił się nad nią i z bliska zajrzał w piwne oczy.

– Muszę wiedzieć, czy to ty – mruczał z twarzą tuż przy jej twarzy. – Czy to ciebie szukałem? – Zbliżył usta do jej ust. – Czy nareszcie jesteś moja...

Ida ostatkiem sił szarpnęła głową, zacisnęła palce na gładkim szkle i wyrwała rękę z kieszeni. Ucisk na jej szyi zelżał momentalnie. Odepchnęła Kusiciela, a ten cofnął się tak gwałtownie, jakby jej dotyk sprawił mu ból. Niemowlę zaskrzeczało i mocniej przywarło do szamanki, kiedy wyswobodzona z objęć Karewicza opadła na kolana. Przez kilka sekund dochodziła do siebie, lecz nie wypuściła kuli. Zerknęła na nekromantę, na zmianę kaszląc i łapczywie chwytając powietrze.

Patrzył zafascynowany, jak brokatowe płatki krążą ospale wokół drzewa z papieru.

– To naprawdę ty – westchnął niemal bezgłośnie. – Znam ten przedmiot, poznaję go. To jest... to jest... Ja wiem, co to jest...

Zrobił krok w jej stronę.

– Czy to możliwe?

I kolejny.

– To ciebie szukałem, prawda? Powiedz mi, powiedz to, proszę.

Wyciągnął drżącą dłoń.

Szamanka wstała z klęczek. Nie zwracała uwagi na demoniczne dziecko, które wciąż na niej wisiało, rozdzierając ubranie pazurami. Jasnowłosy był już tak blisko, że czuła bijące od niego ciepło, mocniej ścisnęła drewnianą podstawkę, lecz nie zabrała klucza. Czekała w napięciu, aż Kusiciel dotknie chłodnej powierzchni szkła.

Dotknął.

Kula błysnęła oślepiającym światłem.

Ida znów zapomniała, jak się oddycha.

Świat zgasł, wszystko ucichło i znieruchomiało, przestało się liczyć. Przestało istnieć. Nawet czas stanął w miejscu.

I nagle runął do tyłu.

*

Jest taka piękna. Nie mogę oderwać wzroku od jej wiśniowych włosów, spadających na plecy lśniącymi kaskadami. Oczy w kształcie migdałów kipią od uzdrowicielskiej magii, migoczą jak rozgwieżdżone niebo, a wyładowania mocy, które co chwilę rozświetlają fiołkowe tęczówki, przywodzą na myśl wybuchowe narodziny supernowych. Tak, w oczach mojej Lajli mieści się cały wszechświat.

Jest taka piękna. Klęczy pod drzewem z jedną dłonią opartą o czarno-biały pień brzozy, drugą wodzi po drobnej buzi naszej Różyczki, kreśląc na jej skórze skomplikowane wzory. Energia z drzewa przepływa przez ciało Lajli i wnika w dziecko. Mała wierci się na kocyku i kwili głośno, nie przepada za magią, moc szczypie ją i parzy dotkliwie. Biedne maleństwo, moja mała córeczka. Mówiłem Lajli, tyle razy powtarzałem, że choroby, na którą zapadła Róża, nie da się wyleczyć, ale moja żona nie chce mnie słuchać, wciąż wierzy w cuda. Ja już dawno straciłem nadzieję, więc tylko obserwuję w milczeniu jej rozpaczliwe wysiłki. Serce mi pęka, gdy na to patrzę.

– Jestem zielarką – szepcze Lajla. Fiołkowe oczy szklą się od łez. – Uzdrowicielką. Alchemię mam w małym palcu. Uleczyłam dziesiątki ludzi, dlaczego więc nie potrafię pomóc naszej córce? Dlaczego?

Nie mówię nic. Nie wiem, co powiedzieć.

Lajla jest taka piękna. I taka uparta.

Nigdy się nie poddaje. Przymyka oczy i znów zaczyna szeptać zaklęcia. Czuję, jak ziemia wibruje pod naszymi stopami, widzę, jak przez ciało mojej żony przepływa kolejna fala mocy. Lajla krzyczy tak głośno, że nie słyszę już płaczu małej. Nie mogę się ruszyć, nie mogę się zbliżyć, magia odpycha mnie od drzewa, czuję, jak pali moją skórę żywym ogniem. Wołam Lajlę, błagam, by przestała, lecz ona nie reaguje. Leży w trawie obok Róży i wciąż głaszcze brzozę końcami palców, a energia płynie przez nią wartkim strumieniem. Zaklęcie kosztuje ją tyle wysiłku, że wiśniowe włosy nagle tracą kolor, w mgnieniu oka nasiąkają nieskazitelną bielą, siwieją na moich oczach. Krzyczę przerażony, bo wiem już, co chce zrobić, i nie mogę, nie chcę na to pozwolić. Nie potrafię patrzeć, jak Lajla oddaje życie za dziecko. Szarpię się wściekle, odbijam energię, wreszcie udaje mi się przedrzeć przez pole magii. Dopadam żony i odciągam ją od brzozy. Wszystko cichnie, moc gaśnie. Róża płacze rozdzierająco.

Też mam ochotę się rozpłakać. Lajla żyje.

Ale boję się, że nigdy mi tego nie wybaczy.

– Nareszcie jesteś! – krzyczy na mój widok, pojawiając się u szczytu schodów. Zbiega z kilku stopni, a potem przysiada na poręczy i zjeżdża po niej prosto w moje ramiona. Jej rozwiane włosy przypominają unoszony wiatrem śnieg.

– Przyniosłem ci prezent – mówię, zanurzając twarz w śnieżnobiałych puklach, i wdycham głęboko ich cudowną woń. Straciły swój dawny wiśniowy kolor, nie są już tak gęste i mocne jak niegdyś, ale przynajmniej jedno się w nich nie zmieniło. Wciąż pachną pieprzem i imbirem. – Mam nadzieję, że ci się spodoba.

Wręczam jej szklaną kulę z zamkniętym w środku drzewem z papieru, wokół którego krążą płatki brokatowego śniegu.

– Och, jaka śliczna! – szepcze z zachwytem. – Dziękuję ci, dziękuję! Gdzie ją znalazłeś?... To przecież moja brzoza.

– Kazałem ją wykonać na podobieństwo tej w naszym ogrodzie – odpowiadam cicho. – Wiem, jak ją kochasz. Teraz będziesz mogła ją mieć zawsze przy sobie.

Cieszę się na widok radości w oczach żony. Podczas ostatniego rytuału uzdrawiającego przekazała naszej córce tyle mocy, że teraz sama potrzebuje opieki. Oddała zbyt dużo. Jest słabsza niż kiedykolwiek, nie może opuszczać domu, nie może już spędzać całych dni w ogrodzie w cieniu ulubionej brzozy. Drzewa są jej życiem. Kiedyś żartowałem, że w jej żyłach płynie krew driad, a ona chichotała jak podlotek, lubiła, gdy tak mówiłem. Ale teraz nie śmiałbym jej o tym przypominać. Rozstanie z ogrodem bardzo ją boli, tęskni za jego energią. Rozumie jednak, że po tym, co się stało, życiodajna niegdyś moc brzozy może ją zabić.

– Dziękuję – powtarza i uśmiecha się blado.

– Co z Różą? – pytam po chwili, głaszcząc ją po policzku.

Lajla zaciska usta, odwraca głowę.

Nie musi odpowiadać. Wiem, że mała umiera.

Krzyk Róży jest nie do wytrzymania. Tulę maleństwo do piersi, próbuję je uciszyć, uspokoić, ale ono wciąż płacze. Tak strasznie płacze. Jestem zupełnie bezsilny, czuję, że lada moment zwariuję, nie wytrzymam, zrobię coś strasznego, coś, czego będę żałował, czego nigdy sobie nie wybaczę. Pogodziłem się już z myślą, że Róża umrze, czuję na plecach tchnienie kostuchy. Nie mylę się, jestem nekromantą, śmierć to całe moje życie, wiem, że mała nie ma żadnych szans, i nie mogę patrzeć, jak cierpi. Przeraża mnie myśl, że mógłbym ukoić jej ból. Jest tylko jeden sposób, by to zrobić. Tak, boję się, że byłbym zdolny ją zabić, byleby tylko przynieść jej ulgę.

Jej? A może wcale nie chodzi mi o nią, może myślę tylko o sobie...

Nie zniosę dłużej tego krzyku.

Jestem zły na siebie, że brak mi cierpliwości, moja nieporadność zawstydza mnie i irytuje. Kołyszę niemowlę w ramionach, szepczę czułe słowa, lecz Róża nie przestaje płakać nawet na sekundę.

Dopiero teraz ją zauważam. Stoi w drzwiach salonu i przez chwilę patrzy na nas ze smutnym uśmiechem, po czym wkracza do pokoju, zwiewna, delikatna jak motyl. Pachnie pieprzem i imbirem. Kocham ją i kocham jej zapach.

Natychmiast z ulgą oddaję dziecko żonie, a ono od razu cichnie w jej objęciach. Lajla nuci kołysankę, podchodzi do kominka tak wolno i płynnie, jakby tańczyła wyjątkowo sennego walca.

Sięga po szklaną kulę, którą jej podarowałem, i potrząsa nią lekko. Różyczka wyciąga rączki, wpatrując się w wirujący śnieg jak zahipnotyzowana, a na jej buzi błąka się cień nieświadomego uśmiechu. Lajla pozwala dziecku dotknąć powierzchni szkła. Widzę, jak jej fioletowe oczy rozjaśnia magia, a blade usta poruszają się nieznacznie, słyszę, jak szepcze zaklęcia.

– Nie – mówię łagodnie. Podchodzę do niej, delikatnie wyjmuję kulę z jej słabych palców. – Nie wolno ci leczyć Róży. Nie możesz już nic zrobić, kochanie, wiesz o tym tak dobrze jak ja. Nie uratujesz jej. Nikt jej nie uratuje. Jeśli oddasz z siebie jeszcze choćby odrobinę, jeśli znów przekażesz jej energię, umrzesz razem z nią. Nie mogę stracić was obu, słyszysz? Nie przeżyję tego, potrzebuję cię. Rozumiesz, co mówię? Popatrz na mnie.

Lajla nie szepcze już, ale unika mojego wzroku. Znów zaczyna nucić kołysankę, tuląc policzek do rozpalonego czoła Róży, a z fiołkowych oczu płyną łzy.

Ledwo trzyma się na nogach, a mimo to nie pozwala mi sobie pomóc. Z trudem stawia kroki, sunąc barkiem po fioletowej ścianie, na której widnieją błękitne gwiazdy i pomarańczowe słońca. Przypominam sobie, jak wybierała te kolory, mieszała farby, własnoręcznie malowała i urządzała pokoik dziecinny, jeszcze zanim wiedziała, że jest w ciąży z Różą. Tak bardzo pragnęła dziecka.

Ze wzrokiem utkwionym w kołysce, Lajla zdaje się nie dostrzegać niczego innego i w pewnym momencie potyka się o pluszowego misia, który leży na podłodze i patrzy w sufit pustymi oczami z guzików. Chcę do niej podbiec, ale ona zatrzymuje mnie gestem, zabrania mi się zbliżyć.

Jest taka piękna. I taka uparta.

O mało nie upada, walka o równowagę kosztuje ją tak wiele sił, że musi przystanąć. Opiera się plecami o ścianę, przymyka powieki, oddycha ciężko i nierówno, przyciskając do piersi pozytywkę w kształcie karuzeli z trzema złoconymi konikami.

Po chwili z determinacją rusza dalej, łóżeczko Róży jest już tak blisko, wystarczy jeden krok. Lajla odchyla cieniutki materiał baldachimu, zagląda do środka.

Wstrzymuję oddech. Boję się jej reakcji.

Pozytywka wypada jej z rąk, uderza o podłogę. Mechanizm wydaje serię trzasków i zgrzytów, a po chwili pokój rozbrzmiewa srebrzystą melodią kołysanki. Jęk, jaki wydobywa się z pobladłych ust mojej żony, szybko przechodzi w rozdzierające, nieludzkie wycie.

– Coś ty zrobił?! – wrzeszczy, patrząc na mnie jak na mordercę. – Coś ty najlepszego zrobił? Gdzie ona jest? Dlaczego mi ją odebrałeś, jak mogłeś?! Jesteś potworem, słyszysz? Nienawidzę cię!

– Lajla, kochanie, Róża umarła – mówię prawdę. Dziecko odeszło w nocy, gdy moja żona spała. Nie miałem serca jej budzić, potrzebowała snu. Wiem, że będzie mnie obwiniać, wiem, że nigdy mi nie wybaczy. To ja nie pozwalałem jej leczyć naszej córki, więc to ja zabiłem małą, w oczach żony jestem mordercą.

– Gdzie ona jest? – syczy, a jej oczy skrzą się od magii.

– Na dole – odpowiadam głucho. – W mojej pracowni. Przygotuję ją do pochówku i...

– Nie! – krzyczy i podbiega do mnie, zataczając się jak pijana. Chwyta moje dłonie i przyciska je do ust. – Proszę. Przecież potrafisz ją przywołać, potrafisz sprowadzić ją z powrotem...

Odsuwam się od niej, słysząc te słowa.

– Nie mogę.

– Marek!

– Wiesz, że wskrzeszenie byłoby tylko chwilowe. Ożywienie na stałe jest niewykonalne, musiałbym użyć potężnej czarnej magii, poświęcić czyjąś duszę. Nie wolno mi tego zrobić!

– Poświęć moją! Proszę cię, błagam, ja nie mogę bez niej żyć!

Bolą mnie te słowa.

Uczyniłbym wszystko, co tylko możliwe, by odzyskać Różę, ale na pewno nie to. Nie dlatego, że czarna magia jest zakazana, ale dlatego, że Lajla jest dla mnie całym światem. Zawsze była. Wiem, że nie może urodzić więcej dzieci, lecz nadal potrafię być szczęśliwy, dopóki mam ją przy sobie.

Jednak najwyraźniej dla Lajli dziecko jest na pierwszym miejscu. Ważniejsze od niej samej.

Ważniejsze ode mnie.

To naprawdę boli.

– Nie mogę – powtarzam szeptem.

Lajla wpada w szał.

– Zwróć mi ją, błagam! – krzyczy, bijąc mnie drobnymi pięściami. Próbuję ją przytrzymać, lecz ona wciąż mi się wyrywa, a w fiołkowych tęczówkach migocze rozgwieżdżone szaleństwo. – Proszę cię, przyprowadź ją z powrotem, wiem, że potrafisz! Proszę, błagam! Bez niej nie mam nic, usycham, nie widzisz tego? Na miłość boską, dlaczego nic nie robisz? Nienawidzę cię, słyszysz! Nienawidzę!

– A ja cię kocham – odpowiadam, próbując zachować spokój. Chwytam Lajlę za ramiona i potrząsam silnie, zaglądam jej w oczy. – Słyszysz? Kocham cię. Nie mogę zrobić tego, o co prosisz, nie mogę cię stracić. Wiesz o tym.

Wie.

Nie płacze tylko dlatego, że zabrakło jej łez.

Budzę się w środku nocy i od razu czuję, że coś jest nie tak. Lajli nie ma obok. Zrywam się z łóżka, wypadam z sypialni, sprawdzam pokój Róży. Jest pusty.

Przeszukuję cały dom i już chcę wybiegać do ogrodu, przerażony tym, co mogę tam zastać, lecz po drodze dostrzegam światło, które sączy się przez szparę w drzwiach do mojej pracowni. Szybko szarpię za klamkę, zbiegam po kręconych schodach… i staję jak wryty.

Moja żona siedzi pośrodku nekromanckiego kręgu, wśród dziesiątek płonących świec, i trzyma w ramionach niemowlę.

Żywe niemowlę. Maleństwo wyciąga czarne, porośnięte brunatnymi liszajami rączki i drapie szponami o powierzchnię szklanej kuli. Jego rozżarzone do czerwoności oczy wpatrują się w Lajlę jak w obraz. Spod kocyka wystaje pokryty łuskami ogon, a z pleców wyrastają szare, skórzaste skrzydła.

Ożywieniec.

Przez moment nie jestem w stanie się ruszyć. Ale potem dostrzegam, że koszula nocna żony jest cała poszarpana na piersi i poplamiona krwią.

– Próbowałam ją nakarmić – mówi Lajla błogim tonem. – Jest bardzo silna, ma takie ostre pazurki, takie duże ząbki...

– Coś ty zrobiła?! – wrzeszczę, dopadając do nich. Wyrywam żonie zdeformowane magią ciałko, wykrzykuję zaklęcie. Kula upada na podłogę i toczy się w kąt, płomienie świec kładą się i gasną z sykiem. Ożywieniec skrzeczy rozpaczliwie, a po chwili znika blask jego czerwonych ślepi. Odrzucam stwora z odrazą, klękam przy Lajli.

– To nie była Róża, prawda? – pyta tak cicho, że ledwo rozróżniam słowa. – Przepraszam cię, Marku. Myślałam, że będę umiała ją sprowadzić, tyle razy widziałam, jak to robisz... Przepraszam.

– Już dobrze... – Przytulam ją mocno i zaczynam kołysać. – Już dobrze. Jutro ją pochowamy i wszystko będzie dobrze.

– Tak – szepcze. – Pochowamy.

Zanim składam córeczkę w ziemi, zabezpieczam jej zwłoki tak, by już nigdy nie ożyły.

Żona wybrała najgorsze zaklęcie z możliwych, proste, ale bardzo niebezpieczne. Przywołała paskudne moce i tchnęła w Różę demoniczne życie. Odprawiam rytuał oczyszczający, ale to niewiele daje, nadal czuję, jak w drobnym ciałku kotłuje się mroczna energia. Coś w nim siedzi i bezskutecznie próbuje wskrzesić martwe tkanki.

Lajla upiera się, by pochować córkę pod drzewem, a na grobie zasadzić różany krzew. Choć najchętniej spaliłbym zwłoki, nie protestuję, cieszę się, że moja żona wreszcie pogodziła się ze stratą.

Świeża mogiłka przypomina kopiec kreta. Jest tak mała, że rosnąca nad nią dzika róża prawie całkowicie ją przysłania. Lajla nieśpiesznie i metodycznie przyklepuje dłońmi ziemię i obkłada grób płaskimi kamieniami, nucąc pod nosem ulubioną kołysankę. Długie, giętkie gałęzie najeżone ostrymi kolcami pieszczotliwie gładzą ją po włosach. Obserwuję, jak żona ostrożnie, niemal z namaszczeniem przycina krzew, słucham, jak mówi do niego, że chce, by wyglądał pięknie, najpiękniej w całym ogrodzie. Wiem, że jej się uda, wiem, że z tą różą nic nie będzie mogło się równać.

Przecież nie mamy drugiej rośliny ożywionej nekromancką magią.

Tym razem znajduję ją w łazience.

Leży w wannie, w gorącej wodzie, wśród kłębów pary. Ma podcięte żyły. Nie w poprzek, lecz wzdłuż, od nadgarstka niemal po sam łokieć. Cudem udaje mi się zatamować krwawienie własnym podkoszulkiem, szybko zabieram Lajlę do pracowni, zszywam ranę. Wolę nawet nie myśleć, co by się stało, gdybym obudził się choć sekundę później.

Trzask na górze wyrywa mnie z rozmyślań. Wybiegam z pracowni, przeszukuję cały parter.

Lajla siedzi na podłodze w korytarzu, wśród kawałków stłuczonego lustra. Gdy podchodzę, podrywa głowę i spogląda na mnie dziwnie przygaszonymi oczami.

– To też pozszywasz? – pyta nieswoim głosem, po czym podrzyna sobie gardło długim odłamkiem szkła.

Tnie bardzo głęboko.

– Błagam cię, nie umieraj! – szlocham w panice, przyciskając obie dłonie do jej szyi. Krew sączy się spomiędzy moich palców, uchodzi z Lajli razem z życiem, a plama czerwieni, w której oboje leżymy, rośnie z każdą sekundą. I nagle obok charakterystycznego, metalicznego zapachu wyraźnie czuję duszący swąd czarnej magii. – Co ja zrobiłem, Boże mój, co ja zrobiłem. Nie chciałem tego... naprawdę nie chciałem! Wybacz mi. Nie zostawiaj mnie samego, proszę, bez ciebie nie mam nic! Nie odchodź, błagam, wszystko naprawię, obiecuję ci! Tylko nie umieraj.

Jest taka piękna. I taka uparta. Jak coś postanowi, nic nie jest w stanie jej od tego odwieść.

A teraz postanowiła umrzeć.

Umiera cicho w moich ramionach.

Zbyt późno zorientowałem się, że jest opętana.

Pomniejsze demony musiały wniknąć w nią w chwili, gdy usiłowała przywrócić życie naszemu dziecku. Na początku były zbyt słabe, bym je wykrył, lecz z czasem pożywiły się na duszy Lajli i nabrały sił. Gdy próbowałem zatamować krwawienie z szyi żony, ich mroczna aura poraziła mnie i zaparła dech.

Wcześniej nie miałem szans ich wyczuć. Ale powinienem był to przewidzieć, powinienem był temu zapobiec, odprawiając na Lajli egzorcyzmy. Moja żona nie miała pojęcia o nekromancji, podczas ożywiania Róży musiała popełnić mnóstwo błędów, nie domknąć kręgu, przekręcić zaklęcie... Już raz próbowała się zabić, a przecież znam ją i wiem, że nigdy nie targnęłaby się na własne życie. Oddałaby je, by ratować nasze dziecko, ale nigdy nie popełniłaby samobójstwa. Jak mogłem nie zauważyć, że coś ją zmienia, jak mogłem być tak ślepy?

To moja wina. Zginęła przeze mnie.

Nie zdołałem jej ochronić.

Nie mogę bez niej żyć.

Jej nagie ciało leży na stole, a rozsypane po blacie włosy tworzą wokół głowy piękną, śnieżnobiałą aureolę. Paskudna rana na szyi nie krwawi już, czarny skrzep mocno kontrastuje z bladą skórą. Dotykam zimnych warg żony samymi koniuszkami palców, delikatnie głaszczę pozbawione rumieńców policzki. Nachylam się nad nią, chłonę cudowną woń jej włosów i składam na czole delikatny pocałunek.

Kocham ją i kocham jej zapach.

Wiem, że to, co chcę zrobić, jest zabronione, ale nie dbam o to. Już nie. Bez niej nic się nie liczy, nic nie ma sensu.

– Odzyskam cię, moja słodka – szepczę jej do ucha, pewny, że mnie słyszy. – Nie popełnię drugi raz tego samego błędu, masz moje słowo. Nie spocznę, dopóki nie sprowadzę cię z powrotem, tylko nie odchodź zbyt daleko, dobrze? Czekaj cierpliwie, kochanie, już niedługo znów będziemy razem.

Gdy po długich godzinach odnajduję jej duszę, czuję, że nareszcie mogę oddychać.

Lecz to, co od niej słyszę, odbiera mi wszelką nadzieję.

– Nie, mój kochany – mówi, z trudem poruszając sinymi wargami. – Nie chcę wracać, nie chcę żyć. Zabierz mnie do mojego drzewa, do Róży, pochowaj mnie obok naszej córki. Kocham cię, Marku, ale musisz pozwolić mi odejść.

Jest taka piękna, taka uparta.

I taka martwa.

Odrzucam łopatę, grzbietem dłoni ocieram zroszone potem czoło. Dół wydaje się dość głęboki. Jeszcze raz spoglądam na ciało żony, noszące już pierwsze oznaki rozkładu, i zaraz odwracam wzrok. Szybko ocieram oczy.

– To nic, kochana – mówię zdławionym głosem. – Jeszcze się spotkamy, zobaczysz. Znów będziemy razem. Nie w tym, to w innym świecie. A teraz śpij.

Biorę ją w ramiona i bez trudu podnoszę z ziemi. Jest lekka jak piórko. Z namaszczeniem układam Lajlę na dnie dołu, poprawiam włosy, splatam dłonie i wsuwam w nie różany kwiat.

A potem wydostaję się na powierzchnię i zaczynam zasypywać grób. Mam wrażenie, że brzoza i dzika róża przyglądają się w milczeniu, jak moja żona znika pod kolejnymi warstwami ciemnej ziemi.

Nie mogę uwierzyć w to, co widzę. Stoję oniemiały ze zdumienia, a kwiaty wypadają mi z rąk i rozsypują się po ziemi.

Śnieżnobiałe liście szeleszczą na wietrze, od gładkiej kory odbijają się promienie słońca. Drzewo wygląda nieziemsko, zwłaszcza pień porośnięty fiołkowym mchem. Na jego drobnych listkach lśnią kropelki porannej rosy, przywodząc na myśl usiane gwiazdami, fioletowe niebo.

Demony, które opętały Lajlę, teraz zmieniają brzozę, rytuały oczyszczające nie zdołały ich wygnać. Nagle przypominam sobie mój dawny żart o krwi driad płynącej w żyłach żony.

Ale teraz wcale nie jest mi do śmiechu.

Coś we mnie pęka.

Dopadam do dzikiej róży, szarpię za ciernistе gałęzie i próbuję wyrwać krzak z korzeniami.

– To twoja wina! – drę się jak szaleniec. – Wszystko przez ciebie! Gdyby nie ty, teraz byłaby tu ze mną, chciałaby żyć! Dlaczego musiałaś umrzeć, dlaczego mi ją odebrałaś? Dlaczego?!

Długie, giętkie pędy bezlitośnie smagają mnie po plecach, do krwi rozdrapują mi skórę na ramionach i policzkach.

Nie czuję nic. Tylko obezwładniający ból i bezsensowny gniew.

Siedzę na podłodze pod ścianą salonu, słuchając krystalicznie czystych dźwięków pozytywki. Wszystko jest inaczej. Dom stał się pusty i cichy. Nie słychać w nim śpiewu Lajli ani płaczu Róży, z kuchni nie dochodzi ostra woń pieprzu i imbiru. Melodia kołysanki brzmi obco i fałszywie, a widok szklanej kuli nie fascynuje nikogo, nie wywołuje już niczyjego uśmiechu. Budzi we mnie jedynie tęsknotę i cierpienie. Czuję, że nie wytrzymam, poczucie winy trawi mnie od środka, zmienia serce w krwawiący strzęp wspomnień. Nie mam już nic. Zostałem sam z umysłem pełnym upiorów przeszłości, sam w piekle mojej tragedii, którą przeżywam wciąż i wciąż, w kółko, bez końca, bez wytchnienia.

Na tym właśnie polegają piekła. Na ciągłym powtarzaniu.

Jestem potwornie zmęczony, a tłoczące się pod czaszką myśli sprawiają, że chce mi się wyć. Jedyne, czego pragnę, to zasnąć, ale bez snów, bez koszmarów, bez strachu, że znów przeżyję to wszystko na nowo. Po prostu zamknąć oczy i delektować się ciemnością, ciszą, niemyśleniem, wyłączyć się, ochłonąć, wyczyścić umysł...

Po prostu zapomnieć.

Rozpaczliwie chwytam się tego rozwiązania, przecież nie mam już nic do stracenia. Absolutnie nic.

Niepamięć to wybawienie.

Niepamięć mnie wyzwoli.

– To nie jest dobry pomysł – mówi Feliks, w zamyśleniu mierzwiąc rudą czuprynę. – Karev, ty się nie pogodziłeś z ich stratą, usunięcie tych wspomnień niczego zmieni.

– Dlaczego?

– Twój ból jest zbyt silny, za bardzo za nimi tęsknisz... To wróci do ciebie jak bumerang, musiałbym...

– Co? – pytam żywo. Zrobię wszystko, żeby zapomnieć. – No mów!

Patrzy na mnie oczami koloru piasku, milczy długo, zaciskając usta.

– Musiałbym użyć naprawdę gęstej mgły niepamięci. Ale to nie jest wskazane. Już pomijam fakt, że twoja osobowość może ulec całkowitej zmianie i że najpewniej nie będziesz w stanie gromadzić nowych wspomnień. Najgorsze niebezpieczeństwo stanowią twoja rozpacz i tęsknota, bo mimo wyczyszczonego umysłu one w tobie pozostaną, rozumiesz? Zaczniesz szukać Lajli, choć nie będziesz jej pamiętał. Nie będziesz wiedział, kim ona jest, nie będziesz rozumiał swojego pragnienia, by ją odzyskać. I choć zrobisz wszystko, by poznać tajemnicę, nie dasz rady dopasować elementów układanki, ta nierozwiązana zagadka doprowadzi cię do szaleństwa. Wpadniesz w obłęd.

– To pewne?

– Bardzo prawdopodobne.

– Ale nie wiesz na sto procent. Zatem zaryzykuję.

– Karev, ty potrzebujesz terapii...

– Zaryzykuję! – powtarzam z naciskiem. Też potrafię być uparty. – Już jestem bliski obłędu! Od pół roku chodzę na terapię, ale ona nic nie daje i dłużej tego nie zniosę! Nie chcę ich mieć w mojej głowie ani chwili dłużej, słyszysz, co mówię?

– Słyszę.

– Więc zachowaj się jak przyjaciel i pomóż mi zapomnieć.

Mijają wieki, nim odzyskuję przytomność. Budzę się powoli, w uszach dzwoni przeraźliwie, mózg kipi pod obolałą czaszką, kruchą tak, jakby kości zastąpiło cienkie szkło. Kolejne sto lat później białe światło, które zalało moją świadomość oślepiającą strugą, wreszcie przygasa, a myśli wypełniają mgły i cienie. Staram się je przegonić, są jednak bardzo powolne i bardzo uparte. Resztki wspomnień walają się bezładnie na dnie pustego umysłu jak rozsypane puzzle. Mimo najszczerszych chęci nie umiem poskładać ich z powrotem w całość. Są niekompletne, z chirurgiczną precyzją wykrojone z kontekstu. Skalpel niepamięci ciął pewnie i czysto, nie pozostawiając żadnych wskazówek, żadnego punktu zaczepienia dla jakichkolwiek domysłów. Za cholerę nie jestem w stanie dostrzec większego obrazu czy jakiegoś wzoru, który pozwoliłby domyślić się, co widnieje na brakujących elementach. Brakuje zbyt wielu, bym mógł dopowiedzieć sobie resztę. Zupełnie jakby ktoś zaczerpnął dłonią i wyrwał mi pamięć z korzeniami, zostawiając tylko kilka suchych liści, ostrych cierni i garść ziemi. Okruchy wspomnień grzechoczą cicho na dnie czaszki jak ostatnie ziarenka piasku w rozbitej klepsydrze. Wiem, że gdzieś tam są, lecz nie mam do nich dostępu.

Otwieram oczy i spoglądam w górę.

Wygięte i poskręcane drzewo ma wyraźny kształt nagiej kobiety. Wściekły jesienny wiatr rozwiewa jej gałęziste włosy. Liście są białe i zaskakująco bujne, jak na tę porę roku. Niebo zakrywają chmury, które pędzą tak szybko, że ulegam niezwykle przekonującemu złudzeniu i widzę niemal, jak konary ramion omdlewają, pień ugina się i drzewna kobieta traci równowagę, pada na ziemię, wciąż, bez końca, nieodwołalnie.

Mozolnie dźwigam się na zdrętwiałe nogi. Stawy stękają z wysiłku, a w mięśniach czuję nieprzyjemne mrowienie. Wiatr przedziera się przez przemoczone ubranie, zimny i przenikliwy jak oddech królowej lodu. Przytrzymuję się drzewa porośniętego fiołkowym mchem. Czarne plamy wirują mi przed oczami, czuję, jak kolana uginają się pode mną zdradliwie. Wiem, że jeśli teraz zrobię choć krok, wyląduję w błocie szybciej, niż wstałem. Obejmuję pień ramionami i czekam, aż miną zawroty głowy, a wzrok z powrotem odzyska ostrość. Mech łaskocze mnie w policzek, a w jego delikatnym zapachu jest coś kojącego i uspokajającego. Z niewyjaśnionych przyczyn kora pachnie pieprzem i imbirem. Z czymś kojarzy mi się ta woń, tak, z czymś ważnym... Ale nie pamiętam, z czym.

Nie pamiętam nic.

Amnezja mija powoli. Wiem już, kim jestem, jak się nazywam i czym się zajmuję. Rozpoznaję Feliksa, mojego przyjaciela. Pamiętam go dobrze, potrafię przywołać wszystkie nasze rozmowy od dnia, kiedy spotkaliśmy się po raz pierwszy. Wyjaśnił mi, że kupiłem ten dom od jakiegoś młodego małżeństwa, stąd ten pokój dziecięcy, kołyska i inne klamoty, których pochodzenie do tej pory było dla mnie prawdziwą zagadką. Podobno miałem wypadek, w wyniku którego straciłem pamięć, lecz Feliks twierdzi, że niedługo będę mógł wrócić do pracy. Nazywam się Marek Karewicz, jestem nekromantą i demonologiem, pracuję dla Wydziału Opętań i Nawiedzeń. Przyjaciele mówią mi Karev.

Wiem coraz więcej.

Nie rozumiem tylko, dlaczego drzewo w ogrodzie tak bardzo się zmienia. Zrobiło się całe czarne, obawiam się, że umiera. Szkoda. Bardzo je lubię, choć wygląda upiornie. I ten zapach... Nie ma już mchu, lecz w powietrzu wciąż unosi się ostra, intensywna woń przypraw, oczami wyobraźni wciąż widzę fiołkowe listki upstrzone kropelkami rosy.

Być może to głupie, ale tęsknię za nimi, czuję, jakbym utracił coś ważnego.

Mam koszmary. Widzę kaskadę loków o barwie dojrzałych wiśni, czuję zapach pieprzu i imbiru, widzę rozgwieżdżone fioletowe niebo.

Boję się, że wariuję.

Nie wiem, kim ona jest. Feliks mówi, że to tylko fantazja. On nie rozumie.

Ja muszę ją odnaleźć.

Drzewo w kształcie mdlejącej kobiety czerni się na tle granatowego nieba. Spowijający je mrok jest ciemniejszy od panującej wokół bezksiężycowej nocy, tak głęboki i gęsty, że zdaje się spijać blade światło gwiazd. Nagły trzask niesie się echem w nienaturalnej ciszy, jaka panuje w ogrodzie, a błysk na moment oświetla kłębowisko martwych ptaków, które otaczają pień makabrycznym pierścieniem.

Ostrożnie pochylam się nad jednym z truchեł. Delikatnie trącam zakurzone skrzydło czubkiem buta, a ono natychmiast rozsypuje się w proch. Po chwili białe światło znów rozjaśnia noc na ułamek sekundy. Kolejny ptak ląduje u moich stóp. Dym snuje się spomiędzy zwęglonych piór, a oczy broczą gęstą posoką. Zafascynowany obserwuję, jak szary strzęp ptasiej duszy opuszcza ciało i płynie w powietrzu prosto w ramiona drzewnej kobiety. A potem wślizguje się przez szparę w korze, tak bardzo przypominającą rozchylone do krzyku usta.

– Jesteś głodna – mruczę z nagłym zrozumieniem. – Dlatego umierasz. Nie martw się, pomogę ci. Muszę cię tylko nakarmić.

Jest taka piękna.

Usta, skóra, całe ciało, wszystko w niej emanuje mocą. Czuję znajome, drobne wyładowania, gdy jej dotykam, gdy przesuwam palcami po szyi, a kiedy całuję, przepływa przeze mnie ciepły prąd energii. Znam to. Tęsknię za tym. Wydaje się idealna.

Lecz po chwili czar pryska jak mydlana bańka i widzę ją taką, jaką jest naprawdę. Nie przypomina kobiety, której szukam. Długie włosy są jasne, nie wiśniowe, nie pachną pieprzem i imbirem, a tęczówki, choć błyszczą od magii, wcale nie przypominają fiołkowego nieba usianego miliardem roziskrzonych gwiazd.

Nie te oczy. Nie ten zapach. Nie ta czarownica.

– Jesteś taka piękna – mówię smutno, odgarniając z jej czoła niesforny złoty kosmyk. – Ale to nie ciebie szukam. To nie ty. Przepraszam. Tak bardzo mi przykro.

Muskam jej wargi, ocieram łzy z policzków, a potem delikatnie przygarniam do siebie. Wiem, że cierpi. Nie powinienem był jej kusić, nie powinienem niczego obiecywać.

– Tak mi przykro – powtarzam szeptem. Czuję, jak drży. Serce mi się kraje na myśl o tym, co będę musiał zaraz zrobić. – Nie chcę cię krzywdzić, ale ona cię potrzebuje, kona z głodu, zrozum. Wybacz mi, proszę. Wybacz.

Nie widzi, co trzymam w ręku, i nie próbuje się wyrywać, zaczyna krzyczeć dopiero, gdy wbijam jej ostrze pod żebra.

Gdy ją puszczam i wyszarpuję nóż, dziewczyna łagodnie osuwa się na ziemię, w sam środek mojego kręgu. Próbuje zatamować dłońmi uchodzącą z niej czerwień, lecz tej jest zbyt wiele, płynie zbyt szybko. Odwracam wzrok, szepcząc formułę. Krąg wybucha nagle krwistymi płomieniami, magiczne wzory żarzą się jak rozpalone węgle i spopielają trawę.

Dostrzegam strużkę srebrzystego światła, która opuszcza jej ciało, i już wiem, że mi się udało. Dusza czarownicy płynie prosto w objęcia mojej driady, po czym znika w ustach z kory.

Następne zaklęcie jest dużo trudniejsze, z wysiłku padam na kolana, ale nie przerywam inkantacji, szemrzę coraz mniej wyraźnie, lecz nie milknę nawet na moment. Nie mogę powstrzymać uśmiechu, gdy widzę, jak pień pęka wzdłuż, tworząc szeroką szczelinę, z której sączą się wąsy wiśniowej mgły. Oplatają ciało dziewczyny jak gigantyczne węże i wciągają je do wnętrza drzewa.

Gdy jest po wszystkim, na zasklepionej korze nie ma nawet rysy.

– Podoba ci się? – pytam driady i czule głaszczę smoliste korzenie. Moc wibruje pod moimi palcami.

Podoba jej się.

– Smakuje ci? Chcesz więcej, prawda?

Chce więcej.

Kona z głodu. Muszę ją karmić.

Są na moim tropie.

Wiedzą, że mam coś wspólnego ze zniknięciami tych wszystkich czarownic, dzisiaj wezwali mnie na przesłuchanie.

Nie chcę uciekać, nie chcę opuszczać mojej driady, po prostu nie potrafię. Kocham ją i pragnę, by żyła. Jeśli odejdę, przestanę ją karmić, a myśl o tym, że zginie, spędza mi sen z powiek. Ale jeśli zostanę, dorwą mnie. Nie zrozumieją, że robię to dla niej, nie będą chcieli słuchać, rozdzielą nas, a tego nie przeżyję. Ona też nie.

Nie wiem, co robić. Bez celu błąkam się po ogrodzie, przedzieram przez kruche krzewy, depczę pożółkłe trawy, chodzę w kółko, bezskutecznie próbując wymyślić jakieś rozwiązanie. Wreszcie zrezygnowany przysiadam na cembrowinie fontanny, chowam twarz w dłoniach.

Za plecami słyszę cichutki chlupot, na karku czuję drobne kropelki. Obracam się i zerkam na figurę. Kamienna rusałka ma skrzydła jak u ważki, włosy tak długie, że owijają się wokół jej stóp, a z dwóch dzbanów, które trzyma w rozpostartych ramionach, spływają bliźniacze strużki wody. Pochylam się, chcąc opłukać twarz... i wtedy znajduję odpowiedź.

W rozkołysanej tafli odbija się czubek drzewa o nagich gałęziach i korze czarniejszej niż sama noc.

Ależ oczywiście, przecież to takie proste! Jest jedno miejsce, w którym nic nam nie grozi, gdzie nic i nikt nie zdoła nas już rozdzielić!

Lustro.

Muszę tylko przejść na drugą stronę i znaleźć odbicie mojej pięknej driady.

Zrywam się na równe nogi, pędzę przez ogród, dopadam do niej i przytulam z całych sił, chłonąc ostrą woń pieprzu i imbiru.

Kocham ją i kocham jej zapach.

– Jeszcze się spotkamy, zobaczysz – szepczę, muskając wargami tętniącą magią korę. – Znów będziemy razem. Nie w tym, to w innym świecie.

Wspomnienia Kusiciela przelatywały przed oczami szamanki z prędkością błyskawicy, migały jedno po drugim jak w świetle stroboskopu. Głosy i dźwięki zlewały się ze sobą w jeden ogłuszający gwar, potęgowany jeszcze przez natrętne echo.

A potem znów wszystko zgasło i nastała cisza, a czas, chociaż powrócił do tu i teraz, tym razem postanowił nienaturalnie wyhamować.

Kula ociężale wytoczyła się z palców Karewicza i ruszyła ku ziemi, z trudem pokonując opór zgęstniałego powietrza. Płynęła w dół, jakby z wolna opuszczana na niewidzialnej nici, aż wreszcie wtopiła się w smolisty korzeń drzewa. Trzask pękającego szkła przedłużał się w nieskończoność, brzmiał jak tubalny, gardłowy pomruk. Roziskrzone drobinki uleciały na wszystkie strony niczym rój wyjątkowo ospałych świetlików, a większe kawałki koziołkowały w powietrzu, co chwilę pobłyskując refleksami czerwonego światła. Rozgrzane kamienie zasyczały przeciągle, gdy skropiła je woda zmieszana z brokatem, a nad nimi rozkwitły białe obłoki pary.

Dopiero wtedy świat przyśpieszył.

Ida pierwsza obudziła się z transu i ze zdumieniem poczuła, jak grunt dygocze pod jej stopami. Nie czekając, aż Kusiciel oprzytomnieje, z całej siły strąciła z siebie zdiablone dziecko, a ono natychmiast rzuciło się na nią, błyskając wampirzymi kłami. Dziewczyna uchyliła się, kopnęła stwora, lecz nie zdążyła zobaczyć, gdzie upadł, wszystko dookoła przysłoniła czerwona mgła i tumany pyłu. Lustrzane piekła zadrżały tak mocno, że Ida ledwo zdołała utrzymać się na nogach. Dla równowagi przywarła do czarnego pnia, lecz nagle kora zaczęła pękać, a w górze wśród gałęzi rozległ się ogłuszający ryk. Szamanka odskoczyła od drzewa, zahaczyła butem o wystający kamień i o mało nie padła jak długa. Spojrzała w górę.

Driada bezładnie machała ramionami konarów, korona z szumem przecinała rozedrgane powietrze, gałęzie łamały się i leciały w dół, dymiąc i posykując jak laski dynamitu. Cały pień pękał, powstające w nim szczeliny odsłaniały rozognione, bijące serce drzewnej kobiety.

– Uważaj! – wrzasnął Pech, gdy ogromny płat kory oderwał się z trzaskiem od cielska driady i runął prosto na Idę. Uskoczyła, wykonując pokraczny pad przez bark. Przeturlała się po ziemi i przypadła do niej, zasłaniając głowę ramionami. Zadudniło, sypnęło drzazgami, powietrze nasiąknęło nową porcją pyłu. Szamanka w ostatniej chwili uciekła z rozstępującego się gruntu i zaczęła pełznąć w stronę Mikołaja. A przynajmniej taką miała nadzieję, nie widziała prawie nic, nie mogła nawet dostrzec wyciągniętej przed siebie ręki. Przez pomruk pękającej ziemi słyszała, jak Kusiciel krzyczy coś do demonów, a tuż obok niej, wśród kłębów wiśniowej mgły i rudego kurzu, skrzeczało niemowlę.

Ida sapnęła z ulgą, gdy wreszcie doczołgała się do czarodzieja. Siedział skulony wśród korzeni, zasłaniał uszy i kiwał się w przód i w tył. Jak katatonik. Chwyciła go za ramię, a on odtrącił ją brutalnie i z wrzaskiem. Był przerażony.

Złapała za łączącą go z drzewem pępowinę, pociągnęła silnie, ale ta trzymała mocno, uginała się pod palcami jak gumowy wąż i uparcie wymykała z rąk. Pech wyskoczył z włosów szamanki i zaczął rozdrapywać naczynie ostrymi szponami. Zatapiał w nim kły i szarpał łbem, wściekle bijąc skrzydłami. Dziewczyna sięgnęła po garść ziemi i roztarła ją w dłoniach, po czym znów ujęła pępowinę, zaparła się, uwiesiła na niej całym ciężarem. Nic z tego, śliskie mięso znów jej uciekło, a ona straciła równowagę i runęła w trawę. Dopiero gdy spróbowała wstać, poczuła, że coś ukąsiło ją w udo. Zerknęła w dół. Z rosnącej plamy krwi na nogawce sterczał gruby, zakrzywiony kawałek szkła z rozbitej kuli. Chwyciła go bez zastanowienia, wyciągnęła z rany, po czym zerwała się na równe nogi i podbiegła do Mikołaja, lekko powłócząc zranioną nogą.

Dopadła do niego i zaczęła przecinać naczynie, a Pech pazurami rozdrapywał powstałą szramę i wkrótce od wolności dzielił ich już tylko cienki, ociekający krwią strzęp. Ostry odłamek kaleczył dłoń Idy, wbijał się głęboko w skórę, lecz dziewczyna odurzona adrenaliną nie czuła bólu i nie przestawała ciąć.

Wreszcie naprężona uwięź puściła. Wystrzeliła jak z procy, pomknęła w stronę drzewa i z głośnym mlaśnięciem uderzyła o pień.

– Chodź! – wrzasnęła szamanka, próbując zmusić Mikołaja, by wstał. Nadal był w szoku, uderzył ją i próbował kopnąć.

Miała dość.

Zanim zdążyła pomyśleć, co robi, trzasnęła go w twarz nasadą dłoni i poprawiła na odlew. Coś chrupnęło nieprzyjemnie, chyba złamała czarodziejowi nos, krew obficie zalała mu usta i pociekła po brodzie. Ale pomogło. Jedyne oko spojrzało na nią dużo przytomniej, a mętna biel zniknęła, odsłaniając niebieską tęczówkę.

– Ida – wykrztusił, nagle ją rozpoznając. – Gdzie my...

– Później – przerwała mu ostro i pomogła wstać. Zatoczył się natychmiast, więc przytrzymała go i objęła w pasie. – Teraz musimy spierda...

Nie dokończyła.

Sklepienie pękło z hukiem jak tafla topniejącego lodu i cisnęło w nich gradem burgundowych odłamków.

Siewca Kuźmik twierdził, że kiedy Kusiciel odzyska klucz, utracona pamięć natychmiast powróci, a świat stworzony na fundamentach zapomnienia legnie w gruzach. Ida uznała te słowa za ładną i obrazową metaforę.

Nie spodziewała się, że lustrzane piekła naprawdę zaczną się walić.

Ziemia drżała w posadach, powstające w niej rozpadliny osiągały takie rozmiary, że szamanka i czarodziej woleli biec naokoło, niż próbować je przeskoczyć. Przedzierali się przez skotłowane morze diabłów, które skowyczały dziko i eksplodowały wokół nich, tryskając gorącym, miedzianym deszczem posoki. Pech też nie miał łatwo. Rozpaczliwie trzepotał skrzydłami, pikował, wzlatywał w zamglone powietrze i skręcał gwałtownie, manewrując między kawałkami sypiącego się nieba.

Dom Kusiciela czerwienił się coraz bliżej, rósł w oczach w miarę, jak się zbliżali. Jeszcze trochę, jeszcze tylko kawałek. Dwadzieścia kroków, dziesięć, pięć...

Pech szurnął nad głową Idy i wleciał przez uchylone drzwi, tymczasem ona i Mikołaj wbiegli na schody.

Stopnie znikały tuż za nimi jak za dotknięciem czarodziejskiej różdżki, a weranda obracała się w stertę szkarłatnych drzazg, gdy tylko odrywali nogi od desek. Wpadli do środka sekundę przed tym, jak daszek runął z trzaskiem i doszczętnie zatarasował wejście. Nie patrząc za siebie, popędzili przez walący się korytarz.

W salonie wcale nie było bezpieczniej. Ściany i sufit wibrowały, sypały tynkiem, próchnem i ceglanym pyłem. Fortepian zagrzmiał tubalnie, podskakując na topniejącym dywanie, po czym rozpadł się na tysiące ziarenek karminowego piasku. Kominek rzygnął popiołem i sadzą, a regał złożył się, półka po półce, jak domek z kart.

– Tutaj! – wrzasnął Pech. Siedział na szczycie lustra, uskakując co chwilę przed kolejnymi porcjami gruzu. – Szybciej!

Dziewczyna mocniej objęła słabnącego Mikołaja, który z każdą chwilą stawał się coraz cięższy. Zamroczyło ją, gdy oberwała w skroń kawałkiem cegły i o mało nie wylądowała na kolanach, kiedy potknęła się o kolejny. Była pewna, że minęły całe godziny, zanim dowlokła czarodzieja na drugi koniec pokoju.

– Właź – wydyszała z trudem, wyślizgując się spod jego ramienia. – No właźże, nie zmieścimy się razem!

Popatrzył na nią z lękiem w oku, a Ida zaklęła szpetnie i pchnęła go resztkami sił. Wpadł w otwarte lustro i zniknął w kłębach wiśniowej mgły. Dziewczyna już miała podążyć za nim, lecz wtedy niszczejący świat Kusiciela raptownie podskoczył i stanął na głowie.

Szamance zajęło chwilę, by stwierdzić, że piekła, mimo błyskawicznego tempa, w jakim popadały w ruinę, jednak nie zmieniły pozycji. To ona leżała. I nie mogła się ruszyć, jej skostniała dusza przymarzała do podłogi.

Niepokojąco znajome uczucie.

– Ida! – darł się Pech i szarpał ją za kaptur bluzy. – No nie wygłupiaj się, dziewczyno, nie rób mi tego, na Mrok, nie teraz! Prawie nam się udało, wstawaj mi w tej chwili! Masz natychmiast przestać tracić kolor, słyszysz?!

Nie słyszała ani słowa, żadnego dźwięku.

Tkwiła tak w kompletnej ciszy, całkowicie pozbawiona czucia, dopóki nie dotarł do niej stłumiony głos z drugiej strony lustra.

Głos Kruchego.

– Zdejmij z niej zaklęcie! – wrzeszczał gdzieś w innym świecie i innym czasie. – Zdejmuj to pierdolone zaklęcie, bo cię tu zatłukę, skurwysynu!

Aha. Już wiedziała, co się stało.

– Siewca – szepnęła sinymi ustami.

– Co mówiłaś? – zapytał gorączkowo Pech. – Powiedz jeszcze raz, bo nie zrozumiałem.

– Zimno mi. Tak strasznie zimno, tak zimno...

Powtarzała te słowa uparcie jak zaklęcie, jak mantrę, aż wreszcie gdzieś w dole jej brzucha zaczął rosnąć kłębek gorącej energii. Pęczniał, puchł nieśpiesznie, aż w końcu pękł niczym mydlana bańka, a ciepło rozeszło się po jej duszy rytmicznymi, łagodnymi falami. Mrowiło i szczypało przyjemnie.

Wiedziała, co to za uczucie, rozpoznała więzy łowcy. Ogrzewał ją, nie pozwalał zamarznąć.

– Ida! Ja ci zabraniam umierać, słyszysz?!

A przynajmniej próbował.

Szamanka wiedziała jednak, że jego wysiłki spełzną na niczym. Kruchy wypowiedział słowa z jej proroczego snu, wieszczba właśnie się dopełniała. Na dodatek wyglądało na to, że Idę miało ominąć nie tylko życie, ale i własna śmierć. Cóż, nauczona doświadczeniem powinna przewidzieć, że szlag wybierze sobie najmniej odpowiedni moment na to, by ją w końcu trafić. No bo żeby akurat teraz, kiedy jest o krok, dosłownie, kurwa, jeden mały krok od celu?! Naprawdę nie dało się wytrzymać ciut dłużej? Wtedy mogłaby przynajmniej umierać z zimna ze świadomością, że uratowała duszę czarodzieja. No i własną przy okazji.

Była tak wściekła i rozgoryczona, że miała ochotę się rozpłakać. A zresztą, czemu nie, teraz już przecież można. Należy jej się. Ostatnia chwila słabości. Ostatnia chwila w ogóle.

Płakała więc cicho, a łzy zamarzały na jej ośnieżonych policzkach.

Tymczasem piekła rozprysły się tak, jak wcześniej szklana kula. Szamanka i jej Pech dryfowali przez czarną nicość na tratwie z kilku podłogowych desek i podziwiali drzewo otoczone delikatną, fiołkową poświatą. Płynęło nieśpiesznie wśród ciemnych odmętów, oddalając się od nich coraz bardziej. Ida nie była pewna, ale chyba dostrzegła pod nim Kusiciela, wydawało jej się, że widziała rubinowe punkciki oczu lśniące w cieniu szerokiego kaptura. Okruchy lustrzanego świata wirowały leniwie wokół malejącej driady jak chmura iskier, osiadały na jej gałęziach jak rozmigotany, brokatowy śnieg.

A potem cyt, iskierki gasły jedna po drugiej. Cyt, cyt.

Tssssss...

I nic już nie było czerwone.

Rozdział dziewiąty

Koniec pieśni

Gdzie ona jest?! – wrzasnęła Tekla, szarpiąc za ramiona szarowłosego mężczyznę o twarzy przeciętej długą blizną. Wyglądał, jakby zaraz miał zemdleć, chwiał się na nogach blady jak ściana, a źrenice jego oliwkowych oczu były rozszerzone z przerażenia.

– Siewca – wydusił słabo i wskazał w głąb korytarza. – Siewca zabarykadował się z nią w piwnicy...

– Żyje?

– Nie wiem, nie mogłem tam wejść.

Kruchy zatrzasnął klapkę telefonu i podszedł do nich szybko.

– Wsparcie będzie za dziesięć minut – oznajmił.

– Dopiero? – warknęła ciotka. – Nie mamy czasu!

– A kto powiedział, że zamierzam na nie czekać? – Łowca zdusił jej protesty w zarodku i zerknął na Ducha. – Mówisz, że nie da się przejść przez te drzwi nawet w niematerialnej postaci?

Szarowłosy pośpiesznie pokiwał głową.

– Próbowałem wielokrotnie – wymamrotał. – Ale nie chcą mnie przepuścić. Ściana też nie. Coś mnie odpychało, coś tak zimnego, że aż dusza mi skostniała...

– Pomniejsze demony – mruknął łowca.

– Co? – Choć wydawało się to niemożliwe, Duch zbladł jeszcze bardziej. Oboje z ciotką w napięciu patrzyli, jak Kruchy ostrożnie dotyka klamki i zdrapuje z drewna kawałek farby.

– Pomniejsze demony blokują wstęp do piwnicy. Są zaklęte w każdą cegłę, belkę i deskę w drzwiach. To pewnie robota Karewicza, w końcu był nekromantą.

– Co Chrupki zamierza? – dopytywała się Tekla.

– Zamierzam je wykurzyć.

Nie tracąc na wyjaśnienia ani chwili więcej, łowca zrzucił plecak z ramion i szybko przeszukał jego zawartość. Wyciągnął pędzel o sztywnym włosiu i pękaty flakon z grubego szkła. Zdjął korek zębami, w powietrzu uniósł się drażniący zapach szpitala. Kruchy zamoczył pędzel w substancji, która kolorem i konsystencją przypominała smołę, po czym zaczął starannie kreślić skomplikowany wzór na podłodze przed drzwiami do piwnicy. Ciotka i Duch obserwowali go w milczeniu.

Gdy skończył, znów sięgnął do plecaka i położył na podłodze kilka czerwonych paciorków. Na koniec zaś wydobył gruby metalowy krążek, przypominający miedzianą, zaśniedziałą monetę wielkości dłoni. Pośrodku niego tkwił gładko oszlifowany czarny kryształ, a dookoła brzegu widniały głębokie nacięcia, które układały się w dziwaczne litery.

– Co to za znaki? – zainteresował się szarowłosy.

– Runy.

– Aha. A kamień?

– Serafin.

– Aha. Znaczy co?

– Inaczej rozpraszacz.

– Eee... aha. A całe toto razem?

– Bomba.

Ciało wcale nie przeszkodziło Duchowi stać się przezroczystym. Krew całkiem odpłynęła mu z twarzy, a jego biała dłoń kurczowo ścisnęła materiał koszulki w okolicach serca.

– No czyś ty do reszty...

– To na demony, dla ludzi jest nieszkodliwa – przerwał mu Kruchy. – To znaczy jest, ale nie tak jak zwykły ładunek. Będziemy się musieli schować, żeby nam dusz nie rozerwało, jednak wybuch będzie wyłącznie niematerialny. – Zerknął na szarowłosego. – Wyluzuj, stary. Skupić na tobie wzroku nie można, tak się trzęsiesz z nerwów.

– Też się trzęsę – wycedziła Tekla.

– Więc też wyluzuj.

Ciotka zacisnęła usta w ciasną linijkę i zaczęła po swojemu maszerować w tę i z powrotem.

– No i nici z elementu zaskoczenia – mruknął Kruchy, gdy głośne stukanie jej trzewików poniosło się echem po ogromnym holu. Kobieta przystanęła gwałtownie i spojrzała na łowcę. – Ależ nie przeszkadzaj sobie, stukaj dalej, stukaj. Na cholerę mi cisza. Jeszcze bym się przypadkiem mógł skupić na tym, co robię, i nie daj Boże, uratował życie czyjejś siostrzenicy.

Tekla prychnęła pod nosem, zajęła miejsce pod ścianą i skrzyżowała ramiona na chudej piersi. Zdążyła też otworzyć usta, gotowa skontrować przytyk łowcy jakąś jadowitą uwagą, lecz nie zdążyła wydobyć z siebie głosu.

Eksplozja była zupełnie bezgłośna.

Potężny podmuch lodowatego powietrza zjawił się znikąd, poraził całą trójkę i odrzucił ich od drzwi piwnicy, a cały dom siewcy zapomnienia zatrzeszczał w posadach.

– No i ło, zaś nawywijał – skomentowała gderliwie ciotka, strzepując śnieg z ramion i bezskutecznie próbując stanąć na skostniałych nogach. – Przecież miało nie być żadnego wybuchu!

Kruchy nie odpowiedział, westchnął tylko, co dla kobiety było równoznaczne z przyznaniem się do winy.

– Tyle dobrego, że przestał się mądrzyć. Słucham zatem: co poszło nie tak? No, słucham. Ej, Chrupki, do niego mówię!

Nadal się nie odzywał, a jego mina, która w pierwszej chwili wydała się Tekli wyrazem skruchy, zaczęła ją teraz mocno niepokoić. Gapił się przed siebie w zupełnym bezruchu. Szybko machnęła mu ręką przed twarzą. Oj, niedobrze, w ogóle nie reagował, musiał nieźle oberwać. Nie patrzył na ciotkę, tylko przez nią, na przestrzał, stalowe oczy dosłownie przebijały jej ciało na wylot, zupełnie jakby...

Natychmiast zerknęła w dół.

A łowca nadal nie odrywał wzroku od ściany. Na jej jasnym tle odznaczał się niewyraźny, blady zarys czarnej sukni. Topniał w oczach, rozsnuwał się jak dym.

Tekla zniknęła.

– Matko kochana, rozerwało jej duszę! – wykrzyknął Duch i odruchowo odsunął się jak najdalej od miejsca, w którym leżała jeszcze przed momentem.

– Nie, wybuch nastąpił w piwnicy – wychrypiał z trudem łowca. – Do nas dotarła tylko fala uderzeniowa. Tekla straciła ciało, a to znaczy, że rozerwało Idę.

– Niech tak nie mówi! – wykrzyczała ciotka, choć i tak nie mogli jej słyszeć. – Musiało jej się udać! Znalazła Mikołaja i zabrała w zaświaty! Ocaliła i siebie, i jego!

Mimo że tak bardzo chciała w to wierzyć, z każdym słowem traciła pewność i nadzieję. To było zbyt nierealne, zbyt piękne, by mogło się ziścić. Jakie są szanse, żeby szamanka uwięziona w piwnicy przez wspólnika psychopatycznego mordercy zdobyła klucz do piekieł? Ba, jakie jest prawdopodobieństwo, by znalazła zwierciadło! Jakim cudem miałaby zdążyć przejść i wrócić z czarodziejem, zanim siewca wykończy jej ciało? W chwili śmierci dusza przeżywa to samo, co cielesna powłoka, a sądząc po mroźnym podmuchu z piwnicy, w przypadku Idy w grę wchodziła przemiana w bryłę lodu, a zatem...

Tekla zagryzła drżące wargi i mocno zacisnęła powieki, by zatrzymać cisnące się do oczu łzy.

Zatem nawet jeśli dziewczyna jakimś cudem dostała się do lustrzanych piekieł, to właśnie ją zamroziło. Szamanka utknęła po drugiej stronie i nie mogąc już dotrzymać nieśmiertelnej przysięgi, rozpadła się na miliardy drobniutkich okruchów.

Choć i tak wszystko najpewniej rozegrało się dużo prościej i szybciej. Dusza Mikołaja po prostu nie wytrzymała dłużej niewoli u Kusiciela i odeszła w niebyt, a Ida zgodnie ze swoim przyrzeczeniem podążyła za nią. Alternatywnych scenariuszy nie dało się zliczyć, a rzeczy, które w każdym z nich mogły pójść nie tak, było nieskończenie więcej.

Cokolwiek tam się stało, ciotka czuła w głębi duszy, że jej siostrzenica nie żyje.

I nagle poczuła coś jeszcze.

Wiatr Zaświatów.

– Nie teraz! – wyszeptała, próbując ignorować wołanie z drugiego brzegu. Rozwiewające ją podmuchy były bardzo silne, wiele wysiłku ją kosztowało, by nie dać się im unieść i pozostać po stronie żywych. – Jeszcze nie teraz... Nie, powiedziałam!

Nie mogła odejść, nie w takiej chwili. Musiała wiedzieć, musiała mieć pewność, jaki los spotkał Idę. Jej Idę.

– Zaklęcie mrożące – wycedził łowca, zrywając się z miejsca i dopadając do drzwi piwnicy. Bomba przywarła do nich z cichym trzaskiem, a czarny kryształ wysunął się na centymetr. – Ja ci, kurwa, dam zaklęcie mrożące! – Łupnął pięścią w kamień, a ten rozszczepił się na dziewięć równiutkich części. – Tekla, jeśli tu jesteś, uciekaj!

Kruchy skoczył do Ducha, wypchnął go z korytarza, a niewidzialna ciotka runęła za nimi. Zdążyli schować się za schodami zaledwie trzy sekundy przed kolejną eksplozją.

Najpierw rozległ się wybuch, potem zaskrzeczały demony, a wymalowana na podłodze Pieczęć zajaśniała oślepiającą bielą, trysnęła płomieniami i kłębami dymu. Po chwili Kapsułki zapulsowały delikatnym purpurowym światłem, a powietrze natychmiast skropliło się na ich lodowatej powierzchni.

Kruchy wystrzelił jak z procy, wypadł z kryjówki, pognał z powrotem. Kopnął w drzwi tuż nad klamką z taką siłą, jakby chciał się przez nie przebić. Puściły od razu, wystrzeliły z futryny, wyrywając z niej zamek, i głucho wyrżnęły o ścianę. Tak już zostały, uwieszone na przekrzywionych zawiasach.

Łowca wpadł do środka, Duch rzucił się zaraz za nim, lecz Tekla była szybsza, wpłynęła do piwnicy przed szarowłosym.

Siewcę znaleźli w drugim końcu pomieszczenia. Klęczał u stóp ogromnego lustra, pochylony nad zamarzniętą szamanką, i mamrotał kolejne zaklęcia. Tuż obok leżało ciało Karewicza. Porzucona w kącie świeca płonęła zimnym, jasnoniebieskim ogniem.

Ciotka kompletnie zignorowała Kusiciela, siewcę miała ochotę rozerwać na kawałki, a na widok Idy mimowolnie wstrzymała oddech. I wtedy dostrzegła kogoś jeszcze. Półprzezroczysty, poszarzały Mikołaj wisiał bezwładnie w powietrzu, a jego włosy i strzępy garnituru wznosiły się i opadały, jakby wprawiane w ruch niewidzialnym prądem wody.

Tekla zatrzymała się tak gwałtownie, że Duch wpadł jej w duszę. Wzdrygnęli się oboje, a gdy odrętwienie minęło, ciotka, niewiele myśląc, wskoczyła do ciała szarowłosego.

Tymczasem łowca wyszarpnął pistolet zza paska spodni. Przeładował szybko.

– Odejdź od niej! – wrzasnął do siewcy.

Rudowłosy mężczyzna bynajmniej nie przejął się jego słowami. Nie odsunął się, nie zmienił pozycji, nie przestał poruszać ustami. Popatrzył tylko przelotnie na Kruchego i Ducha, nieco dłużej zatrzymał wzrok na wycelowanej w niego lufie, po czym wzruszył ramionami.

– Odejdź. Od. Niej.

– I tak już za późno – wymruczał Szkudlarek z niewinnym uśmiechem. – Ona już jest... hmm... zimna.

Kruchy zerknął na szamankę. Wciąż oddychała. Bardzo wolno i płytko, ale oddychała.

– Niebyt niszczy ciało i duszę! – zawołał nagle Duch głosem Tekli. – Ida wyrwała Mikołaja z piekieł, widzę go, on jest tutaj! Oboje wciąż istnieją!

Zaskoczenie łowcy trwało tylko sekundę.

– Możesz go przeprowadzić? – zapytał szybko, wciąż mierząc w siewcę.

– Nie wolno mi, Ida przysięgała, że sama to zrobi – sapnęła ciotka. Czuła, jak Wiatr rozdmuchuje jej postać, jak wysysa ją z powłoki szarowłosego z siłą trąby powietrznej. – Nie dam rady dłużej tu zostać, muszę wracać... Powodzenia, Chrupki – zdążyła jeszcze powiedzieć, zanim porwał ją kolejny podmuch.

– Co to miało być?! – wydyszał Duch, raptownie odzyskując władzę nad ciałem.

– Opętanie – mruknął Kruchy. – Tak jakby.

Obaj spojrzeli na Szkudlarka. Nadal poruszał ustami i obserwował ich z wyraźnym zainteresowaniem.

– Dawno już nie gościłem tak pociesznej kompanii – skomentował beznamiętnie w przerwie między kolejnymi formułami. – Opętanie, powiadacie? Dokonane przez starszą panią, sądząc po głosie? Doprawdy, fascynujące.

– Dziękujemy. A teraz bądź łaskaw zdjąć zaklęcie z dziewczyny.

– Nie.

– Ty chcesz zaliczyć postrzał podczas próby ucieczki? – warknął łowca. – Cofnij zaklęcie.

Rudowłosy znów wzruszył ramionami.

– Cofaj!

– Obawiam się, że to niemożliwe.

Huknęło, siewca wrzasnął, łuska zabrzęczała o kamienną podłogę.

– Zdejmij z niej zaklęcie – powtórzył Kruchy. Mówił spokojnie i cicho, a jednak w jego głosie zabrzmiała nuta, której Duch przestraszył się znacznie bardziej niż wystrzału.

Szkudlarek nie odpowiedział. Leżał na boku i krzywił się z bólu, zaciskając dłonie nad krwawiącym kolanem.

– Nie rób scen, ledwie cię drasnąłem. I coś mi się zdaje, że za drugim razem mogę już nie być tak wspaniałomyślny. Zdejmuj zaklęcie.

– Jak go zastrzelisz, to niczego nie zdejmie – zauważył niepewnie Duch.

– O, to, to, to... – wyjęczał siewca. – Dobrze mówi...

– Musiałeś mu podpowiadać? – zakpił łowca. A potem podał pistolet towarzyszowi, na co ten aż odskoczył.

– Oszalałeś? Ja w życiu nie miałem tego w rękach, chcesz, żebym nas tu wszystkich pozabijał?

– A po co od razu wszystkich. Celuj w tego gada i będzie cacy.

– Nie dawaj mi do ręki czegoś, co zaraz może wypalić! – zaprotestował szarowłosy. – Ja z nerwów zaciskam palce, pociągnę za spust nie wtedy, co trzeba, i ci odstrzelę głowę! Albo sobie co gorsza...

Kruchy schował broń za pasek i ruszył w stronę siewcy.

– A ty dokąd? – spytał Duch.

– Niedaleko. – Łowca sięgnął do kieszeni. – Idę mu wpierdolić.

– Co ty? – stęknął Szkudlarek na widok tego, co czarnowłosy trzymał w dłoni. – Latarką będziesz mnie straszyć?

Kruchy bez słowa machnął ręką. Pałka teleskopowa rozłożyła się z trzaskiem.

– Aaaa, to przepraszam – zreflektował się siewca.

– Zdejmuj zaklęcie – wychrypiał łowca, stając nad nim. Baton pobłyskiwał złowrogo, odbijając nikły płomień świecy.

Oczy Szkudlarka zamigotały złotem.

– Przykro mi. Ja również złożyłem pewną przysięgę. Ukradła mi klucz, muszę ją zatrzymać, zanim...

Pałka przecięła powietrze, kreśląc srebrzysty łuk, i trafiła siewcę w obojczyk. Krzyknął, skulił się i zaraz potem wygiął do tyłu, gdy oberwał przez plecy. I znów się zwinął, kiedy udo zapulsowało nieznośnym bólem.

– Powtórz mi to jeszcze raz, bo nie wiem, czy ci słusznie wlałem – wycedził Kruchy. – Nie? Nie będziesz mówił? Więc zdejmuj.

– Nie... mogę... – wykrztusił Szkudlarek i zaskomlał, gdy baton grzmotnął go w postrzelone kolano.

– Zdejmuj, kurwa!

Siewca zacisnął zęby i pokręcił głową.

– Zdejmuj... to... pierdolone... zaklęcie... – warczał łowca, a każdemu słowu towarzyszyło kolejne uderzenie. – Bo cię... tu... zatłukę... skurwy...synu!

– Nie! Nie, nie! Nie mogę! Nie mogę!!!

– Dobra, sam tego chciałeś! – Kruchy doskoczył do mężczyzny, założył mu dźwignię na nadgarstek i zmusił do przeturlania się na brzuch. Wykręcił Szkudlarkowi rękę do tyłu, przyblokował ją kolanem, klękając mu na plecach i napierając nań całym ciężarem. Wreszcie chwycił pałkę za oba końce, przytknął ją do ucha i kości policzkowej siewcy i docisnął mu głowę do podłogi.

Rudowłosy skrzywił się, zasyczał z bólu, momentalnie zrobił się czerwony na twarzy. Nie był w stanie się ruszyć.

Łowca nachylił się nad nim.

– Byłeś już kiedyś związany? – wycedził mu do ucha. – Co? Znasz to uczucie?

– Nie mamy sznura... – wykrztusił słabo Duch i machinalnie rozejrzał się po regałach. – Ani taśmy czy czegoś...

– Ty to jak coś czasem palniesz – westchnął Kruchy. – Nie o takich więzach mówię.

– A o jakich?

– Już on dobrze wie. – Stalowe tęczówki zalśniły niebezpiecznie, gdy łowca jeszcze silniej naparł na pałkę. – Wiesz, prawda? – zapytał, wpatrując się w profil siewcy. I nie musiał czekać na żadną odpowiedź, strach w szeroko otwartym piaskowym oku powiedział mu wszystko. – No to przygotuj się, stary, bo dopilnuję, żeby bolało.

Kolejny zwierzęcy ryk odbił się od ścian piwnicy.

Funkcjonariusze WON-u nieznacznie opuścili broń. Nie ruszali się z miejsc, jakby niepewni, kogo właściwie powinni aresztować.

– Jezu, Kruchy, coś ty mu zrobił? – zapytał Brutus pochylony nad czerwonym jak burak Feliksem Szkudlarkiem, który na zmianę wrzeszczał, szlochał i dziko rzucał się na podłodze. Więzy paliły siewcę i dławiły jego własną magią. Twarz mężczyzny powoli robiła się fioletowa, a z przekrwionych oczu ciurkiem płynęły łzy.

– Nic. On już taki był – rzucił niedbale łowca, nie odrywając wzroku od szamanki. – Gdzie ta pieprzona karetka?

– W drodze.

– Od pół godziny to słyszę.

– Czyli od trzech minut – poprawił go pogromca i podszedł bliżej. – Co z nią?

– Źle.

Kiedy Kruchy spętał moc siewcy i zmusił go do cofnięcia zaklęcia zamrażającego, bryła lodu, która więziła Idę, pękła z trzaskiem i rozsypała się na mrowie szklistych kryształków. Szamanka była wolna. I ledwie żywa. W zasadzie już przypominała zwłoki. Miała oddech tak nikły, że łatwy do przeoczenia, puls prawie niewyczuwalny, brak reakcji źrenic na światło, skórę przeraźliwie zimną i całkiem siną, miejscami nawet lekko zielonkawą.

Trup.

Żywy trup.

Najgorsze było to, że nie byli w stanie nic zrobić, przykrywanie jej czymkolwiek nie przynosiło skutku. Nie mogli odizolować dziewczyny od zimna, bo jego źródło nadal tkwiło w jej ciele i zabijało ją od środka. Dopiero gdy łowca delikatnie aktywował łączące ich więzy i wysłał szamance nieco ciepła, pokrywający ją szron nareszcie zaczął topnieć. Widząc to, Kruchy westchnął z ulgą. I już miał pozwolić sobie na nieśmiałą myśl, na maleńką iskierkę nadziei, że może jednak Ida wyjdzie z tego cała i zdrowa...

Lecz wtedy zwierciadło wybuchło.

Kłęby wiśniowej mgły wdarły się do piwnicy razem z odpryskami szkła i ostrą wonią przypraw. Gdy opadły, pusta rama szczerzyła pojedyncze odłamki w upiornym uśmiechu.

A szamanka przestała oddychać.

Cyt. Iskierka nadziei zgasła.

– Ida! – wrzasnął łowca, szarpiąc za ramiona jej bezwładne ciało. – Ida, ja ci zabraniam umierać, słyszysz?! Żyj, to jest, kurwa, rozkaz! – Odchylił jej głowę do tyłu, zasłonił nos i wdmuchnął powietrze do lodowatych ust. – Gdzie ta pierdolona karetka?!

Wszystko było czarne.

Przez kokon martwej ciszy nie przedzierał się choćby najsłabszy dźwięk. Pech zniknął. Świat zniknął. Czas stał w miejscu i ani drgnął. A nawet jeśli płynął, nie było sposobu, by go zmierzyć. Ida próbowała mówić, lecz nie słyszała swojego głosu, nie mogła dostrzec własnej dłoni nawet gdy podsunęła ją sobie pod sam nos. No, a przynajmniej wydawało jej się, że podsunęła. Nie miała czucia ani pewności, czy w ogóle oddycha. Zmysł równowagi siadł całkowicie, nie wiedziała, w jakiej pozycji znajduje się jej dusza. I czy w ogóle jeszcze posiada duszę. Raczej tak, skoro nadal mogła myśleć. Jej umysł wciąż istniał. Obawiała się, że tylko tyle z niej pozostało.

Myślę, więc jestem.

No, Kartezjusz, toś się, chłopie, ździebko zagalopował.

Wyśmiałaby go, gdyby miała usta, gardło, struny głosowe... A tak, mogła go najwyżej wyszydzić w duchu. Tfu, w myślach. Ducha nie miała. Chyba.

Najgorsza była niewiedza, nieznośna niepewność.

Dopadł ją wreszcie ten niebyt? Jeśli tak, to dlaczego wciąż tu jest, dlaczego jej świadomość nadal odbiera i wysyła sygnały? Chociaż nie, zaraz, przecież to, co odbiera, to tylko cisza, ciemność i brak czucia, wszystkie zmysły trafił szlag. Jej własne procesy myślowe to jedyne bodźce, jakie była w stanie przetworzyć. No dobra. Ale chyba nie istniejąc, nie mogłaby nawet tego. To jak to w końcu jest z tą nicością? Nadeszła już czy jeszcze nie? Bo śmierć to to nie była na pewno. Kto jak kto, ale Ida wiedziała, jak wygląda drugi brzeg.

Ledwo to pomyślała, usłyszała narastający szum i nagle owiał ją strumień chłodnego powietrza, a otaczająca ją aksamitna czerń zaczęła szeptać słowa Karolinowej pieśni.

Wiatr Zaświatów.

Szamanka nigdy by nie pomyślała, że tak się ucieszy, gdy poczuje wołanie z krainy umarłych. Ba, trudno było przypuszczać, że w ogóle się ucieszy. Teraz jednak nie pragnęła niczego więcej, jak tylko wydostać się z tej głuchej otchłani i spędzić wieczność w zaświatach w towarzystwie ciotki. Ida nie wahała się ani chwili, pozwoliła, by porywiste podmuchy wyrwały ją z atramentowych odmętów i przeniosły nad Rzekę. Leciała tak szybko, że nie mogła zaczerpnąć tchu, dusiła się, brakowało jej powietrza i była szczęśliwa. Nareszcie coś czuła.

Wypadła z ciemności prosto w oślepiającą jasność, zacisnęła powieki, zasłoniła twarz. Coś uderzyło ją w plecy, Wiatr ucichł gwałtownie i po chwili jedynym dźwiękiem był szelest traw i delikatny szmer płynącej wody. W powietrzu unosił się zapach szuwarów. Dziewczyna długo leżała na plaży i rozkoszowała się ciepłem słonecznych promieni, nurzając palce w nagrzanym piasku.

– Ida! – wykrzyknęła Tekla, zanim szamanka zdążyła unieść powieki.

Ciotka podbiegła do siostrzenicy, runęła na kolana i porwała ją w ramiona.

– W życiu tak się nie bałam! – zaszeptała, ani na moment nie rozluźniając uścisku. – W nieżyciu też nie! Myślałam, że wylewu dostanę i umrę po raz drugi, niech ją szlag! Albo nie – zreflektowała się szybko. – Dopiero co się jednemu wywinęła, lepiej nie kusić losu.

– A cóż się może stać? – wydusiła dziewczyna. – Już nic mi nie grozi, przecież jestem martwa.

Tekla odsunęła się gwałtownie i spojrzała podopiecznej w oczy.

– Widziałam Mikołaja, jego duch jest wciąż po tamtej stronie Rzeki – oznajmiła po chwili. – Ida będzie musiała po niego iść, ale najpierw... Niech mi powie, jak tego dokonała?

Szamanka wzruszyła ramionami.

– Siewca miał kulę, więc ją sobie pożyczyłam. Otworzyła mi przejście, a potem, kiedy Karewicz jej dotknął, piekła zaczęły się rozpadać. Zdołałam jeszcze wypchnąć Jednookiego z luster, a potem mnie zamroziło, myślałam, że pochłania mnie niebyt. – Zerknęła na ciotkę. – Nie rozumiem, jakim cudem tu trafiłam. Przecież kiedy ciało Alicji umarło, jej dusza pozostała w zwierciadle i tkwi tam do tej pory.

– Sama sobie odpowiedziała na to pytanie – odparła kobieta. – Ida rozwaliła piekła Kusiciela, więc nie miała gdzie utknąć.

– Ale przecież...

– A poza tym nie bez powodu nazywamy tę krainę „zaświatami", a nie „zaświatem". Tu lądują zmarli ze wszystkich światów, nie tylko z naszego.

Ida nie wyglądała na przekonaną.

– Pamiętam, jak mówiłaś mi kiedyś, że nie wiesz, czy po drugiej stronie lustra w ogóle można umrzeć – przypomniała ciotce. – To skąd teraz pomysł, że zwierciadlani zmarli trafiają w to samo miejsce, co my?

– Chodziło mi wtedy o konkretny świat – wyjaśniła Tekla. – W każdym z nich czas płynie zupełnie inaczej, a w tym, w którym utknęła Alicja, niemal stoi w miejscu. Nie wiem, czy śmierć istnieje tam, gdzie nie ma przemijania. Pewnie dlatego więź między duchem Alicji a cielesną powłoką wytrzymała tyle lat, zwykle ciało, o ile nie podtrzymuje go czarna magia, przestaje funkcjonować w ciągu kilku dni, w porywach do miesiąca. Kiedy umieramy, nasze dusze może spotkać albo wieczne życie po życiu, albo wieczność w nicości, jednak w świecie, który nie zna czasu, duch Alicji stał się nieśmierte...

Ciotka urwała. Zamarła zapatrzona w piasek nad ramieniem siostrzenicy, a ciemnobrązowe oczy gwałtownie pociemniały.

– Nie może być... – szepnęła i szybko przeniosła wzrok na szamankę. – Jeszcze jest szansa, by ją uratować!

– Alicję?

– Nie! Idę!

– No wiem, wiem. Jak tylko przyprowadzę tu Kwiatkowskiego, będę mogła cieszyć się pośmiertną egzystencją na wieki wieków, amen.

– Musi natychmiast przestać tak myśleć! – zawołała Tekla. – Natychmiast!

Dziewczyna zerknęła na ciotkę podejrzliwie.

– O co ci chodzi?

– Niech spojrzy tam.

Szamanka obejrzała się i zamrugała zaskoczona.

Piasek mienił się rytmicznie, odbijał rozproszone, migające światła. Czerwone i niebieskie. Zanim zrozumiała, co widzi, gdzieś nad wodami Rzeki rozległo się wycie syreny policyjnej i sygnał karetki.

– Czy to znaczy, że...

– Że wciąż może wrócić – powiedziała szybko ciotka. – Dusza Idy jest na granicy życia i śmierci, jeszcze jej nie przekroczyła.

Dziewczyna zasyczała, gdy oślepił ją blask tak skupiony i jaskrawy, jakby ktoś z bliska zaświecił jej w oczy latarką.

Źrenice nie reagują! Tętno słabe! Temperatura ciała poniżej trzydziestu stopni! Koce termiczne, szybko!

Aha. Czyli ktoś naprawdę zaświecił jej w oczy latarką.

Migotanie komór! Tracimy ją, dawać defibrylator!

Duszą Idy wstrząsnęło silnie. Pod powiekami rozbłysło, potem pociemniało. Upadła na plecy bez czucia i powietrza w płucach.

– Niech wraca! – zawołała Tekla, a jej głos był tak stłumiony i daleki, że dziewczyna ledwo ją słyszała. – Walczą o nią, lecz ich wysiłki na nic się zdadzą, jeśli Ida nie pozwoli im sobie pomóc! Ciało nie może żyć bez ducha! Niech wraca w tej chwili!

Kolejny wstrząs targnął szamanką z mocą, która poderwała ją z ziemi i uniosła nad piaskami plaży.

– Szybciej! – krzyczała ciotka. – Musi pozwolić zabrać się z powrotem! Musi chcieć żyć!

– Chcę – wydusiła dziewczyna. – Chcę. Żyć.

Znów nią szarpnęło i poczuła, że leci z oszałamiającą prędkością. Zimny powiew rozwiewał jej włosy i wpychał krzyk z powrotem do gardła. Krew huczała w skroniach, zagłuszając odległe echo głosów i elektroniczne dźwięki aparatury. Dopiero po czterech strzałach z defibrylatora przenikliwy, jednostajny jazgot ucichł, a kardiometr przestał panikować i podjął miarowe odliczanie kolejnych uderzeń serca.

Dobra, mamy ją! Jest stabilna!

Gdy otworzyła oczy, ujrzała nad sobą kilka plam i cieni, które pomału kształtowały się w niewyraźne sylwetki. Ktoś krzykiem zadawał jej mnóstwo pytań, ale nie zrozumiała ani słowa.

Powieki opadły gwałtownie. Były tak ciężkie i uparte, że minęły lata, zanim zdołała unieść je z powrotem.

Niewyraźny świat z ociąganiem nabierał ostrości i kolorów. Szamanka dopiero po dłuższej chwili zdołała stwierdzić, na co patrzy. Ściana. Drzwi. W kącie po lewej stronie stał złożony parawan szpitalny, na suficie wisiała lampa jarzeniowa. Powietrze pachniało dziwnie znajomo, lecz Ida nie mogła zebrać myśli, nie potrafiła sobie przypomnieć, skąd zna tę specyficzną, drażniącą woń. Na pewno z czymś jej się kojarzyła, tak, z czymś ważnym. Miłym i bezpiecznym. Odwróciła głowę. Po prawej...

Po prawej był Kruchy.

Siedział na parapecie i zaciągał się papierosem.

– Tu nie wolno palić – wychrypiała słabo.

Popatrzył na nią z uśmiechem, a stalowe oczy błysnęły wesoło.

– Bo co, podkablujesz mnie, umarlaku? – zapytał. Cisnął niedopałkiem przez otwarte okno i zeskoczył na podłogę. Usiadł na krześle obok łóżka.

Chciała coś powiedzieć, lecz straciła głos. Gardło płonęło, skrzywiła się, gdy spróbowała przełknąć ślinę.

– Nic nie mów – poradził łowca, nachylając się nad dziewczyną. – Byłaś intubowana, nie wolno ci się odzywać. Ale może... – zamilkł na moment i zawahał się. – Może powiesz przynajmniej, co tam się właściwie stało, w tych piekłach, co? Tak chociaż w dwóch słowach.

– W dwóch słowach? – zacharczała z wysiłkiem. Spojrzała Kruchemu w oczy i odwzajemniła uśmiech. – Załatwiłam sukinsyna.

Ida wzięła maleńki łyk wody i przełknęła ostrożnie. Odkąd ją odratowano, minęły trzy dni, lecz w jej gardle nadal tkwiły żyletki i kłębek drutu kolczastego. Ciężko jej się oddychało, piła z trudem i nie mogła wmusić w siebie żadnego posiłku. Choć tak po prawdzie w tej ostatniej kwestii nie miała akurat czego żałować, to, co przynosili jej trzy razy dziennie, trudno było bowiem uznać za jadalne. Nie pomagał nawet fakt, że leżała w szpitalu należącym do Firmy. Cóż, najwyraźniej paskudna kuchnia była jakąś niepisaną tradycją nieodłącznie towarzyszącą służbie zdrowia nawet tam, gdzie obok doktorów medycyny i pielęgniarek pracowali uzdrowiciele, zielarze, runiarze, alchemicy, szeptunki i cała masa innych magicznych lekarzy.

– I co było dalej? – zapytał łowca, wyrywając szamankę z rozmyślań.

Przez ostatnie półtorej godziny opowiadała mu wszystko po kolei, od momentu, w którym zadzwonił do niej i kazał ukryć się w hotelu. Podrażnione gardło zmuszało ją jednak do robienia częstych przerw na odzyskanie głosu.

– Wciąż trzymałam kulę, gdy jej dotknął – podjęła chrapliwym szeptem. – Pamięć zaczęła mu wracać i zobaczyłam to, co on, wszystkie jego wspomnienia. Mignęły mi przed oczami strasznie szybko i niektórych już nie pamiętam, ale mniej więcej wiem, jak to się zaczęło. Róża była chora i zmarła, a Lajla próbowała ją wskrzesić i...

– Kto?

– Tak nazywał żonę. Lila Lajkowska, Lajla. Była uzdrowicielką, lecz z jakiegoś powodu nie mogła uleczyć ich dziecka. Błagała męża, by przywrócił dziewczynkę do życia, była gotowa poświęcić własną duszę, by mała mogła wrócić. Karewicz nie chciał się na to zgodzić, nie chciał stracić żony, więc ta sama odprawiła rytuał. Wtedy opętały ją demony... – Ida umilkła na moment, odchrząknęła z trudem. – To one popchnęły Lajlę do samobójstwa. Drzewo, pod którym pochował ją mąż, zaczęło się zmieniać pod wpływem czarnej magii nadal siedzącej w jej ciele. Z niemowlęciem i krzewem dzikiej róży było zresztą podobnie. Kusiciel nie mógł tego znieść, ożywione rośliny wciąż przypominały mu o żonie i córce. Siewca odradzał mu poddawanie się zabiegowi zapomnienia, ostrzegał, że choć nekromanta nie będzie pamiętał o utraconej rodzinie, ból i rozpacz w nim pozostaną i te uczucia na nowo ożywią resztki wspomnień, po czym doprowadzą go do obłędu. I faktycznie, Karewicz wpadł w obsesję na punkcie kobiety o wiśniowych włosach i fiołkowych oczach, czuł, że musi ją odnaleźć, oszalał z tęsknoty. Te wszystkie czarownice, które zabił... Szukał w nich swojej żony, miał halucynacje, był pewny, że nią były. A gdy wreszcie docierało do niego, że znów się pomylił, składał z nich ofiary. Chyba podświadomie wierzył, że ciała wiedźm nakarmią drzewo, a drzemiąca w nich magia zmieni je w Lajlę. – Spojrzała na Kruchego. – Miałeś rację. Kiedy wątpiłeś, że to on zabił swoją rodzinę. Miałeś rację od samego początku.

Łowca patrzył na nią przez chwilę z nieodgadnionym wyrazem twarzy.

– Po prostu przeżyłem swoje i wiem, do czego człowiek jest zdolny z rozpaczy – powiedział cicho. – Bestialskie zbrodnie nie zawsze wynikają z bestialskiej natury tego, kto ich dokonał. Sam straciłem dwie najważniejsze osoby w moim życiu i uwierz mi, było wiele takich momentów, w których wymordowałbym pół świata, byleby tylko je odzyskać.

– A teraz?

– Nie – odparł od razu. – Teraz cieszę się, że żyjesz, i chcę, żeby tak zostało.

Skinęła głową i znów upiła nieco wody z plastikowego kubka.

– Mów dalej – poprosił Kruchy, gdy wciąż się nie odzywała. – O ile dasz radę, Lady Vader.

Uśmiechnęła się blado, nawijając na palec kruczy kosmyk.

– Kiedy WON zaczął coś podejrzewać – wyrzęziła ze wzrokiem wbitym w prześcieradło – i wezwał Karewicza na przesłuchanie, ten przestraszył się, że go wsadzą, a wtedy nie mógłby już karmić drzewa. On je kochał, oddałby za nie życie, nie chciał pozwolić, by umarło. Pamiętasz tę fontannę w jego ogrodzie? Tę z kamienną rusałką?

– Pamiętam.

– Zobaczył odzwierciedlenie swojej driady w wodzie i tak wpadł na pomysł z lustrami. To był jedyny sposób, by zostali razem na zawsze. Odnalazł jej odbicie po drugiej stronie i znów zaczął porywać czarownice, wysyłając demony do naszego świata. Choć nadal nie wiem, po co uprowadzał magów. To znaczy widziałam, że byli połączeni z drzewem, oddawali mu swoją moc, ale nie rozumiem, dlaczego Kusiciel nie poprzestał na samych wiedźmach.

– Kornelia pogrzebała w statystykach przestępczości i wysnuła pewną teorię – powiedział łowca. – Dane sugerują, że mężczyźni są dużo bardziej podatni na pokusy związane z czarną magią. Częściej niż kobiety czują, że mają innym coś do udowodnienia, są bardziej żądni władzy, dlatego chętniej ryzykują i łamią prawo, by ją zdobyć. Czarodzieje stanowili łatwą zdobycz dla Kusiciela, który potrzebował po naszej stronie kogoś, kto utrzymywałby otwarte przejścia w lustrach, tak by demony mogły przyprowadzać mu dusze kolejnych wiedźm. Nie mógł pozostawić żadnych świadków, więc każdy z tych magów prędzej czy później sam trafiał w zwierciadła.

– Tylko co robił ze zwłokami?

– To samo, co przedtem. Opętywał magicznych, wydzierał im dusze i zabierał je do swoich piekieł, by karmić nimi odbicie driady. Tymczasem pozostałymi po naszej stronie ciałami sterowały demony. Pozytywka, którą zabrałaś z domu Kusiciela, hipnotyzowała czarty, wabiła opętane cielesne powłoki, a tam w odpowiednim momencie aktywował się rytuał i drzewo pożerało ofiary. Wiesz, kto nad tym czuwał.

– Siewca – wyszemrała bez zastanowienia. – On wam o tym powiedział?

– Niechętnie, ale przekonał go mój urok osobisty. – Kruchy wyszczerzył się skromnie i zaraz spoważniał. – Miałem ochotę zatłuc gnoja za to, co ci zrobił, ale mi nie pozwolili.

Ida popatrzyła na niego z ukosa.

– Duch był tu wczoraj, opowiedział mi, jak poskładałeś Szkudlarka w Niezapominajce. – W piwnych oczach zamigotały jaśniejsze iskierki. – Pistolet? Pałka teleskopowa? Jujitsu? Serio? Nie wiedziałam, że WON stosuje takie metody.

– Ludzie bywają dużo gorsi od demonów – odparł filozoficznie. – A na niektórych magia nie działa. Jak by to wyglądało, gdybyśmy jednego gościa obezwładnili zmarszczeniem brwi, a nie potrafili sobie poradzić z drugim, odpornym na czary, za to sprawnym i wyrośniętym?

– Głupio by wyglądało.

– Właśnie. A wracając do siewcy, pomóż mi, proszę, ułożyć zdarzenia chronologicznie, bo mam małą zagwozdkę. Gdy próbowałaś wykraść kulę, zaklęcie Szkudlarka cię zamroziło. Duch wrócił do ciała i zadzwonił do mnie, jak tylko odzyskał czucie. Zajęło mu to jakieś paręnaście minut, przybyliśmy z Teklą w niecałe dwadzieścia, przedarcie się do piwnicy zajęło nam kolejne kilka... Razem będzie gdzieś z trzydzieści parę do czterdziestu minut. A ty w tym czasie zdążyłaś przejść, przeszukać lustrzany dom, znaleźć Mikołaja w ogrodzie, oddać klucz Kusicielowi, uwolnić czarodzieja, zaprowadzić go do zwierciadła i wepchnąć z powrotem do naszego świata, a na koniec rozpirzyć piekła w drobny mak. Coś mi się tu mocno nie kalkuluje.

– Czas w lustrach płynie zupełnie inaczej – wymamrotała Ida, powtarzając słowa Tekli. – Najwidoczniej w świecie Karewicza nieźle zapierdziela.

– Zapierdzielał – poprawił ją.

– Racja, zapierdzielał.

– Zastanawia mnie też, dlaczego siewca po prostu cię nie udusił, nie zadźgał, nie rozkwasił ci głowy? Jego piwnica była po sufit zawalona potencjalnymi narzędziami mordu, miał w czym wybierać, więc dlaczego uparł się na to zamrażanie, przecież to strasznie czasochłonna metoda. I niezbyt skuteczna, czego jesteś najlepszym dowodem.

– W chwili śmierci duszę spotyka to samo, co ciało – wyjaśniła szamanka – i Szkudlarek na pewno wiedział o tym od swojego przyjaciela nekromanty. Wiedział też, że jeśli Karewicz odzyska kulę, jego świat runie. Siewca musiał mnie nie tyle zabić, ile powstrzymać, a to wbrew pozorom ogromna różnica. Sposób, w jaki ginie twoje ciało, pozostawia trwałe znamię także na duchu. Na ten przykład Mikołaj paraduje bez oka, choć kiedy zabijałam jego opętaną powłokę, niematerialny czarodziej siedział w Lampie Aladyna. Zatem jeśli siewca by mnie udusił czy zadźgał, moja dusza nabawiłaby się siniaków lub ran, lecz nic nie stanęłoby jej na przeszkodzie, by ruszyć dalej i lustrzane piekła wciąż byłyby zagrożone. Natomiast gdyby udało mu się zamrozić mnie na śmierć, niematerialna ja zmieniłabym się w bryłę lodu tak samo jak ciało i wtedy Szkudlarek unieruchomiłby mnie na dobre. Wydawało mu się, że w ten sposób uratuje świat przyjaciela. Jednak najwyraźniej podobnie jak ty nie zdawał sobie sprawy z tego, że czas w lustrach potrafi płatać figle. Nie miał pojęcia, że w momencie, w którym rzucał na mnie czar, piekła Kusiciela już się rozpadały i nic nie mogło tego powstrzymać.

Łowca skinął głową, a w jego oczach pojawił się cień mściwej satysfakcji.

– Karewicz to nie jedyny wariat, Szkudlarek też jest szalony – dodała nagle Ida. – Zwabił do ogrodu tylu opętanych, uruchamiał nekromancki krąg ofiarny, by drzewo mogło pochłonąć ciała. Patrzył na śmierć kilkudziesięciu ludzi, to musiało zostawić po sobie jakiś ślad w jego psychice. Uważał te zbrodnie za dzieło życia, które tworzył razem z Kusicielem. Obaj byli zdrowo porąbani. No sam powiedz, kto normalny spokojnie patrzy, jak przyjaciel zamienia się w seryjnego mordercę? I zamiast oddać mu klucz, by przywrócić wspomnienia i przerwać jego krwiożercze zapędy, jeszcze zaczyna mu pomagać? Może Szkudlarka też opętało? Karewicz parał się czarną magią, Niezapominajka była zabezpieczona pomniejszymi demonami, może siewca...

– Nie całe zło tego świata pochodzi od demonów – przerwał jej Kruchy. – Powtarzam raz jeszcze, niektórzy ludzie są gorsi od mrocznej mocy piekieł. Nie możesz wszystkiego tłumaczyć opętaniem czy chorobą psychiczną, bo uśpisz czujność i stracisz z oczu inne niebezpieczeństwa. Zresztą niedługo dowiemy się, jak było naprawdę. Siewca siedzi w pokoju przesłuchań, wyciągniemy z niego wszystko, łącznie z motywem, dla którego przez tyle lat krył Karewicza. A właśnie, nie powiedziałem ci jeszcze najlepszego – zawiesił głos i spojrzał jej w oczy. – Mamy Kusiciela.

Ida poruszyła się niespokojnie.

– No tak – przyznała wolno. – Zabraliście jego ciało z Niezapominajki... Chcesz powiedzieć, że ono nadal żyje?

– Ciepło.

Odetchnęła głębiej, od razu pojmując, w czym rzecz.

– Wrócił z luster – szepnęła tak cicho, że łowca musiał odczytywać słowa z ruchu jej warg.

Powoli skinął głową, uważnie obserwując twarz dziewczyny.

– Rozwaliłam mu piekła – podjęła po chwili, myśląc na głos. – Byłam w hipotermii, na granicy życia i śmierci, dlatego trafiłam w zaświaty zamiast do ciała. Ale powłoce Karewicza nic nie zagrażało, podtrzymywał więź między nią a swoją duszą za pomocą czarnej magii. Więc kiedy jego świat w lustrach przestał istnieć, po prostu wrócił i odzyskał cielesność... – Uniosła głowę i popatrzyła na łowcę. – Co z nim?

– Jest w szoku, delikatnie mówiąc. Na razie czuwa nad nim zespół psychologów i uzdrowicieli z naszego Wydziału, a w przyszłym tygodniu mają zjawić się nasi znajomi: czytacz umysłów Bogumił Pyszny oraz siewca wspomnień Ireneusz Kuźmik. Wczoraj zapadła decyzja o ponownym otwarciu sprawy Kusiciela i choć na razie nie ogłoszono tego oficjalnie, to adwokat Eugeniusza Brzytwy został już powiadomiony. Po przeszukaniu domu na Wiosennej okazało się, że nasz koziołek ofiarny był pacjentem Szkudlarka.

– A co z Wrońskim? – spytała Ida, nagle przypominając sobie o magu z Wydziału Wewnętrznego.

Stalowe oczy łowcy zaskrzyły się niebezpiecznie. Już otwierał usta, by odpowiedzieć, lecz ktoś go niespodziewanie ubiegł.

– Wrońskiego już nie ma – oznajmił zimny kobiecy głos. – Ja jestem.

Szamanka poderwała się i usiadła gwałtownie.

– A ty czego tu? – wychrypiała wściekle.

– No wiesz, Kruchy... – Ruda skrzyżowała ramiona, oparła się barkiem o framugę drzwi i zerknęła na łowcę z wyrzutem. – Gruchacie tu sobie jak dwa gołąbki całymi godzinami, a tobie nawet do głowy nie przyszło, żeby oczyścić moje dobre imię.

– Przecież prosiłaś, żebym poczekał z tym na ciebie – przypomniał spokojnie.

– A ty po raz pierwszy w życiu postanowiłeś mnie posłuchać. – Czarownica pokręciła głową z udawanym zdumieniem. – Niewiarygodne – powiedziała i dopiero wtedy przeniosła wzrok na szamankę. – I co, jednak ci się udało, smarkulo.

Ida zacisnęła dłonie na prześcieradle, a z piwnych oczu sypnęły iskry.

– Rozczarowana?

– Nie ukrywam... – Ruda uśmiechnęła się lekko. To był wyjątkowo zły i nieprzyjemny uśmiech. – Spryciara z ciebie. Nie spodziewałam się, że zwiejesz z hotelu. No i ten numer z Duchem w roli Anioła Stróża u Szkudlarka też był niczego sobie. Muszę przyznać, choć przychodzi mi to z bólem serca, że mi zaimponowałaś.

– Dobra, dobra, ty mi tu nie kadź, tylko zacznij się wreszcie tłumaczyć – zażądała chrapliwie szamanka. – Chyba należą mi się wyjaśnienia. Robiłaś wszystko, żebym myślała, że zgadałaś się z Wrońskim.

– Bo się zgadałam – odparła czarownica i sięgnęła do kieszeni. Podeszła do łóżka dziewczyny, postawiła dyktafon na nocnym stoliku i włączyła odtwarzanie.

– Kruszyński nadal śni ci się po nocach i dlatego postanowiłeś go wreszcie dopaść? – zapytał głos Rudej, nieco zniekształcony, troszkę niższy niż zwykle.

– Nie chodzi o Kruszyńskiego – odpowiedział mu męski. – Dorwę go przy innej okazji, jeśli i tym razem jakimś cudem uda mu się wywinąć. Może zdołam upiec dwie pieczenie przy jednym ogniu, a jak nie, to trudno. Kruszyński nie jest w tej chwili moim priorytetem.

– A co nim jest?

– To delikatna sprawa – mężczyzna umilkł i rozległo się ciche bulgotanie, jakby ktoś nalewał wody do szklanki. Gdzieś w tle subtelnie zawodziły skrzypce. *– Zależy mi na tym, by pewne sprawy z przeszłości nie ujrzały światła dziennego.*

– Jakie sprawy?

– Skosztuj wina, Zosiu... – Z głośników znów popłynął krótki bulgot. – I przestań udawać, przecież doskonale wiesz, o co chodzi.

Ruda nie odpowiedziała, prychnęła tylko gniewnie. Musieli na chwilę przerwać rozmowę, gdy kelnerka o irytująco piskliwym głosie zapytała, czy życzą sobie czegoś jeszcze.

– Twoja mina jest aż nadto wymowna – odezwał się Wroński, kiedy dziewczyna zostawiła ich samych.

– I cóż z niej wyczytałeś?

– Wszystko. Wyrazu rozgoryczenia w oczach kobiety nie da się pomylić z żadnym innym. Trafiłem w czuły punkt, prawda? Błędnie założyłem, że Kruszyński wtajemniczył cię w swoje prywatne śledztwo. W rzeczywistości nie obdarzył cię takim zaufaniem, jakim cieszy się teraz ta kruczowłosa smarkula, i to jest właśnie powód, dla którego tu jesteś. Łowca zalazł ci za skórę. Popraw mnie, jeśli się mylę.

Cisza ciągnęła się prawie pół minuty.

– Owszem, zalazł – odpowiedziała wreszcie kobieta. – Ale nie myśl, że przyszłam do ciebie, bo chcę się na nim mścić – zastrzegła szybko. – Kostek nadal pozostaje moim partnerem i przyjacielem i jeśli go tkniesz...

– Spokojnie – przerwał jej Wroński. – Oferta jest nadal aktualna. Kupisz bezpieczeństwo łowcy, jeśli tylko pomożesz mi go uciszyć.

– Nie może się dowiedzieć, że brałam w tym udział. Robię to dla jego dobra, ale on tego nie zrozumie...

– I nigdy mi nie wybaczy! – dokończył z jawną kpiną, całkiem umiejętnie naśladując jej ton. – To dopiero byłby dramat. Cóż, zobaczymy, jak się spiszesz. Jeżeli będę zadowolony z wyników naszej

współpracy, Kruszyński pozostanie w błogiej nieświadomości i będziecie mogli żyć dalej długo i szczęśliwie. Dlatego lepiej, żebyś okazała się pożyteczna. Potraktuję to jako zabezpieczenie należytego wykonania umowy.

Ruda nie rzekła nic, a ponieważ Wroński nie domagał się odpowiedzi, prawdopodobnie skinieniem głowy zaakceptowała jego warunki.

– Ciekawi mnie tylko, co skłoniło cię do przyjęcia mojego zaproszenia – podjął po krótkiej pauzie. – Nigdy dotąd nie zrobiłaś niczego za plecami łowcy, kryłaś go bez względu na to, co wyczyniał. Czyżby chodziło o naszą niesforną szamankę od żywych inaczej?

– O nią też, przy okazji – niechęć w głosie czarownicy zabrzmiała tak autentycznie, że nie mogła być udawana. – Ale tak po prawdzie doszłam do wniosku, że masz rację, czas zacząć myśleć o sobie. Kruchy najwyraźniej nie potrzebuje już mojej pomocy, udowadnia to na każdym kroku, odsunął mnie kompletnie. Ma teraz nową... towarzyszkę.

– Czyli nie działasz wyłącznie dla dobra przyjaciela – stwierdził Wroński wyraźnie zadowolony, że jego przypuszczenia okazały się słuszne. – Ty chcesz dostać posadę w Wewnętrznym.

– Nie jakąś tam posadę – poprawiła go pośpiesznie. – Nie zadowolę się byle stanowiskiem. Straciłam już trzy lata w WON-ie i nie mam czasu na wspinanie się po szczeblach kariery znowu od samego dołu.

– No, no, no, cóż za ambicja. Podoba mi się, obok antypatii do Brzezińskiej to kolejna rzecz, która nas łączy. Pomyślimy, pomyślimy. Jestem pewien, że znajdę dla ciebie coś odpowiedniego.

– W to nie wątpię – odparła czarownica. – Pozostała jeszcze jedna kwestia. Ja również potrzebuję jakiegoś zabezpieczenia.

– A dlaczego niby miałbym ci je dać?

– Przypominam, że to ty zwróciłeś się o pomoc do mnie, nie odwrotnie. Zdążyłeś już się zorientować, że pomysł z kontrolą nie wypali.

W ten sposób nie zdobędziesz haka na Kruchego ani nakazu na przeczytanie jego umysłu, nie dowiesz się, ile wie i jak go przekonać do trzymania gęby na kłódkę. Jestem jedyną opcją, jaka ci pozostała, by powstrzymać łowcę możliwie dyskretnie, zanim sprawy zajdą za daleko. Kruchego mógłby oczywiście spotkać nieszczęśliwy wypadek, ale oboje wiemy, że to dla ciebie niezwykle ryzykowna ostateczność. Obojgu nam zależy na tym, by Kostek wyszedł z tego bez szwanku, choć każde z nas ma po temu inne powody. Moje są oczywiste, ty natomiast za wszelką cenę pragniesz uniknąć rozgłosu, bo gdyby łowcy coś się stało, w całej Firmie zawrzałoby jak w ulu i nie zdołałbyś uniknąć podejrzeń. Wszyscy przecież wiedzą, że odwaliło ci na jego punkcie. Ja tymczasem mam pomysł, jak to załatwić po cichu. Jeśli teraz wstanę i wyjdę, zostaniesz z niczym.

Wroński długo się nie odzywał, a po chwili głośniki znów wydały z siebie przeciągłe bulgotanie.

– *Mów dalej* – poprosił wreszcie.

– *Jeśli mam ci pomóc, musisz wytłumaczyć mi, w co się pakuję. Chcę zrozumieć, dlaczego Kruchy jest dla ciebie zagrożeniem...*

W tym momencie Ruda zatrzymała taśmę i przewinęła ją nieco do przodu, po czym wznowiła odtwarzanie.

– *...Nowe dowody dotyczące Kusiciela postawią mnie i moją karierę w niezwykle niekorzystnej sytuacji. Powiedzmy, że... przeoczyłem... to i owo oraz dodałem pewne rzeczy od siebie, by dochodzenie w sprawie „Szesnastki" zostało zamknięte szybko i bez komplikacji. Zatem jeśli Kruszyński i ta jego szamanka podważą wyniki mojego śledztwa... No, chyba potrafisz sobie wyobrazić konsekwencje i rozumiesz, dlaczego nie mam zamiaru do tego dopuścić.*

– *Przeoczyłeś to i owo oraz dodałeś pewne rzeczy od siebie, czyli mówiąc po ludzku, jedne dowody zatuszowałeś, a sfabrykowałeś inne. Nieuchwytny Karewicz nie zapewniłby ci sławy. Żeby ją zdobyć, potrzebowałeś ujętego mordercy i rozwikłanej sprawy.*

– *Niesłychanie wnikliwa analiza.*

– I co? Dla Brzytwy dożywocie, a dla ciebie awans i ciepła posadka na wysokim stanowisku. A teraz, kiedy sprawa się rypnie, zlecisz ze stołka na pysk. Opłacało się, powiedz?

– Z twoją pomocą nic się nie rypnie.

– Wszystko zależy od tego, jak bardzo narozrabiałeś...

Czarownica zatrzymała nagranie.

– I mniej więcej w tym miejscu Wroński przyznaje się do matactw przy „Szesnastce" – powiedziała, wciąż patrząc na szamankę. – Lista jest długa, a wy i tak ją znacie. Na zmianę albo mi groził, że jeśli pisnę choć słowo, to jego ludzie mnie załatwią, albo obiecywał posadę w Wydziale Wewnętrznym. Wroński ma strasznie mocne plecy, tatusia w jednym ministerstwie, dziadziusia w drugim, bardzo trudno go ruszyć, Kruchy zresztą wie o tym najlepiej. Dlatego obawiałam się, że samo nagranie niewiele da, narobię dymu, wywołam burzę w szklance wody, a i tak szybko mnie uciszą. Potrzebowałam czegoś mocniejszego i chciałam przyłapać Wrońskiego na tym, jak próbuje cię nielegalnie prześwietlić. Łatwo dał się skusić, wystarczyło mu tylko powiedzieć, że twój umysł nie jest chroniony blokadami, i przekonać, że przy pomocy czytacza najłatwiej odkryje, co już wiecie o Karewiczu. Utrzymywałam wszystko w tajemnicy przed Kruchym, bo w życiu by mi nie pozwolił cię narażać. Lecz ja, jak się zapewne domyślasz, jestem daleka od posiadania podobnych skrupułów. Musiałam więc działać sama, ale najpierw pogadałam z szefem. Wysłuchał nagrania, opieprzył mnie za Kruchego i jego samowolkę, jak zwykle zresztą – tu Ruda zerknęła na łowcę, groźnie mrużąc powieki – po czym dał mi zezwolenie na akcję i przydzielił kilku ludzi. – Miodowe oczy znów spoczęły na Idzie. – Po tym, jak do ciebie zadzwoniłam i dowiedziałam się, gdzie jesteś, dałam cynk Wrońskiemu. Następnie przyczaiłam się w hotelu z niewielkim oddziałem i czekałam na rozwój wydarzeń. Ale kiedy okazało się, że zwiałaś, musiałam wstrzymać operację i zdobyć inne dowody. W czasie, kiedy Kruchy spuszczał łomot Szkudlarkowi, ja spuszczałam łomot temu gościowi z laboratorium...

– Biedny Destyl do dzisiaj ma limo – wtrącił cicho łowca.

– Sam jest sobie winien – prychnęła czarownica. – Mógł współpracować.

– Nie mógł, bo obiecał, że nikomu słowa nie piśnie, skąd miał, biedak, wiedzieć, że jesteś wtajemniczona.

Ruda lekceważąco machnęła ręką.

– W każdym razie w końcu zmusiłam laboranta, żeby dał mi próbki, które pobraliście z drzewa i róży w ogrodzie Karewicza. Pokazałam je szefowi. Aż zacierał ręce, kiedy czytał wyniki, i zaraz puścił je ekspresem do Warszawy.

– A tam pałeczkę przejęła Kornelia – podjął Kruchy. – Do nagrania i testów laboratoryjnych dorzuciła jeszcze kilka grzeszków, których przez te wszystkie lata doszukała się w życiorysie Wrońskiego. Rezultat jest taki, że nasz Filipek został zawieszony i teraz kibluje w areszcie. – Łowca uśmiechnął się mściwie. – A my lada dzień otworzymy śledztwo na nowo i dopiero się zacznie prawdziwa zabawa.

– To już w zasadzie wszystko – zakończyła opowieść Ruda. – No, mała, przyznaj, co cię bardziej wkurza. To, że nasłałam na ciebie Wrońskiego, czy to, że jednak nie jestem czarnym charakterem?

Szamanka wzruszyła ramionami.

– Trudno powiedzieć, działasz mi na nerwy od samego początku.

– I nawzajem – odparła kwaśno czarownica, a łowca wywrócił oczami. – A ty, Kostek, nie rób min, jeszcze za tym zatęsknisz – fuknęła na niego, po czym ruchem głowy wskazała na dyktafon. – Możecie go sobie zatrzymać i posłuchać spowiedzi Wrońskiego, jeśli najdzie was ochota. Ja spadam. – Znów zerknęła na dziewczynę. – Nie wracaj do zdrowia zbyt szybko, bardzo proszę. Odkąd cię poznaliśmy, to były pierwsze trzy dni względnego spokoju. Poleż tu sobie jeszcze dla dobra nas wszystkich.

Ida posłała jej spojrzenie godne samego Demona Luster.

– A idź w cholerę, niech cię nie widzę – warknęła. Chrypka nadała temu warknięciu złowrogiej drapieżności. – Krzyżyk na drogę.

– Niestety – mruknęła Ruda na odchodnym. Obejrzała się na szamankę, a jej wąskie wargi wykrzywił kolejny złośliwy uśmiech. – Coś mi mówi, że niebawem znów się spotkamy.

– I co, nadal go nie ma? – zapytał łowca, uważnie przypatrując się twarzy Idy.

Ponuro pokręciła głową.

Cienie przemykały po ścianach szpitalnego pokoju, nucąc cichutko pieśń Karoliny, ale dusza Mikołaja nadal nie przychodziła. Szamanka od wielu godzin czuła, że czarodziej kręci się gdzieś blisko, lecz najwyraźniej nie mógł jej odnaleźć. W końcu zdjęła zasłony z wewnętrznego Oka, pozwalając, by pobłyskiwało jak latarnia morska w środku nocy i wskazało Jednookiemu drogę. Jednak wciąż się nie pojawiał, ba... ani jeden umarły nie przybył skuszony jej ciepłem i blaskiem, a przecież dziewczyna leżała w szpitalu. W takich miejscach śmierć zbiera zwykle obfite żniwo.

– To może potrwać – wymamrotała pod nosem. – Moja dusza prawdopodobnie wciąż jest słaba, a jej światło zbyt przyćmione, by je zauważył. Ale zjawi się, wiem, że tu jest.

– Dobra, to ty czekaj, a ja pójdę po coś do jedzenia – to mówiąc, Kruchy zeskoczył z parapetu i ruszył do drzwi. – I zapalę na dworze, bo następnego starcia z salową mogę już nie przeżyć. Zaraz wracam.

Kiedy wyszedł, Ida wygramoliła się z łóżka, chwyciła szlafrok i postawiła kilka chwiejnych kroków. Drakońska dieta, jaką fundowało jej niezdolne do przełykania gardło, skutecznie wysysała z niej siły, obdarzając w zamian zawrotami głowy i przewlekłą sennością. Na szczęście dziewczyna nie miała daleko do miejsc strategicznych: pokój wyposażony był w małą łazienkę z toaletą, umywalką i prysznicem. Wreszcie doczłapała do celu, powiesiła szlafrok na haczyku na drzwiach i odkręciła wodę w kabinie. Długo stała pod letnimi strugami, wdychając przyjemną mieszankę woni. Szampon pachniał zielonym ogórkiem, a w cytrusowym płynie pod prysznic zdecydowanie dominowały grejpfrut i limonka. Żadnego pieprzu. Żadnego imbiru. Para wyglądała jak para, w niczym nie przypominała gęstych tumanów wiśniowej mgły.

Szamanka zamknęła oczy, pozwalając, by ciepłe krople opłukały jej twarz.

– Udało ci się – powiedziała cicho. Chyba dopiero teraz naprawdę to do niej dotarło.

Wyszła spod prysznica, znacząc kafelki mokrymi śladami stóp, wytarła się szybko i owinęła szlafrokiem. Gdy wyciskała włosy nad umywalką, przelotnie spojrzała w lustro.

Odbicie mrugnęło do niej zaczepnie. Piwne tęczówki migotały wesoło, a na wciąż nieco bladych wargach błąkał się cień przyjaznego uśmiechu.

Żadnych obsydianów czy onyksów, żadnej czerni i pustki ziejącej z oczodołów. Ida nie była już podobna do upadłej anielicy. Niebyt przestał się o nią upominać.

I nagle przypomniała sobie o Pechu.

Na krótką chwilę zamarła z grzebieniem w dłoni, a potem nachyliła się, zbliżyła twarz do powierzchni zwierciadła i spojrzała sobie głęboko w oczy.

– Jesteś tam? – szepnęła, próbując dojrzeć demona przez zwężone szparki źrenic.

Niczego nie dostrzegła, nikt jej nie odpowiedział. Nie żeby kiedykolwiek słyszała Pecha po tej stronie lustra, lecz teraz ta cisza wydała jej się nad wyraz wymowna i złowroga.

Nie pamiętała momentu, w którym widziała go po raz ostatni. Była tak oszołomiona zaklęciami siewcy, że niewiele do niej docierało, tym bardziej potem, gdy piekła zniknęły całkowicie i płynęła bez czucia przez głuchą ciemność.

Usłyszała, jak Kruchy wchodzi do pokoju. Dokończyła rozczesywanie mokrych włosów, wróciła do łóżka i nakryła się prześcieradłem.

– Mogę cię o coś zapytać? – odezwała się, gdy łowca wręczył jej jogurt morelowy i łyżeczkę.

– Wal.

– Czy gdyby siedział we mnie demon, potrafiłbyś go wykryć?

Zerknął na nią badawczo i długo nic nie mówił. W końcu skinął głową.

– A teraz?

– Nie czuję w tobie żadnego demona – powiedział wolno. – Nigdy nie czułem. A czemu pytasz?

Przez moment zastanawiała się, czy powinna odpowiedzieć.

– Kiedy po raz pierwszy przeszłam na drugą stronę – zaczęła ostrożnie – okazało się, że od lat chodzę opętana przez pomniejszego diabła. Jak na nie mówicie? Podszepty?

– Na niektóre... – Kruchy wyglądał na zaniepokojonego. – Ale jak się dostał do twojego ciała, przecież przed aferą z Kwiatkowskim nie miałaś kontaktu z czarną magią...

– Ale za to zbiłam lustro. I to dwa razy. Przy którejś okazji demon przedarł się przez szczelinę między światami, moja cielesność bardzo mu się spodobała, a do tego wyczuł we mnie dar widzenia umarłych, więc wybrał mnie na żywiciela.

– Ach... – Łowca rozluźnił się natychmiast. – Czyli twój czart to zwykły gargulec. Nie są zbyt niebezpieczne, w porównaniu z podszeptami to niemal aniołki. Gargulce do niczego nie namawiają, nie skłaniają do samobójstw czy zbrodni, a jedynie żywią się negatywnymi emocjami.

Ida zerknęła na niego bez przekonania.

– Niezbyt niebezpieczne, akurat. Pech twierdzi, że to jego czarnomagiczna moc sprowadziła na mnie wizję o opętanym Kwiatkowskim.

– Pech?

– Nazywałam go tak, zanim dowiedziałam się, że istnieje i we mnie siedzi – wyznała cicho. – Myślałam, że ciąży nade mną fatum, że jestem... no wiesz, pechowa. Stąd Pech. Po tej stronie lustra go nie widzę i nie wiem, czy przeżył te piekła i zaświaty, i w ogóle to wszystko. Jeśli się rozdzieliliśmy, zginął.

– Czy ja słyszę troskę w twoim słodkim, chrapliwym głosie? – spytał Kruchy z wyraźnym niedowierzaniem.

Ida wpakowała sobie do ust łyżeczkę jogurtu i przełknęła, krzywiąc się lekko.

– No wiesz – odparła po chwili. – Być może to faktycznie on ściągnął mi Mikołaja na głowę, ale prawda jest taka, że nawet nie nosząc diabła w ciele, wciąż mogłabym doznać wizji o czarodzieju. Zresztą Pech bardzo mi pomógł w piekłach, bez niego zostałabym albo pożarta przez czarty, albo zadźgana przez Kusiciela. Gdyby nie mój towarzysz, Karewicz nie wyczułby we mnie magii...

– Udomowiłaś demona – przerwał jej łowca. – W życiu o czymś takim nie słyszałem.

– Niczego nie udomowiałam.

– Nadałaś mu imię – upierał się. – Jak kotu. I teraz się zastanawiasz, czy wróci, martwisz się o niego. Jak o kota. A na dodatek skłoniłaś go, by ci pomógł.

– Raczej okoliczności go do tego zmusiły. Niebyt pochłonąłby go razem ze mną, Pech działał we własnym interesie.

– Mimo wszystko to jest niesamowite – powiedział poważnie Kruchy i zamyślił się. – Twój gargulec musi być naprawdę mały, skoro nie wykryłem go w tobie nawet wtedy, gdy zakładałem ci więzy.

– À propos... – Uniosła wzrok znad jogurtu. – Powinnam ci podziękować. Kiedy w lustrach przymarzałam do podłogi w walącym się salonie, poczułam, jak mnie ogrzewasz.

– Ależ drobiazg. – Uśmiechnął się. Oboje odwrócili głowy, gdy ktoś zapukał do drzwi.

W progu stanęła zasapana Kornelia Kwiatuszek. Ubrana była w obcisły kostiumik, na który narzuciła długi płaszcz z bufiastymi rękawami, a wokół szyi okręciła sobie muślinowy szal. Całości dopełniały: kapelusik z tiulową kokardką, torebka kopertówka i wysokie szpilki. A wszystko to, o zgrozo, dobrała kolorystycznie z właściwym sobie wyczuciem. Krzykliwa czerwień aż raziła w oczy, szamanka i łowca musieli zmrużyć powieki, by w ogóle dojrzeć twarz kobiety.

– Cześć, Kornelka – przywitała się Ida. – Biegłaś?

– A gdzie tam, biegła – parsknął Kruchy i z politowaniem patrzył, jak Kwiatek ciężko łapie powietrze. – Skittles dostaje zadyszki na ruchomych schodach, a jak zrobi dwa kroki, to masz wrażenie, że parowóz nadjeżdża.

Kobieta nie skomentowała, posłała mu tylko głośnego buziaka, po czym jej modre spojrzenie, powiększone przez grube szkła okularów, zaczęło wyczekująco biegać od łowcy do szamanki.

– I co? – spytała wreszcie. – Jak wyglądam?

– Nie rozpędzaj się – mruknął Kruchy.

– No nie bądź taki, powiedzże coś!

– Naprawdę mam zwerbalizować moje pierwsze skojarzenia?

– Bardzo proszę.

– Kardynał. Królowa Kier. Czerwony Kapturek. Karmazynowy pirat. Karmazynowy przypływ. Czerwony Październik. Nic więcej nie wymyślę, nie mogę na ciebie patrzeć.

Kornelia zachichotała i popatrzyła na Idę.

– Oto i nasza gwiazda – powiedziała ciepło. – W całej Firmie aż huczy. Dowództwo jest tobą zachwycone, właśnie wracam ze spotkania, wszyscy o mówią tylko o szamance od umarlaków. Nasi ludzie przez jedenaście lat próbowali otworzyć przejścia do luster Kusiciela i dopiero tobie to się udało.

– A co się miało nie udać – wtrącił wesoło łowca. – Ta dziewczyna potrafi zrobić nie tylko wejście, ale i wyjście smoka, weszła w lustrzane piekła, a wyszła tak, że kamień na kamieniu się nie uchował. Ona jest niezniszczalna. Wrzucisz taką do wulkanu, to ci pamiątki przyniesie.

Ze względu na obolałe gardło szamanka bardzo, bardzo starała się nie roześmiać.

Bez skutku.

Obudziła ją pieśń Karoliny.

Inna niż zwykle, podejrzanie przyjemna i radosna. Jeszcze zanim szamanka otworzyła oczy, wiedziała już, co to oznacza. Zapaliła lampkę nocną i rozejrzała się po pokoju.

– I znów widzę nieżywych ludzi – westchnęła z niespodziewaną ulgą, ocierając twarz rękawem. Krew nie chciała zejść. Z dłoni, z policzków, z piżamy... Była wszędzie. Lepka i gęsta jak miód, czerwona niczym dojrzałe wiśnie.

– Jakich ludzi? Ja jestem pojedynczy – odparł pogodnie nieżywy człowiek i uśmiechnął się do niej przyjaźnie. A zarazem makabrycznie. Nie miał oka, a krew z pustego oczodołu zalewała mu policzek i kapała na białą koszulę. Zabarwiła usta i zęby, ściekała po brodzie, upodobniając go do ucztującego kanibala.

Znów wyglądał jak świeżo po śmierci, widać jego dusza wzmocniła się po przejściach w piekłach Kusiciela, nabrała dawnego kształtu i barw.

– Cześć, Mikołaj.

– Cześć, Ida.

Była całkowicie spokojna. Głos jej nie drżał, a serce biło równo i nie zamierzało przyśpieszać. Poczuła, że nareszcie może swobodnie oddychać.

Usiadła na łóżku, podkurczyła nogi i oplotła kolana ramionami. Patrzyła na czarodzieja długo i ciekawie, a on z jakiegoś powodu nie przestawał się do niej uśmiechać. Odwróciła głowę dopiero, gdy trącona wiatrem gałąź głośno zapukała w okno.

Na dworze było ciemno. Padało. Deszcz bębnił o blaszany parapet, ogromne krople bombardowały szybę z takim zacięciem, jakby chciały wedrzeć się do pokoju. Wichura targała koronami drzew, z furią wyszarpywała z nich liście, wyła potępieńczo, wciskała się przez szpary w oknach i poruszała podwieszanymi parawanami.

Wszystko się zgadzało.

No, prawie. Tym razem szamanka wcale się nie bała. Nawet wtedy, gdy zdała sobie sprawę, że siedzi w czymś mokrym. Zerknęła w dół i pokiwała głową. Pościel była zbryzgana krwią tak, jak prawie rok temu.

– Cieszę się, że przyszedłeś – powiedziała, znów spoglądając na Mikołaja. – Musimy porozmawiać.

– Też tak sądzę.

– Wiesz, co ci się przydarzyło?

– Nie wszystko – przyznał z troską. – Pamiętam, jak poznałem zaklęcie i udało mi się otworzyć lustra. Pamiętam, jak Kusiciel spętał mnie, wysłał z powrotem do naszego świata i kazał przyprowadzić wiedźmę. I wtedy spotkałem twoją duszę, choć w tamtej chwili nie miałem pojęcia, że to ty. Ta przeklęta mgła była wszędzie, odurzała mnie, wszystko wokół wibrowało od magii, myślałem, że jesteś czarownicą. Chyba nie byłem zbyt miły, przepraszam, że próbowałem cię porwać na drugą stronę.

– Nie byłeś sobą – odparła łagodnie. – Kusiciel otumanił ci duszę czarną magią tak bardzo, że w ogóle cię nie rozpoznałam. To nie twoja wina.

– Spuściłaś mi wtedy niezły łomot – mruknął i wyszczerzył zakrwawione zęby. – Do dziś mam guza po tej patelni.

– To nie ja, tylko Różyczka.

– Ta zjawa Stanisławy? – zdziwił się. – Kto by pomyślał... A to podobno taka spokojna i nieszkodliwa dziewczyna.

– Pamiętasz, co się stało potem? – spytała Ida po chwili. – Kiedy już zostałeś spacyfikowany?

Zmarszczył czoło i skrzywił się niechętnie. Najwyraźniej nie lubił o tym wspominać.

– Obudziłem się i nie mogłem choćby drgnąć. Siedziałem w czymś ciasnym i okrutnie niewygodnym.

– W Lampie Aladyna – podpowiedziała mu.

– Paskudne uczucie. Myślałem, że zwariuję, było tam tak ciemno i cicho. Nie wiem, jak długo tkwiłem w zamknięciu, aż nagle poczułem niesamowity ból w oku, wszystko zrobiło się oślepiająco białe i chyba... Chyba wtedy umarłem, prawda?

Szamanka ledwo zauważalnie skinęła głową.

– Wiesz, jak zginąłem?

– Wiem – szepnęła. I choć miała wielką ochotę, nie odwróciła wzroku. – To ja zabiłam twoje opętane ciało.

– Ty?! – wykrzyknął wstrząśnięty. – Naprawdę?

– Wybacz mi. Rzuciłeś się na mnie, nie wiedziałam, jak się bronić. Byłam pewna, że mnie pożresz, i wtedy znalazłam śrubokręt, i... no sam wiesz co.

Milczał długo. Stał z rękami w kieszeniach garnituru, świdrował szamankę jedynym okiem i oczodołem ziejącym czarną pustką.

– Cóż – powiedział wreszcie. – W przypadku opętanego napastnika trudno mówić o przekroczeniu granic obrony koniecznej. To nie twoja wina – dodał, powtarzając słowa, które dopiero co usłyszał od szamanki. – Zresztą gdyby nie ty, nadal gniłbym w lustrzanych piekłach albo w ogóle już by mnie nie było. Dziękuję, że po mnie przyszłaś.

– Obiecałam Karolinie, że cię do niej przyprowadzę – odparła. Zabrzmiało to tak ładnie i szlachetnie, że postanowiła nie psuć wrażenia i nie wtajemniczać Mikołaja w konsekwencje niedotrzymania nieśmiertelnej przysięgi. Zresztą malarka na pewno sama o wszystkim mu opowie. – Nie miałam innego wyjścia – uzupełniła więc tylko. – Jesteś gotów, by odejść na zawsze?

– Gotów.

Ida chwyciła Mikołaja za dłoń, przymknęła oczy i przywołała Charonową łódź. Szpitalny pokój zniknął niespodziewanie, jakby wessała go trąba powietrzna, a szamanka i czarodziej wylądowali na brzegu szerokiej, spokojnej Rzeki. Głębokie wody kotłowały się ospale, unosząc z sobą źdźbła traw i wąsy oderwanych od dna wodorostów. Szuwary szeleściły subtelnie, trącane ciepłym wiatrem. Raz po raz rozlegał się przeciągły chrobot, gdy łódka szorowała dnem o piaszczysty brzeg.

Jednooki rozglądał się ciekawie, a Ida nie popędzała go, chciała, by oswoił się ze swoim nowym domem. Wreszcie odwiązała łódź od wierzby płaczącej, uniosła przód białej sukienki i weszła na pokład. Czarodziej poszedł za jej przykładem, przysiadł niepewnie na drewnianej ławeczce.

Płynęli nieśpiesznie i równo, pchani łagodnym Wiatrem Zaświatów, a każdy podmuch rozbrzmiewał cichutkim śpiewem Karoliny.

Gdy tylko dotarli na drugi brzeg, czarodziej szybko wyskoczył na piasek, lecz zanim zrobił krok, jeszcze raz zerknął na szamankę.

– Moja żona...

– Znajdziesz ją – zapewniła szybko. – Czeka na ciebie.

– Dziękuję ci.

Ida uśmiechnęła się i skinęła głową. Wezwała Wiatr dopiero wtedy, gdy Mikołaj zdjął z nóg czarne mokasyny i boso ruszył w głąb brzegu. Obejrzała się za nim dużo, dużo później i dostrzegła maleńką plamkę garnituru czerniącą się wśród wysokich traw i piasków plaży.

Przymknęła oczy i powróciła do ciała.

Obmacała twarz, dokładnie zlustrowała dłonie i piżamę, wreszcie spojrzała w dół. Pościel była nieskazitelnie czysta, lepka czerwień zniknęła bez śladu. I tylko w powietrzu wciąż unosiła się słodkawa, metaliczna woń.

Szamanka odrzuciła prześcieradło i podeszła do okna. Nawałnica ustała, drzewa kiwały się lekko, noc była teraz ciemna i cicha. Bardzo cicha. Zbyt cicha. Zmieniło się coś jeszcze. Tylko co? Ida zamyśliła się, bębniąc palcami w parapet, i nagle doznała objawienia.

Mrok nie szeptał już, cienie przestały nucić, umysł znów należał tylko do niej.

Karolina zakończyła pieśń.

Epilog

Szamanka opuściła gmach uczelni i z wisielczą miną zeszła po szerokich stopniach. Właśnie odebrała wszystkie papiery i oficjalnie zakończyła ledwie co rozpoczętą edukację. Pożegnała się z psychologią, nie była już studentką.

A tym samym straciła cel.

Uratowała się przed niebytem, przeżyła śmierć kliniczną, dostała drugą szansę od losu i nie bardzo wiedziała, co ma z nią teraz począć. Nie zastanawiała się, co będzie, gdy już dotrzyma obietnicy, bo przez cały czas zakładała, że jej się to nie uda. Musiała skupić się na zadaniu, nie miała nawet chwili na snucie planów na przyszłość. I choć teraz dysponowała nieograniczonymi zasobami wolnego czasu, to niestety, w kwestii planów nadal nic się nie zmieniło.

Ida ze złością wcisnęła dokumenty do torby i niechętnie powlokła się do domu. Nie miała ochoty wsiadać w autobus, wolała pospacerować i przemyśleć kilka spraw w nadziei, że ją po drodze olśni i ni stąd, ni zowąd wpadnie na jakiś genialny pomysł.

Gdy dotarła na swoją ulicę, terenówkę łowcy zauważyła już z daleka. Przyśpieszyła kroku, pchnęła furtkę i wbiegła do willi.

Od razu skierowała się do kuchni i stanęła w progu akurat, by zobaczyć, jak Kruchy nakłada sobie podwójną porcję kurczaka z ryżem i warzywami.

– Chcesz trochę? – spytał niewinnie, unosząc wzrok znad patelni. – Jeszcze co nieco zostało.

– Nie chcę – burknęła. Podrapała za uszami śpiącego na parapecie Gryzaka, po czym padła na krzesło z ciężkim westchnieniem. – Nie jestem głodna.

– Coś nie tak?

– Wywalili mnie z uniwerku... – Łypnęła na łowcę spod byka, jakby to była jego wina.

Kruchy nie przejął się wcale. Postawił talerz na stole, usiadł naprzeciwko dziewczyny i zabrał się do jedzenia.

– To chyba żadne zaskoczenie, wiedziałaś, że tak będzie.

– No wiedziałam, wiedziałam – przyznała ponuro, opierając łokcie na blacie, a podbródek na dłoniach. – Ale wydawało mi się, że tego nie dożyję i wywalą mnie pośmiertnie. Tymczasem wciąż tu jestem i zupełnie nie wiem, co ze sobą zrobić.

– Wspominałaś coś o restauracji – przypomniał, przełknąwszy. – Pamiętnik umarlaka nadal w tobie siedzi, gotujesz znakomicie.

– Ale już nie czuję frajdy – oznajmiła z żalem. – Umiejętności mi zostały, głowę mam pełną przepisów, ale to Karolina lubiła się krzątać po kuchni, ja w ogóle nie mam do tego serca.

– No to książkę kucharską napisz.

– Materiału starczyłoby na trzy.

– Więc napisz trzy.

Nie odpowiedziała, zaburczała tylko pod nosem. Zmarszczyła brwi, widząc, że łowca przygląda jej się z miną niedyskretnego telepaty.

– I czego się szczerzysz? – fuknęła gniewnie. – No słucham, co to za wieści?

– Jakie wieści?

– Widzę przecież, że chcesz mi coś powiedzieć.

– A po czym wnosisz?

Opadła na oparcie krzesła i skrzyżowała ramiona na piersi.

– Choćby po tym, że przestałeś jeść – odparła. – A talerz masz pełen. W normalnych okolicznościach nie do pomyślenia.

Milczał przez chwilę, uśmiechając się krzywo, po czym wpakował do ust kolejną porcję kurczaka. Szamanka była pewna, że zrobił to tylko po to, by ją wkurzyć. Zazgrzytała zębami i omiotła wzrokiem sufit.

– Mówisz, że nie wiesz, co ze sobą zrobić – odezwał się w końcu, wyraźnie rozbawiony jej irytacją. – Życie zrobiło się szare i pozbawione sensu...

– Nie tragizuj, bo się potnę.

– Dlatego nie rozumiem, dlaczego to napisałaś – dokończył, ignorując jej słowa. Wyjął z kieszeni kartkę, rozłożył i wyciągnął ku dziewczynie. – Naprawdę chcesz odejść?

W ręku trzymał jej wypowiedzenie. Zerwała się z miejsca i chciała je zabrać, lecz szybko cofnął dłoń.

– Nie czyta się cudzej korespondencji!

– Się korespondencji nie zostawia na widoku – odparował spokojnie. – Zacznijmy od tego.

– Się nie wchodzi do cudzego domu pod nieobecność gospodarza! – nie pozostała mu dłużna. – Właśnie, à propos, jak ty żeś tu wlazł? Znowu sobie dorobiłeś klucze, przyznaj się!

Ich krzyki obudziły koszmarka, który otworzył jedno żółte ślepie i obrzucił ich spojrzeniem pełnym dezaprobaty. Kruchy zrobił minę niewiniątka i wzruszył ramionami.

– Wróćmy do wypowiedzenia – zaproponował, puszczając jej zarzut mimo uszu. – Chciałem ci tylko przypomnieć, że zgodziłaś się współpracować z Wydziałem przez najbliższe pięć lat.

– Kornelia powiedziała, że za akcję z Karewiczem Firma może pozwolić mi odejść w glorii i chwale.

– A mój szef powiedział, że za akcję z Karewiczem Firma chętnie zatrudni cię na stałe. Dobrze słyszałaś. – Pokiwał głową, gdy piwne oczy dziewczyny rozszerzyły się gwałtownie. Zaczął grzebać w plecaku. – Zaraz, czekaj, gdzie ja wcisnąłem ten papier... O, jest. Trzymaj.

– A co to?

– Kontrakt. Wystarczy, że przeczytasz, podpiszesz i bach, jesteś jedną z nas.

– Mówiłeś, że nie potrzebujecie kontraktów.

– Firma nie potrzebuje, ale ty tak. W końcu musisz wiedzieć, na co się piszesz.

– Na nic się nie piszę – mruknęła, odrzucając papier na stół. – Podsuwasz mi umowę, kiedy właśnie chcę jedną zerwać. I niby na co liczysz?

– Pracowalibyśmy razem – rzucił jakby od niechcenia, zamiast odpowiedzieć. – Pomyśl tylko.

Ida, która już nabierała powietrza, by wznowić protesty, raptownie zamknęła usta.

– W jednym zespole? – spytała po chwili.

– Lepiej.

– Jako partnerzy? – zdziwiła się i zerknęła na łowcę podejrzliwie. – Węszę podstęp. W tym musi być jakiś haczyk.

– Może jest – stwierdził Kruchy, ponownie wzruszając ramionami. – A może nie ma.

– A co z Rudą?

Milczał długo. Rozsiadł się wygodniej i zapalił, a potem pchnął papierosy i zapalniczkę w stronę dziewczyny.

– Ruda to szczwany lis, nawet kolor pasuje – odparł wreszcie, wydmuchując dym. – Za zdemaskowanie Wrońskiego zaproponowali jej posadę w Wewnętrznym. Zawsze o tym marzyła i teraz postanowiła skorzystać z okazji. Kiedy leżałaś nieprzytomna na OIOM-ie, przyszła do mnie i poinformowała, że odchodzi razem z Mamajem. Stwierdziła, że musi zacząć myśleć o sobie. I ma rację – dodał po chwili ciszy. – Przeniosła się do Wrocławia, żeby mieć mnie na oku i pomóc mi wygrzebać się z nałogu. Można powiedzieć, że poświęciła dla mnie trzy lata życia. No i kariery. Teraz nareszcie będzie robić to, co lubi najbardziej.

– Czyli zrzędzić i gapić się ludziom na ręce – skwitowała Ida, a Kruchy parsknął krótkim śmiechem. – Myśmy się napracowali, a ona triumfuje, ot sprawiedliwość.

– No przecież w dowód uznania Firma proponuje ci posadę, ty niewdzięcznico, ty – zaprotestował łowca. – A ja jestem chyba jedynym agentem w kraju, który tego samego dnia dostał naganę i awans.

– O?

– Komisarz Kruszyński, do usług. – Zasalutował jej kubkiem z herbatą. A potem zerknął w stronę migoczącej komórki i szybko przeczytał wiadomość. – Szef siedział w pokoju obok, gdy składałaś wyjaśnienia, słyszał każde słowo przez interkom – podjął, zamknąwszy klapkę telefonu. – I stwierdził, że jesteśmy siebie warci. Każde z nas wzięło wszystko na własne barki, całą tę konspirację, działanie niezgodnie z regulaminem, wtargnięcie na teren posiadłości Karewicza bez nakazu, zlecenie nieautoryzowanych badań laboratoryjnych i inne tam. Każde z nas powiedziało, że to jego wina, a szef uznał, że lepszych partnerów dla nas nie znajdzie. W końcu chodzi o zaufanie, współpracę i o to, żeby się kryć nawzajem przed przełożonymi. A to mamy opanowane. Zaryzykowałbym stwierdzenie, że do perfekcji.

Szamanka nadal nie wyglądała na przekonaną, lecz Kruchy nie byłby Kruchym, gdyby nie chował asa w rękawie. Nachylił się nad stołem.

– Przypominam, że właśnie wznowiliśmy sprawę Kusiciela – powiedział cicho. – Pyszny i Kuźmik od wczoraj przeczesują jego umysł, lecz wszystko nadal przysłania mgła zapomnienia, bardzo trudno z niej cokolwiek wydobyć. Co prawda mamy twoje zeznania, napisałaś też bardzo obszerny i szczegółowy raport, ale one wymagają potwierdzenia, tymczasem Karewicz milczy jak zaklęty. No i... – zawiesił głos.

– No i co?

Spojrzał jej w oczy.

– I chce rozmawiać tylko z tobą.

Ida znieruchomiała na swoim krześle.

– A dlaczego ze mną?

– Oznajmił, że nie zacznie mówić, dopóki nie zjawi się dziewczyna, która przywróciła mu pamięć. I że tylko tobie wyjawi całą prawdę.

– Całą prawdę – powtórzyła za nim jak echo. – Już ją, zdaje się, znam – wymruczała niepewnie. – Czy nie?

– Nic więcej nie chciał zdradzić – rzekł Kruchy z udawaną troską i bezradnie rozłożył ręce. – Ale chyba trafiliśmy na pewien trop. Technicy od rana siedzą w jego ogrodzie i jeden przed chwilą napisał mi SMS-a, że znaleźli szczątki mężczyzny.

Szamanka zamyśliła się, nawijając na palec krucze pasemko. Stalowe oczy błysnęły jasno na widok jej miny.

– Nie chcesz rozwiązać zagadki do końca? – spytał, lekko przekrzywiając głowę na ramię. – Wiem, że chcesz. Musisz poznać tajemnicę, dokończyć układankę. To nie da ci spokoju, będzie cię dręczyć i gryźć, nie pozwoli spać po nocach. Mówiłem ci, że ta robota uzależnia – dodał, jeszcze bardziej zniżając głos. – Nie? Nie kusi cię, żeby poznać całą historię? Cóż, wygląda na to, że jednak pomyliłem się co do ciebie. Jak sobie chcesz, ja jadę zobaczyć, co jeszcze kryje ogród Kusiciela. – Wstał od stołu i sięgnął po plecak. – Przekażę twoje wypowiedzenie szefowi. – Schował papier do kieszeni razem z kontraktem. – A jak już napiszesz tę książkę kucharską, koniecznie daj mi znać, przyjdę po autograf.

Łowca pochylił się, pocałował szamankę w czoło i ruszył do wyjścia.

Ida słyszała, jak jego ciężkie buciory dudnią o kamienne schody willi. Po kilku sekundach zaskrzypiała furtka, a na koniec trzasnęły drzwi od samochodu. Dziewczyna zaklęła pod nosem.

A potem zerwała się z krzesła, chwyciła torbę i wybiegła za Kruchym.

Dopadła terenówki, jeszcze zanim uruchomił silnik. I dopiero gdy wskoczyła na siedzenie, zdała sobie sprawę, że łowca wcale nie miał zamiaru odjeżdżać. Siedział jak gdyby nigdy nic z łokciem opartym na opuszczonej szybie i bez pośpiechu palił papierosa, bardzo z czegoś zadowolony.

– Wiedziałem, że zmiękniesz – oznajmił z rozbrajającym uśmiechem i mrugnął łobuzersko. Podał jej kontrakt i długopis. – To jak będzie?

– Co to ma być?! – warknęła Ruda, ciskając w szamankę plikiem papierów. – Napiszesz go na nowo, tym razem porządnie i bez durnowatych żartów, zrozumiano? A teraz do roboty. Brutus, daj im rękawiczki. A ty – zwróciła się do Kruchego – masz jej pilnować. Przydybię was na czymkolwiek nieregulaminowym i oboje zostaniecie służbowo przeniesieni do Reykjavíku ze skutkiem natychmiastowym. Łapiesz?

Nie czekając na jego odpowiedź, czarownica jeszcze raz zgromiła dziewczynę nieprzychylnym spojrzeniem, po czym odwróciła się na pięcie. Pomaszerowała z powrotem do ogrodu Kusiciela i szybko zniknęła za murem z szarych kamieni.

Dopiero wtedy Ida zerknęła na kartki, którymi właśnie oberwała, a potem łowcę.

– A ją co ugryzło? – wybąkała. – I czemu ci rozkazuje? I co tu robi, nie powinna być teraz w Warszawie?

– To jest właśnie ten haczyk – oznajmił beztrosko Kruchy. – Ruda przejęła dochodzenie po Wrońskim. A to znaczy, że do zakończenia śledztwa będzie naszą przełożoną.

– Teraz mi o tym mówisz?! – oburzyła się szamanka. – Mam cię walnąć, cholero jedna? Oddawaj kontrakt!

– Za późno. Już podpisałaś.

– Ale się rozmyśliłam i zamierzam go podrzeć w drobny mak!

Zbył ją machnięciem ręki.

– Nie marudź, z Rudą da się dogadać. A czym w ciebie rzuciła, jeśli można wiedzieć?

Dziewczyna jeszcze raz popatrzyła na papiery.

– Moim raportem – stwierdziła, marszcząc brwi, i zaczęła kartkować dokument. – No i czego się czepiła, co jej się niby w nim nie spodoba... Aha.

– Znalazłaś? – zainteresował się i zajrzał jej przez ramię. – Ty niezła zgaga jesteś, żeby coś takiego walnąć w oficjalnym dokumencie, ciesz się, że cię Ruda nie miotnęła jakimś magicznym paskudztwem. A jakby to profesor Miodek zobaczył, to chybaby harakiri słownikiem popełnił...

Ida nie słuchała.

Była pewna, że nie dopisała tych pięciu słów na marginesie. Ślepy by zauważył, że to nie jej charakter pisma, a skoro Ruda i Kruchy dali się nabrać, należałoby im cofnąć pozwolenie na broń. Koślawe litery układały się w krótkie, wymowne i ujmująco nieortograficzne:

Fcionsz rzyję, ty jendzo. Peh.

Nic dziwnego, że czarownica się wściekła.

Szamanka westchnęła ciężko, schowała raport do torby i przyjęła od łowcy parę lateksowych rękawiczek.

– Idziemy, partnerko? – spytał, trącając ją łokciem w bok.

Spojrzała prosto w stalowe oczy, po chwili wahania skinęła głową.

– Idziemy, partnerze.

I ruszyła za Kruchym do ogrodu Kusiciela.

A co tam, przeżyła podróż do piekieł, przeżyje i Rudą. Zresztą kto niby miał zostać jej dowódcą, jeśli nie to wredne,

Redakcja: Piotr Chojnacki
Korekta: Artur Kaniewski
Ilustracja na okładkę i projekt okładki: Dominik Broniek
Ilustracje: Sebastian Skrobol
Zdjęcie autorki: © kreska_

Skład i łamanie: Plus 2 Witold Kuśmierczyk

Druk i oprawa: Interdruk, Warszawa
Książkę wydrukowano na papierze Creamy dostarczonym przez
ZiNG

Grupa Wydawnicza Foksal Sp. z o.o.
02-672 Warszawa, ul. Domaniewska 48
tel./faks (22) 826 08 82, 828 98 08
biuro@gwfoksal.pl
www.gwfoksal.pl

ISBN 978-83-280-5209-3

podstępne, pyskate babsko, no kto? Szamanka mogła to przewidzieć, przecież od razu wyczuła, że w tym kontrakcie tkwi jakiś haczyk. I nie chodzi tu o żadne zrządzenie losu, siłę wyższą, klątwę, życiorys zapisany w gwiazdach w najdrobniejszym szczególe czy przeznaczenie, którego nie da się zmienić ani oszukać.

Ida po prostu wciąż miała Pecha. Chociaż nie, to nawet nie było tak.

To Pech miał Idę.

I byli na siebie skazani przez kolejne trzy do pięciu lat.